线装中华国粹

清代小品集萃

潘成刚◎选编

二十一世纪出版社集团
21st Century Publishing Group

目录

contents

序

清代是一个思想统治非常森严的时代，自康乾以来，文字狱接连不断，大批文人因此丧命。文人学士噤若寒蝉，舞文弄墨者只能在考据、训诂之学的夹缝中苟求生存。

明末清初，傅山、顾炎武、黄宗羲、王夫之等思想家“离经叛道”的小品出现。顾、黄、王三人都曾参加抗清活动，志在反清复明，他们的文学主张各有侧重，共同点是强调经世致用。他们的小品文多有今昔之慨和亡国之悲，表现出强烈的民族感情，有的还表现出进步的民主思想。此外，晚节不保的钱谦益和侯方域在其小品文中也委婉曲折地流露了自己矛盾痛苦的内心和自惭的心情。侯方域、魏禧、汪琬并称“清初古文三大家”，他们的小品文都富有时代特色和现实针对性。侯文以才气见长，富有激情；魏禧文长于议论，强调“积理练识”，“有用于世”；汪文疏淡迂回，雍容尔雅。

然而自从文网日密，文字狱日兴的“康乾盛世”之后，那些“有不平，有讽刺，有攻击，有破坏”，“是投枪匕首，能和读者一同杀出一条生存血路的东西”（鲁迅语）便几乎销声匿迹了。自戴名世《南山集》案以后，最合时宜的桐城派蔚然兴起。因《南山集》牵连入狱的文人几乎全部被杀，幸而被释放的方苞“惊怖感动”，于是为文提倡“义法”，主张“阐道翼教”，之后刘大櫆、姚鼐，直到中晚清的方东树、管同、梅曾亮以至曾国藩、薛福成等一脉相承，几乎一百多年，桐城派一直统治文坛，以个性解放、思想自由为灵魂的小品自然大幅度萎缩，然而自由和人性的呼声从未消失。

小品作为一种具有旺盛生命力延续千百年的文体，自有其形式的反作用力，因此在方苞的《辕马说》、刘大櫆的《骡说》、姚鼐的《游媚笔泉记》中都可以看出超越“义法”“阐道翼教”理念的带着个性色彩的灵性闪光，而后管同、梅曾亮、曾国藩的作品，或以勿舍近求远的哲理，或以人人难逃世网的感叹，或以褒贬警辟的分析，或以国人首看西方世界，都给人新颖的启示。

在桐城派主流之外，心灵自由、个性解放的人性之潮从未停止过涌动，才华盖世却一生在科场碰壁的蒲松龄在其代表作《聊斋志异》中写了《地震》《山市》等具有风物科学价值的小品，令人耳目一新；孔尚任的《＜桃花扇＞小识》，使我们得知他倾注一生心血的名作恰恰造成了他悲剧的命运；诗文书画全才的郑燮给弟弟的书信，使我们看到了他严于教子、赤心恤民的金子般的心；晚清的龚自珍在万马齐喑的沉沉暗夜中石破天惊地写出了《病梅馆记》，为天下苍生民族灵魂的被扭曲、被残害、被扼杀发出愤慨的呐喊；民族英雄林则徐给妻子诸子的书信，使我们看到了他对国家局势的担忧，对亲人的挚爱……

明清小品与唐诗、宋词、元曲一样，是我国文学史上的菁华，它有文人志士的披肝沥胆，有英雄壮士的碧血丹心，它可以让我们从一个侧面、一个新的角度、一个具有特色的窗口，看到明、清两代人六百年间的社会状况、思想动态、感情流波和各种各样形形色色的人们活动的身影和生活图景。

本书收录了清代72位作家的168篇作品，与读者共享。每篇文章都是作家心性的体现，都是那个时代的缩影。因受篇幅限制，本书未能尽数收录经典之作，但读者如果能由本书兴起小品文阅读的兴趣，那便是我们编定此书的初衷了。

题《塞上吟卷》①

钱谦益

岁云暮矣。白衣补衲②坐竹窗木榻上，挑灯读《塞上吟卷》。云旗雷车，猎猎然③从空而下，如骠姚将军④率轻勇骑，弃大军趋利⑤，转战过焉支山⑥。又如昆阳⑦城西，震呼动天地，屋瓦皆飞，虎豹股战。快矣哉！已而更阑吟罢，佛火青荧⑧，刁斗⑨无声，木鱼徐响，然后知此诗中边声猛气，适足助老夫禅观也。

作者娄江王紫涯氏，其人挽十石弓，执丈二矛⑩，磨盾鼻⑪草檄，笔墨横飞，临阵作壮士歌。功成，和竞病诗⑫。老夫坐长明灯下，只用尔时一味水观⑬消受耳。

作者简介

钱谦益（1582—1664），字受之，号牧斋，晚号蒙叟、东涧老人，苏州常熟（今属江苏）人。万历三十八年（1610）进士，授翰林院编修，父死回乡丁忧守制。天启年间两度复出，受阉党排挤，被革职回乡。崇祯初任礼部侍郎，坐事削籍归。福王时为礼部尚书。后降清，授礼部侍郎。清顺治三年（1646），称疾乞归。不久因江阴黄毓祺反清案牵连入狱。出狱后居家，筑绛云楼以藏书检校著述，秘密进行反清斗争。有《牧斋诗钞》《初学集》《有学集》《投笔集》。

注　释

①本文选自《有学集》，是作者写于友人王紫涯《塞上吟卷》后的题跋，作于晚年辞官归里后。作者以批评家和信佛者两种身份表述了吟阅诗作的不同感受，其中形容《塞上吟卷》风貌特征的两个比喻，形神兼具，呼之可出。

②白衣补衲：缀有补丁的白衣。常用作僧徒的自称或代称。钱谦益晚年佞于佛，故以此自谓。

③猎猎然：形容风声或风吹动旗帜等的声音。

④骠姚将军：指西汉名将霍去病，他曾官骠姚校尉，后官骠骑将军。此疑作者误记。

⑤趋利：追逐利益。此指突击偷袭，以求获胜。

⑥焉支山：在今甘肃山丹县东南。据《史记·匈奴传》载：骠骑将

军霍去病将万骑出陇西，过焉支山，给匈奴以沉重打击。

⑦昆阳：古县名，在今河南叶县，新莽地皇四年即公元23年，刘秀在此以三千兵马歼灭王莽十万主力军。

⑧青荧：青光闪映貌。

⑨刁斗：古代行军用具，白天用以炊饭食，夜晚击之巡更警戒。

⑩矛：或作“殳”，古代兵器。

⑪盾鼻：盾牌把手。

⑫竞病诗：南朝梁将领曹景宗曾以“竞”、“病”二韵作诗曰：“去时儿女悲，归来箫鼓竞。借问路旁人，何如霍去病。”此指风格豪壮的军旅诗。

⑬水观：佛家指坐禅时观遍一切处水而得正定。

译 文

已是岁暮时节。我独坐竹窗下的木榻上，挑灯夜读《塞上吟卷》。其诗风格豪迈。诗中描绘旌旗似云，车声如雷，猎猎然从天而降，好似当年骠骑将军霍去病率领轻勇骑兵，离开主力部队，奔赴百里突袭匈奴，转战焉支山。又好似当年昆阳城西，刘秀大破王莽军，呼喊声震动天地，屋瓦皆飞，连虎豹都吓得腿脚战栗。真是痛快啊！不久更深夜残，吟罢诗篇，此刻佛灯青光闪映，刁斗寂静无声，只有敲击木鱼之声徐徐传来，然后才知这诗中的边塞之声、威猛之气，正可以助老夫我参禅。

作者是娄江人王紫涯，他能挽十石强弓，执二丈长矛，在盾鼻上磨墨草写檄文，笔墨横飞，还能临阵时作壮士歌，以鼓舞士气。他功成之后，作竞病诗与友人唱和。老夫我坐在长明灯下，坐禅入定，品读其诗。

尝拟作华棚[1]

傅 山

贫道[2]尝拟作华棚，为春郊寻芳集客之具。意中结构殊精妙：每岁华期，扶老慈，携子弟图数日承颜[3]。于风轻云淡之野，即事令群季睹花事记室[4]，随习声律，撷漱芳润[5]，以为游艺之益。后乃要词坛昆弟，载酒限韵，以纪一年春游之盛。于今已矣！褴褛黄冠[6]，且图敲木鱼[7]，持瘿瓢，沿门叫化十方茶饭，以养吾老慈矣！风味似大相悬异。究竟宜然，未是落魄耶？通悦[8]殊自佳，悲愤塞天地。饥饿瘅瘃[9]，不分于凡。

作者简介

傅山（1607—1684），初名鼎臣，字青竹，改字青主，又有真山、浊翁、石人等别名，山西阳曲（今属太原市）人，明诸生。早年率众赴京为师袁继咸冤案“伏阙上书”，终得昭雪。明亡，为道士，自号“朱衣道人”，暗含对亡明的怀念。后因反清入狱，绝食九日，抗辞不屈。晚年拒清廷“博学宏词”科试，不受“中书舍人”衔，潜心著述，旁务书画，医救乡里，他是明末清初具有民族气节的思想家、学者、书画家、医学家。他与顾炎武、黄宗羲、王夫之、李颙、颜元一起被梁启超称为“清初六大师”。诗文存《霜红龛集》和《傅山全书》。

注　释

①本文节选自《霜红龛集》，为作者晚年思昔念旧之作。文章前后对照，显出人生中的反差，理想的幻灭反衬出现实的悲哀。

②贫道：明亡后傅山闻剃发令下，便进寿阳五峰山龙池观拜道长还阳真人郭静中为师，出家当了道士。故自称“贫道”。

③承颜：博得母亲的欢颜。

④群季：诸弟。记室：官名，东汉置，掌章表书记文檄。后世因之，或称记室督、记室参军等，此处系指让诸弟记述游春观花之事。

⑤撷：撷取，采摘。漱：含嚼品味。

⑥褴褛：衣服破旧。黄冠：道士所戴束发之冠，用金属或木类制成，其色尚黄，故曰“黄冠”。

⑦木鱼：及下文“瘿（yǐng）瓢”，皆游方道士沿途化缘之用物，前者供敲击，后者供盛饭舀水。

⑧通倪：通“通脱”，放达。

⑨瘅（dàn）：因劳致痛。瘃（zhú）：冻疮。

译　文

贫道曾经计划建一个花棚，作为春日郊外寻芳、会集宾客之用。我在意想中设计得非常精妙：每年花开的季节，扶着老母，携子侄到此小聚数日，博取母亲的欢颜。在风轻云淡的原野上，即事命题，令诸弟作文记述游春观花之事，同时学习写诗，以通晓声律，采撷品味芳润，以作为游玩娱乐的收获。然后再邀请词坛兄弟，载酒聚此畅饮，限定用韵，即事作诗，以记一年春游之盛事。到如今，一切都成空想！我衣衫褴褛，头戴黄冠，敲着木鱼，捧着瘿瓢，沿途化缘，乞求人家给予茶饭，以养活我的老母！此等况味与当初所想大相径庭。这究竟是应当如此呢，还是落魄？在这种情况下，只要想得开，倒也觉得这种生活很不错；如果想不开，悲愤之情真可塞满天地。饥饿病痛，侥幸尚未落到我这样的凡人头上。

老僧衣社疏附记[1]

傅　山

冒暑过庵见僧，僧光头披葛衣、曳僧靸[2]，不袜。举手作揖，不似常奴才秃汉，坐久，不作语。山问和尚："大寿得何道理？"老和尚笑说："有甚道理，白日也随人吃饭，黑夜好睡觉，他不死，真没法。"问姓名，云："也没名，也没姓。"问识字，云："从来不做他。"语次，问生历。颇颇[3]说是陕西延安府人，生正德元年[4]。嘉靖入继大统，应募充直卫军[5]，性好骑马杀贼，以斩级官累至参将。得罪一个杨兵备[6]，陷以法，几死，得脱。自念于君无负，思报我亲。适母没，负土作坟庐墓。终服，遂出家。无子，家资付一侄儿。时年四十五，正嘉靖二十九年[7]也。既出家雄心不得死。后来偏关万军门征高丽[8]，尚光头戴大帽，骑马腰刀从军。道高丽事，极详。往说边塞安乱情形，辄感叹不置。又说多在辽东。因问："老和尚好谈边事，又在辽东时多，熊廷弼经略辽东时[9]，和尚在彼否？"和尚忽高声说："好个熊经略！"随即邛头[10]下，半日不作声，起视之，和尚泪下如雨不禁，葛衫襟泫然[11]湿矣！问老和尚何为哭熊经略。即收泪小笑说："杀他时我适在京市见之，故哭。"问老和尚不能断恩爱耶？又小笑："好容易底断恩爱也！好容易底断恩爱也！"日下，将下门，遂别去。

注　释

①本文选自《霜红龛集·杂记》，文本前有一语："一篇绝妙文字，可惜文字不全。"文章通过对一位137岁老僧经历的描述，具体刻画出他独特的个性和勇敢、正直的品质，真实自然地表现了这位老僧的民族意识和爱国思想。

②靸（sǎ）：鞋。

③颇颇：略略。一说频频。

④正德元年：即公元1506年。

⑤直卫军：直属于皇帝的禁卫军。

⑥兵备：明代各省重要地方整饬兵备的道员。

⑦嘉靖二十九年：即公元1550年。

⑧偏关：又称偏头关，明代长城外三关之首，位于今山西西北边陲。万军门：万世德，字伯修，山西偏关人，知兵法，善骑射。倭寇犯朝鲜，万军门以佥都御史之职经略朝鲜，大败倭兵，朝廷特命其总督辽蓟，有政绩。

⑨熊廷弼：字飞白，号芝冈，湖广江夏人。万历四十七年（1619）他任辽东经略，招集流亡，整肃军令，造战车，治火器，浚壕缮城，守备大固。在职年余，后金不敢进攻。熹宗即位，他被魏忠贤排挤去职。天启元年（1621）辽阳、沈阳失守，再任经略而无实权。广宁巡抚王化贞大言轻敌，不受调遣，次年大败溃退。熊廷弼同退入关，后被魏忠贤冤杀。经略：官名。明代用兵时特置“经略”，权任极重，在总督之上。

⑩邛（qióng）头：忧伤地低头。

⑪泫然：伤心流泪貌。

译文

冒着暑热去寺庙里探访老僧，老僧光头，穿着葛衣，拖着僧鞋，没穿袜子。他举手作揖，并不像寻常那些奴才相的和尚。坐了很久，并不说话。我问和尚：“你为何如此长寿？”老和尚笑着说：“能有什么原因？我白天也跟着旁人一起吃饭，晚上与旁人一样睡觉，就是死不了，我也没办法。”问他姓名，说：“无名也无姓。”问他识字与否，说：“从来没学过。”交谈之间，我又询问他的生平经历。他粗略地说自己是陕西延安府人，生于正德元年。嘉靖帝入继大统，他应征募当兵，去了禁卫军，生性好骑马杀贼，以斩敌首级之功，逐步晋升至参将。后来他得罪一个姓杨的兵备，被诬触犯律法加以陷害，几乎致死，幸得以逃脱。自认为无愧于君，思念双亲之恩。正值母亲去世，担土筑居室傍墓而守。守孝期满后，便出家。没有子嗣，家资全留给了一个侄儿。他时年四十五岁，正是嘉靖二十九年。虽出家，但他仍雄心不死。后来偏关万军门征高丽，和尚头戴大帽，骑着马，腰间挎着刀，从军参战。他述说在高丽的见闻，极为详细。谈说过往边塞安定与战乱的情形，则感叹不已。又称自己多在辽东。我因此问他：“老和尚好说边塞之事，又在辽东多时，熊廷弼经略辽东时，和尚你在那里吗？”和尚忽然高声叫道：“好个熊经略！”随即又忧伤地低下头，半晌不作声，等他抬起头，只见他泪如雨下，不能自已，葛衫的衣襟已尽湿了。我问老和尚为何哭熊经略。他忍着泪水微笑说：“朝廷杀他时我正好在京城，看到了当时的情景，所以哭泣。”我问老和尚是否不能断却恩爱之情，老和尚又微笑着说：“恩爱岂是容易断的！恩爱岂是容易断的！”夕阳西下，将落门下，于是我辞别而去。

与曹秋岳书[①]

傅　山

以七十四岁老病将死之人，谬充博学之荐，而地方官府即时起解，篮舆就道，出乖弄丑[②]。累经部验，今幸放免，复卧板舁归[③]。从此以后，活一月不可知，一年不可知。先生闻之，定当大笑：乃复有此蒲轮[④]别样！因便敬候兴居[⑤]，使知此况。来僧圆璧其人，颇解读书。山出门时，其敦逼狼狈，不可告人，且病噎不食。璧为煮粥煎药，将护[⑥]之情，不能已已。乃妄闻山之病死燕市，复瓶钵[⑦]来看。见山生归，欲复南游，募书册藏一部，以其便于展阅，欲下智慧根子。山感此谊，闻此板即在贵府阿兰若[⑧]内。愿先生悯此白学[⑨]，为此开缘[⑩]，一册一函，莫非佛事，此似亦易为力。纸笔贵贱，捻难悬度[⑪]，彼若至诚，或当如愿。载归之时，山若未死，当南向跪，诵《金刚经》一卷，以当报恩。枯木堂[⑫]力疾草此，求恕不恭。寒温套语不敢作，诳秋翁先生菩萨[⑬]。傅山顿首，顿首。

注　释

①本文选自《傅山全书·书札》。这封书信是为僧人圆璧前往曹府求借佛经印版而写的引荐信，作者又叙述了自己被迫北上的荒唐经历，语颇有无奈自嘲之意。曹秋岳：名溶，字洁躬，又字秋岳，嘉兴人。明崇祯十年（1637）进士。清顺治元年（1644）任河南道御史，后官广东右布政使、陕西按察副使。

②“以七十四岁”五句：康熙十七年（1678），清廷为拉拢人心，令三品以上官员推荐“学行兼优、文词卓越之人”，供康熙帝亲试录用。给事中李宗孔、刘沛先推荐傅山应博学宏词试。傅山称病推辞，阳曲知县戴梦熊奉命促驾，强行将傅山押往北京。篮舆：竹轿。

③“累经部验”三句：至北京后，傅山继续称病，卧床不起。任清廷满汉大员多次拜望诱劝，皆不为所动，拒绝应试。亦不接受皇帝授封“内阁中书”之职。清廷无奈，只得放其归里。舁：抬。

④蒲轮：以蒲草裹轮，使车子行走时平稳。古代征聘贤士的特殊待遇。

⑤因便：趁这个机会。指圆璧南游，将访问曹溶。兴居：起居。

⑥将护：调养，护理。

⑦瓶钵（bō）：装食物的器具。

⑧阿兰若：梵文音译，原指森林或旷野荒凉之地，后指闲静空净之处，即僧人居处。

⑨白学：《宋书·蛮夷列传》："有白学先生，以为中国圣人经纶百世，其德弘矣。"此处指圆璧至诚好学。

⑩开缘：施舍，行方便。

⑪捴：通"总"。悬度：悬想，揣度。

⑫枯木堂：傅山在京临时居所，在崇文门外圆教寺。

⑬先生菩萨：比喻心肠慈善的人。

译 文

我这个七十四岁的年老患病行将就死之人，竟荒谬地被推荐应博学宏词试，而地方官府立即将我押解，坐了竹轿上路，在人前出乖露丑。经过礼部几番验证，如今有幸得以被放免，还是躺在木板上被抬回去。从此以后，能否活一个月我不知道，能否活一年我也不知道。先生听说这情况，一定会大笑：天下竟然有这样征聘贤士的情形！趁此机会，我恭敬地向您问候，并使您知道这个情况。来僧圆璧，颇善读书。我被押赴京城时，备受逼迫，狼狈不堪，当时情状不可告人，且当时我患病，咽喉不通，不能进食。圆璧为我熬粥煎药，调护之情，不能忘怀。后来他又听流言说我病死于北京，又用瓶钵装着食物来看望我。看见我活着回来，才放下心来。圆璧想再次南游，募集书册一部，以便随时展阅，学习佛经教义，扎下皈依佛门的根子。我感念他对我的情谊，又听闻贵府阿兰若内藏有很多佛经印版。深愿先生怜悯这个至诚好学的僧人，为他行个方便，让他抄录一些，一册一函，无不是向佛之事，而且这对于您来说也是很容易的。纸笔贵贱，总是难以揣度的，他如果心怀至诚，或许能如愿。圆璧满载而归之时，我如果还没死，当向南而跪，诵《金刚经》一卷，以报先生开缘之恩。枯木堂中勉强支撑病体，草草写成此信，希望先生宽恕我的言语不恭之处。嘘寒问暖之类的客套话不敢多说，那都是诓骗先生这样心肠慈悲之人的。傅山顿首，顿首。

训子侄[①]

傅 山

眉、仁素日读书，吾每嫌其驽钝，无超越兼人[②]之敏。间观人有子弟读书者，复驽钝于尔眉、仁，吾乃复少恕尔。两儿以中上之资，尚可与言读书者。此时正是精神健旺之会，当不得专心致志三四年？记吾当二十上下时，读《文选》、京都诸赋[3]，先辨字，再点读[4]，三四上口，则略能成诵矣。戊辰会试卷出[5]，先兄子由先生[6]为我点定五十三篇。吾与西席[7]马生较记性，日能多少。马生亦自负高资，穷日之力，四五篇耳。吾栉沐[8]毕诵起，至早饭成唤食，则五十三篇上口，不爽一字，马生惊异叹服如神。自后凡书无论古今，皆不经吾一目。然如此能记时亦不过六七年耳。出三十则减五六，四十则减去八九，随看随忘，如隔世事矣。自恨以彼资性，不曾闭门十年读经史，致令著述之志不能畅快。值今变乱，购书无复力量，间遇之，涉猎[9]之耳。兼以忧抑仓皇，蒿目世变[10]，强颜俯首为蠹鱼[11]，终此天年。火藏焰腾[12]，又恨咕哔[13]，大坏人筋骨，弯强跃马[14]，呜呼已矣！或劝我著述。著述须一副坚贞雄迈心力，始克纵横。我庾开府[15]萧瑟极矣。虽曰虞卿[16]以穷愁著书，然虞卿之愁，可以著书解者；我之愁，郭瑀[17]之愁也。著述无时亦无地。或有遗编残句，后之人误以刘因[18]辈贤我，我目几时瞑也。

尔辈努力，自爱其资，读书尚友[19]。以待笔性老成、见识坚定之时，成吾著述之志不难也。除经书外，《史记》《汉书》《战国策》《左传》《国语》《管子》《骚》、赋[20]，皆须细读。其余任其性之所喜者，略之而已。廿一史[21]吾已尝言之矣：金、辽、元三史列之载记，不得作正史读[22]也。

注　释

①本文选自《傅山全书·家训》。傅山有子傅眉，有侄傅仁，此家训主要是以自己的切身体验指导他们应当重视学习和如何进行学习。同时文中体现出亡国之悲和强烈的民族意识。

②兼人：超过别人，一人顶两人。

③《文选》：即《昭明文选》，现存最早的一部汉族诗文总集，由南朝梁武帝长子萧统（谥昭明）组织文人共同编选。京都诸赋：指班固《两都赋》、张衡《二京赋》、左思《三都赋》等。

④点读：标出标点符号以断句。

⑤戊辰：明崇祯元年（1628）。会试：明清时各省举人赴京参加科举考试曰“会试”。

⑥先兄子由先生：傅山之兄，名庚。

⑦西席：亦称西宾，旧时家塾的教师或幕友。

⑧栉（zhì）沐：梳头洗漱。

⑨涉猎：指粗略地阅读、浏览，不做细致的研究。

⑩蒿目世变：《庄子·骈拇》：“今世之仁人，蒿目而忧世之患。”后称对世事忧虑为“蒿目时艰”或“蒿目世变”。

⑪蠹（dù）鱼：蛀蚀书籍衣物的小虫。此是傅山对自己无可奈何钻入故纸堆中的比喻。

⑫火藏焰腾：强把火掩盖下去，可火焰又升腾起来。

⑬呫哔（tiè bì）：犹占毕，指诵读。

⑭弯强跃马：挽强弓，跃骏马。此指驰骋疆场，以武力驱逐异族入侵者。

⑮庾开府：即庾信，南朝人，梁元帝时以右卫将军之职使西魏，被扣留不返。周明帝、武帝并好文学，皆优礼相加，官至骠骑大将军开府仪同三司，世称“庾开府”。庾信位虽显贵，而常有乡关之思，因作《哀江南赋》。杜甫诗云：“庾信平生最萧瑟，暮年诗赋动江关。”

⑯虞卿：战国时游说之士。说赵孝文王，一见赐黄金百镒、白璧一双，再见拜为上卿，故号虞卿。后离赵，困于梁，乃著述八篇，以刺国家得失，世传之曰《虞氏春秋》。

⑰郭瑀：东晋十六国时期敦煌人，字元瑜，精通经义，多才艺，因世乱志不得伸，隐于临松薤谷，凿石窟而居，著有《春秋墨说》《孝敬综纬》等。

⑱刘因：元代雄州容城（今河北徐县）人，字梦吉，号静修，早年丧父，事继母孝。至元中，不忽木以学问道德荐于朝，任右赞善大夫，以母疾辞归。著有《静修集》《四书集义精要》。

⑲尚友：尊友。一说“尚”通“上”，指上与古人为友。

⑳《骚》、赋：《离骚》和汉赋。

㉑廿一史：指《史记》《汉书》《后汉书》《三国志》《晋书》《宋书》《南齐书》《梁书》《陈书》《魏书》《北齐书》《周书》《南史》《北史》《隋书》《新唐书》《新五代史》《宋史》《辽史》《金史》《元史》。

㉒不得作正史读：此处体现了作者的民族意识。

译文

傅眉、傅仁，你们平日读书，我时常嫌你们迟钝，没有超越常人的聪慧。近来我观察别人家的子弟读书，发现他们比你们更加迟钝，于是我也就少责怪你们了。你们二人的资质属于中上，还可以给你们讲点求学读书的事。此时你们正是精力充沛的时候，难道不应当专心致志读书三四年？记得我二十岁上下时，读《昭明文选》中的《二京赋》《三都赋》等篇，先辨认字，再断句，读上三四遍便能琅琅上口。戊辰年会试卷子出来后，先兄子由先生为我点定五十三篇文章，让我背诵。我与家中教师马先生比试记忆力，看每天能记多少。马先生也自认为有很高的天资，每天竭尽全力，也只能背诵四五篇。我清晨梳洗完毕开始诵读，到家人喊吃早饭，五十三篇就全都背出来了，而且一字不差。马先生大为惊异，叹服我如神明。从此以后，书无论古今，我都过目成诵。但能像这样记诵的时间也不过六七年左右。三十岁以后记忆力就减去十之五六，四十岁以后就减去十之八九，随看随忘，好比隔世之事了。我遗憾在有那样好的记性时，不曾闭门苦读十年经史，以致不能顺利完成著述的志愿。现在政局变乱，想买书再也没有力量，偶然遇上，也只能粗略地阅读罢了。加上心情愁闷不乐，匆忙又慌张，忧虑社会的变化，只能强颜欢笑，俯首贴耳，如同书中的蛀虫一般了却一生。我年轻时性格倔强，心中有火气便不能抑制，又不喜欢读书，这对人的身体损害极大，待到年迈时再想弯弓跃马，已为时过晚了！有人劝我著述。而著述必须有坚贞的精神和雄健的体力，方能笔底为文，任情挥洒。我像庾信一样萧瑟到极点了。虽说虞卿因穷愁而著书，然而虞卿之愁，犹可著述来消解；我之愁，是郭瑀一般的愁。我想要著述，却无时机也无地点。或许有遗编残句，使后人误将我看作刘因之辈而称赞我，我是死不瞑目的。

你们要努力，爱惜自己的资质，读书尊友。等到笔性老成、见识坚定之时，完成我著述的志愿就不难了。除经书外，《史记》《汉书》《战国策》《左传》《国语》《管子》《离骚》、汉赋都要细读。其余任凭自己的爱好，大致读读而已。关于二十一史，我曾经说过：《金史》《辽史》《元史》所记载的，不得当正史读。

与嵇匡侯书[1]

金圣叹

同学弟金人瑞顿首：弟年五十有三矣。自前冬一病百日，通身竟成颓唐。因而自念：人生世间，乃如弱草，春露秋霜，宁有多日？脱遂[2]奄然终殁，将细草犹复稍留根荄[3]，而人顾反无存遗耶？用是不计荒鄙，意欲尽取狂臆所曾及者[4]，辄将不复拣择，与天下之人，一作倾倒。此岂有所觊觎[5]于其间？夫亦不甘便就湮没，因含泪而姑出于此也。

弟自端午之日，收束残破数十余本，深入金墅[6]太湖之滨三小女草屋中。对影兀兀[7]，力疾先理唐人七律六百余章，付诸剞劂[8]，行就竣矣。忽童子持尊书至，兼读《蒹秋堂五言诗》[9]，惊喜再拜。便欲挐舟[10]入城，一叙离阔。方沥米作炊，而小女忽患疾蹶[11]，其势甚剧。遂尔更见迟留。因遣使迎医，先拜手上致左右。

夫足下论诗以盛唐为宗，本之养气息力，归之于性情，旨哉是言！但我辈一开口而疑谤百兴，或云“立异”，或云“欺人”。即如弟《解疏》一书[12]，实推原三百篇，两句为一联，四句为一截之体，伧父[13]动云“割裂”，真坐不读书耳。足下身体力行，将使盛唐统绪[14]自今日废堕者，仍自今日兴起。名山之业[15]，敢与足下分任焉。

作者简介

金圣叹（1608—1661），本名采，字若采，明亡入清后改名人瑞，“圣叹”为其字，亦是批点文学古籍时所用的笔名，江苏吴县人。为人倜傥不群，清初以“抗粮哭庙案”被杀害。金圣叹是明清之际著名的文学评论家、散文家和诗人，他列《离骚》《庄子》《史记》《杜工部集》《水浒传》《西厢记》为“六才子书”，经他批点的《水浒传》《西厢记》远较原本为优，因此出版后风行海内，几至家有一编。有《沉吟楼诗选》传世，今有《金圣叹全集》。

注　释

①本文选自《金圣叹全集》。作者在垂老之年、重病之后，以“颓唐”之身，与贫病境遇斗争，与庸俗的见解斗争，坚持用自己的艺术观点评点唐人律诗，使之广为流传。这封信向友人叙述了自己艰苦的学术追求和为文艺批评事业献身的志向。嵇匡侯：即嵇永仁，初字匡侯，字留山，号抱犊山农，江苏常熟人，寄寓无锡。工诗文，善音律。入清之后也曾屡次应试，皆不中，遂以教馆和行医为生。康熙十二年（1673）入福建总督范承谟幕。耿精忠反，朝廷拘范承谟、嵇永仁，囚禁三年，嵇永仁自缢而死。

②脱遂：假使就此。

③根荄（gāi）：根须。荄：草根。

④狂臆所曾及者：主观妄想所涉及到的。金圣叹指用自己的标准选中的唐诗。

⑤觊觎：此指不正当的企图。

⑥金墅：地名，在太湖之滨。

⑦兀兀：用心劳苦貌。

⑧剞劂（jī jué）：雕板，古代印刷工序之一。此处代指付印。

⑨《蒹秋堂五言诗》：嵇永仁的诗集。

⑩拏（ná）舟：驾船。

⑪疾蹶：病倒。

⑫《解疏》一书：金圣叹编撰并注释的唐代律诗选集六百首。他认为近体诗和《诗经》中的作品一样，是以二句为一联，四句为一段的，并持此反对时人将律诗分为首、尾、中三部分。

⑬伧父：骂人的话，犹言鄙夫，粗野的人。

⑭盛唐统绪：盛唐诗歌的传统。

⑮名山之业：《史记·太史公自序》：“藏之名山，副在京师。”后人

因以“名山之业”指不朽之作。金圣叹在此指自己的《解疏》一书。

译 文

同学弟金人瑞顿首：弟今年已经五十三岁了。自从去年冬天患病百日，全身从此虚弱颓唐。因而自念：人生于世间，就好比柔弱之草，要承受春露秋霜，哪会有太多的时日存世？即使就此忽然辞世，那细草犹有根须留存，而人怎能无所存遗呢？因此我不计荒鄙，意欲尽取我以自己的标准选出的唐诗，辄将不复拣择，评定成集，与天下人一起品赏，一起为之心折叹服。难道我评点这些诗文还有什么追求名利的企图吗？我只是不甘心就这样湮没于世，因而含泪选出这些诗作而加以品评。

弟自端午节起，搜集残破书籍数十本，住进金墅太湖之滨小女的草屋中。每日对影用心劳苦，匆忙地先整理出唐人七律六百多篇，然后付印，此事就快完成了。忽然童子拿着您的书信来到，并且朗读您所作的《蒹秋堂五言诗》，我惊喜再拜。便想驾船入城，与您一叙分离阔别之情。正淘米准备做饭，小女忽然病倒，病情十分严重。于是我只好在草屋再停留一段时日。派人到城中去请医生，趁此机会先向您的左右献上这封信。

您评诗以盛唐为源本，认为根本在于养成宏大的气魄和深厚的功力，并归结到诗人的艺术情趣，这话说得多么好啊！然而我辈一开口议论，各种质疑毁谤就纷纷而至，或指责“立异”，或指责“欺人”。就好比我所编撰的《解疏》一书，是从源头上对《诗经》三百篇进行研究，认为近体诗和《诗经》中的作品一样，是以二句为一联，四句为一段的体制，而粗鄙之人动辄就指责我“割裂”，事实上是因为不读书的缘故啊！足下身体力行，将使自今日废堕的盛唐诗歌的传统，仍自今日兴起。我之《解疏》一书，斗胆与足下分担此大任。

与家伯长文昌[1]

金圣叹

诗非异物，只是人人心头舌尖所万不获已，必欲说出之一句说话耳。儒者则又以生平烂熟之万卷，因而与之裁成文章，润之成文者也。夫诗之有章、有文也，此固儒者之所矜[2]为独能也，若其原本，不过只是人人心头舌尖万不获已，必欲说出之一句说话，则固非儒者之所得矜为独能也。

承示新作，便欲入许用晦之室[3]矣。

注　释

①本文选自《金圣叹全集》。作者认为诗是“人人心头舌尖”的“一句话”，并非“儒者之所矜为独能”，反映了他的文学观的平民色彩，在当时可谓卓识。家伯长文昌，指其族兄金昌，字长文。

②矜：自恃。

③欲入许用晦之室：意谓风格造诣接近许用晦。《论语·先进》：“由（子路）也升堂矣，未入于室也。”后世常以升堂入室来品评学问造诣的程度。许用晦：名浑，字用晦，一作字仲晦，中唐诗人，有《丁卯集》。

译　文

诗并不是什么奇异的事物，只不过是人人心头舌尖不吐不快而必须说出的一句话而已。儒者以生平烂熟于胸的万卷学识，据此裁制成文章，修饰成文。诗歌有布局结构，有文采辞藻，这固然是儒者所自恃独能的，但若追究诗之原本，不过是人人心头舌尖不吐不快必须说出的一句话而已，而这本来就不是儒者所自恃独能的。

承蒙您给我看您的新作，以我看来风格造诣接近许用晦。

与任升之①

金圣叹

弟于世间，不惟不贪嗜欲②，亦更不贪名誉。胸前一寸之心，眷眷惟是古人几本残书③。自来辱在泥涂者④，却不自揣力弱，必欲与之昭雪。只此一事，是弟前件⑤！其余弟皆不惜。

注　释

①本文选自《金圣叹文集》。这封信表明了作者淡于浮名利禄，把批点我国古典文学名著当作一项重大事业，决心用毕生精力来完成。

②嗜欲：嗜好与欲望。多指贪图身体感官方面享受的欲望。

③眷眷：意志专一貌。古人几本残书：指被人熟读的几部古典名著。如《离骚》《庄子》《史记》《杜工部集》《水浒传》与《西厢记》等。金圣叹曾打算对这些书一一加以评点。

④泥涂：本指泥泞的道路。辱在泥涂者：指被埋没的人。

⑤前件：最看重的事。

译　文

弟生于世间，不仅是不贪感官享受，也不贪名誉。我胸前一颗丹心，一心一意放着的只是古人的基本残书而已。这些书湮没在世俗尘埃中，我却不估量自己的微薄力量，定要通过品评来使它们重放光芒。只此一件事，是我最为看重的事！其他的我在所不惜。

怪　说[①]

黄宗羲

梨洲老人坐雪交亭中[②]，不知日之早晚，倦则出门行塍[③]亩间，已复就坐。如是而日而月而岁，其所凭之几，双肘隐然。庆吊吉凶之礼尽废。一女嫁城中[④]，终年不与往来。一女三年在越[⑤]，涕泣求归宁[⑥]，闻之不答。莫不怪老人之不情也。

老人曰："自北兵南下，悬书购余者二，名捕者一，守围城者一，以谋反告讦者二三，绝气沙墠[⑦]者一昼夜。其他连染逻哨之所及，无岁无之，可谓濒于十死者矣。李斯[⑧]将腰斩，顾谓其中子曰：'吾欲与若复牵黄犬，俱出上蔡东门逐狡兔，岂可得乎？'陆机[⑨]临死叹曰：'华亭鹤唳，岂可复闻乎？'吾死而不死，则今日者，是复得牵黄犬出上蔡东门，复闻华亭鹤唳之日也。以李斯、陆机所不能得之日，吾得之，亦已幸矣！不自爱惜，而费之于庆吊吉凶之间，九原可作[⑩]，李斯、陆机其不以吾为怪乎？然则，公[⑪]之默默而坐，施施[⑫]而行，吾方傲李斯、陆机以所不如，而又何怪哉！又何怪哉！"

作者简介

黄宗羲（1610—1695），字太冲，号南雷，又号梨洲，浙江余姚人。父黄尊素为东林名士，因弹劾魏忠贤被害。崇祯初，阉党已除，黄宗羲上书请诛阉党余孽许显纯等，刑部会审时以铁锥毙伤仇人。后领导复社成员进行反宦官权贵的斗争。明亡后，他在浙东一带组织抗清，被鲁王任为左副都御史。失败后隐居不仕，屡拒清廷征召，潜心著书。其一生著述大致依史学、经学、地理、律历、数学、诗文杂著为类，多至50余种，300多卷。其启蒙思想完全没有外来思想影响，空前绝后，被称为"中国思想启蒙之父"，并与顾炎武、王夫之并称为"明末清初三大思想家"。著有《宋元学案》《明儒学案》《明夷待访录》《南雷文定》，今有《黄梨洲文集》。

注释

①本文选自《黄梨洲文集》，为作者晚年隐居时所作，写自身晚年境遇之“怪”，字里行间充斥着抑郁愤懑之情。

②梨洲老人：作者自号。雪交亭：亭名，在作者家中。

③塍：田间土埂。

④一女嫁城中：指作者的大女儿，嫁给朱林。

⑤一女三年在越：指作者的第二个女儿，嫁于山阴（今浙江绍兴）刘茂林。

⑥归宁：指已嫁女儿回娘家探望父母。

⑦沙墠（shàn）：沙地。墠：平整的场地。

⑧李斯：字通古，战国末年楚国上蔡（今河南上蔡）人，为秦始皇重臣，曾任秦国廷尉、丞相。曾与赵高合谋伪造遗诏，迫令秦始皇长子扶苏自杀，立胡亥为秦二世。后遭赵高陷害，于秦二世二年（前208）被腰斩于咸阳闹市，并夷三族。《史记·李斯列传》：“斯出狱，与其中子俱执，顾谓其中子曰：‘吾欲与若复牵黄犬，俱出上蔡东门逐狡兔，岂可得乎？’遂父子相哭，而夷三族。”

⑨陆机：字士衡，吴郡吴县（今江苏苏州）人，西晋著名文学家。赵王司马伦掌权时，引为相国参军，封关中侯。司马伦被诛后，险遭处死，赖成都王司马颖救免，此后便委身依之，为平原内史，世称“陆平原”。太安二年（303），任后将军、河北大都督，率军讨伐长沙王司马乂，却大败于七里涧。后遭谗遇害，被夷三族。《晋书·陆机传》：“（陆机）既而叹曰：‘华亭鹤唳，岂可复闻乎？’遂遇害于军中，时年四十三。二子蔚、夏亦同被害。”

⑩九原：春秋时晋国卿大夫的墓地，这里泛指墓地。作：起。

⑪公：疑系“今”字之误。

⑫施施：形容走路缓慢。

译文

我坐在雪交亭中，不知时日之早晚，疲倦了就去田间走走，随后又回来坐坐。这样一天天、一月月、一年年，我所凭靠的几案上，都能隐约看出肘关节在上面留下的印痕。喜事的庆贺、丧事的吊唁等礼节，一概都不去管了。一个女儿嫁到了城里，终年没跟她往来。一个女儿到越地三年了，哭着求我允许她回来省亲，我得知了也不回应。常人无不以我老头子不通人情为怪。

我说：“自从清兵南下，张贴布告悬赏捉拿我有两次，指名逮捕我有一次，被清兵围困在城里有一次，以谋反之罪被告发有两三次，在沙地里几乎死去有一昼夜。此外，没有哪一年不被牵连、不被巡逻的兵丁盘查到，可以说是九死一生。当年李斯将要被腰斩的时候，回头对二儿子说：‘我想和你再次牵黄狗到上蔡东门外打猎，哪里还能够呢？’陆机临死时感叹道：‘华亭的鹤唳声，哪里还能听到呢？’我本该死却没有死，那么今日就好比是李斯再次与儿子牵黄狗到上蔡东门外打猎，是陆机再次听到华亭的鹤唳声，我能有这一天，也已经是幸福的了。如果我还不珍惜，而耗费时日精力到婚丧嫁娶的事情中，那么李斯、陆机若能死而复生，难道不会觉得我奇怪吗？但是，现在静默而坐，缓慢而行，我正藐视李斯、陆机连我都不如，又有什么奇怪的呢！又有什么可奇怪的呢！”

《海市赋》序[①]

黄宗羲

余登达蓬山[②]望海，山僧四五人皆言：春夏之交，此地特多海市[③]。各举所见，与图画传闻者绝异。盖传闻者多言蜃气烛天[④]，影象见[⑤]于空中，岂知附丽[⑥]水面，以呈谲诡[⑦]。言者不出云气仿佛，岂知五采历落，刻露秋毫[⑧]。东坡在登州[⑨]，以岁晚[⑩]得见为奇，然霜晓雾后，往往遇之，亦不必拘拘于[⑪]春夏也。信耳信目，自有差等。山僧约明年三四月来宿其舍，海神当不余弃。先次第其言而赋之。

注 释

①本文选自《南雷文定》。清康熙八年（1669）冬，作者登达蓬山，观览海景，采录山僧之语，加以润色，写就《海市赋》，本文即其序。文中辨析山僧所见的海市与“图画传闻”的景象存在真确细微和笼统模糊的差别，肯定获得知识比较可靠的途径是亲自接触事物，不应为种种不确切的传闻所困惑。

②达蓬山：在今浙江慈溪县东北三十里有大蓬山，一名达蓬山，相传秦始皇欲从此航海到达东海蓬莱，故名。

③海市：即海市蜃楼，是一种因光的折射和全反射而形成的自然现象，是地球上物体反射的光经大气折射而形成的虚像。

④蜃（shèn）气：大气由于光线的折射，把远处景物显现到空中或地面上的奇异幻景，古人误以为是蜃吐气而成，故称蜃气。蜃：大蛤。《本草纲目》鳞部一：“（蜃）能吁气成楼台城郭之状，将雨即见，名蜃楼，亦曰海市。”烛天：照耀天空。

⑤见：犹“现”。

⑥附丽：附着，依附。

⑦谲诡（jué guǐ）：变化多端的怪异景象，指海市幻景。

⑧秋毫：鸟兽在秋天新长出来的细毛。

⑨东坡：即北宋文学家苏轼。登州：在今山东胶东半岛东端的蓬莱县。

⑩岁晚：指冬天。按：苏轼在宋神宗元丰八年（1085）十月十五至二十曾调任登州，写过《登州海市》一诗，诗序曰："父老云：尝出于春夏，今岁晚不复见矣。予到官五日而去，以不见为恨，祷于海神广德王之庙，明日见焉。乃作此诗。"

⑪拘拘于：拘泥于，局限于。

译　文

我登上达蓬山观海，四五个山僧都对我说：春秋之交，这里经常会出现海市幻景。他们各自陈述所见之景，与我曾在图画上看到的景象完全不一样。传闻者大多说蜃气照耀天空，地面各种物体的影像出现在空中，岂知蜃气其实是附着在水面上，以呈献出变化多端的怪异景象。传说者都说云气迷蒙，看不真切，岂知五彩参差错落，将各种景象描摹得极为细致。苏东坡在登州时，曾在冬天时见过海市之景，以为奇妙，可见秋日清晨雾后，也往往可以得见此景，也不一定仅仅在春秋之交可见。耳闻与目睹，自有差别。山僧约我明年三四月来住其僧舍，海神定会不抛弃我，为我呈现出奇异之景。先记下他们的话，后再作赋。

过云木冰记[①]

黄宗羲

岁在壬午[②]，余与晦木、泽望入四明[③]，自雪窦[④]返至过云。雰霭澒浊[⑤]，蒸满山谷，云乱不飞，瀑危弗落。遐路窈然[⑥]，夜行撤烛，雾露沾衣。岚寒折骨，相视褫气[⑦]，呼嗟咽续。忽尔冥霁地表[⑧]，云敛天末，万物改观，浩然目夺。小草珠圆，长条玉洁。珑松插于幽篁[⑨]，缨络缠于萝阙[⑩]，琤琮俯仰[⑪]，金奏石搏[⑫]。虽一叶一茎之微，亦莫不冰缠而雾结。余愕眙[⑬]而叹曰："此非所谓木冰乎？《春秋》书之[⑭]，《五行》[⑮]志之，奈何当吾地而有此异也？"

言未卒，有居僧笑于旁曰："是奚足异？山中苦寒，才入冬月，风起云落，即冻洛[⑯]飘山，以故霜雪常积也。盖其地当方山之中，嚣尘沸响，扃鐍[⑰]人间，村烟佛照，无殊阴火[⑱]之潜，故为愆阳[19]之所不入。去平原一万八丈，刚风疾轮，侵铄心骨。南箕哆口[20]，飞廉弭节[21]。土囊大隧所在而是[22]，故为勃郁烦冤之所不散[23]。溪回壑转，蛟螭蝼蛰[24]，山鬼窈窕。腥风之冲动，震瀑之敲嗑[25]，天呵地吼，阴崖冱[26]穴，聚雹堆冰，故为玄冥[27]之所长驾。群峰灌顶，北斗堕胁，藜蓬臭蔚[28]，虽焦原竭泽，巫吁魃[29]舞，常如夜行秋爽，故为曜灵之所割匿[30]。且其怪松人枫[31]，礐石罔草[32]，碎碑埋砖，枯胔[33]碧骨，皆足以兴吐云雨。而仙宫神治，山岳炳灵[34]，高僧悬记，冶鸟木客[35]，窅崒幽深[36]，其气皆敛而不扬，故恒寒而无燠。”

余乃喟然曰：“嗟乎！同一寒暑，有不听命于造化之地；同一过忒[37]，有无关系于吉凶之占。居其间者，亦岂无凌峰掘药，高言畸行[38]，无与于人世治乱之数者乎？余方龃龉[39]世度，将欲过而问之。”

注 释

①本文选自《黄梨洲文集》，是一篇奇特的游记。作者绘声绘色，善造意境，写木冰的景象，使人仿佛置身于晶莹的世界，写木冰的形成，又令人夺魄心惊，只觉纸上生寒，确实是揉细腻的工笔与磅礴的气势于一体。结尾看似漫不经心，实则引人深思。过云：浙江四明山内的一个地段。据唐代陆龟蒙《四明山诗序》云：“山中有云不绝者二十里，民皆家云之南北，每相徙，谓之过云。”木冰：一种自然现象，雨着木即凝结成冰。又称“木介”。

②壬午：指明崇祯十五年（1642）。

③晦木：黄宗羲弟，名宗炎，世称立溪先生。泽望：亦黄宗羲弟，名宗曾，号缩斋，人称石田先生。四明：山名，在浙江省宁波市西南，属天台山支脉。

④雪窦：山名，在浙江奉化西，为四明山分支。

⑤雰（fēn）：雾气。淟（diǎn）浊：混浊，污垢。

⑥窈然：深远貌。

⑦褫（chǐ）气：本指慑于声威，丧失胆气。此指因寒冷而呼吸急促。

⑧冥：晦暗。霁：本指雨止，这里指云雾散。

⑨珑松：通“珑璁”，即玉簪。篁：竹林，竹丛。

⑩缨络：串珠玉而成的装饰物。阙：通“缺”，空隙处。

⑪琤琮：玉石碰击声。俯仰：高低。

⑫金：金属乐器，如钟、钹。石：石制的乐器，如磬。

⑬愕眙（chì）：惊视。眙：直视貌。

⑭《春秋》书之：《春秋左氏传·成公十六年》：“春王正月，雨木冰。”

⑮《五行》：指刘向《五行传》。其书曰："木先寒，故得雨而冰也。"
⑯洛（luò）：冰冻。
⑰扃鐍（jué）：关锁，引申为隔绝。
⑱阴火：磷火，野地夜间常见的青色火焰，俗称鬼火，实际是磷的氧化现象。
⑲愆阳：阳气过盛，多指天旱或酷热。愆：超过。
⑳南箕：星宿名，古人认为南箕主风。哆（chǐ）：张口貌。
㉑飞廉：风神。弭节：驻车。弭：止。节：策，马鞭。
㉒土囊：土穴。隧：洞。
㉓勃郁：蕴积，壅塞。烦冤：风回旋貌。宋玉《风赋》："勃郁烦冤，冲孔袭门。"
㉔蛟：传说中的动物，龙类，能发洪水。螭（chī）：传说中的动物，龙类。蠖（huò）蛰：像蠖一样伏藏。蠖：一种昆虫。
㉕嗑（kè）：碰，敲击。
㉖冱（hù）：闭塞。
㉗玄冥：水神。《礼记·月令》孟冬之月："其神玄冥。"
㉘臭（xiù）蔚：气味浓郁。
㉙魃（bá）：神话中的旱神。
㉚曜（yào）灵：太阳。割匿：割取和隐藏。
㉛人枫：即"枫人"，枫树上生成的人形瘿瘤。
㉜礜（yù）石：《山海经》中记载的有毒的矿石。罔草：纠结的丛草。
㉝胔（zì）：肉腐烂。
㉞炳灵：显赫的魂灵。
㉟冶鸟：晋干宝《搜神记》中所载的鸟名。木客：山中的精怪。
㊱窅（yǎo）：深远。崒：通"萃"，聚集。
㊲过忒（tè）：此处犹言"变更"。
㊳畸行：超俗的、非凡的行为。
㊴龃龉（jǔ yǔ）：不合，不融洽。

译文

壬午年，我和晦木、泽望到四明山去，从雪窦山返回来到过云。这里云雾弥漫，山岚浑浊，充满了整个山谷，纷乱云并不移动，高高的瀑布也停止了下落。蜿蜒曲折的山路向远处延伸，我们撤去烛火夜行，雾气与露水沾湿了衣裳。山间寒气彻骨，大家望见彼此都是呼吸急促，一呼一吸时断时续。忽然雾散云收，万物改换了样子，眼前一片光亮。小草上结着晶圆的露珠，树枝上披着白玉般洁白的冰条。珑松间杂在幽深的竹林中，像璎珞般缠绕在藤萝的缝隙，上下都有琤琤琮琮的声响，恰似金属和石块奏击的声音。即使是最微小的一叶一茎，也没有不被冰雪缠绕的。我惊叹说："这不是所谓的木冰吗？《春秋》和《五行》上都有记载，为什么我们家乡也有这种奇异之景呢？"

话还未说完，有一个当地的僧人在旁边笑着说："这有什么值得诧异？山中苦寒，刚进入冬月，就风起云涌，冰凌满山，所以常年积满霜雪。因为这里地处万山之中，没有尘俗的纷争，隔绝人世，既无乡村和寺庙的烟火，甚至也没有磷火偶然出现，所以过盛的阳气到不了这里。这里距离平地有一万八千丈，强劲的风像急转的车轮，浸人心骨。那情形就像南箕星张着大口，风神飞廉在这里停驻，到处都是土洞和长长的隧道，以致大风壅塞回旋不散。小溪迂回，山谷递转，蛟螭潜伏，山鬼幽深。暴风强劲有力，瀑布震天作响，天地怒吼，北面山上的洞穴堆聚着冰雹，原来这里常年为水神所控制。群峰高耸入云霄，北斗星都似乎堕入她的腰际，杂草的气味浓郁，即使是原野枯焦，沼泽干涸，巫师呼唤着旱魃狂舞，这里也常年如秋夜般凉爽阴湿，这里好像被太阳单独割取藏匿起来。况且这里树形怪异的松树和枫树上的树瘤、毒石杂草、破碎的古碑、残埋的砖块、腐烂的肉和白骨，都完全可以兴云吐雨。况且这里像仙宫一样有神灵治理，连山岳也发出灿烂的灵光，这里有道行极高的僧人在悬崖上刻下的文字，还有有灵性的鸟和精怪，深峻幽邃，他们的寒气都收敛着而不散发，所以总是那么寒冷而不温暖。”

我于是喟然长叹：“唉！一样的寒来暑往，但仍有不听命于自然的地域存在；一样的变化无常，就有与占卜吉凶无关之处。住在这里的人，难道就没有翻越山峰挖掘药材，说着高深莫测的话语，有着超凡行为的人，就没有能参与决定人间治乱命运的人吗？我正与现在的世道法度格格不入，准备去拜访和询问这样的人。”

李①

李　渔

李是吾家果，花亦吾家花，当以私爱嬖②之，然不敢也。唐有天下，此树未闻得封。天子未尝私庇，况庶人乎？以公道论之可已。与桃齐名，同作花中领袖，然而桃色可变，李色不可变也。“邦有道，不变塞焉，强哉矫！邦无道，至死不变，强哉矫③！”自有此花以来，未闻稍易其色，始终一操，涅而不淄④，是诚吾家物也。至有稍变其色，冒为一宗，而此类不收，仍加一字以示别者，则郁李⑤是也。李树较桃为耐久，逾三十年始老，枝虽枯而子仍不细，以得于天者独厚，又能甘淡守素，未尝以色媚人也。若仙李之盘根⑥，则又与灵椿⑦比寿。

我欲绳武[8]而不能，以著述永年而已矣。

作者简介

李渔（1611—1680），初名仙侣，后改名渔，字谪凡，号笠道人、湖上笠翁等，浙江兰溪人，生于江苏如皋。自幼聪颖，素有才子之誉，世称李十郎，家设戏班，至各地演出。明末屡赴乡试不中，清兵南下后不再应举，曾一度充金华同知许檄彩幕僚，后居杭州从事戏曲小说创作。李渔是明末清初文学家、戏曲家、戏曲理论家、美学家，著有《笠翁十种曲》，小说《无声戏》《十二楼》，诗文集《笠翁一家言》，杂著《闲情偶寄》等。

注　释

①本文选自《闲情偶寄·种植部·木本第一》。文中突出李之“甘淡守素”的品质，给予高度赞扬，并以李自比，一抒己志。

②嬖（bì）：宠爱。

③“邦有道”六句：语出《中庸·第十章》。塞：实，指充实于内的志向。矫：强悍刚毅貌。

④涅而不淄：染是染不黑的。比喻品格高尚，不受恶劣环境的影响。《论语·阳货》：“不曰白乎，涅而不缁。”涅：染色。淄：通“缁”，黑色。

⑤郁李：蔷薇科樱属灌木。

⑥仙李之盘根：《太平广记》卷一引晋时葛洪《神仙传·老子》：“老子之母，适至李树下而生老子，生而能言，指李树曰：‘以此为我姓。’”李唐统治者自言为老子之后，后因以李姓宗族昌盛为“仙李蟠根”。这里指传说中仙界盘根错节的李树。

⑦灵椿：长寿之树。《庄子·逍遥游》：“上古有大椿者，以八千岁为春，八千岁为秋。”

⑧绳武：《诗经·大雅·下武》：“昭兹来许，绳其祖武。”绳：继承。武：周武王的功绩。这里指继承先人功业。

译　文

李子是吾家果，李花是吾家花，按理我应该出于私心而偏爱它，可是我不敢。唐代拥有天下，皇族亦姓李，李树也没听说获得封赐。天子都没有偏爱庇护，更何况是我这个庶人呢？故而以公道来评论它就可以了。李花与桃花齐名，同是花中领袖，然而桃花色彩可变，李花色彩不可变。孔子曾说：“国家政治清平时，不改变志向，这才是真强悍刚毅啊！国家政治黑暗时，宁死不变，这才是真强悍刚毅啊！”自从有李花以来，从未听说过它稍微改变色彩，始终保持如一，不受恶劣环境的影响，真可谓吾家之物啊！至于有稍变色彩，冒充与李同宗的，则此类并不收纳，仍加一字以示区别，比如郁李。李树比起桃树来更为耐久，超过三十年才老，枝干虽枯但结出的果子却不小，这是由于它有得天独厚的条件，又能甘于平淡，保持素志，从不以色媚人。像仙界李树那般盘根错节，则又可与灵椿比寿了。我欲继承先人功业而不能，只好像李一样甘淡守素，以著书立说以终天年。

梧　桐[①]

李　渔

梧桐一树，是草木中一部编年史也。举世习焉不察，予特表而出之。

花木种自何年？为寿几何岁？询之主人，主人不知；询之花木，花木不答。谓之“忘年交”则可，予以“知时达务”，则不可也。梧桐不然，有节可纪，生一年，纪一年。树纪树之年，人即纪人之年，树小而人与之小，树大而人随之大，观树即所以现身。《易》曰：“观我生进退[②]。”欲观我生，此其资也。

予垂髫[③]种此，即于树上刻诗以纪年，每岁一节，即刻一诗，惜为兵燹[④]所坏，不克有终。犹记十五岁刻桐诗云：“小时种梧桐，桐叶小于艾。簪头刻小诗，字瘦皮不坏。刹那三五年，桐大字亦大。桐字已如许，人大复何怪？还将感叹词，刻向前诗外。新字日相催，旧字不相待。顾此新旧痕，而为悠忽[⑤]戒。”此予婴年著作，因说梧桐，偶尔记及，不则[⑥]意忘之矣。即此一事，便受梧桐之益。然则编年之说，岂欺人语乎？

注　释

①本文选自《闲情偶寄·种植部·竹木第五》。作者借梧桐的生长变化以劝诫世人光阴荏苒，不可虚掷。

②观我生进退：语出《易经·观卦》，原意为：我之所行，可以进退，占者宜自审。此处作者吟咏，是说要注意观察生活的变化。

③垂髫（tiáo）：古时儿童不束发，头发下垂，因以“垂髫”指儿童。

④兵燹（xiǎn）：指因战乱而遭受焚烧破坏的灾祸。

⑤悠忽：游荡度日。

⑥不则：不然，否则。

译　文

梧桐这种树，是草木中的一部编年史。世上所有人都对它很熟悉，却没有认真研究，我特地将梧桐列出叙写。

花草树木是哪一年种植的？它们几岁了？问他们的主人，主人不知道；问花草树木自己，它们也无法回答。把这种情况称作“忘年交”是可以的，但是称作“认清时势，通达事务”就不可以了。梧桐就不一样，它们有办法标记，生长一年，就记录一年。树木记录树木的年岁，人们记录自己生长的年岁，小树苗就像是人的小时候，大树就好像人长大成人，观察树木就可以了解自己本身。《易经》中说：“观察我自己成长的过程。”想要观察自己的成长，这就是参照物。

我小时候就曾种下一棵梧桐，并在树上刻诗来记录年岁，每一年过去，就刻一首诗，可惜被战乱破坏，没有一直刻下去。还记得十五岁那年刻在梧桐上的诗：“小时候种梧桐，梧桐叶比艾叶还要小。用发簪的尖在树上刻小诗，写的字瘦小无力连树皮都没有坏。很快三五年过去了，梧桐树长大了,我写的字也大了。树木以及树木上的字都是这样，人会长大又有什么好奇怪的呢？还要将感叹的词句写在原来的诗旁边。新刻的字天天长大仿佛在催促我的岁月，原来的字也没有等我。看看这新旧字迹，作为不要浪费光阴的警诫。”这是我孩童时写的东西，因为说起梧桐，忽然间想起，否则就忘记这件事情了。只此一件事，便得益于梧桐树。梧桐树是一部编年史，难道是欺骗人的吗？

水　仙[1]

李　渔

水仙一花，予之命也。予有四命，各司一时：春以水仙、兰花为命，夏以莲为命，秋以秋海棠为命，冬以蜡梅为命。无此四花，是无命也；一季缺予一花，是夺予一季之命也。水仙以秣陵[2]为最，予之家于秣陵，非家秣陵，家于水仙之乡也。记丙午[3]之春，先以度岁无资，衣囊质尽，迨水仙开时，则为强弩之末[4]，索一钱不得矣。欲购无资，家人曰：“请已之。一年不看此花，亦非怪事。”予曰：“汝欲夺吾命乎？宁短一岁之寿，勿减一岁之花。且予自他乡冒雪而归，就水仙也，不看水仙，是何异于不返金陵，仍在他乡卒岁乎？”家人不能止，听予质簪珥[5]购之。予之钟爱此花，非痂癖[6]也。其色其香，其茎其叶，无一不异群葩，而予更取其善媚。妇人中之面似桃，腰似柳，丰如牡丹、芍药，而瘦比秋菊、海棠者，在在[7]有之；若如水仙之淡而多姿，不动不摇，而能作态者，吾实未之见也。以“水仙”二字呼之，可谓摹写殆尽。使吾得见命名者，必颓然[8]下拜。

注　释

①本文选自《闲情偶寄·种植部·草木第三》。作者在文中叙述往日对水仙的挚爱，赞其水仙"不动不摇"而"善媚"。

②秣陵：南京的古称。

③丙午：公元1666年，清康熙五年，南明永历二十年。

④强弩之末：强弩所发的矢，飞行已达末程。比喻强大的力量已经衰弱，起不了什么作用。

⑤簪珥：发簪和耳饰。古代多为高贵妇女的首饰。

⑥痂癖：《宋书·刘邕传》："邕所至嗜食疮痂，以为味似鳆鱼。尝诣孟灵休。灵休先患炙疮，疮痂落床上，因取食之，灵休大惊。答曰：'性之所嗜。'"后以"嗜痂"或"痂癖"形容怪异的嗜好。

⑦在在：处处，到处。

⑧颓然：乏力欲倒的样子。此指拜倒。

译　文

水仙这种花，就好比我的命。我有四种珍视如命的花，各司掌一个季候：春天以水仙、兰花为命，夏天以莲花为命，秋天以秋海棠为命，冬天以蜡梅为命。如果没有这四种花，那我就真的没命了；一季缺少一种花，就是夺去我的半条命了。水仙以秣陵的为最佳，我安家于秣陵，不是把家安在秣陵，而是安家在水仙之乡。记得丙午年春天，先前我连过年的开销都没有，衣服包裹全部当掉了，等到水仙花开时，家里境况已是强弩之末，实在是一钱也抠不出了。我想要购买水仙花，可怜无钱，家人说："请作罢吧。一年不看这花，也不是什么稀罕事。"我说："你是想要夺去我的命吗？我宁可减一年寿命，也不愿一年不赏此花。况且我从他乡冒雪而归，就是为了看水仙花，如果不看水仙，那和不回金陵，仍在他乡过年有什么区别？"家人不能制止我，听凭我把簪珥拿去当了钱买花。我钟爱水仙花，并不是什么怪诞的癖好。我爱水仙，是因为它的色泽、香气，它的根茎、叶子，无不异于群花，而我更喜欢它的善媚。妇人中面似桃花、腰似柳枝，丰满如牡丹、芍药，清瘦比秋菊、海棠者，比比皆是；像水仙这样淡雅而多姿，不动不摇就能表现出绝妙的姿态的，我实在是从未见过。以"水仙"二字来给此花命名，可谓恰当地将其形态特征描摹殆尽。假使让我见到命名的人，我必定颓然下拜，以示佩服之情。

芙蕖[1]

李渔

芙蕖与草本诸花，似觉稍异；然有根无树，一岁一生，其性同也。《谱》云："产于水者曰草芙蓉，产于陆者曰旱莲。"则谓非草本不得矣。予夏季倚此为命者，非故效颦于茂叔[2]，而袭成说于前人也，以芙蕖之可人，其事不一而足，请备述之。

群葩当令时，只在花开之数日，前此后此，皆属过而不问之秋[3]矣，芙蕖则不然。自荷钱[4]出水之日，便为点缀绿波，及其劲叶既生，则又日高一日，日上日妍，有风既作飘飖[5]之态，无风亦呈袅娜之姿。是我于花之未开，先享无穷逸致矣。迨至菡萏[6]成花，娇姿欲滴，后先相继，自夏徂秋，此时在花为分内之事，在人为应得之资者也。及花之既谢，亦可告无罪于主人矣：乃夏蒂下生蓬，蓬中结实，亭亭独立，犹似未开之花，与翠叶并擎[7]，不至白露为霜，而能事不已。此皆言其可目者也。

可鼻则有荷叶之清香，荷花之异馥[8]，避暑而暑为之退，纳凉而凉逐之生。至其可人之口者，则莲实与藕，皆并列盘餐，而互芬[9]齿颊者也。只有霜中败叶，零落难堪，似成弃物矣，乃摘而藏之，又备经年裹物之用。

是芙蕖也者，无一时一刻，不适耳目之观；无一物一丝，不备家常之用者也。有五谷之实，而不有其名；兼百花之长，而各去其短。种植之利，有大于此者乎？予四命之中，此命为最。无如酷好一生，竟不得半亩方塘，为安身立命之地。仅凿斗大[10]一池，植数茎以塞责[11]，又时病其漏，望天乞水以救之。殆所谓不善养生，而草菅[12]其命者哉。

注释

①本文选自《闲情偶寄·种植部·草木第三》。文章具体地说明芙蕖"可人"的种种优点，从观赏价值和实用价值两个方面阐述了它的种植之利甚大，抒发了作者酷爱芙蕖的感情。芙蕖：即莲花。

②茂叔：即周敦颐，字茂叔，北宋理学家。有《爱莲说》。

③秋：时候。
④荷钱：初生的小荷叶。
⑤飘飖（yáo）：摇动，晃动。
⑥菡萏（hàn dàn）：这里指未开的荷花。
⑦擎：举，耸立。
⑧异馥（fù）：异香。
⑨芬：这里做动词，使……芬芳。
⑩斗大：大如斗。斗：古代盛粮食的器具。
⑪塞（sè）责：敷衍了事。这里指作安慰。
⑫草菅（jiān）：指草茅，比喻微贱。这里作动词，指视为草茅。

译文

芙蕖和草本花卉好像稍有不同，然而它有根而没有木质的树干，是一年生的植物，这些和草本是相同的。花谱书中说："在水中生长的叫草芙蓉，在陆地生长的叫旱莲。"那么就不能说芙蕖不是草本了。我爱芙蕖，在夏季要靠这花才能活下去，不是刻意效仿周敦颐，重复前人早已说过的话，而是因为芙蕖惹人怜爱，它的长处无法列举齐全，请容我一一描述它的好处。

群花的最佳观赏时节，只在花开的那几天，花开前后都属于无人问津的时候，芙蕖则不是这样。从初生的小荷叶出水那一天起，就点缀在碧绿的水面上，等到荷叶长大后，则一天一天地高起来，一天比一天美丽。有风的时候就做出飘摇的姿态，无风时也呈现出袅娜的身姿。我们在花未开的时候，便已先享受到它那无穷的逸致情趣了。到了花开的时候，娇艳欲滴，先后相继开放，从夏天直开到秋天，这对于花来说是它的本性，对于人来说就是应该得到的享受了。到了花朵凋谢，也可以告诉主人说，没有对不住您的地方：因为（莲花）竟然又在花蒂下生出莲蓬，蓬中结了果实，在水中亭亭独立，还像未开的花一样，和翠绿的荷叶一起耸立在水上，不到白露成霜的时候，它所能做到的事不会停止。这都是说它适合观赏。

可以用鼻子闻荷叶的清香和荷花特别的香味；用它来避暑，暑气就会因它而减退；用它来纳凉，凉气就会因它而产生。说到它适合人们食用的地方，就是莲子与藕都可以放入盘中，一齐摆上餐桌，使人牙齿和脸颊也芬芳起来。只有经过霜打的残枯的叶子，零落不堪，似乎成了被遗弃的废物，但是把它摘下，收藏起来，又可以在来年用来包裹东西。

所以，荷花这种植物，没有一时一刻不使人们的感官得到满足，没有哪部分哪一点不可供家常的用途。它有五谷的实质而不占有五谷的名义，兼有百花的长处而去除它们的短处。种植的利益难道还有比它更大的吗？我珍视如命的四季的几种花草中，以芙蕖最为宝贵。可惜酷爱它一生，却不能得到半亩方塘作为它容身立足赖以生存的地方。只是挖了个斗大的小水池，栽几株来安慰自己，又时常为小池漏水而忧虑，祈求上天降雨来拯救它。这大概就是所说的不善于养护生灵而把它的生命当作野草一样作贱吧。

菜[①]

李　渔

菜为至贱之物，又非众花之等伦[②]，乃《草本》《藤本》中反有缺遗，而独取此花殿后，无乃贱群芳而轻花事乎？曰：不然。菜果至贱之物，花亦卑卑[③]不数之花，无如积至残至卑者而至盈千累万，则贱者贵而卑者尊矣。“民为贵，社稷次之，君为轻[④]”者，非民之果贵，民之至多至盛为可贵也。园圃种植之花，自数朵以至数十百朵而止矣，有至盈阡溢亩，令人一望无际者哉？曰：无之。无则当推菜花为盛矣。一气初盈[⑤]，万花齐发，青畴[⑥]白壤，悉变黄金，不诚洋洋乎大观[⑦]也哉？当是时也，呼朋拉友，散步芳塍，香风导酒客寻帘，锦蝶是游人争路，郊畦之乐，什佰[⑧]园亭，惟菜花之开，是其候也。

注　释

①本文选自《闲情偶寄·种植部·草木第三》。文章以抒情之笔盛赞菜花春日盛开的壮丽场景，暗含作者对普通百姓的敬重之情。

②等伦：同类，同等。

③卑卑：微不足道。

④民为贵，社稷次之，君为轻：语出《孟子·尽心下》。

⑤一气初盈：指春日阳气初生。

⑥畴：田畴，耕地。

⑦洋洋乎大观：盛大众多貌。

⑧什佰：十倍、百倍。

译　文

菜花是最为微贱之物，又不是众花的同类，本来放在《草本》《藤本》二章中会被遗漏，而我却独取其为《草本》殿后，难道是故意看轻群芳而轻视种花赏花诸事吗？不是这样的。菜花确实是最为微贱之物，其花朵也只有微不足道的几瓣，但是最为微贱之物积聚至成千上万，那么微贱之物也会变得尊贵了。“民为贵，社稷次之，君为轻”

这句话，并不是说老百姓真的那样尊贵，而是因为老百姓人数众多才可贵。园圃中种植的花，往往有几朵以至数十朵，最多不过百朵，但有遍布田野，令人感觉一望无际的吗？答案是：没有。既然没有，论其盛况，当推菜花为是。春日来到，阳气初生，万花齐放，青白色的田野土壤上，处处一片金黄，不是非常壮观吗？在这个时候，呼朋唤友，散步于弥漫着芳香的田埂上，夹杂着香气的微风引导着酒客寻找酒家，锦蝶与游人争路，郊野游玩的乐趣，胜过在园亭里游玩十倍、百倍，这般境况，也只在菜花开的时候，正当其时啊。

题徐青藤花卉手卷后[①]

周亮工

青藤自言：书第一，画次；文第一，诗次。此欺人语耳。吾以为《四声猿》[②]与竹草花卉俱无第二。予所见青藤花卉卷皆何楼[③]中物，惟此卷命想著笔，皆不从人间得。汤临川[④]见《四声猿》，欲生拔此老之舌；栎下生[⑤]见此卷，欲生断此老之腕矣。吾辈具有舌腕，妄谈终日，十指如悬槌[⑥]，宁不愧死哉！

余过山阴，既不得见公，访所谓青藤书屋者，初归吾友老莲[⑦]，今荡为荒烟蔓草矣，即其子[⑧]戏呼为蔗渣角尖者，亦没没无闻。青藤之名，空与千岩万壑竞秀争流而已。抚此浩叹者久之。

作者简介

周亮工（1612—1672），字元亮，别号陶庵、缄斋、适园等，学者称栎园先生、栎下先生，祥符（今河南开封）人，后移居金陵（今江苏南京）。崇祯十三年（1640）进士，官至浙江道监察御史。明亡仕清，任福建左布政使、户部右侍郎等职。坐事论绞，复遇赦得释。生平博览群书，好绘画篆刻，工诗文，著有《赖古堂集》《读画录》等。

注　释

①本文选自《赖古堂集》。作者服膺徐渭的才情笔意，评画而不限于画，将花卉手卷与《四声猿》相提并论，增添文章灵动变化之美。文章又伤悼其逝，含物是人非之叹。徐青藤：即明代画家徐渭，号青藤居士。

②《四声猿》：徐渭创作的四部杂剧的总称，包括《狂鼓史渔阳三弄》《玉禅师翠乡一梦》《雌木兰替父从军》《女状元辞凰得凤》。

③何楼：宋都开封有何家楼，楼下设市，以次品充好货予以出售。

这里指伪作。

④汤临川：即汤显祖，明代剧作家。

⑤栎下生：作者自号。

⑥十指如悬槌（chuí）：形容手指粗笨不纤巧。宋苏轼《答贾耘老四首》："今日舟中无他事，十指如悬槌。"

⑦老莲：即陈洪绶，号老莲，明末清初著名画家。

⑧其子：陈洪绶之子陈字，号小莲，也擅人物画。

译　文

青藤自称：书法成就第一，绘画其次；文章成就第一，诗歌其次。这是欺骗人的话。我认为青藤的《四声猿》和竹草花卉图都绝无屈居第二之理。过去我所见过的青藤的花卉手卷都是赝品，唯此卷是真迹，绝妙至极似是不能从人间求得。汤临川读了《四声猿》，想生拔掉舌头；我看罢此卷，想生断掉手腕。吾辈都有舌头和手腕，终日只是妄谈，十指粗笨如悬挂的木槌，怎能不羞愧死啊！

我到山阴，已经无法见到青藤公，就去访问所谓青藤书屋。青藤书屋起初归吾好友老莲所有，如今其地却只见一片荒烟蔓草，即老莲之子戏称为蔗渣角尖者，亦不为世人所知。青藤的名声，空与千岩万壑竞秀争流而已。我手抚此卷，为之感慨良久。

鱼鱿娇[1]

周亮工

闽兰四时皆作花，气泄过甚，香无为芳之力，故不如过岭之馥。且叶皆怒张，花亦剑立，真是男子所种，不如山兰叶嫋[2]花盈，枝枝向人索笑也。

独鱼鱿娇一种大异。鱼鱿兰，以色白而茎高取重于吴越，人皆见之。鱼鱿娇则茎质最弱，力不承花，竟以藤丝名茎。茎不受服，亦不忍直目作茎。花一绽，即横陈于碧叶中，若春闺思妇，甫[3]匀枕痕，又倦欲寐者。茎茎斜诱，花花曲引。他兰嫌叶力太盛，不足俪[4]。此则若名姝既醉，非此解事侍儿不足纵送扶掖；又若非白玉床，不足当彝光笑倚者[5]。并叶增娇，将茎都艳。

予偶得此种，骄语闽人曰："得火齐木难[6]，足以压多宝船矣。"

注 释

①本文选自《闽小记》，记述了闽兰品种鱼魫娇。作者从茎、花、叶入手，运用形象生动的比喻，将此名贵兰花描摹得惟妙惟肖。

②嬝：通“袅”，柔弱。

③甫：刚刚。

④俪：通“丽”，漂亮。

⑤彝：酒器。光：通“觥”，亦指酒器。

⑥火齐：宝石名。木难：宝珠名。比喻珍奇难得之物。

译 文

闽地的兰花四时都开放，香气发散太甚，甚至不能形成一片芬芳，故不如岭南的兰花。而且它的叶子都是奋力展开的，花似剑立，真是男子所种，不如山兰那般花叶婀娜多姿，枝枝轻拂摇摆，似向人索笑。

唯独鱼魫兰在闽兰中大大不同。鱼魫兰，以其色白茎高而受到吴越人推重，人们争相观赏。鱼魫兰花茎最为柔弱，不能承受花朵的重量，人们称其为藤丝。茎不能承受花，人们也不忍心眼看它勉力作茎。花一绽放，即将它横陈于碧叶之中，其情态若春闺思妇，刚把枕痕拂匀后，又疲倦欲睡了。茎茎斜诱，花花曲引。别的兰花嫌叶力太盛，不够漂亮。这兰花则像名姝已醉酒，不是那种体贴的侍儿不足以纵送扶掖；又好像不是白玉床，就不能够手持酒杯笑着倚靠。花陈叶上，更增其娇，连茎都衬托得十分美丽。

我偶尔得到此兰花的种子，骄傲地对闽人说：“得此珍宝，足以艳压多宝船了。”

相思鸟[①]

周亮工

予过浦城[②]，得相思鸟，合雌雄于一笼。初，闭一，纵一。一即远去，久之，必觅道归，宛转自求速入。居者于其初归，亦鸣跃接喜。三数纵之，则归者、居者意只寻常，若田间夫妇有出入，皆可数迹而至，不似闺人望远、荡子思归也。宿则以首互没翼中，各屈其中距[③]立。予常夜视之，惊失其一，久之，觉距故二，而羽则加纵。

笑语人曰：“视此，增伉俪之重！”或有言：“独闭雌能返雄耳，闭雄则否。”予视之，不然。视同媚鲎[4]，诬此贞禽笑！鲎负雌以游，人呼曰“鲎媚”。得雌则雄不去，得雄则雌远徙矣。

注　释

①本文选自《闽小记》，是一篇记物小品。作者专就“相思”两字生发开来，夹叙夹议，妙趣横生。

②浦城：地名，今属福建南平市。

③距：鸡爪。此指相思鸟的爪。

④鲎（hòu）：俗称鲎帆，亦称东方鲎，别名“两公婆”，海生节肢动物，鲎科。鲎主要分布于太平洋、西印度洋群岛和东南亚海域多藻类的沙质海底。我国浙江以南浅海中均产。

译　文

我去浦城时，得到一对相思鸟，将雌雄关在一只笼子内。起初，我关住一只，放走一只。放走的那只立即远飞而去，过后，它必定会找着飞回来，在笼外辗转不停，要求快快进入笼内。笼中的那只鸟儿对它的归来，也鸣叫跳跃，很是欢喜。这样放飞了几次后，无论是飞回的鸟，还是笼中的鸟，神色都恢复平常，不再那么兴奋，就像田间的农夫、农妇早出晚归，都可沿着行迹自己回来，不再像闺中妇人盼望远行之人、四处漂泊的游子思念家人那样急不可耐。晚上两鸟同宿，把各自的头埋入对方的羽翼之中，各屈起靠近的一只鸟爪而并立着。我常夜里起床探视，往往会吃惊地以为飞走了一只相思鸟，仔细一看，才发现鸟爪仍有两只，而羽毛加厚了。

我笑着对人说：“看看相思鸟，可以增进人间夫妻的感情啊！”有人说：“只关住了雌鸟，雄鸟会飞回来；如果关住了雄鸟，雌鸟就不会飞回来。”我又试验观察一番，事实并不是这样的。他把相思鸟看作了媚鲎，真是诬蔑了这忠贞的鸟啊！鲎鱼是雄鱼背着雌鱼游动，所以被称为“鲎媚”。抓住了雌鲎，雄鲎不肯游走；抓走了雄鲎，雌鲎则会弃它远去。

与叶讱庵书[1]

顾炎武

去冬韩元少[2]书来，言曾欲与执事[3]荐及鄙人，已而中止；顷闻史局中复有物色及之者[4]，无论昏耄之资不能黾勉从事[5]，而执事同里人也，一生怀抱，敢不直陈之左右。

先妣[6]未嫁过门，养姑抱嗣[7]，为吴中第一奇节，蒙朝廷旌表[8]。国亡绝粒，以女子而蹈首阳之烈[9]。临终遗命，有无仕异代之言，载于志状。故人人可出而炎武必不可出矣。

《记》曰：将贻父母令名，必果；将贻父母羞辱，必不果[10]。七十老翁何所求？正欠一死，若必相逼，则以身殉之矣。一死而先妣之大节愈彰于天下，使不类之子得附以成名，此亦人生难得之遭逢也。

作者简介

顾炎武（1613—1682），本名继坤，改名绛，字忠清，明亡后，改名炎武，字宁人，号亭林，自署蒋山佣，南直隶苏州府昆山（今属江苏）人 。少有大志，耿介绝俗，与同里归庄相善，共同参加复社活动。清兵南下，又参加昆山、嘉定一带的抗清斗争。弘光朝授兵部司务；唐王立，任兵部主事。后漫游南北，屡谒明陵，卒于曲沃。他一生辗转，行万里路，读万卷书，创立了一种新的治学方法，成为清初继往开来的一代宗师，被誉为清学"开山始祖"。晚年治经重考证，开清代朴学风气。其学以"博学于文，行己有耻"为主，合学与行、治学与经世为一。著作繁多，以毕生心力所著为《日知录》，另有《音学五书》《亭林诗文集》等。

注　释

①本文选自《顾亭林诗文集》卷三，是一封拒仕信。信中一切托辞、原因皆不涉及，唯举母亲绝食之举和临终遗言，表露出继承母志、凛然不屈的民族气节。叶讱庵：名方蔼，字子吉，号讱庵，顾炎武同乡，顺治时进士，康熙时任编修，充经筵讲官，官至刑部右侍郎。

②韩元少：名菼，字元少，长洲（今江苏苏州市）人，康熙年间会试、殿试皆第一，官至礼部尚书。

③执事：原指侍从左右供使令的人。书信中用以称对方，谓不敢直陈，故向执事者陈述，表示尊敬。康熙十七年（1678）下诏，十八年举办博学宏词科，韩元少与叶讱庵推荐顾炎武应试。

④史局：清朝设立的编撰明史的史馆。物色：指形貌，引申为按一定标准去访求。康熙十八年（1679）清廷开明史馆，顾炎武以"愿以一死谢公，最下则逃之世外"回拒熊赐履。

⑤昏耄（mào）：糊涂，衰老。黾（mǐn）勉：勤勉，努力。

⑥先妣：已故母亲。顾炎武的生父顾同应，有堂弟顾同吉，同吉十八岁时早卒，死前曾聘王氏。王氏未婚而来到顾家，顾炎武便被过继给她做了儿子。

⑦姑：媳妇对丈夫母亲的称呼。嗣：嗣子。这里指顾炎武。

⑧旌表：封建时代对有节烈行为的人，用立牌坊、赐匾额的方式进行表彰。

⑨蹈：遵循。首阳之烈：商末伯夷、叔齐兄弟耻为周朝之臣，不食周粟，在首阳山隐居，采薇而食，直至饿死。

⑩“《记》曰”数句：语出《礼记·内则》：“父母虽没，将为善，思贻父母令名，必果；将为不善，思贻父母羞辱，必不果。”果：此指成功，成事。

译文

去年冬天韩元少致信来，说曾想和您一起推荐鄙人应试博学宏词科，后来又作罢了；近日我听说明史馆又想招纳我，也不管我是否愚昧老迈，不能勤勉从事，而您与我是同乡，我一生的怀抱志向，岂敢不向您直陈！

先妣未行嫁娶就入我顾氏家门，奉养婆母，善育嗣子，为吴中第一奇节，蒙受朝廷表彰赞扬。国家灭亡后，先妣绝食而死，以一介女流追随当年首阳山伯夷、叔齐二贤之刚烈。先妣临终有遗命，命我不可仕于两个朝代，其言记载于墓志与行状中。故而人人皆可出仕，而我顾炎武必定不能出仕。

《礼记》中说：给父母带来好名声，必定能成事；使父母蒙受羞辱，必定不能成事。我这个七十老翁又有何求？只求一死罢了，如果一定要逼我出仕，我将以身殉死。我一死，先妣之大节更加彰扬于天下，使我这个不肖之子得以依附她而扬名，这也算是人生难得之际遇了。

与三侄书[①]

顾炎武

新正[②]已移至华下。祠堂书院之事[③]，虽皆秦人为之，然吾亦须自买堡中书室一所，水田四五十亩，为饔飧[④]之计。

秦人慕经学、重处士、持清议，实与他省不同。黄精松花[⑤]，山中所产；沙苑蒺藜[⑥]，止隔一水[⑦]，终日服饵，便可不肉不茗。然华阴绾毂关河之口[⑧]，虽足不出户而能见天下之人，闻天下之事。一旦有警，入山守险，不过十里之遥。若志在四方，则一出关门，亦有建瓴[⑨]之便。

今年三月，乘道途之无虞及筋力之未倦，出崤函[⑩]，观伊洛[⑪]，历嵩少[⑫]。亦有一二好学之士，闻风[⑬]愿交，但中土饥荒，不能久留，遂旋车而西矣。彼中经营方始，固不能久留于外也。

注释

①本文选自《顾亭林诗文集》，作于康熙十八年（1679），是作者游历、考察北方十几年后，刚在陕西华阴定居时写给家人的信。他简略介绍了陕西的风土人情，尤其是分析关中形势的一段，表明作者仍念念不忘“天下之事”，读来可知其虽身为遗民，仍壮心不已。

②新正：新年的正月，亦指元旦。

③祠堂书院之事：指准备建造朱熹祠堂和书院的事。作者在《与李中孚书》中有提及。

④饔飧（yōng sūn）：早餐和晚餐。此处泛指饮食。

⑤黄精：一种草本植物，根茎可入药，古人认为食之可延年益寿。松花：松树花粉，可食。

⑥沙苑：地名，又称沙阜、沙海，在陕西省大荔县南，洛河、渭河之间，地多沙、草，宜畜牧。蒺藜：草本植物，果实可入药。

⑦一水：指渭水，沙苑在渭北，华阴在渭南。

⑧绾毂（wǎn gǔ）：比喻处于中枢地位，对各方面起联络、扼制的作用。绾：系。毂：车辐所聚之处。关：潼关，在华阴县东。河：黄河，在华阴县东北。

⑨建瓴（líng）：“高屋建瓴”的略语。意为把水从高屋脊上向下倾倒，比喻居高临下，不可阻遏的形势。建：倾倒。瓴：盛水瓶，一说即瓦沟。

⑩崤（xiáo）：即崤山，位于河南省西部，分东、西两崤，延伸于黄河、洛河间。函：即函谷关，在河南省新安县东。

⑪伊：伊水，在河南省境内。洛：洛河，在河南省境内，入黄河。

⑫嵩：嵩山，五岳之一的中岳，在河南省登封县北。少：少室山，嵩山三峰之一。

⑬闻风：原意是听到风声、传闻，此指听到作者来河南，犹言“慕名”。

译文

正月时我已移居华山之下。朱熹祠堂和书院的事，虽然都由秦人操办，但我自己也需要购买堡中书室一所、水田四五十亩，以供饮食生计。

秦人仰慕经学，推重隐士，秉持公正的舆论，实在与其他省不同。黄精、松花，皆是山中所产；沙苑的蒺藜，与我居处只隔着一条渭水。终日吃这些，便可不吃肉不喝茶。然而华阴控扼潼关和黄河之口，所以我即使足不出户，也可以见到天下之人，听说天下之事。一旦有紧急情况，就入山据险而守，不过十里之遥。若是志在四方，则一出关门，就有高屋建瓴之便利。

今年三月份，我趁着道路没有毁坏和筋力还未疲倦，出崤山函谷关，观览伊水和洛水，游历嵩山和少室山。亦有一两个好学之士，听说我的行踪后来与我交游，但中原饥荒，不能久留，于是回车向西，回到秦地。华阴居室之事刚开始筹办，我本来也不能久留于外。

与友人书①

顾炎武

人之为学，不日进则日退。独学无友，则孤陋而难成。久处一方，则习染而不自觉。不幸而在穷僻之域，无车马之资，犹当博学审问，古人与稽，以求其是非之所在，庶几可得十之五六。若既不出户，又不读书，则是面墙之士②，虽有子羔、原宪之贤③，终无济于天下。子曰："十室之邑，必有忠信如丘者焉，不如丘之好学也④。"夫以孔子之圣，犹须好学，今人可不勉乎？

注　释

①本文选自《顾亭林诗文集》。此文论治学之道，提倡一种注重"广博、渊深、实用"三位一体的治学观，辨证而深刻，实在而灵活。

②面墙之士：比喻对学问一无所知。

③子羔：即高柴，字子羔，春秋末年齐国人，孔子弟子。原宪：字子思，春秋末年宋国人，孔子弟子。

④"十室之邑"数句：语出《论语·公冶长》。意谓处处都有贤人。

译　文

人做学问，若不能天天进步，就必定天天退步。独自学习而没有学友，见解就会片面浅显，难有大成。在一个环境里待久了，会染上某些习气而自己没有察觉。如果不幸处于穷乡僻壤，没有坐马车的盘缠，也仍要广泛猎取学问并详细考究。要将自己的思想与古人的思想相合，以求证学问的正确与否，这样一来，才差不多能掌握学问的十分之五六。如果既不出门，又不读书，那就是面墙之士，即使是有子羔、原宪那样的才能，对国家也是没有用处的。孔子说："即使只有十户人家的小村子，也必定有像我这样讲忠信的人，只是不如我那般好学罢了。"连孔子这样的圣人，也仍须努力地求取学问，现在的人难道不该以此勉励自己吗？

复庵记①

顾炎武

旧中涓②范君养民，以崇祯十七年夏，自京师徒步入华山为黄冠。数年，始克结庐于西峰之左，名曰复庵。华下之贤士大夫多与之游，环山之人皆信而礼之。而范君固非方士者流也。幼而读书，好《楚辞》诸子及经史，多所涉猎，为东宫伴读。方李自成之挟东宫、二王以出也③，范君知其必且西奔，于是弃其家走入关中，将尽厥职焉。乃东宫不知所之，而范君为黄冠矣。

太华之山，悬崖之巅，有松可荫，有地可蔬，有泉可汲，不税于官，不隶于宫观之籍。华下之人或助之材，以创是庵而居之。有屋三楹，东向以迎日出。

余尝一宿其庵，开户而望，大河之东，雷首之山④，苍然突兀，伯夷、叔齐之所采薇而饿者，若揖让乎其间，固范君之所慕而为之者也。自是而东，则汾之一曲，绵上之山⑤，出没于云烟之表，如将见之介子推⑥之从晋公子，既反国而隐焉，又范君之所有志而不遂者也；又自是而东，太行、碣石之间⑦，宫阙山陵之所在，去之茫茫，而极望之不可见矣！相与泫然⑧。作此记，留之山中。后之君子登斯山者，无忘范君之志也。

注　释

①本文选自《顾亭林诗文集》。文章不同于一般游记的写景抒情，其中蕴含大量典故，将强烈的爱国情感与深沉的亡国忧愤寓托其中。

②中涓：官名，亦作“涓人”，宫中宦官。

③东宫：指明思宗长子朱慈烺。二王：指朱慈炯和朱慈焕。

④雷首之山：雷首山，亦称首阳山，在今山西省中条山脉西南端，介于黄河和涑水之间，主峰在山西芮城西北。

⑤绵上之山：绵山，亦名绵上，位于今山西介休。

⑥介子推：又名介之推，春秋时期晋国人，骊姬之乱后公子重耳出奔，介子推为随从，途中曾“割肉奉君”。重耳回国即位，介子推不言功，隐居绵山而死。晋文公深为愧疚，遂改绵山为介山。

⑦太行：太行山，位于今山西省与华北平原之间，纵跨京、冀、晋、

豫四省。碣石：碣石山，原渤海边的一座山名，在今河北省昌黎县北。

⑧泫然：流泪貌。

译文

前朝太监范养民，在崇祯十七年（1644）夏天，从京都徒步到华山当道士。几年之后，才得以在西峰的左边盖了一所房子，取名叫“复庵”。华山下面的贤士大夫，大多和他交游，华山周围的人都信任他、尊敬他。可是范先生本来并非道士之流。他自幼读书，爱好《楚辞》和诸子百家的著作，以及经史典籍，多有涉猎，在宫中担任太子的伴读。当李自成挟持太子和另外两个皇子离开北京，范先生料到他一定要向西逃，于是抛家跑到关中，打算尽自己的职责。但是太子下落不明，范先生就当了道士。

华山悬崖顶上，有松树可以遮荫，有农田可以种菜，有山泉可以取水，不用向官府纳税，不列入寺庙的财产登记簿上。华山下面的居民有人资助他材料，因此建造了此庵来居住。共有房三间，面朝东，可以看见太阳升起。

我曾经在复庵住过一夜，开门远望，只见黄河的东边，苍青的雷首山拔地而起，那就是伯夷、叔齐采薇充饥而饿死的地方，那些山峦好像拱手站在那儿，伯夷、叔齐本来就是范先生所仰慕并仿效的。从这儿向东，是汾河的一个曲折处，绵山在云烟中若隐若现，好像能看见当年介子推追随公子重耳出逃。公子重耳归国后，介子推却隐居在这里，这又是范先生有此心而不得实现的。从这儿再向东，太行山和碣石山之间，是明故都北京和明皇陵所在的地方，离那儿非常遥远，尽力远望也望不见了！只有相对垂泪。我写了这篇记，留在山中。此后登此山的先生们，不要忘记范先生的志向啊！

李姬传[①]

侯方域

李姬者，名香，母曰贞丽[②]。贞丽有侠气，尝一夜博，输千金立尽。所交接皆当世豪杰，尤与阳羡陈贞慧善也[③]。姬为其养女，亦侠而慧，略知书，能辨别士大夫贤否，张学士溥、夏吏部允彝急称之[④]。少风调皎爽[⑤]不群。十三岁，从吴人周如松受歌玉茗堂四传奇[⑥]，皆能尽其音节。尤工《琵琶词》[⑦]，然不轻发也。

雪苑侯生[⑧]，己卯[⑨]来金陵，与相识。姬尝邀侯生为诗，而自歌以偿之。初，皖人阮大铖[10]者，以阿附魏忠贤论城旦[11]，屏居金陵，为清议所斥[12]。阳羡陈贞慧、贵池吴应箕[13]实首其事，持之力。大铖不得已，欲侯生为解之，乃假所善王将军[14]，日载酒食与侯生游。姬曰："王将军贫，非结客者，公子盍叩之[15]？"侯生三问，将军乃屏人述大铖意。姬私语侯生曰："妾少从假母识阳羡君，其人有高义，闻吴君尤铮铮，今皆与公子善，奈何以阮公负至交乎！且以公子之世望，安事阮公！公子读万卷书，所见岂后于贱妾耶？"侯生大呼称善，醉而卧。王将军者殊怏怏[16]，因辞去，不复通。

未几，侯生下第[17]。姬置酒桃叶渡[18]，歌琵琶词以送之，曰："公子才名文藻，雅不减中郎[19]。中郎学不补行，今琵琶所传词固妄，然尝昵董卓[20]，不可掩也。公子豪迈不羁，又失意，此去相见未可期，愿终自爱，无忘妾所歌琵琶词也！妾亦不复歌矣！"

侯生去后，而故开府田仰者[21]，以金三百锾[22]，邀姬一见。姬固却之。开府惭且怒，且有以中伤姬[23]。姬叹曰："田公宁异于阮公乎？吾向之所赞于侯公子者谓何[24]？今乃利其金而赴之，是妾卖公子矣！"卒不往。

作者简介

侯方域（1618—1655），字朝宗，归德府（今河南商丘）人。明户部尚书侯恂之子，祖父及父辈都是东林党人，均因反对宦官专权而被黜。与冒襄、陈贞慧、方以智合称明末"四公子"，与陈贞慧交情尤深。明朝灭亡后，侯方域流落江南，入清后参加科举，为时人所讥："两朝应举侯公子，忍对桃花说李香。"晚年失悔此举，隐居故里，整理旧籍。著有《壮悔堂文集》《四忆堂诗集》。

注　释

①本文选自《壮悔堂文集》，描写明末秦淮歌妓李香，不仅写了她擅长歌唱的艺术才能和不同流俗的风度，更突出写了她的见识和品格，以及她对爱情的忠贞。李姬：李香，明末南京秦淮名妓。崇祯末，侯方域以世家公子身份游学南京，入复社，参与复社反阉党余孽阮大铖的活动，介入弘光朝的政治斗争，遂使其所宠爱的李香也卷入其中。后侯方域缅怀往事，感其品节之可贵，作成此传。

②贞丽：姓李，字淡如，秦淮名妓，李香假母。

③阳羡：今江苏宜兴。陈贞慧：字定生，宜兴人，为复社重要成员，

明亡不仕，有《皇明语林》。

④张学士溥：张溥，字天如，号西铭，江苏太仓人，明末复社发起人，著有《七录斋诗文合集》《汉魏六朝百三名家集》。夏吏部允彝：夏允彝，字彝仲，华亭（今属上海市）人，崇祯时进士，官福建长乐知县，与陈子龙组织几社，与复社相呼应。南明弘光朝时官吏部主事。清兵渡江，于家乡起兵抵抗，兵败投水而死。著有《幸存录》。

⑤皎爽：高洁豪爽。

⑥周如松：苏昆生原名，本河南固始人，精通音律，善歌，为著名昆曲教习。明亡后，流落苏州。玉茗堂四传奇：即汤显祖的《紫钗记》《牡丹亭》《邯郸记》《南柯记》。“玉茗堂”为汤显祖书斋名。

⑦《琵琶词》：即高明《琵琶记》。

⑧雪苑侯生：作者自称。雪苑：汉梁孝王林苑，初名兔园，规模甚大，司马相如等名士曾为座上客，故著名，也称梁苑。南朝谢惠连作《雪赋》，描绘梁苑雪景，传诵极广，故梁苑亦称雪苑。故址在今河南商丘东南。侯方域为商丘人，故称雪苑侯生。

⑨己卯：明崇祯十二年（1639），时侯方域二十二岁。

⑩皖人阮大铖：字圆海，安徽怀宁人。明天启朝为京官，依附权阉魏忠贤。崇祯初，削职为民，流寓南京，作戏曲，蓄声伎，结纳文士、游侠。南明弘光朝时依附马士英，官至兵部尚书。清兵渡江，出降，从清兵南侵，死于仙霞关。作有《春灯谜》《燕子笺》等传奇。事见《明史·奸臣传》。

⑪论城旦：被定罪判刑。城旦：古代刑罚名。《墨子·号令》：“以令为除死罪二人，城旦四人。”孙诒让《墨子闲诂》引应劭语：“城旦者，旦起行治城，四岁刑也。”后指徒刑或流放。阮大铖被判处“赎徒为民”，故云。

⑫为清议所斥：指复社陈贞慧、吴应箕等人在南京联合发布《留都防乱揭帖》，揭发阮大铖为阉党余孽，蓄意再起。清议：在野士人对时政之评议。

⑬吴应箕：字次尾，号楼山，安徽贵池大演（今石台大演乡）人。崇祯时贡生，参加复社，起草《留都防乱公揭》揭露讨伐阮大铖。清兵破南京后，在家乡坚持抗清，被执不屈死。

⑭假：借，委托。王将军：事迹不详。

⑮盍：何不。叩：询问。

⑯怏怏：失意貌。

⑰下第：指侯方域应江南乡试未中。

⑱桃叶渡：在南京秦淮河口，相传因晋王献之送别其爱妾桃叶于此而得名。

⑲雅：甚。中郎：《琵琶记》演蔡伯喈与赵五娘故事，系据宋元时民间传说而作成，附会为东汉蔡邕之事。蔡邕，字伯喈，官左中郎将，以职称名中郎。

⑳尝昵董卓：汉献帝时，董卓擅政，征蔡邕为侍中，再拜中郎将，

封高阳乡侯。王允诛董卓，独蔡邕哭之，坐董卓党下狱死。昵：亲近。

㉑开府：古代高级官员设立官署，自选僚属，称“开府”。明清两代用以指称地方大员，如总督、巡抚。田仰：字百源，贵州人，与马士英有亲，弘光朝官淮扬巡抚。

㉒锾（huán）：货币量词。《尚书·吕刑》：“墨辟疑赦，其罚百锾。”孙星衍《尚书今古文注疏》：“一说为六两，一说为十铢二十五分之十三。”后借用为钱币数。三百锾：即三百金。

㉓有以：因此。中伤姬：诬陷李香。侯方域有《答田中丞书》，驳斥田仰声称李香却金拒招是受其指使。此所谓“中伤”，当是指田仰羞怒，诬陷李香拒招有复社人物反马士英、阮大铖擅政之政治背景。

㉔向：前时。赞：支持。谓何：为了什么。谓：通“为”。

译　文

李姬，名香，她的母亲名为贞丽。贞丽颇有任侠风度，曾经与他人赌博，一夜之间输尽千金。她所结交的都是一些才华出众的豪杰人物，跟阳羡人陈贞慧尤其要好。李香是贞丽的养女，同样颇有侠气，且聪慧伶俐，略懂诗书，能辨别士大夫是否正直贤明，张溥、夏允彝都对她极为称赞。李香年少时为人高洁豪爽，韵致超群。十三岁那年，跟苏州艺人周如松学唱汤显祖《紫钗记》《还魂记》《南柯记》《邯郸记》四大传奇，而且能将曲调音节的细微变化尽情地表达出来。她特别擅长《琵琶记》，然而并不轻易唱给别人听。

雪苑侯生，于崇祯十二年（1639）来到金陵，认识了李香。李香曾邀请侯生题诗，然后自己唱曲给他听作为酬谢。当初，安徽人阮大铖因奉承依附阉党魏忠贤而被判罪，削职后退居金陵，遭到正直言论的抨击。实际上首先发难的是阳羡陈贞慧、贵池吴应箕，他们执意坚持。阮大铖不得已，想让侯生从中斡旋，于是假手其好友王将军，每日送来美酒佳肴，陪同侯生一道游玩。李香生疑道：“王将军家境清贫，不是广交朋友的人，公子何不问一问他呢？”经侯生再三询问，王将军于是屏退左右，转述了阮大铖的用意。李香私下告诉侯生说：“我从小跟随养母与阳羡陈贞慧君相识，他品德高尚，还听说吴应箕君更是铁骨铮铮，而今他们跟你都十分友好，你怎能为了阮大铖而背弃这些至交好友呢！况且公子你出身世家，颇负名望，怎能去结交阮大铖呢！公子读遍万卷诗书，你的见识难道会比不上我这样的妇道人家吗？”侯公子听后大声叫好，从此便故意借醉酒而卧床不见。王将军心里颇不高兴，只得辞别而去，不再同侯公子来往。

不久，侯生赴考名落孙山。李香在桃叶渡设宴饯行，还特地唱了一曲《琵琶记》送他上路，说：“公子的才华名声与文章辞采都很是出色，和蔡中郎不相上下。蔡邕学问虽然不差，但难以弥补他品行上的缺陷。如今《琵琶记》里所描写的故事固然虚妄，但蔡邕曾经亲附董卓，却是不可抹杀的。公子秉性豪爽不受约束，再加上科场失意，自此一别，相会之期实难预料，但愿你能始终自爱，不要忘了我为你唱的《琵琶记》！从今以后我也再不唱它了。”

侯生离开之后，原淮阳巡抚田仰以三百镪黄金为聘，邀李香见面。李香断然予以拒绝。田仰恼羞成怒，便故意制造流言对李香恶意中伤。李香感叹地说：“田仰难道与阮大铖有什么不同吗？我以往所赞赏侯公子的是什么？而今如果为贪图钱财而赴约，那是我背叛了侯公子！”她始终不肯与田仰相见。

答田中丞书[①]

侯方域

承示省讼[②]，惭恧[③]无所自容。执事与仆，齿不啻倍屣[④]，位不啻悬隔，顾猥与仆道及少年之游[⑤]，谓执事往日曾以兼金[⑥]三百，招致金陵妓，为妓所却，仆实教之，而因以爬垢索瘢[⑦]，甚指议执事者。

仆诚不自修饬[⑧]，然窃恐重为执事累也。使执事无可议，则昔贤如白太傅、欧阳公、东坡居士[⑨]，皆与鸣珂[⑩]，不废酬答，未闻后世之议之也，何独至执事而苛求之？执事果有可议，即不征妓，庸但已乎[⑪]？

仆之来金陵也，太仓张西铭偶语仆曰：“金陵有女妓，李姓，能歌玉茗堂词，尤落落[⑫]有风调。”仆因与相识，间作小诗赠之。未几，下第去，不复更与相见。后半岁，乃闻其却执事金。尝窃叹异，自谓知此妓不尽，而又安从教之？且执事之邀之，在仆去金陵之后，今天下如执事者不止一人，岂仆居常[⑬]独时时标举执事之姓名，预告此妓，谓异日或邀若，必不得往乎？

此妓而无知也者，以执事三百金之厚资，中丞之贵，方且奔命恐后，岂犹记忆一落拓书生之言！倘其有知，则以三百金之资，中丞之贵，曾不能一动之，此其胸中必自有说[⑭]，而何待乎仆之告之也？士君子立身行己，自有本末，反覆来示[⑮]，益复汗下[⑯]。仆虽书生，常恐一有蹉跌[⑰]，将为此妓所笑，而不能以生平读数卷书、赋数首诗之妓俩，遂颐指[⑱]而使之耶？惟执事垂察[⑲]，不宣[⑳]。

注　释

①本文选自《壮悔堂文集》，与作者的《李姬传》有关联之处。巡抚田仰遭到李香的严正拒绝后，恼羞成怒，不仅“有以中伤姬”，而且写信污蔑侯方域在背后指使。这封信就是回答田仰的无耻责难的。作者的语气不卑不亢，申辩入情入理，既讥讽了田仰，又赞赏了香君，且洗清了自己。

②省讼：反省，自责。

③恧（nǜ）：惭愧。

④齿：年龄。不啻（chì）：不仅。倍屣（xǐ）：通“倍蓰”，数倍。蓰：五倍。

⑤猥：谦辞，辱。少年之游：年轻人的娱乐，此指征伎之事。

⑥兼金：价值倍于常金的好金子。亦泛指多量的金银钱帛。

⑦爬垢索瘢：刮去污垢，寻找疤痕。比喻过分挑剔别人的错误。《后汉书·赵壹传》：“所好则钻皮出其毛羽，所恶则洗垢求其瘢痕。”

⑧修饬（chì）：约束行为，端正不违礼义，或谨严不逾规矩。

⑨白太傅：唐代文学家白居易，曾授太子少傅。欧阳公：宋代文学家欧阳修。东坡居士：宋代文学家苏轼，号东坡居士。

⑩鸣珂：达官贵人的马以玉为饰，行驶作响。代指达官显贵。

⑪庸：岂。但：只，仅。此处犹言“仅此”，“就此”。

⑫落落：磊落，形容人的气质超群脱俗。

⑬居常：平常，日常。

⑭说：道理，主见。

⑮来示：来信。示：对人来信的敬称。

⑯汗下：喻惭愧。

⑰蹉跌：亦作“差跌”，失足跌倒，喻失误。

⑱颐指：用下巴的动作示意，来指使人，常形容指挥别人时的傲慢态度。

⑲垂察：希望得到体察、明鉴的谦辞，常用于信尾。

⑳不宣：不能一一细说。常用于信尾。

译　文

承蒙阁下来信指示，我反省自责，惭愧而无所自容。阁下与我，年龄相差不止数倍，地位相差不止天悬地隔，却降低身份与我纠缠征伎之事，阁下声称往日曾以三百上等好金，征召金陵歌伎李香，为其所拒，是我教李香这么做的，而我又借此过分地挑剔您的错误，对您横加指议。

我的确没有很好地修养自己的品行，然而私下里也恐怕为阁下所连累。假使阁下没有可使人议论之事，那么从前贤良如白太傅、欧阳公、东坡居士，皆与达官贵族酬答相和，不废往来，也没听说后世之人对他们有所非议，为何到了阁下这里，就苛求无世人之议论呢？假使阁下确有可使人议论之事，那么无法征召歌伎，岂不可以就此作罢了吗？

我到金陵时，太仓张西铭偶然对我说：“金陵有一位歌伎，姓李，能歌唱玉茗堂的曲词，其人颇为豁达开朗，有风格情调。”我因此与李香相识，期间曾作小诗相赠。不久，我应江南乡试不第，离开金陵，从此未与她相见。半年后，我才听说她拒绝阁下聘金之事。我曾私下里感叹她风格异于常人，自知没能完全地了解她，我又怎可能教她行事呢？眼下阁下征召李香，是在我离开金陵之后，如今天下像阁下一样想征召她的人不止一人，难道我在金陵与她交游时就时时标举阁下的姓名，预先告诉她，说他日阁下如若邀请，务必不要前往吗？

若此歌伎无见识，凭借阁下三百金的厚礼，加上中丞身份之显贵，她必会奔赴应命，恐落于后，岂会记得我这样一个落拓书生的话呢？若此歌伎有见识，那么阁下三百金的厚礼，加上中丞身份之显贵，都不能使她动身，可见她心中必有主见，又何须我出言去教她呢？士大夫君子存身自立，行为有度，做事条理分明，有本有末，阁下反复来信，更加使人惭愧。我虽然一介书生，亦常惶恐一有差错，将为此歌伎所笑，我实在没法以生平所读卷册、赋数首诗这样的卑微伎俩，来随意地指使她行事。此事望阁下明鉴，就不一一细说了。

壮悔堂记[①]

侯方域

余向为堂，读书其中，名之曰杂庸。或曰：“昔司马相如卖酒成都市[②]，身自涤器，与庸保[③]杂作，子何为其然？”余曰：“以余目之所寓皆庸也，子亦庸也。余不能不举足出此堂，又不能使此堂卒无如子者，安往而不与庸杂？又岂必酒垆耶？”呜呼！君子之自处也谦，而其接物也恭，所以蓄德也。况余少遭党禁，又历戎马间，而乃傲睨[④]若是，然则坎壈[⑤]而几杀其身，夫岂为不幸哉！

忽一日念及，怃然[⑥]久之，其后历寝食不能忘。时有所创，创辄思；积创积思，乃知余平生之可悔者多矣，不独名此堂也。急别构一室居之，名曰壮悔。古者三十为壮[⑦]，余是时已三十有五矣。呜呼！以古人学成行立之年，而余始稍稍知自创艾[⑧]，日其余几！已而复自慰曰：“夫人终身老死而不知悔者，亦以多矣！壮果能悔，其尚愈诸！犹但恐余之不能悔也。夫知过而果能内自讼，君子许之。然则杂庸堂者毁诸？”曰：“否！余将更营而新之，以志余过于穷也。”

注 释

①本文选自《壮悔堂文集》。作者追忆年轻时给书房取名“杂庸堂”时的高傲，念及一生多舛，怅然失意，心中悔恨，故另建“壮悔堂”以志。

②昔司马相如卖酒成都市：《史记·司马相如列传》：“司马相如与卓文君俱之临邛，尽卖其车骑，买一酒舍酤酒，而令文君当垆，相如身自着犊鼻裈，与保庸杂作，涤器于市中。”

③庸保：旧谓受雇于人充当酒保、杂工等贱役的人。

④傲睨：傲慢斜视，含有轻视之义。

⑤坎壈（lǎn）：困顿，不得志。

⑥怃然：怅然失意貌。

⑦古者三十为壮：《礼记·曲礼上》：“三十曰壮。”古人称三十岁为而立之年。《论语·为政》：“子曰：吾十有五而志于学，三十而立。”

⑧创艾：言受惩戒而畏惧。

译 文

我曾建书房，读书于其中，我称其为杂庸堂。有人说：“从前司马相如在成都集市卖酒，亲自清洗酒器，和庸保混在一起干活，您为什么效法他而给书房取这样一个名字呢？”我说：“以我的眼光来看，这世界上所有的东西都是很平常的，就是您也是平常的呀。我不能不迈步走出这书房，也不能让这书房中没有像您一样平常的人，我又怎么能不和平常的人与事相处呢？难道非得像司马相如在酒坊里，才算得上混同于平常人吗？”唉！君子自处要谦虚，对待别人要恭敬，是要培养德行呀。何况像我少年之时就遇见东林党和阉党相争，自己因为是东林党的子弟而遭受不平待遇，后来国家南迁，连年和清兵打仗，自己在明军中效力，却如此傲视群雄，所以一生坎坷跌宕，几次险遭杀身之祸呀，这怎么能不算我的不幸呢！

忽然有一天想到这件事，怅然失意许久，之后吃饭睡觉的时候常常惦念而不能忘怀。我经常会遭遇挫折，遭遇挫折就会思考；随着经历挫折次数的增多，思考的机会也随之增多，才知道我这辈子值得后悔的事太多了，不仅仅是为书房起名字这件事呀。于是急忙在旁边又盖了一座书房，取名为壮悔堂。古时候把三十岁的人称为壮，我如今已是三十五岁了。唉！像古人已经学有所成、做事卓有成果的年纪，我才刚刚知道有一点点后悔戒惧，未来还能有多少日子呢！随后我又安慰自己道：“人至终老身死也不知道后悔的，也有很多！在壮年能够知悔，不是也比那些不知后悔的人要强一些吗！怕只怕自己不能后悔呀。要是知过而真能在心中自省，君子也会赞同的。那么杂庸堂会因为我自己的悔意而被毁掉吗？”我说：“不必了，我把它翻修如新就行了，那是我一个人生阶段的纪念，让我不至忘记我曾经的过于骄傲。”

四忆堂记[①]

侯方域

或曰：“堂之以‘四忆’名者，何也？”曰：“今昔之故，触而感焉则忆之，适四则四之尔。”“敢问所谓‘四忆’者？”曰：“屈原幽忧而着《离骚》，其中称名类物，或呼为羌，或呼为荃，今读者不知其所专指，子宁知之耶？盖人心诚有所郁，则必思；思而不得则通，则必且反复形诸言辞，发为咏歌。情迫气结，纵其所至，不循阡陌[②]，即胸中时一念之，非不历历[③]，及欲举而告之人，固已缠绵沉痛，十且乱其七八矣！微独我与若不知原之所指，即使原今日复生，亦未必自知也，我又安能以其所忆者告吾子哉？”

或曰：“然则子既以‘悔’名其文集，而仍以‘忆’名其诗者，何也？苟忆于昔，不必其悔；苟悔于今，不必其昔之忆。”曰：“《诗》三百篇，昔人发愤之所作也。余自念才弱不能愤，聊以忆焉云尔。抑闻之，极则必复忆之，忆之所以悔也。”

注释

①本文选自《四忆堂诗集》。文章阐述诗集取名“四忆”的原因，以屈原作《离骚》自喻，抒发不可言说的家国忧愤和生平郁闷。

②阡陌：田间的路径。纵行为“阡”，横行为“陌”。

③历历：清楚分明。

译文

有人问：“你的书房以‘四忆’命名，这是为什么呢？”我回答说：“因为今时和往昔改变的缘故，遇见某些事物，有所感触就会回忆，正巧到了四就用了四。”“敢问‘四忆’具体指什么呢？”我说：“屈原在无尽的忧愤中写下《离骚》，诗中称呼、摹写事物，或叫作羌，或叫作荃，现在的读者不知道它们究竟暗指的是什么，你就一定能明白吗？人们心事郁结，必然有所思，有所思却不能够想得明白，这时就一定会不断地将心事付诸言辞，抒发而出，便为诗为歌。情绪紧迫而心情郁结，等到让它随意前行，就不会顺着原来的小路走了。这就是说，心中所思虑念及的往事，有时也并不是不清楚明白，可是等找到想要诉说给他的人时，那心事已经不再清晰如昨，十分已乱了七八分了！难道只有我不知道屈原诗中某些晦涩不明的地方吗？恐怕即使屈原今日复生，也不一定知道自己诗中那些晦涩不明的事物原来究竟要表达的是什么，我又怎么能把我所回忆的事物一一明白地告诉你呢？”

又有人说：“然而你已经用‘悔’为你的文集命名，却又用‘忆’为你的诗集命名，为什么呢？如果对往昔有所怀念，就不必后悔呀！如果在今天后悔，那么又何必怀念往昔呢？”我回答说：“《诗经》三百篇，是古人在困境中发愤言志之作，我写这些诗，是感到自己才疏学浅不能发愤图强，聊以回忆罢了，也许在生活中听到看到了什么，受到了触动，就会想着去回忆，回忆中那些让自己后悔的事。”

赠季弟序[①]

侯方域

吾家世戍籍[②]，祖父[③]顾以文学致通显，未有习武事者；有之自季弟始，季弟勉乎哉！

方叔父司成公[④]，以词臣倾动天下，天下荦荦[⑤]材贤之士，胥出其门。是其诗书之泽，将十世未艾也，季弟胡为乎以武名耶？嗟乎！士不因时通变，守一卷之书终其身，咿唔[⑥]呻吟，以为不失祖父之旧，亦何其固而不知所择也！天下承平尚文，开创尚武。往吾祖父遭明代盛时，二百年之间，放牛归马[⑦]，天下习之，士非登甲科不贵；其以韬钤[⑧]起家者，虽佩虎符，开镇千里，见公卿皆屏伏愓息，不敢仰首视。吾祖之少也孤，曾王伯父[⑨]尝进而命之曰：“吾戍籍也，尔不力于学，将为伍卒矣。”吾祖用是自奋，与伯祖同致身列卿。其后，吾祖又进吾父若叔而命之曰：“尔勿以我为贵，吾戍籍也。尔不力于学，将为伍卒矣。”吾父若叔之克奉吾祖之教也亦然。季弟尝从父兄之后闻之矣，季弟勉乎哉！

今天下疆土甫定，国家且歌《大风》[⑩]，思猛士，季弟能用其材武，将来御侮干城[⑪]，未可量也。欧阳永叔之送田秀才也，谓秀才：“将家子，反衣白衣，从乡贡士举于有司。彼此一时，各遭其势而然也。”季弟顾乃脱儒冠，负弩称干，驰骋熊罴之队而争其上驷[⑫]，岂非亦遭其势而然耶？往吾父司徒公[⑬]佐司马，力能去其戍籍，而不肯曰："留以警吾子孙也。"然则世有公卿之后，既不事诗书，又不能事骑射，徒矜高其门第而不知警者，其有愧于季弟多矣！季弟，勉乎哉！

注释

①本文选自《壮悔堂文集》，是对季弟从武的勉励之文。作者骨子里重文轻武，然而面对动乱的现实，又由衷地希望季弟能凭借军事才能为国略尽绵力。文章体现了作者乱世中矛盾复杂的心情。

②戍籍：戍边吏卒的户籍。宣德时定下《军政条例》，其中规定："故军户下，止有一丁，充生员，起解兵部，奏请翰林院考试，如有成效，照例开豁军伍。若无成效，仍发充军。"侯氏先世是戍籍，至侯方域祖父侯执蒲始贵。

③祖父：即侯执蒲，字以康，号碧塘，万历二十六年（1598）进士，官职太常寺卿。

④叔父：指侯方域叔父侯恪，字若木，号木庵，侯执蒲次子，万历四十四年（1616）进士，不肯仕，闭门读书。万历四十七年（1619）选翰林院庶吉士，后历任编修、庶子、谕德（太子署官）、左春坊右庶子兼翰林院侍读、南京国子监祭酒等职。司成：古代教育贵族子弟之官职，后世称国子监之祭酒为"大司成"。

⑤荦（luò）荦：众多貌。

⑥咿唔：拟声词，读书声。

⑦放牛归马：牧放作战用的牛马。比喻战争结束，不再用兵。

⑧韬钤（qián）：古代兵书《六韬》和《玉钤篇》的并称。后因以泛指兵书。或借指用兵谋略。

⑨曾王伯父：即曾伯祖父。

⑩大风：即《大风歌》，汉高祖刘邦所作。刘邦平黥布还，过沛县，邀集故人饮酒。酒酣时刘邦击筑，同时唱了这首歌："大风起兮云飞扬，威加海内兮归故乡，安得猛士兮守四方！"

⑪御侮：抵御外侮，抗击外来侵略。干城：盾牌和城墙，比喻捍卫者。

⑫熊罴（pí）之队：比喻勇猛善战的军队。上驷：上等良马。比喻上等的人才或物品。

⑬司徒公：侯方域之父侯恂曾任户部尚书，清代俗称户部尚书为大司徒。

译文

我们家出身戍籍，祖父通过学问走到了显达的地位，之后我们家没有习武的人；有习武的人就是从小弟你开始，小弟要努力呀！

当年叔父任国子监祭酒，因为以文才侍奉天子而令天下敬仰，天下那些有名的贤才，都出于叔父门下。所以其学问和教导之恩泽所及，再过十代也不会消失啊，小弟为什么要用习武来扬名呢？唉！读书的人不因为世事的改变而变通，死守着一本书活一辈子，咿咿呀呀地念诵，认为这样便不会失掉祖父以前的声名，也是多么执拗却不懂得选择啊！天下太平时注重文才，天下创始时尊崇武艺。过去我们祖父正逢明朝兴盛的时候，两百年中，没有战争，不再用兵。天下求学的读书人，不考中进士便不觉得荣耀；那些因为读兵书而得以晋升的，就是手握帅印镇守千里的将帅，见到了朝廷里的三公九卿，也得拜伏于地而不敢发出声音，不敢抬头仰视。我们的祖父小时候就已失至亲，曾伯祖父曾经激励并教导他说："我们家出身戍籍，你要是不努力求学，将来只能做军队兵卒。"我们的祖父因此自勉发奋，与伯祖父一起位列朝堂。这以后，祖父又激励我们的父亲和叔叔并教导他们说："你们不要以为我很荣耀，我出身戍籍啊。你们如果不努力求学，将来会成为兵卒。"我们的父亲和叔叔也同样诚恳地遵守着我们祖父的教导。小弟曾从父兄那再听到这些教导，小弟要努力啊！

现在天下疆土刚刚稳定，国家正唱着汉高祖的《大风歌》，想要获得能打仗的勇士，小弟能有军事才能可用，将来成为抵御侵略的国家捍卫者，前途不可限量啊！当年欧阳修送别田秀才时，对田秀才说："将领家的孩子，反而穿上了读书人的衣服，到乡试中考试被考官选拔。此一时彼一时，各自正赶上形势不同吧。"而小弟你脱掉儒冠，背着弩箭，举着盾牌，在勇士的队伍中奔驰奋勇争先，难道不也是正赶上局势是这样吗？过去我们的父亲司徒公辅佐司马的时候，凭他的能力是可以去掉自己戍籍的，但他不愿这么做，他说："留着来告诫我的子孙吧。"既然如此，那么世上还有高官的后代，既不去学习诗书，也不去学习骑马射箭，徒然凭着自家的门第，高傲自大而不知谨慎从事，和小弟你比起来，岂不万分惭愧！小弟，努力吧！

赠江伶序[1]

侯方域

江生，吴人也，以歌依宋君于雪苑。先是沙随[2]有郭使君者，官常州刺史，携江生与其侣十余人以归。余识使君，使君每宴余，则出江生度曲。秀外惠中，丰骨珊珊[3]，发清商[4]之音，泠然[5]善也。未几，为睢阳武卫冯将军[6]所留，已而复归于郭；又未几，卒归宋君。

江生尝告余曰："身羁旅也，不幸以歌曲事人，实愿始终一主。而朝章华之馆[7]，暮虒祁之宫[8]，非其志也，主人不能有也，宋君者，今相国介弟也[9]，乃独能有之。日设酒食，召宾客以自娱乐，慷慨豁达，不为龌龊[10]态，可谓达矣！”

余固有感于雪苑盛时，乌衣朱桁[11]，门第相望。当时亦有相国沈氏，其族如仪部[12]君撰，尤以文采自命。为豪举，辇千金三吴[13]，招呼伎乐，如江生者，皆衣轻纨[14]，歌《子夜》[15]。暇则鸣珂走马，富贵儿竞而效之，南邻北壁，钟鼓不绝，如此者遂历三纪。识者以为雪苑风气，于是尽矣！侈极而衰，固其所也。无何，果为寇所破。向之门第相望者，或存寡妇弱儿，或遂辗转灭没，不知其姓氏。呜呼！转瞬间相悬绝者，何止如江生一辈也。

有老伶吴清者，尝逮事沈相国[16]家，年六十余，须髯白如丝，贫无依倚，乃为陈将军教其十许岁歌儿以糊口，能言吾郡神宗间最盛时事，谓：“江生晚出，雪苑向日之歌者皆已散去，惜未得见江生，江生亦不幸而未见夫梨园全队。人擅《白雪》[17]，每发一声，则缠头[18]之赠，金钱委积。清老矣！当时身所亲历，至今犹数数梦见之。”每言则呜咽泣下，沾襟不止。余更征诸长老，清之言信然！既夙有感于中，而江生之来自吴，又识之独先，然则江生虽少，固余之何堪也！属酒酣，乃为之《序》，而顾谓宋君曰：“人生贵行乐耳，公真达者矣！”天下固多不遇而遇，遇而不遇。江生、江生，苟精一技，亦可以成名。高岸成谷，深谷为陵。即秉烛刻阴，岂足以当老伶之一泣也？

注　释

①本文选自《壮悔堂文集》。文章借艺伶江生之坎坷流离的遭遇，述说时势之动乱变迁。“老伶之一泣”实作者感江山零落之悲叹。

②沙随：春秋宋地，在今河南宁陵县西北。

③丰骨：即风骨。珊珊：本指玉佩声。此指风度高洁飘逸。

④清商：清乐，也称为清商乐，是指汉魏六朝的乐府音乐，流传下来的歌词即当时的乐府诗。商为古代五音之一，清商谓其调凄清悲凉。

⑤泠然：形容声音清越激昂。

⑥武卫冯将军：“武卫将军”为官职名，东汉末年置。

⑦章华之馆：即章华台，又称章华宫，春秋时期楚灵王修建的离宫，被誉为当时的“天下第一台”。楚灵王日宴夜息于台上，管弦之声，昼夜不绝。

⑧虒（sī）祁之宫：春秋时期晋平公修建的宫殿，与章华台齐名。虒：古书上说的一种似虎有角的兽。

⑨相国：即宋权，字雨恭，又号梁园，河南商丘人，明末任顺天巡抚，后降清，备受重用，谥文康。宋权乃宋程迥（宋君）之兄。介弟：对他人之弟的敬称。

⑩龌龊（wò chuò）：过分谨慎，拘于小节。

⑪乌衣：乌衣巷，在今江苏南京市东南，是三国东吴时的禁军驻地。由于当时禁军身着黑色军服，故此地俗语称乌衣巷。东晋时以王导、谢安两大家族都居住在乌衣巷，人称其子弟为"乌衣郎"。后借指高贵的身份门第。桁（héng）：梁上的横木（檩子）。朱桁：借指华丽的府邸。

⑫仪部：明初礼部所属四部之一。

⑬辇：此指载运。三吴：指长江下游江南繁华之地。

⑭轻纨：轻薄洁白的绢衣。

⑮《子夜》：即子夜歌，乐府曲名，现存四十二首，收于《乐府诗集》中。以五言为形式，以爱情为题材，后来延伸出多种变曲。

⑯沈相国：指沈鲤，字仲化，号龙江，河南商丘人，嘉靖四十四年（1565）进士，历官吏部左侍郎、礼部尚书、东阁大学士，加少保，进文渊阁。谥文端。

⑰《白雪》：本指战国时代楚国艺术性较高、难度较大的歌曲。后来泛指高深的、不通俗的文学艺术。典出战国楚宋玉《对楚王问》："客有歌于郢中者，其始曰：《下里》《巴人》，国中属而和者数千人……其为《阳春》《白雪》，国中属而和者不过数十人。"

⑱缠头：古代歌舞者常以锦帛裹头，以为装饰，后因以称赠给歌伎舞女的绸缎、财物。

译文

江先生，是吴地人，因为歌唱得好而在商丘依靠宋先生生活。起初沙随有郭太守，官至常州刺史，他带着江先生和江先生的同伴十多个人回乡。我与郭太守相识，太守每次邀我参加宴会，都会唤出江先生演唱。江先生外表俊美，内心聪慧，从容得体，风度翩翩，唱出格调悲凉的声音，清脆悦耳，美妙动听。没多久，江先生又被睢阳的武卫将军冯将军留了下来，过了一段时间又回到了郭太守那里；没多长时间，最终又依附于宋先生了。

江先生曾对我说："我这漂泊在外的人呀，迫于无奈才以唱曲之技侍奉他人，真心希望始终只有一个主人。早晨在这家的章华台演唱，晚上又到那家虒祁宫演唱，不是我心中的志向，但是这样的主人难以遇到啊。宋先生，是现在相国的弟弟，才能特别收留我。每天陈设美酒佳肴，招待宾客来自娱自乐，慷慨大方，不拘小节，我的命运可以称得上是很好的了！"

我于是忽然想到当年商丘之地兴盛的时候，像南京城王谢家族居住的乌衣巷那样，都是华丽的府邸，门第连绵相向对望。那时候也有相国沈家，他家族里像礼部主事沈撰先生，尤以文采出众自命。他的豪放之举就是，曾用车子携带重金到江南去，招来演唱跳舞的艺人，像江先生这样的，都穿着轻薄洁白的绢衣，唱着《子夜》那样的歌前去赴会。闲暇时就骑着装饰华贵的马奔驰，富贵人家的子弟争着效仿他。南北的邻居，歌乐之声不绝于耳，就这样过了三十多年。有见识的人认为商丘的风流繁华之气，已经到了极点了。奢侈过度就会衰落，本来就是如此。没多久，商丘果然为叛贼所破。过去那些两两相望的华丽府第，有的只剩下了寡妇弱儿，有的随岁月的变迁而衰残，被转手卖掉，如今都不知道现在住那儿的人的姓名了。唉！转眼之间就成了天上人间的差别，又岂止是像江先生这样的艺人呢！

有位叫吴清的老艺伶，曾经赶上侍奉沈相国家，年龄比我大十多岁，胡须雪白如丝，困窘没有依靠，于是替陈将军教习十多岁的小歌伶来糊口，他能说出明神宗时我们城中最兴盛的轶事，他说："江先生出生太晚了，商丘过去那些演唱的都已经走了，可惜没有能见上江先生，江先生也未能有幸见到演唱艺人团队的阵容。每个人都能唱高雅的歌曲，每唱上一句，那赏赐的财物、绸缎都堆满了。吴清我老了，那时候我亲身经历的，到现在还多次梦见呢。"每次说着就会呜咽流泪，用衣襟不停擦泪。我又向其他的老艺伶求证，吴清老人的话是可信的！平时心中就有所感触，而江先生从吴地来，又认识得最早，只是江先生虽然年轻气盛，但是我怎么能忍受得了呢！喝酒正喝得高兴的时候，便为你写下了这篇赠言，我于是望着宋先生说："人生在世，最可贵的是及时行乐，宋先生真是豁达的人呀！"天下本就有那么多刚开始不得志后来得志，以及刚开始得志后来又失意的人。江先生，江先生，如果你精通了一门技艺，就可以有机会功成名就。只是高山变成深谷，深谷又变成了高山。就是拿着蜡烛想把光阴留下来，又怎么抵得上老艺人那感叹世事变迁的一哭呢？

答黄九烟[①]

尤　侗

辱赠扇头十绝[②]，首云"今朝喜得见尤侗"，见者无不怪之。仆解之曰："白也诗无敌[③]"，杜甫诗也；"饭颗山头逢杜甫[④]"，李白诗也；下此则"不及汪伦送我情"、"旧人惟有何戡在"[⑤]，无不呼名者，又何怪也？不特此，人苟知己，字之可，名之亦可。即呼之为牛，呼之为马，亦无不可。苟非知己，则称之为先生，直叱之为老奴耳；尊之为大人，犹骂之为小子耳。至于不敢说可，不敢说非，常不敢说，则其人何如人哉？白之名甫，甫之名白，先生之名侗，一也。诚恐先生借仆名押韵耳。苟仆而可名，仆不朽矣。

作者简介

尤侗（1618—1704），字展成，一字同人，早年自号三中子，又号悔庵，晚号良斋、西堂老人、鹤栖老人、梅花道人等，苏州府长洲（今江苏苏州）人。幼以博闻强记闻名乡里，世人称为“神童”。顺治三年（1646）副榜贡生，顺治帝誉其为“真才子”，然仕途坎坷崎岖，归隐以著述为业。康熙十八年（1679）举博学鸿儒，授翰林编修，参修《明史》。康熙二十二年（1683）致仕返乡。尤侗天才富赡，诗多新警之思，杂以谐谑，每一篇出，传诵遍人口，著述颇丰，有《西堂全集》。

注释

①本文选自《西堂全集》。黄九烟在赠予尤侗的扇头诗中直呼其名，受到一般人的非议，尤侗写这封信加以辩驳。他认为对人尊重不尊重要看实际，而不讲形式。文章语言诙谐，饶有风趣，征引历史上著名诗人直呼姓名的诗句，用事实有力地批驳错误的看法。黄九烟：本姓周，名星，字九烟，又字景明，改字景虞，号圃庵、笑仓道人等，晚年变名黄人，字略似。湖南湘潭人，生于上元（今江苏南京江宁区）。明末官任户部主事，入清隐居。

②辱：谦辞。承蒙。扇头十绝：题写在扇面上的十首绝句。

③白也诗无敌：出自杜甫《春日忆李白》。

④饭颗山头逢杜甫：出自李白《戏赠杜甫》。

⑤不及汪伦送我情：出自李白《赠汪伦》。旧人惟有何戡在：出自刘禹锡《与歌者何戡》。

译文

承蒙您赠给我十首扇头诗，首句云“今朝喜得见尤侗”，见到的人无不以您直呼我的名字为怪。我为此解释说：“‘白也诗无敌’，是杜甫的诗句；‘饭颗山头逢杜甫’，是李白的诗句；在此之后还有‘不及汪伦送我情’、‘旧人惟有何戡在’等诗句，无不直呼人姓名，又有什么可奇怪的呢？不仅如此，人如果得遇知己，称呼他的字是可以的，称呼他的名也是可以的。就算称呼他为牛马，也不是不行。如果不是知己，就算称其为先生，也好比直接吆喝他为老奴；尊称其为大人，就好比骂他为奴仆。至于不敢说可以，也不敢说不可以，经常是什么都不敢说，那这个人还能算人吗？李白直呼杜甫之名，杜甫直呼李白之名，与先生直呼我的名字，意义是一样的。实在担心先生直呼我的名字只是为了作诗押韵而已。如果我的名字值得您直呼，那么我将不朽了。

自题墓石[1]

王夫之

有明遗臣行人[2]王夫之，字而农，葬于此。其左则其继配襄阳郑氏之所祔[3]也。自为铭曰：

抱刘越石[4]之孤愤，而命无从致；希张横渠[5]之正学，而力不能企。幸全归于兹丘[6]，固衔恤以永世[7]。

墓石可不作，徇汝兄弟为之[8]，止此不可增损一字。行状[9]原为请志铭而作，既有铭不可赘。若汝兄弟能老而好学，可不以誉我者毁我，数十年后，略记以示后人可耳，勿庸[10]问世也。背此者自昧其心。

作者简介

王夫之（1619—1692），字而农，号姜斋，湖南衡阳人。明末天下大乱，张献忠曾邀他参加农民军，被他拒绝。清兵入关后，王夫之起兵抗清，后效力于南明桂王政权。不久，他见大势已去，辞职还乡，隐居衡山石船山麓，以著述为业，人称船山先生。他与顾炎武、黄宗羲并称明清之际三大思想家，其著述颇丰，代表作有《船山遗书》《张子正蒙注》《周易外传》《尚书引义》《读四书大全说》《思问录》《黄书》《噩梦》和《读通鉴论》等。

注　释

①本文选自《姜斋文集补遗》，是王夫之为自己作的墓志铭，体现了王夫之的思想性格文风。他念念不忘自己为“明遗臣”，“抱刘越石之孤愤”，字里行间洋溢着未完成复国大志的悲壮气氛。

②行人：王夫之受瞿式耜荐，曾为南明桂王的行人司行人，掌传旨册封等事。

③祔（fù）：合葬。

④刘越石：刘琨，字越石，中山魏昌（今河北无极）人。晋代将领，永嘉时任并州刺史。愍帝初，任大将军，都督并州诸军事。他忠于晋室，“枕戈待旦，志枭逆虏”，与刘聪、石勒相对抗。但壮志未酬，为段匹磾所害。

⑤张横渠：张载，字子厚，凤翔郿县（今陕西眉县）横渠镇人，世称横渠先生。北宋哲学家。曾任崇文院校书等职，后因病屏居，著书讲学。著有《正蒙》等书。他哲学中的唯物主义部分，对王夫之有很大影响，王撰有《张子正蒙注》一书。

⑥全归：得善名以终。丘：指坟墓。

⑦衔恤：怀忧。永世：终生。《自题墓石》到此为止，下面一段为附告他两个儿子的话。

⑧徇：顺从。兄弟：指王夫之的两个儿子王攽、王敔。

⑨行状：传记的一种，它详叙死者世系、名字、爵里、行治、寿年等内容，以供议谥、撰史传、撰墓志之用。

⑩勿庸：不必。

译 文

有明朝遗臣行人王夫之，字而农，葬于此地。在其左侧合葬的是继氏襄阳郑氏。他自己作墓志铭曰：

空有刘越石壮志难酬之忧愤，却命中无法达到他那样的成就；希望能继承张横渠的理学，却力所不能及。所幸能够得善名以终，然而却终生心怀忧愤。

墓石可以不设，听凭你们兄弟的心意，若设，所刻墓志铭不可增损一字。行状本来就是供撰墓志铭之用，既有墓志铭，就不需再书写了。你们兄弟若能老而好学，可不使曾经称誉我的人转而毁谤我，数十年后，可略加记述以示后人，不必追求闻名于世。违背我所托的人便是违背自己的心。

又与我文侄[①]

王夫之

与吾侄别，遂已三易岁矣。衰病老人，更能得几三岁，通一字于左右也。前云欲枉步[②]过我，作数日谈，甚为愿望。想世局艰难，家累烦冗，不能如愿。愚自长乐[③]归后，未尝出户，驰情遥念，但作梦想耳。

读书教子，是传家长久之要道，吾侄以宁静之姿，修此甚为易易。每戒两儿，令以吾侄为法。躐等高远[④]，不如近守矩范。家众人各有心，淡然无求，则人自有感化耳。

注 释

①本文选自《姜斋文集》，是王夫之晚年写给侄子的书信。作者在信中先对侄子未能践约前来表示挂念，也流露出对亲人的思念。

②枉步：劳步。称人走访的敬辞。

③长乐：长乐乡，在今湖南邵阳境内。

④躐（liè）等高远：意谓好高骛远。躐等：不循次序，越级而进。

译 文

与吾侄分别后，转眼已经三年过去了。我这个衰病老人，还能有几个三年呢，故而写此书信与你闲叙。先前你说准备劳步来拜访我，和我谈论数日，我心中颇为期盼。然而料想世局艰难，家事繁杂劳累，当是不能如愿。我自长乐乡归来后，未曾出门半步，遥想思念，希望与你一聚，但只是梦罢了。

读书教子，是传家长久的重要方法，侄儿你以宁静之姿，修此颇为容易。我经常告诫两个儿子，令他们以你为榜样。做事好高骛远，不如谨守规矩。家中众人各有心志，淡然无求，人人心中自有感化。

小港渡者①

周　容

庚寅冬，予自小港欲入蛟川②城，命小奚以木简束书从③。时西日沉山，晚烟萦树，望城二里许，因问渡者："尚可得南门开否？"渡者孰视④小奚，应曰："徐行之，尚开也；速进则阖⑤。"予愠为戏。趋行及半，小奚仆，束断书崩，啼未及起。理书就束，而前门已牡下矣⑥。

予爽然⑦，思渡者言近道⑧。天下之以躁急自败，穷暮而无所归宿者，其犹是也夫！其犹是也夫！

作者简介

周容（1619—1679），字茂三，一字鄮（mào）山，浙江鄞县人。明诸生。明亡后不仕清，剃发为僧，周游天下。后因要奉养老母又还俗。康熙十八年（1679），清廷开博学鸿词科，朝臣有人荐他应试，他以死力拒，不赴试。工书画，著有《春酒堂诗文集》。

注 释

①本文选自《春酒堂诗文集》。文章随记一小事，阐述"欲速则不达"的道理，曲折有致，于平淡中见意趣。

②蛟川：今浙江宁波镇海区。

③小奚：童仆。木简：用木板做的书夹子。束：捆绑。

④孰视：仔细看。

⑤阖：合，关。
⑥牡：门闩，锁簧。下：上锁。
⑦爽然：茫然貌。
⑧道：道理，哲理。

译文

顺治七年（1650）冬天，我从小港想要进入镇海县城，吩咐小书童用木板夹捆扎了一大叠书跟随着。当时西边的太阳已经落山，傍晚的烟雾萦绕枝头，望着县城还有约摸两里路。于是问那摆渡的人："我们到南门时它还开着吗？"那摆渡的人仔细打量了小书童，回答说："慢慢地走，城门还会开着；匆忙赶路，城门就要关上了。"我听了有些动气，以为他在戏弄人。快步前进刚到一半，小书童摔了一跤，捆扎的绳子断了，书也散乱了，小书童哭着，来不及站起来。等到把书理齐捆好，前方的城门已经下了锁。

我茫然若失，想起先前摆渡者说的那番话，认为近乎哲理了。天底下那些因为急躁鲁莽给自己招来失败，弄得昏天黑地到不了目的地的人，大概就像这样的吧。

芋老人传[①]

周 容

芋老人者，慈水祝渡人也[②]。子佣出，独与妪居渡口。一日，有书生避雨檐下，衣湿袖单，影乃益瘦。老人延入坐，知从郡城就童子试[③]归。老人略知书，与语久，命妪煮芋以进。尽一器，再进。生为之饱，笑曰："他日不忘老人芋也。"雨止，别去。

十余年，书生用甲第为相国。偶命厨者进芋，辍箸叹曰："何向者祝渡老人之芋之香而甘也！"使人访其夫妇，载以来。丞、尉闻之[④]，谓老人与相国有旧，邀见，讲钧礼[⑤]。子不佣矣。

至京，相国慰劳曰："不忘老人芋，今乃烦尔妪一煮芋也。"已而妪煮芋进，相国亦辍箸曰："何向者之香而甘也！"老人前曰："犹是芋也。而向者之香且甘者，非调和之有异，时、位之移人也。相公昔自郡城走数十里，困于雨，不择食矣；今者堂有炼珍[⑥]，朝分尚食[⑦]，张筵列鼎[⑧]，尚何芋是甘乎？老人犹喜相公之止于芋也。老人老矣，所闻实多：村南有夫妇守贫者，织纺井臼[9]，佐读勤苦。幸获名成，遂宠妾媵，弃其妇，致郁郁死。是芋视乃妇也。城东有甲、乙同学者，一砚、一灯、一窗、一榻，晨起不辨衣履。乙先得举，登仕路，闻甲落魄，笑不顾，交以绝。是芋视乃友也。更闻谁氏子，读书时，愿他日得志，廉干如古人某，忠孝如古人某；及为吏，以污贿不饬[10]罢，是芋视乃学也。是犹可言也。老人邻有西塾[11]，闻其师为弟子说前代事，有将、相，有卿、尹[12]，有刺史、守、令[13]，或绾黄纡紫[14]，或揽辔褰帷[15]，一旦事变中起，衅孽外乘[16]，辄屈膝叩首迎款，唯恐或后，竟以宗庙、社稷、身名、君宠，无不同于芋蔫。然则世之以今日而忘其昔日者，岂独一箸间哉！”

老人语未毕，相国遽惊谢曰：“老人知道者！”厚资而遣之。于是芋老人之名大著。

赞曰：老人能于倾盖不意[17]，作缘[18]相国，奇已！不知相国何似，能不愧老人之言否。然就其不忘一芋，固已贤夫并老人而芋视之者。特怪老人虽知书，又何长于言至是，岂果知道者欤？或传闻之过实耶？嗟夫！天下有缙绅士大夫所不能言，而野老鄙夫能言之者，往往而然。

注释

①本文选自《春酒堂诗文集》。文章借芋老人与相国的遭逢阐明：人不能因为眼前的环境而忘掉过去。

②慈水：即今浙江慈溪市。祝渡：即祝家渡，渡口在慈溪市西南约三十华里。

③童子试：明清科举录取秀才的考试。

④丞、尉：县官的副职和助理官员。

⑤讲钧礼：行平等之礼，意即免除了尊贵上下之礼。钧：通“均”。

⑥炼珍：烹制精美的食品。

⑦朝分尚食：于朝廷中分得皇帝赏赐的食物。尚食：指皇帝的食物。

⑧列鼎：古时王侯公卿列鼎而食。鼎：青铜铸成的炊器。

⑨井臼：指汲水、舂米等事，引申为做家事。

⑩不饬：不守规矩，行为不轨。

⑪西塾：学塾。古时礼仪，主位在东，宾位在西。所以称塾师为西宾，称学塾为西塾。

⑫尹：这里指京尹，京城地方长官。

⑬刺史、守、令：指府、州、县三级地方长官。

⑭绾（wǎn）黄纡紫：形容官员们身系官印。绾：系。黄：代指金印。纡：结系。紫：代指系印的紫色丝带。

⑮揽辔褰（qiān）帷：形容官员们做出要匡世济民的架式。揽辔：语本《后汉书·范滂传》："滂登车揽辔，慨然有澄清天下之志。"褰帷：语本《后汉书·贾琮传》："琮为冀州刺史。旧典，传车骖驾，垂赤帷裳，迎于州界。及琮之部，升车言曰：'刺史当远视广听，纠察美恶，何以反垂帷裳以自掩塞乎？'乃命御者搴（通'褰'）之。"这里用此四字，经下文之反衬，形成反讽。

⑯衅孽外乘：外来的祸患乘机发生。

⑰倾盖不意：意为意外地发生了交往。倾盖：原意是途中相遇，停车交谈。

⑱作缘：结缘。

译文

芋老人，慈溪祝家渡人。儿子出外当佣工赚钱，他和老妻居住在渡口边。有一天，一位书生在他家屋檐下躲雨，衣袖单薄，全身尽湿，身影更显瘦弱憔悴。芋老人请他进屋里坐坐，闲聊中知道对方是刚到郡城参加完童生考试，要回家去的读书人。芋老人略懂诗书，和书生聊了很久，就叫老妻煮芋头拿来请书生吃。书生吃了满满一碗，芋老人又为他盛一碗。书生吃得肚子饱饱的，笑着说："他日一定不会忘记老人家您请吃芋头的恩情！"雨停了后，书生就告别离开了。

十多年后，书生考取一甲进士而官至相国。偶然一次，他吩咐厨师煮芋头给他吃，他吃了做好的芋头，放下手中的筷子感叹说："为什么从前祝家渡那老人家的芋头是那么香、那么甜呢！"于是派人去找那渡口边的老夫妇，用车马载他们来。当地郡县的官员听说这事情之后，都以为老人和相国有旧交情，纷纷邀请芋老人夫妇来见面，和他们行平等的礼节。芋老人的儿子也不再到外面当佣工赚钱了。

到了京城，相国慰劳他们说："我一直忘不了老人家您以前请我吃的那顿芋头，今天还想再麻烦您妻子为我煮一次芋头！"不久，芋老人的妻子煮好芋头端给相国吃，相国尝了以后，又放下手中的筷子，说："为什么从前吃的芋头就那么香、那么甜呢！"芋老人走向前说："都是同样的芋头啊！那时的芋头之所以那么香甜，并不是烹调方法有什么两样，而是时势地位改变人的口味啊！当年相国您从郡城出来，走了几十里路，又被雨淋得湿透了，又饿又冷，吃东西是不会挑剔的；现在您的厨房多的是精美的食物，又有朝廷赏赐的膳食，经常摆设酒席，陈列食物，哪里还吃得出芋头的甘甜呢？不过，我还是很高兴相国您的改变仅仅止于芋头而已！我老了，听到的事情实在太多太多了：村子南边有对贫苦的夫妻，妻子每天织布纺纱，取水舂米，勤苦地供丈夫读书。丈夫幸运地考中科举，得到功名后，就宠爱其他的姬妾，抛弃家里的妻子，以致妻子忧伤过度，郁郁而终。这种情形，就是把他的妻子看成像芋头一样啊！城东边有甲、乙两名同学，共享一方砚台、一盏灯火，同窗苦读、同床就寝，连早晨起来穿的衣服、鞋子都不分彼此。后来乙先考中及第，进入官场当了官，听说甲落魄潦倒，还讥笑他，不管他。两人的交情因此断绝了。这种情形，就是把他的朋友看成像芋头一样了。我更听说过不知姓什么的一个人，在读书的时候，立志说将来自己如果得志显达的话，就要廉洁干练如某某古人，就要忠孝如某某古人。可是真的做了官后，却因为贪污不检点，操守不佳而被罢官。这种情形，就是把他所学的道理看成像芋头一样了。这些还说得过去。我老人家邻居中有家私塾，听里头的老师向学生讲述前朝末年的事情，有将、相，有卿、尹，有刺史、太守、县令，他们有人腰佩紫绶金印，亲自把持车辔，折帘撩幔，似要匡世济民。然而一旦国内发生事变，异族自外入侵，他们往往就下跪叩头，投降归顺，唯恐落于人后，竟然把宗庙、社稷、自己的名誉、君王的荣恩，统统等同于芋头了。这么说来，世人由于眼前的遭遇而忘掉了过去，相差的哪里单单只是一双筷子之间而已呢！”

老人话没说完，相国迅即惊喜地向他拜谢说：“老人家您真是个通晓大道的人啊！”相国优厚地赏赐了芋老人，派人护送他们回去，于是芋老人的名声大为显扬。

有人称赞说：芋老人能够在无意中遇到相国，一见如故，进而和他结缘，真是让人惊讶的事情哪！不知道相国如何，是否可以不愧对老人家的话。不过，从他能够不忘怀那顿芋头看来，应该是好过那些连老人都将之看成像芋头一样的人吧！只是芋老人虽然读过些书，又怎么擅长说话到这样的地步了呢？难道他真是名通晓大道的人吗？还是对他的传说超过实际情况呢？唉！天下之道，有些是达官贵人与读书人所说不出来的，然而乡下老人、粗鄙百姓却能够说得出来，往往就是这个样子。

送杜审舒归里序[1]

施闰章

杜生审舒自齐归，施子赆[2]焉，司橐者[3]以匮告。杜生谢，且蹙额曰：“先生念我则至矣！然窃疑其厚人而忘己也。”意者太左计[4]。施子曰：“若以我为过廉乎？予盖天下之贪夫也。子何敝[5]敝然为我谋？”杜生口呿[6]色变，久之，曰：“从先生官三年矣，事大小罔弗知也。所与交游，虚往实归者众矣，而先生橐中无长物。以币进，则拒之惟恐不速。焦形槁颜，手校雠而口伊吾[7]，夫子病矣。如是而谓贪，将阳拒而阴纳与？敢问其说。”

施子曰：“噫！何子之泥于言贪也！夫取而不能有者，非贪也；不取而有之、人不能夺焉者，贪之至也。庄子曰：'君子内无饥寒之患，外无劫夺之忧。'子不见夫今之鼎食而覆悚者乎[8]？戕其躯，籍其家，以沉[9]其宗者，比比矣。其始不过竞筐篚之私[10]，卒以捐其所甚爱而不遑恤[11]。夫人捐其所甚爱，至于弃身家、舍妻子，谓之能贪则不可。予，鄙人也，未就事而先饮冰[12]，其行若踬[13]，其居若坠，其独处若群窥。先人后己，亦夷亦惠[14]，忧谗畏讥，补缺修弊，簏[15]有一金而不知所置。予盖患得患失，见鄙于尼父者也。然而疾风震雷，守之晏如[16]，饱食高坐，进退生徒。陟泰岱，观沧海[17]，谒阙里[18]，陈诗书。搜讨旧籍，累椟连车，寸缣尺楮[19]，并蓄兼储。盗不睥睨[20]，民不咒诅；人见不足，我见有余，此亦贪之至也。

"且夫名浮其实者，德之欺也；勉乎其职而不能尽其道，事之末[21]也。吾目迷五色，而不蒙失人之诮；行忝颜闵[22]，而窃附有道之林。吾循孔氏之门墙而惴惴然，惧其不能入也。奉命而出，终事而归，所得侈矣，况敢自以为廉乎！子貌朴而志端，归而修业，亦务守其不可夺者已矣，何敝敝然为我谋？"

杜生闻之喜曰："吾乃知先生之所以为贪。"于是酌酒别去。

明日，次[23]其语，追而送之济水[24]之上。

作者简介

施闰章（1619—1683），字尚白，一字屺云，号愚山、媲萝居士、蠖斋，晚号矩斋，宣城（今属安徽）人，顺治六年（1649）进士，授刑部主事。十八年举博学鸿儒，授侍讲，预修《明史》，进侍读。文章醇雅，尤工于诗，与同邑高咏等唱和，时号"宣城体"，与宋琬有"南施北宋"之名。著有《学余堂文集》《试院冰渊》等。

注释

①本文选自《学余堂文集》。是作者给门生的临别赠序。文章别出心裁，自称己之廉洁之行为"贪"，反称钻营私利为"非贪"，出语惊人而深居讽刺意味，其中蕴涵了作者对门生的深切教导。

②赆（jìn）：赠人路费或礼物，表示送行。

③司橐者：掌管钱财的人，此指家里的管家。司：主管。橐（tuó）：袋子，钱袋。

④左计：不适当的计划，失策。

⑤敝：通"弊"。弊弊然：辛苦经营貌。

⑥呿（qū）：张口貌。

⑦校雠（jiào chóu）：查对、订正文字。伊吾：通“咿唔”，象声词，形容读书时口中念念有词。

⑧鼎食：列鼎而食，指豪门贵族的奢侈生活。鼎：古代炊器，一般是圆形，三足两耳。覆𫗧（sù）：《易·鼎》：“鼎折足，覆公𫗧。”覆𫗧谓鼎足坏了，食物从鼎里倒出来。后因喻力不胜任而败事。𫗧：食物。

⑨沉：没，灭。

⑩筐篚（fěi）：盛物的竹器。方的称筐，圆的称篚。筐篚之私：意谓微小的私利。

⑪卒：终于，结果。不遑：来不及。遑：闲暇。恤：怜悯，可惜。

⑫就事：从事，任职。饮冰：《庄子·人间世》：“今吾朝受命而夕饮冰，我其内热与？”形容内心极度惶恐焦灼，要饮冰才能平静下来。

⑬踬（zhì）：跌倒。

⑭夷：伯夷。惠：柳下惠。这两人都是古代清高廉洁之士，常常并称为“夷惠”。

⑮籯（yíng）：筐、笼一类的盛物竹器。

⑯晏如：安然。

⑰沧海：古代对东海的别称。

⑱阙里：孔子的故宅。在今山东曲阜城内阙里街。

⑲缣（jiān）：即缣素，供书画用的白色细绢。此处代指书画。楮（chǔ）：木名。因皮可制纸，所以用作纸的代称。

⑳睥睨（pì nì）：侧目，斜视。

㉑末：非根本的，微不足道的。

㉒忝（tiǎn）：谦辞。表示辱没他人，自己的愧疚。颜闵：颜回、闵子骞。两人都是孔子的学生，德行上并称。颜回安贫乐道，闵子骞孝顺父母。

㉓次：排列，编排，引申为编写记录。

㉔济水：古水名。故道早已堙废，下游即今黄河的大清河、小清河。

译文

杜审舒从山东返归故乡，我想送点礼物给他，可管家却告知家资匮乏。杜生推辞，且皱着眉头说：“先生顾念我到极点了！但我私下里怀疑您宽厚待人而忘记了自己。”言下之意，是说我太不会谋划生计了。我说：“您以为我太廉洁了吗？我是天下最贪婪的人啊！你为什么苦心地为我着想呢？”杜生张口结舌，脸色骤变，过了好久，他才说道：“跟随先生做官三年了，事无巨细没有不知道的。与您交往的人，空手而来、满载而归的人很多，但是先生您自己口袋中从没有多余之物。人家送钱给您，就拒绝唯恐不够快。您形体憔悴，色如槁木，手校文字，口诵诗书，先生已经过于劳累了。这样却说贪婪，难道是表面拒绝而暗中却接受了吗？请把您这样说的理由说给我听听。”

我说：“唉！你何必拘泥于说贪呢！获取而不能保有，不是贪；不求取却能保有，而别人又不能夺走，才是最大的贪了。庄子说：‘君子内无饥寒交迫之患，外无受人劫夺之忧。’你没看到当今那些由豪富转为败落的人吗？自己被杀，家被抄没，宗族也受到牵连的人，比比皆是。他们刚开始也不过是为贪得微小的私利，最后把自己最珍爱的东西都赔进去了却无暇顾恤。人们抛弃非常珍爱的东西，甚至抛弃身家性命，舍妻弃子，把这称为贪是不可以的。我是浅陋之人，在没有做事之前内心忧惧，行走时如履薄冰像要跌倒，驻足停留时唯恐失去什么，一人独处好像仍处于众目睽睽之下。先人后己，像伯夷也像柳下惠，像他们那样纯洁谦和，害怕谗言讥讽，改正缺点弥补弊漏之处，口袋中有一点点资本就不知放到哪里。我患得患失，让孔圣人见笑了。然而，疾风惊雷，我泰然处之，饱食高坐，我教导生徒。登临泰山，观望大海，拜谒孔子故里，我陈设诗书。我搜寻旧籍古典，积书数车，片纸只字都收藏好。盗贼不会窥视我，老百姓不会咒恨我；别人以为我很贫穷，而我自以为富足有余，这也是贪到极点了。

“况且空有虚名而没有实际才能，于德行而言是欺骗；勉强从事一项工作而不能努力实现自己的主张，是只抓住事情的细枝末节。我虽然老眼昏花不辨五色，但没有蒙受用人失察的指责；我虽然德行远逊于颜回、闵子骞，但自以为可身附道德之林。我寻循孔子圣学的门墙却很是担心，害怕自己不能入门。奉命出任，完成任务即返回，所得到的太多了，这样还敢认为自己廉洁吗？你朴实厚道而志向端正，回去后研习学业，务必守住这别人不可劫夺的品行就可以了，何必苦心为我的生计谋划呢？”

杜生听了这话，高兴地说：“我现在知道先生说自己贪的原因了。”于是举杯喝酒，道别离开了。

第二天，我把这次谈话记录下来，追到济水那里送给杜审舒。

戴文进传[1]

毛先舒

明画手以戴进为第一。进，字文进，钱唐[2]人也。

宣宗喜绘事，御制天纵[3]。一时待诏有谢廷循、倪端、石锐、李在[4]，皆有名。进入京，众工妒之。一日，在仁智殿[5]呈画，进进《秋江独钓图》，画人红袍垂钓水次。画惟红不易著，进独得古法之妙。宣宗阅之。廷循从旁跪曰：“进画极佳，但赤是朝廷品服，奈何著此钓鱼！”宣宗颔之，遂麾[6]去余幅不视。故进住京师，颇穷乏。

先是，进，锻工也，为人物花鸟，肖状精奇，直倍常工。

进亦自得，以为人且宝贵传之。一日，于市见熔金者，观之，即进所造，怃然[7]自失。归语人曰："吾瘁吾心力为此，岂徒得糈[8]？意将托此不朽吾名耳。今人烁吾所造，亡所爱，此技不足为也。将安托吾指而后可？"人曰："子巧托诸金，金饰能为俗习玩爱及儿、妇人御耳。彼惟煌煌[9]是耽，安知工苦？能徙智于缣素[10]，斯必传矣。"进喜，遂学画，名高一时。

然进数奇，虽得待诏，亦坎坷亡大遇。其画疏而能密，着笔淡远。其画人尤佳，其真亦罕遇云。予钦进，锻工耳，而命意不朽，卒成其名。

作者简介

毛先舒（1620—1688），原名骙，字驰黄，后改名先舒，字稚黄，浙江钱塘（今杭州）人。明末诸生。明亡，不求仕进。曾从事音韵学研究，亦工诗文。与毛奇龄、毛际可齐名，时称"浙中三毛，文中三豪"。著有《思古堂集》《诗辨坻》《韵学通指》《南曲正韵》等。

注释

①本文选自《思古堂集》。文章简叙戴文进遭谗和改业的经历，对戴文进之志趣表示赞赏，对他遭谗被贬的遭遇感到惋惜。戴文进：即戴进，字文进，号静庵、玉泉山人，宣德间以画供奉内廷，后因遭谗言被放逐，浪迹江湖。擅画山水、人物、花鸟、虫草。

②钱唐：钱塘，今浙江杭州。

③御制：皇帝亲手所作，此指明宣宗的绘画。天纵：指上天所赋予的超群才智。多用于对帝王的谀辞。

④待诏：为皇帝草拟文字及从事医、卜、画等技术人员之称。谢廷循：即谢环，字廷循，后以字行，擅画山水。浙江永嘉人。倪端：字仲正，浙江杭州人，擅画道释、人物。石锐：字以明，浙江杭州人，擅画楼台、山水。李在：字以政，号一斋，莆田（今属福建）人，擅画山水。

⑤仁智殿：明代皇宫殿名。

⑥麾：通"挥"。

⑦怃然：怅然失意貌。

⑧糈（xǔ）：粮食。

⑨煌煌：显耀盛美貌。

⑩缣素：细绢。可供书画。

译 文

明代画家以戴进为最佳。戴进，字文进，杭州人。

明宣宗喜欢绘画，他绘制的画充分发挥了上天赐予他的才能。当时，他身边的待诏有谢廷循、倪端、石锐、李在，都很有名气。戴进入京城，画家们都妒忌他。一天，在仁智殿呈画给皇上，戴进呈上的是《秋江独钓图》，画中人穿着红袍在水边垂钓。绘画时唯有红颜色不易着色，戴进独得古法的妙处。明宣宗观赏它。谢廷循在旁边跪下对皇帝说："戴进的画非常美，但是红色是朝廷官服之色，怎么让钓鱼人穿红袍呢！"宣宗点头赞同，于是用手一挥不再看戴进其余的画。所以戴进住在京师，十分穷困。

戴进原先是首饰匠，他锻制的人物花鸟，模拟得形神毕肖，十分精奇，其价值超过一般锻工制品的一倍。戴进自己也很得意，以为人们一定十分看重而使之流传下去。一天，在集市的熔金人那里，看到的首饰，就是戴进自己打制的，他顿时感到悲伤失意。回来后他对人说："我为制造这些东西耗尽了心血，哪里仅仅为了混口饭吃呢？心想将借首饰使我的名字不朽啊。如今他们销毁我制造的首饰一点不爱惜，这种手艺不值得再保留下去了。今后我将干什么行当才行呢？"人们对他说："你那巧妙的技术放在金银首饰上，然而首饰只供世人把玩及小孩妇女装饰而已。他们只沉溺于首饰的辉煌光亮，哪里了解制作人的辛苦？你若能把手艺转移到在素绢上作画，一定能流传下去。"戴进很高兴，就学习绘画，一时名声很高。

然而戴进命数不好，虽然得到待诏的官位，但前途坎坷不平，没有得到皇帝的恩遇。他的画在疏淡的几笔中能细致地描摩事物，用笔清淡幽深。他画人物尤佳，可他的真迹如今也很少看见了。我钦敬戴进，原本只是一个首饰匠，却立下不朽的志向，最终成就美名。

核工记[1]

宋起凤

余季弟获桃坠一枚，长五分许，横广四分。全核向背皆山。山坳插一城，雉历历可数。城巅具层楼，楼门洞敞，中有人，类司更卒[2]，执桴鼓[3]，若寒冻不胜者。枕山麓一寺，老松隐蔽三章。松下凿双户，可开阖。户内一僧，侧首倾听。户虚掩，如应门。洞开，如延纳状——左右度之无不宜。松外东来一衲[4]，负卷帙踉跄行[5]，若为佛事夜归者。对林一小陀，似闻足音仆仆前。核侧出浮屠七级，距滩半黍[6]。近滩维一小舟。篷窗短舷间，有客凭几假寐，形若渐寤然。舟尾一小童，拥炉嘘火，盖供客茗饮也。舣舟处当寺阴，高阜钟阁踞焉。叩钟者貌爽爽[⑦]自得，睡足徐兴乃尔[⑧]。山顶月晦半规，杂疏星数点。下则波纹涨起，作潮来候。取诗“姑苏城外寒山寺，夜半钟声到客船”之句。

计人凡七：僧四，客一，童一，卒一。宫室器具凡九：城一，楼一，招提[⑨]一，浮屠一，舟一，阁一，炉灶一，钟鼓各一。景凡七：山、水、林木、滩石四，星、月、灯火三。而人事如传更，报晓，候门，夜归，隐几，煎茶，统为六，各殊致意，且并其愁苦、寒惧、凝思诸态，俱一一肖之。

语云：“纳须弥于芥子[⑩]。”殆谓是欤！

作者简介

宋起凤，字来仪，号紫庭，又号觉庵，河北沧州人。顺治八年（1651）副贡生，历任乐阳县令、灵丘县令、罗定知州，勤政爱民，颇有政绩。著有《稗说》四卷。

注　释

①本文选自《虞初新志》卷十六。文章细致描述了一个桃核上雕刻的人物风景，运用对比手法，从不同角度，显示出雕刻者技艺的精湛和雕刻艺术的精巧。

②司：负责。更卒：更夫，夜里敲锣报时的人。

③执：拿。桴：鼓槌。鼓：敲。

④衲（nà）：僧衣，代指僧人。

⑤卷帙（zhì）：书卷，这里指佛经。踉跄（liàng qiàng）：走路匆忙不稳貌。

⑥半黍：半分长。

⑦爽爽：爽快舒畅貌。

⑧睡足徐兴乃尔：睡足以后慢慢起身之状。兴：起身。乃尔：如此这般。

⑨招提：指寺院。

⑩须弥：佛经里的高山。芥子：芥菜子，比喻微小之物。

译　文

我的小弟得到了一枚用桃核做的坠子，长五分左右，宽四分。整个桃核正面和反面都是山。山坳中间有一座城，城墙垛子可以清楚地数出来。城墙顶上有座楼，楼门大敞着，里面有一个人，像是负责打更的士兵，手里拿着鼓槌，冻得瑟瑟发抖的样子。山脚处有一座寺庙，隐于三棵老松树之间。松树下面开了两扇门，门可以打开和闭合。门里面有一个和尚，正侧着头在全神贯注地听着外面的声音。门虚掩着，好像是等着人把门敲开；把门打开，好像要请谁进去的样子——这样的揣测没有丝毫违和感。松树东边来了一个老和尚，背着佛经踉踉跄跄地前行，好像是因为佛事而夜归的。对面的树林里有一个小和尚，似乎能听到他奔走劳顿的脚步声。桃核旁边露出一座七级宝塔，距离河滩有半分远。靠近河滩系着一条小船。在篷窗短船之间，有一个船客靠着茶几在小憩，样子好像快要睡醒了。船尾有一个小童，靠着炉子在吹火，大概是烧水给客人泡茶喝吧！船靠岸的地方正对着寺院的背面，高处的土山上有敲钟的阁楼盘踞在那里。敲钟的人神采飞扬，怡然自得，是睡足了慢慢起身才这样的啊。山顶月亮昏暗呈半圆形，夹杂着几点稀疏的星星。山下面则是波纹涨起，显示出大潮要来的征兆。整个桃坠的创意取自于唐朝张继《枫桥夜泊》“姑苏城外寒山寺，夜半钟声到客船”的诗句。

整个桃坠算来，共有七人，分别是：四个和尚，一个船客，一个小童，一个士兵。宫室器物用具共有九个，分别是：一座城，一座楼，一座寺院，一个宝塔，一条小舟，一个阁楼，一个炉灶，钟和鼓各一个。景致共有七处，分别是：山、水、林木、河滩石共四处，星星、月亮、灯火共三处。而人的活动像传递更次，报知天亮，候门等人，夜晚归来，靠着茶几，烧制茶水，总共有六样，各自神情态度都不相同，并且他们愁眉苦脸、畏惧严寒、凝聚神思等各种神态，都惟妙惟肖。

佛语说：“纳须弥于芥子。”大概就是如此吧！

蔡邕论[①]

顾景星

王允[②]既诛董卓，蔡邕动色悲叹。允勃然叱之曰：“董卓国之人贼，几倾汉室。邕为王臣，所宜同忿，而怀其私义，以忘大节。天诛有罪，反相痛伤，岂不共为逆哉！”收付廷尉[③]，人皆冤邕而罪允。以今观之，王允斯言，未为过也。

始邕直言为阉侍[④]所中，囚徙朔方[⑤]，赭衣抱拲[⑥]，全室流离，可谓难矣。及宥还畏祸，亡命吴会[⑦]，十有二年，无意功名，而且以弹琴著书终老牖下矣。使邕如梅福[⑧]，长流江湖，岂不高哉?

董卓擅权，辟署祭酒，补御史，迁尚书，不三日而周历三台[9]。伊何为者？卓盖惜邕致天下豪杰，不加望外[10]之荣，无以市德。故举之髡钳[11]之余，爵之卿贰之上[12]。且邕有何功？遂封侯食五百户、禄五十万？夫无故之利，圣人恶之。邕初议卓不可受尚父[13]之称，而自出显位，何也？

今夫捕鸟者，择其黠者以为囮[14]，毇[15]米为饲，滤流而饮，凡所以慰囮，靡弗至也。笯[16]而出于野，置之丛薄之间，悲呼众鸟，至日暮，翾[17]然投于罗者众矣。夫囮，未始乐为是也，而鸣致众鸟，谓非囮罪不可也。邕，卓之囮也，邕未始乐为是也，而厚禄高位，将以风[18]天下为邕之类者，而邕甘心受之，谓非邕罪不可。

桓帝召邕鼓琴，行次偃师，称疾而返[19]。卓每宴集，邕辄赞事[20]鼓琴。后遂为表荐卓。时卓已为太尉，封郿侯、进相国，废少帝、放太后[21]，倾逼人主。邕谓宜益隆委任。厚其爵赏，岂欲卓加九锡、封安汉而已哉[22]！然则邕死，不亦宜乎！

作者简介

顾景星（1621—1687），字赤方，号黄公，蕲州（今属湖北蕲春县）人。明末贡生，南明弘光朝时考授推官。入清后屡征不仕。康熙年间荐举博学宏词，称病不就。著有《白茅堂集》《读史集论》等。

注　释

①本文选自《读史集论》。蔡邕是东汉著名文学家，世人对其评价素来较高，但曾攀附权臣董卓是他一生的污点。本文就此事展开议论，认为蔡邕是董卓帮凶，罪不可恕。文章夹叙夹议，很有逻辑。蔡邕：字伯喈，陈留圉（今河南开封）人。

②王允：字子师，太原祁（今山西祁县）人，汉献帝时为司徒，与中郎将吕布密谋，诛杀董卓。

③收：逮捕，拘押。廷尉：官名，掌刑狱，为九卿之一。

④阉侍：宦官。汉灵帝时蔡邕为议郎，因上书议论朝政阙失获罪，流放朔方。

⑤朔方：郡名，治所在今内蒙古杭锦旗北。

⑥赭（zhě）衣：古代囚衣。因以赤土染成赭色，故称。拲（gǒng）：古代的刑具，木铐。

⑦吴会：吴郡、会稽郡，即今江苏吴县、浙江绍兴一带。

⑧梅福：字子真，九江寿春（今安徽寿县）人，西汉末年学者。王莽篡权时，他弃官归隐。

⑨三台：汉代对尚书（中台）、御史（宪台）、谒者（外台）的合称，

亦称三公。

⑩望外：意料之外的，特殊的。

⑪髡（kūn）钳：古代刑罚名。代指囚犯。髡：剃去头发。钳：用铁圈束颈。

⑫卿：九卿，汉置。贰：副职。

⑬尚父：西周时周武王尊称吕尚为尚父，意为可尊敬的父辈。董卓的门客也欲尊董卓为尚父，董卓向蔡邕征求意见，蔡邕认为不妥。

⑭囮（é）：鸟媒，捕鸟人用来诱捕同类鸟的活鸟。

⑮毇（huǐ）：舂为细米。

⑯笯（nú）：鸟笼。

⑰翾（xuān）：飞翔。

⑱风（fèng）：感化，此处犹言“招引”。

⑲“桓帝”三句：蔡邕善鼓琴，汉桓帝敕陈留太守督促蔡邕进京入宫，蔡不愿去，走到偃师（河南属县），称病而归。

⑳赞事：协助做事。此指宴席上助兴。

㉑少帝：刘辩，灵帝子，为董卓所废，立陈留王刘协为献帝。太后：灵帝何皇后，被董卓迁放于永安宫，后用毒药杀害。

㉒九锡：古代帝王赐给有大功或有权势的诸侯大臣的九种物品。安汉：安汉公，汉平帝时王莽的封号。王莽曾受九锡。

译　文

王允诛杀董卓后，蔡邕神色哀恸，为其悲叹。王允勃然大怒，叱责他说：“董卓是国贼，几乎倾覆整个汉室。你身为君王之臣，本应该同仇敌忾，可你却感念他对你的私义，忘了大节。上天诛罚有罪之人，你反而为他悲痛难过，你难道不是与他一样的逆贼吗！”于是命人将蔡邕收押，交付廷尉治罪，众人皆认为蔡邕冤枉而责备王允。以如今的观点来看这件事，王允的那番话，并不为过。

起初蔡邕因为直言议论朝政而为宦官所中伤，流放朔方，他身穿囚服，手上戴着刑具，全家流离失所，可谓遭遇大难了。等到被赦免后，蔡邕害怕再次遭祸，就亡命于吴会一带，历时十二年。他无意功名，准备以弹琴著书终老窗下。假使蔡邕能够像梅福一样，一直流寓江湖，没有再次出仕，哪里不能够获得高洁的名声？

董卓在朝廷擅权专政，征召蔡邕为祭酒，补御史，又升任其为尚书，三日不到三台的官职竟已做遍。董卓为何如此尊崇蔡邕？他是爱惜蔡邕的名声，知道他能招致天下豪杰，不给予蔡邕特殊的荣耀，就不能收买人心。所以董卓将蔡邕从囚徒的境遇中提拔出来，给他九卿之上的爵禄。他蔡邕又有何功劳呢？竟封侯食五百户、禄五十万？无缘无故得来的财利，圣人也要厌恶。蔡邕当初建议董卓不要接受“尚父”的称呼，自己却身居显位，为什么呢？

如今捕鸟的人，先挑出狡黠的鸟来充当鸟媒，用细米来喂食，以过滤过的水给它饮用，一切可以慰劳鸟媒的方法，无不使用。然后把鸟媒放在鸟笼中带到野外，置于草木丛生的地方。鸟媒悲鸣呼喊，吸引众鸟，到了日暮时分，自投罗网的鸟儿太多太多了。鸟媒未必乐意这样做，然而通过鸣叫招致众鸟，没有鸟媒的配合是不行的。蔡邕，就是董卓的“鸟媒”，蔡邕未必乐意这样做，然而董卓给予他高官厚禄，以此招引天下与蔡邕同类的人，而蔡邕却甘心接受这一切，可以说如果没有蔡邕的配合，不会是这样一种局面。

汉桓帝召蔡邕进京鼓琴，蔡邕走到偃师就称病而返。可董卓每次举办宴会，蔡邕必定鼓琴助兴。后来甚至上表推荐董卓。当时董卓已为太尉，封郿侯，升任相国，他废黜少帝，放逐太后，权势倾逼人主。蔡邕居然还请求对董卓委以重任。他请求增加董卓的爵禄赏赐，难道是希望朝廷给董卓加九锡、封安汉公吗？如此看来，蔡邕之死，不是理所当然的吗！

送王进士之任扬州序①

汪　琬

诸曹②失之，一郡得之，此十数州县之庆也。国家得之，交游失之，此又二三士大夫之憾也。吾友王子贻上，年少而才，既举进士于甲第③，当任部主事④，而用新令，出为推官扬州，将与吾党别。吾见憾者方在燕市⑤，而庆者已翘足企首相望江淮之间矣。王子勉旃⑥！事上宜敬，接下宜诚，莅事宜慎，用刑宜宽。反是罪也。吾告王子止此矣。朔风⑦初劲，雨雪载途，摇策而行，努力自爱。

作者简介

汪琬（1624—1691），字苕文，号钝庵，长洲（今江苏苏州）人。顺治十二年（1655）进士，官户部主事、刑部郎中。后因病辞官回乡隐居。康熙十八年（1679）时举博学宏词科，授编修。参修《明史》，后乞病归，隐居太湖尧峰山，专心著述，人称尧峰先生。其散文与魏禧、侯方域齐名，有《尧峰文钞》《钝翁类稿》等。

注　释

①本文选自《尧峰文钞》卷二十四。同年考中进士的好友出京赴任，本文即是作者的临别赠序。文章开头将王进士外任一事从中央与地方、国家利益与朋友私情得失的角度来立论，可谓新颖别致。文章又寄予了

作者对好友的一片殷切期望。王进士：即王士祯，字贻上。

②诸曹：指朝廷各部门。部之下设曹，因通称各部司官。

③第：科举考试的等第。明清时分三甲。

④主事：各部所属司官的最低一级。

⑤燕市：指京师。

⑥旃（zhān）：语气助词。

⑦朔风：冬天的风，也指西北风。

译文

中央诸部失去他，地方一郡得到他，这是十几个州县可庆贺的事。国家得到他，却使他的朋友失去他，这又是诸位士大夫的遗憾了。我的好友王贻上，年轻而富有才学，既已举进士于甲第，本应委任中央部门主事，然而依据新的律令，外派他到扬州去担任推官，即将与我们分别。我知道京城的朋友们还在遗憾、惜别，而庆贺者已踮着脚抬起头相望于江淮之间了。王先生，努力吧！事奉上级当谦恭，接待下属应诚恳，处理政务宜慎重，施用刑罚宜宽恤，不这样就是罪过。我对王贻上的忠告就只有这些。北风越来越猛烈，雨雪交加于途中，你扬鞭策马赴任，请勤奋理事，洁身自爱。

鸭媒①

汪琬

江湖之间有鸭媒焉。每秋禾熟，野鸭相逐群飞，村人置媒田间，且张罗焉。其媒卬首②鸣呼，悉诱群鸭下之，为罗所掩略尽。夫鸭之与鸭类也，及其淟涊③狡猾，而思自媚于主人，虽戕其类弗顾。呜呼，亦可畏矣哉！

注释

①本文选自《钝翁类稿》。文章以鸭媒残害同类讽刺那些欺友害人、卖身求荣的无耻行径。

②卬首：昂首。

③淟涊（tiǎn niǎn）：污浊，卑鄙。

译文

江湖之间有一种鸭子被称作“鸭媒”。每当秋天田野里的禾苗成熟的时候，野鸭子就在田间追逐群飞，这时村里的人就把鸭媒放到田间，在它身旁张好罗网。鸭媒仰起头呼叫，成群的野鸭子都被引诱了下来，几乎全被罗网捉住了。鸭媒和那些野鸭子本是同类，却那样卑鄙狡猾，只想取悦于主人，即使残害自己的同类也不管不顾。唉，真是可怕呀！

大铁椎传[1]

魏 禧

庚戌[2]十一月，予自广陵归，与陈子灿[3]同舟。子灿年二十八，好武事，予授以左氏兵谋兵法[4]，因问："数游南北，逢异人乎？"子灿为述大铁椎，作《大铁椎传》。

大铁椎，不知何许人，北平陈子灿省兄河南，与遇宋将军家。宋，怀庆[5]青华镇人，工技击，七省[6]好事者皆来学，人以其雄健，呼宋将军云。宋弟子高信之，亦怀庆人，多力善射，长子灿七岁，少同学，故尝与过宋将军。

时座上有健啖[7]客，貌甚寝[8]，右胁夹大铁椎，重四五十斤，饮食拱揖不暂去。柄铁折叠环复，如锁上练[9]，引之长丈许。与人罕言语，语类楚声。扣[10]其乡及姓字，皆不答。

既同寝，夜半，客曰："吾去矣！"言讫不见。子灿见窗户皆闭，惊问信之。信之曰："客初至，不冠不袜，以蓝手巾裹头，足缠白布，大铁椎外，一物无所持，而腰多白金。吾与将军俱不敢问也。"子灿寐而醒，客则鼾睡炕上矣。

一日，辞宋将军曰："吾始闻汝名，以为豪，然皆不足用。吾去矣！"将军强留之，乃曰："吾数击杀响马贼[11]，夺其物，故仇我。久居，祸且及汝。今夜半，方期我决斗某所。"宋将军欣然曰："吾骑马挟矢以助战。"客曰："止！贼能且众，吾欲护汝，则不快吾意[12]。"宋将军故自负，且欲观客所为，力请客。客不得已，与偕行。将至斗处，送将军登空堡上，曰："但观之，慎弗声，令贼知也。"

时鸡鸣月落，星光照旷野，百步见人。客驰下，吹觱篥[13]数声。顷之，贼二十余骑四面集，步行负弓矢从者百许人。一贼提刀突奔客，客大呼挥椎，贼应声落马，马首裂。众贼环而进，客奋椎左右击，人马仆地，杀三十许人。宋将军屏息观之，股栗[14]欲堕。忽闻客大呼曰："吾去矣。"尘滚滚东向驰去。后遂不复至。

魏禧论曰：子房得力士，椎秦皇帝博浪沙中，大铁椎其人欤[15]？天生异人，必有所用之。予读陈同甫[16]《中兴遗传》，豪俊、侠烈、魁奇之士，泯泯然[17]不见功名于世者，又何多也！岂天之生才不必为人用欤？抑用之自有时欤？子灿遇大铁椎为壬寅岁[18]，视其貌当年三十，然大铁椎今年四十耳。子灿又尝见其写市物帖子，甚工楷书也。

作者简介

魏禧（1624—1680），字冰叔，一字凝叔，号裕斋，亦号勺庭先生，江西宁都人。少有抱负，性格慷慨，好谈军事，十四岁求学于杨一水门下，致力于科举考试。清兵入关后，他内心悲痛，把亡国归罪于科举“不得实用之才，有负朝廷”。于是弃科举，跟从姐夫邱维屏研习古文，从此走上治学之路。顺治年间，魏禧在家乡积极抗清，兵败后隐居翠微峰。后出游江南，入浙中，以文会友，并传播其明道理、识时务、重廉耻、畏名义的学说，结纳贤豪，以图恢复。清康熙年间举博学宏词，不应，逝于扬州。魏禧是明末清初著名的散文家，与侯朝宗、汪琬合称“明末清初散文三大家”，与兄魏祥、弟魏礼并美，世称“三魏”。三魏兄弟与彭士望、林时益、李腾蛟、邱维屏、彭任、曾灿等合称“易堂九子”，魏禧为领袖。平生著述甚丰，有《魏叔子文集》《日录》《左传经世钞》等。

注　释

①本文选自《魏叔子文集》。文中以细腻生动的笔法，刻画了一位有识见、有气节、精武艺、识文墨，使用铁椎的“异人”形象。这样一个英雄人物，本可大有作为，在当时却所遇不合，无用武之地，只能去与响马决斗，境遇让人唏嘘，表露出作者对明朝亡国君臣的不满，抒发了亡国之痛。

②庚戌：康熙九年（1670）。

③陈子灿：生平不详。

④左氏兵谋兵法：指《左传》中记述战事的文字。

⑤怀庆：府名，今河南沁阳。

⑥七省：指河南及其邻近的河北、山东、山西、陕西、安徽、湖北七省。

⑦健啖（dàn）：食量很大。啖：吃。

⑧寝：丑陋。

⑨练：通“链”。

⑩扣：通“叩”，询问。

⑪响马贼：结伙拦路抢劫的强盗，抢劫时先打呼哨，或放响箭，故称。

⑫不快吾意：不能让我痛快地搏斗。

⑬觱篥（bì lì）：古代一种管乐器，用竹做管，用芦苇做嘴。汉代从西域传入。

⑭股栗：害怕得两腿发抖。

⑮“子房得力士”三句：谓大铁椎与汉代张良所得力士为一类人。子房：即张良，字子房，战国末年韩国贵族。秦灭韩，张良欲为韩复仇，后寻得一名力士，能举起一百二十斤重的铁椎，击秦始皇于博浪沙，但只击中副车。事见《史记·留侯世家》。欤（yú）：助词，表示疑问、感叹、反诘等语气。

⑯陈同甫：陈亮，字同甫，南宋文学家，著有《龙川文集》《龙川词》。其所著《中兴遗传》，为宋朝南渡前后大臣、大将、死节之士、能臣、能将各类人物立传，其中有侠士、义勇两门。

⑰泯（mǐn）泯然：形容纷纷消亡。

⑱壬寅岁：康熙元年（1662）。

译文

庚戌年十一月，我从扬州回家，与陈子灿同船。子灿时年二十八岁，爱好弄枪使棒，我给他讲授《左传》中的兵谋兵法时，趁机问：“你走南闯北，碰到过怀有异才的人吗？”于是子灿向我讲述了大铁椎的事，我便写了《大铁椎传》。

大铁椎，不知是什么地方的人，北平陈子灿到河南去看望他的哥哥，在宋将军家里遇见了大铁椎。宋将军是怀庆府青华镇人，擅长武术，七省爱好武术的人都来向他学习，人们因他长得魁梧健壮，所以叫他宋将军。宋将军的徒弟高信之，也是怀庆人，力气大，擅长射箭，比陈子灿大七岁，是他小时候的同窗，因此陈子灿曾经与他一同访问过宋将军。

当时座上有个饭量很大的客人，容貌很丑陋，右腋下夹着个大铁椎，有四五十斤重，他吃饭以及拱手行礼时，一刻也不放下它。大铁椎柄上的铁链折叠围绕着，像锁上的链子，把它拉开有一丈多长。他很少跟人交谈，说话像是有楚地口音。问他家乡在哪，姓甚名谁，都不作回答。

晚上在一起睡觉，到半夜时，客人说：“我走了。”话音刚落，人就不见了。陈子灿见门窗都关着，就吃惊地问高信之。高信之说：“客人刚来时，不戴帽子，不穿袜子，用蓝手巾包着头，脚上缠着白布，除了大铁椎，什么东西都没有带，腰带中却裹着很多银子。我和宋将军都不敢问他。”陈子灿一觉醒来，客人却已打着呼噜睡在床上了。

有一天，侠客向宋将军告辞说：“我当初听到你的名声，把你当作英雄豪杰，然而你的武艺全不顶用。我要走了。”宋将军竭力挽留他，他就说：“我曾屡次打杀拦路抢劫的强盗，夺取他们的财物，他们因此恨我。我若久留此地，灾祸将会牵连到你。今晚半夜，强盗们正约定和我到某个地方决斗。”宋将军高兴地说：“我骑马带着弓箭来助战。”侠客说：“不要去！强盗本领强且人又多，我要保护你，就不能杀个痛快。”宋将军向来自负武艺高强，并且也很想看看侠客的本领，就竭力请求与侠客同往。侠客没办法，就带他一同前往。将要到达决斗的地方时，侠客送宋将军登上一座荒废无人的堡垒，说：“你只许观看，千万别作声，以免让强盗们发觉你。”

这时，鸡叫月落，星光映照着空旷的原野，百步之内能够看见人。侠客骑马飞驰而下，吹了几声觱篥。一会儿，二十多个骑马的强盗从四面聚集过来，徒步行走背着弓箭跟在后面的有一百多人。一个强盗提着刀纵马冲向侠客，侠客大声怒吼，挥舞铁椎，强盗应声坠落马下，马头也被砸得碎裂。那伙强盗向前包围上来，侠客奋力挥舞铁椎左右猛击，强盗们连人带马栽倒在地，三十多人被杀死。宋将军屏住呼吸观看这场恶战，吓得两腿发抖，几乎从堡垒上掉下来。忽然听到侠客大声呼喊道：“我走啦！”尘灰滚滚，朝着东方飞奔而去。之后侠客就再也没有回来。

魏禧评论说：张良找到了大力士，在博浪沙用铁椎捶击秦始皇，大铁椎大概也是那种人吧？老天生下有奇异才能的人，一定有用得着他的地方。但我读陈亮的《中兴遗传》，发现那些才智出众、侠义刚烈、雄奇卓异的人，无声无息，不能在当代显露功绩声名的，又为什么这样多呢！是不是上天降生的人才不一定被人任用呢，还是说任用他们自会有一定的时机呢？陈子灿遇见大铁椎是壬寅年，看他的相貌应当是三十岁，那么大铁椎今年已该有四十岁了。子灿又曾经看见他写买东西的单子，楷书写得非常工整漂亮。

瓶庵小传[①]

魏　禧

吴门[②]枫江之市，有君子焉，人皆称曰“瓶庵”。或曰：“守口如瓶，取谨言之义。”或曰：“瓶窄口而广腹，善容物者也。”

瓶庵幼失怙[③]废学，长自力于学，好文墨士，于贤人隐君子尤尊敬之。朋友之穷老无所归者，曰：“于我乎养生送死。”于是士君子皆贤瓶庵。人有急难之日，好行其德。尝僦[④]小舟，问舟子曰：“几何钱？”曰数若干，瓶庵曰：“米贵甚，如是，汝安得自活？”乃增其值。故负贩人亦曰：“瓶庵盛德长者。”吴门高士徐枋[⑤]，难衣食，瓶庵尝馈遗之，枋不辞。瓶庵年六十，家人将觞客[⑥]，瓶庵曰：“吾将归故乡，以是费为祖宗祠墓费。

吾六十，善病，不于此时一拜先陇⑦，更何待耶？”于是去，倡建始祖祠，修五世以上墓，拜故旧之陇而酹⑧之，不令其子孙知。事竣，力疾游黄山而后返。里有事，尝就瓶庵平曲直，白徒⑨悍卒皆服之。或曰：“瓶庵之父，往侨维扬，会逆阉魏忠贤用事，有假其威虐人者，君以布衣叩阍⑩抗疏，既危而免。”瓶庵殊多父风也。父尝刲股以疗亲病⑪，瓶庵父病亦刲股。瓶庵之妹死，有遗子女，并婚嫁之如己出。其孝友如此。于是远近士至吴门者，皆欲争识瓶庵矣。

识瓶庵者曰：瓶庵姓吴，名传鼎，禹存其字也，或曰雨岑，盖徽之休宁人云。瓶庵父，字绍素。

注释

①本文选自《魏叔子文集》。作者为一位市井高士作传，赞其好学行道、仁义孝友的品行，用语简练，形象鲜明。

②吴门：今江苏苏州。

③失怙（hù）：指失去父亲。怙：依靠。

④僦（jiù）：租赁。

⑤徐枋：字昭法，号俟斋，明代吴县（今属江苏苏州）人，崇祯十五年（1642）举人。其父徐汧于明末殉难，徐枋尊父遗命不仕清朝，隐居天平山麓涧上草堂，自称孤哀子。工书画。

⑥觞客：设酒待客。觞（shāng）：酒杯。

⑦先陇：祖先的坟墓。陇：通“垄”，坟墓。

⑧酹（lèi）：洒酒于地表示祭祀。

⑨白徒：本指无军籍临时征集的壮丁。此处指散漫无管束的人。

⑩叩阍：向朝廷进言。阍：宫门。

⑪刲（kuī）：割取。股：大腿。

译文

苏州枫江市集中，住着一位君子，人们都称呼他“瓶庵”。有人说：“这称呼是指守口如瓶，取说话谨慎之意。”又有人说：“瓶子口窄而腹大，很能装东西，是说他做人有度量。”

瓶庵幼年时父亲去世，停止了学业，长大后靠自己奋力学习，喜欢读书写文章的人，对贤人隐士特别尊敬。对朋友中贫穷年老没有生活依靠的人，他就说：“到我这里来吧，我为你们养老送终。”于是贤士君子都称赞瓶庵贤能。别人遇到危急患难的事，他总是喜欢帮助人家。瓶庵曾经雇下一艘小船，他问船夫：“船钱多少？”对方回答说多少多少钱，瓶庵听了说：“米价很贵，像这点钱，你如何养活自己？”就增加了船钱。所以，背负肩挑做买卖的小贩都说瓶庵是道德高尚的长者。苏州高士徐枋，生活困难，衣食匮乏，瓶庵常赠送东西周济他，徐枋也不拒绝。瓶庵六十岁那年，家里人要请客摆酒为他做寿，瓶庵说："我将回故乡去，拿这笔钱做修整祖宗祠堂坟墓的费用吧。我六十岁了，容易患病，不趁这个机会去拜一拜先人的墓地，更待何时呢？"于是离开苏州，回乡带头修建了始祖的祠堂，修整了五世以上先辈的坟墓，拜望了已故亲友的墓园并洒酒祭奠，但不让自己的子孙们知道。办完这些事后，他带病勉力游览了黄山，然后返回家中。邻里发生纠纷，常到瓶庵那里请他评判是非，连市井无赖或不讲道理的士兵都听他的话。有人说："瓶庵的父亲到扬州寄居时，正赶上反逆的阉党头目魏忠贤把持朝政，有人借他的权势威逼欺压别人，先生以平民身份给朝廷直言上书，一度处境很危险，后来总算平安无事。"瓶庵很有父亲的风格。他的父亲曾割下大腿肉为父治病，瓶庵的父亲生病了，瓶庵也割下大腿肉为自己的父亲治病。瓶庵的妹妹去世后，留下了子女，瓶庵为他们操办了婚嫁之事，就像对待亲生子女一样。他就是这样孝敬长辈、友爱同辈的人。所以无论远近的人士来到苏州，都争先恐后地想要结识瓶庵。

认识瓶庵的人说：瓶庵姓吴，名传鼎，字禹存，一说字雨岑，安徽休宁人。瓶庵的父亲，字绍素。

留侯论[1]

魏　禧

客问魏子曰："或曰子房弟死不葬[2]，以求报韩。既击始皇博浪沙[3]中，终辅汉灭秦，似矣。韩王成[4]既杀，郦生[5]说汉立六国后，而子房沮[6]之，何也？故以为子房忠韩者，非也。"

魏子曰："噫，是乌足知子房哉！人有力能为人报父仇者，其子父事之，而助之以灭其仇，岂得为非孝子哉？子房知韩必不能兴也，则报韩之仇而已矣。天下之能报韩仇者，莫如汉。汉既灭秦，而羽杀韩王，是子房之仇，昔在秦而今又在楚也。六国立则汉不兴，汉不兴则楚不灭，楚不灭则六国终灭于楚。夫立六国，损于汉，无益于韩；不立六国，则汉可兴，楚可灭，而韩之仇以报。故子房之志决矣。

"子房之说项梁立横阳君也，意固亦欲得韩之主而事之，然韩卒以夷灭。韩之为国与汉之为天下，子房辨之明矣。范增以沛公有天子气[7]，劝羽急击之，非不忠于所事，而人或笑以为愚。且夫天下公器[8]非一人一姓之私也，天为民而立君，故能救生民于水火，则天以为子，而天下戴之以为父。子房欲遂其报韩之志，而得能定天下祸乱之君，故汉必不可以不辅。夫孟子，学孔子者也。孔子尊周，而孟子游说列国，惓惓[⑨]于齐梁之君，教之以王。夫孟子岂不欲周之子孙王天下而朝诸侯？周卒不能。两天下之生民，不可以不救。天生子房以为天下也，顾欲责子房以匹夫之谅[⑩]、为范增之所为乎？亦已过矣！”

注 释

①本文选自《魏叔子文集》。文章就张良反对刘邦封立六国后代为引，议论张良是否忠于韩。作者认为张良仕汉是为了救天下之民，已抛弃私人之恩怨，与范增之流有本质区别。文章层层推进，气势卓绝。留侯：即张良，字子房，战国末韩国贵族，祖父与父亲皆在韩为官。秦灭韩后，张良为刘邦谋臣，助汉灭项羽，定天下，受封为留侯。

②子房弟死不葬：《史记·留侯世家》载，韩国被秦吞灭后，张良连弟弟死了都不办丧事，用全部家财来访求刺客刺杀秦始皇，为韩报仇。

③博浪沙：地名，今河南省原阳县东南。秦始皇东游，张良和刺客埋伏在博浪沙，用大铁锤击秦始皇，误中副车。始皇大怒，搜捕天下十日，但没有捉住张良。

④韩王成：韩国公子，名成，人称横阳君。张良曾经游说项梁立横阳君为韩王，项梁依从，后为项羽所杀。

⑤郦生：郦食其（yì jī），刘邦的策士。他曾经向刘邦献策，要刘邦分封土地给六国后代，并授予他们王印，这样天下就会臣服。恰好张良有事来谒见刘邦，知道刘邦已同意郦生的建议，当即劝阻刘邦，说：“诚用客之谋，陛下事去矣！”刘邦大骂郦生，急忙派人销毁已刻好的封印。

⑥沮：阻止。

⑦范增：项羽的谋臣，被尊为亚父，他屡次劝项羽杀刘邦，都未被项羽听取，后郁愤病死。沛公：刘邦。

⑧公器：指名位、爵禄等。

⑨惓惓：通“拳拳”，诚恳深切之意。

⑩谅：忠诚守信。

译 文

有位客人问我说：“有人说张良弟弟死了都不安葬，一心只求为韩国报仇。在博浪沙袭击秦始皇失败之后，最终辅佐汉朝灭掉了秦朝，这像是为韩国报仇了。但是韩王成被杀后，郦食其劝说汉王刘邦立六国的后代为王，但张良却阻止他这样做，为什么呢？所以我认为张良忠于韩国的说法，是不对的。”

我回答道：“唉，这哪里是了解张良啊！一个人有能力能够替人报了杀父之仇，他的儿子像对待父亲一样侍奉那人，帮助他来消灭他的仇人，难道能够说这个人不是孝子吗？张良知道韩国必定不能再次兴盛，那么只能替韩国报仇罢了。而天下能够替韩国报仇的，没有谁比得上汉王。汉王灭了秦朝，然而项羽又杀了韩王成，这也是张良的仇人，只是当年张良的仇人是秦朝，而如今是楚霸王。六国复立，那么汉王就不能强盛，汉王不强盛就不能消灭楚霸王，楚霸王不亡，那么六国就算复立，最终还是会亡于他手。所以说，六国复立，有损于汉王，又无益于韩国；不立六国的后代，则汉王可兴盛，楚国可以消灭，而韩国的仇恨也能得报。所以张良下定决心这样做了。

“张良劝说项梁立韩国的公子成，本来是想为他谋求韩国君主之位而侍奉他，然而韩国最终又被灭亡。韩国的立国和汉朝的得到天下，这二者孰轻孰重，张良分辨得十分明白。范增认为刘邦有天子气象，劝项羽赶紧攻打他，这不是不忠于他所做的事，然而有的人却讥笑范增认为他愚蠢。况且天下是天下人所共有的，不是一人一姓的私人产业，上天为百姓确立了君王，本来就是想让他能够从水深火热中拯救百姓的，那么上天选定的天子，天下人就拥护他把他作为父亲。张良想要完成自己为韩国报仇的心愿，而得到能够平定天下祸乱的国君，所以汉王是一定不能不辅佐的。孟子是学习孔子的。孔子尊崇周王朝，而孟子却到各个诸侯国游说，态度诚恳而深切地对待齐国、魏国的君王，教他们成就王道基业。孟子难道不想要周天子的子孙称王于天下而使诸侯们朝拜他们吗？但周朝的子孙最终做不到。然而天下的百姓，不能够不拯救。上天生下子房来拯救天下百姓，人们却反而想用匹夫的忠诚守信来责备他，难道要让他做范增想做的事情吗？这错误也太离谱了！”

吾庐记[1]

魏　禧

季子礼[2]，既倦于游，南极琼海[3]，北抵燕，于是作屋于勺庭之左肩[4]，曰：“此真吾庐矣！”名曰“吾庐”。

庐于翠微址最高，群山宫之[5]，平畴崇田，参错其下，目之所周，大约数十里，故视勺庭为胜焉。于是高下其径[6]，折而三之。松鸣于屋上，桃、李、梅、梨、梧桐、桂、辛夷之华[7]，荫于径下，架曲直之木为槛，垩以蜃灰[8]，光耀林木。

客曰：“斗绝[9]之山，取蔽风雨足矣。季子举债而饰之，非也。”或曰：“其少衰乎！其将怀安[10]也。”

方季子之南游也，驱车瘴癞[11]之乡，蹈不测之波，去朋友，独身无所事事，而之琼海，至则飓风夜发屋，卧星露之下。兵变者再，索人而杀之，金铁鸣于堂户，尸交于衢，流血沟渎[12]。客或以闻诸家。家人忧恐泣下，余谈笑饮食自若也。及其北游山东，方大饥，饥民十百为群，煮人肉而食。千里之地，草绝根，树无青皮。家人闻之，益忧恐，而季子竟至燕。

客有让余者曰："子之兄弟一身矣，又唯子言之从。今季子好举债游，往往无故冲危难，冒险阻，而子不禁，何也？"余笑曰："吾固知季子之无死也。吾之视季之举债冒险危而游，与举债而饰其庐，一也。且夫人各以得行其志为适。终身守闺门之内，选耎趑趄[13]，盖井而观[14]，腰舟而渡[15]，遇三尺之沟，则色变不敢跳越，若是者，吾不强之适江湖。好极山川之奇，求朋友，揽风土之变，视客死如家，死乱如死病，江湖之死如衽[16]席，若是者，吾不强使守其家。孔子曰：'志士不忘在沟壑[17]。'夫若是者，吾所不能而子弟能之，其志且乐为之，而吾何暇禁！"

季子为余言，渡海时舟中人眩怖[18]不敢起，独起视海中月，作《乘月渡海歌》一首。兵变，阖门而坐，作《海南道中诗》三十首。余乃笑吾幸不忧恐泣下也。

庐既成，易堂诸子[19]，自伯兄[20]而下皆有诗，四方之士闻者，咸以诗来会，而余为之记。

注　释

①本文选自《魏叔子文集》卷十六，是作者为其弟魏礼的"吾庐"写的居室记。记中既写了"吾庐"的得名与景物，而更多篇幅则是在写其弟的为人，以及自己对弟弟的培养与希望。

②季子礼：魏礼，字和公，号季子。

③极：远至。琼海：琼州，今海南。

④勺庭：作者翠微山堂号。左肩：犹"左首"。

⑤宫之：围绕。《礼记·丧大记》："吾为庐宫之。"郑玄注："宫，谓围障之也。"

⑥高下其径：随地势高下为路。

⑦辛夷：木名，亦称木兰，开紫红花。华：通"花"。

⑧垩（è）：涂刷。蜃（shèn）灰：亦称蛎灰，一种传统建筑材料。

⑨斗绝：非常陡峭。斗：通"陡"。

⑩怀安：留恋家室，图安逸。

⑪瘴疠（lài）：我国南方湿热，山林间蒸发之烟气，使人致病，故

有此称。

⑫沟渎（dú）：沟洫，田间水道。

⑬选耎（ruǎn）：怯懦。选：通“巽”，怯懦、柔弱。耎：通“软”。趑趄（zī jū）：犹豫貌。

⑭盖井而观：盖住井口观天，喻眼光闭塞。

⑮腰舟而渡：腰间系着葫芦渡水。腰舟：古人以瓠系于腰间，用以渡水，谓“腰舟”。

⑯衽（rèn）：指家中床席。《仪礼·士丧礼》：“衽如初。”郑玄注：“衽，寝卧之席也。”

⑰志士不忘在沟壑：出自《孟子·滕文公下》，赵岐注：“志士，守义者也。君子固穷，故常念死无棺椁殁沟壑而不恨也。”作者此处以为孔子之言，误。

⑱眩怖：头晕并惊恐。

⑲易堂诸子：作者与魏祥、魏礼，及彭士望、林时益、李腾蛟、邱维屏、彭任、曾灿，在翠微峰建立学舍，讲学论文，号“易堂九子”。

⑳伯兄：大哥。此指作者长兄魏祥。

译　文

季子魏礼，已经对四方飘游的生活感到厌倦了，他曾经向南直到海南岛，往北直到河北一带，于是筑屋于勺庭的左角，说：“这才真是我安身的地方了！”便命名为“吾庐”。

吾庐在翠微峰上位置最高，群山围绕着它，高高低低的田地，交错其下，极目四望，大约有几十里，所以要比勺庭幽美。他又顺应地势，将小径折成三段。松树迎风鸣于屋上，桃、李、梅、梨、梧桐、桂、辛夷这些花叶，掩映于径下，用曲直不一的木条做成栏杆，涂上了蚌壳灰，它的光泽便闪烁在林木之间了。

有人说：“筑屋于陡峭的山上，只要能遮蔽风雨就够了，季子却借债来布置，实在不值得。”也有人说：“大概季子的意志有些衰颓了吧，因而想过过安逸的生活。”

当季子南游的时候，车子奔驰在瘴气郁结的异乡，身冒无法预测的风险，远离朋友，独自无所作为，就此前往海南岛。到了那里，一夜之间强劲的海风便将房屋吹毁，只得躺在露天之下。又碰到两次兵变，老百姓被乱兵搜寻到就遭杀害，刀剑之声响彻门庭，尸体堆积在大街上，鲜血流注于沟道。有的人把消息告诉家里，家里人吓得哭了，我却像平日一样谈笑吃喝。后来他又北游山东，恰巧逢大荒年，灾民成群结队，煮人肉充饥。千里之内，连草根树皮都食尽了，家里人听到后，更加害怕，可是季子竟然还能到达河北。

有人责备我说：“您和季子是同胞兄弟，他又事事都听您的话，现在季子喜欢借债远游，常常遇到意外的灾难，面临各种艰险，您为什么不加以阻止呢？”我笑着说：“我原知季子是不会死的呀！我看季子的借债冒险远游，和他的借债布置屋子是一样的道理；而且人都以能实现自己的志愿为舒畅。如果他只想毕生终老于内室之中，连走一步路也要瞻前顾后、似进非进，盖上井盖才敢看井，系着腰舟才肯渡水，一见三尺宽的沟，立即大惊失色不敢跃过，像这样的人，我绝不会强使他到江湖之上。反之，如果性喜纵情于奇山异水，寻访良朋好友，吸取各地不同的风土人情，把死在外地看作死在家里一样，把死在变乱中看作死于疾病一样，把死在江湖间看作死在床席上一样，像这样的人，我绝不会强使他坐守在家里。孔子说：'志士是连死在山沟里也毫不顾虑的。'像这样的行动，我自己虽然做不到而子弟们却能做到，并且正是出于他们的志趣乐于去做，我连赞成都来不及，怎么还能阻止呢？”

季子还对我说过：渡海时同船的人都被风浪颠簸得头晕心惊不敢起床，唯有他起而赏览海上月色，还作了一首《乘月渡海歌》。兵变时，他也镇定地闭门而坐，作了三十首《海南道中诗》。我听了，便暗笑自己幸亏没有像家里人那样吓得哭泣。

吾庐筑成后，易堂的各位人士，从我大哥以下都写诗纪念，各地文士得知后，也都以诗篇来聚会，我就写了这篇《吾庐记》。

《南游集》序[1]

叶　燮

诗文一道，在儒者为末务。诗以适性情，文以辞达意[2]，如是已矣。初未尝争工拙于尺寸铢两间[3]，故论者未可以诗文之工拙而定其人之品，亦未可以其人之品而定其诗文之工拙也。

然余历观古今数千百年来所传之诗与文，与其人未有不同出于一者。得其一，即可以知其二矣。即以诗论，观李青莲[4]之诗，而其人之胸怀旷达、出尘之概，不爽如是也；观杜少陵[5]之诗，而其人之忠爱悲悯、一饭不忘[6]，不爽[7]如是也。其他巨者，如韩退之、欧阳永叔、苏子瞻诸人[8]，无不文如其诗，诗如其文。诗与文如其人。盖是其人斯能为其言，为其言斯能有其品，人品之差等不同，而诗文之差等即在，可握券取也。近代间有巨子，诗文与人判然为二者，然亦仅见，非恒理耳。余尝操此以求友。得其友，及观其诗与文，无不合也。又尝操此以称诗与文。诵其诗与文，及验其人其品，无不合也。信乎！诗文一道，根乎性而发为言，本诸内者表乎外，不可以矫饰，而工与拙亦因之见矣。

康熙乙丑[9]，余于岭南遇夏子宁枚。夏子与余同乡，尝闻其名矣。相遇万里外，既又方舟于浈江道中者浃旬[10]。夏子盖端人也。夏子行年五十，为衣食驰逐炎瘴[11]中，时见其牢落[12]不平之慨，然温然盎然[13]之容故在。夏子尽发其诗文与余观之。诗言情而不诡[14]于正，可以怨[15]者也。文折衷理道而议论有根柢，仁人之言也。人与诗文如出乎一。余盖快然于其合也矣。

作者简介

叶燮（1627—1703），字星期，号已畦，浙江嘉兴人。康熙九年（1670）进士，任江苏宝应知县。因性情伉直，不附上级意，落职回乡。遂纵游海内名胜，寓佛寺中诵经撰述。晚年定居吴县横山，人称“横山先生”。叶燮工文，喜吟咏，著有《已畦文集》《已畦诗集》等，又有诗论专著《原诗》。

注释

①本文选自《已畤文集》卷八，是作者为其同乡夏宁枚的诗文集《南游集》写的序。作者提出“诗与文如其人”的观点，充分肯定了夏宁枚的诗文及人品。

②以辞达意：《论语·卫灵公》：“子曰：‘辞达而已矣。’”

③工拙：犹言优劣。铢两：喻极轻微之量。二十四铢为一两。

④李青莲：即唐代诗人李白，号青莲居士。

⑤杜少陵：即唐代诗人杜甫，字子美，号少陵野老。

⑥一饭不忘：苏轼《王定国诗集叙》：“古今诗人众矣，而杜子美为首，岂非以其流落饥寒，终身不用，而一饭未尝忘君也欤。”

⑦不爽：没有差池。

⑧韩退之：唐代韩愈，字退之。欧阳永叔：宋代欧阳修，字永叔。苏子瞻：宋代苏轼，字子瞻。

⑨康熙乙丑：康熙二十四年（1685）。

⑩方舟：两船相并。浈江：珠江水系北江的上游。浃旬：一旬，即十天。

⑪炎瘴：南方湿热致病的瘴气。

⑫牢落：孤单寂寞。

⑬盎然：充盛、盈溢貌。

⑭诡：违背。

⑮可以怨：语出《论语·阳货》，孔子曰：“诗可以兴，可以观，可以群，可以怨。”

译文

作诗著文这种事情，在儒者看来是次要的事。他们认为，诗是用来表达性情的，文是用来表达自己的想法的，就是如此罢了。起初人们没有在细微的地方一争高下，所以评论者没有以诗文的优劣来评定作者的人品，也没有以作者的人品来评定他诗文的优劣。

然而我看遍了千百年来流传下来的诗与文，其优劣与作者的人品好坏没有不如出一辙的。诗文与人品，知道了其中一个，就可以知道另一个了。就以诗来看，看李白的诗，就可以知道他这个人胸怀旷达、飘然出世的大概情况，这是不会错的；看杜甫的诗，就可以知道这个人忠君爱国的悲悯情怀，吃饭时也不忘君主国家，也是不会错的。其他的文学巨匠，如韩愈、欧阳修、苏轼等人，没有不是文章的风格如同其诗的风格，诗的风格如同文章的风格，诗与文的风格反映出作者本人思想为人的。大概是什么样的人才能写出什么样的话，能写出什么样的话才会有什么样的人品。人品的档次不同，那么诗与文的档次也就在那里了，这样判断是很有把握的。近代很少有文学大家出现，诗文与人风格差别就像两个人的也是个别现象，而不是普遍现象。我曾经带着这种看法去找朋友。找到了朋友，看他的诗与文，人品和诗文没有不一样的。我又曾经带着这种看法去看诗文。读某人的诗与文，再去看他的人品，也没有不一样的。确实啊！写诗著文这种事情，本源在于作者的思想而表现为语言，发自于内心而显露在外表，无法加以矫饰，而诗文的优劣也就因此显现出来了。

康熙乙丑年，我在岭南遇见夏宁枚先生。夏先生与我是同乡，我曾经听到过他的大名。在万里之外与他相遇，后又在浈江中与他各坐一条船，一起走了十天。夏先生是一个正直的人。他五十岁了，为了糊口而在湿热容易得病的地方奔走，时常听到他内心孤寂不平的牢骚话，然而脸上还是充满了温和的表情。夏先生把他写的诗文全都拿给我看。他的诗说出了自己的想法，没有与他正直的品行相悖，夏先生是可以发发牢骚的啊。他的文章说理不偏不倚，议论有根有据，是有德行的人说的话。人与诗文形同一体。我为他的诗文与他的人品完全一致而感到高兴。

《石坞山房图》记[①]

汤　斌

吴郡山水之佳，为东南最，而尧峰[②]名特著者，则以汪钝翁[③]先生结庐故也。钝翁文章行谊高天下，尝辞官读书其中，四方贤士大夫过吴者，莫不愿得一言以自壮[④]。而钝翁尝杜门谢客，有不得识其面者，则徘徊涧石松桂之间，望烟云杳霭[⑤]，怅然不能去也。以此钝翁名益重，然亦有病其过峻者矣。

王子咸中，旧家吴市，有亭台池馆之胜，一旦携家卜邻[⑥]，构数椽于尧峰之麓[⑦]，曰石坞山房。日与钝翁扫叶烹茗，啸歌晏息，钝翁亦乐其恬旷，数赋诗以赠之[⑧]，称相得也。钝翁应召入都，咸中复从之，舍舟登陆，千里黄尘，追随不少倦，盖其有得于钝翁者深矣。余尝过吴门，晤钝翁于城西草堂，读其所为尧峰山庄诸诗，慨然欲往游，未果。至京师，始与咸中相见，叩其所学，大约以钝翁为宗。间出其《山房图》请记。余既心仪其为人，而又自悔不获身至尧峰，以观其所谓文石、乳泉者[⑨]，犹嘉得于图中，想见其滕门萝径、芒鞋竹杖，相过从吟咏时也，乃抚卷叹息者久之。

昔王摩诘辋川别业[⑩]，山水踞终南之胜，时有裴迪[⑪]以诗文相属和。至今览其图画[⑫]，所谓斤竹岭、华子冈[⑬]，仿佛犹想见其处。摩诘在开元、天宝间，立身不无可议[⑭]，徒以文词之工，犹为后人所艳慕如此。钝翁品行之高洁，学术之正大，有非摩诘所敢望者。咸中志趋卓然[⑮]，其所进未可量，或亦非仅仅裴迪比，后人见之而向慕当何如也？故为之记。

作者简介

汤斌（1627—1687），字孔伯，号荆岘，晚号潜庵，河南睢州（今河南睢县）人。顺治九年（1652）进士，授翰林院庶吉士。历官国史院检讨、潼关道副使、岭北道参政、翰林院侍读、江宁巡抚、礼部尚书、工部尚书等职。为官刚正，不阿附权势。谥文正。著有《洛学编》《睢州志》《潜庵语录》《潜庵先生遗稿》等。

注　释

①本文选自《潜庵先生遗稿》卷一。作者为王咸中的《石坞山房图》作记，借重王咸中的邻居、名重一时的汪琬来抬高王咸中的地位和志趣，可谓别出心裁。

②尧峰：尧峰山，在苏州市西南。相传尧时洪水泛滥，吴人避居于此。

③汪钝翁：即汪琬，参见前注。

④自壮：自豪。

⑤杳霭：云气深远貌。

⑥卜邻：选择邻居。

⑦椽：屋椽，代指房屋。麓：山脚。

⑧数赋诗以赠之：今《尧峰文钞》中有《坐王咸中池亭》《坐王咸中

池上》《王咸中至山庄以松花饼作供二首》等。

⑨文石：有纹理的石头。乳泉：甘美而清冽的泉水。

⑩王摩诘：唐代诗人王维，字摩诘。晚年隐居于辋川（在今陕西蓝田县）。别业：别墅。

⑪裴迪：王维的友人。时居终南山，与王维多有唱和。天宝后为蜀州刺史，与杜甫、李颀等友善。

⑫图画：指王维的《辋川图》。

⑬斤竹岭、华子冈：辋川别业中的景点。王维赋有诗，裴迪有和诗。

⑭立身不无可议：指王维在安禄山陷长安时，被迫任职。

⑮志趋：志趣。卓然：卓越超群。

译文

苏州山水景色之美，尤以东南一带为甚，而尧峰的名声最为显扬，是因为汪钝翁先生在此结庐隐居。钝翁先生的文章品行天下闻名，他曾辞官读书于尧峰之中，经过苏州的四方贤士大夫，无不以与他交谈一言而自豪。而钝翁先生曾闭门谢客，那些不能见其面的人，就于溪涧、山石、松桂之间徘徊，仰望烟云雾霭，怅然若失，久久不愿离去。钝翁先生因此声名更重，然而也有人指责他太过寡情冷漠。

王咸中先生，原本居于苏州集市中，府上有亭台池馆之胜，忽一日携家迁徙，自择邻居，在尧峰山脚下修筑了几间房屋，称作石坞山房。他每日与钝翁先生扫叶煮茗，啸歌林泉，一同休息，钝翁先生也非常欣赏他恬淡旷达的气度，多次赋诗赠予他，二人意趣颇为相得。后来钝翁先生应诏进京，王咸中仍然相从。一路上舍舟登陆，风尘仆仆，王咸中毫不倦怠，他大概是在钝翁先生那里获益良多吧。我曾路过苏州，与钝翁先生在城西草堂相会，读他写的描述尧峰山庄的诗，心中激动非常想去游览，然而最终没有成行。到了京师，我才与王咸中初次相见，探其所学，大约都以钝翁先生的学问思想为宗。偶然一次，他拿出一副《山房图》请我作记。我既心仪他的为人，又颇为后悔没能亲身到尧峰游览，去观赏那里的文石、乳泉，此时看到这画卷中的胜景，脑海中浮现当年钝翁先生与王咸中出入于滕门萝径，足踏芒鞋，手执竹杖，相互追随，一同吟咏的情景，于是抚卷叹息良久。

当年王维在辋川筑别墅而居，其地山水为终南山之胜地，他的好友裴迪经常与他诗文唱和。至今观赏《辋川图》，看到其中的斤竹岭、华子冈等景点，仿佛见到了王维就在图画中。王维生活于开元、天宝年间，他的立身处世并非没有可以批评的地方，然而仅以文词之工，仍能被后人如此艳羡。而钝翁先生品行高洁，学术正大，有些方面是王维所不能企及的。王咸中志趣卓然，前途不可限量，或许裴迪也是无法与之相比的，后人见了这幅《山房图》又当如何仰慕呢？所以我写了这篇记文。

《奇零草》序[1]

姜宸英

余得此于定海[2]，命谢子大周抄别本以归[3]，凡五、七言近体若干首，今久失之矣，聊忆其大概，为之序以藏之。

呜呼！天地晦冥，风霾[4]昼塞，山河失序，而沉星殒气于穷荒绝岛之间[5]，犹能自出其光焰，以为有目者之悲喜而幸睹。虽其掩抑[6]于一时，然要以俟之百世，虽欲使之终晦焉不可得也。

客为余言："公在行间，无日不读书，所遗集近十余种，为逻卒取去，或有流落人间者。此集是其甲辰[7]以后，将解散部伍，归隐于落迦山[8]所作也。"公自督师，未尝受强藩[9]节制，及九江遁还，渐有掣肘，始悒悒不乐[10]。而其归隐于海南也，自制一椑[11]置寺中，实粮其中，誓粮尽而死。门有两猿守之，有警，猿必跳踯哀鸣。而间之至也，从后门入[12]。既被羁会城，远近人士，下及市井屠贩卖饼之儿，无不持纸素至羁所争求翰墨。守卒利其金钱，喜为请乞。公随手挥洒应之，皆《正气歌》[13]也，读之鲜不泣下者。独士大夫家或颇畏藏其书，以为不详。不知君臣父子之性，根于人心，而征于事业，发于文章，虽历变患，愈不可磨灭。

历观前代，沈约[14]撰《宋书》，疑立《袁粲传》[15]，齐武帝曰："粲自是宋忠臣，何为不可？"欧阳修不为周韩通立传[16]，君子讥之[17]。元听湖南为宋臣李芾[18]建祠，明长陵[19]不罪藏方孝孺书者，此帝王盛德事。为人臣子处无讳之朝，宜思引君当道[20]。臣各为其主，凡一切胜国语言，不足避忌。余欲稍掇拾公遗事，成传略一卷，以备惇史[21]之求，犹惧搜访未遍，将日就放失也。悲夫！

作者简介

姜宸英（1628—1699），字西溟，号湛园，慈溪（今属浙江）人。少有才名，但屡试不引。康熙初，叶方霭荐以诸生参与修撰《明史》，分撰《刑法志》。后徐乾学又荐其修《一统志》。后参加博学宏词科，仍名落孙山。与朱彝尊、严绳孙齐名，被目为“江南三布衣”。康熙三十六年（1697）始中进士，年已七十，授翰林院编修。康熙三十八年（1699）任顺天乡试副主考。因主考有情弊，被牵连下狱，死于狱中。他长于诗歌、古文，并精书法。其散文宏博雅健。著有《湛园未定稿》《苇间诗集》《西溟文钞》等。后人编其著作九种为《姜先生全集》行世。

注　释

①本文选自《湛园未定稿》卷二。《奇零草》是明末抗清名将张煌言的诗集。张煌言死后，《奇零草》也被列为禁书。在这种背景下，姜宸英敢于为它作序，还热烈地赞扬了这部诗集的光辉价值，并大胆肯定了张煌言的英雄业绩，实在是勇敢的壮举。

②定海：今浙江舟山定海。

③谢子大周：谢大周（1621—1678），浙江上虞人，1656年加入张煌言部，1662年随郑成功部移民台湾高雄。抄别本：另外抄一本。

④霾：大风杂尘土而下。

⑤“而沉星”句：喻张煌言的牺牲。

⑥掩抑：因受压制而遭埋没。

⑦甲辰：康熙三年（1644）。

⑧落迦山：即普陀山。按：甲辰为张煌言就义之年，非解散部伍归隐之年。据《奇零草》自序，诗集编于1662年。又据吴伟业《张煌言殉节始末》，张煌言归隐于悬屿岛，因乏食，遣人至普陀告籴，踪迹始露。

⑨强藩：此指郑成功。

⑩“及九江遁还”三句：顺治十六年（1659），郑成功从金门率师北伐，以张煌言所部为前锋，连续攻下府、州重镇，直抵金陵城下。张煌言本拟挥师直取九江，但郑成功在金陵战败，撤军入海。张煌言孤军无援，也战败于安徽铜陵，化装潜返舟山。其后郑成功收复台湾，兵势复振。张煌言遣使劝郑成功再出师北伐，郑未同意。“掣肘”当指此事。悒悒：忧郁不乐貌。

⑪椑（bì）：最里面的一层棺，此指棺材。

⑫“门有两猿”五句：《张煌言殉节始末》说：“又畜双猿，以候动静。舟未至二十里，即猿鸣木杪……旧校某利赏，以夜半从山后悬藤逾岭而入，执归宁波。”间：间谍。

⑬《正气歌》：南宋文天祥为元军所俘，被囚燕京，作《正气歌》，不屈而死。这里指张煌言所写的都是像《正气歌》一样坚贞不屈的文字。

⑭沈约：南朝梁文学家、历史学家，字休文，历任宋、齐、梁。撰有《宋书》一百卷。

⑮《袁粲传》：今《宋书》卷八十九有传。袁粲：字景倩，陈郡阳夏（今河南太康）人。南朝宋时官至中书监、司徒，命镇石头城（今南京）。萧道成谋代宋自立，他拟发兵诛道成，事泄被杀。故沈约在齐武帝永明中奉诏撰《宋书》时对是否为袁粲立传有所犹疑。

⑯“欧阳修”句：欧阳修是宋代文学家、史学家，其所撰《五代史记》（即《新五代史》）中不为后周的韩通立传。韩通：周恭帝时为侍卫亲军马步军副都指挥使。赵匡胤陈桥兵变，废周自立，韩通欲率军抵抗，被害。

⑰君子讥之：王楙《野客丛书》所附《野老纪闻》说：“子瞻（苏轼）问欧阳公曰：‘《五代史》可传后也乎？’公曰：‘修于此窃有善善恶恶之志。’苏公曰：‘韩通无传，恶得为善善恶恶？’公默然。”

⑱李芾：字叔章，宋末任湖南安抚使。元阿里海牙破潭州（今长沙市），一族死节。

⑲长陵：为明成祖朱棣的陵墓，因以称成祖。朱棣原封燕王，驻守北平，后率军南下，攻灭建文帝，命方孝孺草诏告天下，方孝孺抗命不作，被诛十族。据《明史·方孝孺传》：“永乐中，藏孝孺文者罪至死。”这里所说相反，未知何据。

⑳引君当道：《孟子·告子下》：“君子之事君也，务引其君以当道。”当道：谓合于事理。

㉑惇史：指忠实而公正的史官。

译　文

我在定海得到这本集子，命谢大周另外抄一本带回来。集中总共有五言、七言律诗和绝句若干首，现今早就散佚了，暂且回忆其大概，为之写下序言收藏起来。

唉！天地晦暗，大风夹杂着尘土遮蔽了白日，山河颠倒，国家易主，张煌言在一座偏僻荒凉的小岛上遇难，他的精神却仍能照耀世人，至今还经常有人说看到他，并为此悲喜交加。他生前虽然受到压制而被埋没，可要等到百年之后，即使想使他被压抑埋没也是不可能的。

客人对我说：“张公在行伍之间，没有一天不读书，所遗失的诗集近十多种，被巡逻看守的兵卒拿去，有的流落到民间。这本集子是在甲辰年以后，将要解散部队归隐到落迦山之时所作。”张公自己统领军队，未曾受郑成功制约，可从九江战败后，渐受郑成功控制约束，开始忧郁不乐。他归隐到海南，自己制作了一个棺材放置在寺中，在棺材中间置放粮食，发誓等粮食用尽就自杀。门口有两只猿猴看守，每有危险情况，猿猴必定跳跃踯躅，不住地哀鸣。然而间谍到这里是从后门进入的。张公被羁押到杭州城之后，远近的人，甚至是市井里的屠夫、商贩、卖饼的人，没有不拿着白纸素绢到张公被关押的地方争着求取诗歌、书法作品的。看守张煌言的狱卒认为士民向张公索要诗歌、书法作品有利于自己收取钱财，就乐意替士民向张煌言乞请作品。张公一挥而就，写的都是像《正气歌》一样坚贞不屈的文字，读来很少有人不潸然泪下的。唯独士大夫家有人很是畏惧收藏他的作品，认为是不祥之物。却不知君臣父子之本性，根植于人的内心，外现在事业上，倾注在文字上，即使历经世事变迁，也是不可磨灭的。

历览前朝，沈约作《宋书》，写《袁粲传》时有所犹疑，齐武帝说：“袁粲是宋朝的忠臣，为何不可以呢？”欧阳修不替周韩通作传，君子讥笑这件事。元朝听任湖南为宋朝大臣李芾建立祠堂，明成祖不怪罪收藏方孝孺文章的人，这是帝王盛大的品德。为人臣子的处在无所避忌的清明朝代，应当引导君主走向正道。臣子各为其主，大凡所有的明代言论，不足以避讳。我想着稍稍整理张公的逸闻逸事，写成一卷传略，以备忠实而公正的史官求取，却仍旧畏惧搜访不全面，将要一天天地散失。可悲啊！

叶妪冢铭[①]

朱彝尊

叶妪者，乳予于襁褓[②]者也。予生四龄，妪归。归九年，浙东西大旱[③]，飞蝗蔽天，岁饥，人相食。而妪之夫适死，因就食予家。

予家自先太傅文恪公[④]以宰辅归里，家无储粟。先大父[⑤]继之，益以廉节自砺，知楚雄府事还，力不能具舟楫。至是，先大父已卒。先处士安度先生[⑥]家计愈窘，尝至绝食。从祖[⑦]讳大定，通判成都，以蜀江米四斛贻处士。米色殷而粝[⑧]，食之咽喉若中鱼骨。妪不得饱，乃流涕辞去。十年之中凡五嫁，而无辄贫。尝语人曰：“安得十郎骤富，使我老不复更嫁乎？”其言可悯如是。十郎，谓予也。

妪年七十有一而死，死之日，后无益贫，予妻为典衣买棺以殓。越明年，予在济南，闻而哀之，资其夫钱若干，俾往瘗[⑨]焉。寄之以铭曰：

妇人五嫁，理则不可，贫则驱之，否[⑩]谁依者？伤哉贫乎，乃至辱其身乎！

作者简介

朱彝尊（1629—1709），秀水（今浙江嘉兴）人，字锡鬯，号竹垞，又号驱芳，晚号小长芦钓鱼师，又号金风亭长。康熙十八年（1679）以布衣举博学宏词科，除检讨。二十二年（1683）入直南书房。参修《明史》。博通经史，诗与王士祯称南北两大宗。作词风格清丽，为浙西词派的创始者，与陈维崧并称“朱陈”。精于金石文史，购藏古籍图书不遗余力，为清初著名藏书家之一。著述甚富，有《曝书亭集》八十卷，《日下旧闻》四十二卷，《经义考》三百卷，并选辑了《明诗综》一百卷，《词综》三十六卷等。

注释

①本文选自《曝书亭集》卷七十九，是作者为乳母写的墓志铭。文章悼叶妪之贫，也叹封建社会中以廉节自砺的官吏的清贫。

②襁褓：婴儿的被子。多借指一岁以下幼童。

③浙东西大旱：此事发生在明崇祯十三年（1640），时作者十二岁。

④先太傅文恪公：指作者的曾祖父朱国祚，字兆隆，明万历十一年（1583）状元，授翰林院修撰，历任礼部左侍郎兼翰林院侍读学士，摄本部尚书事。后入东阁，以户部尚书兼武英殿大学士加少傅致仕。卒赠太傅，谥文恪。

⑤大父：祖父，指朱国祚长子朱大竞。由荫生除授都察院照磨，擢工部主事。坐事获遣。崇祯时又出任云南楚雄知府，因奔母丧回籍，卒于家。

⑥处士安度先生：指作者父亲朱茂曙。未仕，故称处士。学者称其为“安度先生”。

⑦从祖：指祖父的兄弟。朱大定曾任成都府通判，分掌粮运及农田水利等事。

⑧殷而粝（lì）：赤黑而粗糙。

⑨瘗（yì）：埋葬。

⑩否：表否定语气，不这样的话。

译文

叶妪，是我幼年时的乳母。我四岁时，叶妪回家。她回家九年后，浙江东部西部大旱，到处都是群飞的蝗虫，遮天蔽日，当时闹了大饥荒，到了人吃人的地步。叶妪的丈夫在此时去世，所以她又到我家来谋生。

我们家自从先太傅文恪公以宰辅致仕归乡后，家中并无多余的粮食。先祖父继承家业，更加以廉洁为自我要求，他从楚雄知府任上退休归乡时，身无余财，竟无力置办舟船。叶妪投奔我家的时候，先祖父已经去世。先父安度先生的家境更加窘迫，曾到了断炊绝食的地步。从祖父朱大定，任成都府通判，由蜀江运四斛米赠予先父。米赤黑而粗糙，难以下咽，吃下去如鱼骨在喉。叶妪吃不饱，流着泪告辞而去。十年之中她五次改嫁，每次嫁人后，无不立即陷于贫困之中。她曾对人说：“十郎什么时候能境况转而富足，使我这个老太婆不再改嫁啊？”她的话都是像这样令人怜悯。十郎，指的就是我。

叶妪七十一岁时去世，去世的时候，其家更加贫困，我妻子典当了衣服为她买了棺材装殓。到了第二年，我在济南，听到她的死讯，非常难过，资助叶妪的丈夫一些钱，让他把叶妪下葬。我寄了墓志铭给他，曰：

妇人五次改嫁，依理不该如此，但这都是贫穷导致的，如果不改嫁，她将依靠谁呢？贫穷可真叫人悲伤啊，以至于使人身受屈辱！

《看竹图》记[①]

朱彝尊

宁都魏叔子与予定交江都[②]，时岁在辛亥[③]。明年，予将返秀水，钱塘戴苍[④]为画《烟雨归耕图》。叔子适至，题其卷。于是叔子亦返金精之山[⑤]。苍为传写作《看竹图》，俾予作记。

予性癖好竹。甲申[⑥]后，避兵田舍，凡十余徙，必择有竹之地以居。其后客游大同，边障苦寒，乃艺苇以代竹。既而留山东，见冶源[⑦]修竹数百万，狂喜不忍去。归，买宅长水上，曰“竹垞[⑧]”。叔子过予，言金精之峰十有二，其一曰翠微，易堂[⑨]在其上。梧桐、桃李、橘柚皆植，独竹不生。种之，自叔子始。近乃连冈下上，无非竹者。盖予两人嗜好适同也。珍木之产，由两叶至寻尺[⑩]，岁久而林始成。又或萎于霜，或厄于闰[⑪]。若夫竹，苟护其本，则末乃直上，匪特有君子之守而已？其勃然兴起，突怒无畏，类夫豪杰之士，拔泥涂[⑫]而立加万夫之上。

叔子居易堂读书且二十年，天下无知叔子者。一旦乘扁舟，下吴越，海内论文者，交推其能，若竹之解于箨[⑬]而骤干夫烟霄也。文章之为道，亦犹种竹然，务去其陈根，疏而壅之。其生也，柯叶必异。然则叔子毋恃其已学者而可矣！

注　释

①本文选自《曝书亭集》卷六十六，是作者为戴苍替魏禧画的《看竹图》作的图记，写于1672年。文章从自己的爱竹成癖说起，说到魏禧有此同好，进而展开了对竹的赞美和对魏禧的赞赏。

②宁都：今属江西赣州。江都：今属江苏扬州。

③辛亥：康熙十年（1671）。

④戴苍：字葭湄，清代画家，擅画人物肖像和山水。

⑤金精之山：金精山，在江西宁都西北，即石鼓山。山有十二峰，峰顶皆石，望之如阵云。

⑥甲申：崇祯十七年（1644），是年明亡。

⑦冶源：在今山东临朐西南。

⑧垞（chá）：小丘。

⑨易堂：魏禧的书斋名。

⑩寻尺：八尺。古代称八尺为一寻。

⑪厄于闰：谓时运不济。旧说谓黄杨遇闰年不长，因以“厄闰”喻指境遇艰难。苏轼《监洞霄宫俞康直郎中所居四咏》：“园中草木春无数，只有黄杨厄闰年。”自注：“俗说黄杨岁长一寸，遇闰退三寸。”

⑫泥涂：比喻卑下的地位。

⑬箨（tuò）：竹皮，笋壳。

译 文

宁都的魏叔子与我结交于江都，那一年是辛亥年。第二年，我准备返回秀水，钱塘的戴苍为我作《烟雨归耕图》。叔子正好来访，就在这幅图卷上题字。之后叔子也返回了金精山。戴苍为叔子作《看竹图》，嘱托我为之作记。

我生性特别喜欢竹子。甲申之变后，为逃避兵乱归隐田舍，一共搬过十多次家，每次必定选择有竹子的地方居住。后来又客游大同，边障之地，条件寒苦，于是种植芦苇来代替竹子。不久之后留驻山东，在冶源见到高高的竹子有数百万株，心中狂喜，舍不得离开。回来后，我在长水边上买了宅子，称之为“竹垞”。叔子来探望我，说金精山有十二高峰，其中一座叫翠微，他的易堂书斋就在翠微这座峰顶之上。那里有梧桐、桃树、李树、橘树、柚树，唯独没有竹子生长。在翠微峰上种竹，是从叔子开始的。到了现在，山冈上下，已经全都是竹子了。应该是我们两人的嗜好恰好相同吧。一些珍贵的树木，从只有两片叶子，长到八尺长，时间久了就成为树林。它们也有可能在霜雪之下死亡，或在灾厄之时停止生长。像竹，只有守住它的根本，它的树枝顶端才可以迎天直上，这难道不是只有君子才有的操守？竹子勃发生长，傲然无所畏惧，正好似豪杰之士，不染泥污而卓然立于众人之上。

叔子在易堂读书将近有二十年，天下没有知道叔子的人。某日他乘小船，顺流至吴越，四海之内谈论文章的人，争相推崇他的才能，这时叔子就好像竹子从笋壳内破出，突然就冲向云霄一样。文章的要妙所在，也好似种竹一样，务必要去除老根（陈陋的习惯），及时疏通堵塞之处。当它生长的时候，树枝必然奇异（当这文章显露于世时，必然迥异突立，不同凡响）。只要叔子不满足自己已有的学问就可以了！

寄谭十一兄左羽书[1]

朱彝尊

江生自昌平[2]至，述十一兄比来颇有不豫之色。叩其故，则以贤主人好音乐，延吴下歌板师[3]，所进食单，恒倍主客之奉，思辞之归。弟以为不足介意也。

昔者孔子以燔肉[4]不至行，穆生以醴酒[5]不设去，则以先至后不至，先设后不设。是为礼貌衰则去之，去之固宜已。在《易》"同人"之象曰[6]："君子以类族[7]辨物。"盖物各有族，在人类而辨之。君子惟自审其分处焉，斯无不自得矣。不观夫昏[8]者乎？娶妻而纳采[9]，俪皮纯帛可也[10]；至于买妾，有费百金者；若欲落营妓之籍[11]，非千金不可。其流愈下，其直益高，礼固有以少为贵者。

且歌板师之教曲，在兄未适馆以前，主人既置之别馆，不与同席，每食但与兄偕，则能类族辨物矣。食单之丰，譬如以鱼饲狸[12]，以肉喂犬，于兄何损焉？孟子有言："饮食之人，则人贱之[13]。"兄若引去[14]，不知者将以兄为饮食之人，其可哉？

故特附书左右，惟垂[15]听焉。

注　释

①本文选自《曝书亭集》。好友在别人家做私塾先生，待遇比乐师还要低下，感到羞辱，故作者作此文规劝。信中内容写得别有风味，既诙谐，又关切，情理俱在，并不刺伤朋友的自尊心，亦令友人见到之后忘忧。谭十一：指谭左羽。

②昌平：州名，属顺天府，今北京昌平区。

③歌板师：即乐师。歌板是定歌曲节拍的檀木板。

④燔（fán）肉：祭祀用的熟肉。古代天子或诸侯举行祭祀后，通常把祭肉赐给有关的官员。《孟子·告子》载：孔子任鲁国司寇，跟随鲁君去祭祀，结果没有赐给孔子祭肉，孔子就离开了鲁国。

⑤醴（lǐ）酒：甜酒。汉代楚元王刘交很尊敬穆生，穆生不喜欢喝酒，楚元王每次设宴，特地为穆生准备甜酒。到楚王戊即位后，开始还为穆生准备甜酒，后来就渐渐忘了。穆生认为醴酒不设，说明君王对自己已经厌倦，于是离开了楚王。

⑥同人：《易经》的卦名，与人同和的意思。象：卦象。

⑦类族：事物因某种共同性而形成的类别。

⑧昏：通“婚”。

⑨纳采：古代婚礼“六礼”之一，男家托媒向女家提亲，女家答应议婚后，男家备礼前去求婚。

⑩俪（lì）皮：成对的鹿皮，古代订婚的礼物之一。俪：双，对。纯帛：一段丝织物。纯：丝棉布帛一段称“纯”。

⑪营妓：古代军中的官妓。落籍：从簿籍中除去姓名，指妓女嫁人。

⑫狸：猫。猫又称狸奴。

⑬饮食之人，则人贱之：语出《孟子·告子上》。

⑭引去：引退，退出。

⑮垂：敬辞，犹言“俯”。

译文

江生从昌平到我这里，他说十一兄你近来颇有不高兴的神色。我询问他原因，原来是你主人家爱好音乐，延请吴下的乐师到府上表演，主人给乐师的饮食供奉，经常数倍于给十一兄你的供奉，你心中不快，想辞职返乡。而我认为这件事并不值得介意。

从前孔子因为没有得到赏赐的祭肉而离开鲁国，穆生因为没有甜酒供奉而离开楚王，这是因为他们原先曾得到过祭肉赏赐、享受过甜酒供奉。像他们那样因为君主礼遇衰减而离开，本来就是应该的。《易经》“同人”的卦象说：“君子以类族分辨事物。”事物各有其族，而人也应该以其类来分辨。君子当自审其身份和所处境遇，就没有什么不满意的了。你难道没看到那些结婚的人吗？娶妻纳采，一对鹿皮和一段纯帛就可以了；至于买妾，有的人花费百金；如果想帮官妓除籍，则非千金不可。女子的地位越低，想娶到她所要付出的钱就越多，礼仪本来就有以少为贵的。

况且乐师教曲，在你没去教书之前，主人将他安置在其他的住所，吃饭不与他同席，只与你一起，这就证明主人是分得清人事类别的。食物的丰盛，比如以鱼喂猫，以肉喂狗，这些对十一兄又有什么损害呢？孟子有云：“太在乎饮食的人，别人都会轻视他。”十一兄如果辞职，不了解你的人还以为你是因为饮食不好才走的，这怎么行呢？

把这些话附在信中，还望你能听我的劝告。

崇明老人记①

陆陇其

崇明县有吴姓老人者，年已九十九岁，其妇亦九十七岁矣。

老人生四子，壮年家贫，鬻子以自给，四子尽为富家奴。及四子长，咸能自立，各自赎身娶妇，遂同居而共养父母焉。

卜居于县治之西[②]，列肆共五间：伯开花米店，仲开布庄，叔开腌腊[③]，季开南北杂货。四铺并列，其中一间，为出入之所。四子奉养父母，曲尽[④]孝道。始拟膳每月一轮家，周而复始，其媳曰："翁姑[⑤]老矣，若一月一轮，则必历三月后，方得侍奉颜色[⑥]，太疏。"拟每日一家，周而复始。媳又曰："翁老矣，若一日一轮，则历三日后，方得侍奉颜色，亦疏。"乃以一餐为率[⑦]，如早餐伯，则午餐仲，晚餐叔，则明日早餐季，周而复始。若逢五及十，则四子共设于中堂，父母南向坐，东则四子及诸孙辈，西则四媳及诸孙媳辈。分昭穆[⑧]坐定，以次称觞献寿[⑨]。率以为常。

老人饮食之所，后置一橱，橱中每家各置钱一串，每串五十文。老人每食毕，反手于橱中随意取钱一串，即往市中嬉，买果饼啖之。橱中钱缺，则其子潜补之，不令老人知也。老人间往知交游，或博奕[⑩]，或樗蒲[⑪]。四子知其所往，随遣人密持钱二三百文，安置所游家，并嘱其家佯输钱于老人。老人胜，辄踊跃持钱归，老人亦不知也。亦率以为常，盖数十年无异云。

老人夫妇至今犹无恙。其长子年七十七岁，余子皆颁白[⑫]。孙与曾孙约共二十余人。崇明总兵[⑬]刘兆以联表其门，曰："百龄夫妇齐眉[⑭]，五世孙儿绕膝。"洵不诬也[⑮]，因援笔记之，以告世之为人子者。

作者简介

陆陇其（1630—1692），名龙其，因避讳改名陇其，字稼书，浙江平湖人。康熙九年（1670）进士，历官江南嘉定知县、直隶灵寿知县、四川道监察御史等，时称循吏。其学以居敬穷理为主，推崇程朱理学，排斥陆王，被清廷誉为"本朝理学儒臣第一"，与陆世仪并称"二陆"。著有《困勉录》《读书志疑》《三鱼堂文集》等。

注　释

①本文选自《三鱼堂文集》。作者记崇明老人之日常生活，旨在褒扬老人四子之恪尽孝道，望天下为人子女者效法之。崇明：县名，今属上海，在上海市北部、长江口崇明岛上。

②卜居：选择住处。县治：县官办公所在地。

③腌腊：用盐浸泡食物称腌，用盐浸渍肉类再晒干后称腊。

④曲尽：委婉地、想方设法地做到。

⑤翁姑：妻子称丈夫的父亲为“翁”，称丈夫的母亲为“姑”。

⑥颜色：原指脸色、面容。侍奉颜色：犹如说当面侍奉、承欢。

⑦率（lǜ）：标准。

⑧昭穆：古代的宗庙次序，始祖庙居中，以下父子（祖、父）按次序为昭穆，左为昭，右为穆。此处指辈分。

⑨称觞：举杯。献寿：祝寿。

⑩博：局戏，用六箸十二棋。弈：围棋。

⑪樗蒲：古代一种博戏。博戏中用于投掷的五颗木子最初是用樗木制成，故称樗蒲或摴蒱。

⑫颁白：通“斑白”。头发花白。

⑬总兵：清代武官名，位次提督。

⑭齐眉：比喻夫妻相敬相爱。《后汉书·梁鸿传》载，梁鸿每天做工回来，妻子为他端上饭菜，不敢仰视，只是把托盘举起，与眉毛齐平。

⑮洵：确实。诬：以无为有，假。

译　文

崇明县有个姓吴的老人，已经九十九岁了，他的妻子也九十七岁了。这老人有四个儿子，因壮年时家境贫困，所以出售儿子来活命，四个儿子都做了有钱人家的奴仆。等到四个儿子长大，都能自立了，各自赎身娶了媳妇，便居住在一起，共同供养父母。

他们居住在县衙门的西面，房屋共五间：老大开花米店，老二开布店，老三开腌腊店，老四开南北杂货店。四个铺子并列着，当中一间，是进出的地方。四个儿子奉养父母，极尽孝道。他们最初打算每一月一轮，轮流供养膳食。媳妇们说：“公公婆婆年纪大了！如果一月一轮，得需要三个月之后才可以再服侍他们，未免太疏远了。”后来，他们又打算每天一家轮流着服侍。媳妇们又说：“公公婆婆老了！如果一天一轮，得需要三天后才可再服侍他们，也觉疏远了。”于是限定一餐一家轮流，譬如早饭在大儿子家吃，那中午在二儿子家吃，晚饭在三儿子家吃，明天的早饭便在四儿子家吃，这样轮流着。每月如果逢五或缝十那些日子，就四个儿子一同把酒食放在中堂上，父母向南坐，东面是四个儿子和许多孙子坐，西面是四个媳妇和孙子媳妇坐。依据长幼的辈分，分左右坐定，然后逐一劝酒祝寿。这样已成了习惯。

在老人饮食处的后面，放一口壁橱，壁橱里每家各放一串五十文的钱。老人吃罢了饭，手反过去在壁橱里随便拿一串钱，就到街上去游玩，买些水果糕饼吃。壁橱中钱将用完了，儿子们便悄悄补足，不让老人知道。有时，老人到朋友家去下棋，或赌钱，四个儿子知道了，便派人暗地里拿二三百文钱，放在老人所游玩的朋友家，并嘱咐那位朋友假装输给老人。老人胜后，常常高兴地提着钱回家，他自己也不知道这些事情。这样也成了习惯，大概有几十年没有变更过。

老人夫妇俩至今还很健康。他们的大儿子已经七十七岁了，其他三个儿子也头发斑白了，孙子和曾孙共有二十多人。崇明总兵刘兆，用一副对联表彰这一家人，联曰："百龄夫妇齐眉，五世儿孙绕膝。"这确实是真事，所以用笔记了下来，告诉给做儿女的人。

醉书斋记[1]

郑日奎

于堂左洁一室，为书斋，明窗素壁，泊如[2]也。设几二：一陈笔墨，一置香炉、茗碗之属。竹床[3]一，坐以之；木榻一，卧以之。书架书筒各四，古今籍在焉。琴、磬、麈尾诸什物[4]，亦杂置左右。

甫晨起，即科头[5]，拂案上尘，注水砚中，研墨及丹铅[6]，饱饮笔以俟。随意抽书一帙，据坐批阅之。顷至会心处，则朱墨淋漓渍纸上，字大半为之隐。有时或歌或叹，或哭或泣，或怒骂，或闷欲绝，或大叫称快，或咄咄[7]诧异，或卧而思、起而狂走。家人瞯[8]见者悉骇愕，罔测所指。乃窃相议，俟稍定，始散去。

婢子送酒茗来，都不省取。或误触之，倾湿书册，辄怒而加责，后乃不复持至。逾时或犹未食，无敢前请者，惟内子时映帘窥余。得间始进，曰："日午矣，可以饭乎？"余应诺。内子出，复忘之矣，羹炙皆寒，更温以俟者数四。及就食，仍挟一册与俱，且啖且阅。羹炙虽寒，或且味变，亦不觉也。至或误以双箸乱点所阅书，良久，始悟非笔，而内子及婢辈，罔不窃笑者。

夜坐，漏常午[9]，顾僮侍，无人在侧，俄而鼾震左右，起视之，皆烂漫[10]睡地上矣。客或访余者，刺[11]已入，值余方校书，不遽见。客伺久，辄大怒诟[12]，或索取原刺，余亦不知也。盖余性既严急。家中人启事不以时，即叱出，而事之紧缓不更问，以故仓卒不得白。而家中盐米诸琐务，皆内子主之，颇有序，余以是无所顾虑，而嗜益僻。

他日忽自悔，谋立誓戒之，商于内子。内子笑曰："君无效刘伶[13]断炊法，只赚余酒脯，补五脏劳耶？吾亦惟坐视君沉湎耳，不能赞成君谋。"余惝然久之。因思余于书，洵不异伶于酒，正恐旋誓且旋畔；且为文字饮，不犹愈于红裙[14]耶！遂笑应之曰："如卿言，亦复佳。但为李白妇、太常妻不易耳[15]！"乃不复立戒，而采其语意以名吾斋，曰"醉书"。

作者简介

郑日奎（1631—1673），字次公，号静庵，江西贵溪人。顺治十六年（1659）进士，官至礼部主客司郎中。康熙十一年（1672）与王士祯同典四川乡试，所录皆名士。因劳累回京后不久病逝。其文质朴刚劲，文论讲求实用，但也主张翻空作奇的技巧。著有《郑静庵诗文集》。

注　释

①本文选自《续古文观止》。作者为书斋作记，阐述"醉书"之由来。文章极力渲染一个"醉"字，把自己陶醉于书的痴态、狂态、废寝忘食乃至忘乎所以的情状刻画得惟妙惟肖。

②泊如：淡泊无欲望。

③竹床：此指坐榻，即竹椅。

④麈（zhǔ）尾：拂尘。魏晋人清谈时常执一种拂子，用兽的尾毛制成。后来用为拂除灰尘的用具。什物：常用器物。

⑤科头：不戴帽子。

⑥丹铅：朱砂和铅粉，都是书写必用的，朱砂用作红颜料，铅粉用来涂改。

⑦咄（duō）咄：叹词，表示感慨或惊诧。

⑧瞯（jiàn）：窥视。

⑨漏：古代计时器。此指时间。午：午夜，半夜。

⑩烂漫：坦率自然貌。杜甫《鼓衙行》："众雏烂漫睡，唤起沾餐。"

⑪刺：名帖。

⑫诟（gòu）：骂。

⑬刘伶：晋代名士，字伯伦，"竹林七贤"之一。《世说新语·任诞》："刘伶病酒，渴甚，从妇求酒。妇捐酒毁器，涕泣谏曰：'君饮太过，非摄生之道，必宜断之！'伶曰：'甚善。我不能自禁，唯当祝鬼神自誓断之耳，便可具酒肉。'妇曰：'敬闻命。'供酒肉于神前，请伶祝誓。伶跪而祝曰：'天生刘伶，以酒为名，一饮一斛，五斗解酲。妇人之言，慎不可听！'便引酒进肉，隗然已醉矣。"

⑭红裙：喻女色。韩愈诗："不解文字饮，惟能醉红裙。"

⑮李白妇：唐代大诗人李白好饮酒，有《赠内诗》说："三百六十日，日日醉如泥。虽为李白妇，何异太常妻。"太常妻：东汉周泽为太常，经

常卧病斋宫。其妻怜悯其身体，去看望，他大怒，以妻子干犯斋禁，竟送交诏狱谢罪。时人讥讽说："生世不谐，为太常妻。一岁三百六十日，三百五十九日斋。"又说他"一日不斋醉如泥"。

译 文

在堂屋左侧收拾一间干净屋子，作为书斋。明亮的窗户、洁白的墙壁，使人清心淡泊。摆放了两张几案，一张放置笔墨，一张放置香炉茶碗等。一张竹床，用来坐；一张木塌，用来躺卧。再摆放四个书架和四个书筒，古今书籍都放在里边。琴、磬和麈尾等各种日用杂物，也都交错地摆放在旁边。

早晨刚起床，就不戴帽子，拂去几案上的灰尘，把水倒进砚台里面，研磨好墨和丹砂、铅粉，把笔蘸饱满做好准备。随意抽出一卷书，靠坐在案边读起来。一会儿读到自己有领悟的地方，就用笔在纸上尽情批注，书上的字迹大半因此而看不清楚了。有时候唱起歌来，有时候发出感叹；有时候大笑，有时候哭泣；有时候生气痛骂，有时候郁闷得要死；有时候大声叫嚷口称痛快，有时候是连连惊叹感到诧异；有时候躺着静静思考，有时候起身一阵乱跑。看见这些情景的仆人都害怕惊讶，猜不出我是什么意思。于是偷偷地议论，等到我渐渐平静下来，他们才散开离去。

婢女送来酒和茶，都记不起端来喝。有时候不小心碰到，打翻弄湿了书本，就很生气地责骂，婢女后来也就不再端茶和酒来了。有时候过了时间我还没有吃饭，也没有人敢上前请我去吃。只有妻子有时隔着门帘悄悄看我，找到间隙才走进来，说："时间已经是正午了，可以吃饭了吗？"我便答应了。妻子离去后，我就又忘掉了。汤、肉都凉了，多次拿去重新加热等着我去吃。等到去吃饭，我仍然带着一本书一道前往，边吃边看，汤和肉即使凉了，或者味道都快变了，也没有察觉。甚至有时误用一双筷子在读的书上乱点画，过了许久才醒悟过来不是笔，妻子和婢女们没有不偷着笑的。

晚上一人独坐，常读书至午夜，回头看仆人，没有一人在旁边，一会儿身边鼾声震响，起身一看，他们都熟睡在地上。有客人前来看望我，名帖送进来后，碰上我正在校读书籍，没有立即出去见客人。客人等得久了，就非常生气地责骂起来，或者要回名帖，我也不知道。大概是因为我的性情急躁，家里的人禀告事情的时间不恰当，就大声呵斥并把他赶出去，而事情的紧急舒缓却不加过问，因此匆忙之中没能告诉我。家里的盐米等琐碎事务，都由妻子掌管，很有秩序，因此我没有什么顾忌和忧虑，读书的嗜好中越来越多怪僻。

有一天我忽然自己悔悟了，打算发誓戒掉它，就同妻子商量。妻子笑着说："你不会是仿效刘伶戒酒的方法，只不过是要骗得我的酒肉，弥补五脏的辛劳吧？我也只能坐看你沉湎在书籍之中，而不能够帮助你实现你的打算。"我惊疑了很久，于是想到我对书确实同刘伶对酒没有差别，正担心刚发誓随即就要违背；况且我的嗜好是诗文，不比沉溺于女色还好吗？于是我笑着回答说：“像你说的，原来沉湎于诗文也是很好的。但是作为李白妇、太常妻也十分不易啊。”于是我不再提戒掉对书的爱好，而是采用她的语意来为我的书斋起名，叫作“醉书斋”。

焦山题名记①

王士祯

来焦山有四快事：观返照吸江亭②，青山落日，烟水苍茫中，居然米家父子③笔意；晚望月孝然祠外，太虚一碧，长江万里，无复微云点缀，听晚梵声出松杪④，悠然有遗世之想；晓起观海门⑤日出，始从远林微露红晕，倏然跃起数千丈，映射江水，悉成明霞，演漾不定；《瘗鹤铭》⑥在雷轰石下，惊涛骇浪，朝夕喷激。予来游于冬月，江水方落，乃得踏危石于潮汐汩没⑦之中，披剔尽致⑧，实天幸也。

作者简介

王士祯（1634—1711），原名王士禛，字子真，一字贻上、豫孙，号阮亭，又号渔洋山人，人称王渔洋，新城（今山东桓台）人。死后因避清世宗胤禛讳，改名王士正。乾隆赐名士祯，谥文简。顺治十五年（1658）进士，授扬州推官。康熙三年（1664）擢为礼部主事，累官至刑部尚书。王士祯是清初杰出诗人，康熙时继钱谦益而主盟诗坛，与朱彝尊并称“南朱北王”。亦能词，以小令为佳。其文亦简洁明畅，尤以写景之文，充满诗情画意。其诗文合刻为《带经堂集》，包括了《渔洋诗集》三十八卷，《渔洋文略》十四卷，《蚕尾集》十四卷等。又曾自选其诗为《渔洋山人精华录》。另有笔记《居易录》《池北偶谈》等多种。

注　释

①该文选自《渔洋文略》卷四。据作者的《居易录》载，顺治十七年（1660），王士祯与京口别驾程昆仑同游金、焦、北固诸名胜，该文便作于此时。文章记载了游览焦山的四件畅快之事。作者以诗人的妙笔，寥寥几笔，就勾勒出焦山一带的美景，有诗意之美，有画幅之趣。焦山：在江苏镇江东长江中，与金山相对峙。

②吸江亭：亭在焦山上。

③米家父子：指宋代画家米芾、米友仁父子。

④梵声：诵经声。松杪（miǎo）：松树梢。

⑤海门：焦山东北有两石对峙，称为海门。

⑥《瘗（yì）鹤铭》：华阳真逸撰，上皇山樵书，在焦山崖石上。其字后人考订为南朝梁陶弘景书。

⑦汩没：淹没，埋没。

⑧披剔：辨析挑选，此指仔细欣赏。尽致：详尽细致。

译　文

来焦山游览有四件畅快事：观夕阳返照吸江亭，在青山落日、烟水苍茫中，显然有米家父子的笔意；傍晚眺望孝然祠外，整个天空一派碧色，长江绵延万里，没有一丝云彩的点缀，耳闻晚间寺庙里的诵经声从松树梢间传来，使人悠悠然，有超脱尘世之想；清晨起来观海门日出，太阳一开始从远处林间微微露出点红晕，忽然跃起数千丈，阳光映射江水，全都成了明媚的彩霞，随着江水荡漾起伏不定；《瘗鹤铭》在雷轰石下，惊涛骇浪，早晚喷涌激荡。我来游览时是冬月，江水刚刚落下，才得以脚踏危石，在潮汐可淹没的地方，仔细而详尽地阅览铭文的内容，这实在是天赐的幸运啊！

登燕子矶记[①]

王士祯

金陵古都会，名山大川在封内者以数十，而燕子矶以拳石[②]得名。

矶在观音门[③]东北，三面临江，削壁巉岩[④]，石笋林立。观音山蜿蜒数十里，东与长山相属，至此忽突起一峰。单椒[⑤]秀泽，旁无附丽，傲睨诸山，偃蹇不相下。大江从西来，吴头楚尾[⑥]，波涛浩渺中砥柱怒流。西则大孤、小孤[⑦]，东则润州之金、焦[⑧]，而矶踞金陵上游，故得名尤著。

矶上有祠，祀汉寿亭侯[⑨]。迤西[⑩]有亭，壁上石刻“天空海阔”四大字，奇矫怪伟，为前大司马元明湛公[⑪]书。按公曾为南国子监祭酒，又历官南吏、礼、兵三部尚书。公崛起岭南，从白沙闻学觉之宗[⑫]，与阳明[⑬]上下其说，天下称甘泉先生。祠南，亭三楹，壁间题字丛杂不可读。独椒山先生四绝句与文寿承书《关祠颂》同镌一石[⑭]。其一云：“昹昹[⑮]清光上下通，风雷只在半天中。太虚云外依然静，谁道阴晴便不同。”读此，知先生定力匪朝夕矣。

折而东，拾级登绝顶，一亭翼然。旷览千里，江山、云物、楼堞、烟火、风帆、沙鸟，历历献奇，争媚于眉睫之前。西北烟雾迷离中，一塔挺出俯临江浒者，浦口[16]之晋王山也，山以隋炀得名。东眺京江[17]，西溯建业，自吴大帝[18]以迄梁、陈，凭吊兴亡，不能一瞬。咏刘梦得“潮打空城”之语[19]，惘然久之。

时落日横江，乌桕[20]十余株，丹横相错。北风飒然，万叶交坠，与晚潮相响答，凄栗惨骨，殆不可留。题两诗亭上而归。时康熙二年十月二十一日也。

注释

①本文选自《渔洋文略》卷四。据篇末所记，文章作于康熙二年（1663）。它以简洁明快的笔墨，再现了燕子矶的形胜。且把景物拟人化，赋予了景物人的性格。同时，写景与吊古相结合，更使文章有了历史的深度。燕子矶在今南京市东北，矶头屹立长江边，三面悬绝，形势险峻。因它状似飞燕，故名。

②拳石：意谓燕子矶和大山比，仅是拳石一块。

③观音门：为南京明城墙外郭城的十八座城门之一，位于城北燕子矶镇观音山山谷之间，形势险要。

④巉（chán）岩：高而险的山岩。

⑤单椒：孤峰。

⑥吴头楚尾：今江西北部与安徽西南部一带，春秋时是吴、楚两国交界的地方，它处于吴地长江的中上游，楚地长江的中下游，好像首尾互相衔接。

⑦大孤：大孤山，在江西鄱阳湖中。小孤：小孤山，在江西彭泽县北大江中。

⑧润州：今江苏镇江。金、焦：指金山和焦山。

⑨汉寿亭侯：指关羽，其封号为汉寿亭侯。

⑩迤西：地势斜延而西。

⑪元明湛公：指明代的湛若水，字元明，号甘泉，增城（今属广东广州）人。弘治十八年（1505）进士。嘉靖年间，历官南京国子监祭酒及南京吏、礼、兵部尚书。兵部尚书职掌相当于古代的大司马，故文中称其为“大司马”。

⑫白沙：指陈献章，字公甫，号石斋，因曾在白沙村居住，人称白沙先生，为明代著名理学家。学觉之宗：白沙的学说。

⑬阳明：指王守仁，字伯安，浙江余姚人，明代理学家。因曾在阳明洞讲学，学者称之为阳明先生。

⑭椒山先生：指杨继盛，字仲芳，号椒山，直隶容城（今属河北）

人。嘉靖二十六年（1547）进士。因劾严嵩十大罪状，下狱死。文寿承：即文彭，字寿承，明代长洲人，文征明之子。工书法、绘画。

⑮ 皪（lì）皪：鲜明貌。

⑯ 浦口：今江苏南京浦口区，地处南京市西北部，扬子江北岸，与南京市雨花台区、江宁区隔江相望。

⑰ 京江：长江流经江苏镇江市北的一段，因镇江古名京口而得名。

⑱ 吴大帝：即三国时吴国君主孙权，死后追尊为大帝。

⑲ 刘梦得：即唐代诗人刘禹锡，字梦得。“潮打空城”：见其《石头城》诗，这一联是：“山围故国周遭在，潮打空城寂寞回。”

⑳ 乌桕（jiù）：树名，别名腊子树、桕子树。

译　文

金陵自古以来就是大都会，境内的名山大川有数十处，燕子矶却因为（它与大山相比）像一个拳头而闻名。

燕子矶在观音门东北，三面临江，石壁陡峭，岩石险峻，石笋林立。观音山曲折绵延几十里，东面跟长江相连接，到这里忽然突起了一座山峰。孤峰秀丽润泽，旁边并无附着的山，它傲视群山，高耸不甘居下。长江从西面滚滚而来，而燕子矶位于吴地长江的中上游和楚地长江的中下游，处在浩渺汹涌的波涛中，就像砥柱屹立在激流中。西面是鄱阳湖中的大孤山和小孤山，东面是润州的金山和焦山，而燕子矶位于金陵的上游，因此它得到的名声更加显著。

燕子矶岩上有祠，是祭祀汉寿亭侯关羽的。向西去有个亭子，亭壁的石头上刻着“天空海阔”四个大字，极其矫健而又粗壮，是明朝大司马湛元明所书。湛公曾任南京国子监祭酒，又历任南京吏部、礼部、兵部三部尚书。湛公在岭南发迹，跟从白沙先生陈献章学到了他的学说，跟王阳明的学说争高低，天下人称他为甘泉先生。关羽祠南，有亭三间，壁上题的字丛芜杂乱无法认读。只有椒山先生杨继盛的四首绝句和文寿承写的《关祠颂》刻在同一块石头上，其中一首是：“皪皪清光上下通，风雷只在半天中。太虚云外依然静，谁道阴晴便不同。”读了这首诗，就能知道杨先生的定力不是一朝一夕的功夫了。

转向东去，沿着台阶登上最高顶，一座亭子像鸟的翅膀展开了一样。站在亭上远眺千里，长江、远山、白云、人物、城墙、烟火、风帆、沙鸟，一一在眼前展示它的奇异，争比它的妩媚。西北方的烟雾迷茫之中，一座高塔挺然而出，俯瞰江边，那里是浦口的晋王山，山因隋炀帝而得名。向东眺望京江，它向西上溯至南京，从东吴孙权大帝开国直到南朝梁、陈，凭吊六朝兴亡，不过在一瞬间。我吟诵刘禹锡“潮打空城”的诗句，怅然失意了很久。

当时，落日的余辉洒在江面上，映着江边十多棵乌桕树，红色和黄色相错杂。北风飒飒地刮着，无数的叶子纷纷落下，这些声音跟晚潮的响声互相应答，悲凄、战栗，凉风侵骨，使人不忍在此久留。我在亭壁上题了两首诗就回来了。时值康熙二年（1663）十月二十一。

书剑侠事[1]

王士祯

新城令崔懋以康熙戊辰往济南[2]。至章丘西之新店[3]，遇一妇人，可三十余，高髻如宫妆，髻上加毡笠，锦衣弓鞋[4]，结束为急装[5]。腰剑，骑黑卫[6]，极神骏。妇人神采四射，其行甚驶[7]。试问："何人？"停骑漫应曰："不知何许人。""将往何处？"又漫应曰："去处去。"顷刻东逝，疾若飞隼[8]。崔云："惜赴郡匆匆，未暇蹑其踪迹，或剑侠也。"

从侄鹓因述莱阳王生言[9]：顺治初，其县役某，解官银数千两赴济南，以木夹函之[10]。晚将宿逆旅，主人辞焉，且言镇西北里许有尼庵，凡有行橐[11]者，皆往投宿。因导之往。方入旅店时，门外有男子着红帩头[12]，状貌甚狞。至尼庵，入门，有厅廨[13]三间，东向，床榻备设。北为观音大士殿，殿侧有小门，扃焉。叩门久之，有老妪出应。告以故，妪云："但宿西廨，无妨。"久之，持朱封镢山门而入[14]。是夜，役相戒勿寝，明灯烛、手弓刀以待曙。至三更，大风骤作，山门砉然[15]而辟。方愕然相顾，倏闻呼门声甚厉，众急持械谋拒之。廨门已启，视之，即红帩头人也。徒手握束香掷于地，众皆仆。比天晓，始苏，银已亡矣。急往市询逆旅主人。主人曰："此人时游市上，无敢谁何者，唯投尼庵客，辄无恙，今当往诉耳。然尼异人，吾代往求之。"

至则妪出问故。曰："非为夜失官银事耶？"曰："然。"入白。顷之，尼出，命妪挟蒲团趺坐[16]。逆旅主人跪白前事。尼笑曰："此奴敢来此弄狡狯[17]，罪合死。吾当为一决！"顾妪入，牵一黑卫出，取剑背之，跨卫向南山径去。其行如飞，倏忽不见。

市人集观者数百人。移时，尼徒步手人头驱卫返，驴背负木夹函数千金，殊无所苦。入门呼役曰："来，视汝木夹官封如故乎？"验之，良是。掷人头地上，曰："视此贼不错杀却否？"众聚观，果红帩头人也。众罗拜[18]谢去。比东归，再往访之，庵已锸闭空无人矣。

尼高髻盛妆，衣锦绮，行缠[19]，罗袜，年十八九好女子也。市人云：尼三四年前，挟妪俱来，不知何许人。尝有恶少夜入其室，腰斩掷垣外，自是无敢犯者。

注释

①本文选自《池北偶谈》，是一篇笔记体文言小说。文章前后写了两位女侠，同样的装束，前者略记，后者详叙，两女子似是一人，又仿佛不是。剑侠行踪无迹，作者行文亦非常飘逸。

②新城：县名，今河北高碑店市。康熙戊辰：即康熙二十七年（1688）。

③章丘：今属山东。新店：地名。

④锦衣：华美的带有彩色花纹的服装。弓鞋：旧时缠足女人所穿的鞋子。

⑤结束：装束，打扮。急装：为便于行动，衣服装束得很紧。常指战士、武士装束。

⑥黑卫：黑色的驴。卫：驴的别名。

⑦驶：原意指马跑得快，引申为迅捷。

⑧飞隼：鹰类鸟名，凶猛善飞。

⑨从侄：堂兄弟之子。鹓（yuān）：作者堂侄的名字。莱阳：县名，今属山东。

⑩木夹：传递文书用的木制夹板。函：包，装。此指用木夹拼成方匣状，装官银。

⑪行橐（tuó）：行李。橐：一种口袋。

⑫帩（qiào）头：亦作“绡头”、“幧头”，古代男子束发的头巾。

⑬廨（xiè）：原指官吏办公的地方。此指房屋。

⑭朱封：用红笔书写的封条。朱：朱砂，古代用来作书画颜料。锸（jué）：锁钥。此处作动词用。

⑮砉（xū）然：象声词，常用以形容破裂声、折断声、开启声、高呼声等。

⑯趺（fū）坐：僧尼盘腿而坐的姿势。

⑰狡狯（kuài）：狡诈奸猾。

⑱罗拜：围绕着下拜致礼。

⑲行缠：绑腿布，古代男女都用。

译文

新城县令崔懋，于康熙戊辰年前往济南府。到章丘西面新店的时候，遇见一位妇人，大约三十多岁，头上挽着高髻，像是宫女的打扮，高髻上戴着毡笠，身穿锦缎衣服，脚踏弓鞋，一副便于行动的紧身装束。她腰佩宝剑，所骑的一头黑色驴子非常有精神。这妇人神采奕奕，前行的速度非常快。崔懋试着问她是什么人，妇人停下毛驴随意回答说："不知道是什么人。""将要去哪里？"她同样随意答道："去要去的地方。"随即向东驰去，很快不见了踪影，快若飞鹰。崔懋说："可惜我急着要赶赴济南府，没有时间去追寻她的踪迹，这妇人好像是个剑侠啊。"

我的从侄鹓于是讲述了莱阳一个姓王的读书人的话：顺治初年，他们县的县役押送几千两官银前往济南，用木夹拼成方匣状，用来装官银。到了晚上，县役们要在一家旅店里住宿，旅店主人拒绝了县役，并告诉他们在此镇西北一里多地的地方，有一个尼姑庵，凡是有行李包裹的，都去那儿借宿。于是带着县役们前往。县役们刚进旅店时，门外有一个以红绡头包头的男子，相貌极为凶恶可怕。到了尼姑庵，进入庵门，庵内有三间房屋，坐西向东，卧具陈设整齐。北面是观音大士殿，殿的旁边有一小门，上着锁。敲门敲了很长时间，才有一位老妇人出来应答。一行人把原因告诉她，老妪说："只管住在西面的房屋内，没关系。"犹豫了很久，县役们拿用红色笔写就的封条将山门封上才进入西面的房屋。当晚，县役们相互警告不能睡觉，他们点亮灯烛，手持弓刀，等待天亮。到了三更，突然刮起大风，山门砉然大开。众县役大惊，正面面相觑的时候，突然听到门外大呼开门的声音，众人急忙拿起武器设法抵御。这时，房门已经打开，众人一看，就是那个戴红绡头的人。那人只是手握一束香掷在地上，众县役就全部倒了下去。等到天亮时，县役们才苏醒过来，官银已经都没了。县役们急忙去市镇向旅店主人质问。旅店主人说道："那个戴红绡头的人时常在市井游逛，为非作歹，没有人敢去询问他是谁，只有住宿在尼姑庵的旅客才能平安无事。今日发生这样的事情，应该去尼姑庵求助了。但庵主是一个非同寻常的人，我代你们前去向她求助。"

到了尼姑庵，那个老妇人出来询问到访的理由，说："莫不是为了昨夜丢失官银之事？"旅店主人说："是的。"老妇人进去禀报。过了一会儿，尼姑出来，让老妪拿来蒲团，尼姑盘腿坐下。旅店主人跪着诉说昨夜官银被抢之事。尼姑笑着说道："这个恶人竟敢到我这儿来施弄这样狡猾的手段，其罪当死。我应该为你们去惩处此恶人。"于是回头示意老妪入内牵出一匹黑驴，自己取出一把宝剑，背在身上，然后骑着驴向南山径直驰去。她疾驰如飞，一会儿就不见了踪影。

市镇上聚集观看的有数百人。不多时，尼姑徒步牵着驴回来了，手上提着一个人头，驴背上驮着用木箱装的几千两银子，尼姑无丝毫疲惫之意。她进入庵门，呼叫县役说："过来！看看你们的木箱子，官府封印是否照旧？"县役们仔细查验，确实还是原样。尼姑将人头掷在地上，说道："看看这贼人，我是否错杀了？"众人围上来一看，果然是那个戴红绡头的人。县役们围成一圈拜谢后离开了。等到他们从东边回来，再去拜访那个尼姑，尼姑庵早已空无一人。

那个尼姑挽高髻，化浓妆，身穿锦绮，打着绑腿，脚着罗袜，是个十八九岁的美丽女子。市井中的人说：尼姑三四年前，带着那个老妇人一起来到尼姑庵，不知道她们是什么地方的人。曾经有一个恶少在夜里闯入她的房间，结果被拦腰砍断，尸体被抛在墙外，自那时起再也没人敢去冒犯。

引 经[1]

王士禛

德清陈端庵[2]，顺治己丑[3]进士，筮仕[4]为新城令。性仁厚，每械[5]人，辄对之泣。有王生者，宅为人所夺，久不给值[6]，讼于官。陈不能决，第[7]好语曰："《毛诗》[8]云：'维鹊有巢，维鸠居之[9]。'王秀才独不能作鹊耶？"闻者笑之。

注 释

①本文选自《池北偶谈》，写一位县令在断案上的荒唐无能。

②德清：今属浙江湖州。陈端庵：陈凝，号端庵。

③顺治己丑：即顺治六年（1649）。

④筮仕：原指古人将出做官，卜问吉凶，后引申为初出做官。

⑤械：此作动词，拷打。

⑥值：物价。此指买房款。

⑦第：只是。

⑧《毛诗》：现今流存的《诗经》。相传为西汉毛亨、毛苌所传，故又称《毛诗》。

⑨维鹊有巢，维鸠居之：《诗经·召南·鹊巢》诗句，意谓喜鹊辛勤筑成的巢，为斑鸠所占。维：发语词，无义。

译 文

德清人陈端庵，顺治己丑年进士，初仕为新城县令。他生性仁厚，每次杖责犯人，都要对着犯人哭泣。有一位王生，房屋为他人所夺，那人很长时间都不支付买房款，王生于是向官府告状。陈端庵不能裁决，只是和颜悦色地说："《毛诗》云：'维鹊有巢，维鸠居之。'难道王秀才你就不能做'鹊'，把房屋让给'鸠'吗？"听说这件事的人都笑话陈端庵荒唐。

夜游孤山记[①]

邵长蘅

余至湖上，寓辋川四可楼已半月[②]。辋川者，家学士兄戒庵[③]别业也。楼面孤山，暑甚，未能往。七夕后五日，雨过微凉，环湖峰峦，皆空翠如新沐。望明月上东南最高峰，与波溶漾。湖碧天青，万象澄澈。余游兴跃然[④]，偕学士，呼小艇，渡孤山麓。从一奚童[⑤]，登放鹤亭[⑥]，徘徊林处士[⑦]墓下。已舍艇，取径沮洳[⑧]间，至望湖亭[⑨]。凭槛四眺，则湖圆如镜，两高、南屏诸峰[⑩]，回合如大环。盖亭适踞湖山之中，于月夜尤胜。亭废，今为龙王祠。西行过陆宣公祠[⑪]，左右有居人数十家，灯火隐见林薄[⑫]。

并湖行二里许，足小疲，坐西泠桥[⑬]石阑。学士指点语余曰："宋贾似道[⑭]后乐园废址，在今葛岭[⑮]；又记称水竹院[⑯]在西泠桥南，左挟孤山，右带苏堤，当即此地。"嗟乎！岚影湖光，今不异昔，而当时势焰之赫奕[⑰]，妖冶歌舞亭榭之侈丽，今皆亡有，既已荡为寒烟矣！而举其姓名，三尺童子犹欲唾之。而林逋一布衣，垂六百余年，遗迹顾今尚存，何耶？相与慨叹久之。孤山来，经僧舍六七，梵呗[⑱]寂然，惟凤林寺闻钟声寥寥也。作记以游之明日。

作者简介

邵长蘅（1637—1704），一名衡，字子湘，别号青门山人，武进（今属江苏常州）人。十岁补诸生，因事除名。后入太学，科场失利，归江南。遂寄情山水，放游浙西。工诗，尤致力于古文辞。其散文继承唐顺之、归有光传统，为时论所称。著有《青门全集》，包括《青门簏稿》《青门旅稿》《青门剩稿》等。

注　释

①本文选自《青门旅稿》卷四。文章前半部分重写景抒情，把月下的湖山写得清静高朗，来渲染烘托林逋的高洁品格。后半部分重在寄慨，用贾似道与林逋作比，寄托自己的感叹。

②辋川：作者族兄邵远平的别墅名。取意于唐代诗人王维的“辋川

别业”。四可楼：辋川别墅中的楼名。

③戒庵：邵远平，字吕璜，号戒庵，又号戒三。康熙三年（1664）进士，官光禄少卿，试博学宏词科，授侍读，至少詹事致仕。因其曾官侍读学士，故称其为“学士”。

④跃然：犹欣然。

⑤奚童：童仆。

⑥放鹤亭：在孤山北，为宋代隐士林逋放鹤处。元朝至元间，江浙儒学提举余谦修葺林逋墓，于山下建梅亭，郡人陈子安于其旁筑放鹤亭。

⑦林处士：指林逋，字君复，又称和靖先生，杭州钱塘人。通经史，性孤傲，喜恬淡。初游江淮间，后归隐杭州西湖之孤山，二十年不入城市。不娶，种梅养鹤以自娱，因有“梅妻鹤子”之称。工书画，善诗。

⑧沮洳（jù rù）：由腐烂植物埋在地下而形成的泥沼，此指低湿之地。

⑨望湖亭：在孤山。

⑩两高：指武林山上的南高峰和北高峰。南屏：西湖南边的南屏山。

⑪陆宣公祠：在孤山南，祀唐代陆贽。陆贽，字敬舆，吴郡嘉兴（今属浙江）人。唐大历八年（779）进士，德宗时官至中书侍郎、门下同平章事。谥宣，故称宣公。

⑫林薄：草木丛杂的地方。

⑬西泠桥：一名西林，在孤山下，为孤山到北山的必经之地。

⑭贾似道：字师宪，号悦生，浙江天台人。南宋嘉熙二年（1238）进士，为理宗所看重，历官沿江制置副使、江州知州、江南西路安抚使、京湖制置使。其姊为宋理宗贵妃，因此在理宗、度宗两朝贾似道权势滔天。德祐元年（1275），贾似道领精兵十三万与元军战于丁家洲，大败。后于贬途被杀。

⑮葛岭：在西湖北边。因东晋葛洪曾在此炼丹，故名。

⑯水竹院：贾似道所筑楼观，植竹千竿。

⑰赫奕：显赫。

⑱梵呗：佛教作法事时的赞唱之声。

译文

我到西湖，寄居在辋川四可楼已经半个月了。辋川，是我族兄戒庵的别墅。别墅四可楼正对着孤山，夏天很热，我们没能前去游览。农历七夕节后五日，雨后天气微凉，环绕着西湖的山峦，都显得空寂青翠，像刚洗过一样。夜里，看见明月渐渐升到东南的最高峰，月光与湖水交融，轻波荡漾。湖水碧绿，天空青蓝，一切景象都显得澄净明澈。我游览孤山的兴致正高，与学士一道，叫来一条小船，乘船来到孤山脚下。让一个童仆跟着，登上放鹤亭，在林逋坟墓的下面徘徊。不久，我们丢下小船，取道低湿地带的小路，到达望湖亭。倚靠着栏杆四处眺望，就看见西湖圆得像铜镜，武林山上的南高峰、北高峰和西湖南边的南屏山，四面合拢得像个大的圆环。这大概是因为望湖亭正好处在西湖和山的中间，在月夜登览，所见之景尤为美丽。望湖亭今已荒废，其上建龙王祠。往西走经过陆宣公祠，祠的左右住有几十户人家，灯火在丛生的草木间忽隐忽现。

沿着西湖走了二里左右，双脚有些累，我们就坐在西泠桥石头栏杆上休息。学士指点着告诉我说："宋朝贾似道后乐园废址，在现在的葛岭；又听人们说起被称作水竹院的楼现在西泠桥南面，左边倚靠着孤山，右边与苏堤连接，应当就在这个地方。"哎呀！湖光山色，现在与过去没有什么不同，而当年权势非常显赫的人物，弦歌艳舞的妖冶乐伎，豪华艳丽的亭台楼阁，如今都不复存在了，已经荡化为凄冷的烟雾了！并且每说起那些权贵的姓名，连小孩子都想要唾骂。而林逋只是一介平民，名声却流传了六百多年，遗址反而到今天还存在，为什么呢？我和学士慨叹了许久。从孤山一路过来，经过六七个寺庙，没有和尚唱经礼赞的声音，只在风林寺听到几声冷落的钟声。我在游览孤山的第二天写下这篇记。

地　震[①]

蒲松龄

康熙七年六月十七日戌时[②]，地大震。余适客稷下[③]，方与表兄李笃之对烛饮，忽闻有声如雷，自东南来，向西北去。众骇异，不解其故。俄而几案摆簸，酒杯倾覆；屋梁椽柱，错折[④]有声。相顾失色。久之，方知地震，各疾趋出。见楼阁房舍，仆而复起；墙倾屋塌之声，与儿啼女号，喧如鼎沸。人眩晕不能立，坐地上，随地转侧。河水倾泼丈余，鸡鸣犬吠满城中。逾一时许，始稍定。视街上，则男女裸体相聚，竞相告语，并忘其未衣也。后闻某处井倾侧[⑤]，不可汲；某家楼台南北易向；栖霞山裂；沂水[⑥]陷穴，广数亩。此真非常之奇变也。

有邑人妇，夜起溲溺[⑦]，回则狼衔其子。妇急与狼争。狼一缓颊[⑧]，妇夺儿出，携抱中。狼蹲不去，妇大号。邻人奔集，狼乃去。妇惊定作喜，指天画地，述狼衔儿状，已夺儿状。良久，忽悟一身未着寸缕，乃奔。此与地震时男妇两忘者，同一情状也。人之惶急无谋，一何可笑！

作者简介

蒲松龄（1640—1715），字留仙，一字剑臣，号柳泉居士、聊斋先生。山东淄川（今属淄博）人。早岁有文名，十九岁初应童生试，以县、府、道三第一进学，得山东学政施闰章赞誉。但随后屡应乡试，皆落第。至七十二岁赴青州考贡，为岁贡生。除了中年应同邑友人宝应知县孙蕙之邀南游为幕宾外，蒲松龄一直居乡为塾师，因此能接触底层人民生活。能诗文，善作俚曲。曾以数十年时间，写成短篇小说集《聊斋志异》，并不断修改增补。其书运用唐传奇小说文体，通过谈狐说鬼方式，对当时的社会、政治多有批判。另有《蒲松龄集》，收有诗文、俚曲等。

注释

①本文选自《聊斋志异》，文中描写的这次地震，便是历史上有名的“郯城大地震”，震级为8.5级，震中在临淄西北约一百五十公里的莒梁、郯城一带。此文通过作者的耳闻目睹与体验，描述了地震发生前后的情形和众人的表形，清晰而生动。

②康熙七年：即1668年。戌时：晚上七点至九点。

③稷下：今山东淄博临淄区西北，距震中约一百五十公里，属破坏性地区。

④错折：扭离折断。

⑤倾侧（zè）：倾斜。

⑥沂（yí）水：是山东南部的大河，南流入淮，正当地震震中地区。

⑦溲溺（sōu niào）：解小便。

⑧缓颊：放松面颊肌肉，即稍一开口。

译文

康熙七年六月十七戌刻，突然发生了大地震。我当时在稷下做客，正和表兄李笃之在灯烛下对饮，忽然听见有打雷一样的声音，从东南方向传来，向西北方向传去。众人惊恐诧异，不知道怎么回事。不一会儿，几案摇晃颠簸，酒杯摔落在地；房梁柱子错位断裂，发出阵阵响声。众人面面相觑，大惊失色。过了好久，才明白过来是地震了，于是纷纷狂奔出门。只见外面的楼阁房屋，倒塌之后又颠起来，墙倒屋塌声和小儿啼哭、妇人哀号之声交织在一起，像锅里沸腾的开水一样喧闹。人们头晕目眩，站立不稳，只好坐在地上，随着地面的颠簸而翻滚。河水泼起一丈多高，鸡鸣狗叫之声遍布全城。大概过了一个时辰，才稍微安定下来。再看大街上，男男女女光着身子聚在一起，争着相互说刚才发生的事情，都忘了自己没穿衣服。后来听说某个地方的井被震得倾斜，不能打水；某家的楼台由西到北整个变了个方向；栖霞山裂开了；沂水陷了个大洞，有好几亩大。这真是非同寻常的奇灾异变啊！

同邑一位妇人，夜里起来小便，回屋时看到狼衔着他的儿子。妇人急忙与狼争抢。狼稍一松口，妇人立即把儿子从狼口夺下，随即抱在怀中。狼蹲着不离去，妇人害怕得大声哭号。邻居奔跑着赶来，狼才离去。妇人稍定心神，转悲为喜，她指天画地，向邻居描述狼衔走儿子和自己夺下儿子的情状。过了好久，忽然发现自己一丝不挂，急忙跑开。这妇人与地震中忘记自己未穿衣服的男男女女，真是同一种情状。人在惊惶紧急的情况下毫无谋略，那情形是多么可笑啊！

狼[1]

蒲松龄

一屠晚归，担中肉尽，止剩骨。途遇两狼，缀[2]行甚远。

屠惧，投以骨。一狼得骨止，一狼仍从。复投之，后狼止而前狼又至。骨已尽矣。而两狼之并驱如故。

屠大窘，恐前后受其敌。顾野有麦场，场主积薪其中，苫蔽成丘[3]。屠乃奔倚其下，弛[4]担持刀。狼不敢前，眈眈[5]相向。

少时，一狼径去，其一犬坐[6]于前。久之，目似瞑[7]，意暇甚。屠暴起[8]，以刀劈狼首，又数刀毙之。方欲行，转视积薪后，一狼洞其中，意将隧入以攻其后也。身已半入，止露尻[9]尾。屠自后断其股，亦毙之。乃悟前狼假寐，盖以诱敌。

狼亦黠矣，而顷刻之两毙，禽兽之变诈几何哉？止增笑耳。

注　释

①本文选自《聊斋志异》，记述了屠夫智斗两狼的故事。文章突出了狼之狡黠与屠夫之果敢。

②缀：连接，此指紧跟。

③苫：盖上。蔽：遮盖、遮蔽。

④弛：放松，这里指卸下。

⑤眈眈：注视貌。

⑥犬坐：像狗一样坐着。

⑦瞑（míng）：闭眼。

⑧暴起：突然跃起。

⑨尻（kāo）：屁股。

译 文

一个屠夫晚上回家，担子里的肉卖完了，只剩下一些骨头。屠夫在路上遇到了两匹狼，紧跟着他走了很远。

屠夫害怕，就把骨头投给狼。一匹狼得到骨头就停了下来，另一匹狼仍然跟着他。屠夫又投了一根骨头，后得到骨头的狼停住了脚步，但是之前得到骨头的狼又跟上了。骨头已经没有了，但两匹狼仍像原来一样并排跟着。

屠夫的处境很危急，他担心前后受到狼的攻击。他看见田野中有个麦场，场主在麦场上堆有柴草，覆盖成小山形状。于是屠夫奔向麦场，倚在柴草堆下，卸下担子，手执屠刀。狼不敢上前，瞪着屠夫。

一会儿，一匹狼径直走了，另一匹狼像狗一样蹲坐在前面。过了一会儿，狼的眼睛好像闭上了，神情悠闲得很。屠夫突然起身，用刀劈砍狼的头，又劈砍几刀杀死了狼。屠夫正想要走，转身看到柴草堆后面，一匹狼正在打洞，意图钻洞进入柴草堆来攻击他的背后。狼的身体已经钻进入一半了，只露出屁股和尾巴。屠夫从后面砍断狼的大腿，也杀死了这匹狼。屠夫这才明白之前的狼假装睡觉，原来只是迷惑敌人（屠夫）。

狼也是狡猾的动物，但顷刻之间两匹狼都被杀死了，禽兽的欺骗手段能有多少啊？只是给人增加笑料罢了。

山 市[①]

蒲松龄

奂山[②]山市，邑八景之一也，然数年恒不一见。孙公子禹年与同人[③]饮楼上，忽见山头有孤塔耸起，高插青冥，相顾惊疑，念近中无此禅院。无何，见宫殿数十所，碧瓦飞甍[④]，始悟为山市。未几，高垣睥睨[⑤]，连亘六七里，居然城郭矣。中有楼若者，堂若者，坊[⑥]若者，历历在目，以亿万计。忽大风起，尘气莽莽然[⑦]，城市依稀而已。既而风定天清，一切乌有，惟危楼一座，直接霄汉。楼五架，窗扉皆洞开；一行有五点明处，楼外天也。层层指数，楼愈高，则明愈小。数至八层，裁如星点。又其上，则黯然缥缈，不可计其层次矣。而楼上人往来屑屑[⑧]，或凭或立，不一状。逾时，楼渐低，可见其顶，又渐如常楼，又渐如高舍。倏忽如拳如豆，遂不可见。

又闻有早行者，见山上人烟市肆，与世无别，故又名“鬼市”云。

注　释

①本文选自《聊斋志异》，描绘了山市的奇异之景。山市：即山中蜃景，与“海市蜃楼”相似，是大气中由于光线的折射而形成的一种自然现象，因出现在山上，所以称为“山市”。古人还不能理解海市蜃楼的形成原因，故又称此幻象为“鬼市”。

②奂山：山名。旧淄川县有涣山，也写作焕山。

③同人：共事的人或志同道合的人。

④飞甍（méng）：两端翘起的房脊。

⑤睥睨（pì nì）：或作“埤堄”，即城墙上呈凹凸形的矮墙，亦称女墙。

⑥坊：街巷、店铺。

⑦莽莽然：形容尘土之大，一片迷茫。

⑧屑屑：忙碌貌。

译　文

奂山的山市，是淄川县有名的八景之一，然而也经常是多年看不到一次。有位名叫孙禹年的公子，同几位朋友在楼上饮酒，忽然看见奂山山头有一座孤塔耸立起来，高高地直入云天。大家面面相觑，惊疑不定，心想附近并没有这么个禅院。没过多久，又出现了几十座高大的宫殿，碧绿色的琉璃瓦，飞翘的殿檐，人们这才明白是出现了山市。不一会儿，只见一座高高的城墙，上面有齿状的矮墙，连绵不断有六七里长，显然是一座城市。其中景物有像楼一样的，有像厅堂一样的，有像街巷一样的，一个个看得清晰分明，多得可以用亿万来计算。忽然，一阵大风刮起，尘土迷茫，城市又变得模糊了。接着，风停了，天空又变得晴朗起来，刚才的一切都消失了，只有一座高楼，直入云霄。这座楼每层有五间，门窗都是开着的；每一行窗户有五处明亮的地方，透露出楼那边的天空。一层层地指着数，楼越高亮点越小。数到第八层，亮点就如星星一般大了；又往上数，则虚无飘渺看不清楚，没法计算层次了。楼上的人往来奔忙，有倚窗的，有站立的，形态各不相同。过了一会儿，楼房慢慢低矮下来，可以看见楼顶了，慢慢地又像平常的楼一样了，又渐渐地像座高房子。猛然间又只像拳头那么大，像豆粒那么小，接着就什么也看不见了。

又听早起赶路的人说，看见山上有集市人来人往，和人世间没有两样，所以又叫“鬼市”。

大 鼠[1]

蒲松龄

万历[2]间，宫中有鼠，大与猫等，为害甚剧。遍求民间佳猫捕制之，辄被啖食。适异国来贡狮猫[3]，毛白如雪。抱投鼠屋，阖其扉，潜窥之。猫蹲良久，鼠逡巡[4]自穴中出，见猫，怒奔之。猫避登几上，鼠亦登，猫则跃下。如此往复，不啻百次。众咸谓猫怯，以为是无能为者。既而鼠跳掷渐迟，硕腹似喘，蹲地上少休。猫即疾下，爪掬顶毛，口龁首领，辗转争持，猫声呜呜，鼠声啾啾。启扉急视，则鼠首已嚼碎矣。然后知猫之避，非怯也，待其惰也。彼出则归，彼归则复[5]，用此智耳。噫！匹夫按剑[6]，何异鼠乎！

注 释

①本文选自《聊斋志异》。文章借狮猫智斗大老鼠的故事阐述做事当有谋略，宁斗智不斗力的道理。

②万历：明神宗年号。

③狮猫：猫的一种，长毛巨尾，较名贵。

④逡巡：因有所顾虑而徘徊不前或退却。

⑤“彼出则归”二句：《左传·昭公三十年》：“彼出则归，彼归则出，楚必道敝。”讲的是用运动战术敝敌制胜。此化用其意。

⑥匹夫按剑：指庸人斗狠，勇而无谋。匹夫：指那些单凭个人勇力意气用事的人。按剑：握着剑柄，准备拼杀的姿态。《孟子·梁惠王》下：“夫抚剑疾视曰：‘彼恶敢当我哉！’此匹夫之勇，敌一人者也。”

译 文

明朝万历年间，皇宫中有大老鼠，体型和猫一样大，危害很是严重。朝廷向民间征集了很多厉害的猫来捕大老鼠，结果都被大老鼠吃掉了。恰好这时外国进贡来一只狮猫，全身毛白如雪。大家把这只猫抱到有大老鼠的房子里，关上门，然后从门缝里悄悄偷看猫的动静。狮猫蹲了好久，那大老鼠才从洞穴里探头探脑地出来。它一见狮猫，就愤怒地扑过来。狮猫躲开大老鼠，跳到几案上，大老鼠也跳了上去，狮猫就又跳到地上。就这样上上下下有上百次。众人都认为狮猫害怕大老鼠，是只无用的猫。后来，大老鼠来回跳跃的动作渐渐迟缓了下来，肥大的肚子喘得一鼓一鼓的，蹲在地上休息。狮猫见机突然猛扑下来，用爪子抓住大老鼠头顶的毛，张口咬住大老鼠的脖颈，猫鼠在地上咬斗，狮猫呜呜地吼叫着，大老鼠吱吱地扭动挣扎着。人们急忙开门进去看，大老鼠的头已被狮猫咬碎了。大家这才明白，狮猫一开始躲避大老鼠，并不是害怕，而是避开大老鼠的锐气，待消耗完它的体力后，乘其疲惫松懈时再攻击。你来我走，你走我来，狮猫是在用智谋与大鼠相斗。唉，那种逞匹夫之勇的粗人，只会怒目按剑，和这只大老鼠有什么不同呢！

金圣叹先生传[①]

廖　燕

先生金姓，采名，若采字，吴县诸生[②]也。为人倜傥高奇，俯视一切。好饮酒，善衡文，评书议论皆发前人所未发。时有以讲学闻者，先生辄起而排之，于所居贯华堂设高座，召徒讲经。经名《圣自觉三昧》，稿本自携自阅，秘不示人。每升座开讲，声音洪亮，顾盼伟然。凡一切经史子集笺疏训诂，与夫释道内外诸典[③]，以及稗官野史、九彝八蛮之所记载[④]，无不供其齿颊[⑤]，纵横颠倒，一以贯之[⑥]，毫无剩义。座下缁白四众[⑦]，顶礼膜拜，叹未曾有。先生则抚掌自豪，虽向时讲学者闻之，攒眉浩叹，不顾也。生平与王斫山交最善。斫山固侠者流，一日以千金与先生，曰："君以此权子母[⑧]，母后仍归我，子则为君助灯火，可乎？"先生应诺，甫越月，已挥霍殆尽，乃语斫山曰："此物在君家，适增守财奴名，吾已为君遣之矣。"斫山一笑置之。

鼎革[⑨]后，绝意仕进，更名人瑞，字圣叹，除朋从谈笑外，惟兀坐贯华堂中读书著述为务。或问"圣叹"二字何义，先生曰："《论语》有两'喟然叹曰'，在颜渊为叹圣[⑩]，在与点则为圣叹[⑪]。予其为点之流亚[⑫]欤。"所评《离骚》、《南华》、《史记》、杜诗、《西厢》、《水浒》，以次序定为六才子书，俱别出手眼。尤喜讲《易》乾、坤两卦，多至十万余言。其余评论尚多，兹行世者，独《西厢》、《水浒》、唐诗、制义、《唱经堂杂评》诸刻本。传先生解杜诗时，自言有人从梦中语云："诸诗皆可说，惟不可说《古诗十九首》[⑬]。"先生遂以为戒。后因醉纵谈"青青河畔草"[⑭]一章，未几遂罹惨祸。临刑叹曰："斫头最是苦事，不意于无意中得之。”

先生殁，效先生所评书，如长洲毛序始、徐而庵[15]，武进吴见思、许庶庵为最著[16]，至今学者称焉。

曲江廖燕曰：“予读先生所评诸书，领异标新，迥出意表，觉千百年来，至此始开生面。呜呼！何其贤哉！虽罹惨祸，而非其罪，君子伤之。而说文者谓文章妙秘，即天地妙秘，一旦发泄无余，不无犯鬼神所忌。则先生之祸，其亦有以致欤？然画龙点睛，金针随度[17]，使天下后学，悉悟作文用笔墨法者，先生力也，又乌可少乎哉？其祸虽冤屈一时，而功实开拓万世，顾不伟耶？予过吴门，访先生故居，而莫知其处。因为诗吊之，并传其略如此云。”

作者简介

廖燕（1644—1705），初名燕生，字人也，号柴舟，曲江（今广东韶关）人。少习举业，后弃不为，专事著述。他性格简傲，一生潦倒，在武水西筑“二十七松堂”潜心经史，攻古文词。廖燕著述颇丰，收辑为《二十七松堂集》，共十卷，包括论、辩、说、记、序、文、尺牍、传、杂著、疏、书后、词、诗等。

注　释

①本文选自《二十七松堂集》。作者为金圣叹作传，对金圣叹的品行和学术给予了极高的评价。文章寄托了对金圣叹的无限景仰之情。

②诸生：明清时录取入府州县学生员的统称。

③内外诸典：佛教徒称佛经为“内典”，佛经以外的典籍为“外典”。

④稗官野史：指旧时的小说和私人编撰的史书，泛称记载轶闻琐事的文字。九彝八蛮：指边远的少数民族地区。

⑤供其齿颊：意谓供其品评。

⑥一以贯之：用一个根本性的事理贯通事情的始末或全部的道理。

⑦缁白：指僧俗。僧衣缁，故称僧为缁徒。白指俗人。四众：四部众的省称。佛教指比丘、比丘尼、优婆塞、优婆夷为“四部众”。这里泛指听众。

⑧权子母：以资本经营或借贷生息。

⑨鼎革：指改朝换代的重大改革，这里指入清以后。

⑩在颜渊为叹圣：指颜渊对孔子的赞叹。语出《论语·子罕》：“颜渊喟然叹曰：‘仰之弥高，钻之弥坚。瞻之在前，忽焉在后。’”

⑪在与点则为圣叹：《论语·先进》：“夫子喟然叹曰：‘吾与点也。’”点：指曾点，孔子弟子。与：这里是赞许、同意的意思。曾点回答孔子问志时说：“暮春者，春服既成，冠者五六人，童子六七人，浴乎沂，风

乎舞雩，咏而归。”

⑫流亚：指同类人物。

⑬《古诗十九首》：东汉时期的十九首抒情五言古诗。梁萧统收入《文选》中，因不知作者，题作《古诗十九首》，后即称之为《古诗十九首》。

⑭“青青河畔草”：《古诗十九首》中的第二首。

⑮长洲：属今江苏苏州。毛序始：名宗岗，字序始，清初小说评点家，曾评刻《三国演义》。徐而庵：徐增，字子能，号而庵、十足道人。有《而庵说唐诗》，重编《灵隐寺志》等。

⑯武进：今江苏长洲武进区。吴见思：字齐贤，著有《杜诗论文》。

⑰金针随度：元好问《论诗·其三》：“鸳鸯绣了从教看，莫把金针度与人。”后以教人作诗文的方法为“金针度人”。

译 文

先生姓金，名采，字若采，吴县生员。为人洒脱而不受世俗礼法拘束，高傲奇伟，傲视一切。爱好饮酒，善于品评书籍文章，而且他的评论都是以前的人没有说过的。当时有凭讲授学问而闻名的人，先生总是站出来批驳这些人。他在住的地方贯华堂设置很庄重的席位，招收学生讲授经书。他所讲授的经书名叫《圣自觉三昧》，讲稿总是自己带着自己看，从不公开给别人看。每次到讲堂开设讲座，声音洪亮，环顾四周的样子神采卓异，一切经史子集、笺疏训诂，与释道内外诸典，以及稗官野史、九彝八蛮所记载的内容，没有不被他评论的。议论纵横捭阖，自始至终都讲得极其透彻，没有丝毫遗漏。座位下面听讲的僧俗侣众诸色人等都崇拜到了极点，感叹说从没有听过这样的见解。先生就拍着巴掌自我赞许，即使以前讲学的人听说了，皱眉叹息，他也不在意。先生和王斫山交情最深。王斫山本来也是侠义之人，一天他拿一千两银子交给先生，说：“先生拿这些钱去借贷生息，以后本金归还我，利息就给你补贴生活，行吗？”先生爽快地答应了，可是刚过一个月，那些钱就被他挥霍一空了。于是先生就对斫山说：“这些钱在先生家，只是增加您守财奴的名声罢了，我已经替您打发掉了。”王斫山笑了笑没当回事。

改朝换代后，先生断绝了做官进取的念头，改名人瑞，字圣叹，除了和亲朋好友谈笑，只是独自端坐贯华堂中，把读书著述作为追求。有人问“圣叹”二字有什么意义，先生说：“《论语》有两次‘喟然叹曰’，分别是颜渊感叹孔子和孔子赞叹弟子曾点，我大概是曾点一类的人吧！”先生所评论的《离骚》、《南华》、《史记》、杜诗、《西厢》、《水浒》等书，根据次序编定为“六才子书”，都是有独到的眼光的。尤其爱好讲《易》，对“乾”、“坤”两卦的评述，多达十万多字。其他的评论还有很多，如今流传社会上的著作，只有《西厢》、《水浒》、唐诗、制义、《唱经堂杂评》几种刊刻版本。传说先生在解读杜甫的诗时，他自己称有人在他的梦中传话说："各种诗都可以评论，只是不能评论《古诗十九首》。"先生就把这个梦作为戒律。后来因为醉酒恣意谈"青青河畔草"一章，不久就遭遇悲惨的灾祸。临刑时先生感叹道："砍头是最痛苦的事，没想到我竟因为无意遭受到这种痛苦。"

先生死后，仿效先生风格评论著作的人，要数长洲毛宗岗、徐增，武进的吴见思、许庶庵等人最出名，直到现在求学的人还称赞他们。

曲江廖燕说："我读先生所评的各种书，标新立异，见解卓越，超乎常人所想，我感觉千百年来，到他这里才别开生面。唉！多么优秀的人啊！虽然遭遇惨祸，却并不是因为他犯了罪，有德行的人都为他悲伤。然而评书者品说文章的精妙神奇，即为品说天地的精妙神奇，如果阐述得太透彻，不可避免会触犯鬼神的忌讳，这样看来先生的灾祸，大概也真的存在一些致祸的原因啊！但是先生画龙点睛的评论以及教人写作诗文的方法，使普天下后来求学的人完全领悟到写文章布局构思的方法，这是先生的功劳啊，这功劳又怎么会小呢？先生遭受灾祸虽然冤屈一时，但是他的功劳确实为以后千秋万代开拓了局面，难道不卓异吗？我路过吴门，去寻访先生的故居，然而没有人知道他的住处，于是我就写诗来凭吊先生，并写下这样一篇关于他生平大概的传记。"

选古文小品序[①]

廖　燕

大块[②]铸人，缩七尺[③]精神于寸眸之内，呜呼尽之矣。文非以小为尚，以短为尚；顾小者大之枢，短者长之藏也。若言犹远而不及，与理已至而思加，皆非文之至也。故言及者无繁词，理至者多短调。巍巍泰岱，碎而为嶙砺沙砾[④]，则瘦漏透皱见矣[⑤]；滔滔黄河，促而为川渎溪涧，则清涟潋滟[⑥]生矣。盖物之散者多漫，而聚者常敛。照乘粒珠耳[⑦]，而烛物更远，予取其远而已；匕首寸铁耳，而刺人尤透，予取其透而已。大狮搏象用全力，搏兔亦用全力，小不可忽也。粤西有修蛇[⑧]，蜈蚣能制之，短不可轻也。

注　释

①本文选自《二十七松堂集》。文章将古文与小品联成一系，全面

而科学地揭示了小品的思想艺术特色与性能，提升了小品文的文学地位。

②大块：指大自然。

③七尺：古时尺短，七尺相当于一般成人的高度，因此用来作为人身的代称。

④嶙砺沙砾：细石沙粒。嶙：通“磷”，细石。砺：此指石。

⑤瘦：细微。漏：泄漏。透：透露。皱：纹路。

⑥潋滟：形容水波荡漾。

⑦照乘珠：光亮能照远的明珠。《史记·田敬仲完世家》：“尚有径寸之珠照车前后各十二乘者十枚。”

⑧粤西：广西的别称。修：长。

译　文

大自然创造人，将人的精神聚于小小的眸子之中，直到人的生命结束精神才完竭。文章并不是以小为最佳，以短为最好；但是，小为大的关键点，短为长的凝聚处。如果所表达的意思高远而文辞的表现却达不到这种境界，与道理已经讲完还想添加些话，这些都不是写文章的最高境界。因此，意思表达完整的文章不会有繁冗之词，说理恰到好处的文辞多短小精悍。巍峨高大的泰山，使它破碎而成为细石沙砾，它内在的细微之处便显露出来了。滔滔不绝的黄河，缩小成小的川渎溪涧，清澈的流水波纹就会兴起。大凡事物分散的状态下多散漫，而凝聚的时候常聚敛。径寸的照车明珠，反倒照物更远，我只取其所照之远而已；匕首不过寸长，而刺人穿透力更强，我看重的就是这穿透力。大狮子搏击大象使出全力，搏击兔子也使用全力，小的东西不可忽视。广西有长蛇，蜈蚣能制服它，短的东西不能轻视它。

《桃花扇》小识[①]

孔尚任

传奇者，传其事之奇焉者也，事不奇则不传。

《桃花扇》何奇乎？妓女[②]之扇也，荡子[③]之题也，游客[④]之画也，皆事之鄙焉者也；为悦己容[⑤]，甘剺面[⑥]以誓志，亦事之细焉者也；伊其相谑[⑦]，借血点而染花，亦事之轻焉者也；私物表情，密缄寄信，又事之猥亵而不足道者也。

《桃花扇》何奇乎？其不奇而奇者，扇面之桃花也。桃花者，美人之血痕也；血痕者，守贞待字[⑧]，碎首淋漓不肯辱于权奸者也；权奸者，魏阉之余孽也[⑨]；余孽者，进声色，罗货利，结党复仇，隳三百年之帝基者也[10]。帝基不存，权奸安在？惟美人之血痕、扇面之桃花，啧啧在口，历历在目，此则事之不奇而奇，不必传而可传者也。人面耶？桃花耶？虽历千百春，艳红相映。问种桃之道士，且不知归何处矣[11]！

康熙戊子[12]三月，云亭山人漫书。

作者简介

孔尚任（1648—1718），字聘之，又字季重，号东塘，别号岸堂，自号云亭山人，山东曲阜人，为孔子六十四代孙。好诗文，通音律。早年避乱石门山中，搜集南明王朝兴亡的史料。1684年，康熙帝南巡过曲阜，孔尚任被召至御前讲经，得到皇帝褒奖，被破格任命为国子监博士，迁户部主事、户部广东司员外郎。1699年他的《桃花扇》传奇问世，引起康熙帝的不满，被罢职，后因事罢官，在闲散中郁郁而终。孔尚任是清代著名的戏剧家，与洪升并称为“南洪北孔”。亦善诗文，著有《石门山集》《湖海集》《岸堂集》《长留集》等，今有《孔尚任诗文集》。

注　释

①本文选自《桃花扇》剧本，是其前言。文章着眼于传奇之“奇”，连用两个“何奇乎”，以两段文字作一正一反回答，抓住“桃花”、“血痕”、“美人”等意象反复阐释，层层深入地指出了《桃花扇》传奇“不奇而奇，不必传而可传”的所在。《桃花扇》剧本中以明末复社文人侯方域与秦淮名妓李香君的爱情故事为线索，借离合之情，抒兴亡之感，同时也揭露了明末朝廷的腐败及内部的矛盾斗争。“小识”即“小记”。

②妓女：指李香君。

③荡子：指侯方域。侯方域题扇赠李香君，见第六出《眠香》。

④游客：指杨龙友，杨龙友就鲜血画成桃花扇，见二十三出《寄扇》。

⑤为悦己容：司马迁《报任安书》：“士为知己者用，女为悦己者容。”容：谓修饰容貌。

⑥剺（lí）面：割破脸。指李香君反抗田仰强娶，倒地撞头出血。

⑦伊其相谑：《诗经·郑风·溱洧》：“维士与女，伊其相谑，赠之以勺药。”伊：发语词。相谑：互相调笑。

⑧待字：待嫁。这里指李香君等待侯方域来迎娶。

⑨魏阉：指明末宦官魏忠贤。余孽：指马士英、阮大铖等人。

⑩隳（huī）：毁坏。三百年：指明代。明代统治近三百年。

⑪“问种桃”二句：唐刘禹锡《再游玄都观》诗：“种桃道士归何处，前度刘郎今又来。”这里作者自喻为种桃之道士。

⑫康熙戊子：康熙四十七年（1708）。

译文

所谓传奇，就是记述奇异故事的，故事不够奇异，便不值得记述。

《桃花扇》有何奇异之处？一把妓女的扇子，浪子题诗，游客题画，这都是人所不屑之事；为了不辜负知己，甘愿割破自己的脸以誓志，这也是微不足道的事；当他们嬉笑的时候，借着扇子上的血迹画成桃花，这也是轻浮之事；私相赠物以传情，往来密信以通消息，这又是不入流不足称道的事。

《桃花扇》有何奇异之处？其看似不奇异而实则奇异之处，在于扇面上的桃花。桃花，是美人的血痕；为何有血痕？因为美人守贞待嫁，宁可头破血流也不肯被权奸侮辱；权奸，是阉党魏忠贤的余孽；这些余孽，只会引诱君王纵情声色，自己聚敛财货，相互结党营私，以报私仇，毁坏了三百年的王朝基业。王朝的基业不存，权奸将何去何从呢？只会烟消云散。只有美人的血痕、扇面上的桃花，将永远为人啧啧称赞，他们的事迹将永远被人清晰地记得，如此，这个故事看似不奇异而实则极为奇异，看似不值得记述实则尤其值得记述。人面、桃花，即使经历千百年，依旧艳丽嫣红，交相辉映。而种桃的道士，恐怕早已不知归往何处了！

康熙戊子年三月，云亭山人随意而作。

傍花村寻梅记[1]

孔尚任

维扬城西北，陵陂高下，多瓦砳[2]荒冢。唐人所咏十五桥者，已漠然莫考。行人随意指为此地云。地接城堙[3]，富贵家园亭，一带比列[4]，箫鼓游舫，过无虚日。溪流转处，一桥高挂如虹，谓之“虹桥”。自阮亭先生[5]宴集后，改字曰“红桥”，而桥始传。旧有花村在桥东，今已墟矣。傍花村者，花村之附庸也，岿然独存焉。一酒旗出竹林，飘扬有致。主人爱梅，红白绿萼，参差种之。花时与竹篱茅屋相映，梅之精神倍出。富贵家不知也。戊辰[6]正二月，多雪雨，逗留梅信，至花朝方盛。箫鼓游舫，皆集红桥，独留此数株老梅，为冷落薄游者吟诗买醉之所。余闻而羡之，遂醵[7]酒钱、唤笙歌，作竟日欢。同一饮也，觉饮于旗亭，较饮于名园胜；同一诗也，觉入于歌者之口，较入于选楼[8]胜。安知今日之红桥，不胜于十五桥；后日之傍花村，不胜于花村也哉！

注　释

①本文选自《湖海集》。写傍花村梅花之精神，表现出作者热爱自然美景之情怀。

②瓦砾：房屋柱子下的小石头。此指断壁。

③城堙：土山。

④一带比列：一处接一处成行成列。

⑤阮亭先生：即王士祯，号阮亭。

⑥戊辰：康熙二十七年（1688）。

⑦醵（jù）：凑钱买酒。

⑧选楼：编选集的人所在之地。

译　文

扬州城西北，山坡高低纵横，有许多断壁和荒冢。唐朝所咏的十五桥，也消失无踪，无法考证。行人随意一指，称此地就是。土山相连，富贵人家的园林，一处接一处成行成列，箫鼓游舫，没有哪一日不到这里的。溪水流转处，有一座桥高挂如虹，称作“虹桥”。自从阮亭先生在此宴集后，改名为“红桥”，此桥的名声才开始渐渐流传。过去有一个花村在桥东面，如今已成废墟。傍花村，本是花村的附庸，如今岿然独存。一面酒旗在竹林中挑出，飘扬有致。主人爱梅，红色的、白色的梅花参差种了许多。梅花与竹篱、茅屋相映衬，使得梅花精神倍出。富贵人家，不会懂得这种意趣。戊辰年正二月，多雪雨，使得梅花开的时间向后延迟，直到花朝节梅花才盛开。萧鼓游船，都汇集于红桥，独留下此处数枝老梅花，成为冷落薄游者的买醉之所。我听说了很羡慕，立即凑钱买酒，召唤笙歌助兴，欢快了一整日。同样是饮酒，我觉得在酒楼饮酒要比在名园饮酒更痛快；同样的诗歌，我觉得在歌者之口吟唱，比入于诗歌选集要更有情致。又怎么知道今天的红桥不会胜过当年的十五桥，今后的傍花村不会胜过当年的花村呢？

醉乡记[①]

戴名世

昔余尝至一乡陬[②]，颓然靡然[③]，昏昏冥冥[④]，天地为之易位，日月为之失明，目为之眩，心为之荒惑[⑤]，体为之败乱[⑥]。问之人曰：“是何乡也？”曰：“酣适之方，甘旨之尝，以徜以徉，是为醉乡。”

呜呼！是为醉乡也欤？古之人不余欺也。吾尝闻夫刘伶、阮籍之徒矣⑦。当是时，神州陆沉⑧，中原鼎沸⑨，而天下之士，放纵恣肆，淋漓颠倒，相率入醉乡不已。而以吾所见，其间未尝有可乐者。或以为可以解忧云耳。夫忧之可以解者，非真忧也；夫果有其忧焉，抑亦必不解也。况醉乡实不能解其忧也，然则入醉乡者，皆无有忧也。

呜呼！自刘、阮以来，醉乡遍天下；醉乡有人，天下无人矣。昏昏然，冥冥然，颓堕委靡，入而不知出焉。其不入而迷者，岂无其人者欤？而荒惑败乱者，率指以为笑，则真醉乡之徒也已。

作者简介

戴名世（1653—1713），字田有，又字南山、褐夫，号药身，又号忧庵，安徽桐城人。康熙四十八年（1709）进士，任翰林院编修。年少有文才，散文中尤长史传文学。所作传记有不少记述抗清志士和遗民事迹，表现出他对明王朝的怀念，但他对明末农民起义则持仇视态度。康熙五十年（1711），左都御史赵申乔据《南山集·致余生书》中引述南明抗清事迹，参戴名世“倒置是非，语多狂悖”，“祈敕部严加议处，以为狂妄不敬之戒”。由是，《南山集》案发，被录下狱，被杀于市，株连三百多人。其著作被禁毁。百余年后，戴钧衡搜辑逸稿刊行于世，今有新校本《戴名世集》。

注　释

①本文选自《戴名世集》卷十四，作者以醉乡影射现实，希望人们不要醉生梦死。

②乡陬（zōu）：偏僻的地方。陬：角落。

③颓然：颓废貌。靡然：萎靡貌。

④昏昏冥冥：昏暗不明。

⑤荒惑：恍惚迷惑。荒：通“恍”，恍惚。

⑥败乱：受到损害扰乱。

⑦刘伶、阮籍：皆魏晋时名士，与嵇康、向秀、王戎、山涛、阮瑀、阮咸等五人交好，世称“竹林七贤”。刘、阮好酒，刘伶尤甚。《晋书·刘伶传》说他“常乘鹿车，携一壶酒，使人荷锸（chā）而随之，谓曰：‘死便埋我。’”

⑧神州：中国。《史记·孟子荀卿列传》：“中国名曰赤县神州。”陆沉：国家陷于灾祸，有如大陆沉沦。

⑨鼎沸：形容局势不安定，有如鼎水沸腾。鼎：是古代的一种炊器。

以上两句说刘、阮所处的时代动乱不安。

译 文

从前我曾游至一地方，一到那里就浑身发软，歪歪倒倒，昏昏沉沉，迷迷糊糊，似乎天地变换了位置，日月失去了光明，眼睛昏花，心慌乱迷惑，身体懒散怠惰。我向别人打听说："这是什么地方？"回答说："可以畅快饮酒的地方，可以尝到美味的地方，可以安闲自在徘徊的地方，这里便是醉乡。"

啊！这里便是醉乡了吗？古人果然没有欺骗我。我曾听说刘伶、阮籍那些人迷恋醉乡的事。在那个时代，国家陷于灾祸中，中原纷乱，然而天下的人放浪形骸，恣意取乐，痛饮酒醉后便颠颠倒倒，一个接一个不断进入醉乡了。而据我所见，那里不曾有可使人快乐的地方。有的人认为那里可使人消除忧愁。如果是可以消除的，就不是真的忧愁；如果是真有了忧愁的人，或许也不必去消除它。何况醉乡实在不能使人消除忧愁，那么，进入醉乡的人，都是没有忧愁的人。

唉！自从刘伶、阮籍以来，醉乡遍及天下；醉乡有了人，天下就没人了。天下人皆昏昏沉沉，迷迷糊糊，颓废消沉，萎靡不振，进了醉乡就不知道出来了。不入醉乡而昏迷惶惑的清醒之士，难道没有那样的人吗？而昏聩无能、丧德败乱的人，常指着清醒者取笑，就真不愧是醉乡中的人了啊！

鸟 说[①]

戴名世

余读书之室，其旁有桂一株焉。桂之上日有声喧喧[②]者，即而视之，则二鸟巢于其枝干之间，去地不五六尺，人手能及之。巢大如盏，精密完固，细草盘结而成。鸟雌一雄一，小不能盈掬[③]，色明洁，娟皎可爱，不知其何鸟也。雏且出矣，雌者覆翼之，雄者往取食。每得食，辄息于屋上，不即下。主人戏以手撼其巢，则下瞰而鸣，小撼之小鸣，大撼之即大鸣，手下，鸣乃已。

他日，余从外来，见巢坠于地，觅二鸟及彀[④]，无有。问之，则某氏僮奴取以去。嗟呼！以此鸟之羽毛洁而音鸣好也，奚不深山之适而茂林之栖，乃托身非所，见辱于人奴以死。彼其以世路为甚宽也哉！

注　释

①本文选自《戴名世集》，文章借鸟喻人，以小鸟的遭遇倾诉自己和身处底层之人的不幸。末句苍凉悲怆，饱含着世道艰辛的人生慨叹。

②喧（guān）喧：二鸟相和之声。

③盈掬：满捧。两手合捧曰掬。

④彀（kòu）：初生的小鸟。

译　文

我读书的房屋旁有一棵桂树。桂树上每天传来二鸟相和的叫声，靠近一看，原来是两只鸟在枝干之间筑巢，离地不到五六尺，人的手可以碰到它。巢如小杯子一样大小，精密完整而牢固，用细草缠结而成。鸟是一雌一雄，小得不满一捧，毛色明亮而洁净，洁白可爱，不知道是什么鸟。雏鸟将要出壳了，雌鸟用翅膀盖着它，雄鸟去捕食。每次得到食物，就栖息在屋上，不马上下来。房屋的主人戏弄地用手摇它的巢，它们就向下看着鸣叫，轻摇它轻叫，重摇它就大叫，手拿下来，鸣叫就停。

后来有一天，我从外面回来，见鸟巢掉在地上，去找两只鸟和雏鸟，没有找到。问它们的去向，说是不知被谁家的童仆抓走了。唉！这鸟的羽毛洁白而且鸣叫声音好听，为什么不到深山里去寻找茂林栖息呢？托身到不合适的地方，才会被奴仆抓去，受辱而死。它们难道认为人世间的路就很宽吗！

慧庆寺玉兰记[①]

戴名世

慧庆寺距阊门四五里而遥，地僻而鲜居人，其西南及北，皆为平野。岁癸未、甲申间[②]，秀水朱竹垞先生赁僧房数间[③]，著书于此。先生旧太史[④]，有名声，又为巡抚宋公[⑤]重客，宋公时时造焉。于是苏之人士以大府[⑥]重客故，载酒来访者不绝，而慧庆玉兰之名，一时大著。

玉兰在佛殿下，凡二株，高数丈，盖二百年物。花开时，茂密繁多，望之如雪。虎丘[⑦]亦有玉兰一株，为人所称。虎丘繁华之地，游人杂沓，花易得名，其实不及慧庆远甚。然非朱先生以太史而为重客，则慧庆之玉兰，竟未有知者。久之，先生去，寺门昼闭，无复有人为看花来者。

余寓舍距慧庆一里许，岁丁亥[8]春二月，余昼闲无事，独行野外，因叩门而入。时玉兰方开，茂密如曩[9]时。余叹花之开谢，自有其时，其气机[10]各适其所自然，原与人世无涉，不以人之知不知而为盛衰也。今虎丘之玉兰意象渐衰，而在慧庆者如故，亦以见虚名之不足恃，而幽潜者之可久也。花虽微，而物理有可感者，故记之。

注释

①本文选自《戴名世集》。文章以慧庆寺玉兰与虎丘玉兰作对比，名为写花，实际上是写世事的不平：庸劣者以地位权势而高举，俊杰者以不得其位其势而遭埋没。

②癸未：康熙四十二年（1703）。甲申：康熙四十三年（1704）。

③朱竹垞：即朱彝尊，号竹垞，浙江秀水（今嘉兴）人。赁：租。

④太史：古称史官为“太史”。朱彝尊曾被授检讨之职，入史馆修《明史》。

⑤宋公：即宋荦，字牧仲，号漫堂、西陂，晚号西陂老人，河南商丘人。康熙三年（1664），授黄州通判，累擢江苏巡抚，官至吏部尚书。能诗善画，诗与王士祯齐名，著有《西陂类稿》《沧浪小志》《绵津山人诗集》等。

⑥大府：明清时称总督、巡抚为“大府”。

⑦虎丘：在苏州阊门外，为苏州游览胜地之一。

⑧丁亥：康熙四十六年（1707）。

⑨曩（náng）：昔日，以前。

⑩气机：气运。

译文

慧庆寺距离阊门四五里远，地处偏僻而鲜有人居住，其西南面和北面，都是平坦开阔的原野。癸未年至甲申年间，秀水的朱竹垞先生曾租了几间僧房，在此隐居著述。朱先生曾为史官，有名声，又是巡抚宋公的贵客，宋公经常前往造访。于是苏州士人因为朱先生是巡抚贵客的缘故，载酒来拜访者络绎不绝，而慧庆寺的玉兰也名著一时。

玉兰是种在佛殿下面的，共两株，高数丈，大约已生长了二百年。玉兰花开时，茂密繁多，远望如一片白雪。虎丘也有一株玉兰，为人所称道。虎丘是苏州的繁华之地，游人纷至沓来，故而那里的花容易出名，其实那里的玉兰花远不及慧庆寺的玉兰花。然而如果不是朱先生曾为史官并且成为巡抚的贵客，那慧庆寺的玉兰花最终也不会为人所知。过了一些时候，朱先生离开了慧庆寺，寺门便白天都是关着的，再也没有人为观赏玉兰花而来了。

我寄居的地方距离慧庆寺一里多远，丁亥年春二月，我白天闲暇无事，外出独游，于是敲门进入寺中。当时玉兰花正在开放，还如昔日一般茂密。我感叹花开花谢，自有它的时节，其盛衰自有一定的自然规律，本就与人世无关，也不会因为世人是否知晓而改变。如今虎丘的玉兰花意象渐渐衰落，而慧庆寺的玉兰花还如当年一般美丽繁密，亦因此可知世间虚名并不足信，而幽居避世者可长久。花开虽然是小事，而事物盛衰的道理却使人颇有感触，故作文记下。

盲者说[①]

戴名世

里中有盲童，操日者[②]术，善鼓琴。邻有某生，召而吊之曰："子年几何矣？"曰："年十五矣。""以何时而眇？"曰："三岁耳。""然则子之盲也且十二年矣！昏昏然而行，冥冥焉而趋。不知天地之大，日月之光，山川之流峙[③]，容貌之妍丑，宫室之宏丽，无乃甚可悲矣乎？吾方以为吊也！"

盲者笑曰："若子所言，是第知盲者之为盲，而不知不盲者之尽为盲也。夫盲者曷尝盲哉？吾目虽不见，而四肢百体[④]均自若也，以目无妄动[⑤]焉。其于人也，闻其音而知其姓氏，审其语而知其是非。其行也，度其平陂[⑥]以为步之疾徐，而亦无颠危之患。入其所精业，而不疲其神于不急之务，不用其力于无益之为，出则售其术[⑦]以饱其腹。如是者久而习之，吾无病于目之不见也。今夫世之人，喜为非礼之貌，好为无用之观。事至而不能见，见而不能远，贤愚之品不能辨，邪正在前不能释，利害之来不能审，治乱之故不能识。诗书之陈于前，事物之接于后，终日睹之而不得其义，倒行逆施，伥伥焉颠且蹶而不之悟[⑧]，卒蹈于罗网，入于陷阱者往往而是。夫天之爱人甚矣，予之以运动知识之具[⑨]，而人失其所以予之之意，辄假之[⑩]以陷溺其身者，岂独目哉！吾将谓昏昏然而行，冥冥然而趋，天下其谁非盲也？盲者独余耶？余方且睥睨顾盼[⑪]，谓彼等者不足辱吾之一瞬也。乃子不自悲而悲我，不自吊而吊我！吾方转而为子悲为子吊也。"

某生无以答。闲诣余言，余闻而异之，曰："古者瞽史[⑫]教诲，师[⑬]箴，瞍赋[⑭]，矇[⑮]诵，若晋之师旷、郑之师慧是也[⑯]。兹之盲者，独非其伦耶？"为记其语，庶使览之者知所愧焉。

注　释

①本文选自《戴名世集》。文章借盲者之言讽刺世俗贤愚不辨，利害不审，倒行逆施，堕落腐败而不能自拔。作者以此寓“举世皆醉我独醒”之意。

②日者：古时司占卜定时日之吉凶者称“日者”。

③山川之流峙：川之流，山之峙。峙：耸立。

④百体：指身体的各种器官。

⑤以目无妄动：因为眼盲，故目不妄动，不生邪念，于是四肢百体都能泰然自若。

⑥度其平陂：估计道路的平与不平。陂（bēi）：倾斜。

⑦售其术：卖其技艺，即使用其日者之术挣钱。

⑧伥伥：盲目无所见貌。踬：绊倒。蹶（jué）：摔倒。

⑨运动知识之具：指人身体的运动、感觉、思维器官。知识：知觉、认识。

⑩假之：凭借上天给予人的运动知识之具。以上三句意为：人身体的各种器官，是上天赋予人，使人感知运动的，但有些人却违背上天的本意，滥用这些器官，纵情声色享乐，致使自己堕落、败坏。

⑪睥睨（pì nì）：眼睛斜视，以示高傲。顾盼：向左右四周看，以示得意。

⑫瞽史：韦昭注：“瞽，乐大师。史，太史也。掌阴阳、天时、礼法之书，以相教诲者。”或曰此“瞽史”乃西周初年的一种史官，其源头当为乐师瞽，因瞽能听风协律而观季，以知天时，并能诵远古歌谣史事，西周初年即设立瞽史，掌天道、记事。

⑬师：师氏的简称。《周礼》以之为教国子之官。

⑭瞍（sǒu）：无眸子曰“瞍”。赋：不歌而诵。

⑮矇：有眸子而看不见曰“矇”，即青光眼。

⑯师旷：春秋时晋国乐师。师慧：春秋时郑国乐师。

译　文

乡里有个盲人少年，从事占卜职业，善于弹琴。邻居某人，招呼并安慰少年道：“你几岁了啊？”回答说：“十五岁了。”“什么时候失明的呢？”回答说：“三岁。”“那么你失明已经十二年了！昏昏然行走，在黑暗中朝前赶。不知道天地的广阔、日月的光亮、山的耸立、水的流动、容貌的美丑、宫殿的宏伟壮丽，岂不是非常可悲？我因此才安慰你啊！”

盲童笑道：“您所说的，是只知盲人的盲，却不知不瞎的人事实上全都是瞎子啊。盲人何尝就盲呢？我眼睛虽看不见，四肢和身体各个部位都行动自如啊，因为眼睛不会乱动。对他人，听他的声音就知道他的姓氏，琢磨他的话知道他的是与非。行走时，靠估计道路的平陡来决定行走时的快慢，也没有摔跤的忧患。进入自己所精通的行业，不让自己的精神在不相干的事务上操劳，不耗费自己的力气在没有益处的事情上，出来就推销自己的技能以便填饱自己的肚子。如此这般久了就成习惯了，我没有由于眼睛看不见带来的烦恼。当今这世上的人，喜欢打扮成不合礼教的样子，喜欢看并无必要的东西。事情来临了却看不见，看见了又无法远离它，品质贤明还是愚蠢不能辨别，邪恶正义在面前不能分辨，利益、冲突来了不能审时度势，平安和动乱的缘故不能识别。诗书摆在面前，现实事物跟在身后，终日看到它们却不得其要领，倒行逆施，昏昏然无所适从地跌倒却不能觉悟，最终跳进罗网、跌入陷阱的人比比皆是。老天已经够偏爱人的了，给予人们运动、感觉、思维的器官，而人们丢失那些老天所赋予的本能，动不动就用这些本能来陷自身于被动的，难道只有眼睛吗？要说昏昏然行走，在黑暗中朝前赶的人，天下谁不瞎啊？瞎的人只有我吗？我不屑地四下观看，说尔等不够资格有辱我的眼睛去看上一眼。您不自悲却来悲我，不安慰自己却来安慰我！我反倒为您感到悲哀，应该安慰您啊。”

那人无言以对。空闲时他到我这里来对我说了这事，我听了很奇怪，说：“古代瞽史负责教诲，师氏负责劝导，盲而无眸子的人作赋，盲而有眸子的人诵诗，就像晋国的师旷、郑国的师惠。这些盲人，难道不是一类吗？”因此我记下他的话，希望使看到的人能感到心有所愧。

辕马说[1]

方　苞

余行塞上[2]，乘任载之车，见马之负辕[3]者而感焉。

古之车，独辀加衡而服两马[4]。今则一马夹辕[5]而驾，领局于轭[6]，背承乎韅[7]，靳前而鞧后[8]。其登陟[9]也，气尽喘汗而后能引其轮之却[10]也；其下陟也，股蹷蹄攒[11]而后能抗其辕之伏也。鞭策以劝其登，棰棘以起其陷[12]，乘危而颠，折筋绝骨，无所避之。而众马之前导而旁驱者，不与焉。其渴饮于溪，脱驾而就槽枥[13]，则常在众马之后。

噫！马之任，孰有艰于此者乎？然其德与力非试之辕下不可辨。其或所服之不称，则虽善御者不能调也。驽蹇者力不能胜[14]，狡愤者易惧而变[15]，有行坦途惊蹶而偾[16]其车者矣。其登也若跛，其下也若崩，泞旋淖陷，常自顿[17]于辕中，而众马皆为所掣[18]。呜呼！将车者其慎哉。

作者简介

方苞（1668—1749），字凤九，一字灵皋，晚号望溪，桐城（今安徽桐城）人。康熙四十五年（1706）进士第四名，因母病回乡，未应殿试。《南山集》案发，方苞因给《南山集》作序，被株连下狱，定为死刑。得人营救，两年后免死出狱，以平民身份入值南书房，后官至礼部侍郎。论文倡“义法”，为桐城派创始人，与姚鼐、刘大櫆合称“桐城三祖”。有《方望溪先生全集》传世。

注 释

①本文选自《方望溪先生全集》，是作者出狱后入值南书房期间的作品。文中以辕马为喻，形象地说明了考察和选拔人才的重要。担当“辕马”者，应该“德与力”兼备，需择德才兼备者充任，而不要让“驽蹇者”、“狡愤者”滥充其间，败坏政事。

②行塞上：方苞入值南书房后，常随康熙皇帝去承德热河行宫，承德在古长城以北不远，故称此为“塞上”。

③负辕：驾辕。谓拉车。

④辀（zhōu）：先秦时代，马车一般只有中间一根车杠，叫“辀”。汉代以后，才用两根车杠分列左右，叫“辕”。衡：辀头上的横木。服：驾。

⑤夹辕：夹在两辕中间。

⑥领局于轭：马的颈部被拘限于轭下。领：颈。轭：马具，马驾车时套在颈部。

⑦韅（xiǎn）：马肚带。

⑧靳（jìn）：马具，勒在马胸部的皮带。靽（bàn）：马具，套在马后的皮带。

⑨阤（zhì）：山坡。

⑩引其轮之却：意谓拉着车轮向前，不使后退。却：退。

⑪股蹙蹄攒：形容马驾车下坡时紧张吃力的样子。股：大腿。蹙（cù）：收紧。攒（cuán）：集拢。

⑫棰（chuí）：鞭子。棘：带刺的枝条。

⑬槽枥（lì）：喂马的木槽。

⑭驽（nú）：走不快的马。蹇（jiǎn）：跛足，此处亦指驽马。

⑮狡：狡诈。愤：易怒。

⑯偾（fèn）：翻倒在地。

⑰顿：困顿疲惫。

⑱掣（chè）：牵制。

译 文

我到边塞去，乘坐负重的马车，见到辕马，颇多感慨。

古代的马车，在一根车杠上加两根横木，两边各驾一匹马。如今的马车是一匹马夹在两根车辕当中，头和脖颈套上缰绳，背部系上皮带，胸和臀部也被勒紧。当它爬坡时，气喘吁吁汗流浃背才能拉动车轮前进；当它下坡的时候，又要收紧大腿紧攒四蹄才能抵住车辕不致倒伏。赶车的人用鞭子抽打使它前进，用棍棒枝条抽打来催促它从陷落的状态中拽起车来。如果车在险要陡峻的地方翻倒了，筋断骨折是根本无可避免的。其余在前面引路和在旁边副驾的马绝不会是这样。它渴了到溪边饮水，卸驾之后到槽枥那儿去吃草料，则常常在众马之后。

唉！辕马的使命，难道还有比它更艰巨的吗？然而它的德性和能力，不经过驾辕者反复尝试是分辨不出来的。有的马能力与驾辕不相称，那么即使善于御马的人也难以协调掌控。跑不快的马，力量又不能胜任。狡黠而脾气不好的马，容易受惊出事，有的甚至行走在平坦的大道上都会因惊蹶而导致翻车。它们登高的时候就像跛了一样，下坡的时候力不能支，像要倒塌一样，遇到泥泞则回旋不进，陷入泥沼则不能起，常常就困顿于车辕之中，使其余的马也因此受到牵制而不能正常地行走。

唉，驾御车马的人一定要慎重呀！

白云先生传[①]

方　苞

张怡，字瑶星，初名鹿征，上元[②]人也。父可大[③]，明季总兵登莱[④]。会毛文龙[⑤]将卒反，诱执巡抚孙元化[⑥]，可大死之。事闻，怡以诸生授锦衣卫千户[⑦]。甲申，流贼[⑧]陷京师，遇贼将，不屈，械系将肆掠[⑨]，其党或义而逸之。久之，始归故里，其妻已前死，独身寄摄山[⑩]僧舍，不入城市，乡人称白云先生。

当是时，三楚、吴越耆旧多立名义[⑪]，以文术相高。惟吴中徐昭发、宣城沈眉生躬耕穷乡[⑫]，虽贤士大夫不得一见其面，然尚有楮墨[⑬]流传人间。先生则躬樵汲，口不言《诗》《书》，学士、词人无所求取，四方冠盖往来，日至兹山，而不知山中有是人也。

先君子与余处士公佩[⑭]，岁时问起居[⑮]。入其室，架上书数十百卷，皆所著经说及论述史事。请贰之[⑯]，弗许，曰："吾以尽吾年耳，已市二瓮，下棺，则并藏焉。"卒年八十有八，平生亲故，夙市良材为具棺椁[⑰]。疾将革[⑱]，闻而泣曰："昔先将军致命危城，无亲属视含殓[19]，虽改葬，亲身之椑[20]，弗能易也。吾忍乎？”顾视从孙[21]某，趣易棺[22]，定附身衾衣，乃卒。时先君子适归皖桐，反，则已渴葬[23]矣。

或曰：书已入圹；或曰：经说有贰，尚存其家。乾隆三年，诏修“三礼[24]”，求遗书。其从孙某以书诣郡，太守命学官集诸生缮写，久之未就。

先生之书，余心向之，而惧其无传也久矣，幸其家人自出之，而终不得一寓目焉。故并著于篇，俾乡之后进有所感发，守藏而传布之，毋使遂沉没也。

注释

①本文选自《方望溪先生全集》，文章简叙白云先生生平经历，褒扬其气节和学识。

②上元：县名，今江苏南京江宁区。

③可大：张可大，字观甫，世袭南京羽林卫指挥，任登莱总兵。城陷，杀其妾，自缢而死。

④总兵：官名。明代遣将出征，始立此官，后军事日繁。总兵遂统率军队镇守，便为一方重镇。登莱：登州和莱州，均在今山东。

⑤毛文龙：字振南，钱塘（今杭州上城区）人，明末将领。历仕万历、泰昌、天启、崇祯四朝，官至左都督平辽总兵官。曾开创了军事重镇东江镇，在与后金的战争中颇有战功，但为人骄恣，所上事多浮夸，索饷过多，后为袁崇焕所杀。毛文龙被杀后，其部将孔有德在吴桥发动叛变，史称“吴桥兵变”。

⑥巡抚：明清时的封疆大吏，是一省统管军民的最高长官。孙元化：字初阳，川沙（今属上海）人。天启年间举人，历官兵部主事、兵部员外郎、郎中、右佥都御史。巡抚登莱，叛将孔有德陷登州，自刎未遂，被俘后放归。后遭首辅温体仁等诬陷，被冤杀。著有《经武主编》等。

⑦诸生：县学生员。锦衣卫千户：锦衣卫中掌兵千人的武官。锦衣卫最初只掌握卤簿仪仗，统率校尉力士，被逐渐信任，渐渐发展到传宣谕旨，擅作威福，更作皇帝的耳目、爪牙。

⑧流贼：对李自成农民起义军的诬称。

⑨械系：用刑具捆缚起来。肆掠：任意用刑。

⑩摄山：即今南京栖霞山。

⑪三楚：战国时楚地，分东楚、西楚、南楚，故称“三楚”。此泛指今湖北、湖南一带。耆旧：德高望重的老者。

⑫吴中：今江苏苏州吴中区。徐昭发：当为徐昭法，即徐枋，见前《瓶庵小传》注。宣城：今安徽宣城市。沈眉生：名寿民，明代诸生，隐居讲学以终。

⑬楮墨：纸与墨。借指诗文或书画。

⑭先君子：指已去世的父亲。余处士公佩：余公佩。身世不详。处士，不求做官的读书人。

⑮岁时：指过年时节。问起居：慰问生活情况。

⑯贰之：重抄一本成为两份。

⑰夙：平素。市：购买。材：木料。棺椁：古代棺材有内棺外棺几层。内棺叫棺，外棺称椁。这里泛指棺材。

⑱革（jí）：通“亟”，危急。

⑲视含殓：指亲自看着把遗体放入棺中。含：古代贵族丧礼，人死后，把珠玉等物放在死者口中，称“含玉”，简称“含”。《公羊传·文公五年》：“含者何？口实也。”注：“缘生以事死，不忍虚其口。天子以珠，诸侯以玉，大夫以碧，士以贝，春秋之制也。”殓：给死者穿戴衣冠，放入棺中。

⑳亲身之椑（bì）：贴身之棺。古人的棺椁有多层，椑为最里层的棺。

㉑从孙：侄孙。

㉒趣：催促。易：更换。

㉓渴葬：古礼，葬期因死者的身份、地位的不同而有异。天子七月而葬，诸侯五月而葬，大夫三月而葬，士逾月而葬。未到葬期提前埋葬叫“渴葬”。

㉔三礼：指《周礼》《仪礼》《礼记》。

译　文

张怡，字瑶星，初名张鹿征，上元人。他的父亲张可大，明朝末年担任登莱总兵。正值毛文龙的部下反叛，诱捕登莱巡抚孙元化，张可大为孙元化而死。事情奏明皇帝，张怡以诸生的身份被授以锦衣卫千户。甲申年，贼寇攻陷了京城，张怡遭遇敌将，誓死不屈，敌人把他锁起来准备对他用酷刑，贼寇中有人因为佩服他的忠义而把他放走了。很久之后，张怡才回到故里，可他的妻子早已去世，他独自寄居在寺庙中，不再进入城市，乡里人称他为白云先生。

当时，三楚、吴越一带有名望的老者，大多追求名声，以文章学术标榜自己。只有吴中的徐昭法、宣城的沈眉生，亲自在乡下耕作，就算贤士大夫都不能见他们一面，但是依然有作品流传到世间。白云先生则亲自打柴挑水，也不谈诗书，学士、词人从他那里什么也得不到。四方的达官贵人往来此地，每天经过这座山，却不知道山中有白云先生。

我父亲和余公佩，有一年春节时去拜访他。进入他的房子，书架上有数十百卷书，都是他著述的经说和史事评论。我父亲他们请求抄录，他不答应，说：“我年寿将尽，已经买了两个瓮，下葬的时候一并埋葬。”他去世那年八十八岁，平生的亲戚朋友买来好的木材，为他打造棺椁。他病重将死的时候，听说这件事后哭着说：“从前我父亲在危城中效忠主官而死，没有亲属主持收殓，后来虽然改葬了，但他当初的棺材也不能改换。我怎么能忍心用这么好的棺木呢？”回头注视他的一位侄孙，催他更换棺材，选定贴身的寿衣，然后才去世。当时我父亲正好回到安徽桐城，再赶回去时，白云先生已经下葬了。

有人说：他的书已经埋葬了；有人说：经书有副本，还保存在他的家里。乾隆三年（1738），下诏修“三礼”，寻求他的遗书。他的一个侄孙，拿着他的书送到地方官府，太守命令学官召集诸生抄写，很久都没有抄完。

先生的著作，我心神向往，又担心它们已经很长时间没有流传了，幸好他的家人自己拿了出来，但是我始终没有看到一眼。所以写下此篇，希望乡里的后辈有所感发，收藏并保存它，不要让它们湮没失传了。

婢音哀辞[①]

方苞

婢音，仆王兴所生也。九岁入侍吾母，洒扫浣濯如成人。稍长，于女事[②]无不能。奉事八年，未尝以微失致呵诘。其群居，未尝笑嬉、妄出一语。

余蒙难，家人御吾母北上[③]。音随吾妹日夕相扶持。或以事暂离，吾母辄问：“音儿安在？”吾母卧疾逾年，危笃且两月，亲者不敢去左右。为糜粥、供水浆、治药物，皆音任之，不失晷刻[④]。

余家贫，冬无炭薪，音独身居西偏空室中，夜四鼓[⑤]卧，鸡鸣[⑥]而起，率以为常。性刚明，容止严恪，虽故家女子中寡有，余每心诧焉。乃竟以厉疾夭，年十有七。先数日，音晨入，短衣不蔽骭[⑦]。为市布以更之，未及试殁。举室恻伤，人如有所失焉。乃为文以哀之，其辞曰：

惟茅苇之漫漫兮，芝孤生而易残兮。石矿坚以磊磊[⑧]兮，玉精融而多毁兮。非造物之无章兮，乃汝性之不祥兮。

注　释

①本文选自《方望溪先生全集》。文章以简短的篇幅叙述了婢女王音悲苦而短暂的一生，述其朴实、谨慎、能干、勤劳的品质。作者对婢女之死深感悲伤，并在哀辞中将其早逝比作芝玉被摧残，令人心酸。

②女事：女子所做的纺织、缝纫、刺绣等事情。

③北上：方苞出狱后，全家及近亲数十人被编入旗籍，故其母由桐

城去京师。

④晷（guǐ）刻：日晷与刻漏，古代的计时仪器。此指片刻。

⑤四鼓：古时把一夜分为五更，每个更次约两小时，报更敲鼓，四鼓即四更，约凌晨三四点钟。

⑥鸡鸣：古时曾把天快亮公鸡啼鸣的时间定名“鸡鸣”，约凌晨五六点钟。

⑦骭（gàn）：小腿骨，此指小腿。

⑧磊磊：石众多貌。

译　文

婢女王音，是家仆王兴的女儿。王音九岁时，来我家服侍我的母亲，做起洒扫浣洗等活来就好比成人。稍大一些，对于女子所做的一切针线活无不擅长。她服侍我母亲八年，从来没有因为一点细小的错误而遭到呵斥和责问。在人多的场合，她从不笑语嬉戏，从不乱说一句话。

我遭蒙祸难，家里人侍奉我母亲北上。王音跟着我的妹妹，早晚照料我母亲。有时因有事暂时离开，我母亲就问：“音儿在哪里？”我母亲卧病超过一年，病危将近两月，身边的人不敢离开我母亲左右。熬汤粥，端水浆，煎药，这些事都由王音负责，从未有片刻疏漏。

我家贫穷，冬天没有炭柴，王音独自居住在院西面偏僻空荡荡的房子中，夜间四鼓时才睡觉，等到鸡叫就起床，她遵循这一规律以之为常事。她性格刚强，为人聪明，容颜举止庄重恭敬，即使在世家大族的女子中也是少有，我每每心里对此感到惊异。可惜她最终竟因暴病夭亡，年龄只有十七岁。夭亡前几天，王音早晨进来，我看见她穿的短衣遮蔽不住小腿。我为她买布想换掉那件短衣，但没有赶上试穿她就死了。全家人悲痛伤怀，人人像失去了什么一样。我于是写下祭文来哀悼她，哀辞是：

茅草芦苇是那样遍布大地啊，灵芝草稀少却容易被摧残啊。石头金璞是那样坚硬而高高堆积啊，美玉融在其中而多被毁坏啊。并非造化不明啊，乃是你的命运不好啊！

陈驭虚墓志铭①

方　苞

君讳典，字驭虚，京师人。性豪宕，喜声色狗马，为富贵容，而不乐仕宦。少好方，无所不通，而独以治疫为名。疫者闻君来视，即自庆不死。京师每岁大疫，自春之暮至于秋不已。康熙辛未[2]，余游京师，仆某遘疫，君命市冰以大罂[3]贮之，使纵饮，须臾尽；及夕，和药下之，汗雨注，遂愈。余问之，君曰："是非医者所知也。此地人畜骈阗[4]，食腥膻，家无溷匽[5]，污渫弥沟衢[6]，而城河久堙[7]，无广川大壑以流其恶。方春时，地气愤盈[8]上达，淫雨泛溢，炎阳蒸之，中人膈臆[9]，困惾忿蓄[10]，而为厉疫。冰气厉而下渗，非此不足以杀其恶，故古者藏冰，用于宾[11]、食、丧、祭，而老疾亦受之，民无厉疾。吾师其遗意也。"

余尝造君，见诸势家敦迫之使麇至[12]。使者稽首阶下，君伏几呻吟，固却之。退而嘻曰："若生有害于人，死有益于人，吾何视为？"君与贵人交，必狎侮，出嫚语相告訾謷[13]，诸公意不堪，然独良其方，无可如何。余得交于君，因大理高公[14]。公亲疾，召君，不时至；独余召之，夕闻未尝至以朝也。

君家日饶益，每出，从骑十余，饮酒歌舞，旬月费千金。或劝君谋仕，君曰："吾日活数十百人，若以官废医，是吾日系数十百人也。"诸势家积怨日久，谋曰："陈君乐纵逸，当以官为维娄[15]，可时呼而至也。"因使太医院檄[16]取为医士。君遂称疾笃，饮酒近女，数月竟死。

君之杜门不出也，余将东归，走别君。君曰："吾逾岁当死，不复见公矣。公知吾谨事公意乎？吾非医者，惟公能传之，幸为我德。"乙亥[17]，余复至京师，君柩果殡[18]，遗命必得余文以葬。余应之，而未暇以为。又逾年，客淮南，始为文以归其孤。

君生于顺治某年某月某日，卒于康熙某年某月某日。妻某氏，子某。铭曰：

义从古，迹戾世，隐于方[19]，尚其志[20]。一愤以死避权势，胡君之心与人异？

注释

①本文选自《方望溪先生全集》，是作者为名医兼挚友陈驭虚所作传记。文章叙其医术高明，并以抗诊与拒仕二事表现其清高孤傲的品性。

②辛未：康熙三十年（1691）。

③罂（yīng）：小口大腹的盛酒陶器。

④骈阗：亦作"骈田"、"骈填"，众多而相连接。

⑤溷（hùn）匽：厕所。

⑥污渫：脏水。衢：四通八达的道路，这里指街道。

⑦堙（yīn）：堵塞。

⑧愤盈：充满，聚集。

⑨中（zhòng）：伤害。膈臆：泛指内脏。

⑩困㥄（zōng）：阻塞不通。忿蓄：积聚不散。

⑪宾：宾礼。古代五礼（吉、凶、军、宾、嘉）之一，为诸侯朝见天子时的礼节。

⑫麇（qún）至：群集而来。

⑬嫚（màn）：倨傲，轻侮。訾謷：非议。

⑭大理高公：高裔，字素侯，宛平（今属北京）人，翰林出身，官至大理寺卿。方苞进学为秀才时，高裔正充任学使视学江南，高裔对方苞极为器重，方苞也始终师事之。

⑮维娄（lǚ）：系马曰"维"，系牛曰"娄"，指束缚，羁縻。

⑯檄：征召文书。医士：明清时代的太医院，长官为院使，下设御医、吏目、医士等，专为宫廷及官吏看病。

⑰乙亥：康熙三十四年（1695）。

⑱柩：已盛尸体的棺木。肂（sì）：暂时掩埋。古人因为某种原因（如选择基地等）在正式安葬之前先行假葬，暂时掩埋。

⑲隐于方：借方术（指行医）以隐居，不求仕宦。

⑳尚其志：高尚其志，指陈驭虚守志不移。

译 文

陈君名典，字驭虚，京城人。性情豪迈不羁，喜好歌舞女色养狗骑马，有富贵人的仪态，但不喜欢做官。少年时喜好医术，治病无所不能，独以善于治疗疫病的本领闻名。患者听说陈驭虚来为他们治病，都庆幸自己不会死去。京城每年要暴发一次疾疫，从暮春至秋天，流传不止。康熙辛未年，我游历京城，我的一位仆人染上疾疫。陈驭虚让人买来冰块用大瓮贮存，让病人猛饮冰水，一会儿就喝完了；到晚上，再用冰水冲药喝下，病者汗如雨下，于是病就好了。我问他其中道理，他回答："这不是一般的医者所能知道的。这个地方人和牲畜相杂居，吃腥膻的食物，家里又没有厕所，污水横流，弥满街道，而城里的河道久已淤塞，没有大河能流走污水。又正值春天，地气升腾，雨水泛滥，炎阳使之蒸发，伤害人的内脏，阻塞郁积，成为病疫。冰气迅猛而向下渗入，除了冰就没有什么能阻止恶气的，因此古时的人藏冰，用于举行宾礼、宴会、丧礼和祭祀等场合，而那些长期留存的疫病也受到冰气的渗透，百姓就不会染上疫病。我是借鉴他们流传下来的方法啊。"

我曾经拜访陈驭虚，看见那些权贵们派来请陈驭虚去看病的使者成群到来。使者们在台阶下叩头，而陈驭虚趴在案几上呻吟装病，坚决推辞。使者们走后，他就嘲笑说："他们活着对人有害，死了对人有好处，我为什么要给他们看病呢？"陈驭虚同权贵们交往，一定要戏侮他们，说一些傲慢的话非议他们，众权贵不能忍受，可是只因为他的医术好，对他也无可奈何。我通过大理寺卿高裔和陈驭虚有交情。高公亲人染病，派人来请陈驭虚，他却未能及时到达；唯有我请他，晚上听说了，从没有等到早上才来的。

陈驭虚家一天天地富裕起来，每每出门，都有数十人骑马相随，纵酒放歌，每月耗费千余两银子。有人劝他谋个官职，他说："我每天使数百人保存性命，假若因为做官而废弃了医事，这样就相当于我每天谋杀了数百人。"那些有权势的人家对他的怨恨一天天地增加了，有人献计说："陈驭虚以放纵享受为乐，当以官职束缚他，可以让他随叫随到。"于是让太医院下文书任命他为医士。陈驭虚于是称病，肆意饮酒，接近女色，数月以后，竟然去世。

陈驭虚闭门不出时，我准备东游而归，去和他道别。他对我说："我不过一年就要死去，不能再见到您了！您知道我恭谨地对待您的用意吗？我无非是个医生，只有您能替我作传，希望我能有幸得到您的恩惠。"乙亥年，我再到京城，陈驭虚的灵柩尚未下葬，听说他留下遗言，一定要得到我替他写的文章才下葬。我答应了，但没有时间完成。又过了一年，我客居淮南，才写下文章交给他的儿子。

陈驭虚生于顺治某年某月某日，死于康熙某年某月某日。妻某氏，子某。墓志铭为：

他的德义可以追古，他的行为违背世情。他埋首行医，守志不移。愤然而死避开权势，为什么你的心思与常人迥异？

逆旅小子[1]

方　苞

戊戌[2]秋九月，余归自塞上，宿石槽[3]。逆旅小子形苦羸，敝布单衣，不袜不履，而主人挞击之甚猛，泣甚悲。叩之东西家，曰"是其兄之孤也。有田一区，畜产什器粗具[4]，恐孺子长而与之分，故不恤其寒饥而苦役之。夜则闭之户外，严风起，弗活矣。"余至京师，再书告京兆尹[5]："宜檄县捕诘，俾乡邻保任而后释之。"

逾岁四月，复过此，里人曰："孺子果以是冬死，而某亦暴死，其妻子、田宅、畜物皆为他人有矣。"叩以"吏曾呵诘乎？"，则未也。

昔先王以道明民，犹恐顽者不喻，故"以乡八刑纠万民[6]"，其不孝、不弟、不睦、不姻、不任、不恤者[7]，则刑随之，而五家相保，有罪奇邪则相及，所以闭其涂，使民无由动于邪恶也。管子⑧之法，则自乡师以至什伍之长⑨，转相督察，而罪皆及于所司。盖周公所虑者，民俗之偷⑩而已，至管子而又患吏情之遁⑪焉，此可以观世变矣。

注 释

①本文选自《方望溪先生全集》。文章记写了逆旅小子的惨遇，揭露了当时社会的黑暗，表现了作者对百姓的同情，以及对官吏玩忽职守的不满。逆旅：客店。逆：迎。

②戊戌：康熙五十七年（1718）。

③石槽：在清京兆顺义县（今北京顺义区）西北三十里，此处有清代行宫。

④什器：指各种生产用具或生活器物。粗具：大体具备。

⑤京兆尹：京师地区的长官。

⑥“以乡八刑纠万民”：见于《周礼·地官大司徒》。乡八刑：周代实行于地方上的刑罚。乡：周制以一万二千五百户为乡。八刑：对不孝、不悌、不睦、不姻、不任、不恤、造言、乱民等八种行为的刑罚。

⑦不弟：不顺从兄长。弟：通“悌”。不睦：不亲于家族。不姻：做媳妇不和夫家融洽。不任：朋友间不讲信用。不恤：见别人有危难不帮助。

⑧管子：管仲，名夷吾，春秋时齐国政治家，助齐桓公改革政治，加强法制，使齐国迅速强大起来。

⑨乡师：周代司徒的下属，为监察地方事务的官员。什伍：古代的一种户籍编制，五家为伍，十家为什。

⑩偷：浅薄，不厚道。

⑪遁：玩忽职守，逃避责任。

译 文

戊戌年秋九月，我从塞上回京师，在石槽过夜。旅店的小男孩身体瘦弱可怜，穿着破烂单薄的衣服，没有穿鞋袜，而店主人凶狠地用鞭子抽打他，小孩哭得很凄惨。问左右邻居，他们说：“这是店主人的哥哥留下的孤儿。他们有一小块田地，牲口农具生活用品大体都具备，店主人怕这小孩长大后和他分家产，所以不管他是否受冷挨饿，只差遣他干活。夜里就把他关在门外，寒风一刮，就活不成了。”我到了京师，两次写信告诉京兆尹说：“应该下文叫县里将店主人捉拿审问，让乡邻担保他以后对小男孩好，然后再释放他。”

第二年四月，我再次路过这里，乡里人说：“那小男孩果然在那一年冬天死去了，店主人也突然死了，他的妻子儿女、田地房屋、牲口财物都归别人所有了。”我问他们：“县里官吏曾经训斥审问过店主人吗？”回答说没有。

从前先王用道义开导百姓，还担心愚顽的人不明白，所以用“乡八刑”来督察百姓守法，对那些不孝顺父母、不顺从兄长、家庭不和睦、姻亲不和善、对朋友不讲信用、见别人有危难不帮助的人，就按刑法给以处罚，五家相互担保，有犯极端邪恶罪行的，便五家都受到牵连，以此来堵住百姓犯罪的可能，使百姓无从产生邪恶念头。管子的法制，则是从乡师到什伍的负责人，互相监督，出现了犯罪的，都要追究主管官吏。原来周公所担心的，只是民俗之浅薄。至于管子，又更担心官吏玩忽职守，从这点也可以看出世道的变化。

左忠毅公逸事[①]

方　苞

先君子尝言，乡先辈左忠毅公视学京畿，一日，风雪严寒，从数骑出微行，入古寺。庑[②]下一生伏案卧，文方成草。公阅毕，即解貂覆生，为掩户。叩之寺僧，则史公可法[③]也。及试，吏呼名至史公，公瞿然[④]注视，呈卷，即面署第一。召入，使拜夫人，曰：“吾诸儿碌碌，他日继吾志事，惟此生耳。”

及左公下厂狱[⑤]，史朝夕狱门外。逆阉防伺甚严，虽家仆不得近。久之，闻左公被炮烙[⑥]，旦夕且死，持五十金，涕泣谋于禁卒，卒感焉。一日，使史更敝衣草屦，背筐，手长镵[⑦]，为除不洁者，引入，微指左公处。则席地倚墙而坐，面额焦烂不可辨，左膝以下，筋骨尽脱矣。史前跪，抱公膝而呜咽。公辨其声而目不可开，乃奋臂以指拨眦[⑧]。目光如炬，怒曰：“庸奴，此何地也？而汝来前！国家之事，糜烂至此。老夫已矣，汝复轻身而昧大义，天下事谁可支拄者！不速去，无俟奸人构陷，吾今即扑杀汝！”因摸地上刑械，作投击势。史噤不敢发声，趋而出。后常流涕述其事以语人，曰：“吾师肺肝，皆铁石所铸造也！”

崇祯末，流贼张献忠出没蕲、黄、潜、桐间[⑨]。史公以凤庐道[⑩]奉檄守御。每有警，辄数月不就寝，使将士更休，而自坐幄幕外。择健卒十人，令二人蹲踞而背倚之，漏鼓移[⑪]，则番代[⑫]。每寒夜起立，振衣裳，甲上冰霜迸落，铿然有声。或劝以少休，公曰：“吾上恐负朝廷，下恐愧吾师也。”

史公治兵，往来桐城，必躬造左公第，候太公、太母起居，拜夫人于堂上。余宗老涂山⑬，左公甥也，与先君子善，谓狱中语，乃亲得之于史公云。

注释

①本文选自《方望溪先生全集》，以左光斗、史可法师徒之间的几件逸事，写左光斗爱惜人才，并称扬其崇高的气节和不屈的人格。

②庑：廊下小屋。

③史公可法：字宪之，又字道邻，河南开封祥符人。崇祯元年（1628）进士，任西安府推官，后转平各地叛乱。北京城被攻陷后，史可法拥立明福王，继续与清军作战。官至督师、建极殿大学士、兵部尚书。弘光元年（1645），清军大举围攻扬州城，不久后城破，史可法拒降遇害。

④瞿然：惊视貌。

⑤厂狱：明代特务机关东厂所设的监狱。

⑥炮（páo）烙：古代酷刑，用烧红的铁炙烤犯人。

⑦长镵：一种长柄的工具。

⑧眦（zì）：眼眶。

⑨张献忠：明末农民起义领袖。1644年在成都称帝，建大西国。1646年清兵南下，张献忠引兵拒敌，中箭而死。蕲（qí）、黄、潜、桐：今湖北蕲春县、黄冈县，安徽潜山县、桐城县一带。

⑩凤庐道：管辖凤阳府、庐州府一带的长官。道：道员，是一道的长官。

⑪漏鼓移：指过了一段时间。漏：古时用滴水计时的器具。鼓：打更的鼓。

⑫番代：轮流替代。

⑬宗老：同一宗族的老长辈。涂山：方苞族祖父的号，名文。

译文

先父曾经说过，同乡前辈左忠毅公任京畿学政时，有一天风雪交加，天气严寒，他带着几个骑马的随从，微服出行，进入一座古寺。廊下屋子里有个书生伏在桌案上睡着了，桌上的一篇文章刚写好草稿。左公看完后，就脱下貂皮外衣给他盖上，并替他关上了门。左公向寺里的和尚询问，原来是史可法。等到考试时，差役喊到史可法的名字，左公惊讶地注视着他，等到他呈上考卷，左公就当面评之为第一名。还召他进入内室，让他拜见夫人，说："我的几个儿子平庸无能，将来能继承我的志向和事业的，只有这个学生啊。"

等到左公被关进东厂监狱时，史可法从早至晚守候在监狱门外。逆阉魏忠贤对监狱防备监视很严，即使左家的仆人也不能近边。过了很久，史可法听说左公遭了炮烙酷刑，危在旦夕，便拿了五十两银子，哭泣着向狱卒谋求探监的办法，狱卒被他感动了。这一天，狱卒让史可法换上破旧衣服和草鞋，背了个竹筐，手拿着长镵，装作打扫垃圾的人，把他领进监狱。狱卒悄悄地指出了左公所在的地方。只见左公坐在地上，身子靠着墙，面部都烧得焦烂，已辨认不出原来的容貌，从左膝盖以下，筋骨全都脱落了。史可法上前跪下，抱着左公的膝盖低声哭泣。左公辨认出史可法的声音，可是眼睛睁不开，就使劲地抬起手臂，用指头拨开眼皮。他目光像火炬一样，生气地说："没用的奴才！这是什么地方！你却到这里来！国事败坏到这个地步，我老头子已经完了，你又不珍重自己的生命，不明大义，国家大事还可以依靠谁呢？还不快走！不要等奸贼们罗织罪名来陷害你！不然我现在就打死你！"说着就摸起地上的刑具做出投击的样子。史可法闭口不敢出声，快步走了出去。后来他常常流着眼泪对别人讲述这件事，说："我老师的肺肝，都是铁石铸造的啊！"

崇祯末年，流贼张献忠在蕲州、黄州、潜山、桐城一带出没，史公以凤庐道员的身份奉命守御凤阳、庐州一带。每逢有警报，他总是一连几个月不睡觉，让将士们轮流休息，自己却坐在帐幕外。他选了十个身强力壮的兵士，每次叫两个蹲坐着，自己背靠着他们，每过一更，就让他们轮换一次。每当严寒的夜晚，他一站起来，抖抖衣裳，铠甲上的冰霜就散落下来，发出清脆的响声。有人劝他稍微休息一下，史公说："我对上怕辜负了朝廷，对下怕对不起我的老师啊。"

史公领兵作战期间，往来经过桐城，一定亲自到左公府上，问候太公、太母安好，到堂上拜见夫人。我的同族老长辈涂山，是左公的女婿，与先父友好，他说左公在监狱中讲的话，是亲自从史公那里听到的。

游虞山记[①]

沈德潜

虞山去吴城才百里[②]，屡欲游，未果。辛丑[③]秋，将之江阴[④]，舟行山下，望剑门[⑤]入云际，未及登。丙午[⑥]春，复如江阴，泊舟山麓，入吾谷[⑦]，榜人诡云[⑧]："距剑门二十里。"仍未及登。

壬子[⑨]正月八日，偕张子少弋、叶生中理往游，宿陶氏。明晨，天欲雨，客无意往，余已治筇屐[⑩]，不能阻。自城北沿缘六七里，入破山寺[⑪]，唐常建咏诗[⑫]处，今潭名空心，取诗中意也。遂从破龙涧而上，山脉怒坼[⑬]，赭[⑭]石纵横，神物爪角痕，时隐时露。相传龙与神斗，龙不胜，破其山而去。说近荒惑，然有迹象，似可信。行四五里，层折而度，越峦岭，跻磴道，遂陟椒[15]极。有土垤魄礌[16]，疑古时冢，然无碑碣志谁某。升望海墩，东向凝睇。是时云光黯黮，迷漫一色，莫辨瀛海[17]。顷之，雨至，山有古寺可驻足，得少休憩。雨歇，取径以南，益露奇境。龈腭[18]摩天，崭绝中断，两崖相嵌，如关斯辟，如刃斯立，是为剑门。以剑州大剑、小剑拟之，肖其形也。侧足延伫，不忍舍去。遇山僧，更问名胜处。僧指南为太公石室；南而西为招真宫，为读书台；西北为拂水岩，水下奔如虹，颓风逆施，倒跃而上，上拂数十丈。又西有三沓石、石城、石门，山后有石洞通海，时潜海物，人莫能名。余识其言，欲问道往游，而云之飞浮浮，风之来洌洌[19]，时雨飘洒，沾衣湿裘，而余与客难暂留矣。少霁，自山之面下，困惫而归。自是春阴连旬，不能更游。

噫嘻！虞山近在百里，两经其下，未践游屐。今之其地矣，又稍识面目，而幽邃窈窕，俱未探历，心甚怏怏。然天下之境，涉而即得，得而辄尽者，始焉欣欣，继焉索索[20]，欲求余味，而了不可得，而得之甚艰，且得半而止者，转使人有无穷之思也，呜呼！岂独寻山也哉！

作者简介

沈德潜（1673—1769），字碻士，号归愚，长洲（今江苏苏州）人。乾隆四年（1739）进士，曾任内阁学士兼礼部侍郎，是清代著名诗人。论诗主格调，拘于“温柔敦厚”的“诗教”。其诗多歌功颂德之作，少数篇章也反映民间疾苦。其文类诗，多拟古之作，有台阁体之风。所作山水小品，匠心独具。著有《沈归愚诗文全集》。又选有《古诗源》《唐诗别裁》《明诗别裁》《清诗别裁》等，流传颇广。

注释

①本文选自《小方壶斋舆地丛钞》，记述了作者登览虞山所见之景。所记虽粗略，然虞山诸景皆在笔下。文末之论，颇有意趣。

②虞山：在今江苏常熟境内，北濒长江，南临尚湖，因商周之际江南先祖虞仲（即仲雍）死后葬于此而得名。吴城：指苏州。

③辛丑：康熙六十年（1721）。

④江阴：今江苏江阴。

⑤剑门：在虞山中部最高处，山势险峻，以石景著称。

⑥丙午：雍正四年（1726）。

⑦吾谷：虞山景点。

⑧榜人：船夫。诡：欺骗。

⑨壬子：雍正十年（1732）。

⑩筇（qióng）：古书上说的一种竹子，可以做手杖。屐：登山穿的木屐。

⑪破山寺：今之兴福寺庙。

⑫唐常建咏诗：唐代诗人常建作有《题破山寺后禅院》，中有诗句曰："山光悦鸟性，潭影空人心。"

⑬坼（chè）：裂开。

⑭赭（zhě）：红褐色。

⑮椒：山顶。

⑯垤（dié）：土丘。磈磊（kuǐ léi）：累积的石块。

⑰瀛海：浩瀚的大海。

⑱龈腭：牙床和上颚。此指两侧山峰如龈腭紧贴。

⑲冽冽：寒冷貌。

⑳索索：兴致索然。

译　文

虞山距离吴城仅有一百里，我多次想去游玩，却始终未能成行。辛丑年的秋天，我将要到江阴去，当时乘船途经虞山山下，远望剑门峰直插云霄，但未能趁此登山。丙午年的春天，我又到江阴去，船停泊在山脚，进入吾谷，船夫欺骗我说："距离剑门还有二十里。"我仍然未能趁此登山。

壬子年正月初八，我和张少弋、叶中理一起到虞山游玩，寄宿在陶氏家。第二天早晨，天将要下雨，两位朋友都无意登山，我已经准备好竹杖和登山屐，没什么可阻止我的。从城北出发顺着城北走六七里，进入破山寺，这是唐代常建题咏诗歌的地方，现在这里的水潭名叫"空心潭"，是取自常建诗中的意思。我于是从破龙涧上山，山脉突起并且裂开，红褐色的石头纵横交错，传说是神龙的爪子和丫角磨过的痕迹，它们时隐时现。相传龙跟神争斗，龙不能获胜，就冲破那座山离去了。传说的内容接近荒唐，让人迷惑，但这里有些痕迹，似乎又值得相信。行走了四五里路，都是层层叠叠、弯弯曲曲的，翻越山岭，走上石径，就可攀登到山顶。上面有众多山石累积成的土丘，我怀疑是古代的坟墓，但没有碑文记录是谁的墓。登上望海墩，向东凝望。这时云的颜色昏暗，天地迷蒙一片，连大海也看不清楚。不一会儿，下起雨来，虞山中有一座古寺可以停留稍作休息。雨停了，我们从小路向南出发，沿途不断出现奇丽的景色。两旁龈腭般的山峰直逼云天，险峻的大山仿佛被从中劈开，两边的山崖竞相争高，像那打开的大门，又像那直立的刀刃，这就是剑门。用剑州的大剑、小剑来拟称它，是因为它们的外形相像啊。我畏惧那险要之势，一个人站了很久，还是不忍离开。后来，遇到山里的僧人，又向他询问山中的名胜。僧人指引说南面是太公石室，由南往西是招真宫和读书台，西北方是拂水岩，水流向下奔腾如彩虹一般，大风逆吹，水沫向上飞溅高达几十丈。山的西面有三沓石、石城、石门，虞山后面有一个石洞通往大海，不时有隐藏的海中生物潜游其中，人们叫不出它们的名字。我记住了他的话，想问路前往游玩，但这时山上流云浓密，风不断刮来，非常寒冷，天上不时有雨飘洒，打湿了衣服，使我和客人都难以停留片刻。雨稍停，我们就从虞山的正面下山，困顿疲惫地踏上归途。自此，春雨接连下了二十多天，没能再次去虞山游玩。

唉！虞山靠近吴城只有百里，我两次从山下经过，都无法实现登山的愿望。现在到了那个地方，又只稍稍了解到它的表面，那些幽深的地方，都未曾探访游历过，心里很不满意。但是世间的种种境界中，有的一接触就能领会到，而一领会到就到尽头了，开始的时候很高兴，接下来就索然无味了，想找回一些值得玩味的，却一点也找不到了。反而那些得来很艰难的，而且领会到一半就没有了的，却让人有无穷无尽的思恋啊。唉！这哪里只是游山寻胜才有的呢！

戆子记[1]

谢济世

梅庄主人在翰林[2]。佣仆三：一黠[3]，一朴，一戆。

一日，同馆诸官小集，酒酣，主人曰：“吾辈兴阑[4]矣，安得歌者侑[5]一觞乎。”黠者应声曰：“有。”既又虑戆者有言，乃白主人，以他故遣之出，令朴者司阍，而自往召之。召未至，戆者已归，见二人抱琵琶到门，诧曰：“胡为来哉？”黠者曰：“奉主命。”戆者厉声曰：“吾自在门下十余年，未尝见此辈出入，必醉命也。”挥拳逐去。客哄而散，主人愧之。

一夕，然烛酌酒校书。天寒，瓶已罄，颜未酡[6]，黠者眴朴者再沽[7]。遭戆者于道，夺瓶还谏曰：“今日二瓶，明日三瓶，有益无损也。多酤伤费，多饮伤生，有损无益也。”主人强颔[8]之。

主既而改御史。早朝，书童掌灯，倾油污朝衣，黠者顿足曰：“不吉。”主人怒，命仆者行杖。戆者止之，谏曰：“仆尝闻主言，古人有羹污衣、烛然须不动声色者，主能言不能行乎？”主人迁怒曰：“尔欲沽直邪，市恩邪？”应曰：“恩自主出，仆何有焉？仆效愚忠，而主曰沽直。主今居言路[9]，异日跪御蹋，与天子争是非，坐朝班，与大臣争献替，弃印绶其若屣，甘迁谪以如归。主亦沽直而为之乎？人亦谓主沽直而为之乎？”主人语塞，谢之，而心颇衔之。由是黠者日夜伺其短，诱朴者共媒蘖[10]，劝主人逐之。

会主人有罪下狱，不果。未几，奉命戍边，出狱治装。黠者逃矣，朴者亦力求他去，戆者攘臂而前曰：“此吾主报国之时，即吾侪报主之时也！仆愿往！”市马，造车，制穹庐，备粱糗[11]以从。

于是主人喟然叹曰：“吾向以为黠者有用，朴者可用也。乃今而知黠者有用而不可用，而戆者可用也；朴者可用而实无用，而戆者有用也。”

养以为子，名曰戆子云。

作者简介

谢济世（1689—1755），字石霖，号梅庄，广西全州人。康熙五十一年（1712）进士。雍正年间官浙江道监察御史，因上书弹劾河南巡抚田文镜而流放戍边。后又因注疏《大学》《中庸》毁谤程朱理学，几乎处以死刑。乾隆年间为江南道御史、督湖南粮道，又被湖南巡抚许容诬告而遭牢狱之灾。最终以老病致仕。谢济世刚正不阿，嫉恶如仇，一生四次被诬陷，三次下狱，两次丢官，一次陪斩，一次充军，历尽坎坷，一生充满传奇色彩。著有《梅庄杂著》《经义注》《西北域记》等。

注释

①本文选自《续古文观止》。作者为“戆”者作记，只是借题发挥，实则抒发自己一生忠诚耿直却处处蹭蹬的满腹郁愤，充满对朝廷言路和用人制度的辛辣讽刺。而戆子无疑是作者本人的写照。戆（gàng）：迂愚而刚直，憨直。

②翰林：指翰林院。

③黠：狡黠，聪明。

④兴阑：兴残，兴尽。

⑤侑（yòu）：劝人饮酒进食。

⑥酡：饮酒后脸色变红。

⑦眴（xuàn）：此指用眼神示意。沽：买酒。

⑧颔：下巴。此指颔首表示同意。

⑨言路：指人臣向朝廷进言的途径。梅庄主人为御史，掌监察、弹劾、谏议之职。

⑩媒蘖（niè）：亦作“媒蘖”，指酒母。比喻借端毁谤冤枉构陷，酿成其罪。

⑪梁糗（qiǔ）：干粮。

译文

梅庄主人在翰林院供职。他有三个奴仆：一个聪明，一个老实，一个憨直。

一日，同在翰林院供职的官员们到梅庄主人家小聚，酒喝得正畅快时，主人说：“我们兴致也差不多了，哪里有歌伎来给我们助酒呢？”聪明的仆人立即回答说：“有。”接着他又担心憨直的仆人会有话说，就禀告主人，找个别的理由把憨直的仆人支使出去，叫老实的仆人看门，而他亲自去请歌伎。歌伎还没有来，憨直的仆人已经办完事回来了，看见两个人怀抱琵琶来到门口，就惊讶地问：“为什么到这里来？”聪明的仆人说：“这是奉主人的命令。”憨直的仆人厉声说道：“我在这里当仆人十多年，从没见过这样的人进出，一定是主人喝醉了酒吩咐的！”他挥动拳头把歌伎赶了出去。客人们闹哄哄地散了席，主人感到很羞愧。

一天夜里，主人燃烛饮酒，校勘书籍。天气寒冷，酒瓶已经喝空了，脸上还没发红，聪明的仆人用眼神示意老实的仆人再去买酒。老实的仆人在路上碰见了憨直的仆人，憨直的仆人夺下酒瓶，回来规劝主人说：“今天喝两瓶，明天喝三瓶，只会增加不会减少。买多了酒会损失钱财，喝多了酒会伤害身体，只有坏处没有好处呀！”主人勉强点头同意他的话。

不久，主人改任御史。早晨上朝前，书童为主人举着灯，灯油倒出来弄脏了主人的朝服，聪明的仆人跺着脚说：“不吉利！”主人很生气，叫老实的仆人用棍子打书童。憨直的仆人上前阻止，并说：“我曾听您说，古时有羹汤弄脏了朝衣、蜡烛烧着了胡须都不动声色的人，您能说却不能做吗？”主人迁怒于他说：“你是想赚得直言敢谏的名声呢，还是想用私惠来讨好他人？”憨直的仆人回答道：“恩惠是主人施与的，我哪里有呢？我奉献愚忠，您却说我赚取直言的名声。主人现在身居掌管纠察的官职，他日跪在天子脚下，和天子争论是非，在朝廷上和大臣们争议兴革利弊，把失去官位看作是丢弃破草鞋一般，甘心降职流放就像是乐于归乡一样。难道也是为了赚取直言的名声才这样做吗？别人也会认为您是为了赚取直言的名声才这样做的吗？”主人说不出话来，向他道歉，但心里却很记恨。从此聪明的仆人整天窥察憨直的仆人的过错，引诱老实的仆人一同挑拨离间，劝主人赶走憨直的仆人。

恰逢主人获罪坐牢，谄害没有成功。没多久，主人奉命戍守边疆，出狱整理行装。这时聪明的仆人已经逃走了，老实的仆人也竭力请求到别家去做仆人，憨直的仆人却捋起袖子上前说：“这是我的主人报效国家的时候，也是我辈报答主人的时候啊！我愿意去！”他忙着买马、造车、制作帐篷、准备干粮，跟着主人去戍守边疆。

主人叹息着说：“我原来认为聪明的仆人和老实的仆人有用，现在才知道聪明的仆人有用却不能任用，憨直的仆人倒是可以任用的；老实的仆人可以任用却实在没有用，倒是憨直的仆人有用啊。”

主人把憨直的仆人收养为义子，取名“戆子”。

焦山读书复弟墨[1]

郑　燮

来书促兄返里，并询及寺中独学无友，何竟流连而忘返。噫，兄固未尝忘情于家室，盖为有迫使然耳。忆自名列胶庠[2]，交友日广，其间意气相投，道义相合，堪资以切磋琢磨者，几如凤毛麟角。而标榜声华[3]，营私结党，几为一般俗士之通病。于其滥交招损，宁使孤陋寡闻。焦山读书，即为避友计。兼之家道寒素，愚兄既不能执御执射[4]，又不能务农务商，则救贫之策，只有读书。但须简练揣摩方有成效。不观夫苏季子[5]，初次谒秦王不用，懊丧归里，发箧[6]得太公《阴符》之书，日夜攻苦，功成复出，取得六国相印。于以知大丈夫之取功名，享富贵，只凭一己之学问与才干。若欲攀龙附凤，托赖朋辈之提拔者，乃属幸进小人。愚兄秀才耳，比较六国封相之苏秦，固然拟不与伦，而比较敝裘返里之苏秦，尚觉稍胜一筹。且焉学问之道，于其求助于今友，不如私淑[7]于古人。凡经、史、子、集中，王侯将相治国平天下之要道，才人名士之文章经济，包罗万象，无体不备，只须破功夫悉心研究，则登贤书，入词苑，亦易易事耳。愚兄计赴秋闱[8]三次，前两届均未出房，因此赴焦山发愤读书。客岁恩科[9]，竟获荐卷，旋因额满见遗[10]。具见山寺谜书，较有裨益。再化一二年面壁之功，以待下届入场鏖战，倘侥幸夺得锦标，乃祖宗之积德；仍不幸而名落孙山，乃愚兄之薄福，当舍弃文艺，专工绘事，亦可名利兼收也。焦山之行止，亦于那时告结束。

哥哥字。

作者简介

郑燮（1693—1765），字克柔，号板桥，扬州兴化（今属江苏泰州）人。

自幼丧母，生活贫困，落拓不羁。壮年曾至京师，喜与禅宗尊宿及皇帝卫军子弟游，放言高谈，无所忌讳，因是得狂名。康熙间应科举为秀才，雍正十年（1732）中举人，乾隆元年（1736）中进士，曾为河南范县、山东潍县令，有政声。因赈荒事忤大吏，乞病归，晚年以卖画自给。善诗，工书画，时人比之“郑虔三绝”。其诗言情述事，恻恻动人，不拘体格。词亦工妙。散文以《家书》最著。画以兰竹石为工，为“扬州八怪”之一。著有《板桥诗钞》《词钞》《家书》等，今有《郑板桥全集》行世。

注释

①本文选自《郑板桥集·家书》。雍正十年（1732）郑燮乡试中举，为求深造，赴镇江焦山读书。本文就是此间寄给家中堂弟郑墨的家书。信中解释为何要独处山中苦读的原因，其中谈到对当时士大夫的看法，也谈到自己要读书做官、振兴家门、耀祖光宗的人生志向。郑墨：字五桥，是郑燮叔父的独生子。郑燮没有同胞兄弟，只有这个堂弟，彼此感情很深。郑燮出外游学为官，家中一切事务全托郑墨操持。

②胶庠（xiáng）：周代学校名。周时胶为大学，庠为小学，后世通称学校为“胶庠”。此指作者在康熙年间举秀才之事。明清时期称州县学为“邑庠”，所以秀才也叫“邑庠生”或“茂才”。

③标榜声华：标榜自己的名声和影响力，自吹自擂之意。

④执御执射：此指从事武功或体力活。执御：驾车。执射：射箭。

⑤苏季子：即战国时代的苏秦，字季子，著名纵横家，倡导六国合纵抗秦，身佩六国相印。

⑥箧（qiè）：小箱子。

⑦私淑：未能亲自受业拜其为师，但敬仰其学术并尊之为师。

⑧秋闱：即乡试，考中即为举人。

⑨恩科：宋以后的科举制度，每三年举行一次乡试（省级考试，考中即为举人）、会试（国家考试，考中即为进士），此称“正科”。清代逢朝廷庆典，也在“正科”之外，特别开科考试，称“恩科”。另一种情况是遇皇帝亲试时，可别立名册呈奏，特许附试，称为特奏名，一般皆能得中，也称“恩科”。

⑩竟获荐卷，旋因额满见遗：竟然获得州府允准，推荐入京参加“恩科”会试。但又因推进名额已满，没有能够参加会试。

译文

你来信催我回家，并问我在寺内独自读书并无友人相伴，为何居然流连忘返？唉，为兄并没有忘记家室，只是情势迫使我这样做。回忆当年考中秀才后，交朋结友一天比一天多，但其中意气相投，道义相合，又能在一起切磋钻研学问的，真如凤毛麟角般稀少。况且自吹自擂，结党营私，又是一些庸俗文士的通病。与其滥交损友而使自己志向、学识受到损害，倒不如独自一人，哪怕是孤陋寡闻。因此，我到镇江的焦山来读书，就是要避开这些庸俗的朋友。况且，我们是贫寒人家，愚兄既不能驾车射箭，又不能务农经商，能够改变家族贫困面貌的唯有读书做官这一条路。但读书需要反复揣摩其中要义才会有成效。当年的苏秦初次游说秦王连横，没有被采纳，垂头丧气回到家中，从小箱子中拿出太公写的《阴符》，日夜苦读，揣摩透彻后再次出山游说六国，最终兼任六国的宰相。由此可知大丈夫要想取功名、享富贵，全凭自己的学问和才干。如果是靠巴结权贵，托亲靠友提携，那是以侥幸而图晋升的小人。我只是个秀才，固然与佩六国相印的苏秦无法相比，但比起当年那个身着破衣垂头丧气回到家乡遭受冷遇的苏秦，还是稍胜一筹的。况且要想做学问，与其求助于那些狐朋狗友，还不如尊古代那些圣贤为师。大凡那些王侯将相治国平天下的道理，才人名士的文章经济学问，古人的经、史、子、集中无所不有，无体不备，只需要自己专心去揣摩研究就可以了。若能做到这些，登上贤人的名册，成为文章高手，是很容易的。愚兄一共参加三次乡试，前两次都未考中，直到第三次才中举，因此我赴焦山发愤读书。当年朝廷恩科，我已获得推荐，最后因名额已满而终未能成行。现在在寺庙内读书，对我很有帮助。再用一两年时间专心苦读，以待下届会试时入考场鏖战，如果侥幸考中进士，那就是祖宗先辈的恩德护佑；如果仍不幸名落孙山，那就是愚兄福分太薄，那我就舍弃文学之事，专心绘画，也可以名利兼收。到时候无论出现哪种情况，焦山读书也就就此结束。

哥哥字。

淮安舟中寄舍弟墨[①]

郑　燮

以人为可爱，而我亦可爱矣；以人为可恶，而我亦可恶矣。东坡一生觉得世上没有不好的人，最是他好处。愚兄平生漫骂无礼，然人有一才一技之长，一行一言之美，未尝不啧啧称道。囊中数千金，随手散尽，爱人故也。至于缺厄欹危之处[②]，亦往往得人之力。好骂人，尤好骂秀才。细细想来，秀才受病，只是推廓[③]不开，他若推廓得开，又不是秀才了。且专骂秀才，亦是冤屈。而今世上哪个是推廓得开的？年老身孤，当慎口过。爱人是好处，骂人是不好处。东坡以此受病，况板桥乎！老弟亦当时时劝我。

注　释

①本文选自《郑板桥集·家书》，是乾隆六年（1741）作者在沿运河赴京路上写给家中的堂弟郑墨的。信中侃侃而谈，既言己，又发论，既劝告弟弟，又警戒自己，朴实忠厚，感情真挚。

②缺厄（è）：困难。攲（qī）危：危险。

③推廓：扩展。此指思想上放得开。

译　文

一个人如果认为别人可爱，自己也就变得可爱了；如果认为别人可恶，实际上自己就很可恶。苏东坡一生都觉得世上没有不好的人，这是他为人最大的长处。愚兄平生好谩骂他人，对人无礼，但是对那些哪怕有一技之长、一言一行之美的人，我都不会去骂他反而会称赞他。我口袋中的钱财，也都是随手散尽，因为我乐意帮助他人。所以当我陷入困难境地的时候，也常常得到他人的帮助。我之所以骂人，尤其喜欢骂那些不成器的秀才。现在细细想来，秀才的毛病主要是思想因循守旧放不开，如果秀才不因循守旧，也不会当一辈子读书人中最低等的秀才了。况且，专骂秀才思想放不开，也很冤枉。如今世上之人，哪个人的思想能完全放得开呢？年纪衰老，孤身一人，当谨慎说话，切勿因言遭祸。爱人是好处，骂人是不好处。苏东坡曾因喜欢嘲笑人被人批评，何况我郑板桥呢！老弟亦当时时告诫我不要随便骂人。

范县署中寄舍弟墨第四书[①]

郑　燮

十月二十六日得家书，知新置田获秋稼五百斛，甚喜。而今而后，堪为农夫以没世矣。要须制碓[②]、制磨、制筛罗簸箕、制大小扫帚、制升斗斛。家中妇女，率诸婢妾，皆令习舂揄蹂簸之事[③]，便是一种靠田园长子孙气象。天寒冰冻时，穷亲戚朋友到门，先泡一大碗炒米送手中，佐以酱姜一小碟，最是暖老温贫之具。暇日咽碎米饼，煮糊涂粥，双手捧碗，缩颈而啜之，霜晨雪早，得此周身俱暖。嗟乎！嗟乎！吾其长为农夫以没世乎！

我想天地间第一等人只有农夫，而士为四民[④]之末。农夫上者种地百亩，其次七八十亩，其次五六十亩，皆苦其身，勤其力，耕种收获，以养天下之人。使天下无农夫，举世皆饿死矣！吾辈读书人，入则孝，出则弟⑤，守先待后。得志，泽加于民；不得志，修身见于世⑥，所以又高于农夫一等。今则不然，一捧书本，便想中举、中进士、作官，如何攫取金钱，造大房屋，置多田产。起手便错走了路头，后来越做越坏，总没有个好结果。其不能发达者，乡里作恶，小头锐面⑦，更不可当。夫束修⑧自好者，岂无其人？经济⑨自期，抗怀千古者，亦所在多有。而好人为坏人所累，遂令我辈开不得口。一开口人便笑曰：汝辈书生总是会说，他日居官便不如此说了。所以忍气吞声，只得捱人笑骂。工人制器利用，贾人搬有运无，皆有便民之处。而士独于民大不便，无怪乎居四民之末也。且求居四民之末，而亦不可得也。

愚兄平生最重农夫，新招佃地人，必须待之以礼，彼称我为主人，我称彼为客户。主客原是对待之义，我何贵而彼何贱乎？要体貌⑩他，要怜悯他，有所借贷，要周全他，不能偿还，要宽让他。尝笑唐人《七夕》诗咏牛郎织女，皆作会别可怜之语，殊失命名本旨。织女，衣之源也；牵牛，食之本也，在天星为最贵，天顾重之，而人反不重乎！其务本勤民，呈象昭昭可鉴矣⑪！吾邑妇人不能织绸织布，然而主中馈⑫，习针线，犹不失为勤谨。近日颇有听鼓儿词，以斗叶⑬为戏者，风俗荡轶⑭，亟宜戒之。

吾家业地虽有三百亩，总是典产⑮，不可久恃。将来须买田二百亩，予兄弟二人各得百亩足矣，亦古者一夫受田百亩⑯之义也。若再求多，便是占人产业，莫大罪过。天下无田无业者多矣，我独何人，贪求无厌，穷民将何所措足⑰乎！或曰："世上连阡越陌，数百顷有余者，子将奈何？"应之曰："他自做他家事，我自做我家事。"世道盛则一德遵王，风俗偷⑱则不同为恶，亦板桥之家法也。

哥哥字。

注　释

①本文选自《郑板桥集·家书》，是作者任河南范县县令时给堂弟郑墨的家书。信中针对当时士风日坏的现象，提出贬士为四民之末，以农为首的主张，这种重农而又尊重农民的思想是非常可贵的。全文在款款道家常中充分表述主张，语言亲切，感情真挚，文风自然。

②碓（duì）：舂米器具。

③舂揄（yóu）蹂簸：《诗经·大雅·生民》："或舂或揄，或蹂或簸。"舂：用杵臼捣去谷物的皮壳。揄：舀取。蹂：搓。

④四民：指士、农、工、商。《汉书·食货志上》："士农工商，四民有业。"

⑤入则孝，出则弟：《论语·学而》："子曰：'弟子入则孝，出则弟。'"弟：通"悌"，敬重兄长。

⑥"不得志"二句：语见《孟子·尽心上》："古之人，得志，泽加于民；不得志，修身见于世。穷则独善其身，达则兼善天下。"见：通"现"，显露。

⑦小头锐面：谓尖头小面，形容善于经营。《春秋后语》："平原君对赵王曰：'渑池之会，臣察武安君之为人也，小头而锐，断敢行也。'"

⑧束修：约束整饬。

⑨经济：经世济民。

⑩体貌：谓以礼待人。

⑪呈象：指天所呈现的现象。昭昭：显明貌。

⑫主中馈：指主持家中饮食之事。

⑬斗叶：玩纸牌。明清时称纸牌为叶子。

⑭荡轶：放荡纵逸。

⑮典产：指支付典价而占有的土地，原主可以赎回。

⑯一夫受田百亩：《孟子·万章下》："耕者之所获，一夫百亩。"

⑰措足：立足。

⑱偷：浅薄。

译　文

十月二十六收到家里来信，知道新买的田秋季收获了五百斛的稻谷，我非常高兴。从今以后，我们可以做个农夫过一辈子了。现在需要制备碓、磨、筛罗、簸箕，制备大小扫帚，制备升、斗、斛等农具。家中妇女，连同家中女佣，都让她们学习舂揄蹂簸的活计，这才有一种靠田园抚养子孙的生活气象。天寒冰冻时，穷亲戚朋友到门，先泡一大碗炒米送到手中，再加一小碟酱姜等佐料，这最能使他们感到温暖。农闲的日子，吃碎米饼，煮糊涂粥，双手捧着碗，缩着脖子喝，即使是霜雪浓重的寒冷早晨，喝这样的粥，全身都暖和。唉！唉！我们可以长久地做农夫过一辈子了！

我想世界上第一等人，只有农夫，而读书人是士、农、工、商四民的最后一等。上等的农夫，耕种一百亩的地，次等的七八十亩，再次等的五六十亩，都是劳苦他们的身体，勤奋地付出他们的力量，耕种收获，来养活天下的人。假使天下没有农夫，全世界的人都要饿死了。我们这些读书人，就应该在家孝敬父母，出外尊敬兄长，守住先人的美德，传给后人来继承发扬。做官得志时，把恩泽施与百姓；不能达到心愿时，就修养身心，将美德呈现于世；所以又比农夫高了一等。可是现在的读书人就不是这样了，一捧起书本，便想要考中举人、考中进士、做官，做官后会想如何抓取金钱，建造大房屋，购买很多田产。一开始便走错了路，后来越做越坏，总没有个好结果。而那些在事业上没有发展和成就的人，便在乡里为非作歹，行为丑陋，更令人受不了。至于约束言行，注重修养自己品德的人，难道没有吗？甚至期望自己达成经世济民的理想，使自己的心智高尚，媲美古人的人，也到处都有。但是好人总是为坏人所牵累，于是让我们也开不得口。一开口说话，别人便笑说：你们这些读书人总是会说，将来做了官，就不这样说了。所以只好忍气吞声，忍受别人的笑骂。工人制造器具，让人使用方便；商人搬运货物，输通有无，都有方便百姓的地方。只有读书人对于百姓最不方便，难怪要列在四民中的最后一等，而且连求列在最后一等也都得不到呢。

兄长我一生中最敬重的是农夫。对于新招用的佃户，一定要以礼相待。他们称呼我们为主人，我们称呼他们为客户。主客之称本来就是相互平等对待的意思，我们有什么好尊贵的，而他们又有什么好低贱的呢？要体恤他们，要怜悯他们，如果他们需要借贷，就要周全他，无能力偿还的，就要宽让他们。我曾经嘲笑唐人《七夕》诗吟咏牛郎织女，都作相会、离别等可怜之说，实在失去了原本的主旨。织女，穿衣的本源；牵牛，吃饭的根本，作为天星为最尊贵，上天非常重视它们，而人却反倒不重视啊！它们昭示百姓勤劳务农，它们的形象明显可作为人们的镜子。我们乡邑的妇女们，不能织绸织布，然而主持家务，多做针线，也仍然不失为勤劳。近来有很多沉湎于听鼓词、玩斗叶的人，这习惯太放纵，应该郑重地警诫他们。

我们家的田地，虽然有三百亩，但总是人家典押的产业，不可长久依靠它。将来需买二百亩田，我兄弟二人各得一百亩就够了，这也是古代一个农夫受田一百亩的意思。如果再多，就是侵占他人产业，那是很大的罪过。天下没有田地产业的人很多，我是什么人啊，如果贪求而不满足，那么穷人将如何求得生存呢！有人说："在这世上，很多人的田产是阡陌相连，拥地数百顷还多，你奈他何？"我回答说："别人这么做是他家的事情，我只尽力做好自家的事情。"当世道昌盛时，大家一起遵守王制；若世风日下，民俗浅薄时，也决不随着世俗同流合污。这也是板桥家法吧。

哥哥字。

潍县署中寄舍弟墨第二书[1]

郑　燮

余五十二岁始得一子[2]，岂有不爱之理！然爱之必以其道。

虽嬉戏顽耍，务令忠厚悱恻，毋为刻急也。

平生最不喜笼中养鸟，我图娱悦，彼在囚牢，何情何理，而必屈物之性以适吾性乎！至于发系蜻蜓，线缚螃蟹，为小儿顽具，不过一时片刻，便折拉而死。夫天地生物，化育劬劳[③]，一蚁一虫，皆本阴阳五行之气，细缊[④]而出，上帝亦心心爱念。而万物之性人为贵，吾辈竟不能体天之心以为心，万物将何所托命乎？蛇虮[⑤]蜈蚣，豺狼虎豹，虫之最毒者也，然天既生之，我何得而杀之？若必欲尽杀，天地又何必生？亦惟驱之使远，避之使不相害而已。蜘蛛结网，于人何罪？或谓其夜间咒月，令人墙倾壁倒，遂击杀无遗。此等说话，出于何经何典，而遂以此残物之命？可乎哉！可乎哉！

我不在家，儿子便是你管束，要须长其忠厚之情，驱其残忍之性。不得以为犹子而姑纵惜也。家人[⑥]儿女，总是天地间一般人，当一般爱惜，不可使吾儿凌虐他。凡鱼飧果饼，宜均分散给，大家欢嬉跳跃。若吾儿坐食好物，令家人子远立而望，不得一沾唇齿，其父母见而怜之，无可如何，呼之使去，岂非割心剜肉乎！

夫读书中举、中进士、作官，此是小事，第一要明理作个好人。可将此书读与郭嫂、饶嫂听，使二妇人知爱子之道，在此不在彼也。

注　释

①本文选自《郑板桥集·家书》，是作者任山东潍县县令时给堂弟郑墨的家书。信中阐述教子之道，嘱咐堂弟要培养孩子的忠厚之心，去除其邪念，引导其发扬平等、博爱精神，这对于后世为人父母者有极好的借鉴意义。

②五十二岁始得一子：郑燮与原配徐氏有一子，后不幸去世。再娶饶氏，于乾隆九年（1744）生子，时郑燮五十二岁。

③劬（qú）劳：谓劳累，劳苦。后多指父母养育子女的劳苦。

④细缊（yīn yūn）：通“氤氲”，古代指天地阴阳二气交互作用的状态。

⑤虮：通“虺”，一种毒蛇。

⑥家人：指郑家的仆人。

译　文

我五十二岁才有了一个儿子，岂有不爱他的道理！然而爱子也必须有原则。即使平时嬉戏玩耍，也一定要注意培养他忠诚厚道，富于同情心，不可使其成为刻薄急躁之人。

平生最不喜欢在笼子中养鸟，我贪图快乐，它困在笼中，有什么情理要让它屈服来适应我的性情！至于用发系住蜻蜓，用线捆住螃蟹，作为小孩的玩具，不过一时片刻，小动物就会被拉扯摧残至死。天生万物，全由自然界劳苦化育，一蚁一虫，都本着阴阳五行之气，与天地之气合而为一，蕴育而出。上帝也痴心爱念它们。而万物之中，以人为最尊贵，我们竟不能体察上天慈悲之心，并仿效这种善心，那么其他万物将托付给谁呢？毒蛇蜈蚣、豺狼虎豹，这是物种里最毒的了，然而天地既然生育了他们，我们有什么资格与权力将其杀害？如果一定要赶尽杀绝，当初天地又何必生此物种呢？唯有驱赶他们，使之远离，或避开他们，使之无法加害于我们即可。蜘蛛结网，对人来说有何罪过？有人说它在夜间诅咒月亮，会使人的居所墙壁倾倒，于是拼命捕捉，逮杀净尽。这些言论出自哪部经典，而以之作为依据残害生灵的性命？这样可以吗！这样可以吗！

我不在家，儿子便归你管教约束。要培养增强他的忠厚之心，根除他的残忍之性，不能因为他是你的侄儿就姑息、放纵、怜惜他。仆人的子女，也是天地间一样的人，要一样爱惜，不能让我的儿子欺侮虐待他们。凡鱼肉食物、水果糕饼等吃食，应平均分发，使大家都高兴。倘若单独使我儿子坐着吃好东西，让仆人的孩子远远站在一边观看，一点也尝不到。他们的父母看到后便会可怜他们，又没有办法，只好喊他们离开，此情此景，岂不令人心如刀绞！

其实，读书中举、中进士、做官，此是小事，最要紧的是要让子女明白事理，做个好人。可将这封信读与郭嫂、饶嫂听，使她们知道爱子之道在于教其做人，而不在于教其做官。

画　竹[①]

郑　燮

余家有茅屋二间，南面种竹。夏日新篁[②]初放，绿阴照人，置一小榻其中，甚凉适也。秋冬之际，取围屏骨子[③]，断去两头，横安以为窗棂，用匀薄洁白之纸糊之。风和日暖，冻蝇触纸上，冬冬作小鼓声。于时一片竹影零乱，岂非天然图画乎！凡吾画竹，无所师承，多得于纸窗粉壁日光月影中耳。

注　释

①本文选自《郑板桥集·题画》。作者揭示自己画竹之法，在于多

观察、多留心、多思考。

②篁（huáng）：竹子。

③围屏骨子：屏风架子。

译 文

我家有茅屋二间，屋的南面种有竹子。夏天，新的竹子刚刚长出嫩叶，苍翠碧绿，光亮照人，在里面放一张小床，甚是凉爽舒适。在秋冬交替的时节，拿来屏风的架子，去掉两端，横起来安放就成为窗格，然后用均匀洁白的薄纸把它糊起来。在风和日暖的时候，受冻的苍蝇碰在纸上，发出咚咚的像敲打小鼓的声音。在那时，纸上映出一片零乱的竹影，难道这不是一幅天然的图画吗？我但凡画竹，没有老师传授，大多都是从纸窗上、墙壁上、日光下、月影中受到启发而画出来的。

骡 说①

刘大櫆

乘骑者皆贱骡而贵马。夫煦之以恩②，任其然而不然，迫之以威使之然，而不得不然者，世之所谓贱者也。煦之以恩，任其然而然，迫之以威使之然而愈不然，行止出于其心，而坚不可拔者，世之所谓贵者也，然则马贱而骡贵矣。虽然，今夫轶③之而不善，榎楚④以威之而可以入于善者，非人耶？人岂贱于骡哉？然则骡之刚愎自用，而自以为不屈也久矣。呜呼！此骡之所以贱于马欤？

作者简介

刘大櫆（1698—1779），字才甫，一字耕南，号海峰，安徽桐城人。出身书香门第，性格豪放，喜饮酒，好吟诗，为方苞所重。雍正年间两次参加贡生考试，只登副榜。诸生，乾隆年间由方苞举应博学宏辞，未就。晚年为安徽黟县教谕，数年后归故里，以文学教授生徒，默抑以终。刘大櫆出于方苞门下，又是姚鼐之师，系“桐城三祖”之一。文论主张“义理、书卷、经济考，行文之实，若行文自另是一事”，强调神气、音节、字句的统一，重视散文的艺术表现。著有《海峰文集》《海峰诗集》《论文偶记》等。

注　释

①本文选自《海峰文集》，是一篇寓言式的杂文。作者以骡为喻，说明应该如何对待人才。文中明写骡马，实是写人世的不平，包含有作者的身世之感在内。

②煦之以恩：用恩情温暖它。

③轶：通“逸”，放任。

④榎（jiǎ）楚：用于笞打的一种刑具。榎：通“檟”，楸树的别称。

译　文

骑乘牲口的人，都以骡子为贱，而以马为贵。用恩情来温驯它，放任它如此，它却偏不如此；最后用威势强迫它，使它不得不如此，这就是世俗所谓低贱的动物。用恩情温驯它，放任它如此，它就如此；用威势胁强迫它，它就越不如此，动静行止，完全随心所欲，而且意志坚定，不可动摇，这是世俗所谓高贵的动物。如此说来，那么应该是马低贱而骡高贵了。话虽这么说，现今放任了就表现不佳，用鞭子抽打就能向善变好，不就是人吗？人难道比骡子低贱吗？不过，骡子刚愎自用，自以为不屈不挠已经很长时间了。唉！就世俗看来，这就是骡子比马低贱的原因吧！

胡孝子传[①]

刘大櫆

孝子胡其爱者，桐城人也。生不识《诗》《书》，时时为人力佣，而以其佣之直奉母。母中岁遘罢癃之疾[②]，长卧床褥，而孝子常左右之无违。自卧起以至饮食、溲便，皆孝子躬自扶抱，一身而百役，靡不为也。

孝子家无升斗之储，每晨起，为母盥沐、烹饪、进朝馔[③]，乃敢出佣。其佣地稍远，不及炊，则出勺米付邻媪，而叩首以祈其代爨[④]。媪辞叩，则行数里外，遥致其拜焉。至夜必归，归则取母中裙秽污自浣涤之。孝子衣履皆敝垢，而时致鲜肥供母。其在与佣者之家，遇肉食即不食，而请归以遗其母。同列[⑤]见其然，而分以饷之，辄不受。平生无所取于人，有与之者必报。母又喜出观游，村邻有伶优之剧，孝子每负母以趋，为藉草安坐，候至夜分人散，乃复负而还。时其和霁[⑥]，母欲往宗亲里党之家，亦如之。孝子以生业之微，遂不娶，惟单独一人，竭力以养终其身。

母陈氏，以雍正八年⑦病，至乾隆二十七年⑧，乃以天年终。盖前后三十余年，而孝子奉之如一日也。母既没，负土成坟，即坟旁，挂片席而居。凄伤成疾，逾年癸未，孝子胡其爱卒。

赞曰：今之士大夫，游宦数千里外，父母没于家，而不知其时日。岂意乡里佣雇之间，怀笃行深爱之德，有不忍一夕离其亲宿于外如胡君者哉！胡君，字汝彩，父曰志贤。又同里有潘元生者，入自外，而其家方火，其母闭在火中。元生奋身入火，取其母以出，头面皆灼烂。此亦人之至情，无足异。然愚夫或怯懦不进，则抱终身之痛无及矣。勇如元生，盖亦有足多者，余故为附著之。

注　释

①本文选自《海峰文集》，是作者为孝子胡其爱和潘元生所作传记。作者写其孝行，不仅仅是表扬孝子怀有笃行深爱的品德，更是对当时社会不良风气的批判，尤其是对士大夫远离父母，不尽孝道，一心追求功名利禄的批判。

②遘：受，身患。罢癃（pī lóng）：瘫痪不能起床。一说是背部疾病，腰曲而背隆起。

③朝馔：早餐。

④爨（cuàn）：烧火煮饭。

⑤同列：指一同做佣工的人。

⑥和霁：指天气晴朗，风和日丽。

⑦雍正八年：1730年。

⑧乾隆二十七年：1762年。

译　文

孝子胡其爱，桐城人。一辈子不识《诗》《书》，经常给别人家做雇工，而拿工钱来奉养老母。母亲中年患瘫痪之病，长年卧在床，而孝子常常侍奉左右，从无违背。从睡觉、起床，乃至吃饭喝水、大便小便，孝子都亲自服侍，一人身兼各事，无事不做。

孝子家无一斗米的储备，每天早上起来，先为母亲洗漱，做好早饭呈上去，然后才敢出门做工。雇主离家稍微有点远，来不及做饭，就掏出一勺米交给邻家老妇，磕头请其代为做早饭。邻家老妇不让他磕头，他就走到数里之外，再磕头远远拜谢。孝子晚上必归，归来以后则取老母脏污的衣服洗干净。孝子自己的衣服鞋子都很破旧，却时常买鱼、肉等新鲜美味给母亲吃。他在雇主家里，如果吃饭遇到有肉则不吃，请求带回家给他的母亲。一同做工的人见到他这样，则要分肉给他，他则拒绝不接受。一生从不主动向别人要东西，有人馈赠，他则一定回报。母亲又喜欢出外走走，邻村有艺人表演戏剧，孝子每次都背着母亲前往，安坐在草席上观看，等到夜深人散，才背着母亲回家。如果天气晴好，母亲想去亲戚邻里家走一走，也一样来回背着她。孝子因挣钱少，于是不娶妻，独自一人，竭尽全力供养母亲。

孝子的母亲陈氏，从雍正八年生病，至乾隆二十七年自然去世。孝子侍奉她，前后三十多年如一日。母亲去世后，他背土筑坟，并在坟旁盖草屋陪住。悲伤过度以致生病，一年以后，孝子胡其爱也去世了。

赞曰：现在的士大夫，在数千里之外做官，父母在家里过世了，竟然都不知道他们去世的时间。哪里会想到在乡里雇工之中，竟然有像孝子那样怀着淳厚深爱的品德，一天都不忍离开亲人而独宿于外的力行者！胡君，字汝彩，其父名志贤。同乡有个叫潘元生的人，从外面回来，其家刚好遭受大火，而母亲困在火中。潘氏奋不顾身冲入火中，抱着母亲出来，而他的头脸都被大火烧坏了。这也是人深爱其母的表现，并不值得奇怪。然而有些不懂事理的人或许因为怯懦而不敢冲进去，则将遗憾终身，悔之不及！像潘元生那样勇敢的人，也是值得称赞的，于是我在这里附带记录他。

无斋记[1]

刘大櫆

天下之物，无则无忧，而有则有患。人之患，莫大乎有身，而有室家即次之。今夫无目，何爱于天下之色？无耳，何爱于天下之声？无鼻无口，何爱于天下之臭味？无心思，则任天下之理乱、是非、得失，吾无与于其间，而吾事毕矣。

横目[2]二足之民，瞀然[3]不知无之足乐，而以有之为贵。有食矣，而又欲其精；有衣矣，而又欲其华；有宫室矣，而又欲其壮丽。明童艳女之侍于前，吹竽击筑之陈于后，而既已有之，则又不足以厌其心志也。有家矣，而又欲有国；有国矣，而又欲有天下；有天下矣，而又欲九夷八蛮[4]之无不宾贡；九夷八蛮无不宾贡矣，则又欲长生久视，历万祀[5]而不老。以此推之，人之歆羡于富贵佚游，而欲其有之也，岂有终穷乎？古之诗人，心知其意，故为之歌曰："隰有苌楚，猗傩其枝。夭之沃沃，乐子之无知[⑥]。"夫不自明其一身之苦，而第以苌楚之无知为乐，其意虽若可悲，而其立言则亦既善矣。

余性颛[⑦]而愚，于外物之可乐，不知其为乐，而天亦遂若顺从其意，凡人世之所有者，我皆不得而有之。上之不得有驰驱万里之功，下之不得有声色自奉之美，年已五十余而未有子息[⑧]。所有者惟此身耳。呜呼！其亦幸而所有之惟此身也，使其于此身之外而更有所有，则吾之苦其将何极矣；其亦不幸而犹有此身也，使其并此身而无之，则吾之乐其又将何极矣！

旅居无事，左图右史[⑨]，萧然而自足。啼饥之声不闻于耳，号寒之状不接于目，自以为无知，而因以为可乐，于是以"无"名其斋云。

注　释

①本文选自《海峰文集》，是作者为自己书斋所作之记，其中详叙取名为"无"的原因。文中写的是"无知"之乐，抒的却是潦倒之情。

②横目：即普通人。《庄子·天地》："夫子无意于横目之民乎？愿闻圣治。"成玄英疏："五行之内，唯民横目。"

③瞀（mào）然：愚昧不明貌。

④九夷八蛮：泛指中国四周各少数民族。

⑤万祀：万年，商代称年为"祀"。

⑥"隰有苌楚"四句：出自《诗经·桧风·隰有苌楚》。隰（xí）：低湿之地。苌（cháng）楚：藤本猕猴桃科植物，今称羊桃或猕猴桃。猗傩（ē nuó）：通"婀娜"，柔软貌。夭：少，此指幼嫩。沃沃：润泽貌。

⑦颛：愚昧。

⑧子息：子嗣。

⑨左图右史：《新唐书·杨绾传》："独处一室，左右图史。"意为以书为伴。"图"、"史"皆指书。

译　文

天下万物，不拥有就没有忧患，而拥有时就有了忧患。人的忧患，没有什么比拥有自己的身体更大的了，次一等的是拥有家庭。如果人没有眼睛，怎么会有对天下色彩的喜爱？没有耳朵，怎么会有对天下声音的喜爱？没有鼻子没有嘴，怎么会有对天下气味和味道的喜爱？没有思想感情，那么就会任凭天下治与乱、是与非、得与失，我不参与其中，我也就没有什么事情了。

普通人，愚昧而不懂得"无"是足以使人快乐的，却认为"有"

是宝贵的。有了食物，又希望它更精美；有了衣服，又希望它更华丽；有了房屋，又希望它更壮丽。聪明的童子、漂亮的婢女在面前侍奉，吹竽击筑的乐工在后面施展才艺，已经有了这些，可是自己的欲望还是不能满足。有了家，又想要有国；有了国，又想要有天下；有了天下，又想要众蛮夷都臣服进贡；众蛮夷都臣服进贡了，又想要长生不老，历经万年而不老。以此推论，人们羡慕富贵、无节制的游乐，想要拥有它们，哪里会有穷尽的时候呢？古代的诗人心里明白这个道理，所以作诗歌曰："隰有苌楚，猗傩其枝。夭之沃沃，乐子之无知。"不明说自己一身的痛苦，而只说苌楚的无知是快乐，诗歌的大意虽然好像令人悲伤，但它的见解却也已经很高明了。

我生性愚昧无知，对可使人快乐的外物，我不知道它是可使人快乐的，而上天也就顺从我的愚昧，凡人世间所有的东西，我都不能拥有。从大处说我不能取得驰骋万里的军功，从小处讲我也不能得到以声色自我享受的快乐，我年龄已经五十多岁了可还没有后代。我所拥有的只有我的身体而已。呜呼！我也庆幸所拥有的仅仅是我的身体，假使我在这身体之外还有其他拥有的东西，那么我的痛苦哪里会有尽头；我也不幸我还有这身体，假使我连这身体也没有了，那么我的快乐又哪里会有尽头呢！

客居于外没有正事，以书为伴，虽凄凉却可自足。因饥饿而啼哭的声音我听不到，因寒冷而号哭的样子我看不到，自己认为自己没有知觉，因此也就认为一切都可以使人快乐，于是用"无"字命名自己的书斋。

游万柳堂记[①]

刘大櫆

昔之人贵极富溢，则往往为别馆[②]以自娱，穷极土木之工，而无所爱惜。既成，则不得久居其中，偶一至焉而已，有终身不得至者焉。而人之得久居其中者，力又不足以为之。夫贤公卿勤劳王事[③]，固将不暇于此；而卑庸者类欲以此震耀其乡里之愚。

临朐相国冯公[④]，其在廷时无可訾[⑤]，亦无可称，而有园在都城之东南隅。其广三十亩，无杂树，随地势之高下，尽植以柳，而榜其堂曰"万柳之堂"。短墙之外，骑行者可望而见其中。径曲而深，因其洼以为池，而累其土以成山。池旁皆兼葭，云水萧疏可爱。

雍正之初，予始至京师，则好游者咸为予言此地之胜。一至，犹稍有亭榭；再至，则向之飞梁[6]架于水上者，今欹[7]卧于水中矣；三至，则凡其所植柳，斩焉无一株之存。

人世富贵之光荣，其与时升降，盖略与此园等。然则士苟有以自得，宜其不外慕乎富贵。彼身在富贵之中者，方殷忧之不暇，又何必朘[8]民之膏以为苑囿也哉！

注 释

①本文选自《海峰文集》。文章借万柳堂的兴衰，叹富贵之不可恃，虽然简短，但寓意颇为深远，耐人寻味。万柳堂：康熙年间刑部尚书冯溥的别墅。元朝宰相廉希宪曾在京西丰台（一说在钓鱼台）修建别墅“万柳堂”，冯溥借其名为自己别墅之名。

②别馆：即别墅，指住宅以外另建的园林馆舍。

③勤劳王事：为朝廷辛劳效力。

④冯公：即冯溥，山东临朐人，顺治三年（1646）进士，任吏部侍郎，康熙年间为刑部尚书、文华殿大学士，颇得康熙帝信任，曾广为清廷网罗人才。

⑤訾（zǐ）：毁谤、非议。

⑥飞梁：悬空修建的桥梁。

⑦欹（qí）：倾斜。

⑧朘（juān）：剥削。

译 文

古代富贵到极点的人，往往建造别墅来供自己享乐，竭尽建筑艺术的精巧，而不惜一切代价。等到建成，却不能久居其中，只是偶尔去一次而已，甚至有的终身都没有去过。而有时间有精力，能够常住在别墅里面的人，却又无力去建造别墅。贤能的公卿大夫忙于国家的事务，根本没有时间顾及这种事；只有庸俗贪卑的人，大多想用建造豪华别墅向家乡那些无知的人夸耀，使他们感到震惊。

康熙朝宰相、临朐人冯溥，他在朝堂任职时，所做过的事既没有可以指责的，也没有什么可以称赞的，只是他有座别墅园林在城的东南角。园林方圆有三十亩，园中没有一棵杂树，随着地势的高低起伏，种的全部是柳树，因而题写园中的堂名为“万柳之堂”。在矮墙的外面，骑马经过的人可以望见园中的景色。曲曲折折的小路通向深处，利用园中低洼的沼地，建成了池塘，又堆积泥土，造出了假山。池塘边都长满了芦荻，云彩和池水疏落映衬，可爱极了。

雍正初年，我刚到京城，喜好游玩的朋友都对我介绍万柳堂的胜景。我第一次到万柳堂，还多少有些亭台水阁；第二次到那里，以前凌空架在水上的高桥，已斜卧在水中了；第三次去，则凡是园中所种的柳树，都像被斩过一样，没有一棵留存了。

人世间富贵的荣耀，总是随着时间有升有降，大概也和这个万柳堂园一样。那么士大夫如果能够自己有所领悟的话，就应该不再羡慕富贵这样的身外之物。那些已经置身在富贵之中的人，正应当深忧还来不及，又怎么能搜刮百姓的脂膏来建造园林呢！

为学一首示子侄[①]

彭端淑

天下事有难易乎？为之，则难者亦易矣；不为，则易者亦难矣。人之为学有难易乎？学之，则难者亦易矣；不学，则易者亦难矣。

吾资之昏，不逮人也；吾材之庸，不逮人也；旦旦而学之，久而不怠焉，迄乎成，而亦不知其昏与庸也。吾资之聪，倍人也；吾材之敏，倍人也；屏弃而不用，其与昏与庸无以异也。圣人之道，卒于鲁也传之[②]。然则昏庸聪敏之用，岂有常[③]哉？

蜀之鄙有二僧：其一贫，其一富。贫者语于富者曰："吾欲之南海[④]，何如？"富者曰："子何恃[⑤]而往？"曰："吾一瓶一钵足矣。"富者曰："吾数年来欲买舟而下，犹未能也。子何恃而往？"越明年，贫者自南海还，以告富者，富者有惭色。

西蜀之去南海，不知几千里也，僧富者不能至而贫者至焉。人之立志，顾[⑥]不如蜀鄙之僧哉？是故聪与敏，可恃而不可恃也；自恃其聪与敏而不学者，自败者也。昏与庸，可限而不可限也；不自限其昏与庸而力学不倦者，自力者也。

作者简介

彭端淑（约1699—1779），字乐斋，号仪一，眉州丹棱（今四川丹棱）人。彭端淑十岁能文，十二岁入县学。雍正四年（1726），乡试中举。雍正十一年（1733）登进士第，授吏部主事，历官吏部员外郎、文选司郎中、广东肇罗道署察使。后辞官归里，主讲锦江书院，名重一时。著有《白鹤堂诗文集》。

注　释

①本文选自《白鹤堂文集》，着重论述做学问的道理。作者认为天赋

才资并非决定学业有无成就的条件，只有通过主观努力，才能有所成就。

②卒：最终。鲁：鲁钝，指孔子弟子曾参。《论语·先进》："参也鲁……"相传孔子之道传给曾参，曾参传给子思，子思传给孟子。

③常：不变的定则。

④南海：浙江舟山普陀山的俗称，是我国佛教胜地之一。

⑤恃：凭借，依靠。

⑥顾：却，反而。

译文

天下的事情有困难和容易的区别吗？只要肯做，那么困难的事情也变得容易了；如果不做，那么容易的事情也变得困难了。人们做学问有困难和容易的区别吗？只要肯学，那么困难的学问也变得容易了；如果不学，那么容易的学问也变得困难了。

我天资愚笨，赶不上别人；我才能平庸，赶不上别人。我每天持之以恒地提高自己，等到学成了，也就不知道自己愚笨与平庸了。我天资聪明，超过别人；才思敏锐，也超过别人，却不努力去发挥，那就与愚笨和平庸的人没区别了。孔子的学问最终是靠不怎么聪明的曾参传下来的。如此看来，聪明愚笨难道是一成不变的吗？

蜀地边境有两个和尚：一个贫穷，一个富裕。穷和尚对富和尚说："我想要到南海去，你看怎么样？"富和尚说："您凭借什么去呢？"穷和尚说："我只需要一个水瓶、一个饭钵就足够了。"富和尚说："我几年来想要雇船沿着长江去南海，尚且没有成功。你凭借什么去？"到了第二年，穷和尚从南海回来了，把到过南海的这件事告诉富和尚，富和尚的脸上露出了惭愧的神情。

蜀地距离南海，不知道有几千里路，富和尚不能到达可是穷和尚到达了。一个人立志求学，难道还不如蜀地边境的那个穷和尚吗？因此，聪明与敏锐，可以依靠但也不可以依靠；自己依靠着聪明与敏锐而不努力学习的人，是自己毁了自己。愚笨和平庸，可以成为限制又可以不是限制；不为自己的愚笨平庸所局限而努力不倦地学习的人，是靠自己努力学成的。

书明辽东经略熊公传后[①]

全祖望

明启、祯间，东事之坏中破竹之不可遏[②]，一时大臣才气魄力足以揞拄[③]之者，熊司马[④]一人耳。古称温太真[⑤]挺挺若千丈松，虽磊砢[⑥]从节，自是足用。司马之卞急伉厉[⑦]，盖亦此种。用人者贵展其才，原不当使一二腐儒操白简[8]以议其旁也。

关门再出[9]，庙堂诸公忌其有所建白[10]，乃以全不解兵之王化贞漫夸六万兵平辽[11]，为之掣肘。时江侍郎[12]秉谦力陈：经臣不得展布尺寸[13]，反使抚臣得操节制之柄[14]，必误国事。不幸言而中矣。当国者苟有人心，即寸斩抚臣以谢经臣，犹且不足。反以不能死绥[15]罪之，是犹束乌获[16]之手足，使力不胜匹雏[17]者代之任重，及蹶而偾[18]，则曰"是亦获有同咎"，可乎？

爰书[19]将定，枢辅孙公承宗、大司寇乔公允升、太仆周公朝瑞、刑曹顾公大章[20]，皆援议能议劳[21]之例，而太仆凡四上疏，亵如充耳[22]。独怪大司寇王公纪、大中丞邹公元标、都谏魏公大中[23]，亦皆力持以为当死，是则予之所不能解者。

有明三百年，以文臣能任边疆之事者，惟曾襄愍公铣[24]并司马耳。曾死于西，熊死于东，英雄之所遇一也！

作者简介

全祖望（1705—1755），字绍衣，号谢山，自署鲒埼亭长，学者称谢山先生，鄞县（今浙江宁波鄞州区）人。乾隆元年（1736）荐举博学宏词，同年中进士，选翰林院庶吉士，为李绂所重用。因李绂与张廷玉不和，散馆后以知县任用，遂愤而辞官不复出，专心著述。学术上推崇黄宗羲，并受万斯同的影响，注重史料校订，精研宋末和南明史事，留心乡邦文献。著有《鲒埼亭集》。

注　释

①本文选自《鲒埼亭集》，是作者书于《明史·熊廷弼传》后之文。文章叙事翔实而精练，议论廖廖数语，却针砭有力，含意深刻，为英雄之死发千古一叹。

②东事：辽东的局势。坏：衰败。此时清兵已占领辽东大部分土地，辽阳沦陷，经略袁应泰等皆战死，明廷始命令熊廷弼任辽东经略。

③搘（zhī）拄：支撑，抵抗。

④司马：春秋战国时掌管军政军赋。后世用作兵部尚书的别称。熊廷弼在经略辽东前，进兵部尚书，故称。

⑤温太真：东晋名将温峤，字太真，此处温峤应是和峤，作者误记。《晋书·和峤传》："太傅从事郎中庾颉见而叹曰：'峤森森如千丈松，虽磊砢多节目，施之大厦，有栋梁之用。'"

⑥磊砢（luǒ）：树木多节而粗壮，比喻人的才能奇异。

⑦下急：急躁。忼：通"慷"，慷慨。厉：严厉。

⑧白简：古时弹劾官员的奏章。熊廷弼任职辽东期间，朝中言臣对其肆意诽谤，致其去职。

⑨关门：指山海关。再出：谓熊廷弼第二次任辽东经略。

⑩建白：对朝廷陈述意见或有所倡议。

⑪王化贞：字肖乾，山东诸城人，万历进士。辽沈相继沦陷后，朝廷一方面任熊廷弼为辽东经略，一方面任王化贞为广宁巡抚。王与熊在战略主张上有矛盾。王轻敌冒进，出师而无功。熊要求朝廷制止王的轻率行为，王反而向朝廷夸口说，愿得六万众，一举荡平清兵。结果大败，广宁失守，王向熊痛哭，熊廷弼微笑说："六万众一举荡平，竟何如？"漫夸：随意、不负责任地夸口。

⑫江侍郎：江秉谦，字兆豫，安徽歙县人。侍郎：官名，与尚书同为各部堂官。

⑬经臣：经略一方军事的大臣。展布：施展、布置。

⑭抚臣：安抚地方的大臣，指巡抚。巡抚与总督同为地方最高长官。节制之柄：指挥管辖的大权。

⑮死绥：军队败退时，奋力战死。绥：退军为绥。

⑯乌获：战国时秦国大力士，据说他能举千钧之重。

⑰匹雏：一只幼鸡。《孟子·告子下》："力不能胜一匹雏，则谓无力人矣。"

⑱蹶（jué）：倒，颠仆。引申为挫折，失败。偾（fèn）：扑倒。引申为失败。

⑲爰书：即狱书，古代记录囚犯供词的文书。

⑳枢辅：指掌管重要部门的辅佐之臣。孙承宗：字稚绳，河北高阳人，万历进士，为东阁大学士。他出关视察军队，请求朝廷宽恕熊廷弼死罪，遣戍边远地区。大司寇：司寇为春秋战国时的官名，主刑法。此称刑部尚书。乔允升：字吉甫，洛阳人，刑部尚书，亦主张朝廷审讯，宽免熊廷弼之罪。太仆：太仆少卿。周朝瑞：字思永，山东临清人。任太仆少卿，连续四次上疏，认为廷弼才可用，请令带罪守山海关。刑曹：刑部官员。顾大章：字伯钦，江苏常熟人。任刑部主事。援引法律条文，认为王化贞当斩，廷弼当戍。

㉑议能议劳：论才干，论功劳。

㉒褎（yòu）如充耳：《诗经·邶风·旄丘》："叔兮伯兮，褎如充耳。"褎：盛服。充耳：塞耳。意思是诸位大臣虽着盛服，却对意见充耳不闻。

㉓王纪：字惟理，山西芮城人。曾上书弹劾阉党魏忠贤，主持公正，享有清名。中丞：汉代为御史大夫的属官。明都察院的副都御史职与汉中丞略同。邹元标：字尔瞻，江西吉水人。官左都御史，有盛名。都谏：都察院谏官。魏大中：字孔时，浙江嘉善人。后以反对魏忠贤下狱而死。

㉔曾襄愍公铣：即曾铣，字子重，江都（今属江苏扬州）人。嘉靖进士。历总督陕西三边军务，有胆略，善于用兵，立志收复河套。后受严嵩诬陷，诛死，追谥襄愍。

译文

明朝天启、崇祯年间，辽东的局势衰败如破裂之竹一般不可遏止，当时朝臣能够以才气魄力支撑局面的，只有熊司马一人而已。古称温太真正直傲然如千丈青松，虽然性情才能卓越，不同流俗，但足堪大用。熊尚书性情急躁，慷慨严厉，也如温太真一般。用人者可贵之处在于能让人的才能得到施展，原本就不应当让一两个迂腐的书生拿着弹劾的奏章在他的一旁议论。

熊公再次出山海关任辽东经略，朝廷一些大臣们嫉妒他会提出决策性的建议，就让完全不懂军事的王化贞夸口说以六万兵力就能平定辽东，作为对熊公的制约。当时江秉谦侍郎竭力陈述：如果经略大臣不能够按自己的军事计划施展、部署，反而让地方巡抚把持指挥和管辖大权，一定会耽误国家大事。不幸的是，江侍郎的预言得到了应证。当权的人如果有良心，就应该把巡抚碎尸万段来向经略道歉，这还不够解恨。反而把不能在退却时战死的罪名加在经略的身上，这就犹如绑住大力士的手脚，让手无缚鸡之力的人代替大力士担当重任，等到摔倒了，爬不起来，就说“这结果，大力士也有同等的罪责”，可以吗？

判决的狱书将要下达，朝廷辅臣孙承宗、刑部尚书乔允升、太仆少卿周朝瑞、刑部主事顾大章，都援引论才干和功劳酌情判决的旧例，主张宽免熊公之罪，然而太仆少卿共四次上书，朝廷竟充耳不闻。尤为奇怪的是，刑部尚书王纪、都察院副都御使邹元标、都察院谏官魏大中，皆竭力主张治熊公死罪，他们的想法是我所不能理解的。

明朝三百年间，以文臣之躯主持边疆之事的，只有襄愍公曾铣和熊尚书。曾公死于西陲，熊公死于辽东，英雄的遭遇是一样的！

黄生借书说[①]

袁 枚

黄生允修借书，随园主人授以书，而告之曰：

书非借不能读也。子不闻藏书者乎？《七略》《四库》[②]，天子之书，然天子读书者有几？汗牛塞屋，富贵家之书，然富贵人读书者有几？其他，祖父积、子孙弃者无论焉。非读书为然，天下物皆然。非夫人之物而强假焉，必虑人逼取，而惴惴焉摩玩之不已[③]，曰：“今日存，明日去，吾不得而见之矣。”若业为吾所有，必高束焉，庋[④]藏焉，曰“姑俟异日观”云尔。

余幼好书，家贫难致。有张氏藏书甚富。往借，不与，归而形诸梦。其切如是。故有所览，辄省记。通籍后，俸去书来，落落[5]大满，素蟫[6]灰丝时蒙卷轴。然后叹借者之用心专，而少时之岁月为可惜也！

今黄生贫类予，其借书亦类予；惟予之公书与张氏之吝书若不相类。然则予固不幸而遇张乎，生固幸而遇予乎？知幸与不幸，则其读书也必专，而其归书也必速。

为一说，使与书俱。

作者简介

袁枚（1716—1797），字子才，号简斋，晚号仓山居士、随园主人，钱塘（今浙江杭州）人。乾隆四年（1739）进士，授翰林院庶吉士，后历任溧水、江宁、江浦、沭阳知县，有政绩。乾隆十四年（1749）父亲亡故，袁枚辞官养母，在江宁购置隋氏废园，改名"随园"，筑室定居，世称随园先生。乾隆二十一年（1756）辞官，隐居随园，吟咏其中，著述以终老。袁枚是乾嘉时期最负盛名的诗人，与赵翼、蒋士铨合称为"乾隆三大家"。与纪晓岚素有"南袁北纪"之称。袁枚倡导"性灵说"，与赵翼、张问陶并称"乾嘉性灵派三大家"。著有《小仓山房集》《随园诗话》及《补遗》《子不语》《续子不语》等。

注　释

①本文选自《小仓山房文集》。作者提出"书非借不能读也"的观点，论证书非借不能读也，劝勉黄生不要因为条件不利而却步不前，只要有志向、有决心，不利的条件反而可以催人奋进，取得成绩。也提醒人们不要因为条件优越，贪图安逸，养成不思进取的恶习。

②《七略》：我国最早的图书目录分类著作，分为辑略、六艺略、诸子略、诗赋略、兵书略、术数略、方技略七部。《四库》：唐朝京师长安和东都洛阳的藏书，有《经》《史》《子》《集》四库。这里《七略》《四库》都指内府藏书。

③惴（zhuì）惴：忧惧貌。摩玩：抚摩玩赏。

④庋（guǐ）：放置，保存。

⑤落落：堆积貌。

⑥素蟫（yín）：指书里白色的蠹虫。

译　文

读书人黄允修来向我借书。我把书交给他并且告诉他说：

书不是借来的就不能认认真真地去读。你没听说过那些藏书的人是怎样读书的吗？《七略》《四库》，是天子的藏书，然而天子中读书的人有几个呢？那些搬运起来使牛累得流汗，放在家里塞满了屋子的，是富贵人家的书，然而富贵人中读书的有几个呢？其余那些祖辈和父辈收藏的书籍，子辈孙辈随便丢弃的就不用说了。不只读书是这样，天下的事物也都是这样。不是那人自己的东西却竭力向别人借来，他一定担心别人催着要还，因而就显出忧惧的样子，抚摸玩赏那东西久久不能停止，心想："今天存放在我这里，明天就要给人送回去，我不能再看到它了。"如果这东西已经为我所拥有，我一定会把它捆扎好放在高处，保存起来，说一声"姑且等到另外的日子再看"吧。

我小时候喜欢读书，但是家境贫穷，很难得到书读。有个姓张的人藏书很多。我到他家去借，他不借给我，回来以后我在梦中还出现向他借书的情形。我那种迫切求书的心情就像这样。所以只要有看过的书，就记在心里。我做了官以后，薪俸花出去了，书籍买来了，屋里到处都堆放满了，蠹虫丝迹时常覆盖书册。这样以后我才感慨借书读的人是那么用心专一，而自己少年时候的时光是多么值得珍惜的啊！

如今黄生像我从前一样贫穷，借书也像我从前一样；只不过我把书公开慷慨出借和姓张的吝惜书籍不肯出借，似乎并不相同。这样看来，那么是我本来不幸遇到了姓张的，而黄生本来幸运遇到了我吧？黄生懂得了借到书的幸运和借不到书的不幸运，那么他读书一定会专心，而且他还书也一定会很快。

我写下这篇说，将它和书一起交给黄生。

随园记[①]

袁　枚

金陵自北门桥西行二里，得小仓山。山自清凉胚胎[②]，分两岭而下，尽桥而止。蜿蜒狭长，中有清池水田，俗号干河沿。河未干时，清凉山为南唐避暑所，盛可想也。凡称金陵之胜者，南曰雨花台[③]，西南曰莫愁湖[④]，北曰钟山[⑤]，东曰冶城[⑥]，东北曰孝陵[⑦]，曰鸡鸣寺[⑧]。登小仓山，诸景隆然上浮。凡江湖之大，云烟之变，非山之所有者，皆山之所有也。

康熙时，织造隋公当山之北巅[⑨]，构堂皇，缭垣牖，树之荻千章，桂千畦，都人游者，翕然[⑩]盛一时。号曰隋园。因其姓也。后三十年，余宰江宁，园倾且颓弛，其室为酒肆，舆台嚾呶[⑪]，禽鸟厌之不肯妪伏[⑫]，百卉芜谢，春风不能花。余恻然而悲，问其值，曰三百金，购以月俸。茨[13]墙剪阖，易檐改途[14]。随其高，为置江楼；随其下，为置溪亭；随其夹涧，为之桥；随其湍流，为之舟；随其地之隆中而欹[15]侧也，为缀峰岫[16]；随其蓊郁[17]而旷也，为设宧窔[18]。或扶而起之，或挤而止之，皆随其丰杀繁瘠[19]，就势取景，而莫之夭阏[20]者。故仍名曰随园，同其音，易其义。

落成叹曰："使吾官于此，则月一至焉；使吾居于此，则日日至焉。二者不可得兼，舍官而取园者也。"遂乞病，率弟香亭、甥湄君移书史居随园[21]。闻之苏子曰："君子不必仕，不必不仕[22]。"然则余之仕与不仕，与居兹园之久与不久，亦随之而已。夫两物之能相易者，其一物之足以胜之也。余竟以一官易此园，园之奇，可以见矣。

己巳[23]三月记。

注　释

①本文选自《小仓山房文集》。文章紧扣"随"字，写葺园的经过与作者的趣味，展现了作者洒脱放任的处世观，充满了初得园的喜悦和对将来悠游林下的生活的憧憬。

②清凉：山名，在南京市西，又名石头山。山上曾建有清凉寺，南唐建有清凉道场，相传为避暑宫。寺已废。胚胎：此指小仓山为清凉山余脉。

③雨花台：在南京市中华门外。相传南朝梁天监年间云光法师讲经于此，感天雨花，因而得名。

④莫愁湖：在南京市水西门外，相传为南齐时莫愁女居处而名。然而莫愁湖之名实始见于宋代。

⑤钟山：在南京市中山门外，又名金陵山、紫金山、蒋山，是南京主要山脉。

⑥冶城：故址在南京市水西门内朝天宫附近，相传吴王夫差冶铁于此，故名。

⑦孝陵：在南京市中山门外钟山南麓，为明太祖朱元璋陵墓。

⑧鸡鸣寺：在南京市区北鸡鸣山，梁时于此始建同泰寺，后屡毁屡建。明代洪武年间在其旧址建鸡鸣寺。

⑨织造：明清于江宁、苏州、杭州各地设专局，织造各项衣料和制帛诰敕彩缯之类，以供皇帝和宫廷祭祀颁赏之用。明于三处各置提督织造太监一人，清改任内务府人员，称"织造"。隋公：即隋赫德。按：随园原为康熙时江宁织造曹寅所建，后曹氏被抄家，由内务府郎中隋赫德接替曹氏家产，此园遂归隋所有。不久隋赫德又因贪污被抄家。

⑩翕（xī）然：一致貌。

⑪舆台：古代奴隶社会中两个低等级的名称，后来泛指奴仆和地位低下的人。嚾呶（huān náo）：叫喊喧闹。

⑫妪伏：原指鸟孵卵，引申为栖息。

⑬茨：用茅或苇覆盖房子。

⑭途：通“涂”，涂抹，粉刷。

⑮攲（qī）：低，倾斜。

⑯峰岫：峰峦，此指假山。

⑰蓊郁：草木茂盛貌。

⑱宧窔（yí yǎo）：房屋的东北角与东南角。古代建房，多在东南角设厕所，东北角设厨房。此指这些设施。

⑲丰：宽。杀：窄。

⑳夭阏（è）：《庄子·逍遥游》：“背负青天而莫之夭阏者，而后乃今将图南。”“夭”谓折，“阏”为阻塞之意。此指没有改变山原来的形势。

㉑香亭：袁枚弟袁树，字豆村，号香亭。湄君：袁枚外甥陆建，字湄君，号豫庭。

㉒君子不必仕，不必不仕：苏轼《灵璧张氏园亭记》：“古之君子，不必仕，不必不仕。必仕则忘其身，必不仕则忘其君。”

㉓己巳：乾隆十四年（1749）。

译　文

金陵从北门向西走二里，便到达小仓山。山从清凉山发源，分为两岭向下延伸，直到北门桥为止。山势蜿蜒狭长，中间有池塘、水田，老百姓俗称为干河沿。河水尚未干涸时，清凉山曾是南唐时代的避暑胜地，当时的繁盛是可以想见的。称得上金陵名胜的，南面有雨花台，西南方有莫愁湖，北面有钟山，东面有冶城，东北方有明孝陵、鸡鸣寺。登上小仓山，诸多景点就像漂浮起来一样。江湖浩瀚，云烟变幻，不是小仓山本身的风景，都被小仓山拥有了。

康熙年间，江宁织造隋公，在小仓山北面的顶峰，盖起了宽广的厅堂，周围砌上围墙，里面栽种千株荻草，千垅桂花，城里来游赏的人，络绎不绝，盛极一时。管它叫隋园，是因为主人姓隋。三十年之后，我做江宁县令，隋园已经坍塌荒废，园中的房屋被改成酒馆，仆役小厮们呼喊喧闹，禽鸟对这现象都觉得讨厌，不肯在那里栖息。百花荒芜凋谢，春天也不开花了。对此我深感悲伤，打听园林的价钱，说是值三百两银子，便用官俸把它买了下来。修补围墙，修葺楼阁，翻修房檐，重新粉刷。随着地形在高处兴建江楼；随着地形在低处兴建溪亭；随着溪涧两岸架设小桥；随着溪流建造小船；随着中间高四边低的地势，用假山作点缀；随着树木茂密或稀疏的环境，修造相应的房屋。有时把景物突现出来，有时又把景物适当遮掩；全都是随着它的天然条件增减布置，顺着自然形势选取景色，而不做任何破坏性的改造。所以仍然管它叫随园，“隋”、“随”音读相同，含义有别。

园子完工之后，我叹息说："假使我在此地做官，那只能每月来一次；假使我在此地定居，那就天天在这里了。二者不可兼得，那就舍弃官职择取随园吧。"于是托病辞官，领着弟弟香亭、外甥湄君把书籍史卷搬进园中定居下来。我曾听苏轼说过："有道德的人不一定做官，也不一定不做官。"那么我做官与不做官，跟我住进园子的时间长久与不长久，也不过是随着自然情况的变化罢了。大凡两种东西之所以能够相互替代，是因为其中的一件可以胜过另一件。我竟以官职换了这所园子，园子的奇妙，是可以想见的了。

己巳年三月记。

所好轩记①

袁 枚

所好轩者，袁子藏书处也。袁子之好众矣，而胡以书名？盖与群好敌而书胜也。其胜群好奈何？曰：袁子好味，好葺屋，好游，好友，好花竹泉石，好珪璋彝樽、名人字画②，又好书。书之好无以异于群好也，而又何以书独名？曰：色宜少年，食宜饥，友宜同志，游宜清明③，宫室花石古玩宜初购，过是欲少味矣。书之为物，少壮、老病、饥寒、风雨，无勿宜也。而其事又无尽，故胜也。

虽然，谢众好而昵焉，此如辞狎友而就严师也，好之伪者也。毕众好而从焉，如宾客散而故人尚存也，好之独者也。昔曾晳嗜羊枣④，不嗜脍炙⑤也，然谓之嗜脍炙，曾晳所不受也。何也？从人所同也。余之他好从同，而好书从独，则以所好归书也固宜。

余幼爱书，得之苦无力。今老矣，以俸易书，凡清秘之本⑥，约十得六七。患得之，又患失之。苟患失之，则以"所好"名轩也更宜。

注 释

①本文选自《小仓山房文集》，是作者为自己的书房所作的一篇记。文章表述了他爱好书籍的原因，并说明了为此屋命名的理由。风格率真，语言简捷、明快。

②珪璋：古代两种贵重的礼器。彝樽：古代祭祀用的青铜酒器。

③清明：此指天气晴朗，清和明丽的气候。

④曾皙：名点，孔子弟子，曾参的父亲。羊枣：君迁子树的果实，初生色黄，熟变黑，似羊矢，俗称“羊矢枣”，可食。《孟子·尽心下》：“曾皙嗜羊枣，而曾子不忍食羊枣。”

⑤脍炙：切细的肉和烤熟的肉。

⑥清秘之本：一般指宫廷中收藏的图书。

译文

所好轩，是我藏书的地方。我的爱好很多，为什么唯独把自己对书的爱好称为“所好”呢？那是因为和其他的爱好相比，我对书的爱好更强烈一些。为什么我对书籍的爱好超于所有嗜好之上呢？我喜欢美食，喜欢修建房屋，喜欢游玩，喜欢结交好友，喜欢花竹泉石，喜欢珪璋彝尊这些贵重的礼器酒器，喜欢名人字画，当然还有书。对书的爱好与对其他的爱好没什么区别，为什么唯独因为爱好书而为之命名“所好轩”呢？那是因为：少年时才能好美色，肚子没饱才能好美食，交朋友必须找志同道合的，出去游玩最好在清和明丽的天气，对宫室花石古玩的爱好也就是在刚购买的时候，没过多久就不新鲜了。而书这种东西，无论是少壮、老病、饥寒、风雨，不受限制，爱好从无止境。

即使是这样，拒绝其他的爱好而加倍爱好书，就像是谢绝了关系密切而行为不庄重的朋友，去寻找严厉的老师一样，爱好得有点假。结束了其他的嗜好而加倍爱好书，就像是宾客在席间散去而老朋友留了下来，爱好得有些偏狭。从前曾皙特别爱吃羊枣，不爱吃烤肉，但是说到爱吃烤肉，曾皙却不接受，为什么呢？是因为依从了大家共同的爱好。我其他的爱好是依从别人，只有爱书是依从自己。所以把我的“所好”归于书也就是本来应该的了。

我小时候就喜欢书，可惜那时苦于无法得到。现在我老了，用俸禄买书。宫廷中收藏的所有图书，我差不多收藏了十分之六七。以前担心得不到书，现在我又怕丢了书。只是怕丢失这一点，以“所好”命名我的书屋也自然是应该的了。

某公表里[①]

纪昀

同年[②]项君廷谟言：昔尝馆[③]翰林某公家，相见辄讲学。一日，其同乡为外吏者，有所馈赠。某公自陈平生俭素，雅[④]不需此。见其崖岸高峻，遂逡巡[⑤]携归。

某公送宾之后，徘徊厅事前，怅怅惘惘，若有所失，如是者数刻[6]。家人请进内午餐，大遭诟怒。忽闻有数人吃吃[7]窃笑，视之无迹，寻之声在承尘[8]上，盖狐魅云。

作者简介

纪昀（1724—1805），字晓岚，一字春帆，晚号石云，道号观弈道人，直隶献县（今河北沧州）人。其父纪容舒是著名的考据学家。纪昀自幼聪颖过人，雍正八年（1730）参加童子试，以优异的成绩得“神童”绰号。乾隆十二年（1747）参加乡试，以第一名解元夺魁。乾隆十九年（1754）中进士，授翰林院庶吉士，继授编修，此后历官左都御史，兵部、礼部尚书，协办大学士，加太子太保。曾任《四库全书》总纂修官，卒谥文达。纪昀学宗汉儒，博览群书，工诗及骈文，尤长于考证训诂，著有《四库全书总目提要》《阅微草堂笔记》《纪文达公遗集》等。

注　释

①本文选自《阅微草堂笔记》，内容讽刺某公的表里不一。作者对某公没有下一句评语，只由狐魅窃笑收尾，既简洁，又冷峭。

②同年：科举制度中称同年考中的人。

③馆：动词，任家馆教师，或在贵人家做食客。一说借住。

④雅：向来。

⑤逡巡：因有顾虑而徘徊。

⑥刻：古代用漏壶记时，一昼夜共一百刻。今用钟表计时，一刻等于十五分钟。

⑦吃吃：说话结结巴巴。此指笑声接连不断。

⑧承尘：顶棚，天花板。

译　文

同年考中进士的项廷谟君曾对我说：从前我在一个翰林学士家中做家庭教师，每次与学士见面就讲学论道。一日，学士的一位在外地为官的同乡拿礼物馈赠于他。学士自称自己平生节俭朴素，向来不需要这些。那同乡见学士性情高傲，不随流俗，就顾虑重重地带着礼物回去了。

学士送走宾客后，在客厅前徘徊，惆怅迷惘，若有所失，像这样有好几个时刻。家人请他进内屋吃午饭，却遭到他狠狠责骂。忽然听到有几个人在吃吃地偷笑，学士找寻，却毫无踪迹，探寻笑声，竟然在顶棚之上，这些大概是狐狸精怪之类的吧。

泥古不化[①]

纪 昀

刘羽冲，佚其名，沧州人。先高祖厚斋公，多与唱和。性孤僻，好讲古制，实迂阔[②]不可行。尝倩[③]董天士作画，倩厚斋公题。内《秋林读书》一幅云："兀坐秋树根，块然[④]无与伍。不知读何书，但见须眉[⑤]古。只愁手所持，或是井田谱[⑥]。"盖规之也。

偶得古兵书，伏读经年，自谓可将十万。会有土寇，自练乡兵与之角，全队溃覆，几为所擒。又得古水利书，伏读经年，自谓可使千里成沃壤，绘图列说于州官，州官亦好事，使试于一村。沟洫甫成，水大至，顺渠灌入，人几为鱼。由是抑郁不自得，恒独步庭阶，摇首自语曰："古人岂欺我哉！"如是日千百遍，惟此六字。不久，发病死。

后风清月白之夕，每见其魂在墓前松柏下，摇首独步。侧耳听之，所诵仍此六字也。或笑之，则欻[⑦]隐。次日伺之，复然。泥古者愚，何愚乃至是欤！

阿文勤公[⑧]尝教昀曰："满腹皆书能害事，腹中竟无一卷书，亦能害事。国弈不废旧谱，而不执旧谱；国医不泥古方，而不离古方。故曰：'神而明之，存乎其人[⑨]。'又曰：'能与人规矩，不能使人巧[⑩]。'"

注 释

①本文选自《阅微草堂笔记》。文章借刘羽冲之人生悲剧，讽刺了泥古不化者的无知和局限。

②迂阔：迂腐不合时宜。

③倩：请人代劳。

④块然：独处貌。

⑤须眉：指人的外貌。

⑥井田谱：即《周礼井田谱》，宋代夏休著。研究周代所实行的井田制度。

⑦欻（xū）：快速。

⑧阿文勤公：即阿克敦，章佳氏，字仲和，一字立恒，又字恒岩，

满洲正蓝旗人。康熙四十八年（1709）进士，历官翰林院掌院学士、署两广总督兼广州将军、兵部尚书、礼部尚书、太子太保、协办大学士，卒谥文勤，有《德荫堂集》。

⑨神而明之，存乎其人：出自《周易·系辞上》，意谓要真正明白某一事物的奥妙，在于各人的领会。

⑩能与人规矩，不能使人巧：出自《孟子·尽心下》，意谓木工能把制作的准则传授给别人，但不一定能使别人技艺高超，这需要自己去寻求。

译　文

刘羽冲，他的正名已没人记得了，是沧洲人。我的先高祖父厚斋公当年经常与他诗词唱和。他性格孤僻，喜欢讲究古制，但实际上都是迂腐而行不通的那些理论。他曾经请董天士替他画画，让厚斋公在画上题诗。其中有一幅《秋林读书图》，上面题的诗是："兀坐秋树根，块然无与伍。不知读何书，但见须眉古。只愁手所持，或是井田谱。"这是厚斋公用诗句给予他的规劝。

他偶然得过一部古兵书，伏案熟读数年，自己认为可以统领十万将士冲锋陷阵了。正巧当时乡里出现土匪，刘羽冲就自己训练乡兵与土匪们打仗，然而全队溃败，自己也差点被土匪擒住。又偶然得到一部古代水利书，伏案熟读数年，自己认为能使千里荒地成为肥沃之地，便绘制了地图去州官那里游说进言，州官也是个好事者，就让他在一个村落里尝试改造。水渠刚造好，洪水来了，顺着水渠灌进来，全村被淹没，人几乎变成了鱼。他从此抑郁不乐，总是独自在庭阶前漫步，一边走一边摇着头自言自语说："古人岂欺我哉！"就这样每天喃喃自语千百遍，只是说这六个字。不久刘羽冲就病死了。

后来每逢风清月白的夜晚，经常会有人看到他的魂魄在墓前的松柏树下，一边摇头一边漫步。侧耳细听，鬼魂说的仍然是这六个字。有时候听到的人笑他，鬼魂就会马上隐没，第二天再去那里看，还是看到鬼魂那样独步着喃喃自语。拘泥古制而不知变通的人都有点呆气，但怎么会呆到这种地步呢！

阿文勤公曾经教导我说："满腹诗书会坏事，但是一本书也不看，也会坏事。下棋的大国手不会废弃古代流传下来的棋谱，但是不会拘泥于旧谱；高明的医生不会拘泥于古代流传下来的药方，但是经验也不会偏离古方。所以说：'能否把什么事做得出神入化，主要是看做事的人罢了'。此外：'能够教会人做任何事的规范步骤，但不一定能使别人技巧高超。'"

无赖吕四[1]

纪 昀

沧州城南上河涯，有无赖吕四，凶横无所不为，人畏如狼虎。一日薄暮，与诸恶少村外纳凉，忽隐隐闻雷声，风雨且至。遥见似一少妇避入河干[2]古庙中。吕语诸恶少曰："彼可淫也。"时已入夜，阴云黯黑，吕突入掩其口，众共褫衣沓嬲[3]。俄电光穿牖，见状貌似是其妻，急释手问之，果不谬。吕大恚[4]，欲提妻掷河中。妻大号曰："汝欲淫人，致人淫我，天理昭然，汝尚欲杀我耶？"吕语塞，急觅衣裤，已随风入河流矣。彷徨无计，乃自负裸妇归。云散月明，满村哗笑，争前问状。吕无可置对，竟自投于河。

盖其妻归宁[5]，约一月方归，不虞母家遘回禄[6]，无屋可栖，乃先期返。吕不知，而遘此难。后妻梦吕来曰："我业重，当永堕泥犁[7]，缘生前事母尚尽孝，冥官检籍得受蛇身，今往生矣。汝后夫不久至，善视新姑嫜[8]。阴律不孝罪至重，毋自蹈冥司汤镬[9]也。"至妻再醮[10]日，屋角有赤练蛇，垂首下视，意似眷眷。妻忆前梦，方举首问之，俄闻门外鼓乐声，蛇于屋上跳掷数回，奋然去。

注 释

①本文选自《阅微草堂笔记》。文中写一个无赖作恶多端最后自毙的故事，同时又宣扬了孝道的重要性。

②河干：河岸，河边。

③褫（chǐ）：剥去。嬲（niǎo）：纠缠，调戏。此指奸淫。

④恚（huì）：怒。

⑤归宁：已婚女子回娘家探望父母。

⑥不虞：不料。回禄：本为传说中的火神，此指火灾。

⑦泥犁：梵语，意译为地狱。

⑧姑嫜：丈夫的母亲和父亲。

⑨汤镬（huò）：古代酷刑，即用滚开的水锅或油锅将犯人煮死。汤：盛开水的锅。镬：无足的鼎，古代煮牲肉的烹饪铜器。

⑩再醮（jiào）：指寡妇再嫁。醮：古代原系酌酒之意，指单方面的敬酒，再醮即第二次敬酒。周代作为礼俗除行于加冠礼和及笄礼外，亦

为婚礼仪式之一。

译 文

沧州城南上河涯村，有个无赖名叫吕四，他凶狠强横，无所不为，乡邻害怕他就像害怕狼虎一样。一天傍晚，吕四和其他恶少在村外纳凉，忽然隐隐约约听到雷声，眼看风雨将至。他们远远看到像有一个少妇避入河边的古庙之中。吕四对诸恶少说：“可以奸淫那个少妇。”等到入夜，阴云密布，四下黯黑，吕四突然进到庙里，用手捂住少妇的嘴巴，一众恶少脱掉少妇的衣服将其轮奸。忽然一个闪电闪过窗子，吕四见少妇的容貌像是自己的妻子，急忙松手相问，果然是他的妻子。吕四大怒，想把妻子投入河中淹死。妻子大声号哭说：“你想奸淫别人，致使我被别人奸淫，天理昭然，你还想杀了我吗？”吕四一时语塞，急忙找其妻的衣裤，可已经随风吹入河流之中。彷徨无计，只好自己背着裸妇回家。云散月明，满村见此情景，皆哗然大笑，争相上前问他是何缘故。吕四无言以对，最终竟羞愧得投河而死。

原来吕四的妻子回娘家探亲，本来说好一个月左右才回家，不料娘家发生火灾，无房可住，只好提前返回。吕四不知道情况，最终遭此一难。后来吕四的妻子梦到吕四对她说：“我罪孽深重，本该永堕地狱，只因生前侍奉母亲还算孝顺，冥官审定情况后让我得受蛇身，现在投胎转世去了。你将要再嫁的丈夫很快就要到了，你务必要善待公婆。阴间律法以不孝为最重，可不要自己往冥间执法官的汤镬里钻啊。”等待其妻再婚之日，屋角有条赤练蛇，低头往下看着，似有眷念之意。其妻回忆其先前做的梦，正准备抬头询问，忽听到门外鼓乐之声，蛇在屋上跳了数回，最终奋然离去。

避暑山庄[①]

纪 昀

余校勘秘籍，凡四至避暑山庄。丁未[②]以冬，戊申[③]以秋，己酉[④]以夏，壬子[⑤]以春，四时之胜胥[⑥]览焉。每泛舟至文津阁[⑦]，山容水态，皆出天然；树色泉声，都出尘境。阴晴朝暮，千态万状，虽一鸟一花，亦皆入画。其尤异者，细草沿坡带谷，皆茸茸如绿罽[⑧]，高不数寸，齐如裁剪，无一茎参差长短者，苑丁谓之规矩草。出宫墙才数步，即鬖髿[⑨]滋蔓矣。岂非天生嘉卉，以等宸游[⑩]哉？

注 释

①本文选自《阅微草堂笔记》，是作者游避暑山庄后之小记。避暑山庄是清代皇帝避暑胜地，在今河北承德市。

②丁未：乾隆五十二年（1787）。

③戊申：乾隆五十三年（1788）。

④己酉：乾隆五十四年（1789）。

⑤壬子：乾隆五十七年（1792）。

⑥胥：皆，都。

⑦文津阁：位于避暑山庄西部，建于乾隆三十九年（1774），是清代重要藏书之所。

⑧绿罽（jì）：绿色地毯。罽：一种毛织品。

⑨鬖髿（sān suō）：头发散乱貌，此指绿草参差不齐。

⑩宸游：帝王之巡游。

译 文

我校勘秘籍，一共去过避暑山庄四次。丁未年冬天、戊申年秋天，己酉年夏天，壬子年春天，一年四季的胜景我都观赏过了。我经常泛舟至文津阁，山的容貌，水的姿态，皆出于天然；树的颜色，泉水流声，都超脱尘境。阴天或是晴天，清晨或是傍晚，呈现出千万种奇异的景色，即使是一鸟一花，都能入画。尤其奇异的是，满眼细草，沿着山坡，遍布山谷，毛茸茸都像是绿色的地毯，高不过数寸，整齐得像裁剪过一样，没有一棵草是长短不一的，园丁称这草为规矩草。然而才走出宫墙数步，地上的绿草就参差不齐、随处滋蔓了。难道那宫墙内的绿草是天生的佳草，以等待圣驾来游的？

书《书永清张乞人事》后[①]

赵 佑

嘉善周震荣宰永清[②]，尝书张乞人事。张乞人，永清县南门外贫人也，父殁，行乞养母。止无庐舍，穴土为居。会天大雪，知县魏继齐过其处，闻歌声出地中，怪之。左右曰：“张乞人也。”呼出，问之，答曰：“今日我母生辰，歌以劝餐耳。”命车载其母子至官廨[③]，继齐母馈其母大布及粟，继齐馈乞人钱十缗[④]。乞人叩头曰：“官母赐我母，不敢不受；官赐我，我不敢受。”继齐曰：“与其残杯冷炙，日夕沿门也？”答曰：“残杯冷炙，我母安之久矣，目无所污也。我愚民，不知此十缗，官何所受之？我母年八十，我年六十有一，为官清白，百姓足矣。”继齐惭汗下，不复强授焉。为营室于城内金花巷，将命居之，乞人负其母去，不知所终。于是仁和老友赵佑，该而为书其后云：

乞而孝，难已；乞而廉，尤难。观乞人之受官母赐，不受官赐，其真视万钟犹呼蹴哉[5]！惟孝，故能廉；不廉，不成其为孝也。虽然，乞人以乞养母，官以官养母，官母之赐乞母，何莫非官之有所受以安其母？乞人特推[6]其安母之心，以重官母，亦善为官地也。官盍徐省其向所受之，果克安母，母之安之亦如乞母乎？则无独为乞人难也。则犹幸此一官之知惭也。

作者简介

赵佑（1727—1800），字启人，号鹿泉，浙江仁和（今杭州市）人。乾隆十七年（1752）进士，由编修历官诸道监察御史，督江西、安徽、福建、顺天学政，屡次主持科举。著有《清献堂集》。

注　释

①本文选自《清献堂集》。文章一半篇幅概述张乞人的故事，另一半发表感想，赞扬张乞人的孝和廉，表面上是写乞人，实是告诫为官者行孝必清廉。

②嘉善：县名，属浙江嘉兴。宰：任一方长官。永清：县名，今属河北廊坊。

③廨（xiè）：官署，旧时官吏办公处所的通称。

④缗（mín）：穿铜线的绳子。此指成串的铜钱。

⑤万钟：大量的粮食。钟：量器名，约相当于六斛四斗。呼：呼喊，叱喝。蹴：踢。

⑥推：推重，看重。

译　文

嘉善人周震荣在永清县做县令，曾经写过张乞人的事。张乞人是永清县城南门外的一个贫苦之人，父亲去世了，他靠讨饭赡养母亲。睡觉休息没有居所，挖地穴作为居住地。恰逢天下大雪，知县魏继齐经过他的住处，听到歌声从地下传出，感到奇怪。左右侍从禀告说：“是讨饭的张乞人。”魏继齐将张乞人叫出来，问他为何唱歌，张回答说：“今天是我母亲的生日，我唱歌为母亲生日进食助兴。”魏继齐让车子载着张乞人母子到官署，魏继齐的母亲送给张乞人的母亲粗布和粮食，魏继齐送给张乞人十串铜钱。张乞人叩头说："您的母亲赐给我母亲的东西，我不敢不收下；您赐给我的，我不敢收下。"魏继齐说："我给你十串铜钱比起你早晚沿街乞讨，得点残羹冷炙，哪个好一些？"张乞人回答说："虽然讨些残羹冷炙，但可使我母长久安心，而且没有被玷污。我是一个愚蠢的人，不知道这十串铜钱，您是从哪里得来的？我母亲八十岁了，我也六十一岁了，这么大的年龄别无他求了。您为官清白，我们老百姓就满足了。"魏继齐十分惭愧，汗流而下，不再强行给他了。他为张乞人母子在城内金花巷造了一间房子，正当要让他们住进去的时候，张乞人背着他的母亲离开了，不知去了什么地方。于是仁和县的老友赵佑，读了周震荣的《书永清张乞人事》之后，在文后写下了这样的感受：

行乞还能够尽孝，已经很难了；行乞还能够廉洁，就更难了。看张乞人接受知县母亲的礼物，却不接受知县的礼物，真是把优厚的资财看成是随便践踏的东西啊！只有孝顺，才能廉洁；不廉洁，不能说是孝顺。即便如此，张乞人以行乞赡养母亲，知县以官俸养母，知县母亲所赠送给乞母的财物，难道不是用知县的财物来安顿乞人的母亲吗？张乞人只是扩大了知县那安顿自己母亲的孝心，把知县母亲放在重要位置，也是设身处地为知县着想了。知县何不慢慢省察自己往昔所获取的财物，果真能够使母亲安心，而自己母亲的安心也像乞人母亲一样坦然吗？那么就不单单是做乞人难了。而有幸的是这个官懂得惭愧。

日读三百字[1]

阮葵生

姜西溟[2]曰：读书不需务多，但严立课程，勿使作辍。则日累月积，所蓄自富，且不可致遗忘。

欧阳公[3]言：《孝经》《论语》《孟子》《易》《尚书》《诗》《仪礼》《周礼》《春秋》《左传》，准[4]以中人之资，日读三百字，不过四年半可毕。稍钝者减中之半，亦九年可毕。今计九年可毕，则日百五十字也。

东方朔[5]上书自称：年十二学书，三冬文史足用；十五学击剑，十六学《诗》《书》，诵二十二万言；十九学《孙吴兵法》，战阵之具，钲鼓[6]之教，亦诵二十二万言。凡臣朔固已诵四十四万言。此时朔年正二十二。自十六至二十而毕，皆作三年课程。三年诵二十二万言，每年正得七万三千三百余言。以一年三百六十日成数算之，则一日所诵，才得二百零三言耳。盖中人稍下之课也。

作者简介

阮葵生（1727—1789），字宝成，号吾山，江苏山阳（今淮安）人，乾隆年间进士，官至刑部侍郎，著有《茶余客话》《七录斋诗集》。《茶余客话》是作者平生读书论学与闻的随笔札记，内容丰富，政治、经济、科学、艺术以及饮食起居、花木鸟兽，无所不有。

注　释

①本文选自《茶余客话》。作者认为，学问来自于积累，即所谓“日累月积，所蓄自富”。作者还以东方朔为例，介绍他是怎样在学问上积累自富的。作者这样不厌其烦地算账的目标，在于激励后学者不要气馁。

②姜西溟：即姜宸英，字西溟。见前注。

③欧阳公：即欧阳修。

④准：动词，作为标准。

⑤东方朔：字曼倩，平原厌次（今山东惠民）人。西汉文学家，武帝时任太中大夫。著有辞赋《答客难》等。

⑥钲（zhēng）鼓：古代军中乐器。行军时敲钲击鼓，显示军威，鼓舞士气。

译　文

姜西溟说：读书不必求数量之多，只需要严格细致地确立课程，不要半途而废。那么日积月累，所获得的知识自然丰富，而且也不会轻易遗忘。

欧阳公说：《孝经》《论语》《孟子》《易》《尚书》《诗》《仪礼》《周礼》《春秋》《左传》这些经典，以普通人的天资为标准，每天读三百字，不过四年半就可读完。稍微愚钝一点的人可能效率要低一半，九年时间也能读完了。如今按九年读完来计算，那么每日要读一百五十字。

东方朔向汉武帝上书自称：我十二岁开始读书，读了三年，所得文史知识就足够用了；十五岁学击剑，十六岁学《诗》《书》，诵读了二十二万字；十九岁学孙武和吴起的兵法，讲述战阵、钲鼓的文字也诵读了二十二万字。臣一共已经诵读了四十四万字。此时臣正二十二岁，从十六岁开始读书到二十二岁为止，我都是三年学一个课程。每三年诵二十二万字，每年是七万三千三百多字。以一年三百六十天整数算来，那每日所诵，只有二百零三字而已。这不过是中等偏下资质之人的课业水平。

弈　喻①

钱大昕

予观弈于友人所。一客数败，嗤其失算，辄欲易置之，以为不逮己也。顷之，客请与予对局，予颇易之②。甫下数子，客已得先手。局将半，予思益苦，而客之智尚有余。竟局数之，客胜予十三子，予赧③甚，不能出一言。后有招予观弈者，终日默坐而已。

今之学者，读古人书，多訾④古人之失；与今人居，亦乐称人失。人固不能无失，然试易地以处，平心而度之，吾果无一失乎？吾能知人之失，而不能见吾之失；吾能指人之小失，而不能见吾之大失。吾求吾失且不暇，何暇论人哉！弈之优劣有定也，一着之失，人皆见之，虽护前者不能讳也。理之所在，各是其所是，各非其所非，世无孔子，谁能定是非之真？然则人之失者未必非得也，吾之无失者未必非大失也，而彼此相嗤无有已时，曾观弈者之不若已！

作者简介

钱大昕（1728—1804），字晓征，号辛楣，又号竹汀，晚号潜研老人，江苏嘉定（今属上海）人。乾隆十六年（1751）乾隆帝南巡，因献赋获赐举人，官内阁中书。十九年（1754）中进士，复擢升翰林院侍讲学士。三十四年（1769），入直上书房，授皇十二子书。参与编修《热河志》，与纪昀并称“南钱北纪”。又与修《音韵述微》《续文献通考》诸书。晚年归田，潜心著述授徒，历主钟山、娄东、紫阳书院讲席，出其门下之士多至两千人。治学方面颇广，尤精校勘、音韵，著有《十驾斋养新录》《恒言录》等，后辑为《潜研堂集》。

注　释

①本文选自《潜研堂集》。文章叙述了作者一次观棋的尴尬经历，非常生动地说明了一个人观他人之失易，观自己之失难，应当“易地以处，平心而度之”才能客观公正地评价客观事物的哲理。

②易之：轻视它，认为很容易。

③赧（nǎn）：羞愧脸红。

④訾（zǐ）：诋毁。

译文

我在朋友家里看别人下棋。一位客人屡次输掉，我讥笑他谋虑失算，总是想代替他下棋，认为他的棋术不如自己。过了一会儿，客人请求和我下棋，我颇为轻视他。刚刚落下几颗棋子，客人已经取得主动形势。棋局快到中盘的时候，我思考得更加艰苦，但是客人的谋略却轻松有余。终局计算双方棋子，客人赢我十三子。我很惭愧，一句话也说不出。以后有人邀请我观看下棋，我只默默地坐着看。

现在的读书人读古人的书，常常诋毁古人的错误；和现在的人相处，也喜欢说别人的错误。人本来就不能够没有错误，但是试试彼此交换位置来相处，客观地衡量一下，自己就真的没有一点失误吗？自己能够知道别人的过失，却不能看到自己的过失；自己能够指出别人的小失误，但是不能看到自己的大失误。自己检查自己的失误尚且没有闲暇，哪里有时间议论别人呢！棋艺的高低，是有标准的，下错了一步棋，人们都看得见，即使想回护以前的错误也是隐瞒不了的。事理方面的问题，人人都赞成自己认为正确的，人人反对自己认为不正确的。现在世间没有孔子那样的圣人，谁能断定真正的正确与错误？那么别人的失误未必不是有所得，自己没有失误未必不是大失误，但是人们互相讥笑，没有停止的时候，简直连看棋的人都不如了！

镜喻[①]

钱大昕

五官莫明于目，面有黑子而目不知，乌在其为明也？目能见物，而不能见吾之面，假于镜而见焉。镜之贵不如目，镜不求于目，而目转求于镜。然世未尝以镜之助目而咎[②]目之失明。镜何负于目哉！

客有任目而恶镜者，曰："是好苦我，吾自有目，乌用镜为？久之，视世所称美人，鲜当意也，而不知己面之黑子，泰然谓美莫己若[③]。左右匿笑[④]，客终不悟，悲夫！

注释

①本文选自《潜研堂集》。文章以镜为喻，告诫人们要善于通过借鉴发现自己的缺点，看到自己的不足。

②咎：责备。

③莫己若：倒装句，即莫若己。
④匿笑：暗地里笑。

译 文

五官中没有哪一个比眼睛更能明察的了，可人脸面上有黑痣，自己的眼睛却看不到，它的明察表现在哪里？眼睛可以看见其他物体，却看不见自己的脸，于是用镜子来看自己的脸。镜子的宝贵不如眼睛，但镜子不需要借助于眼睛，而眼睛却要借助于镜子。然而世人不曾因为用镜子来帮助眼睛就责怪眼睛不能明察。镜子有什么对不住眼睛的地方呢！

某人因为信任眼睛而讨厌镜子，说："这镜子使我好难受，我自有眼睛，何必要用镜子呢？"时间长了，他看世间赞许的美人，很少合自己意的，却不知道自己脸上的痣，安然自得地认为没有谁比自己更漂亮。周边的人都暗地里笑他，他却一直不能醒悟，可悲呀！

游媚笔泉记①

姚 鼐

桐城②之西北，连山殆数百里，乃县治而迤平③。其将平也，两崖忽合，屏矗墉④回，崭横若不可径⑤。龙溪曲流，出乎其间。

以岁三月上旬，步循溪西入。积雨始霁，溪上大声泅然⑥。十余里，旁多奇石、蕙草、松、枞、槐、枫、栗、橡，时有鸣嶲⑦。溪有深潭，大石出潭中，若马浴起，振鬣宛首而顾其侣⑧。援石而登，俯视溶云，鸟飞若坠。复西循崖可二里，连石若重楼，翼乎临于溪右。或曰"宋李公麟之'垂云沜'也⑨"，或曰"后人求公麟地不可识，被而名之"。石罅⑩生大树，荫数十人，前出平土，可布席坐。南有泉，明何文端公摩崖书其上⑪，曰"媚笔之泉"。泉漫石上为圆池，乃引坠溪内。左丈学冲⑫于池侧方平地为室，未就，邀客九人饮于是。日暮半阴，山风卒⑬起，肃振岩壁榛莽，群泉、矶石⑭交鸣。游者悚焉，遂还。

是日，姜坞先生与往⑮，鼐从，使鼐为记。

作者简介

姚鼐（1732—1815），字姬传，一字梦谷，室名"惜抱轩"，人称"惜抱先生”，安徽桐城人。乾隆二十八年（1763）进士，官至刑部郎中，曾参与编修《四库全书》。后辞官南归，先后主讲于扬州梅花、江南紫阳、南京钟山等地书院四十多年，弟子遍布南方各省。治学以经为主，兼及子史、诗文。曾受业于刘大櫆，为“桐城派”主要作家。著有《惜抱轩全集》。

注　释

①本文选自《惜抱轩全集》卷十四。游记中作者先写桐城西北的形胜，次写循溪西入，沿途所见之景物风光，而后自然地落在媚笔泉，既把媚笔泉与桐城、小溪沿途的景物风光连为一幅完整的图画，也在人们眼前呈现出作者探幽赏奇的志趣。

②桐城：县名，在安徽中南部。

③县治：县政府所在地，指桐城县衙。迤（yí）平：渐渐平缓。

④墉：城墙。

⑤崭横：形容山崖高陡地横挡在前面。径：此指通行。

⑥淙（cóng）然：形容流水声响。

⑦巂（guī）：巂周，即杜鹃，又叫子规鸟，善鸣。

⑧振鬣（liè）：形容马脖子挺伸着。鬣：马颈上的长毛。宛首：转过头去。

⑨李公麟：字伯时，舒州舒城（今属安徽）人，北宋著名画家，宋神宗熙宁三年（1070）进士，官至御史检法。好古博学，擅长画山水佛像。元符末年归居龙眠山庄，所以又号龙眠山人。传世作品有《五马图》等。泮（pàn）：通“泮”，古代学宫前半月形状的水池。

⑩罅（xià）：裂缝，缝隙。

⑪何文端公：即何如宠，字康侯，桐城人，明万历二十六年（1598）进士，累官礼部尚书，武英殿大学士，谥曰“文端”。摩崖：在山崖石壁上铭刻的文字。

⑫左文学冲：即左世容，字学冲，号笔泉，桐城人。乾隆三年（1738）举人，曾任武进县教谕。

⑬卒（cù）：通“猝”，突然。

⑭矶（jī）石：水边突出的石头。

⑮姜坞先生：即作者伯父姚范，初名兴涑，字巳铜，后字南菁，号姜坞，晚号几蓬老人。乾隆年间进士。与往：一同前往。

译　文

桐城的西北方向，绵延的山峰大概有几百里，一直到县城所在地才逐渐平缓下来。那渐趋平缓的地方，两座山崖忽然合拢，像屏风一样矗立，像城墙一样环绕，山崖高峻横挡在前面，似乎不能通行。龙溪溪水曲折流淌，从这崇山峻岭之中流出。

在这一年的三月上旬，我们徒步顺着溪流从西边走进去。连续下了很长时间的雨，天气刚刚转晴，龙溪传出哗哗的流水声。走了十多里路，山道两旁有很多奇石、惠草、松树、枞树、槐树、枫树、栗树、橡树等，还能不时听到杜鹃鸟的鸣叫声。龙溪的下面有一个很深的水潭，一块大石头露出水面，好像一匹马洗完澡站起身来，甩着鬃毛转过头去看它的同伴。攀附着石头向上登攀，低头往下看时，天空中的浮云好像溶化在潭水里，有鸟儿飞过，好像在往下坠落。又向西沿着山崖走了大约二里路，山崖上层叠着的一块巨大的岩石仿佛有两层楼高，犹如一只展翅欲飞的大鸟临立在龙溪的右岸。有人说“这是宋代画家李公麟所说的‘垂云沜’”，也有人说“后人寻找李公麟居住的地方没有找到，所以就用‘垂云沜’来命名”。石头的裂缝中间生长着一棵大树，树荫之大能遮蔽几十个人。大树的前面有一块平地，可以铺开席子坐下。大树的南面有一泓泉水，明代何文端先生的摩崖文字铭刻在泉边的峭壁上面，将此泉命名为“媚笔之泉”。泉水漫过石头，形成一个圆形的水池，于是向下导引泉水流入下面的龙溪里。左学冲老人正在水池边上平整的土地上盖房子，房子还没有完工，邀请九位客人在这里饮酒。傍晚时分，天气转为半阴，山风突然刮起来，肃杀悲凉，振荡岩壁和树木草丛，众多泉水与水边矶石交相鸣响。游人对此有些害怕，于是起身回家。

这一天，我的伯父姜坞先生也和大家一同前往，我跟随着他去了，他让我将这次出游写了下来。

《南园诗存》序[①]

姚　鼐

昆明钱侍御沣既丧[②]，子幼，诗集散亡，长白法祭酒式善、赵州师令君范为蒐辑[③]，仅得百余首，录之成二卷。侍御尝自号南园，故名之曰《南园诗存》。

当乾隆之末，和珅[④]秉政，自张威福，朝士有耻趋其门以希进用者，已可贵矣。若夫立论侃然[⑤]，能讼言其失于奏章者，钱侍御一人而已。今上既收政柄，除慝扫奸，屡进畴昔不为利诱之士[⑥]，而侍御独不幸前丧，不与褒录[⑦]，岂不哀哉！

君始以御史奏山东巡抚国泰[⑧]秽乱，高宗命和珅偕君往治之。君在道衣敝，和珅持衣请君易，君卒辞。和珅知不可私干[⑨]，故治狱无敢倾陂[⑩]，得伸国法。其后君擢至通政副使[⑪]，督学[⑫]湖南。时和珅已大贵，媒蘖[⑬]其短不得，乃以湖北盐政有失，镌[⑭]君级。君旋遭艰[⑮]归，服终，补部曹[⑯]。高宗知君直，更擢为御史，使值军机处[⑰]。君奏和珅及军机大臣常不在值之咎，有诏饬责，谓君言当，和珅益嗛[18]君。而高宗知君贤，不可谮[19]，则凡军机劳苦事，多以委君。君家贫，衣裘薄，尝夜入暮出，积劳感疾以殒。方天子仁明，纲纪犹在，大臣虽有所怨恶，不能逐去，第劳辱之而已。而君遭其困，顾不获迁延数寒暑，留其身以待公论大明之日，俾国得尽其才用，士得尽瞻君子之有为也。悲夫！悲夫！

余于辛卯会试分校得君[20]，四年而余归，遂不见君。余所论诗古文法，君闻之独喜。君诗尤苍郁劲厚，得古人意。士立身如君，诚不待善诗乃贵。然观其诗，亦足以信其人矣。余首闻丧，既作诗哭之；今得集，乃复为序以发余痛云。

注　释

①本文选自《惜抱轩全集》，是作者为他人诗集所作之序。文章重在赞钱沣忠直敢言、与权臣和珅斗争的行为，哀其不待公论大白于天下而死，惋惜之意溢于言表。

②钱沣：字东注，号南园，云南昆明人，清代书画家。乾隆三十六年（1771）进士，历官御史、通政司副使。侍御：御史。

③法式善：蒙古正红旗人，伍尧氏，原名运昌，字开文，号时帆，一号梧门，吉林长白人。乾隆四十五年（1780）进士，官至国子监祭酒。乾隆帝盛赞其才，赐名“法式善”，满语“奋勉有为”之意。著有《素存堂稿》《槐厅笔记》。师范：字荔扉，大理赵州（今云南弥渡）人。乾隆三十九年（1774）举人，官安徽望江县知县。令君：此指县令、知县。蒐：通“搜”。

④和珅：满州正红旗人，钮钴禄氏，原名善保，字致斋，自号嘉乐堂、十笏园、绿野亭主人。袭世职，乾隆时执政二十余年，官至军机大臣、文华殿大学士，封一等公。乾隆晚年对他倚任极专，因此他更加肆无忌惮地结党营私纳贿。嘉庆皇帝登位，责令他自杀，抄没家产极多，时有“和珅跌倒，嘉庆吃饱”之语。

⑤侃然：刚直貌。

⑥进：进用，升迁。畴昔：往昔。

⑦褒录：嘉奖、表扬并加以记功录名。

⑧国泰：满洲镶白旗人，富察氏。和珅私党，任山东巡抚，向所属各州县索取贿赂，以致各州县的仓库亏空银两二百多万，遭御史钱沣弹劾，事情败露，押送京师伏法。

⑨干：求。

⑩倾陂：倾斜不正。此指不公正，偏袒。

⑪通政副使：通政司副长官。通政司掌内外奏章，设置军机处后，通政司遂为闲职。

⑫督学：即提督学政，管一省的科举考试，由中央各部门出身进士

的官员担任，钱沣即由通政副使督学湖南。

⑬媒蘖（niè）：比喻挑拨是非，陷人于罪。媒：酒母。蘖：通“糵”，曲糵。

⑭镌（juān）：削。钱沣因和珅诬陷，诏降三级。

⑮遭艰：遭父母之丧，又称“丁艰”。

⑯部曹：明清时各部司官的通称。

⑰直：通“值”，当值。军机处：清代辅佐皇帝的政务机构，掌缮写谕旨，记载档案，商承处理军国要务。人数不多，权力显要。

⑱嗛：通“衔”，怀恨。

⑲谮（zèn）：进谗言，说人坏话。

⑳辛卯：乾隆三十六年（1771）。会试：明清时每三年一次在京城举行的考试。比乡试高一级。分校：科举考试时校阅试卷的官，时姚鼐以礼部员外郎任分校。

译　文

昆明钱沣御史已去世，儿子年幼，诗集散失，长白法式善祭酒、赵州师范令君替他搜集，仅得到一百多首，抄录成二卷。钱御史曾经自称南园，因此给它取名《南园诗存》。

乾隆末年，和珅执政，妄自尊大，作威作福，朝中士大夫中有把奔走他的门下以企求升迁重用认为是耻辱的，就已经很可贵了。至于立论刚直，能够在奏章中公开指斥他的错误，不过钱御史一人罢了。当今皇上已经收回权柄，亲自主掌政事，扫除奸邪，多次进用那些往昔不被利诱的人，可是钱御史偏偏不幸早已死去，无法被褒奖录用，岂不令人哀伤！

钱君当初任监察御史时，弹劾山东巡抚国泰贪污昏乱，高宗命令和珅偕同钱君前往处置。钱君在路上衣服破旧，和珅拿衣服请他换，他终是拒绝。和珅知道不能私下求情，因此处理这个案件不敢徇私舞弊，国法得到伸张。之后钱君被提升做通政副使，出任湖南学政。当时和珅已特别显贵，不能寻到先生的短处加以陷害，便以湖北盐政有错误为借口，降低他的职务。钱君不久因父母丧事回家，服丧期满，被补授为部曹。高宗知道他正直，再提升他做御史，让他值守军机处。他又弹劾和珅及军机大臣不值班理事的错误，有诏书进行告诫责问，认为他说的正确，和珅因此更加忌恨钱君。高宗知道钱君贤德，不可能进谗言，就将军机处所有劳苦的事，都交给他去办。钱君家贫，衣裳单薄，出入军机处常两头不见天日，终于积劳成疾而死。当时皇上仁爱贤明，法制还在，大臣纵然对先生怀有怨恨，也不能驱逐，只能用劳苦之事来使之受辱罢了。可是他遭受和珅的困辱，未能多活几年，未能留着他的身体以等到公众的评论完全明白的一天，未能使国家能够尽力使用他的才能，未能使足够多的士人看到君子有所作为。痛心啊！痛心啊！

我在辛卯年礼部会试担任阅试卷的官员时认识钱君，四年后我回到家乡，竟没有再见到他。我所评论的诗和古文法，钱君听到后特别欢喜。他的诗苍劲深厚，深得古人的意旨。士人如果能如同他一样注重品德修养，那么确实不必等到擅长写诗就已经很可贵了。然而读他的诗，也就完全相信他这个人了。我以前得知钱君去世，已经写了诗歌哀悼他；如今得到他的诗集，于是又写下了这篇序文，用来表达我的悲痛之情。

《述庵文钞》序[①]

姚　鼐

余尝论学问之事，有三端焉，曰：义理[②]也，考证[③]也，文章也。是三者，苟善用之，则皆足以相济，苟不善用之，则或至于相害。今夫博学强识而善言德行者，固文之贵也；寡闻而浅识者，固文之陋也。然而世有言义理之过者，其辞芜杂俚近，如语录[④]而不文；为考证之过者，至繁碎缴绕[⑤]，而语不可了当[⑥]。以为文之至美，而反以为病者，何哉？其故由于自喜之太过，而智昧于所当择也。夫天之生才，虽美不能无偏，故以能兼长者为贵，而兼之中又有害焉，岂非能尽其天之所与之量，而不以才自蔽者之难得与？

青浦王兰泉先生，其才天与之，三者皆具之才[⑦]也。先生为文，有唐宋大家之高韵逸气，而议论考核，甚辨而不烦，极博而不芜，精到而意不至于竭尽。此善用其天与以能兼之才，而不以自喜之过而害其美者矣。先生历官多从戎旅[⑧]，驰驱梁、益[⑨]，周览万里，助威国家定绝域之奇功。因取异见骇闻之事与境，以发其瑰伟[⑩]之辞为古文，人所未有。世以此谓天之助成先生之文章者，若独异于人。吾谓此不足为先生异，而先生能自尽其才，以善承天与者之为异也。

鼐少于京师识先生，时先生亦年才三十，而鼐心独贵其才。及先生仕至正卿[⑪]，老归海上，自定其文曰《述庵文钞》四十卷，见寄于金陵。发而读之，自谓粗能知先生用意之深。恐天下学者读先生集，第叹服其美而或不明其所以美，是不可自隐其愚陋之识，而不为天下明告之也。若夫先生之持集及他著述，其体虽不必尽同于古文，而一以余此言求之，亦皆可得其美之大者云。

注 释

①本文选自《惜抱轩全集》，是作者为王昶文集所作之序。文章盛赞王昶是“义理”、“考证”、“文章”三者相济的高才。《述庵文钞》：清代王昶所著。王昶，字德甫，号述庵，学者称兰泉先生，江苏青浦（今属上海）人。乾隆十九年（1754）进士，官至刑部右侍郎，著有《春融堂诗文集》。

②义理：儒家所讲的道理，实际就是程朱理学历论之理。

③考证：对史实、名物、文字等的考订、核查与分析，是清代汉学家研究古籍的主要方法。

④语录：对口语的实录，不重文字修饰，古代记录授业、传道或言谈的文章称“语录体”。

⑤缴绕：缠绕、纷杂。

⑥不可了当：没完没了。了当：了结。

⑦三者皆具之才：王昶通晓朱熹的理论，兼及薛瑄、王守仁等人的各家学说，且长于考证，辑有《金石萃编》。于诗词古文也颇有造诣。

⑧多从戎旅：长期随军征战。乾隆年间，云贵总督阿桂率师攻缅甸，王昶曾请随军效力，后理藩院尚书温福代替阿桂，又以王昶为幕府，王昶后来还曾分别随温福、阿桂两次讨伐金川。

⑨梁、益：古代州名，均在今四川省。

⑩瑰伟：奇伟，卓异。

⑪正卿：清代有三品至五品卿的虚衔表示待遇，称为“正卿”。

译 文

我曾经谈论过学问的事情，有三个方面，就是义理、考证、文章。这三个方面，如果好好地运用，就能够相辅相成；如果不好好运用，就可能导致互相妨害。现今博学强识并且有良好的言行的人，其文章本来就可贵；孤陋寡闻并且学识浅薄的人，其文章本来就浅陋。但是世间有过于追求义理的人，他们的言辞杂乱没有条理，粗俗浅显，像语录体，没有文采；有过于追求考证的人，他们的文章到了琐碎繁杂的地步，言语没完没了。自以为文章美到了极点，却反而因此成了弊病，为什么呢？原因在于对喜欢的东西喜欢得太过分，而在他应当选择的事物上面智谋却变得愚钝糊涂了。天生有才能的人，他的文章虽美但不能没有偏重，所以能兼有三者长处的是最为宝贵的，然而兼具了众长之中也还是会有不足。这样看来，难道充分运用上天给的才华，而且不因为才华而自我蒙蔽的人不是很难得的吗？

青浦王兰泉先生，他的才能是上天赐予的，是三者兼具的人才。先生写的文章，具有唐宋名家高雅的韵味、飘逸的气度，且文章议论考证，言辞漂亮却不烦琐，内容广博却不繁杂，精细周到却不会把意思说尽。这是因为他善用上天给他的、能兼长的才能，却不因为自己过分喜欢而妨害文章之美。先生当官长期随军征战，在梁州、益州等地奔走，历览万里之景，辅助国家，成就安定边疆的杰出功业。于是他选取这些奇异的见闻，阐发成为奇伟、卓异的言辞写成古文，这是别人所不曾有的。世人因此说那是上天帮助而成就了先生的文章，好像唯独先生和别人不一样。我却说这并非是先生与众不同之处，先生能用尽自己三者兼之的才能，并好好地承受上天给予他的禀赋，这才是他与别人不一样的地方。

我年轻时在京城认识先生，当时先生才三十岁，我心里就很敬重他的才能。到先生官至正卿，年老归来海上，自己修定文章名为《述庵文钞》，共四十卷，从金陵寄给我。打开来读，自认为能粗略地懂得先生深刻的用意。恐怕天下的读书人读先生的文集，只会叹服他优美的文辞，或许不明白个中的原因，所以我不能隐藏自己愚陋的见识，不能不清楚地把这些见识告诉天下人。至于先生的诗集和其他著述，体裁虽然不一定和古文相同，但一概用我这些话来探求，也都可以体会到其中极美妙的地方。

博山知县武君墓表[1]

姚　鼐

乾隆五十七年，当和珅秉政，兼步军统领[2]，遣提督番役[3]至山东，有所诇[4]察。其役携徒众，持兵刃，于民间凌虐为暴。历数县，莫敢何问。至青州博山县，方饮博恣肆，知县武君，闻即捕之。至庭不跪，以牌[5]示知县曰："吾提督差也。"君诘曰："牌令汝合地方官捕盗，汝来三日，何不见吾？且牌止差二人，而率多徒何也？"即擒而杖之。民皆为快，而大吏[6]大骇，即以杖提督差役参奏，副奏投和珅。而番役例不当出京师，和珅还其奏，使易，于是以妄杖平民，劾革武君职。博山民老弱，诣大府[7]留君者千数，卒不获。然和珅遂亦不使番役再出。当时苟无武君阻之，其役再历数府县，为害未知所极也。武君虽一令，而功固及天下矣。

君讳亿，字虚谷，偃师人。乾隆四十五年进士。其任博山县，及去官，才七月，而多善政，民以其去流涕。君自是居贫，常于他县主书院。读经史，考证金石文[8]，多精论明义，著书数百卷。今皇帝在藩邸[9]，闻君名，及亲政[10]，召君将用之，而君先卒矣。

君卒以嘉庆四年十月二十九日，年五十五。余与君未及识，第闻其行事，读所著述。今遇君子穆淳于江宁[11]，为文使归揭[12]诸墓上。君行足称者犹多，而非关天下利害，兹不著。嘉庆十八年二月，桐城姚鼐表。

注　释

①本文选自《惜抱轩全集》，是作者为武亿所作墓表。文章描写了武亿敢于冒犯权势，严明执法，打击和珅爪牙嚣张气焰的事迹，赞扬了武亿刚正不阿，胸怀天下的魄力和襟怀。博山：县名，清代属山东青州府，今属山东淄博市。

②步军统领：官名，统率八旗步军两翼五营，掌管京师正阳、崇文等九门内外守卫巡警，通称“九门提督”，以亲信的满族大臣兼任。

③番役：管缉捕和差役。清代步军统领衙门设番役。

④诇（xiòng）：侦察，刺探。

⑤牌：即腰牌，用作凭证的小木片或金属片，犹如身份证明。

⑥大吏：省级长官，此指山东巡抚。

⑦大府：高级官府，指总督、巡抚、藩司等衙门。

⑧金石文：古代铜器和石刻上的文字。

⑨藩邸：诸侯王的府第。此指清仁宗做皇子时的府第。

⑩亲政：亲自主政。清仁宗初登皇位时，政事仍由太上皇（高宗）决定。嘉庆四年（1799）高宗死，仁宗亲政，立即诛杀和珅。

⑪江宁：今江苏南京市。

⑫揭：标记，表。

译　文

乾隆五十七年（1792），权臣和珅把持朝政，兼步军统领，他派遣提督衙门的番役到山东，四处侦察。这些番役带着大批徒众，手持兵刃，在民间凌辱百姓，肆意行暴。经过数县，都没人赶来质询。到了青州博山县，这些番役正准备饮酒赌博，恣意取乐，博山知县武君听闻他们到来，立即将其逮捕。番役们到了县衙却不下跪，拿出腰牌给知县看，说：“我们是提督大人的差役。”武君责问说：“腰牌是命令你们配合地方官缉捕盗贼的，你们来了三天，为何不来见我？况且腰牌上只派遣了两人，而你们却有如此多的徒众，这又是为何？”随即将他们擒住，施以杖刑。百姓们皆拍手称快，而山东巡抚却大为惊恐，他立即上疏，以杖击提督差役的罪名弹劾武君，奏疏的副本则投给和珅。可根据法规，番役是不能出京城的，和珅把奏疏副本还给山东巡抚，让他更改，于是便以随意杖击平民的罪名弹劾武君，革了他的职。博山县的百姓无论老弱都去巡抚府说情挽留武君，多达千人，最终未能如愿。然而和珅从此也没有再派番役出京城肆虐四方。当时若没有武君阻止，那些番役再经过几个府县，不知道会危害到什么程度呢！武君虽然只是一个小小的县令，但他的功劳本就惠及天下了。

武君名亿，字虚谷，河南偃师人。乾隆四十五年（1780）进士。他从任博山县令到被革职，总共才七个月，而期间多行善政，百姓因为他的离去而流涕哭泣。武君从此家居贫困，常到外县的书院主讲。他读经史，考证金石文，常精确地阐述义理，著书数百卷。当今皇上做皇子时就听说武君的贤名，等到亲政时，征召武君准备启用，可是武君已去世了。

武君于嘉庆四年（1799）十月二十九去世，享年五十五岁。我与武君并不相识，只是听闻他的言行故事，读过他的著述。如今在江宁遇到武君之子穆淳，作下此文让穆淳带回到武君墓上。武君的言行足以称道的有很多，而那些无关天下利害的，我就不赘言了。嘉庆十八年（1813）二月，桐城姚鼐表。

登泰山记[①]

姚 鼐

泰山之阳，汶水[②]西流；其阴，济水[③]东流。阳谷[④]皆入汶，阴谷皆入济。当其南北分者，古长城[⑤]也。最高日观峰[⑥]，在长城南十五里。

余以乾隆三十九年十二月，自京师乘风雪，历齐河、长清[⑦]，穿泰山西北谷，越长城之限，至于泰安[⑧]。是月丁未[⑨]，与知府朱孝纯[⑩]子颍由南麓登。四十五里，道皆砌石为磴，其级七千有余。

泰山正南面有三谷，中谷绕泰安城下，郦道元所谓环水也[⑪]。余始循以入，道少半，越中岭[⑫]，复循西谷，遂至其巅。古时登山，循东谷入，道有天门[⑬]。东谷者，古谓之天门溪水，余所不至也。今所经中岭及山巅，崖限当道者，世皆谓之天门云。道中迷雾冰滑，磴几不可登。及既上，苍山负雪，明烛天南；望晚日照城郭，汶水、徂徕[⑭]如画，而半山居雾若带然。

戊申晦[⑮]，五鼓，与子颍坐日观亭[⑯]，待日出。大风扬积雪击面。亭东自足下皆云漫。稍见云中白若樗蒱[⑰]，数十立者，山也。极天云一线异色，须臾成五采。日上，正赤如丹，下有红光，动摇承之。或曰，此东海[⑱]也。回视日观以西峰，或得日或否，绛皓驳色[⑲]，而皆若偻[⑳]。

亭西有岱祠[21]，又有碧霞元君祠[22]；皇帝行宫[23]在碧霞元君祠东。是日，观道中石刻，自唐显庆[24]以来，其远古刻尽漫失。僻不当道者，皆不及往。

山多石，少土。石苍黑色，多平方，少圜[25]。少杂树，多松，生石罅，皆平顶。冰雪，无瀑水，无鸟兽音迹。至日观数里内无树，而雪与人膝齐。

桐城姚鼐记。

注释

①本文选自《惜抱轩全集》。文章描述了作者冒雪登泰山观赏日出的经过，描写了泰山的雄奇形势。文字简洁生动，写景尤为出色。

②汶（wèn）水：也叫汶河，发源于山东莱芜东北原山，向西南流经泰安东。

③济水：发源于河南济源西王屋山，东流入海。后来下游被黄河冲没。

④阳谷：指山南面谷中的水。谷：两山之间的流水道，现通称山涧。

⑤古长城：战国时齐国修筑的长城，西起平阴，经泰山北冈，东至诸城。

⑥日观峰：泰山顶峰，观日出之胜地。

⑦齐河、长清：山东两县名，在泰安西北。

⑧泰安：即今山东泰安，在泰山南面，清朝为泰安府治所。

⑨丁未：丁未日，此指十二月二十八。

⑩朱孝纯：字子颖，号海愚，时任泰安府知府，姚鼐挚友。

⑪郦道元：字善长，范阳涿州(今属河北)人，北朝北魏地理学家，著有《水经注》。环水：即中溪，俗称梳洗河，流出泰山，傍泰安城东面南流。

⑫中岭：即黄岘岭，又名中溪山，中溪发源于此。

⑬天门：泰山峰名。《山东通志》："泰山周回一百六十里，屈曲盘道百余，经南天门，东西三天门，至绝顶，高四十余里。"

⑭徂徕（cú lái）：山名，在泰安东南四十里。

⑮晦：农历每月最后一天。

⑯日观亭：亭名，在日观峰。

⑰樗蒱（chū pú）：又作"樗蒲"，古代的一种赌博游戏，此指博戏用的"五木"。五木两头尖，中间广平，立起来很像山峰。

⑱东海：泛指东面的海。这里是想象，实际上在泰山顶上看不见东海。

⑲绛：大红。皓：白色。驳：杂。

⑳若偻：像脊背弯曲的样子。引申为鞠躬、致敬的样子。日观峰西面诸峰都比日观峰低，故云。

㉑岱祠：一名岱庙，祭祀东岳大帝的庙宇。
㉒碧霞元君祠：祭祀东岳大帝女儿碧霞元君的庙。也叫娘娘庙。
㉓行宫：指乾隆帝登泰山时住过的房宇。行宫：皇帝出巡时的住所。
㉔显庆：唐高宗李治的年号(656—661)。
㉕圜：通“圆”。

译文

泰山的南面，汶河向西流去；泰山的北面，济水向东流去。南面山谷的水都流入汶水，北面山谷的水都流入济水。处在那阳谷和阴谷南北分界处的，是古代春秋时期齐国所筑长城的遗址。最高的日观峰，在古长城以南十五里。

我在乾隆三十九年十二月从京城出发，冒着风雪启程，经过齐河县、长清县，穿过泰山西北面的山谷，跨过长城的城墙，到达泰安。这月丁未日，我和泰安知府朱孝纯从南边的山脚登山。攀行四十五里远，道路都是石板砌成的石阶，那些台阶共有七千多级。

泰山正南面有三条水道，其中中谷的水环绕泰安城，这就是郦道元书中所说的环水。我起初顺着中谷进去，沿着小路走了不到一半，翻过中岭，再沿着西边的水道走，就到了泰山的顶峰。古时候登泰山，沿着东边的水道进入，道路中有座天门。这东边的山谷，古时候称它为“天门溪水”，是我没有到过的。现在我经过的中岭和山顶，挡在路上的像门槛一样的山崖，世上人都称它为“天门”。一路上大雾弥漫，冰冻溜滑，石阶几乎无法攀登。等到已经登上山顶，只见青山上覆盖着白雪，雪光照亮了南面的天空。远望夕阳映照着泰安城，汶水、徂徕山就像是一幅美丽的山水画，停留在半山腰处的云雾，又像是一条舞动的飘带。

戊申这一天是月底，五更时分，我和子颖坐在日观亭里，等待日出。这时大风扬起的积雪扑面打来。日观亭东面从脚底往下一片云雾弥漫，依稀可见云中几十个白色的骰子似的东西，那是山峰。天边的云彩形成一条线呈现出奇异的颜色，一会儿又变成五颜六色的。太阳升上来了，红的像朱砂一样，下面有红光晃动摇荡着托着它。有人说，这是东海。回头看日观峰以西的山峰，有的被日光照到，有的没照到，或红或白，颜色错杂，都像弯腰曲背鞠躬致敬的样子。

日观亭西面有一座东岳大帝庙，又有一座碧霞元君庙。皇帝出外巡行时居住的屋宇就在碧霞元君庙的东面。这一天，还观看了路上的石刻，都是唐朝显庆年间以来的，那些更古老的石碑都已经模糊或缺失了。那些偏僻不对着道路的石刻，都赶不上去看了。

山上石头多，泥土少。山石都呈青黑色，大多是平的、方形的，很少有圆形的。杂树很少，多是松树，松树都生长在石头的缝隙里，树顶是平的。冰天雪地，没有瀑布，没有飞鸟走兽的声音和踪迹。日观峰附近几里以内没有树木，积雪厚得同人的膝盖一样平齐。

桐城姚鼐记。

读孙子[1]

姚鼐

左氏序阖闾事[2]，无孙武[3]；太史公为列传，言武以十三篇见于阖闾。余观之，吴容[4]有孙武者，而十三篇非所著，战国言兵者为之，托于武焉尔。春秋大国，用兵不过数百乘[5]，未有兴师十万者也，况在阖闾乎！田齐三晋既立为侯[6]，臣乃称君曰主，主在春秋时大夫称也。是书所言皆战国事耳。其用兵法，乃秦人以虏使民[7]法也，不仁人之言也。然自是世言用兵者，以为莫武若矣。

注释

①本文选自《惜抱轩全集》，是作者读《孙子兵法》十三篇后的札记。文中作者提出兵法非孙武所著，而是战国兵家所撰的观点，并阐述了自己的论据。

②左氏：即《左传》。相传春秋时左丘明所撰。阖闾：一作“阖庐”，春秋时吴国君主。

③孙武：春秋时齐国人，字长卿。《史记·孙子吴起列传》载他以《兵法》十三篇见吴王阖闾，阖闾说：“子之十三篇，吾尽观之矣。”即用孙武为将，率吴军攻破楚国。

④容：容或，或许。

⑤乘（shèng）：古时四马驾一辆兵车为一乘，配有甲士三人，步卒七十二人。

⑥田齐：即战国时的齐国，因君主为田氏，故称“田齐”。春秋时期齐国为姜姓。田氏夺得齐国政权后，周安王始封齐国国君田和为诸侯。三晋：春秋末年晋国的卿，即韩、赵、魏。三家瓜分晋国，成为战国时的韩、赵、魏三国，史称“三晋”。

⑦虏使民：像对待奴隶一样役使百姓。《战国策·赵策》：“彼秦者，弃礼义而上首功（以俘获敌人的首级论战功）之国也。权使其士，虏使其民。”

译文

《左传》中记述吴王阖闾的事迹，并未提及孙武。太史公司马迁为孙武作传，提到孙武以兵法十三篇去拜见阖闾。据我来看，吴国或许确实存在孙武这个人，但兵法十三篇并不是他所著，是战国时期的兵家撰写，托名于孙武而已。春秋时期的大国，用兵作战时不过数百乘，从未有发动十万大军的，更何况在吴王阖闾时！田氏代齐、三家分晋后，周天子承认田氏、韩氏、赵氏、魏氏为诸侯，由此进入战国时期，这时臣子才称呼君主为主，而主在春秋时是对大夫的称呼。这本书所讲述的都是战国时期的事。其中用兵之法，都像是秦国人如同对待俘虏一样役使百姓的方法，都是不仁之言。然而自此之后，世人都认为没有超过孙武的用兵者了。

表微[1]

彭绍升

沈忠伯馆[2]于上津桥程氏，司出纳无苟，与人交，诺必诚，行不蹈非礼。予友汪大绅[3]，亦授徒程氏，见而异之，曰："子性耶？亦习而安之耶？"

曰："吾尝闻教于黄先生若木矣。始吾贫且困，皇皇然[4]如有失也，汲汲然[5]常有求也。噫，殆矣。黄先生进而教之曰：'子毋然，吾语子。吾昔常苦贫，一日粮不继，将出门干人。步于庭，日方午，顾影忽自咤[6]曰："咄[7]！七尺男子，负圆履方[8]，不自重，乃从人道一乞字耶？且我命固当死，出门将安之？"遂闭门兀坐者三日。病且僵，忽闻叩门声，强起，徐行启门，则故人者引一力，担粟两斛[9]，钱两贯[10]，入门而吁曰："吾过矣！吾过矣！吾固虞子之不以困告也，吾不意子之困至于斯也！"扶予坐，呼力买薪煮汤与粥，盥而食之而后去。嗣是[11]予常常闭门，然粮尽辄继，亦不知何以致之也。子其勉之！'吾闻先生言，知命之不可为也，求者徒自苦也，而志定，至于今守之。"

又言：先生为人坦白，善诱人。习青乌家[12]言，为人度地，辄曰佳。欲其子之速葬也，审向背[13]，谨趋避而已。馈以金，不启封，投之瓮中。子昏[14]，方与人弈，门无贺者。忠伯肃衣冠，上堂欲致礼，先生不顾。已而谓早："忠伯，尔亦如许俗耶？"忠伯谢不敢。

或又言：先生家于木渎[15]时，冒雨入城，辄著木屐，往还六十里。或曰："泥滑且颠。"先生曰："吾脚头有眼。"性喜茶，贮雨水数十瓮，客至，拾松子烹而饮之。晨起东向坐，吸日华[16]以为常，既老，神明不衰。卒年八十余。

作者简介

彭绍升（1740—1796），字允初，号尺木，又号知归子，长洲（今江苏苏州）人。乾隆二十六年（1761）进士。早年有功名之心，中年起热衷佛学，居深山习静，素食持戒四十年，法名际清。工古文，有《二林居集》。

注　释

①本文选自《二林居集》。表微：意思是表明微细的、隐而不现的人或事，从这篇文章看，也就是表彰具有教育意义而日益衰微的处世之道。文章借旁人之口记叙黄若木先生的为人，宣扬淡泊无求、随遇而安的人生哲学。

②馆：寓居。旧时给人做幕友、塾师、食客都可称“馆”。

③汪大绅：汪缙，字大绅，号爱庐，江苏吴县人。

④皇皇然：心不安貌。皇皇：通“惶惶”。

⑤汲汲然：心情急切貌。

⑥咤：怒声。

⑦咄（duō）：呵叱声。

⑧圆：此指天。方：此指地。古人认为天圆地方。

⑨斛（hú）：容量单位，五斗为一斛。

⑩贯：钱串，每一千文为一贯。

⑪嗣是：从此。

⑫青乌家：即风水先生。相传汉代有青乌子，人称“青乌公”，精通相地术，即为人选择住宅、墓地的迷信方法。

⑬向背：正反，趋向和违避。指相地时根据山川形势的优劣，选取有利的地形，避开不利的地形。下文“趋避”与此意思相同。

⑭昏：通“婚”。

⑮木渎：旧镇名，在吴县西南三十里。

⑯日华：太阳的精华。道家养身之法有每天早晨面向太阳呼吸，称吸日华。

译　文

沈忠伯为上津桥程氏工作，管理支出收入一点也不马虎，和别人交往，答应了的事必定做到，行为总是不超出礼节的范围。我的朋友汪大绅，也在程氏那里教学生，见到沈忠伯这样很惊异，说：“这是你的本性吗？还是习惯了才这样安然处世？”

沈忠伯说：“我曾听过黄若木先生的教诲。当初我贫穷困苦。内心不安，好像丢了什么，心中急切，经常想得到一些东西。唉，疲惫至极了。黄先生来看我时教诲道：‘你别这样，听我给你说。我以前经常贫困潦倒，一天吃不上饭，就想出门求别人。在院中踱步，刚好中午，看着自己的影子猛然自叹道：“嗨！七尺男儿，背天履地，不自重，难道要向别人乞讨吗？如果我命中注定要死，出门能有什么办法？”于是闭门端坐三天。病体僵直，忽然听到敲门声，勉强起来，慢慢走过去开门，原来是朋友带着一个劳力，担着二十斗谷子，两千文钱，进门叫道：“我的错啊！我的错啊！我本来就担心你有困难不告诉我，我没想到你窘困到这种地步了！”他扶我坐下，叫劳力买柴煮汤与粥，洗过手然后吃完饭才离开。于是我常常闭门不出，然而粮食又快没了，也不知道怎么去得到。你好好努力吧！’我听了先生的话，知道命运是不可改变的，强求的人白白受苦，于是我的意志就坚定了，至今还守着。”

又说：先生为人坦坦荡荡，善于诱导人。修习风水先生的学说，为人选择住宅居地，众人都称好。他希望自己死后儿子能快点安葬自己，就自选墓地，审察地形的正面与反面，谨慎选择趋向和违避。别人送的钱财，不启封，扔进瓮里。儿子结婚时，仍然与人下棋，门外没人来道贺。忠伯整肃衣冠，上堂想要致礼，先生不看他。过了一会儿对他说：“忠伯，你怎么也这样庸俗？”忠伯道歉再不敢这样了。

又有人说：先生住在木渎的时候，冒雨进城，只穿着木屐，去来六十里。有人说：“路上泥滑容易跌跤。”先生说：“我脚趾头有眼睛。”先生很喜欢喝茶，贮藏雨水数十瓮，客人来了，捡几个松子煮进去饮用。先生早晨起来东向坐，面向太阳呼吸以之为常事。老了以后，精神强健不衰，死的时候八十多岁。

老僧辨奸[①]

沈起凤

严分宜[②]未贵时，与敏斋王公[③]读书菩提寺东院。一日，同阅《荆轲传》[④]。至樊於期[⑤]自杀处，严曰：“此呆汉也，事知济不济，辄以头颅作儿戏耶！”遂大笑。王曰：“烈士[⑥]复仇，杀身不顾，志可哀也！”遂大哭。

又阅至白衣冠送别[⑦]时，严复大笑曰：“既知一去不还，乃复遣之使去，太子丹真下愚也。”王又大哭曰：“壮士一行，风萧水咽[⑧]，击筑高歌[⑨]，千古尚有余痛！”

继阅囊提剑斫[⑩]，箕踞高骂[⑪]，严更笑不可抑，曰：“是真不更事汉[⑫]。不于环柱时杀之，而乃以嫚骂了事。”王更涕泗沾襟曰：“豪杰上报知己，至死尚有生气。铜柱一中，祖龙亦应胆落[⑬]。”

一时，哭声笑声喧杂满堂。一老僧倾听久之，叹曰：“哭者人情，笑者真不测也。二十年后，忠臣义士，无遗类矣。”

后，王官中牟县[14]令，颇有政声，而严竟以青词[15]作相，专权误国，植党倾良，为明代奸邪之冠。老僧预知之，而不能救，殆佛门所谓“定劫[16]”欤?

铎曰：传言：“愚忠，愚孝，有旨哉！”古之乱臣贼子，皆聪明绝顶人也。是故，士不重才而重德。

作者简介

沈起凤（1741—？），字桐威，号赘渔，又号红心词客，江苏吴县（今苏州）人，清代戏曲、小说作家。科举屡试不第，抑郁无聊，遂放情词曲自娱。所作戏曲，不下三四十种，风行大江南北，今仅存其友石韫玉所刻之四种，为《报恩缘》《才人福》《文星榜》《伏虎韬》。另著有杂记小说《谐铎》十二卷。

注　释

①本文选自《谐铎》。所叙事迹，已不可考，似属虚构。文中通过严嵩与王敏斋读《荆轲传》时的两种截然不同的表现，点明二人迥异的思想观点，而老僧得以从中窥探他们迥然相异的心迹，并对他们的将来作了合乎逻辑的推测。

②严分宜：即严嵩，字惟中，号勉庵、介溪等，江西分宜人。弘治十八年（1506）进士，任武英殿大学士，官至太子太师。与其子严世蕃等操纵国事，专权二十余年，排斥杀害忠臣杨继盛等，世宗时被疏远，革职抄家。

③敏斋王公：生平不详，敏斋当是号。

④《荆轲传》：见司马迁《史记·刺客列传》。荆轲：战国末年卫国人，游历燕国，被燕太子丹尊为上卿，派他去刺杀秦王。以献地图为名，刺秦王未中而被杀。

⑤樊於期：战国末年人。本为秦将，逃于燕国，秦始皇悬赏千金购其头。燕太子丹派荆轲刺秦王，荆轲请求樊於期以头相助，樊於期立即自杀。

⑥烈士：古代指有志于功业或重义轻生的人。

⑦白衣冠送别：据《史记·刺客列传》记载，荆轲临行时，燕太子丹和宾客皆穿白衣戴白帽送别于易水之上，以示诀别。

⑧风萧水咽：秋风萧瑟，易水哭咽。形容送别时的悲壮情景。

⑨击筑高歌：据《史记·刺客列传》记载，在送行时，“高渐离击筑，荆轲和而歌”。歌曰：“风萧萧兮易水寒，壮士一去兮不复返！”筑：古代乐器，似筝，有十三弦。

⑩囊提（dǐ）剑斫（zhuó）：据《史记·刺客列传》记载。荆轲献地图时，秦王展图而匕首现，惊走，荆轲追赶。侍医夏无且以药囊掷之，

秦王这时才拔出背上的剑，砍断荆轲左腿。

⑪箕踞高骂：据《史记·刺客列传》载，荆轲被砍伤八处，“自知事不就，倚柱笑，箕踞以骂”。箕踞：屈膝张足而坐，表示轻慢的态度。

⑫不更事汉：缺少阅历的汉子。更事：阅历世事。

⑬“铜柱一中”二句：据《史记·刺客列传》记载，秦王砍伤荆轲之后，荆轲负伤引匕首掷秦王，不中，中铜柱。祖龙：指秦始皇。

⑭中牟县：古县名，在今河南南乐、河北大名、山东聊城之间。

⑮青词：亦称绿章。道教斋醮仪式上写给天神的奏章，一般为骈俪体，用朱笔写在青藤纸上，故名“青词”。明时道教盛行，臣子多以青词邀宠。

⑯定劫：佛教认为当水、火、风三灾出现时，世界将归于毁灭。后人借用，指天灾人祸。

译文

严嵩还没有显贵的时候，与王敏斋同在菩提寺的东院读书。有一天，他们一起读《荆轲传》。读到樊於期自杀的时候，严嵩说：“这是一个死板的汉子，事情能不能成功已经知道，竟把自己的头颅当作儿戏！”于是放声大笑。王敏斋说：“烈士复仇，即使舍身自杀也不顾惜，他的志节值得敬仰！”于是放声大哭。

又读到太子丹和宾客穿着白衣戴着白帽送别荆轲时，严嵩又大笑着说：“既然知道荆轲一去就不能够回来，竟然还派他去刺杀，太子丹真是愚蠢至极啊。”王敏斋又大声哭着说：“壮士一去，大风萧萧，易水哽咽，击筑高歌的声音历经千年流传下来，至今还令人悲痛啊！”

接着读到秦王的药医用药囊投掷荆轲，秦王拔出长剑砍断荆轲的左腿，荆轲傲慢地坐在地上高声大骂秦王时，严嵩更是笑得不能控制自己，说：“荆轲真是一个缺乏世事阅历的汉子。不在绕柱子追赶秦王时杀了他，居然谩骂了事。”王敏斋这时更是哭得泪水沾湿了衣襟，说：“英雄豪杰报答自己的知己，到死的时候还有一股豪气。荆轲的匕首投中在铜柱上，秦始皇当时也应该吓破了胆。”

一时间，哭声和笑声喧哗满堂。一个老和尚仔细听了很久，感叹说：“痛哭的人通人情，而大笑的人的心地真的难以预料。二十年后，他们是否是尽忠的臣子和重义的志士，应该就在其中，不会有什么出入了。”

后来，王敏斋做了中牟县的县令，颇有政绩，而严嵩竟然凭借青词邀宠做了国相，独断专权，贻误国事，培植党羽倾害忠良，为明代奸邪之首。老和尚预先知道这样的结局，却不能挽救，这大概就是佛门里面所说的“定劫”吧？

铎曰：经传中说：“过分的忠和孝，都是有意图的啊！”古代的奸臣都是十分聪明的人。因此，对于有知识的人不要只看重才而要看重德。

帖嘲[1]

沈起凤

陈小梧，家吴之专诸里[2]。负才傲物，多所凌折。一日，有人投帖[3]于门，视之，“年眷[4]同学弟某拜”也。讶其素无半面，何以来此？而客已金顶华服，闯然而入。举手一拱，竟登上座。陈叩其邦族，客曰：“仆浙之归安[5]人也。遍觅雅流，未曾一睹。今闻小友高才，故尔奉访。”言竟，抵掌捋须，笑傲自若。

陈睨视[6]而笑曰：“嘻，异哉！世有一字不通之辈，而能知我高才，可谓咄咄怪事。”客愕然[7]曰：“仆虽不才，与汝邂逅萍踪[8]，何便知我一字不通，而公然谩骂？”陈曰：“人之不通，岂在谈文数典？即以君名帖论之，何曾道着一字？”客请其说，陈曰：“君虽遥遥华胄[9]，而我家数代明农[10]，从未挂名仕籍，‘年’之一字，于义何属？至于指称曰‘眷’，我与贵族实无一点葭莩[11]亲，则此字亦属可删。君游浙学，我隶属吴庠[12]，‘同学’二字，全然附会。我年仅三十有二，而君须鬓皆苍，自称曰‘弟’，无乃太谦。适见君入来，举手一拱，即登宾位，长揖且未之有，何言‘拜’乎？试思此一行名帖中，有一字解得去否？谓君不通，确有明征，何曾谩骂？”客曰：“汝真少不更事[13]，此名帖之俗例耳。”陈曰：“君以俗例待我，尚欲觅雅流于在下哉。”拂袖竟入，客彷徨久之，收萘名帖，踉跄而出。

铎曰[14]：制贵通今，礼宜从俗，况命帖之戋戋者乎[15]？乃竟以此贻笑，始知正平先生[16]，刺[17]中字灭，怀而不投，大有卓识。

注　释

①本文选自《谐铎》。文章生动刻画了一个负才傲物、盛气凌人的书生形象，而文中的“客”似乎也有不礼之处。

②专诸里：在今苏州城内。相传为春秋时刺杀吴王僚的专诸的故里，故名。

③帖：即名帖，相当于现代的名片。

④年眷：年即同年，眷即宗弟，一般用在交情不深的人之间的客套

称呼。科举考试时同年考中的人称“同年”。

⑤归安：县名，今属浙江湖州。

⑥睨（nì）视：斜着眼睛看，表示轻蔑。

⑦戄（jué）然：惊恐貌。

⑧邂逅：不期而会。萍踪：萍水相逢。

⑨华胄：贵族后裔。

⑩明农：普通农民。明：通“萌”、“氓”。

⑪葭莩（jiā fū）：本为芦苇里的薄膜，多用来比喻疏远的亲戚。

⑫吴庠（xiáng）：吴地县学。庠：古代学校名。

⑬少不更事：年轻而不懂世事。不更事：缺少生活经历。

⑭铎曰：《谐铎》模仿《史记》和《聊斋》的体例，每篇之后，均有“铎曰”，说明作意和对故事的评价。

⑮命帖：名帖，即名片。戋戋：少，细微。

⑯正平先生：即东汉人祢衡，字正平，少有才辩，气尚刚傲，曹操想召他为鼓史，他怒骂曹操，后为江夏太守黄祖所杀。

⑰刺：名帖。

译文

陈小梧，家住苏州专诸里。他仗恃才气，轻视别人，经常欺凌折辱他人。一天，有一个人投名帖到他家，陈小梧打开一看，上面写着：“同年同学小弟某某拜上。”陈小梧惊讶自己与这个人素不相识，他为什么要来这里拜见自己？而客人已经戴着饰金的帽子，穿着华丽的衣服，毫无顾忌地进入屋里了。他抬手一拱，竟然登上上座。陈小梧询问他的籍贯家世，客人说：“我是浙江归安人。到处寻访高雅之士，只是从未看见过。如今听闻你高才，因此前来拜访。”说完话，拍着手掌捋着胡须，谈笑自得，态度傲慢。

陈小梧轻蔑地看看客人，笑着说：“嘻！太奇怪了！世上一字不通之人，却知道我才高，真可谓咄咄怪事。”客人一脸震惊地说：“我虽没有才华，与你不期而遇，你怎么知道我一字不通，竟公然谩骂？”陈小梧说：“一个人不通学识，难道只是表现在谈论文学与历史典故上吗？就拿你的名帖来说，哪里说对过一个字？”客人请陈小梧阐明，陈小梧说：“虽然你是显贵之后，而我家数代都是普通农民，从未有人科举出仕，‘同年’这一说法，在意义上归属何处？至于名帖中的‘眷’，我与贵宗族实在没有一点关系，那么这个字也可以剔除。你游学浙江，我隶属吴地县学，‘同学’二字，全然牵强附会。我年仅三十二，而你胡须和鬓发都已花白，却自称‘弟’，岂非太过谦虚？刚刚你进来，举手随意一拱，就登上尊位，长揖尚且没有，又谈什么‘拜’呢？想想看这一名帖中，有一个字能解释得通吗？说你不通学识，确有明证，何曾谩骂？”客人说：“你真是年轻不懂世事，这是名帖的惯例罢了。”陈小梧说：“你用寻常惯例对待我，却还想要在我这里寻访高雅之士？”他一甩衣袖走入内室，客人徘徊很久，收起名帖，踉踉跄跄地走了。

铎曰：一切制度法规贵在适应如今的现实情况，礼仪应服从当地的风俗，更何况是写名帖这样简单的小事呢？竟然因此遗留笑柄，这才知道东汉祢衡，名帖上的字迹都磨光了，还是不愿意轻易给人，真是太有远见了。

哀盐船文[①]

汪 中

乾隆三十五年十二月乙卯[②]，仪征[③]盐船火，坏船百有三十，焚及溺死者千有四百。是时盐纲[④]皆直达，东自泰州，西极于汉阳，转运半天下焉，惟仪征绾其口[⑤]。列樯蔽空，束江而立，望之隐若城廓。一夕并命，郁为枯腊[⑥]。烈烈厄运，可不悲邪！

于时玄冥告成[⑦]，万物休息。穷阴涸凝[⑧]，寒威凛栗。黑眚拔来[⑨]，阳光西匿。群饱方嬉，歌咢[⑩]宴食。死气交缠，视面惟墨。夜漏始下[⑪]，惊飙勃发。万窍怒号，地脉荡决。大声发于空廓，而水波山立。

于斯时也，有火作焉。摩木自生[⑫]，星星如血，炎光一灼，百舫尽赤。青烟睒睒[⑬]，熛若沃雪[⑭]。蒸云气以为霞，炙阴崖而焦爇[⑮]。始连楫以下碇[⑯]，乃焚如以俱没。跳踯火中，明见毛发。痛謈田田[⑰]，狂呼气竭。转侧张皇，生涂未绝。倏阳焰之腾高，鼓腥风而一吷[⑱]。洎埃雾之重开，遂声销而形灭。齐千命于一瞬，指人世以长诀。发冤气之焄蒿[⑲]，合游氛[⑳]而障日。行当午而迷方，扬沙砾之嫖疾[㉑]。衣缯败絮，墨查[㉒]炭屑，浮江而下，至于海不绝。

亦有没者善游，操舟若神。死丧之威，从井有仁[㉓]。旋入雷渊[㉔]，并为波臣[㉕]。又或择音无门，投身急濑，知蹈水之必濡，犹入险而思济。挟惊浪以雷奔，势若隮[㉖]而终坠。逃灼烂之须臾，乃同归乎死地。积哀怨于灵台[㉗]，乘精爽而为厉[㉘]。出寒流以浃辰[㉙]，目睊睊[㉚]而犹视。知天属[㉛]之来抚，憖流血以盈眦[㉜]。诉强死[㉝]之悲心，口不言而以意。若其焚剥支离，漫漶[34]莫别。圆者如圈，破者如玦[35]。积埃填窍，擸指失节[36]。嗟狸首[37]之残形，聚谁何而同穴！收然灰之一抔，辨焚余之白骨。呜呼，哀哉！

且夫众生乘化[38]，是云天常。妻孥环之，绝气寝床。以死卫上，用登明堂[39]。离而不惩[40]，祀为国殇。兹也无名，又非其命，天乎何辜，罹此冤横！游魂不归，居人[41]心绝。麦饭壶浆，临江呜咽。日堕天昏，凄凄鬼语。守哭迍邅[42]，心期冥遇。惟血嗣之相依，尚腾哀而属路[43]。或举族之沉波，终狐祥[44]而无主。悲夫！丛冢有坎[45]，泰厉[46]有祀。强饮强食，冯其气类[47]。尚群游之乐[48]，而无为妖祟！人逢其凶也邪？天降其酷也邪？夫何为而至于此极哉！

作者简介

汪中（1745—1794），字容甫，江都（今属江苏扬州）人。幼年丧父，生活贫苦，曾为店铺学徒。酷爱读书，自学而考取秀才，又举拔贡生，长期为幕僚。为人恃才傲物，被视为狂人。因幼年曾助书商贩书，遍读经史百家之书，卓然成家。为学提倡墨子，称赞荀子，不喜宋儒理学，为文精于骈体。与阮元、焦循同为“扬州学派”的杰出代表。著有《述学》《广陵通典》《容甫遗诗》等。

注　释

①本文选自《述学》，是古代骈文中的杰作。乾隆三十五年（1770）十二月，扬州仪征县江面上盐船失火，毁船百余艘，死伤上千人，当时正在扬州探亲的作者亲眼目睹了这幕人间惨剧，以极其沉痛的心情写了这篇哀悼性骈文。文中真实地再现了这场灾难的悲惨情状，对无辜罹难者深表哀痛和怜悯，进而对冥冥之中的莫测命运表达出一种惶惑和恐惧之情。当时著名学者杭世骏为此文作序，评之为“惊心动魄，一字千金”。

②乾隆三十五年十二月乙卯：《嘉庆扬州府志》作“乾隆三十六年十月”，《道光仪征县志》记为“乾隆三十六年十二月十九日”，记年异。乙卯：即农历十九。

③仪征：清属扬州府，长江下游重要河运转运码头，今属江苏扬州。

④盐纲：明清盐业实行统销，由列名纲册的盐商赴盐场运销。此指盐纲运盐船。

⑤绾（wǎn）其口：控扼盐运之通道。绾：钩联，绾结。

⑥郁：通“燠（yù）”，烤。枯腊：干肉。

⑦玄冥：主冬令之神。《礼记·月令》：“冬季之月，其神玄冥。”告

成：完成使命。此句谓冬令将尽。

⑧穷阴：指极其阴沉之气。李华《吊古战场文》："至若穷阴凝闭，凛冽海隅，积雪没胫，坚冰在后。"涸（hé）凝：指阴气极盛，几至凝结。

⑨黑眚（shěng）：古代谓五行中由水气而生的灾祸。五行中水为黑色，故称。拔来：突然而来。

⑩歌咢（è）：犹歌呼。《诗经·大雅·行苇》："或歌或咢。"高亨《诗经今注》："唱而有曲调为歌，唱而无曲调为咢。"

⑪夜漏始下：黑夜刚至。夜漏，因古代用铜壶滴漏计时，故云。

⑫摩木自生：《庄子·外物篇》："木与木相摩则然（燃）。"

⑬睒（shǎn）睒：光焰闪烁貌。

⑭熛（biāo）若沃雪：火焰迸飞入水，如同沸水浇雪一样。熛：迸飞的火焰。沃雪：枚乘《七发》："如汤沃雪。"

⑮阴崖：阴暗潮湿的堤岸。焦爇（ruò）：烧焦。爇：灼热。

⑯连楫：船连在一起。楫：船桨，代指船。下碇：犹今言抛锚。碇：停泊时为稳定船身用的石墩。

⑰痛謈（pó）：疼痛地呼叫。田田：哀哭声。《礼记·问丧》："妇人不宜袒，故发胸、击心、爵踊，殷殷田田，如坏墙然，悲哀痛疾之至也。"

⑱鼓腥风而一吷：腥风吹过，发出一种轻微的声音。吷（xuè）：轻微的气流声。《庄子·则阳》："吹剑首者，吷而已矣。"司马彪注："吷，吷然如风过。"

⑲焄蒿（xūn hāo）：《礼记·祭义》："众生必死，死必归土……其气发扬于上为昭明，焄蒿凄怆，此百物之精也。"注："焄，谓香臭也；蒿，谓气蒸出貌也。"此指死人的冤气散发。

⑳游氛：游荡于空中的凶气。

㉑嫖（piāo）疾：轻捷。

㉒查：烧焦的木头。查：通"楂"。

㉓从井有仁：下井救人。此指涉险救人。语出《论语·雍也》："宰我问曰：'仁者，虽告之曰："井有仁焉。"其从之也？'子曰：'何其为然也？君子可逝也，不可陷也。'"孔颖达注："仁者必济人于患难，故问有仁者堕井，将自投下从而出之不乎？"

㉔雷渊：古代汉族神话中的水名。《楚辞·招魂》："旋入雷渊，靡散而不可止些。"

㉕波臣：犹言水族。

㉖隮（jī）：上升。

㉗灵台：指内心。

㉘乘：依恃。精爽：灵魂。厉：厉鬼。《左传·昭公七年》："是以有精爽至于神明，匹夫匹妇强死，其魂魄犹能冯依于人，以为淫厉。"

㉙浃（jiā）辰：古代以干支纪日，自子至亥一周为十二天，称之为"浃辰"。

㉚睊（juàn）睊：侧目相视貌。这里说死者死不瞑目。

㉛天属：即天性之亲，指父子、兄弟、姐妹等有血缘关系的亲属。

㉜慭流血以盈眦：说死者眼眶流血。据说人暴死后，亲人临尸，尸体会眼、鼻出血，以示泣诉。慭（yìn）：伤痛。眦（zī）：眼眶。

㉝强死：横死，暴死。

㉞漫漶（huàn）：模糊不清。

㉟玦：环形而有缺口的玉器。

㊱捆指：手指折断。节：骨节。

㊲狸首：指形体残缺。韩愈《残形操序》：“《残形操》，曾子所作。曾子梦一狸，不见其首，而作此曲也。”

㊳乘化：顺应自然规律而死。

㊴用：因而。登明堂：指受尊敬，享祭祀。明堂：古代帝王宣政教、行祭典的地方。

㊵离而不惩：《楚辞·九歌·国殇》：“首身离兮心不惩。”不惩：不悔。

㊶居人：留存者。指活着的亲人。

㊷迍邅（zhūn zhān）：难行貌。

㊸腾哀：放声大哭。属路：路上接连不断。属：连续。

㊹狐祥：语出《战国策·楚策》：“父子老弱俘虏，相随于路，鬼狐祥而无主。”狐祥：谓彷徨，徘徊无依之意。

㊺丛冢有坎：那些无主的死者在乱葬的坟中也有自己的圹穴。坎：坑，墓穴。

㊻泰厉：死而无后的鬼。《礼记·祭法》：“王为群姓立七祀：曰司命，曰中溜，曰国门，曰国行，曰泰厉……”疏：“曰泰厉者，谓古帝王无后者。此鬼无所依归，好为民作祸，故祀之也。”

㊼“强饮强食”二句：勉强吃点喝点，凭借着鬼友之间的气味相投而度日。这里是安慰鬼魂的话。冯：通“凭”，凭借。类：一致，投合。

㊽尚群游之乐：表示劝勉之辞。祭中常用“尚飨”一语，此即仿用。

译　文

乾隆三十五年十二月乙卯日，停泊在仪征县江面上的盐船发生了火灾，共焚毁船只一百三十艘，烧死和淹死了一千四百多人。当时，成批转运出去的盐粮，由东始自泰州，向西直达汉阳，几乎遍及半个中国，而仪征正是控扼盐船来往的水路要津。这里船只聚集，桅杆遮蔽天空，沿江林立，远远望去，隐隐约约宛若城廓。却在一个晚上同归于尽，死者都变成了烧焦的肉干。平白遭受如此剧烈的火灾，这能不让人悲伤吗？

当时，冬令将尽，万物沉静，残冬岁尾阴气凝固，分外严寒，黑色的云雾突然纷拥而至，夕阳早已西下。人们吃着晚饭，席间还击鼓歌唱以为嬉乐，岂料死神步步迫近，只见晦暗的脸色显示出凶兆。天色刚近黄昏，狂风怒起，万千孔穴响起刺耳的呼啸，江河流水汹涌澎湃。可怕的声响震撼于旷野长空，巨浪像小山一样矗立水面。

正在这时，发生了火灾。木船相摩擦起火，只见星星点点殷红如血。大火一烧，百十条盐船一片赤焰。青紫色的浓烟滚滚，飞火之下的船物就像是用沸水浇灌的雪堆，融化迅疾。烈火还将天上的云气蒸烤成红霞，连背阴的崖岸也被烘焦。船只本是连接在一起下锚停泊，因而便统统烧毁沉没。船民纷纷奔窜于烈火中，火焰映照出他们的头发。他们痛苦万状，狂呼乱喊，直至身疲力竭；或翻来覆去，惊惶失措，可怜还未断气。忽然，明亮的火焰再次升腾起来，随着一阵腥风吹过，重又发出烧灼的细响。及至烟灰尘雾消散，被烧的船民客子一齐声销迹匿。千余人命，在一瞬之间，向人世永诀。这些屈死的鬼魂，冤气合着四溢的凶气，遮掩了日色。将到第二天中午，这股冤气就像迷失了方向一样四处飘荡，以至飞沙走石四起。被烧烂的碎衣片和破棉絮，以及烧焦的木渣炭屑，漂浮江面而下，至海不绝。

也有一些会游泳的人，他们平时操舟若神，如今冒着死亡的威胁，下水去救人，却被卷入水底，同样丧生殒命。还有些遇难者逃生无路，被迫跳入急流，明知下了水一定会被淹死，但还是冒险而希求得救。谁知波涛汹涌，势若奔雷，这些人眼看快爬上岸了，最终还是沉了下去。他们逃脱被烧烂的厄运仅仅一刹那，却仍然难免一死。死难者心里充满了哀怨悲苦，冤魂必定会化作厉鬼时时作祟。十二天以后，死尸漂浮出寒冷的江面，他们仍斜瞪着眼睛而不瞑目。当知道自己的亲人凭吊慰抚而至，眼眶里便充满了血水，似乎在倾诉不幸遭难的内心悲伤，即使不能开口说话，却能使人理解他们的遗愿。死尸有的被烧得肢体不全，有的被烧得模糊不清。有的尸体蜷曲，有的尸体破损。或者七窍充塞着尘埃，或者被折断的手指脱离了骨节。可叹这些尸体纵盛入棺椁，也是残缺不全的，同一个墓穴里不知姓名的冤鬼聚在一起！即使收殓一捧燃灰，也难以分辨是谁的白骨。哎呀，多么可悲啊！

人生在世，若能顺应自然规律而死去，那才是正常的。比如妻子儿女们四周环立，在病床上断气；又如因保卫国君而死，虽身首异处，却能策功序德于明堂，而成为为国牺牲的烈士。但这些遇难者却死得没有意义，何况又非善终。老天啊，这些人有何罪过，非得遭受这样的横死冤屈呢！这些冤魂游荡不归，活着的亲人多么悲痛欲绝！他们捧着祭奠亡魂的酒类、食品，正临江洒泪。但见天昏地暗，似闻鬼魂凄语。他们驻足江畔，哀哭亡灵，留恋难返，心里希望能在阴曹地府里同亲人相遇。而那些死者的嫡亲子女更是相互搀扶着，大放悲声，在路上随时可见。甚至有举族为此沉江者，终于落得无子无孙的悲惨结局。多么可悲啊！这么多人埋葬在一处坟墓，日后将祀祭那死而无后者的祠宇。鬼魂啊，尽力吃一些、喝一些吧，凭着气味相投，你们相扶度日吧。希望你们以群游之乐为重，而不要兴妖作怪。到底是人逢其凶呢，还是老天有意施其酷烈？为什么会发生这悲惨至极的事故呢？

经旧苑吊马守真文[①]

汪　中

岁在单阏[②]，客居江宁城南，出入经回光寺，其左有废圃焉。寒流清泚[③]，秋菘[④]满田，室庐皆尽，唯古柏半生。风烟掩抑[⑤]，怪石数峰，支离草际，明南苑妓马守真故居也。

秦淮水逝，迹往名留，其色艺风情，故老遗闻，多能道者。余尝览其画迹，丛兰修竹，文弱不胜，秀气灵襟[⑥]，纷披楮墨之外[⑦]。未尝不爱赏其才，怅吾生之不及见也。

夫托身乐籍[⑧]，少长风尘，人生实难，岂可责之以死[⑨]？婉娈[⑩]倚门之笑，绸缪鼓瑟之娱[⑪]，谅非得已。在昔婕妤[⑫]悼伤，文姬[⑬]悲愤，矧[⑭]兹薄命，抑又下焉。嗟乎！天生此才，在于女子，百年千里，犹不可期，奈何钟美如斯，而摧辱之至于斯极哉！

余单家孤子，寸田尺宅，无以治生。老弱之命，悬于十指。一从操翰[⑮]，数更府主。俯仰异趣，哀乐由人。如黄祖之腹中[⑯]，在本初之弦上[⑰]。静言身世，与斯人其何异？只以荣期二乐[⑱]，幸而为男，差无床箦之辱[⑲]耳！江上之歌，怜以同病[⑳]，秋风鸣鸟，闻者生哀[㉑]，事有伤心，不嫌非偶[㉒]。

注　释

①本文选自《述学》。旧苑：又称旧院，明代南京秦淮河畔的一处官妓宅院。马守真：小字玄儿，又字月娇，号湘兰。明代万历年间秦淮名妓。性豪侠，能诗，善画兰竹。有诗二卷。本文是作者旅居江宁时，经旧院吊悼之作。文章同情马守真的不幸遭遇，同时也感叹自己“哀乐由人”的幕僚生涯。

②单阏（chán è）：卯年的别称。1783年为农历癸卯年。

③清泚（cǐ）：清澈明净。

④菘（sōng）：蔬菜名。有青菜、白菜之分。

⑤掩抑：谓笼罩在风烟之中，显得低沉的样子。

⑥灵襟：胸怀。

⑦纷披：散布。楮墨：纸墨，此指书画或诗文。

⑧乐籍：即乐户。古代官妓入乐籍。

⑨责之以死：宋代理学家提倡贞节，有“饿死事小，失节事大”之

说，这里反对其说。

⑩婉娈：柔媚貌。

⑪绸缪：缠绵。鼓瑟之娱：弹奏琴瑟来取悦客人。

⑫婕妤：汉代宫中女官名。此指班婕妤，汉成帝宫人，得幸成帝为婕妤。后为赵飞燕所谮，退侍太后，作赋自伤，辞极哀婉。

⑬文姬：蔡文姬，名琰，东汉蔡邕女。兴平间，为胡兵所虏，居南匈奴十二年。后为曹操赎归，嫁董祀。因感伤乱离，作《悲愤诗》以自抒。

⑭矧（shěn）：况且。

⑮操翰：提笔为文。这里指从事文笔之事。

⑯如黄祖之腹中：《后汉书·祢衡传》："衡为（黄祖）作书记，轻重疏密多得体宜。祖持其手曰：'处士，此正得祖意，如祖腹中之所欲言也。'"黄祖：东汉末人，曾为江夏太守。

⑰在本初之弦上：《文选》载陈琳《为袁绍檄豫州》注说："《魏志》曰：琳避难冀州，袁本初使典文章，作此檄以告刘备，言曹公失德，不堪依附，宜归本初也。后绍败，琳归曹公。曹公曰：'卿昔为本初移书，但可罪状孤而已，恶恶止其身，何乃上及父祖邪？'琳谢罪早：'矢在弦上，不可不发。'"本初：东汉末军阀袁绍字。

⑱荣期二乐：荣期，一作荣启期，春秋时人。他认为生而为人，又是男人，又得长寿，是三件乐事。见《列子·天端》。

⑲床箦（zé）之辱：指妓女受人凌辱。床箦：床席。

⑳"江上之歌"二句：《吴越春秋·阖闾内传》载，吴大夫被离问伍子胥为什么相信伯嚭，伍子胥回答说："吾之怨与喜同。子不闻河上歌乎？同病相怜，同忧相救。"

㉑"秋风鸣鸟"二句：桓谭《新论琴道》："但闻飞鸟之号，秋风鸣条，则伤心矣。"

㉒偶：同类。

译 文

乾隆四十八年（1783），我客居江宁城南，出入要经过回光寺，寺的左边有一座废园。园中寒流清澈，秋菜满田，室庐皆荒废，只有一棵古柏仅存一半生机。此处云气笼罩，有几块怪石耸立，地上的草杂乱蔓延，就是明朝南苑名妓马守真的故居。

秦淮河水波流逝，过往人物事迹已作古，而声名却流传了下来。马守真的容貌才艺和风情，年事高的老人和前朝遗闻多有讲述。我曾经看过她的画作，丛兰修竹，极具文弱之气，她灵秀的才气和襟怀，散布于画卷之外。我欣赏他的才华，只恨此生不能与她谋面。

马守真自幼不幸沦落风尘，托身乐籍，人生如此艰难，岂能苛求她以死明节。倚门迎客，柔媚卖笑，弹琴鼓瑟，缠绵娱人，实在是情非得已。从前班婕妤因遭谗而作赋自伤，蔡文姬因乱离而作《悲愤诗》，而马守真的命运多舛，比起她们来则更不如了。唉！上天赐此等才华于女子之身，实在是百年难遇，千里难逢，可为何老天如此钟爱这个女子，却又摧辱这个女子到这个地步呢！

我出身贫寒，年少丧父，田少宅小，无以为生。年老衰弱之躯，全凭双手劳作维持。自从秉笔为文，经历了好几个幕府。俯仰于人，跟人周旋应酬，哀乐全由他人。我作为幕僚，就如祢衡和陈琳，写作都不由自己。静思自己的身世，与马守真又有何异呢？如今生而为男子，已有荣期所谓“三乐”中的二乐了，幸而没有妓女那样受人凌辱！河上之歌，叫人同病相怜，秋风鸣条，飞鸟叫号，使闻者心生哀思，马守真与我身世不同，但使人伤心却是一样的。

出关与毕侍郎笺[①]

洪亮吉

自渡风陵[②]，易车而骑，朝发蒲坂[③]，夕宿盐池[④]。阴云蔽亏，时雨凌厉。自河以东[⑤]，与关内稍异，土逼若弄[⑥]，涂危入栈[⑦]。原林黯惨，疑披谷口之雾[⑧]；衢歌[⑨]哀怨，恍聆山阳之笛[⑩]。

日在西隅，始展黄君仲则殡于运城西寺[⑪]。见其遗棺七尺，枕书满箧。抚其吟案，则阿奶[⑫]之遗笺尚存；披其穗帷[⑬]，则城东之小史既去。盖相如病肺[⑭]，经月而难痊；昌谷呕心，临终而始悔者也[⑮]。犹复丹铅[⑯]狼藉，几案纷披，手不能书，画之以指。此则杜鹃欲化[⑰]，犹振哀音；鸷鸟将亡，冀留劲羽[⑱]；遗弃一世之务，留连身后之名者焉。

伏念明公，生则为营薄宦，死则为恤衰亲。复发德音，欲梓遗集。一士之身，玉成[⑲]终始，闻之者动容，受之者沦髓[⑳]。冀其游岱之魂[㉑]，感恩而西顾；返洛之旐[㉒]，衔酸而东指[㉓]。又况龚生竟夭，尚有故人[㉔]；元伯虽亡，不无死友[㉕]，他日传公风义，勉其遗孤，风兹来祀[㉖]，亦盛事也。

今谨上其诗及乐府共四大册。此君生平与亮吉雅故，惟持论不同，尝戏谓亮吉曰：“予不幸早死，集经君订定，必乖余之指趣矣。”省其遗言，为之堕泪。今不敢辄加朱墨，皆封送阁下，暨与述庵廉使、东友侍读[㉗]，共删定之。即其所就，已有足传，方乎古人，无愧作者。惟藁草[㉘]皆其手写，别无副本，梓后尚望付其遗孤，以为手泽[㉙]耳。

亮吉十九日已抵潼关，马上率启[30]，不宣[31]。

作者简介

洪亮吉（1746—1809），字君直，一字稚存，号北江，晚号更生居士，阳湖（今江苏常州）人。少孤，刻苦读书，与同里黄景仁、孙星衍友善，并得袁枚、蒋士铨的赏识。乾隆五十五年（1790）中进士，授翰林院编修，充国史馆编纂官。后督贵州学政。嘉庆元年（1796）回京供职，以越职言事获罪，充军伊犁。五年赦还，家居撰述至终。著有《洪北江诗文集》。

注 释

①本文选自《洪北江诗文集》，是作者远赴山西料理友人丧事后给毕沅的书信。信中记叙沿途景象，以情观，以景抒情，在情景交融中表现了哀伤之情。作者把丧事的处理和对挚友的回忆、评价、悼念，紧密结合在一起，感情诚挚，用典贴切，生动感人。毕侍郎：毕沅，字纕蘅，一字秋帆，自号灵岩山人，江苏镇洋（今太仓）人。乾隆时进士，官至湖广总督。著有《经洲堂诗文集》等。

②风陵：地名，又称风陵渡，在今山西永济南河北岸。

③蒲坂：古地名，相传是舜的都城。故址在今山西永济城东南。

④盐池：今山西永济北部的一个咸水湖。

⑤自河以东：黄河以东，指山西。

⑥土逼若弄（lòng）：道路两旁黄土逼近像街巷一样。弄：小巷。

⑦涂危入栈：路途艰险如同栈道。涂：通“途”。

⑧披：遮被。谷口：古地名，在今陕西醴泉东北，传说为黄帝升仙处。

⑨衢（qú）歌：里巷歌谣。

⑩山阳之笛：晋朝向秀与嵇康友善，嵇康被杀后，向秀经过嵇康山阳旧居，闻“邻人有吹笛者，发声嘹亮，追思昔游宴之好，感音而叹”，于是作《思旧赋》。后世用为怀念旧友的典故。

⑪展：省视。黄仲则：黄景仁，字汉镛，又字仲则，江苏武进（今属常州）人。少孤贫，聪颖好学，颇有诗名，一生困苦，年仅三十四岁即去世。著有《两当集》。殡所：停放灵柩之处。

⑫阿奶：母亲。

⑬披：打开。穗（suì）帷：灵帐。穗：细疏布。

⑭相如病肺：据《史记》载，司马相如“常有消渴疾”。消渴疾：如糖尿病，古人误以为肺病。

⑮昌谷：指唐朝诗人李贺。临终而始悔：传说李贺作诗刻苦，其母说，“是儿要呕出心乃已耳”。李贺将死时，“忽昼见一绯衣人，驾赤虬，持一版书召长吉。长吉下榻叩头，言阿㜷老且病，贺不愿去。”

⑯丹铅：丹砂与铅粉，古人校点书籍用之。

⑰杜鹃欲化：据《寰宇记》：蜀王杜宇，号望帝，死后化为杜鹃。

这两句是说黄仲则临死时还在整理自己的诗稿。

⑱“鸷鸟将亡”二句：这两句是说黄仲则临死时希望把自己的优秀诗篇传留后世。鸷鸟：猛禽。冀：希望。

⑲玉成：成全。

⑳沦髓：即沦肌浃髓，比喻感受之深。《朱子全书·论语》：“今须且将此一段反复思量，涣然冰释，怡然顺理，使自会沦肌浃髓。”

㉑游岱之魂：古人迷信，说人死后灵魂归于泰山。郭茂倩《乐府诗集》引《乐府解题》云：“《泰山吟》，言人死精魂归于泰山。”

㉒旐（zhào）：画龙蛇的旗，此指出丧时的灵旌。

㉓衔酸：含着悲痛。东指：黄仲则故乡在江苏常州，灵柩经洛阳向东远去。

㉔“又况龚生竟夭”二句：《汉书·龚胜传》载，龚胜死，年七十九，“有老父来吊，哭甚哀。既而曰：‘嗟乎！熏以香自烧，膏以明自销；龚生竟夭天年，非吾徒也。’遂趋而出，莫知其谁。”

㉕“元伯虽亡”二句：《后汉书·范式传》载，范式（字巨卿）与张劭（字元伯）友善。张劭临死叹曰：“恨不见吾死友。”寻卒。范式忽梦见元伯呼曰：“巨卿！吾以某日死，当以尔时葬，永归黄泉，子未我忘，岂能相及！”式驰往赴之。未及到，丧已发。而柩不肯进。移时，见有素车白马，哭号而来。元伯母曰：“是必范巨卿也。”式因执绋而引，柩于是乃前。

㉖风兹来祀：即劝勉后人。风：通“讽”，劝。

㉗暨（jì）：及。述庵：王昶，字德甫，号述庵。江苏青浦（今属上海）人。乾隆进士，官至刑部左侍郎。著有《春融堂诗文集》《金石粹编》等。廉使：即按察使，王昶时为陕西按察使。东友：严长明，字东友，江宁人，乾隆时以诸生献赋行在，召试赐举人，累官内阁侍读。著有《归求草堂诗文集》。

㉘藁（gǎo）草：草稿，手稿。

㉙手泽：先人所遗器物或手迹。

㉚率启：匆匆写就。

㉛不宣：不尽，即书不尽意的意思，旧书信的结尾词，有时用“不备”、“不具”。

译文

过了风陵渡后，改乘车为骑马，早晨从蒲坂出发，傍晚在盐池住宿。阴云遮日，时雨猛急。从黄河以东进入山西地区，与潼关以内形势就稍有不同，地势狭窄像街巷，道路艰险如走栈道。原野森林显得暗淡凄凉，好似蒙上一层遮住谷口的迷雾；耳闻哀伤幽怨的歌谣，恍惚听到引起向秀感慨的山阳笛声。

太阳西沉之际，我才抵达运城西寺探视黄君仲则的棺柩，看到他的七尺遗棺，满箧的书籍。我手抚他的书桌，发现他写给阿母的遗书还在；打开灵帐，那个从故乡带来的侍僮已经离去。他生前如同司马相如患消渴病，长年累月难以痊愈；又像李昌谷苦吟呕心，到了临终的时候才感到后悔。还有那些经他校读过的书籍，散乱地堆放在书桌上，到了不能动手书写的时候，他还用手指在书上画着。这正像杜鹃临死，还在拼力哀叫；鸷鸟将亡，还希望留下强劲的翅膀；这就是丢弃一生事业，留恋身后名声的人呀。

我感念尊贵的大人，您在黄仲则生前为他出钱捐官，死后还要周济他那衰老的母亲。您还表达了有德长者之音，要刊刻他的遗著。一个寒士的生前身后，能这样善始善终地关怀备至，听到这种高尚行为的人都会受感动，而受到您恩泽沾溉的人更会刻骨铭心。想来归于泰山的精魂，会向西眺望以表示感恩；送遗骸返回洛浦铭旌招展的行列，饱含满腹辛酸向东进发。况且龚胜逝世时，尚有故人探望；张元伯虽然亡故，不是没有生死交情的朋友来送殡。今后大家必定会传颂您的高风厚谊，并且勉励他的遗孤，发扬这种风义而祭祀他，这也是一件不朽的盛事。

现在呈上他所写的诗和乐府四大册。他平日与亮吉素有交谊，但持论常有不同，他曾经对我戏言："倘若我不幸早死，遗集经过你订定，一定会违背我的志趣。"回想他的遗言，不禁令我潸然泪下。现在我不敢草率品评，把原稿都封送阁下，请您与述庵廉使、东友侍读共同删订定稿。就以他的成就来说，已经足以传世，与古人相比，作为一个述作者是毫无愧色的。只是草稿都是他手写的，别无副本，刊刻后希望托付给他的遗孤，作为先人的遗泽永久留念。

亮吉十九日已抵潼关，在马上匆匆写就这封信，不多说了。

柬奚铁生[1]

吴锡麒

舟抵荻港[2]，芦风萧萧，四无行人。渔人拿[3]小舟而出，遥赴夕阳中，"欸乃一声山水绿[4]"。此时此景，得足下以倪、黄小笔写之[5]，便可千古。

奉到青藤一枝，伏听驱使。

作者简介

吴锡麒（1746—1818），字圣征，号谷人，钱塘（今杭州）人。乾隆年间进士，官至国子监祭酒。他生性耿直，不趋权贵，但名著公卿间。后以亲老乞养归里，主讲扬州安定、乐仪、云间等书院至终。能诗，尤工倚声，诗笔清淡秀丽，古体有时藻采丰赡，著有《有正味斋集》。

注 释

①本文选自《有正味斋集》，是作者写给友人奚铁生的一封书信。寥寥数语，便描绘出一幅清新秀丽的山水小景。奚铁生：即奚冈，字纯章，号铁生，别号鹤渚生、蒙泉外史，钱塘（今杭州）人。清代篆刻家、画家，亦工书法。

②荻港：镇名，在今浙江湖州吴兴南。

③拿：引。

④欸乃一声山水绿：柳宗元《渔翁》诗句。欸（ǎi）乃：象声词，一说指桨声，一说是人长呼之声。

⑤倪、黄：指倪瓒、黄公望，均为元末著名山水画家。

译 文

小舟抵达荻港，芦苇随风起舞，萧萧作响，四下静谧，无一行人。渔人划着小舟出港，远远地消失在夕阳中，只听得摇橹歌声从绿水中飞出。此时此景，如得足下以倪瓒、黄公望的笔法来描绘，定可流传千古。

奉上青藤手杖一支，供您出行驱使。

简张心甫①

吴锡麒

枕上闻鸟声关关②，披衣起盥，日色已上纸窗。望宝石③诸山，轩豁④呈露，笑黛⑤宛然。

足下能同一游乎？已买艄舲⑥以待。

注 释

①本文选自《有正味斋集》。作者欲同友人游宝石山，遂写信相邀，并写晨间景色相诱。

②关关：鸟鸣相和声。

③宝石：山名，在杭州西湖北，上有保俶塔等名胜。

④轩豁：开朗。

⑤笑黛：笑脸，喻指山色的明丽。黛：青黑色的颜料，古代女子用以描眉，故代称女子的眉毛。

⑥艄舲：小舟。

译 文

在枕上听闻鸟儿关关鸣叫，披上衣服，起身盥洗，发现阳光已经照在纸窗上了。遥望宝石山诸峰，只见一片开阔，景色呈现于眼前，山色秀丽，婉如女子的笑脸。

足下能否与我同游？我已租好小舟等待了。

徕宁果木记[①]

铁 保

昆仑[②]踞西域之胜，世传为仙人出入之所[③]，嘉树珍果，萃于其地。徕宁地近昆仑，得其余气，多暖而少寒，以故果木之盛甲于天下。桃、杏、葡萄、梨、枣、苹婆、林檎、樱桃[④]，俱极香美。无论矣，桑椹大可径寸，色白如玉，味甘如蜜。冰苹婆尤为异品，形如内地苹婆，而莹然无滓，表里照彻如水晶，味香烈而极甘，别城无此种。又有所谓瓯楟[⑤]者，似山东木梨而大，香如木瓜，以蜜渍之，甘酸如山查[⑥]而香过之，真异种也。

呜呼！以此珍果，如生于中土，移入神京，必能贡明堂[⑦]，飨清庙[⑧]，供上方之馔，擅华林[⑨]之春。其次亦得为卿士大夫所共尝，文人学士所争赏。乃生于穷荒回纥[⑩]之地，食之者不知其味，嗅之者不闻其香，甚且珍品与羊胛[⑪]同烹，名园与马枥为伍。物之不得其地，至此已极，大不可痛惜乎哉！

或曰："八埏[⑫]之外，人蠢而物灵，山川清淑[⑬]之气多钟于草木，以补人之不足。"是说也，余姑存而不论云。

作者简介

铁保（1752—1824），满州正黄旗人，觉罗氏，后改栋鄂氏，字冶亭，号梅庵。家世为将，至铁保始改读书。乾隆三十七年（1772）中进士，授吏部主事，迁郎中，擢少詹事，历翰林院侍讲学士、侍读学士、内阁学士、礼部侍郎。嘉庆年间官至广东巡抚、两江总督、吏部尚书。后因获罪屡被革职，流放新疆。道光年间以三品衔致仕。他"优于文学，词翰并美"，以文章书法驰名朝野，著有《惟清斋全集》《淮上题襟集》等。

注　释

①本文选自《惟清斋全集》。徕宁：即今新疆西部的疏勒城。铁保曾在喀什噶尔任职，故对疏勒的果木很熟悉。文章看似在为徕宁的果木“生非其地”鸣不平，实际上是在为有才能而又处非其地的人抱不平。

②昆仑：昆仑山，西起帕米尔高原东部，横贯新疆、西藏间，伸延至青海境内。

③仙人出入之所：据张华《博物志》引《河图括地象》说：“（昆仑）神物之所生，圣人仙人之所集也。”又据《穆天子传》，西王母居昆仑山之瑶池。

④苹婆：指苹果。林檎：即“沙果”，又名“花红”。

⑤瓯桲（bó）：就是“榅桲”，又名木李，味甘酸。

⑥山查：即“山楂”。

⑦明堂：古代帝王宣明政教、举行大典礼的地方。

⑧清庙：帝王的宗庙，即太庙。

⑨华林：华林园，东汉时名芳林园，三国魏齐王曹芳即位，改名华林园，古址在今河南洛阳市东。这里泛指帝王宫苑。

⑩回纥：古代少数民族。唐以后散居新疆一带。

⑪羊胛：羊的肩胛。

⑫八埏（yán）：八方的边际。

⑬清淑：清美。

译　文

昆仑山高踞于西域胜地之上，世代相传是仙人出没的地方，嘉树珍果，会聚于此。徕宁地近昆仑山，得到它地气的润泽，气候多温暖而少寒冷，故以果木之盛而为天下之冠。桃、杏、葡萄、梨、枣、苹果、沙果、樱桃等水果，都极为香甜味美。不只这样，大的桑葚直径达一寸，色白如玉，味甜如蜜。冰苹果尤其珍异，其形状与内地苹果相似，而晶莹剔透，毫无渣滓，表里透明如同水晶，味道极香极甜，别的地方没有这样的品种。又有所谓“瓯桲”的水果，形似山东木梨而更大，香如木瓜，用蜂蜜浸渍，甘酸如山楂而更香，真是奇异的品种。

唉！像这样的珍果，如果生长在中原，移栽入京城，必能贡奉于明堂清庙，供皇家享用，被广泛种植于帝王园林中。此一等也能为卿士大夫所共同品尝，为文人学士所争相食用。可惜的是它们生长于穷荒西陲，吃的人不知其味，闻的人不闻其香，更荒唐的是将这些珍果与羊胛一同烹煮，珍贵的果园与马棚连在一起。事物之不得其所竟至如此地步，难道不令人大为痛惜吗！

有人说：“八方之外边陲，人愚蠢而草木有灵，山川清美之气多附于草木，以补人之不足。”这个说法我姑且不论。

谢南冈小传[1]

恽　敬

谢南冈名枝仑，瑞金[2]县学生。贫甚，不能治生，又喜与人忤。人亦避去，常非笑之。性独善诗，所居老屋数间，上垣皆颓倚，时闭门，过者闻苦吟声而已。会督学使者按部[3]，斥其诗，置四等，非笑者益大哗。南冈遂盲盲[4]三十余年而卒，年八十三。

论曰：敬于嘉庆十一年自南昌回县。十二月甲戌朔[5]，大风寒。越一日乙亥，早起自扫除，蠹书一册堕于架，取视之，则南冈诗也。有郎官[6]为之序，序言秽腐。已掷去，既念诗未知如何，复取视之，高邃古涩，包孕深远。询其居，则近在城南，而南冈已于朔日死矣。南冈遇之穷不待言，顾以余之好事为卑官于南冈所籍已二年，南冈不能自通[7]以死，必死后而始知之，何以责居庙堂、拥麾节者不知天下士耶[8]？古之人居下则自修而不求有闻，居上则切切然[9]恐士之失所，有以也夫？

作者简介

恽敬（1757—1817），字子居，号简堂，阳湖（今江苏常州）人。乾隆四十八年（1783）举人，以教习官京师，历富阳、新喻、瑞金等县令，以廉声卓异，擢南昌府同知，改署吴城同知。为人负气，崇尚名节，被人诬告弹劾，以失察为由去官。恽敬致力于古文，风格较为自然奔放，与张惠言等创立“阳湖派”。著有《大云山房文稿》。

注　释

①本文选自《大云山房文稿》，作者偶然在谢南冈死后发现其诗才，非常感慨，故作此小传。作者对自己居官失职的自责，态度恳切，出自内心，非泛泛之论可比。

②瑞金：今江西瑞金。

③督学使者：或称提督学政，是清代派往各省的教育行政长官。按部：巡查所部地区。

④盲盲：沉寂，默默无闻。

⑤十二月甲戌朔：十二月初一。用干支纪日，那天是甲戌日。朔：指农历每月初一。

⑥郎官：指尚书省六部诸曹司郎中、员外郎为郎官。

⑦自通：自己登门求见。

⑧居庙堂：指在朝中做大官的人。拥麾节：指在朝外做大官的人。麾：指挥军队的旌旗。节：符节，使臣的凭信。

⑨切切然：忧思貌。

译 文

谢南冈名枝仑，是瑞金县县学的生员。他家里很穷，不能维持生计，又喜欢和人顶撞。人们也远远地避开去，常常讥讽嘲笑他。他生性唯独擅长诗歌，所住的地方只有几间旧屋子，墙都坍塌了，门经常关着，经过的人只听到他苦苦吟诗的声音而已。正逢朝廷派出的提督学政巡察下属，对他的诗大加贬斥，列在第四等，那些讥讽嘲笑的人更是一片喧哗。南冈因而默默无闻地沉沦三十多年而死去，时年八十三岁。

评论说：我在嘉庆十一年（1806）从南昌回到瑞金县。十二月初一，刮大风，天气寒冷。过了一天是初二，我很早起床，自己打扫住处，有一本满是虫蛀的书从架上掉下，拾起一看，原来是南冈的诗作。有郎官为它作了序，序言尽是些陈词滥调。我已经把书丢在一旁，后来又想到不知诗究竟作得怎样，便又重新拿来翻看，诗的格调高旷，风格古拙、冷涩，包含着深长的意境。我连忙打听他的住址，原来离此不远就在城南，而不料南冈已在初一那天去世了。南冈境遇之困厄是不用说的了，然而像我这样一个不嫌多事出来当个小官的，在南冈户籍所在地任职已经两年了，南冈不能介绍自己与我相识而后死，一定要到死了以后我才知道他，这又怎么能够责备那些在朝中官居要职、或在一方执掌大权的人，不识天下的人才呢？古时候的人处于下层时，就修养自我，不求为人所知；处于上层地位时，就忧心不已，唯恐士子不得其所，这是有缘故的啊！

送恽子居序[①]

张惠言

余少时尝服马少游[②]言："求为乡里善人以没吾世。"年二十七，来京师，与子居交，观其议论、文章，磨切道德，乃始奋发自壮，知读书、求成身及物[③]之要。八年之间，共踬[④]于举场，更历困苦，出俯仰尘俗[⑤]，入则相对以悲。已，相顾自喜益甚。凡余之友，未有如子居之深相知者。《诗》曰："无言不雠[⑥]。"子居之益余多矣。于其选而为令，余何以无言？

始子居之语余曰："当事事为第一流。"余愧其言，然未尝忘也。凡余之学，尝求其上矣，自以为不足，则姑就其次，故往往无成焉。夫为令之道，六经、孔、孟之述，子居响时⑦之所道者，皆其上者也，以子居为之，其不可以至耶？曰："吾不为彼所为者而已。"岂子居向时之所道者耶？君子出其言，时思实其行；思其行，则务固其志。固志莫如持情，实行莫如取善。是乃子居之所以益余者也。子居勉之矣！

作者简介

张惠言（1761—1802），原名一鸣，字皋文，一作皋闻，号茗柯，武进（今属江苏常州）人。嘉庆四年（1799）进士，改庶吉士，授翰林院编修。以古文和词著称。文章为"阳湖派"开创者之一。深于易学，与惠栋、焦循一同被后世称为"乾嘉易学三大家"。著有《茗柯文集》。

注释

①本文选自《茗柯文编》。作者先回忆与恽敬的交往，感慨两人交情之深，再以恽敬当年激励自己"当事事为第一流"的赠言转赠于他，对其"吾不为彼所为者而已"的较低要求进行规劝。婉转的措辞饱含着深深的友情。

②马少游：东汉马援从弟，曾谓援曰："士生一世，但取衣食裁足，乘下泽车，御款段马，乡里称善人，斯可矣。"

③成身及物：指修身济世。及物：即"辅时及物"。

④踬（zhì）：被东西绊倒。引申为事情不顺利。

⑤俯仰：此指应酬。"出"字下脱"则"字。

⑥无言不雠：出自《诗经·大雅·抑》。雠：应答。

⑦响时：从前。

译文

我少年时曾赞成马少游的观点："只求为乡里善人，了却此生。"二十七岁时，来到京师，与子居相交，观察其议论、文章，互相切磋，以正道德，从此奋发努力，知道了读书和修身济世的重要性。八年之间，我与他共赴科场，又一同受挫，更经历艰辛困苦，出则应酬世俗，入则相对而悲。随后，我们更加欣赏彼此。凡是我的朋友中，没有像子居这样深切相知的。我和他之间，正如《诗经》所谓"无言不雠"。子居对我的帮助是很大的。如今他被选任为县令，我怎会无话可说？

当初子居对我说："当事事争做第一流。"我因他的话而感到羞愧，却未曾忘记。大凡我在学习上，常力求做到最好，如果自以为能力不足，就姑且退而求其次，则往往不能有所成。为县令之道，六经、孔孟的学说，以及子居过去常论及的，都是最佳的理论参考，由子居去践行，岂会不做到最好？可现在子居却说："我只要不像我前任那样做就行了。"这种心态难道与子居过去所持的观点相符合吗？君子说出去的话，应该时时想着去实行；想着实行，则务必要坚定意志。坚定意志不如保持曾经的观点，实行己言不如事事向善。果真做到如此，这才是子居对我有益之处。子居好好努力吧！

崔景偁哀辞[①]

张惠言

余始识景偁于京师，与为友。景偁以兄事余，即数岁，已而北面承贽[②]，请为弟子。余愧谢，不获，且曰："偁之从先生非发策决科[③]之谓也，先生不为世俗之文，又不为世俗之人，偁则愿庶几焉。"呜呼！世俗之为师、为弟子云者，其取之有由矣，其学之有由矣。非所援焉而取，非所炫焉而学，则以为狂且愚。昔韩退之[④]作《师说》，毅然为人师，一世非笑之，唯李翱[⑤]、张籍、皇甫湜数人以为然。余之文质靡至[⑥]，诵圣人之书，而未识其道，其于景偁未有以相过也，而穷困之效已明。自景偁游公卿间，不日声起，当世所谓速化[⑦]之术固当闻之，乃退就执友[⑧]之门，而请受业，欣然若有乐者。惜乎不遇韩退之，使与李翱、张籍之徒相颉颃[⑨]也。

景偁之学，拙[⑩]于进而勇于取，虽小物条既[⑪]其实。与之论道理，未尝不悦，其改过果以速。呜呼！使假之年而就其学，岂可量哉！

景偁字格卿，蒲州永济人[⑫]，以乾隆五十八年五月十二日卒于京师，年二十五。其为人长弟完好，生而父兄称之，殁而所与游者思之。工八分楷书摹印[⑬]，世多藏者。余独悲其有盛志，而卒不遂其学，以无闻于后，为可惜也。为辞以哀之曰：

呜呼偁耶！群黯黮[⑭]以为贤，谁使兴耶？既朝轫[⑮]而夕颠，又谁憎耶？苟啬[⑯]其命，而胡以厚其凭[⑰]耶？将匪获于天，而独自以心为雄耶？才者之小年，延于不肖者之恒耶？泯泯[⑱]于后世，而落落[⑲]乎古人。呜呼！奈何乎偁耶！

注　释

①本文选自《茗柯文编》。这篇哀辞开门见山地叙述师生渊源，赞赏崔景偁不慕名利，也隐然以韩愈自任。其后叙其才艺，表达了对崔君不获骋志而早逝的痛惜。

②北面：古代学生敬师之礼。面向北为卑下之位。承贽（zhì）：言"奉贽"。拿着送给老师的礼物。贽：古时初次求见人时送的礼物。此专指送给老师的礼物。

③发策决科：指应试取中 。策：策问，指考试。决科：取科名。

④韩退之：唐代文学家韩愈，字退之。《师说》是他的名篇，针对当时耻于求师的风气，提倡从师学习。

⑤李翱：唐代文学家，和张籍、皇甫湜（shí）等人一起，都是韩愈的学生。李翱、皇甫湜在散文上有成就，张籍在诗歌上有成就。

⑥文：文采，指外在表现。质：实质，指道德品质。至：合宜。

⑦速化：迅速转变，很快变化。此指投靠公卿名流，迅速取得功名。

⑧执友：志同道合的朋友。

⑨颉颃（xié háng）：鸟儿上下飞翔的样子。引申为不相上下或相抗衡的意思。

⑩拙：质拙，朴实无华。

⑪既：完、尽，尽力完全。

⑫蒲州：府名，属山西。永济：县名，清为蒲州府治。

⑬八分：隶书的别名。摹印：秦代书法之一，就小篆稍加变化，是用于玺印的文字。

⑭黯黮（dàn）：昏暗貌。

⑮朝轫：即朝发轫，早晨启动车轮。轫：用来阻碍车轮转动的木头，要发动车轮须抽去轫，故称启程为"发轫"。

⑯啬：吝啬，苛刻。此指上天吝啬，不使崔君长命。

⑰凭：依靠，犹言"本钱"，指人的资质才智等。

⑱泯泯：泯灭，埋没。

⑲落落：孤独，合不来。

译　文

我当初在京城认识景偁，与他结交为友。景偁按服侍长兄的态度对待我，几年后，他又面向北对我下拜，奉上礼品，请求做我的弟子。我感到惭愧并谢绝了，但景偁不同意，他说："我跟从先生，并非是为了在科举考试中图取功名啊。先生您不写世俗的文章，也不是个庸俗的人，我的愿望有希望实现了。"唉！世俗中那些为人师、为人弟子者，都是有所取、有所求的。不是为了攀附而收徒，不是为了炫耀而拜师，则会被视为狂妄愚钝。从前韩愈作《师说》，毅然为人师，全天下的人都笑话他，只有李翱、张籍、皇甫湜等数人赞成他的观点。我的文采品质并不突出，诵读圣贤之书，却未能理解要义，我的学识并没有胜过景俑，而穷苦困厄的现状却是明了的。自从景俑游于公卿间，没过多久就声名鹊起，世人所谓的投靠公卿名流，以迅速求取功名利禄的方法他本来就听说过，却退而至挚友之门，请求做我的弟子，欣欣然像是有什么开心的事。可惜他没有遇到韩愈那样的好老师，可使他与李翱、张籍之流相抗衡。

景俑在学习方面，朴实求进，勇于探取，即使是微小的事物他也追求其完全真实。与他谈论道理，未曾有不高兴的时候，他改正自己的缺点也非常迅速。唉！假使他能多活些年岁，去追求学问，成就岂可限量！

景俑字格卿，蒲州永济人，乾隆五十八年（1793）五月十二在京师去世，年仅二十五岁。他为人尊重长辈，敬爱兄长，德行完美，活着的时候父兄称赞他，去世后，曾与他交游的人思念他。他工于隶书、楷书和摹印，世间多有珍藏他的手迹的人。我最为悲伤的是他胸怀大志，却因早逝而未能完成学业，以致死后默默无闻，实在是太可惜了。我替众人作了哀辞悼念他：

唉，景俑啊！一群昏暗之辈被视为贤才，谁能改变这种局面呢？早晨才启动车轮，傍晚就翻车，又能憎恨谁呢？老天既使人短命，为何又赐人非凡的资质呢？得不到上天的福佑，难道独自以心为雄吗？为何有才者如此短寿，而不肖者却得长寿呢？在后世被埋没，落落不遇似古人。唉！无可奈何啊！景俑啊！

丁晨晖六十寿诗序[1]

吴德旋

余旧与丁君晨晖俱学龙城书院中，晨晖论文慎许可，独称余为善。余时犹未及冠[2]，而晨晖年已四十余，然晨晖折辈行，与余交甚相得也。晨晖久困于举场，其胸中不平之气无所发，则时时混迹于酒徒，然识者皆爱其才而怜其志。犹忆乾隆己酉之秋，余与晨晖相遇于金陵，晨晖方为有司[3]所摈，邀余入酒肆，痛饮大醉。诵其所为文，大哭，已而大笑。四座尽惊，晨晖傲睨[4]自若。余年少气盛，谓功业可戾契致[5]，而惜晨晖之已衰。

自是之后，余讲业齐鲁，北至燕南[6]，度浙江无所就[7]，困而归，志意颓然矣。然十年之间，见士大夫得科名者，其所能，非必有加于晨晖。而晨晖竟以诸生[8]老也，岂非命也夫？

今岁之春，晨晖为六十自寿诗一章，知晨晖者，属而和[9]之，凡得如干[10]首，联为大卷[11]，将以授之梓人[12]。晨晖俾余题其首，而予为之述往事以归之。

作者简介

吴德旋（1767—1840），字仲伦，江苏宜兴人，三次参加科举皆不中，以教书糊口。后改学古文，以姚鼐为师。亦善书法。著有《初月楼文集》。

注　释

①本文选自《初月楼文集》。文章形象地描写了丁晨晖胸中不平之气。丁晨晖的遭遇是封建制度统治下广大失意知识分子的一个缩影。

②未及冠：不到二十岁。旧时二十岁举行冠礼。

③有司：指主管某部门的官吏。此指科举主考官。

④傲睨（nì）：傲视。

⑤可戾契致：可以轻易得到。戾：扭转。契：通“挈”，取。

⑥燕南：古燕国南部，指今河北中南部。

⑦度：通“渡”。浙江：即钱塘江。

⑧诸生：明清时期经考试录取而进入府、州、县各级学校学习的生员。

⑨和（hè）：依照别人诗词的内容与音韵作诗词。

⑩如干：若干。

⑪大卷：也叫长卷。把诗写在一张长纸上，可卷起收藏。

⑫梓人：此指刻木版的工人。

译　文

我旧时与丁晨晖君一起在龙城书院学习，晨晖讲论文章，很少肯定他人，却唯独称赞我的文章优秀。我那时还未及冠，不满二十岁，而晨晖已经四十多岁了，然而晨晖委曲长者的身份与我这个晚辈同列，与我相交，志趣相投。晨晖久困于科举考场，他胸中的不平之气无所发泄，就常常混迹于酒徒之中，而了解他的人都爱惜他的才华，怜惜他的高志。乾隆五十四年（1789）秋天，我和晨晖在金陵相遇，当时晨晖刚刚科举失利，邀请我到酒店喝酒，痛饮大醉。醉时诵读自己的文章，大声号哭，接着又大声发笑。满座皆惊，晨晖却傲视四方，神态自若。我年少气盛，觉得科举功名可以轻易取得，为晨晖已经年老而惋惜。

自那以后，我至齐鲁研习学业，北到燕南，又渡过钱塘江，皆毫无建树，窘迫地回到家乡，意志消沉。可十年之间，我看那些得到科举功名的士大夫，他们的才能，也并不一定胜过晨晖。而晨晖竟以诸生的身份直至年老，这难道是命运吗？

今年春天，晨晖为自己的六十大寿作诗一章，与他相知的人，都作诗唱和，得若干首，联结编辑为长卷，准备付印。晨晖命我作序，我于是作此文追述往事，赠予他。

登扫叶楼记[①]

管　同

自予归江宁，爱其山川奇胜，间尝与客登石头[②]，历钟阜[③]，泛舟于后湖[④]，南极芙蓉、天阙[⑤]诸峰，而北攀燕子矶[⑥]，以俯观江流之猛壮。以为江宁奇胜，尽于是矣。或有邀予登览者，辄厌倦，思舍是而他游。

而四望[⑦]有扫叶楼，去吾家不一里，乃未始一至焉。辛酉[⑧]秋，金坛王中子访予于家，语及，因相携以往。是楼起于岑山[⑨]之巅，上石秀洁，而旁多大树，山风西来，落木齐下，堆黄叠青，艳若绮绣。及其上登，则近接城市，远挹[⑩]江岛。烟村云舍，沙鸟风帆，幽旷瑰奇，毕呈于几席。虽乡[⑪]之所谓奇胜，何以加此？

凡人之情，骛远而遗近。盖远则其至必难，视之先重，虽无得而不暇知[⑫]矣；近则其至必易，视之先轻，虽有得而亦不暇知矣。予之见，每自谓差远流俗，顾不知奇境即在半里外，至厌倦思欲远游，则其生平行事之类乎是者，可胜计哉！虽然，得王君而予不终误矣，此古人之所以贵益友与。

作者简介

管同（1780—1831），字异之，江宁上元（今南京）人。道光五年（1825）举人，入安徽巡抚邓廷桢幕。师从姚鼐，与梅曾亮友善，为桐城派后期重要作家。散文清新明快，笔力健朗，长于议论，时有卓见。亦能诗词。有《因寄轩文集》。

注　释

①本文选自《因寄轩文集》卷七。文章写接近闹市的扫叶楼，笔墨秀洁，以白描手法描绘了登楼所见的“奇胜”之景。后文叹流俗之贵远贱近，对人有一定启发性。扫叶楼：位于今南京市鼓楼区清凉山公园内。清初，明朝遗老龚贤自号扫叶僧居此，因得名，后曾改为僧院。

②石头：即石头山。清凉山一名石头山。

③钟阜：即钟山，又名紫金山，在南京城东。

④后湖：南京玄武湖一名后湖，在南京城东北玄武门外。

⑤天阙：即牛首山，在南京江宁区。

⑥燕子矶：在南京东北郊长江边，矶头屹立江岸，三面悬绝，宛如飞燕。登矶俯视，势和险峻。

⑦四望：四望矶，在今南京西北。

⑧辛酉：嘉庆六年（1801）。

⑨岑山：小山。

⑩挹（yì）：牵引。此指接连。

⑪乡：通“向”，从前。

⑫不暇知：顾不得去了解，即不在意。

译文

我自从回到江宁后，喜爱上这里奇丽的山川美景，空闲时曾与朋友登上石头城，游历钟阜山，在后湖泛舟游乐。南面远至芙蓉山、天阙山诸峰，北面攀上燕子矶俯看急流汹涌的江流。我认为江宁一带奇丽的山水，都在这里了。因此再有朋友邀请我游览江宁景色，我就感到厌倦了，想放弃这里而到别处游览。

四望矶上有扫叶楼，离我家不到一里之地，竟然从未去过。辛酉年秋天，金坛的王中子到我家拜访，说起扫叶楼，于是我们便一同去那里。这座楼建在四望矶的小山之顶，山上岩石秀洁，小楼旁大树茂密，山风从西面吹来，落叶纷纷，满地青黄两色的叶子堆叠交杂，绚烂得像一幅织锦。等到我们登上扫叶楼，放眼看去，这里近接城区市井，远连江心小岛。云烟缭绕的村舍，沙滩边的水鸟，江中的风帆，这些幽深而旷远、瑰丽而奇特的景色，全都呈现在案头席边。即使是以前所认为的奇异美景，又怎能超过这里呢？

大凡人的感情，喜欢追求远离自己的东西，而遗弃眼前的事物。这大概是远处的东西，获得它一定很艰难，则把它看得很重，即便是没有什么可获得的，也不在意；在近处的东西，得到它一定很容易，则把它看得很轻，即便会有所获得，也不当回事。我的见识，自认为还能远离世俗高于一般人，却也不能知道奇丽景观就在半里之外，竟到了厌倦近处的美景而想远游的地步，由此而看，那么我平生的行事中与此相类似的情况，哪里能计算得尽啊！虽然如此，但这一次因王君来访而使我没有最终错失近处的美景，这就是古人把对自己有教益的朋友看得很重的原因吧。

宝山记游[1]

管 同

宝山县城临大海，潮汐万态，称为奇观。而予初至县时，顾未尝一出，独夜卧人静，风涛汹汹，直逼枕簟[2]，鱼龙舞啸，其声形时入梦寐间，意洒然快也。

夏四月，荆溪周保绪自吴中来[3]。保绪故好奇，与予善。是月既望[4]，遂相携观月于海塘[5]。海涛山崩，月影银碎，寥阔清寒，相对疑非人世境，予大乐之。不数日，又相携观日出。至则昏暗，咫尺不辨，第闻涛声若风雷之骤至。须臾天明，日乃出，然不遽[6]出也。一线之光，低昂隐见，久之而后升。《楚辞》曰："长太息兮将上[7]。"不至此，乌知其体物之工哉[8]？及其大上，则斑驳激射，大抵与月同。而其光侵眸，可略观而不可注视焉。

后月五日，保绪复邀予置酒吴淞台[9]上。午晴风休，远波若镜。南望大洋，若有落叶十数浮泛波间者，不食顷，已皆抵台下，视之皆莫大舟也。苏子瞻记登州之境[10]，今乃信之。于是保绪为予言京都及海内事，相对慷慨悲歌，至日暮乃反。

宝山者，嘉定分县[11]，其对岸县曰崇明[12]，水之出乎两县间者，实大海之支流，而非即大海也。然对岸东西八十里，其所见已极为奇观。由是而迤南[13]，乡所见落叶浮泛处，乃为大海。而海与天连，不可复辨矣。

注 释

①本文选自《因寄轩文集》卷七。文章写月光下的海涛，写海上的日出，写风平浪静时的大海，都能抓住各自的特点，给以逼真的描绘，表达了作者对宝山自然景观的热爱与欣赏之情。宝山：县名，在长江口南岸，现属上海市。

②簟（diàn）：竹席。

③荆溪：县名，今属江苏宜兴市。吴中：今属江苏苏州。

④既望：农历每月十六。望：阴历每月十五称“望日”。

⑤海塘：为阻挡海潮而修筑的堤岸。

⑥遽（jù）：骤然，突然。

⑦长太息兮将上:《楚辞·九歌·东君》:“长大息兮将上，心低徊兮顾怀。”王逸注曰:“言日将去扶桑，上而升天，则徘徊太息，顾念其居也。”古人认为太阳在扶桑升起，屈原用太阳长叹徘徊不忍骤然离开扶桑来形容日出的景象，写得情景交融，形象逼真。

⑧乌知：怎知。体物之工：表现事物的工巧、精确。

⑨吴淞台：在今上海宝山区。

⑩苏子瞻记登州之境：见苏轼《北海十二石记》。

⑪嘉定分县：嘉定分出的县。宝山原为嘉定县地，清代分出为宝山县。

⑫崇明：县名，即长江口崇明岛，现属上海市。

⑬迤南：往南。迤：延伸，往。

译文

宝山县城临近大海，潮汐姿态变化万千，被称为奇观。然而我刚到这县城时，却未曾出去一次，唯独在夜晚卧床就寝，夜深人静之时，狂风波涛来势汹汹，直逼近床边枕际，像鱼像龙一般舞动长啸，那形象声音时时进入我的梦中，让人心中洒脱畅快。

夏季四月，荆溪人周保绪从吴中来这里。保绪向来喜欢猎奇，与我交情很好。这月十六，我们相伴在海塘赏月。海涛像山崩，月影如银碎，天空高远空旷，清朗有寒意，我们四目相对，都怀疑这不是人世境地，我对此非常高兴。不过数日后，我们又相伴去观看日出。等我们到的时候天已经黑了，几尺内都看不清，只听着耳旁的浪涛声，感觉就像是风吼雷鸣骤然到来。一会儿天就亮了，太阳就要出来了，然而又不是突然出来。一线光芒，起伏、升降，能隐隐约约地看见，过了一会儿太阳就升起来了。《楚辞》中说:“我长叹徘徊不忍骤然离开。”不到这里，怎么能知道这里表现的万物竟是如此的工巧精确?当太阳跃出海面时，光彩斑驳，喷涌四射，大体上与月亮一样。但是太阳的光芒刺眼，只能简单观看一下而不能长久地注视。

下一个月的初五，保绪又邀请了我，在吴淞台上设了酒宴。中午天气晴朗没有风，远处的波浪像镜子一样晶莹剔透。向南面远望大洋，像有十几片落叶漂浮在波浪之间摇晃前行，不到一顿饭的时间就已经到达吴淞台之下，看见的人都认为这不就是大舟吗?苏轼记载的登州的情景，今日我才相信。于是保绪和我说京城里和天下的事，我们相对慷慨悲歌，直到傍晚才返回。

宝山是嘉定分出的县，它对岸的县是崇明县，流经这两县之间的水，实际上是大海的支流，并不是真正的大海。但是在对岸东西八十里的地方，看见的已经是非常雄伟美丽的景象。从这里向南延伸，在那看见落叶在水中漂浮的地方，就是大海了。然而，大海与天连为一体，无法再辨识了。

抱膝轩记[1]

管　同

自明祖，都江宁[2]而杨吴城濠[3]围于城内，其水流日就狭。及其东至竹桥，有水穴城来会。古所谓青溪[4]一曲者也。折而南流，至柏川桥，再会钟山之水。又稍南，过大中桥，则淮水入东关，与相灌注，杨吴城濠虽就狭，而会是三水，半里之间，势犹浩瀚。又其地北见鸡笼[5]，东北见钟山，而东岸率果园菜圃，杂植桃杏韭菘之属。山林映带，舟楫往来。虽居城中，殆无异于郊外。

予自归江宁，家凡六徙。近乃僦宅[6]居是水之西。老屋百年，尘埃渗漏。每暑日激射，阴雨连绵，蒸炕沾淋，顾视无可逃避。予居之未尝不适也。独其屋仅四间，自奉母处妻孥置厨爨[7]外，了无燕息之所，意尚阙然[8]。嘉庆十五年归自山东，始即第二室屏后一楹[9]地，葺为小轩，颜曰“抱膝”。借书满架，置榻一张，偃仰啸歌，即获其所。然其为地，前近市廛[10]，后连闺闼[11]，而左则直接邻家；不壁而板，凡夫行旅之歌唱，妇孺之呼啼，鸡犬之鸣吠，嘈杂喧阗[12]，殆无时不至。而当予神会志得，抗声高诵，家人每笑谓其音聒人[13]。三者之声，盖往往为所掩也。昔诸葛武侯隐处隆中，抱膝而吟《梁甫》[14]。时人问其志，但笑而不言。予之名轩，岂敢以武侯自命，盖亦陶公所云容膝易安之意[15]而已。然予既厌薄文辞，又不汲汲然[16]志在科举，斗室一间，讽书不辍。有相问者，予将何以答之耶？轩既葺，居者一年。明年，予为人所招，不恒在家。而其室遂废。然一时之兴，有不能忘，故追而记之。

柏川桥者，与予所居后户对。其前户所临街，称名多异。或曰：其地古属绵乡，名曰绵乡营。或曰：柏川桥北百余步外，其地为明之东厂[17]，至今犹名曰东厂；而此地则明之饷营[18]也。是二说者，今皆不可考云。

注　释

①本文选自《因寄轩文集》卷七。文章详细叙述了抱膝轩的地理环境和命名由来，表达了作者安贫乐道、不慕功名的生活志趣。

②明祖都江宁：洪武元年（1368），明太祖朱元璋建都江宁。

③杨吴城濠：五代十国时期，地方割据的杨吴政权曾统治南京三十多年，修筑了金陵城垣。杨吴政权将金陵城垣周长扩大了二十里，并将城外落马涧拓宽挖深，接引秦淮河水，作为城壕。

④青溪：三国时东吴在建业城（南京）东南所造东渠，发源于钟山西南，流经南京市区入秦淮河。

⑤鸡笼：鸡笼山，又名北极阁，今江苏南京市玄武区。

⑥僦（jiù）宅：租宅。

⑦厨爨（cuàn）：厨房。

⑧阙然：遗憾貌。

⑨楹：量词，一间屋为一楹。

⑩市廛：商店集中的处所。

⑪闺闼：内室。

⑫喧阗（tián）：哄闹声。

⑬聒人：声大吵人。

⑭“昔诸葛武侯”二句：《三国志·蜀书·诸葛亮传》：“亮躬耕陇亩，好为《梁父吟》。”《梁甫》：即《梁甫吟》，也名《梁父吟》，乐府曲名。又《诸葛亮传》注引《魏略》：亮“每晨夜从容，常抱膝长啸”。

⑮陶公所云容膝易安之意：陶渊明《归去来兮辞》：“倚南窗以寄傲，审容膝之易安。”

⑯汲汲然：急切貌。

⑰东厂：明朝特务情报机关，明成祖所设，由亲信宦官担任首领。

⑱饷营：军营。

译　文

自从明太祖建都江宁，杨吴城濠便被围到了江宁城内，水流逐渐变得狭小。直到它向东到了竹桥，有一条河水穿过城墙前来汇合。这就是古人所说的“青溪一曲”。折而向南流，到了柏川桥，又与从钟山流出的河水汇合。又慢慢向南流，过了大中桥，只见淮水流入东关，与它汇合。杨吴城濠虽然变得狭小，但与这三条水流汇合，半里之间，水势还是变得激荡宽广。加上此地向北可以望见鸡笼山，向东北可以望见钟山，而且东岸全是果园菜园，间杂种植了桃树、杏树、韭菜、菘之类的果木菜蔬。山林映衬环绕，船舶往来穿梭。虽然处于城中，大概和郊外也没有什么差别。

我自从回到江宁，共搬了六次家，后来才租屋住在这条河的西边。这是一座上百年的老屋，不时有尘埃渗漏下来。每当炎热夏日，骄阳暴晒，阴阴细雨，连绵不绝，或蒸烤闷热，或到处潮湿，环顾室内没有可以躲避的地方。我住在这里没有觉得有什么不适应的。只是这屋只有四间，除了侍奉母亲、安置妻小、设置厨房，完全没有了闲居、休息的地方，心里还是觉得有所遗憾。嘉庆十五年（1810）从山东回来，才沿着第二间屋子后面腾出一间屋子大小的所在，修整成一座小轩，命名为“抱膝”。借来的书堆满书架，放置卧榻一张，起居俯仰，吟啸放歌，便甚是满意这所在。但是这里，前面靠近集市，后面连着内室，左边又与邻居家连在一起；没有隔墙，那所有的行旅之人的歌唱声，妇女儿童的呼叫声、啼哭声，鸡犬的鸣啼吠叫声，嘈杂喧闹，大概没有一刻不传过来。但每当我神会志得，大声诵读，家人总是笑着说我的声音大得吵人。前三者的吵闹声，全都被我掩盖。当年诸葛武侯隐居隆中，抱膝吟诵《梁甫吟》，当时的人问他的心志，他只是笑而不答。我给小轩命名，哪敢以武侯来自命，大概也就是陶公所说的“容膝易安”的意思罢了。然而我既厌恶鄙视虚假文辞，又不急切地追求科举功名，只有这斗室一间，读书不辍。有人问我，我拿什么来回答他呢？轩修好后，住了一年。第二年，我就被人招请，不常在家。这座屋子于是荒废了。然而当时的兴致，常常回想，不能忘怀，所以就追念写下了这篇文章。

柏川桥，与我的屋子后窗相对。前窗所对的街道，名称多不相同。有人说：此地古代属绵乡，名叫绵乡营。有人说：柏川桥向北一百多步以外，那个地方是明代的东厂，至今还叫东厂；而此地就是明代的军营。这两种说法，现在都不能考证了。

答侯念勤书[①]

管　同

惠书及诗文皆已至，而云前有《见怀诗》，则至今未见，岂浮沉[②]耶？所示文一篇，雄健劲直，势如奔马，在他人诚不解办。

然同谓犹有一病。后人为文，不能不师古，上者神合之，次者貌肖之，最下者贩其辞。故曰：“惟古于词必己出，降而不能乃剽贼[③]。”今足下作文一篇耳，首一节既用陈寿[④]《进诸葛集表》，次一节复用《汉书·王莽传赞》，次一节复用贾生《过秦》[⑤]，结尾二语又用《穀梁春秋》“春，王正月”之传[⑥]，展而读之，痕迹显露。夫陈寿、《汉书》、贾生、《穀梁》之调，非不可袭，然叠用之，则似集古人之文，而其中不见己作矣。

此一病也。至所寄诗，亦过袭唐人辞意，而已之卷轴性灵[7]，寻之往往不见。

荀子曰：古之学者聚道[8]。吾辈生来才思有几？故惟多见古书，博览而熟诵，重积而迟发，深造自得时，左右逢源，自无陈言到笔下。此非旦夕可为，而勉强可至者也。足下以为然乎？伯言[9]文三篇，简洁而曲有韵趣，今之人岂易及也！率复不具[10]。

注释

①本文选自《因寄轩文集》。文章主要论为文的“师古”问题。该文对侯念勤以抄袭模拟为文、不见自己心胸性灵的批评，极为中肯。

②浮沉：书信在邮递中丢失。《世说新语·任诞》：“殷洪乔作豫章郡，临去，都下人因附百许函书。既至石头，悉掷水中，因祝曰：‘沉者自沉，浮者自浮，殷洪乔不能作致书邮。’”后因称信件在邮递中丢失为“付诸浮沉”。

③“惟古于词必己出”二句：出自韩愈《南阳樊绍述墓志铭》。惟：句首语气助词。降：下，引申为后来。

④陈寿：西晋史学家，字承祚，安汉（今四川南充市北）人，三国时曾任蜀观阁令史，入晋后，历任著作郎、治书侍御史。著有《三国志》，编有《蜀相诸葛亮集》等。所作《进<诸葛亮集>表》附于《三国志·诸葛亮传》后。

⑤贾生《过秦》：西汉文学家贾谊所作《过秦论》。

⑥《穀梁春秋》：即《春秋穀梁传》，是一部解释《春秋》的书。春，王正月：是《春秋》中的文字。传：解释经义的文字。

⑦卷轴：书籍。古时文章，裱成长卷，有轴以便卷起或展开，故称书籍为“卷轴”。此指学问。性灵：性情、思想感情等。

⑧“荀子”二句：《荀子》中无此语，类似的意思见于《荀子·礼论》：“圣人者，道之极也，故学者固学为圣人也。”

⑨伯言：梅曾亮，字伯言。

⑩率复不具：草率复信不详尽。旧时书信结尾常用的客气话。

译文

惠赐书信和诗文都已经收到，你之前说有《见怀诗》，我至今都未见到，难不成在途中丢失了？你寄来文章一篇，雄健劲直，势如奔马，实在是常人难以写出的。

然而我认为这文章仍有一点不足。后世人写文章，不能不学习古人，最高明的人作文与古文神意相合，次一等的与之形貌相似，最低等的就只是抄袭引用古文中的词句。所以说：“古人所用的文词都是自己创造出来的，后来的人做不到这一点便进行剽窃抄袭。”如今足下您作文一篇，首一节即引用陈寿的《进<诸葛亮集>表》，次一节又引用《汉书·王莽传》，次一节又引用贾生的《过秦论》，结尾二语又引用《春秋穀梁传》“春，王正月”的传文，通篇读下来，尽是引用古文的痕迹。陈寿、《汉书》、贾生、《春秋穀梁传》的文辞，不是不可以袭用，然而重叠引用，就好像只是采集古人的文章，其中看不到自己的观点了。这是一点不足。至于你寄来的诗，也过分因袭唐人的辞意，而自己的性情思想在诗中往往找不到。

荀子说：古代的学者汇聚大道。吾辈生来能有多少才思？所以唯惟有多学习古书，博览而熟诵，长久地积累而后表现，深造有所得时，写文章就会左右逢源，自然没有陈旧的言辞付诸笔下。这不是一朝一夕可成就、可勉强达到的。足下认为对吗？伯言的三篇文章，简洁而别有韵趣，当今之人难以企及！草率复信，言不详尽。

饿乡记[①]

管　同

饿乡，天下之穷处也，其去中国不知几何里。其土荡然，自稻、粱、麦、菽、牛、羊、鸡、彘、鱼、鳖、瓜、果，一切生人文物，无一有焉。凡欲至者，必先屏去食饮，如导引辟谷者然[②]。始极苦，不可耐。强前行，多者不十日已可至。至则豁然开朗，如别有天地。省经营，绝思虑，不待奔走干谒[③]，而子女之呼号，妻妾之交谪[④]，人世讥骂笑侮、轻薄揶揄[⑤]之态，无至吾前者，倘然[⑥]自适而已。

然世以其始至之难也，平居每万方图维[⑦]，以蕲[⑧]勿至；不幸而几至，辄自悔为人动。故非违世乖俗、廉耻礼义之士，不得至是乡。非强忍坚定守死善道[⑨]之君子，虽至是乡，辄不幸中道而反。昔周之初，武王伐纣，伯夷、叔齐[⑩]耻食其粟，由首阳山以去，至饿乡。饿乡之有人，自是始。其后春秋时，晋有灵辄[⑪]，行三日，几至之矣，终为贼臣赵盾所阻，反感盾恩，为所用。而齐有饿民，却黔敖嗟来之食，翩然至是乡，虽曾子叹其微，而论者以为贤辄远矣[⑫]。孔子之徒，颜、曾为大贤，原宪为次，三子者皆几至是乡，而犹未达。及至战国，於陵仲子[⑬]立意矫俗，希为是乡人，行三日，卒废然而反，孟子讥之。自战国秦汉后，教化不行，风俗颓败，搢绅先生之属，以是乡为畏途，相戒不入。而凶年饥谨，祸乱迭作，自王公贵人，下逮田野士庶，遭变故而误入是乡者，往往而是。梁武皇帝[14]，天子也；赵武灵王、汉赵幽王[15]，藩国王也；条侯周亚夫[16]，将且相也；邓通[17]，中大夫尚主[18]者也。此其人皆尊崇富厚，志得意满，无意于是乡，而其终卒误入焉，岂非天哉！岂非天哉！然岂与夷、齐以下，立志自入者同乎哉！

故曰："君子无入而不自得焉[19]。"又曰："求仁而得仁，又何怨[20]？"，惟汉龚胜、唐司空图、宋谢枋得之伦[21]，立志忠义，先后至是乡。夷、齐辈得之，盖相视而笑，称莫逆交云。呜呼！饿乡何乡也？何其难至也若是？予穷于世久矣，将往游焉，考始末而为之记。

注释

①本文选自《因寄轩文集》卷七，是一篇寓言式的杂文，以"饿乡"为寓，写守志之士宁穷饿至死，也不能仰人鼻息，苟且偷生，凡不能坚守节操，希图苟活者，必混同流俗，为人所用。

②导引：一作道引。古代有"道气令和、道体令柔"之说，原为古代强身除病的一种方法。《庄子·刻意》成玄英疏云："导引神气，以养形魄。延年之道，驻形之术。"辟谷：亦称"断谷"或"绝谷"，即不吃五谷的意思。据说也是一种修养的方法。辟谷时必须兼做导引等功夫。

③干谒：有所要求而趋奉请见。

④交谪：互相责骂。谪：谴责、责备。

⑤揶揄：戏弄，侮弄。

⑥倘然：安然自得貌。

⑦平居：平时。图维：谋划。

⑧蕲：求。

⑨守死善道：坚守善道，至死不渝。语出《论语·泰伯》。

⑩伯夷、叔齐：商末孤竹君二子，武王灭商，兄弟二人逃往首阳山，不食周粟而死。事见《史记·伯夷列传》。

⑪灵辄：春秋晋人，赵盾在翳桑见灵辄饿，给以食，食其半。盾问其故，告以遗其母，盾因与之箪食与肉。后晋灵公伏兵谋杀赵盾，灵辄时为灵公甲士，倒戟护赵盾，使得免。赵盾：即赵宣子，曾在晋国执政。

⑫"而齐有饿民"五句：《礼记·檀弓下》："齐大饥，黔敖为食于路，以待饿者而食之。有饿者，蒙袂辑屦，贸贸然来。敖左奉食，右执饮，曰，'嗟！来食。'扬其目而视之，曰：'予唯不食嗟来之食，以至于斯也。'从而谢焉，终不食而死。曾子闻之曰：微与，其嗟也可去，其谢也可食。"微：非，表示不同意。

⑬於陵仲子：即陈仲子，战国齐国人，居於（wū）陵，因不求人而

断粮，三日不食，便不能坚持，爬到李子树上去吃被虫子咬了大半的李子。孟子讥讽他住不到伯夷筑的房子，吃不到伯夷生产的粮食，一定会去住盗跖筑的房，吃盗跖种的粮。事见《孟子·滕文公下》。

⑭梁武皇帝：即萧衍。南朝梁的建立者，后东魏降将侯景反，攻破都城，饥病而死。

⑮赵武灵王：战国时赵国君，后在内乱中被围困于沙丘宫，饿死。汉赵幽王：即刘友，汉高祖刘邦第六子，立为淮阴王，后改赵王，以诸吕女为后，而爱他姬，诸吕女谗于吕后，吕后怒，召友至，幽禁之，绝食而死。谥幽。

⑯周亚夫：西汉名将，周勃子。初封条侯，文帝时，匈奴入寇，周为将军，屯细柳（今陕西咸阳西南），军令严整。景帝时，任太尉，平定吴楚七国之乱，拜为丞相。后因其子私买御物下狱，绝食死。

⑰邓通：西汉南安人。汉文帝时，为黄头郎，后得宠信，封为大夫。前后赏赐无数，并赐以蜀严道铜山，许其铸钱，邓氏钱遍于天下。景帝时有人告发邓通盗，遂没收其家财入官，邓通留食人家，穷困而死。

⑱尚主：娶天子之女为妻。又称“尚公主”。

⑲君子无入而不自得焉：语出《中庸》。

⑳求仁而得仁，又何怨：语出《论语·述而》。

㉑龚胜：西汉彭城（今江苏徐州）人，渤海郡太守，光禄大夫。王莽篡位后，辞官归里，王莽遣使征之，胜绝饮食，积十四日而死。司空图：唐代虞乡（今山西运城永济）人，累官礼部郎中，朱全忠篡位后，召为礼部尚书，不赴，绝食而死。谢枋得：南宋弋阳（今属江西上饶）人，德祐初以江东提刑知信州，元兵东下，入山中，宋亡后居闽中，有人荐官不出，后为福建参政魏天祐强行送往都城，不食而死。

译　文

饿乡是天下贫瘠闭塞之地，它距离中原地区不知多少里。饿乡土地上空荡荡的，稻、粱、麦、菽、牛、羊、鸡、彘、鱼、鳖、瓜、果等一切养育人的东西，在这儿都没有。凡是想去往饿乡的人，一定首先去除饮食的欲望，就好比道家导引，不吃五谷。开始时很艰苦，让人忍耐不住。竭力向前行走，最多不超过十天就可以到达。到了就发现眼前豁然开朗，好像另有天地。在这里可以废止筹划营造，断绝思索考虑，不需要迎合求情，子女的呼号，妻妾的责骂，人世间讥笑、谩骂、侮辱等丑态，都不会出现在眼前，使人安然自得。

然而世人因为饿乡开始很难到达，于是多方谋划希望不要到达饿乡；不够幸运几乎就要到达的人，转而后悔被别人诱惑煽动。所以不是违背世俗常情的读书人，不能够到达饿乡；不是顽强坚韧、坚持到死也不改变正道的君子，即使能够到达饿乡，也会不幸半道而返。从前西周建立之初，周武王伐纣，伯夷、叔齐把吃周朝的粮食当作耻辱，从首阳山离开，到了饿乡。饿乡有人存在，便是从这时开始。之后春秋时期，晋国有灵辄，他走了三天，几乎到达饿乡，却遭到贼臣赵盾的阻挠，最终为了感恩，为赵盾所用。齐国有个饥饿的人，拒绝接受黔敖的嗟来之食，潇洒地到了饿乡。虽然曾子不赞成饥民的做法，可是评论者认为他德行非常好。孔子的徒弟颜回、曾参是才德超群的人，原宪紧随其后，三个人都是几乎到了饿乡可是最终还是没有到达。等到了战国时代，於陵仲子立志改变风俗，希望成为饿乡的人，可坚持了三日，最后半道而返，孟子为此讥讽他。自战国秦汉后，政教风化不能得到提倡，风俗衰败，士大夫读书人这一类，把这饿乡当作危险可怕的地方，互相告诫不要进入。可是凶年、灾荒、祸害、变乱一个接一个地更替，上至天子、诸侯、显贵之人，下到乡村百姓，遇变故而误入饿乡的人，处处都是。梁武帝是天子，赵武灵王、汉赵幽王是分封国的国王，条侯周亚夫做过将军和宰相，邓通贵为大夫且娶公主为妻，这些人都曾受过尊崇，财富雄厚，志得意满，不愿到饿乡，可是他们最终突然就误入了饿乡，难道不是天意吗！难道不是天意吗！然而他们怎能和伯夷、叔齐以下那些立志自己进入饿乡的人一样呢？

古书上说："君子不管进入任何场合，也会完全自得其乐的。"又说："追求仁义最终就会得到仁义，又有什么埋怨的呢？"只有汉代龚胜、唐代司空图、宋代谢枋得这类人，立志践行忠贞节义，先后到了这饿乡。伯夷、叔齐这类人遇到他们，都相视而笑，声称是情投意合的朋友。唉！饿乡是什么地方呢？为什么这样难以到达？我在世间不得志很久了，打算去游览饿乡，于是考察饿乡的本末，给饿乡写了这篇记。

知己说[1]

刘　开

韩子云："非知之难，处知者实难。[2]"悲夫！士以遇知己而名著，亦有得知己而遂至行亏名辱者，可不惧哉！

余观穆生[3]在楚，以未设醴[4]而去，未尝不怪其恝[5]然径行，负畴昔知遇之意。及见后世君子，处乡里之间，其才气学识卓然异乎众人，一旦受当事之知，遂心驰势利，变刚正之操，以事媚悦。所求未获，已为天下所非笑。然后知古人不屈道以徇私者，乃善处交游以全人己之美也。君子上交不谄，下交不渎[6]，是故天子有不召之臣，王侯有不屈之士，将军得揖客[7]而身益重。如使受知者皆谗谄面谀，希迎[8]意旨，图旦夕之安而忘其所有事，卒使世之论者谓下无可取之实，而上无知人之明，此岂遇合中之美事哉？

人之相知，贵相知心⑨。光武知严光之不能屈⑩，而不绳以君臣之法；献子⑪有友五人，皆无献子之家。故士之自负也愈大，则其自待也愈重。抱杰出之才，逢破格之赏识，而即欲顺从求悦者，是不以道义自处，而又以世俗之心待君子也。夫轻合者必易离，故其始必有所甚难，而其终也至于久远而不废。信陵⑫之客三千，其最难屈者，莫若侯生及毛、薛二公⑬。然卒赖其力以建功人国，显名天下。

嗟乎！非常特达⑭之士，亦未必不终为人用也，夫固可以礼屈而不可以势束也。持尺寸之丝以系北溟之鹏⑮，虽欲为之回翼，岂可得哉？然而有子夏⑯之贤，犹未免出见纷华⑰而悦，吾诚为士之有志于立身者忧其继也。

作者简介

刘开（1784—1824），字方来，一字明东，号孟涂，安徽桐城人。早年家境贫寒，喜好读书与交游。为人脱略不羁，终身未仕。十四岁起从姚鼐学古文，与梅曾亮、方东树、管同等齐名，世称“方刘梅管”。但英年早逝，时人以为恨。著有《孟涂文集》等。

注释

①本文选自《孟涂文集》，论说统治者应如何对待贤士，贤士又应如何对待统治者的征召任用。行文古朴重气势，多用正反的对比写法，说理明白透彻。

②韩子：韩非。非知之难，处知者实难：韩非《说难》：“非知之难也，处知则难矣。”原意是：具有智慧和见解并不困难，如何运用自己的智慧和见解才是困难的，弄不好会招来杀身之祸。此处引用，意思略有不同，“知”指相知，彼此了解。

③穆生：西汉楚元王时中大夫。

④醴（lǐ）：甜酒。楚元王很尊敬穆生，穆生不喜欢喝酒，楚元王每次设宴，特地为穆生准备甜酒。到楚王戊即位后，就渐渐忘记给穆生准备甜酒了。穆生认为醴酒不设，说明君主已不再重视自己，于是离开了楚王。

⑤恝（jiá）：淡漠，无动于衷。

⑥渎：轻慢。

⑦揖客：揖是古代的拱手礼，揖客指只行揖而不下拜的客人。意思是与主人平等。《史记·汲黯传》载，有人对汲黯说，天子希望大家都尊

重大将军卫青，劝汲黯见到卫青要下拜。汲黯说：“难道因为有只揖不拜的客人，卫将军的地位就不尊贵了吗？”卫青听说此事，更加佩服汲黯。

⑧希迎：阿附奉迎。

⑨“人之相知”二句：出自西汉李陵《答苏武书》。

⑩光武：东汉光武帝刘秀。严光：字子陵，东汉初会稽余姚（今属浙江）人。他曾与刘秀同学，刘秀即位后，他改名隐居。刘秀召他到京师，想任他为谏议大夫，他不肯受，归隐富春山，刘秀也不再勉强，两人始终以同学相处。

⑪献子：春秋时鲁国贵卿孟献子。《孟子·万章下》载，孟献子与乐正裘等五人交朋友，这五个人心里都没有把献子当作显贵的百乘之家（大夫）看待。

⑫信陵：战国时魏国贵族无忌，魏安釐王之弟，号信陵君。是战国时礼贤好士的四公子之一。有食客三千人。

⑬侯生：魏国隐士侯嬴，是都城的守门人。信陵君置酒大会宾客，留出尊位亲自迎请侯生。在秦国围攻赵国，信陵君率军解救赵国时，侯生出谋献策，立下首功。毛、薛：毛公是赵国隐士，藏身于赌徒之中。薛公也是赵国隐士，隐于卖酒的人之中。信陵君打听到他们的住处，信步前往，从此相处甚欢。信陵君留在赵国十年，不想回魏国去。秦国日夜出兵攻打魏国，毛、薛二公极力说信陵君立归救魏，魏王因此授信陵君上将军印，信陵君大破秦军，扬名诸侯。

⑭特达：特出于众。

⑮北溟：北海。北溟之鹏：北海上的大鹏，翅膀像天上的云一样，大到不知其几千里。这是《庄子·逍遥游》里描述的形象。

⑯子夏：孔子弟子卜商。

⑰纷华：繁华盛丽。《史记·礼书》：“自子夏，门人之高弟也，犹云：‘出见纷华盛丽而悦，入闻夫子之道而乐，二者心战，未能自决。’”羡慕富贵繁华与安贫乐道，两种思想交织于内心。

译 文

韩非子说：“想遇到知己并不难，与知己相处才是真的难。”真可悲啊！士人有因为遇到知己而声名显扬的，也有因为遇到知己而竟然落到品行亏损、名声受辱的，能不戒慎恐惧吗？

我看汉代的穆生在楚国的时候，因为楚王没替他准备甜酒就托病离开了，我一直奇怪他做事如此轻率、行为如此任性，辜负了往日楚元王对他的知遇之恩。直到后来我看到后代的君子们，他们处在乡里的时候，才气杰出，学识超众，一旦受到在位者的知遇赏识，心神就投注在权势利益中，改变了原来刚正的节操，做些谄媚讨好的事情。他所追求的还没得到，就已经为天下人所耻笑了。然后我才知道古人不委曲自己来顺从私欲，才是善于处理人际交往，才是保全人我的美好关系。君子与地位高的人交往，不会谄媚；与地位低的人交往，不会轻慢。所以天子有不能随便召见的大臣，王侯有不可屈服的士人，将军如果有长揖不拜的宾客而自己会更受敬重。假如受到知遇的人，都只会谄媚、巴结，陷害他人，迎合君主的意旨，只求暂时的苟安，忘记自己所应该做的事情，最后使得世上的评论者认为居下位者没有什么可取的才学，而居上位者没有知人的智慧，这哪里是宾主遇合的美事呢？

人之相知，可贵的是在彼此互相知心。汉光武帝知道严光是个不能用权势使之屈服的人，就不用君臣间的礼法去约束他。孟献子有五个朋友，可是他们心中并不存有孟献子是大夫的想法。所以士人如果自我期许越大的话，那他自我的要求也就越严格。怀抱着杰出的才能，遇到破格的赏识，而就要立刻顺从讨好，这就不是以道义自居，而又以世俗之心对待了解赏识自己的人啊！轻易结合必定容易分离，所以刚开始一定有很难结合的地方，而到了后来，反而能够历时久远而不疏废。信陵君的门客多达三千人，其中最难使之屈服的，莫过于侯生和毛、薛两位老先生，然而信陵君最后还是靠着他们的力量，在别人的国土上建立功业，在天下享有盛名。

唉！异乎常人、才智特高的士人，也未必就始终不被人任用，固然可以用礼节来让他们屈身相从，却不能用权势来约束他们啊！譬如说你拿尺寸长的丝绳，想要绑住那北海的大鹏鸟，就算大鹏鸟想要为你回转翅膀，又哪里做得到呢？然而即便是像子夏这样的贤人，还是不免于在出门的时候因为看见众多华丽的东西而心动。其他人就更不用说了！我记写这篇文章，是为那些有志于立身处世的士人写的，我担心他们是否能够坚持志向到底啊！

《后湘集》自叙[①]

姚　莹

天下之事，有适然而合，不知其然者，其风之过箫乎？世之为箫也，六其窍。大地之箫也万之，若川、若谷、若深林、若皋草、若筱簜、若松栝、若毛群鳞羽类[②]，高者若鸾嘐[③]、若鹤唳，下者若虎啸、若龙吟、若蛙蚓之鸣。箫之为族不同，大地之风一也。风之为物，若呜呜、若肃肃[④]，时而泠然，时而飒然，至于鼓天地，晦日月，其为情状亦不同，所以感于物而启动，则又一也。

故人之吹箫者，不离乎宫商徵羽[⑤]，而听之者，或超然遗世，或泣下沾襟。惟吹之者之异其情也，故所感亦异，若吹者之感于物，而异其情也，则亦有然矣。世有闻吹箫而不知感者，非宫商之不调，徵羽之不和也，无亦所感。而吹者其情未至，有强作者乎？若风之过箫也，必无是矣。

夫诗者，亦人之箫也，是其作也，不可以无风。苟无风，虽天地不能发其声音，而何强作之有哉！强而作者，虽引宫商、刻徵羽，吾弗之善[6]也。知斯说者，可与言诗矣。嘉庆十九年冬月日。

作者简介

姚莹（1785—1853），字石甫，号明叔，晚号幸翁，安徽桐城人。嘉庆十三年（1808）进士，此后曾游幕广东，在福建、江苏任过地方官。道光元年（1821）任噶玛兰（今台湾宜兰）通判，在任期间，兴除利弊，政绩突出，名著一时。后受陷害革职。因受陶澍、林则徐竭力举荐，于道光十六年（1836）入京面圣，道光帝于次年授台湾兵备道。鸦片战争爆发，姚莹与台湾总兵达洪阿协力同心保卫国土。清王朝向英国屈辱议和后，被权贵耆英等诬为“冒功欺罔”，逮捕入狱，不久贬官四川以知州用，两使西藏，写下著名的《康辀纪行》。咸丰初，奉旨赴广西赞理军务，镇压太平军，先后任广西、湖南按察使，卒于官。姚莹是姚鼐侄孙，为文承袭家学，但并不株守桐城家法，而能“指陈时事利病，慷慨深切”，具有经世致用的思想。著有《中复堂全集》。

注　释

①本文选自《中复堂全集·东溟文集》，是作者诗集的自叙。文章以大量生动的比喻，阐明了作诗要“感于物而动，自然而发”的观点。

②阜：土山。筱：小竹。簜（dàng）：大竹。栝（guā）：桧（guì）树。

③哕（huì）：象声词。此指鸾鸣声。

④呜呜：吟咏声。肃肃：疾驰貌。一说萧瑟清冷貌。

⑤宫商徵羽：此处代指曲调。

⑥弗之善：即“弗以之为善”，不认为其好。

译　文

天下之事，有偶然而相合者，不知其原因，就像风吹过箫一样？世人制箫，开六孔。大地上可发声的“箫”数以万计，像河流、山谷、深林、阜草、竹林、松桧、有毛有鳞或有羽的各种动物，都会发出声音，其声音高亢的若鸾鸣、若鹤唳，低沉的若虎啸、若龙吟、若青蛙蚯蚓之鸣。“箫”的种类不一样，但发声的原因都是风，这一点是相同的。风吹万物，若呜呜歌咏、若肃肃疾驰，时而清越激扬，时而萧条冷落，至于鼓动天地，使日月昏暗，其表现出来的情状也不一样，然而风都是先作用于物然后再有所表现，这一点是相同的。

因此人吹箫，不外乎宫商角徵羽五音，而听赏的人，或超然如远离尘世，或感伤而泣下沾襟。吹奏者的情感不同，所以听赏者的感受也不一样，如果让万物听吹奏者在不同情感下吹奏出来的音乐，同样会有不一样的表现。世间有吹箫使听者无所触动的情况，并不是曲调不协调，只是因为音乐中没有什么可使听者感触的。吹奏者情感没表达出来，岂能勉强吹奏？吹奏者如带着感情吹奏，就好比有风吹过箫，必定不会有这样的情况。

诗，就好比人的箫，箫想发声，不可以无风。如果没风，即使是浩大广博的天地也不能发出声音，岂是勉强可为的！勉强而作诗，就好比无情感而吹箫，即使曲调和谐，我也不认为好。明白我这些话的人，可以与他论诗了。嘉庆十九年（1814）冬月日。

捕鼠说[①]

姚　莹

岭东以南多鼠，大而黠。夜则翻囊倾箧，旦游院庭，若无人者。逐之，循墙而走，睢盱[②]顾人作怒状，反坐[③]，则逡巡[④]至足下，而啖[⑤]其唾。舍中人[⑥]患之，乃蓄猫。猫之大，仅三倍鼠。其始来也，声咻然以厉，号鸣不休，鼠稍戢[⑦]。舍中人大喜，益爱猫，非鱼鲜不饲，夜则卧之榻而抚弄之。日益肥，倍鼠之身六七矣，毛色光泽，任游于别舍，惟食时则归。由是，室之中竟日无猫声；食之后，竟日无猫迹。鼠复大至，厨无留粮，室无完器焉。然鼠初犹伺猫之出也而后至。一旦猝遇，鼠愕然以窜，而猫若未之见者。方就食，食已仍去，或登榻卧。鼠见其无为也，猫卧于榻，鼠行于地。未几而猫之食，鼠亦食之。主人乃更为猫谨其盖藏，一不谨，则猫摇尾长鸣以向主人，而鼠患转为猫患矣。

舍中人以谇[⑧]猫之弱也，余曰：“岂猫之咎哉！彼其材本驽下，无捕攫[⑨]之能，徒具形声耳。其初之号鸣，乃以求食，志固不在鼠也。苟暂羁而少饲之，勿以美具，及微饥而纵之，得鼠，然后益其食，不得则减之，或可冀其一击。然勇怯犹未可知也。今无一攫之功，徒以声形而甘食丰饵以宠之，卧榻抚弄以骄之，任其游出以惰之，三者备而猫之志得，其质亡矣。独不见夫养鹰[10]者乎？饥则鞲[11]之，微饱则纵之；得大鱼者饲以鳅，得小鱼者饲以虾，无则饥之。然后鱼可得也。今以人食食猫而复玩之，其得鼠也不亦难哉？”

且舍中人之蓄猫，又不若粤人蓄鼠矣。先是，有蓄洋鼠者，仅二寸许，而白洁可玩，能跳环。今其种日蕃[12]，城邑富人无蓄之者。笼以朱龛，络以铜网，中作台，如演剧状；有房有场，架二环如秋千也者。每龛雌雄各一，卧以白绵，饲以香米，以指击龛，则鼠自房中左右出台，各就其环而跳走焉，观者以为乐。二鼠之费或数金，是犹有技能也。或曰：粤中向无鼠患，自洋鼠之戏盛，鼠乃炽。然则是亦妖精之类欤！

注 释

①本文选自《中复堂全集》。这是一篇耐人思索的杂文。文章分前后两部分，头一部分讲富贵子弟蓄猫，但富贵子弟爱猫，使猫失去了捕鼠的天性。第二部分讲粤人蓄洋鼠，以鼠为玩物，从而造成了鼠患。文章表面讲猫、鼠，实际是写人事，明显是在讽刺无所事事、尸位素餐之大官小吏的腐败无能，斥责投降派对殖民者姑息养奸，造成祸患的卖国行径。

②睢盱（suī xū）：张目仰望。

③反坐：原为法律用语，对诬告的人治罪。此处指回过头来不满。

④逡巡：迟疑不决。

⑤舕（tàn）：伸舌。

⑥舍中人：即舍人，宋元以来俗称显贵子弟。

⑦戢（jí）：止。此指收敛。

⑧谇（suì）：责骂。

⑨攫：执，捕。

⑩鹰：此处指用以捕鱼的鱼鹰。

⑪鞲（gōu）：原指臂套。用革制成，用以束衣袖，射箭或操作时用。此处作动词，套住。

⑫蕃：繁衍。

译 文

岭东以南老鼠泛滥，硕大而狡黠。夜里出来翻箱倒柜，白天在庭院游走，如入无人之地。驱逐它，就沿墙而走，然后回过头来仰望人，做出愤怒的样子，接着又返回，迟疑不决地爬到人的脚下，朝人吐唾沫。富家子弟深以为患，于是养猫。猫的体型，仅是老鼠的三倍大。猫刚来时，厉声号叫，长久不停，老鼠则稍稍收敛。富家子弟大喜，更加爱猫，饲养猫必用鲜美的鱼肉，晚上让猫睡在床上，还时时抚弄它。猫日益肥胖，体型有老鼠的六七倍大，毛色光滑，随意游走于别舍，只有吃食时才回来。从此，室内整天竟然听不到猫叫声；猫吃食后，竟整日不见踪影。老鼠再次大规模来到，致使厨房中没有剩余的食物，室内没有完好的器物。然而刚开始老鼠还是乘猫外出时才来到。一日猫、鼠突然相遇，老鼠吓得惊慌逃窜，而猫竟像没看见老鼠一样，只是去吃食，吃完了仍旧离去，或者上床睡觉。老鼠见猫毫无作为，于是不再畏惧，当时情景是猫在床上睡觉，老鼠在地上游走。不久后，猫吃食时老鼠竟也去抢食。主人还谨慎地为猫把食物盖起来或藏起来，一不小心被老鼠抢了，猫就对着主人摇着尾巴长鸣，鼠患就变成了猫患。

富家子弟大骂猫软弱无能，我说："这哪里是猫的过错！它本来就能力低下，没有捕鼠的本领，只是空有大体型和吓人的声音罢了。它起初号鸣，只是求食，其目的不在吓唬老鼠啊。如果暂且把它拴起来，少给它食物，不要喂它精美的食物，等到它稍有些饥饿时放开它，捕到了老鼠，然后就增加它的食物，如果捕不到老鼠，就减少它的食物，这样或许可以寄希望于它能将老鼠一举击溃。然而它生性勇敢还是怯弱还不清楚。如今它没有捕到一只老鼠，只是空有大体型和吓人的声音，你就给它丰厚鲜美的食物来宠爱它，让它睡在床上去抚弄它以助长它的骄气，任它到处游走以增加它的惰性，这三者具备则猫志得意满，它的本能就消失殆尽了。你难道没看过那些养鱼鹰的渔人吗？鱼鹰饿了就把它们套起来，稍微喂饱了就放它们下水；捕到大鱼就给它们吃泥鳅，捕到小鱼就给它们吃小虾，什么都没捕到就不给它们吃。然后可以捕到很多鱼。如今你用人吃的精美食物来喂养猫，还把玩抚弄它，再让它捕鼠不是太难了吗？"

富家子弟养猫，跟粤人养鼠又不一样。刚开始的时候，有人养洋鼠，身长仅两寸多，而毛色洁白可供把玩，且能跳环。如今这个品种的老鼠日益繁衍，已经很多了，城中富人不再养了。那时候，用朱红的盒子作鼠笼，再以铜丝缠绕作网，中间设一个小高台，如同表演戏剧一般。有屋子有空地，架设两个铁环如秋千一般。每个盒子里放一只雌鼠和一只雄鼠，睡觉的地方铺上白棉，以香米喂养，人用手敲打盒子，洋鼠就从房中左右出台，各自跳环而奔走，观看的人把这当作有趣的事。两只洋鼠的花费达数金，然而这些洋鼠还算有技能的。有人说："粤中从前没有鼠患，自从洋鼠这把戏兴盛后，老鼠就泛滥了。"这样的话，这老鼠就是妖精之类了！

致郑夫人函[1]

林则徐

前于启程时发寄一函，想已收到。一路沿海道至省，甚为平安，唯晕船稍苦耳。犹幸身体素强，饮食小心，一抵津江[2]，即豁然如无事，堪以告慰。因眷念夫人甚切，故船一抵埠，百事未办，先发函回家，使夫人可以放心。

做官不易，做大官更不易。人以吾奉命使粤，方纷纷庆贺。然实则地位益高，生命益危。古人一命而伛，再命而偻，三命而俯[3]，诚非故做诊恃[4]，实出于不自觉耳。务嘱次儿须千万谨慎，切勿恃有乃父之势，与官府妄相来往，更不可干预地方事务。大儿在京尚谨慎小心，吾可放怀。次儿在家，实赖夫人教诲。大比[5]将近，更须切嘱用功。明年[6]春日，如得荷天之庥、邀帝之眷[7]，仍在此邦，当遣材官[8]迎夫人来粤。侯敏兄闻已出门，家中又失一相助之人。如有缓急，或与大伯父一商。驹侄闻至聪慧，且极谨慎，有事亦可嘱彼相助也。

作者简介

林则徐（1785—1850），字元抚，又字少穆、石麟，晚号俟村老人、俟村退叟、七十二峰退叟、瓶泉居士、栎社散人等，福建侯官（今福州）人。嘉庆九年（1804）乡试中举。嘉庆十八年（1813）入翰林院任庶吉士，历任江南道监察御史，后因厌倦官场而辞官。道光年间复职，历任江苏按察使、陕西按察使、湖北布政使、河南布政使、江苏巡抚、湖广总督等职。道光十八年（1838）受命为钦差大臣，入广州禁烟。他严令外国鸦片贩子限期缴烟，并在虎门海滩当众销毁。第一次鸦片战争后，林则徐被革职，流放伊犁。道光二十五年（1845），朝廷再次起用林则徐，调任陕甘总督、陕西巡抚、云贵总督。道光三十年（1850）再任钦差大臣，去广西镇压拜上帝会的武装起义。十月病逝于潮州。林则徐生平爱好诗词、书法，著有《云左山房文钞》《云左山房诗钞》等，所遗奏折、文录、诗词、信札、日记等，建国后辑为《林则徐集》。

注释

①本文选自《云左山房文钞》。林则徐以钦差大臣的身份到广州查

禁鸦片，一到广州便写此信向夫人报平安。虽官居要职，然林则徐仍时时戒惧，嘱咐夫人教导次儿，其行事之稳重可见一斑。郑夫人：即郑淑卿，福建侯官（今福州）人，晚号绛红楼老人，河南永城县令郑大谟（字青墅）长女，嫁林则徐为妻。知礼孝贤，善诗书。

②津江：今广东博罗镇。林则徐是从天津大沽口乘船由海路达广东津江，沿珠江进入广州的。

③“古人一命而伛”三句：周时官阶从一命到九命，一命为最低的官阶，三命为上卿。孔子的先祖正考父在家庙的鼎上铸下铭训：“一命而偻，再命而伛，三命而俯，循墙而走。”意思是说，每逢有任命、职位提升时，会越来越谨慎，越来越恭敬：第一次接受任命时鞠躬而受，第二次任命时弯腰而受，第三次任命时俯首接受，连走路都要靠着墙边走。伛（yǔ）：曲身，表示恭敬。

④诊恃：即矜持，故作姿态。

⑤大比：周代每三年对乡吏进行考核，选择贤能，称“大比”。隋唐以后泛指科举考试；明清亦特指乡试。

⑥明年：明年。

⑦荷：承载。庥（xiū）：荫庇，保护。邀：获得。眷：眷顾。此句是说假如在广州禁烟一切顺利的话。

⑧材官：衙门内供差遣的低级武官。

译文

之前在动身时曾给你寄过一封信，想必你已经收到。我一路上沿海路到达广东，甚为平安，只是晕船吃了些苦头，幸好身体素来强壮，饮食又很小心，一到达广东的津江关，就像没事人一样，这足以告慰了。因眷念夫人，所以船一到码头，许多事都没有办，就先给你写这封信，好让你放心。

做官不容易，做大官更不容易。人们因为我是奉皇上之命来广东办差，才纷纷前来祝贺。其实人的地位越高，就越危险。古人每逢有任命、职位提升时，会越来越谨慎，越来越恭敬：第一次接受任命时鞠躬而受，第二次任命时弯腰而受，第三次任命时俯首接受，并非是故作姿态，实在是内心戒惧的一种不自觉行为。你在家务必要嘱咐次儿聪彝千万要小心谨慎，切不可仗恃他父亲的权势，随意地与官府相来往，更不可干预地方事务。大儿子在京城还算谨慎小心，我可以放心。次儿在家，要靠你去教诲。乡试快要临近了，更要嘱咐他努力用功。等到明年春天，若承蒙上天庇护、得到皇上的眷顾，我还在广东任职，我将会派衙门里的差官去家里接你来广东。听说家兄侯敏已出门，这样你又少了个可以帮助你的人。如遇到急事，可以找大伯父商量。听说侄儿林驹很聪明，又非常谨慎，如有事也可以让他来帮助你。

训长儿汝舟[①]

林则徐

大儿知悉：

父自正月十一日动身赴广东，沿途经五十余日，今始安抵羊城[②]。风涛险恶，不可言喻，惟静心平气，或默背“五经[③]”，或返躬思过，故虽颠簸不堪，而精神尚好。因思世途险，不亚风涛，入世者苟非先胸有成竹，立定脚根，必不免为所席卷以去。近朱者赤，近墨者黑，此择友之道应尔[④]也。若于世事，则应息息谨慎，步步为营。若才不逮而思徼幸[⑤]，或力不及而谋痨[⑥]等，又或胸无主宰，盲人瞎马，则祸患之来，不旋踵[⑦]矣。此为父五十年阅历有得之谈，用以切嘱吾儿者也。

汝母汝弟，身体闻均安好。汝二弟且极用功好学，父闻之，心为一快。客居在外，饥饱寒暖，须时加调护；友朋应酬，虽不可少，而亦要有限制；批阅公牍，更宜仔细，切不可假手他人。对于长官，尤应恭顺小心；即同僚之间，亦应虚心和气。为父做官三十年，未尝以疾言遽色加人，儿随父久，当亦目睹之也。闲是闲非，不特少管，更应少听，一有差池，不但殃及汝身，即为父亦有不测也。慎之慎之！元抚手示。

注　释

①本文选自《云左山房文钞》。林则徐到广州后，除了向妻子报平安，又给长子写了这封信。信中主要示导儿子如何立志、处世，如何交友以及与同事、上司相处，如何处理公务。其中既有自己的人生经验，也有现实生活中的启发和顿悟。林汝舟：字镜枫，号楫之，林则徐长子，道光十八年（1838）进士，选庶吉士，散馆授翰林院编修。林则徐遣戍新疆时，他因在职，按例不得随侍父亲。林则徐逝世后，林汝舟升为侍讲。

②羊城：广州的别称。相传周夷王时，有五位仙人骑着口含谷穗的五头羊飞临广州，把谷穗赠给广州人，祝愿广州永无饥荒，言毕仙人腾空而去，羊化为石，故广州又叫羊城、穗城。

③五经：指《诗经》《尚书》《礼记》《春秋》《易》五部儒家经典。

④应尔：应该这样。

⑤逮：不及。徼幸：通“侥幸”，意外成功。

⑥痨：本指肺疾，这里指过度劳累去谋事成。

⑦不旋踵：来不及转身，比喻时间极短。踵：脚后跟。旋踵：转身。

译　文

大儿知悉：

为父于正月十一动身前往广东，沿途经过五十几天，今天才平安抵达广州。一路上风涛险恶，无法用言语来形容，我只有平心静气，或是背诵圣人的经典，或是反省自己一生的过失，所以途中虽然颠簸不堪，而精神倒还好。因而想到人生的道路十分险峻，不亚于江海上的风波，所以入世者如果不能胸有成竹，立定脚跟，一定不免被这些风波席卷而去。所谓“近朱者赤，近墨者黑”，这是选择朋友时一定要注意的道理。对于世上的事情，则应当时刻小心谨慎，稳健地步步为营。假若才华不够而想依靠侥幸，或者是力量不足却想达到目的，又或者自己心中毫无主见，如盲人骑瞎马，那么灾祸就会接踵而来。这些都是我五十年来亲身经历的心得，用来嘱咐你。

你母亲和弟弟，听说身体都很好。你二弟极其用功好学，我听闻后，心中为之一快。你客居在外，饥饱和冷暖之事要好好注意。朋友之间的应酬，虽然是不可少之事，但也要有个限制。批阅公文，更要十分仔细，千万不要让别人代劳。对于上级长官，尤其应当恭顺小心；就是同事之间，也要虚心和气。我做官三十年来，从来没有疾声厉色对人，你跟随我很久了，应是亲眼目睹这些事的。对于别人的闲是闲非，不但要少管，连听也不必听，因为一旦发生什么差错，不但祸事要殃及你，就是我也会受到意想不到的牵连。希望你特别要谨慎！林则徐手书。

复郑夫人书[①]

林则徐

前日发一信后，昨日接连家书两函，一系七月二十一日发，一系七月二十五日发。知次儿病已霍然[②]，且已准备应试，甚以为念。余发此信时，想次儿已于矮屋[③]中缴卷出矣。前发一信，嘱不必应试，仔细一思，发函时正在风檐[④]矮屋中接题起草，迨信到时，至快总在月底，函中云云，已成昨日黄花，不免多此一言。临颖[⑤]匆匆，竟未思及，真堪失笑。然使次儿因病未能考试，或以父为责为虑者，阅信后尚可释然也。

此地鸦片触目，十户之中，吸者半数。即官场中染此者亦多，可恨之极！决意严行禁止。现正委广州道[6]与英夷办理交涉，今后不得来此贩运，违者并禁绝其贸易，但未知有无成效也。

大儿在京，闻睡时甚迟，交友犹多，未知染此癖否？当驰函痛戒之。夫人如发信去，亦须得及，毋使余担心也。次儿三儿在家，承夫人督教，当不至此。惟闻族中子弟，亦有此不疲者，一入黑籍[7]，身体即隳[8]，今后将永远提不起精神，办不成大事，是亦林氏之不幸也。未知彼父兄所司何事，而竟放任至此，是真咄咄怪事。

前据促常表兄来信，知夫人近患脚肿，何来信绝未提及？想已全愈矣！甚念。月底子嘉兄将回闽省亲，届时将托伊顺便一造吾家[9]，银两亦托伊带来。家中用途如何？可省则省，不可省处，亦不必过事俭啬。王戎[10]钻核，终非佳士；公孙布被[11]，亦属佥壬[12]。接人处事，当从大处落墨，一钱不舍，余不取也。

注释

①本文选自《云左山房文钞》，亦是林则徐在广州写给夫人的家信。信中谈论家事，语言朴实，毫无雕琢。信中又提及鸦片的危害，嘱咐夫人发信告诫长子，表达出了一个父亲对子女深切而负责的爱。

②霍然：疾病迅速消除。

③矮屋：指科举考场。考乡试的地方叫“贡院”，内有只容一人身子的矮屋几十间、百间不等，考生各占一间。

④风檐：风中的屋檐。

⑤临颖：临笔写信。颖：笔尖。

⑥广州道：清朝分一省为数道，道相当于现在的地区。

⑦黑籍：俗称吸鸦片者为黑籍中人。

⑧隳（huī）：毁坏。

⑨伊：他。造：前往。

⑩王戎：西晋名士，“竹林七贤”之一，唯性极贪吝，广收八方园田，每自执牙筹（象牙制的筹码），昼夜计算。家有好李子，卖了怕人得种，钻核毁之。

⑪公孙布被：《史记·平津侯主父列传》：“（公孙）弘为人恢奇多闻，常称以为人主病不广大，人臣病不俭节。弘为布被，食不重肉。”布被：布制的被子。形容生活清苦。

⑫佥壬（qiān rén）：意为太过苛刻。

译文

前日寄出一封信后，昨日接连收到两封家书，一封是七月二十一寄出的，一封是七月二十五寄出的。信中得知次儿的病已经痊愈，而且已经准备参加科举考试，对此我非常挂念。我寄出这封信时，料想次儿已经交卷离开科举考场了。我之前寄的家书嘱咐他不必参加考试，仔细一想，我寄信时次儿正在考场中接到试题，准备起草答卷了，等到收到我的家书，最快也在月底，心中所说，已成明日黄花，那些话不免多余了。临笔时匆匆，竟没有想到这点，真让人忍不住发笑。然而假如次儿因为生病而未能参加考试，或许会担心受到我的责骂，收到这封信后，他大可放心了。

广州此地到处都是鸦片，令人触目惊心，十家之中，吸食鸦片者竟有一半。即便是官场之中，染上鸦片的官员也甚多，实在是可恨至极！我决意严行禁止。如今正广州道与英夷办理交涉，令他们今后不得来此地贩运鸦片，违背者即禁绝其贸易，但不知道有没有成效。

大儿子身在京城，听说他睡得很晚，交游很多，不知道是否染上鸦片？应该写信给他，严厉地告诫。夫人如果要写信给他，也要快些，不要让我担心。次儿和三儿身在家中，承蒙夫人您监督教导，应该不会有问题。只是我听说族中子弟，也有很多人吸食鸦片，乐此不疲，要知道人一旦沾上，身体立即就会垮掉，今后永远都提不起精神，办不成大事，这也是林氏之不幸啊。不知道他们的父兄干的什么差使，竟放任子女至如此地步，真是咄咄怪事。

之前我从促常表兄的来信中得知夫人您近日患脚肿，为何来信中一点都没有提及呢？想来已经痊愈了吧！我甚为挂念。月底子嘉兄将回闽省亲，届时我托他顺便去一趟我家，银两你也托他带来。家中用度如何？能省就省，不能省就不必过于节俭吝啬。王戎钻核桃，终究不是佳士；公孙弘盖布制的被子，也太俭朴苛刻了。待人处事，当在大事情上下功夫，一点小钱都舍不得，我不赞成这样的行为。

复长儿汝舟[1]

林则徐

大儿知悉：

刻接汝母书，家中大小均平安，甚慰。吾儿在京，身躯当亦如常，惟须加意调护，勿使万里外老人担忧也。广东起居饮食尚适，勿念。惟鸦片充斥，戕生耗财，殊为可忧。闻此风已传至各地，故乡子弟，亦有不幸染此癖者，殊属可恨。京中情况如何？有此毒物否？嗜此者，大率因夜眠不足，精神困顿，初则视为药品，以为稍吸无妨，继则惟知其害，而已欲罢不能矣。一失足成千古恨。吾儿须切戒之。勿以稍吸为不足虑，更勿以暂吸为不足成瘾。须知此物之毒，不减鸩酒②。初吸之似可振起精神，实则饮鸩止渴耳。父闻人言，精神衰颓时，吸之有奇效；然犹人当贫乏时，出重利以借债耳。借款到手，似觉舒展，实则害已中于身矣。盖借明后日之精神，以助吾此时之精神耳。一吸以后，不吸便觉委顿，而瘾成矣。迨既成瘾，则虽吸亦无效。犹之人当债务满身时，不再借固无以存活。即借亦不过用以支付利息，未能受用，卒之越弄越僵，不至毙命不止。吾儿须牢记之，慎勿堕入也。闻吾儿睡时甚迟，此甚不可。作事须有定时，朝早起而晚早眠。况京官究属清闲，不比外省官吏。一至夕阳在山，已可出部③，何必弄至深更大半。又闻吾儿极好宾客，人在外作客，友朋固不可少，然须择人而友。京官中虽多仕流，吾儿所交者，未必尽为匪人④，然亦不可不慎。言语亦宜谨慎。鸦片一物，更须屏绝，否则非吾子也。元抚示。

注　释

①本文选自《云左山房文钞》。林则徐在广州认识到鸦片的危害后，特意写了这封家书给在京的长子，告诫他切勿沾染鸦片。信中详细说明了鸦片之毒，以借债作比，尤为形象。

②鸩酒：代指毒酒。用鸩羽浸制，饮之立死。

③部：官署。

④匪人：行为不端的人。

译　文

大儿知悉：

刚才收到你母亲的家书，告知我家中老小均平安，我甚为欣慰。我儿在京城，身体当也和往常一样吧？必须用心调养，不要让万里之外的二老为你担忧。我在广东的起居饮食也还安适，不要挂念。唯有鸦片充斥，戕害生灵，损耗钱财，实在是令人担忧。听闻吸食鸦片的风气已经传至全国各地，故乡的子弟，也有不幸染上这种恶癖的，实在是可恨。京城中的情况如何？是否也有鸦片？嗜好这鸦片的人，大多是因为夜晚睡眠不足，精神困顿，起初视其为药品，觉得稍微吸一点并无妨害，后来知道它的危害，然而已经上瘾，想要戒掉也不能了。可谓一失足成千古恨。我儿必须严加警戒。千万不要以为稍微吸一点不足为虑，更不要以为偶尔吸一点不会成瘾。要知道这东西的毒性，不亚于鸩酒。刚开始吸的时候似乎可使人振起精神，实际上是饮鸩止渴。为父听人说，精神颓靡时，吸食鸦片有奇效，然而这就好比人在贫穷困乏时，以重利借债啊。借款到手，似乎觉得手头宽裕，生活舒心了，事实上危害已及自身了。吸食鸦片就是借明后日的精神，来辅助此时此刻的精神罢了。一旦吸了鸦片，以后不吸就会精神委顿，而烟瘾已经形成了。等到上了瘾，即使吸鸦片，精神也不会振奋了。就好比人在债务缠身时候，如不继续借债就会无法存活。即便再借债也不过是用来支付利息，自己并不能花费，最后局面越来越坏，不到毙命不罢休。我儿须牢记我的话，谨慎行事，不要坠入此深渊。听说我儿每晚睡得很迟，这很不好。做事须有固定的时间，清晨早起晚上早睡。况且京官到底还属闲职，不比外省的官吏。一旦夕阳快要落山，就可以离开官署了，何必拖到深更半夜呢。又听说我儿极好结交宾客，人客居在外，朋友固然不可少，但也要择善人而结交。京官中虽然有很多名流，我儿所结交的，未必都是行为不端的人，但也不可不谨慎。说话也须谨慎。鸦片这东西，更须坚决摈绝，否则就不是我的儿子。林则徐手书。

训次儿聪彝[1]

林则徐

字谕聪彝儿：

尔兄在京供职，余又远戍塞外，唯尔奉母与弟妹居家，责任甚重，所当谨守者五：一须勤读敬师，二须孝顺奉母，三须友予爱弟，四须和睦亲戚，五须爱惜光阴。尔今年已十九矣，余年十三补弟子员[2]，二十举于乡[3]；尔兄十六岁入泮[4]，二十二岁登贤书[5]。尔今犹是青衿[6]一领。本则三子中惟尔资质最钝，余固不望尔成名，但望尔成一拘谨笃实子弟。尔若堪弃文学稼，是余所最欣喜者。

盖农居四民之首，为世间第一等高贵之人。所以余在江苏时，即嘱尔母购置北郭隙地[7]，建筑别墅[8]，并收买四围粮田四十亩，自行雇工耕种，即为尔与拱儿预为学稼之谋。尔今已为秀才，就此抛弃诗文，常居别墅，随工人以学习耕作，黎明即起，终日勤动而不知倦，便是田园之好弟子。

至于拱儿年仅十三，犹是白丁[9]，尚非学稼之年，宜督其勤恳用功。姚师乃侯官名师，及门弟子领乡荐、捷礼闱者[10]，不胜缕指计。其所改拱儿之窗课[11]，能将不通语句改易数字，便成警句，如此圣手，莫说侯官士林中都推重为名师，只恐遍中国亦罕有第二人也。拱儿既得此名师，若不发奋攻苦，太不长进也。前日寄来窗课五篇，文理尚通，唯笔下太嫌枯涩[12]，此乃欠缺看书功夫之故。尔宜督其爱惜光阴，除诵读作文外，余暇须披阅史籍。唯每看一种，须自首至末详细阅完，然后再易他种。最忌东拉西扯，阅过即忘，无补实用。并需预备看书日记册，遇有心得，随手摘录。苟有费解或疑问，亦须摘出，请姚师讲解，则获益多矣。

注　释

①本文选自《云左山房文钞》。鸦片战争战败后，清政府以林则徐为替罪羊，将其流放伊犁。这封家信中虽无片言只语诉说谪戍边塞之苦，但劝次儿弃文务农，可见其心灰意冷。此外，作为一名士大夫，林则徐重视农业，尊重农民，亦属难能可贵。信中又交代次儿督促三子尊师勤学，亦见为父之苦心。聪彝：号听孙，林则徐次子。道光二十一年（1841），林则徐谪戍伊犁，林聪彝和弟林拱枢随侍，写成《西行日记》。道光三十年（1850），林则徐病逝于广东普宁，林聪彝扶柩回福州。后历任内阁中书、衢州知府、浙江按察使、杭嘉湖海防兵备道等职。

②补弟子员：举荐为生员。弟子员为明、清对县学生员的称谓。每月都给廪膳，补助生活，所以又称“廪生”。廪生名额有定数，明初府学四十人，州学三十人，县学二十人，每人月给廪米六斗。清沿其制，但须经岁、科两试一等前列者，方能取得廪供。

③举于乡：在乡试中考中，俗称“举人”。乡试：明、清时在各省省城和京城举行的科举考试。照例每三年举行一次，凡获秀才身份的府、州、县学生员、监生、贡生均可参加。考试通常安排在八月举行，因此叫“秋试”或“秋闱”。乡试第一名称“解元”，读书人成了举人才有资格进入更高层次的“会试”。

④入泮（pàn）：即成为生员。明、清时代州、县考试新进生员须入学宫拜谒孔子，因称入学为“入泮”或“游泮”。周朝诸侯各国的学校前有半圆形的池，名“泮水”，学校即称“泮宫”。

⑤登贤书：明清时代乡试中举称“登贤书”。

⑥青衿：明清时“秀才”的别称。“青衿”是周代学子的服装，“衿”指衣领。语出《诗经·鹿鸣》：“青青子衿，悠悠我心。但为君故，沉吟至今。”

⑦北郭隙地：苏州城外的空地。林则徐曾任江苏按察使，衙门在苏州。

⑧别墅：正居之外的另一处住宅。

⑨白丁：原指平民百姓或没学问的人。这里指拱枢还没有取得弟子员以上的读书功名。

⑩领乡荐：指乡试中考中，成为举人。科举考试中凡参加会试者，

必须由州县推荐，称为“乡荐”。礼闱：在京城举行的中央考试称为“会试”，在乡试后第二年的春天（三月）举行，由礼部主持，所以又叫“春闱”或“礼闱”。考中者称“贡士”，第一名称“会元”。举人取得“贡士”资格后，方可参加名义上由皇帝主持的考试，称为“殿试”。“殿试”考中者称“进士”。捷礼闱者指即通过了礼部会试，成为“贡士”。

⑪ 窗课：旧称私塾中学生习作的诗文。

⑫ 枯涩：此处指习作的诗文缺少文采。

译　文

此信付聪彝儿：

你兄长在京城供职，我又远远地谪戍在边疆伊犁，只有你在家侍奉母亲、照应弟妹，责任很重大，所以要恪守以下五条：一是要勤奋读书，尊敬老师；二是对母亲要孝顺，小心侍奉；三是要关心爱护弟妹；四是要与亲戚和睦相处；五是要珍惜时光。你今年已经十九岁了，我当年十三岁就成为县学生员，二十岁就乡试中举；你兄长十六岁成为县学生员，二十二岁中举，但是你至今还是个秀才。本来我的三个儿子中你的资质最为鲁钝，我原本不指望你读书成名，只是希望你成为一个忠厚至诚的好后生。你若能放弃举子业而专心务农，那是我最高兴的事。

农民在“士农工商”中居于首位，是人世间第一等高贵之人。所以我当年在江苏任按察使时，就嘱咐你的母亲在苏州北郊空地上建一处房舍，并收购四周四十亩农田，雇人去耕种，即是为你和弟弟拱枢务农预先准备下的。你今日已是秀才，若能就此抛弃诗文，住到苏州北郊的房舍中，跟随雇佣的农工学习耕作，清晨就起床，劳作终日而不知疲倦，这就是农家好弟子。

至于拱枢，他今年才十三岁，尚是个没有任何功名的读书人，这样的年纪自然不好学农，应该督促他勤恳用功读书。教他的姚老师是侯官县一带的名师，他的学生当中后来成为举人、参加会试成为贡士的不计其数。他批改的拱枢习作的诗文，能将不通的语句稍微改几个字就成为警句，像这样的圣手，不要说侯官学界皆推重他为名师，恐怕在全国也难找到第二个。拱枢儿能得到这样的名师指点，若不发奋读书，真是太不长进了。前些日子寄给我的几篇习作，文理尚通顺，只是下笔缺少文采，这是由于看书太少。你要督促他爱惜时光，除了诵读儒家经典和学习写诗文，余下的时间还要读一些历史典籍。只是每读一部史书，必须从头到尾仔细认真阅读完，然后再看别的。最忌讳这本看看、那本看看，走马观花，东拉西扯，看过就忘记了，对实际运用毫无帮助。阅读时还需要准备读书笔记，一旦有学习心得，随手记下来。若遇到不懂的地方或疑难之处，也记下来，请姚老师讲解，这样就能获益良多。

训三儿拱书[①]

林则徐

字谕拱儿知悉[②]：

尔年已十三矣！余当尔年，已补博士弟子员[③]。尔今文章尚未全篇，并且文笔稚气，难望有成。其故由于不专心攻苦所致。昨接尔母来书，云尔喜习画。夫画本属一艺，古来以画传名者，指不胜屈。不过泰半[④]是名士高人，达官显宦，方足令人敬慕。若胸中茅塞未开，所画必多俗气，只能充作画匠耳。若欲成画师，须将腹笥储满[⑤]，诗词兼擅，薄有微名，则画笔自必超脱，庶不被人贱视也。

注 释

①本文选自《云左山房文钞》，是林则徐写给三子林拱枢的家书。信中谆谆告诫，叮嘱儿子要专心致志，刻苦读书。对于如何成为名画家，作者认为只有学识渊博，诗词兼擅，才能成为画苑高手，此说很有见地。拱：林拱枢，字心北，林则徐第三子。历官内阁中书、刑部员外郎、江南道监察御史、汾州知府等职。

②字：指书信。谕：告诉，吩咐。旧时常用于上级对下级或长辈对晚辈。

③博士弟子员：汉武帝设博士官，置弟子五十人，令郡国选送；唐以后称生员为博士弟子。

④泰半：通“太半”，即过半。

⑤腹笥储满：肚子里装满学问，形容饱学。笥：盛物的竹器。

译 文

此信望拱儿知悉：

你已经十三岁了。我在你这个年龄时，已经补博士弟子员了。如今你还不能写一篇完整的文章，并且文笔透着稚气，恐难期望你有所成。究其原因，是你没有专心苦读所导致的。昨日收到你母亲的来信，说你喜欢作画。作画本来也算一门技艺，自古以来以画技名扬后世的人，数不胜数。不过大半都只是名士高人，而唯有达官显宦，才足以令人尊敬羡慕。如果胸中茅塞未开，作出的画必定太过俗气，只能充作画匠罢了。如果想成为画家，必须有满腹的学问，擅长诗词，稍微有点小名气，那么画笔必然超凡脱俗，这样作出来的画大概就不会被人所轻视了。

观　渔[1]

梅曾亮

渔于池者，沉其网而左右縻[2]之。网之缘，出水可寸许；缘愈狭，鱼之跃者愈多。有入者，有出者，有屡跃而不出者，皆经其缘而见之。安知夫鱼之跃而出者，不自以为得耶？又安知夫跃而不出与跃而反入者，不自咎[3]其跃之不善耶？而渔者观之，忽[4]不加得失于其心。

嗟夫！人知鱼之无所逃于池也，其鱼之跃者，可悲也；然则人之跃者，何也？

作者简介

梅曾亮（1786—1856），原名曾荫，字伯言，又字葛君，江苏上元（今南京）人，原籍安徽宣城，是姚鼐的高足之一。姚鼐晚年主讲钟山书院，梅曾亮与管同、姚莹、方东树并称为“四大弟子”。道光二年（1822）中进士，先后入安徽巡抚邓廷桢与江苏巡抚陶澍幕府，后入京为户部郎中，但京官俸薄事简，所以他实际上仍兼教学。道光二十九年（1849）辞官出京，一度主讲扬州梅花书院。梅曾亮是桐城派后期重要作家，著有《柏枧山房文集》《柏枧山房文续集》。

注　释

①本文选自《柏枧山房文集》卷一。这是一篇杂文，作者即事明理，由鱼及人，讽刺社会上那些上蹿下跳的人，最终都不会得到好结果。

②縻：束缚，此指收束渔网。

③自咎：自责。

④忽：忽视，不加注意。

译　文

渔人在鱼池里捕鱼，将渔网横过池底，然后左右移动并收束渔网。渔网的边缘，离开水面大概一寸；网口收束得越小，跳跃的鱼越多，有跳入渔网的，有跳出渔网的，也有跳了多次都没跳出渔网的，都经过渔网的边缘而出现。哪里能知道，跳出渔网的鱼，不会自觉得意呢？又哪里能知道，跳不出渔网和反而跳进渔网的鱼，不会自责懊悔跳得不对呢？然而，渔人看到这些，却只是视若无睹，心中并没有患得患失。

唉！人知道鱼是没法逃出鱼池的，那些跳跃的鱼，都是可悲的；然而，那些整日上蹿下跳的人们，又能怎么样呢？

游小盘谷记①

梅曾亮

江宁府城，其西北包卢龙山②而止。余尝求小盘谷，至其地，土人或曰无有。唯大竹蔽天，多歧路，曲折广狭如一，探之不可穷。闻犬声，乃急赴之，卒不见人。熟五斗米顷，行抵寺，曰“归云堂”。土田宽舒，居民以桂为业。寺旁有草径甚微，南出之，乃坠大谷。四山皆大桂树，随山陂陀③。其状若仰大盂，空响内贮，謦欬④不得他逸；寂寥无声，而耳听常满。渊水积焉，尽山麓而止。

由寺北行，至卢龙山，其中坑谷洼隆，若井灶龃腭⑤之状。或曰：“遗老所避兵者，三十六茅庵，七十二团瓢⑥，皆当其地。”

日且暮，乃登山循城而归。暝色下积，月光布其上。俯视万影摩荡⑦，若鱼龙起伏波浪中。诸人皆曰：“此万竹蔽天处也。所谓小盘谷，殆近之矣。”

同游者，侯振廷舅氏、管君异之、马君湘帆、欧生岳庵、弟念勤⑧，凡六人。

注　释

①本文选自《柏枧山房文集》卷十。这篇游记围绕一个“求”字，一步步写探求的过程，曲折变化，而又引人入胜。小盘谷：南京附近的一处自然景点。

②卢龙山：即狮子山，在南京西北约二十里处。明太祖朱元璋曾败陈友谅于此。

③陂陀（pō tuó）：倾斜貌。

④謦（qǐng）欬：咳嗽。轻曰謦，重曰欬。

⑤井灶龃腭：比喻山地高低不平的样子，洼者如井，隆者如灶，凸起者如牙齿。龃腭：牙床。此指牙齿。

⑥团瓢：圆形草屋。

⑦摩荡：动荡变化。

⑧管君异之：即管同，字异之。马君湘帆：即马沅，字湘帆，一字韦伯，江苏上元人。道光九年（1829）进士，散馆改户部主事，官湖广道御史。善书法，工诗文。

译文

江宁府城，它的西北面被卢龙山包围而止。我曾经去探访过小盘谷，到了那里，当地有的人却说没有这地方。但见万竹蔽天，岔路很多，曲折广狭却相同，顺路寻求也见不到尽头。忽听得犬吠声，急忙赶去，终不见人。约摸走了可以煮熟五斗米的时间，到一寺院，叫“归云堂”。土田宽舒，居民以种桂树为职业。寺旁有一条细小的草径，向南一伸，便通往大谷。四面山上都是大桂树，山沿崖倾斜，形状像大钵仰天，空响积贮其中，咳嗽之声也不能泄散；在寂寥无声中，耳边却常常听到嗡嗡嗡的声音。深潭中的积水，一直贯注到山脚。

从寺院朝北走，走到卢龙山，山中的坑谷凹凹凸凸，像井灶那样高低相接。有人说：“这是明代遗老躲避战火之地，所谓三十六茅庵、七十二团瓢该是在这里。”

到了傍晚，登山循城而归。这时暮色越来越深，月光遍布其上，低头看去，只见万影荡漾，像鱼龙起伏于波浪中。同行的人都说：“这是万竹蔽天的地方呀！所谓小盘谷，大概就是这里了吧。”

同游的人，有舅父侯振廷，朋友管异之、马湘帆，学生欧岳庵，弟弟念勤，连我共六人。

《阮小咸诗集》序[1]

梅曾亮

江宁郡城，其西北包十余山[2]，林壑深远，而秦淮、清溪之水萦带其下，其迹虽或存或湮，或而清淑[3]之气犹足以沾溉人物。故士生其里，多跌宕自标异，或真朴无文饰，有六朝人[4]余习。其衣冠言动，与南城人风气固殊也。以余相知，若严君小秋、汪君郧楼、车君秋舲、陆君香筠、汪君平甫、方君慎之及小咸，所居相去率不过一二里。而诸君皆多文酒之会，时相与携榼[5]访胜，极乎山砠水涯[6]，欢吟醉呼，穷日夜，披林莽，逐星月而归，以为常。小咸虽与诸君倡和相得，而终岁授徒，于文酒之乐不多与也。

及余自京师归，北城诸君凋逝殆尽，慎之亦久客不能归，独君年已七十，尚授徒如故。余因叹年未甚耄老，而自里居后，山城孤寺，往往多独游，少与偕者。见少年游从意气之盛，追念昔时同辈，邈焉难求，而寂寞自守，得臻乎老寿如君者，为可幸也！

乃未几而君亦旋卒，君之子肇星以诗稿属序。余读之，清婉恬适，如君其人，不以其不得志于有司⑦也而有怨词、有矜气，真德人之音也。昔与君及郧楼、香筠同肄业于尊经书院，夜归，市户皆静闭，独吾三四人履声满街。读君诗，忽忽⑧不觉为数十年事也。

咸丰二年九月序。

注 释

①本文选自《柏枧山房文集》，是作者为已故友人诗稿所作之序。文中追忆往昔游乐之盛况，满含迟暮之悲。

②西北包十余山：指石城山、冶城山、清凉山、鸡鸣山、四望山、马鞍山、卢龙山、幕府山、观音山等。

③清淑：清和、秀美。

④六朝人：吴、东晋、宋、齐、梁、陈均建都南京，称为“六朝”。当时士人多自标清高，穷山林之乐，放纵不羁。

⑤榼（kē）：古代盛酒的器具。

⑥山砠水涯：石山和水滨。泛指荒僻的处所。

⑦不得志于有司：指科举未考中。

⑧忽忽：急速貌。

译 文

江宁郡城，它的西北被十多座山包围，林木茂密，沟壑纵横，深不可测，秦淮河和清溪的河水如同带子一般环绕在林壑之下，水流的痕迹虽然有时明显有时被湮没，但是那种清和、秀美仍足以沾染浇灌出杰出人物。所以士人生在那里，大多都放纵不羁，标新立异，也有人为人纯真，不喜伪装自己，有六朝遗留下来的风气。这里士人的穿着打扮、言谈举止，和南城之人的风气极为不同。就我所相识的，如严小秋、汪郧楼、车秋舲、陆香筠、汪平甫、方慎之及阮小咸，他们的居所彼此距离都不过一二里，而诸君常常举行赋文饮酒的聚会，常常一起携着酒杯拜访胜景，在山水之间极尽欢乐，喝醉了就快乐地大声呼喊，尽情享受白天和黑夜，拨开树木在深林中往来，直到天上出现了星星和月亮才回家，这些都习以为常了。阮小咸虽然也和诸君一起唱和，但是他一年到头要教授学生，所以没有过多参与作文饮酒的聚会。

等到我从京师归来，北城诸君大多已经不在人世，方慎之也长期客居他乡不能回来，只有阮小咸已经年过七十，还像原来一样在教授学生。于是我感叹道，自己还没有他那么高龄，辞官返乡后，却只能独自游览山城孤寺，没有什么人相伴。每当看见意气风发的少年同游之人，我都会回忆起当年的同辈之人，现在也很久远了，追忆不起来了。而像他这样的君子能够甘于寂寞，洁身自守而又能得长寿，真是幸运啊！

然而没过多久，阮小咸也去世了，他的儿子阮肇星把他的诗稿交给我请我作序。我读了之后，觉得他的诗作清新婉约恬静安适，就像他的为人一样，并不因为科举未考中而生怨气或矜夸自傲，这真是有道德的人的品质啊。想当年，我和他以及汪郕楼、陆香筠一同从尊经书院肄业，一天晚上回来，街市上大门都静静地关闭着，只有我们三四个人的足音响彻了大街。读着他的诗作，感觉到不知不觉就过了数十年啊。

咸丰二年（1852）九月写下这篇序言。

病梅馆记[①]

龚自珍

江宁之龙蟠、苏州之邓尉、杭州之西溪[②]，皆产梅。或曰："梅以曲为美，直则无姿；以欹[③]为美，正则无景；以疏为美，密则无态。"固也。此文人画士，心知其意，未可明诏大号以绳天下之梅也，又不可以使天下之民斫直、删密、锄正，以夭梅、病梅为业以求钱也。梅之欹、之疏、之曲，又非蠢蠢[④]求钱之民，能以其智力为也。有以文人画士孤癖之隐明告鬻梅者，斫其正，养其旁条[⑤]，删其密，夭其稚枝，锄其直，遏其生气，以求重价，而江浙之梅皆病。文人画士之祸之烈至此哉！

予购三百盆，皆病者，无一完者。既泣之三日，乃誓疗之：纵之顺之，毁其盆，悉埋于地，解其棕缚；以五年为期，必复之全之。予本非文人画士，甘受诟厉[⑥]，辟病梅之馆以贮之。

呜呼！安得使予多暇日，又多闲田，以广贮江宁、杭州、苏州之病梅，穷予生之光阴以疗梅也哉？

作者简介

龚自珍(1792—1841)，字璱人，号定庵，浙江仁和(今杭州)人。道光九年（1829）进士，官礼部主事。一生困厄下僚，后辞官南归，执教于江苏丹阳云阳书院，不久患急病暴卒。龚自珍早年随外祖父段玉裁学《许氏说文部目》，继又研究金石学、《公羊春秋》、佛学等。他博览群书，贯通百家，提倡“通经致用”，是清嘉庆道光年间今文经学派的重要代表人物。政治上主张革除弊政，抵制外国侵略，支持林则徐禁烟。善诗文，自成一派，一生著作颇丰，著有《定庵文集》等，今人辑有《龚自珍全集》。

注　释

①本文选自《龚自珍全集》。作者托梅议政，形象地揭露和抨击了清朝封建统治者束缚人们思想，压抑、摧残人才的罪行，表达了作者要求改革政治，打破严酷的思想统治，追求个性解放的强烈愿望。

②江宁：旧江宁府所在地，在今江苏南京。龙蟠：龙蟠里，在今南京清凉山下。邓尉：山名。在今江苏苏州西南。西溪：地名，在杭州城西。

③欹（qī）：倾斜 。

④蠢蠢：无知貌。

⑤旁条：旁逸斜出的枝条。

⑥诟厉：讥评，辱骂。

译　文

江宁的龙蟠里、苏州的邓尉山、杭州的西溪都产梅。有人说：“梅以弯曲的姿态为美，笔直了就没有风姿；以枝干倾斜为美，端正了就没有景致；以枝叶稀疏为美，茂密了就没有姿态。”本来就如此。对此，文人画家心里明白，却不便公开宣告、大声疾呼，用这种标准来约束天下的梅，又不能够让天下种梅人砍掉笔直的枝干、除去繁密的枝条、锄掉端正的枝条，把摧折枝干、使梅花呈病态作为职业来谋求钱财。梅的枝干的倾斜、枝叶的疏朗、枝条的弯曲，又不是那些忙于赚钱的人，能够凭借他们的智慧、力量做得到的。有人把文人画士这隐藏在心中的特别嗜好明白地告诉卖梅的人，使他们砍掉端正的枝干，培养倾斜的侧枝，除去繁密的枝条，摧折它的嫩枝，锄掉笔直的枝干，阻碍它的生机，用这样的方法来谋求大价钱，于是江苏、浙江的梅都成病态了。文人画家造成的祸害严重到这个地步啊！

我买了三百盆梅，都是病梅，没有一盆完好的。我为它们哭泣了三天，于是发誓要治疗它们：我放开它们，使它们顺其自然生长，毁掉那些盆子，把梅全部种在地里，解开捆绑它们的棕绳的束缚；以五年为期限，一定使它们恢复，使它们完好。我本来不是文人画士，心甘情愿受到辱骂，开设一个病梅馆来贮存它们。

唉！怎么能让我多一些空闲的时间，又多一些空闲的田地，来广泛地贮存南京、杭州、苏州的病梅，竭尽我毕生的时间来治疗病梅呢？

己亥六月重过扬州记[1]

龚自珍

居礼曹[2]，客有过者曰："卿知今日之扬州乎？读鲍照[3]《芜城赋》，则遇之矣。"余悲其言。

明年，乞假南游，抵扬州，属有告籴[4]谋，舍舟而馆。既宿，循馆之东墙步游，得小桥，俯溪，溪声讙[5]。过桥，遇女墙啮可登者[6]。登之，扬州三十里，首尾屈折高下见。晓雨沐屋，瓦鳞鳞然，无零甃断甓[7]，心已疑礼曹过客言不实矣。

入市，求熟肉，市声讙。得肉，馆人以酒一瓶、虾一筐馈。醉而歌，歌宋元长短言乐府[8]，俯窗呜呜[9]，惊对岸女夜起，乃止。

客有请吊蜀冈[10]者，舟甚捷，帘幕皆文绣，疑舟窗蠡觳也[11]，审视，玻璃五色具。舟人时时指两岸曰："某园故址也"，"某家酒肆故址也"，约八九处。其实独倚虹园圮无存[12]。曩所信宿之西园[13]，门在，题榜在，尚可识，其可登临者尚八九处，阜有佳，水有芙渠菱芡[14]，是居扬州城外西北隅，最高秀。南览江，北览淮，江淮数十州县治，无如此冶华也。忆京师言，知有极不然者。

归馆，郡之士皆知余至，则大讙。有以经义请质难者，有发史事见问者，有就询京师近事者，有呈所业若文、若诗、若笔[15]、若长短言、若杂著、若丛书乞为序为题辞者，有状其先世事行乞为铭者，有求书册子、书扇者，填委塞户牖，居然嘉庆中故态。谁得曰今非承平时耶？惟窗外船过，夜无笙琶声，即有之，声不能彻旦。然而女子有以栀子华发为贽求书者[16]，爰以书画环瑱互通问[17]，凡三人，凄馨哀艳之气，缭绕于桥亭舰舫间，虽澹定，是夕魂摇摇不自持。

余既信信[18]，拿流风，捕余韵，乌睹所谓风嗥雨啸、鼯狖悲、鬼神泣者[19]？嘉庆末，尝于此和友人宋翔凤侧艳诗[20]，闻宋君病，存亡弗可知。又问其所谓赋诗者，不可见，引为恨。

卧而思之，余齿垂五十矣，今昔之慨，自然之运，古之美人名士富贵寿考者几人哉？此岂关扬州之盛衰，而独置感慨于江介[21]也哉？抑予赋侧艳则老矣，甄综[22]人物，搜辑文献，仍以自任，固未老也。天地有四时，莫病于酷暑，而莫善于初秋，澄汰其繁缛淫蒸[23]，而与之为萧疏澹荡，泠然瑟然[24]，而不遽使人有苍莽寥泬[25]之悲者，初秋也。令扬州，其初秋也欤？予之身世，虽乞籴，自信不遽死，其尚犹丁[26]初秋也欤？作《己亥六月重过扬州记》。

注　释

①本文选自《龚自珍全集》。道光十九年（1839），作者辞官南归，道经扬州，抚今追昔，写下了这篇文章。文中描写扬州外观繁荣而内里衰朽的景象，流露了作者的忧国之情。

②居礼曹：在礼部任职。时作者任礼部主客司主事兼祠祭司行走。

③鲍照：南朝宋文学家，字明远，东海兰陵（今山东兰陵）人，曾任临海王前军参军等职。长于乐府、赋及骈文，所作《芜城赋》，写广陵故城（扬州）昔日之盛和当日之衰，感慨系之。

④告籴（dí）：请求买谷，有请求资助饥困之意。

⑤讙（huān）：喧响。

⑥女墙：城墙上面呈凹凸形的矮墙。啮（niè）：咬。引申为坏缺。

⑦零甃（zhòu）断甓（pì）：犹言残垣断壁。甃：井壁，这里泛指墙壁。甓：砖。

⑧长短言乐府：即词。词又称长短言，可入乐，故称。

⑨呜呜：象声词，指歌声。

⑩蜀冈：土岗名，在今扬州市西北，瘦西湖北，为唐代古城遗址。

⑪蠡：通“螺”，螺类动物的统称。觳（què）：物之孚甲，即鳞甲之类。“蠡觳”指为螺壳鳞甲所镶嵌。

⑫倚虹园：扬州名胜，因靠近大虹桥而得名。圮：毁坏。

⑬信宿：连住两夜。西园：原名芳圃，在平山堂西，建于清乾隆十六年（1751）。

⑭芙渠：荷花。菱：菱角。芡（qiàn）：水草名，花紫色，实如刺球，可食。

⑮笔：散文。古时“笔”与“文”相对，有韵者为文，无韵者为笔。

⑯栀子：花名。栀子花中有同心栀子，常被用作定情之物。华发：舞妓之花饰。贽：初次见面所执的礼物。

⑰爰：乃。环：玉镯之类的饰物。瑱（tiàn）：玉做的耳环。通问：通音讯。

⑱信信：连住四夜。

⑲鼯（wú）：鼯鼠，形似鼠，前后两肢间有膜，能飞上树。狖（yòu）：长尾猿。

⑳侧艳诗：艳丽轻佻之诗。
㉑江介：江边，这里指扬州。
㉒甄综：综合分析，鉴定品评。
㉓澄汰：澄清，淘汰。繁缛：景象繁杂。淫蒸：湿热。
㉔泠（líng）然瑟然：清凉爽洁貌。
㉕寥泬（xuè）：空虚幽静，开阔清朗。
㉖丁：当，值。

译 文

在礼部任职期间，有访客对我说："你知道现在的扬州是什么样吗？读一读鲍照的《芜城赋》就知道了，就是文章中所描写的那样。"我听了他的话，感到悲伤。

第二年，我请假到南方游玩。到达扬州时，碰巧有人说粮食不够请我给予资助，于是下船上岸，找旅馆居住。过夜之后，沿着旅馆的东墙步行，遇到一座小桥，俯身看桥下小溪，溪流声很欢畅。过了桥后，是一堵矮城墙，有一些地方已经毁坏，于是登上城墙。登上之后，扬州方圆三十里内的景观都呈现在眼前。清晨雨后，屋瓦像鱼鳞一样齐整，没有残破的景象，我就开始怀疑那位访客的话不真实了。

到了街市上，想买一些熟肉，街市上各种声音也显得喧闹。买到肉之后，旅馆的人送了一瓶酒、一筐虾。喝醉之后，我就趴在窗上唱起宋元时代的乐府歌词，对岸有女子被吵醒而夜起，于是我就不唱了。

客人中有人提议去蜀冈上凭吊一番，于是便去了。船很轻快，船上的帘幕都绣有花纹，疑心船窗都是用贝壳装饰，细细一看，才知是五颜六色的玻璃。船上的人不时指着两岸说："这是某园的故址"，"这是某酒家的故址"，大概指了八九处。其中只有倚虹园完全没有了，其余都有故址在。之前住过两晚的西园，门还在，题榜也还在，还可以辨认出来，其中可以登临的尚有八九处。土山上有桂树，水中有荷花、菱、芡等。这一处在扬州城外的西北角，地势最高，风景也最好。往南可以看到长江，往北可以看到淮河，长江淮河之间数十处州县的治所，都没有这里繁华。回忆起京师访客的话，知道他说的非常不对。

回到住处后，郡中的士人都知道我来了，于是一起欢会。有人用经书的疑难问题来询问我，有人提出史事向我询问，有人询问京城近来的事情，有人呈上他所研习的，比如文章、诗歌、散文、词、杂著，也有人拿出他所撰写的丛书央求我为他们写序或者题辞，也有人拿着自己为先人撰写的行状，请求为他们撰写墓志铭，也有人央求我为他们在书册、画册、扇面上题字，人拥挤得塞满了屋子，仿佛是嘉庆年间原有的社会风习。谁能说现在不是承平年代呢？只不过窗外过往的船只上，夜间往往没有乐声，即使有，也不能通宵达旦。也有女子以栀子和华饰作为礼物求我的字，变成拿着书画、环瑱互相通信问候，共有三人。她们既美艳又凄清的气质，在桥亭舰舫之间缭绕，我自己即使态度恬淡镇定，当晚情绪仍然为其声色所动而不能自持。

我已住了四夜，看到这些流风余韵，哪里能见到鲍照《芜城赋》所描述的那种飘摇悲凄的景象呢？嘉庆末年，我曾经在这里应和友人宋翔凤的艳诗，听说他病了，现在是生是死也不知道。又问起当年一起赋诗的人，也找不到那人，引为憾事。

躺在床上想想，我的年纪快到五十了，我为扬州的过去和现在的变化而感慨，这是自然运行的结果，古代的贤君、名人、富贵者能有高寿的，有几个人呢？这哪里和扬州的盛衰有关，却只在江边发泄感慨呢？或者我现在写艳诗年纪已老，不适合了，但品评人物，搜辑文献，做这些事，还不算老吧？天地间的四季，最让人难受的是酷夏，最好的比不过初秋。初秋的清凉之气，可以一扫盛夏的酷热，使天气萧疏淡荡，清凉爽洁。初秋的清凉之气，又不会顷刻使人觉得天空太过空阔、气候太过萧索。现在的扬州，正是初秋吗？对于我的一生，即使向人借粮食，我也相信自己是不会马上死的，我还处在我生命的初秋吗？写下这篇《己亥六月重过扬州记》。

《海国图志》叙[①]

魏　源

《海国图志》六十卷，何所据？一据前两广总督林尚书所译西夷之《四洲志》[②]，再据历代史志及明以来岛志及近日夷图、夷语，钩稽[③]贯串，创榛辟莽[④]，前驱先路。大都东南洋、西南洋增于原书者十之八[⑤]，大小西洋、北洋、外大西洋增于原书者十之六[⑥]。又图以经之，表以纬之，博参群议以发挥之。何以异于昔人海图之书？曰：彼皆以中土人谭西洋[⑦]，此则以西洋人谭西洋也。是书何以作？曰：为以夷攻夷而作，为以夷款夷而作，为师夷长技以制夷而作。

《易》曰："爱恶相攻而吉生凶，远近相取而悔吝生，情伪相感而利害生。"故同一御敌，而知其形与不知其形，利害相百焉；同一款敌，而知其情与不知其情，利害相百焉，古之驭外夷者，诹[⑧]以敌形，形同几席；诹以敌情，情同寝馈。

然则执此书即可驭外夷乎？曰：唯唯，否否[⑨]。此兵机也，非兵本也；有形之兵也，非无形之兵也。明臣有言："欲平海上之倭患，先平人心之积患。”人心之积患如之何？非水，非火，非刃，非金，非沿海之奸民，非吸烟贩烟之莠民[10]。故君子读《云汉》《车攻》[11]，先于《常武》《江汉》[12]，而知二《雅》诗人之所发愤；玩卦爻内外消息[13]，而知大《易》作者之所忧患。愤与忧，天道所以倾否而之泰[14]也，人心所以违寐而之觉也[15]，人才所以隔虚而之实也。

昔准噶尔跳踉于康熙雍正之两朝[16]，而电扫于乾隆之中叶。夷烟[17]流毒，罪万准夷。吾皇仁勤，上符列祖；天时人事，倚伏相乘[18]。何患攘剔[19]之无期，何患奋武之无会[20]？此凡有血气者所宜愤悱，凡有耳目心知者所宜讲画[21]也。去伪去饰，去畏难，去养痈[22]，去营窟[23]，则人心之寐患祛其一[24]。以实事程[25]实功，以实功程实事，艾[26]三年而蓄之，网临渊而结之，毋冯河[27]，毋画饼[28]，则人材之虚患祛其二。寐患去而天日昌，虚患去而风雷行。《传》曰：“孰荒于门，孰治于田？四海既均，越裳是臣[29]。”叙《海国图志》。

作者简介

魏源（1794—1857），字默深，湖南邵阳人。道光初入京师，与龚自珍结识。道光二十年（1840）鸦片战争爆发后，曾入钦差大臣裕谦幕府，参与抗英斗争。后辞归扬州，撰写《圣武记》，编纂《海国图志》，致力探求富国强兵的方法，提出了“师夷长技以制夷”的主张。道光二十四年（1844）始中进士，任东台、兴化知县、高邮知州。晚年以世乱多故辞官，潜心学佛。其散文多论说时务政事，观察敏锐，文笔犀利，代表了鸦片战争前后新体散文的风貌，著作今有《魏源集》。

注释

①本文选自《魏源集》。《海国图志》编于1842年。鸦片战争失败后，魏源悲愤满怀，闭门著书。他受林则徐的嘱托，编写了《海国图志》，原为六十卷，后扩充至一百卷，成为当时我国自编的最为详尽的世界史地参考书。《海国图志》叙中说明编写此书的目的是“为以夷攻夷而作，为师夷长技以制夷而作”，并进而提出了“平人心之积患”，改革内政的主张，充分表现了作者的爱国热情和政治眼光。全文开门见山，语言明快，层层深入，说理透辟，令人警醒。

②《四洲志》：由林则徐主持编译的一部世界地理著作，简要叙述了世界四大洲（亚洲、欧洲、非洲、美洲）30多个国家的地理、历史和政治状况，是近代中国第一部相对完整、比较系统的世界地理志书。

③钩稽：亦作勾稽，考核。

④创榛辟莽：铲除杂树野草，开辟道路。

⑤东南洋：指《海国图志》卷三至卷十二，其中根据《四洲志》的只有二卷。西南洋：指《海国图志》卷十三至卷十九，根据《四洲志》的只有三卷，所以说“增于原书者十之八”。

⑥大西洋：指《海国图志》卷二十四至卷三十五，有九卷根据《四洲志》；小西洋：指《海国图志》卷二十至卷二十三。北洋：指《海国图志》卷三十六至卷三十八。外大西洋：指《海国图志》卷三十九至卷四十三。

⑦中土：中国。谭：通“谈”。

⑧诹（zōu）：询问。

⑨唯唯，否否：应答词。不置可否。

⑩莠民：恶人。

⑪《云汉》:《诗经·大雅》篇名。《车攻》:《诗经·小雅》篇名。

⑫《常武》:《诗经·大雅》篇名。《江汉》:《诗经·大雅》篇名。前两诗赞美周宣王治理内政，后两诗赞美周宣王讨伐外寇。作者借此说明要先修内政，再御外敌。

⑬卦爻内外:《易经系辞》说“爻象动乎内，吉凶见乎外”。爻是构成卦的基本符号，爻象变化，可测吉凶。消息：变化。

⑭倾否而之泰：世运由不顺转入亨通。

⑮违：脱离。寐：此处喻愚昧。

⑯准噶尔：清代卫拉特蒙古四部之一，以伊犁为中心，游牧于天山南北。跳踉（liáng）：跳梁，引申为叛乱。

⑰夷烟：鸦片。

⑱倚伏:《老子》:“祸兮福之所倚，福兮祸之所伏。”相乘：互相依托转化。

⑲攘剔：铲绝（鸦片）。

⑳奋武：发挥武力。会：机会。

㉑讲画：议论、筹划。

㉒养痈：比喻姑息坏人坏事。

㉓营窟：土室、穴居。比喻个人谋算。

㉔寐患：愚昧的弊病。祛：除去。

㉕程：计量、考核。

㉖艾：草药名，越陈越好。

㉗冯河：语出《诗经·小雅·小旻》:“不敢凭河。”不要徒步涉水过河。

㉘画饼：比喻图虚名不务实。语出《三国志·魏志·卢毓传》。

㉙“孰荒于门”四句：出自韩愈《琴操十首·越裳操》。越裳：古南海国名。

译文

《海国图志》一共六十卷，它的依据是什么呢？一是依据前两广总督林则徐尚书所编译的西方人著的《四洲志》，二是依据历代史志和明代以来的有关海外交通的著作，还有近来传入的地图和著作。把它们探究考察编排，草创开辟，作为这方面的先驱和引导。大致来说东南洋和西南洋的内容比原书增加了十分之八，大小西洋、北洋、外大西洋部分的内容比原书增加了十分之六。并且在编排上，以地图为经，以表格说明为纬，广泛参考各种记载和评论而阐明它们。这部书与前人介绍世界地理的书有什么不同呢？那些书是以中国人的观念谈西洋，而这部书是以西洋人的观念谈西洋的。这部书是为什么而作呢？是为用洋人的方式与洋人斗争而作，为用洋人的方式与洋人交往而作，为学习洋人先进的技术而制服洋人而作。

《易经》上说："对事物有喜爱与厌恶的不同，两者相争斗就会有吉凶产生，要对远近不同的事物进行选择，就会有后悔或难舍的结果产生，符合实情还是虚假不实，相互作用就会有得利或受害的不同结果产生。所以同样是与敌人作战，知道敌人的情况与不知道敌人的情况，得利与受害可以相差百倍。同样是与敌人谈判，知道敌人的情况与不知道敌人的情况，得利与受害也是相差百倍。古代驾驭外敌的人，了解敌人的情形，清楚得如同了解自己的桌子和席子，熟悉得如同了解自己的睡觉和吃饭。

那么拿着这书就能抵御外敌了吗？是，又不是。这是用兵的机谋，不是用兵的根本。这是具体有形的用兵，不是无形的用兵。明代的大臣说过："要平定海上的倭寇之患，先要平定人们心中积聚的祸患。"人心积聚的祸患要如何对待呢？那不是对付水患，对付火灾，对付刀兵，对付财政问题，也不是平定沿海之奸民，也不是惩治吸烟贩烟之莠民。所以君子读《云汉》与《车攻》这两首歌颂先王勤修内政的诗，要先于读《常武》和《江汉》这两首歌颂先王显赫武功的诗，从而懂得二《雅》诗人作诗所发愤之处；研究卦爻内外的消长变化，从而懂得大《易经》作者所忧患之处。人们有了愤与忧，天道就摆脱否运而走向安泰，人心也就可以脱离昏睡而走向觉醒，人才就可以抛弃空谈而走向务实了。

过去准噶尔曾叛乱于康熙、雍正两朝，而被迅速扫平于乾隆中叶。今天鸦片流毒，罪过超过准噶尔部万倍。我们的皇上仁德勤政，上合于列祖；天时人事，福祸相倚变化。何必忧虑攘除外敌遥遥无期，何必担心没有展现我们武力的时机？这些情况，凡是有血性的人应该激愤，凡是有感官和心思的人应该去议论和筹划。丢掉伪装和掩饰，丢掉畏难思想，抛弃因循姑息，抛弃营造个人小天地，那样人心的蒙昧之病去除了，这是其一。凭实际办的事来确定应得的功绩，让实得的功绩符合实际所做的事。治病用的艾草早早就要收蓄起来，打鱼的网临到河边才织，虽然晚了但也要努力编织好，不要徒步过河，不要画饼充饥，那些人材虚而不实的弊病就去除了，这是其二。人心的蒙昧之病去除了就阳光灿烂，人材虚而不实的弊病去除了就可雷厉风行。《传》中曰："有谁会门前荒芜却不修治，反倒去田里劳作？四海都平定了，远方的国家也会臣服。"这是为《海国图志》所作的序。

澳门花园[①]

魏　源

澳门自明中叶为西洋市埠[②]，园亭楼阁，如游海外。怪石古木，珍禽上下，多海外种。其樊[③]禽之所，网其上以铜丝，纵横十丈，高五丈，其中池沼树木。飞浴啄息，空旷自如，忘其在樊也。

园主人曰委理多，葡萄牙国人。好客，廷登其楼，有洋琴[④]如半几，架以铜丝。请其鼓，则辞不能。俄入内，出其室[⑤]，按谱鼓之，手足应节，音调妍妙，与禽声、海涛声隐隐应和。鼓罢，复出其二子，长者九岁，冰肌雪肤，瞳翦秋水[⑥]，中原未之见也。主人闻予能文，乞留数句，喃喃诵之，大喜，赠洋画而别。

注　释

①本文选自《魏源集》，是《澳门花园听夷女洋琴歌》前面的一则序言，介绍了一座洋人花园、花园主人及其妻儿。这个葡萄牙人的家庭，透露出西方文明的气息，作者对此感到好奇，并以欣赏的态度形诸笔墨，表现了近代早期启蒙主义者的思想倾向。

②市埠：商埠。明朝嘉靖年间，葡萄牙人求得澳门的居住权。清光绪十三年（1887）12月1日，葡萄牙与清朝政府签订《中葡会议草约》和《中葡和好通商条约》，正式通过外交文书的手续占领澳门。

③樊：笼子。此处作动词，蓄养。

④洋琴：古钢琴之一的古翼琴。一说竖琴或扬琴。

⑤室：家室，妻子。

⑥秋水：形容眸子清澈有神。白居易诗："双眸翦秋水。"

译　文

澳门自从明朝中叶以来就是与西洋人通商的重要口岸，这里的园林楼阁，风格与内地截然不同，置身此地仿佛游于海外。形状奇特的石头、古老的树木，珍稀的鸟类上下飞腾，也多是海外的品种。蓄养鸟的地方，上面覆以铜丝网，纵横十丈，高五丈，其中有池沼树木。鸟儿在网中飞翔、啄食、歇息，空旷自如，忘了自己身在笼中。

花园的主人名叫委理多，葡萄牙国人。他热情好客，邀请我登上他家的阁楼参观，楼上有一个半张几案那么大的洋琴，琴上架设铜丝。我请他弹奏，他推辞说自己不会。不一会儿他进入内室，叫出他的妻子，让她按照曲谱演奏，只见她的手和脚都应合一定的节拍，奏出的音调美妙动听，与室外花园里的禽鸟鸣叫声以及远处的海涛声隐隐应和。曲子奏罢，委理多又叫出他的两个儿子，长子九岁，肌肤如冰雪，双瞳似秋水，中原没有见过这样长相的人。主人听说我善写文章，请求我留下数句，我便喃喃地朗诵了几句，主人非常高兴，临别时赠给我洋画。

君山月夜泛舟记[①]

吴敏树

秋月泛湖，游之上者，未有若周君山游者之上也。不知古人曾有是事否，而余平生以为胜期，尝以著之诗歌。今丁卯[②]七月望夜，始得一为之。

初发棹，自龙口向香炉[③]。月升树端，舟入金碧[④]，偕者二僧一客，及费甥坡孙也。南崖下渔火数十星，相接续而西，次第[⑤]过之，小船捞虾者也。开上人指危崖一树曰："此古樟，无虑[⑥]十数围，根抱一巨石，方丈余。自郡城[⑦]望山，见树影独出者，此是也。"然月下舟中，仰视之，殊途不甚高大，余初识之。客黎君曰："苏子瞻赤壁之游[⑧]，七月既望，今差一夕尔。"余顾语坡孙："汝观月，不在斗牛[⑨]间乎？"因举诵苏赋十数句。

又西出香炉峡中少北。初发时，风东南来，至是斜背之。水益平不波，见湾碕[⑩]，思可小泊，然且行过观音泉口响山前也。相与论地道通吴中[⑪]。或说有神人金堂数百间，当在此下耶？夜来月下，山水寂然，湘灵洞庭君[⑫]，恍惚如可问者。

又北入后湖，旋而东。水面对出灯火光，岳州城也。云起船侧，水上滃滃然[⑬]。平视之，已作横长状，稍上，乃不见。坡孙言："一日晚自沙嘴见后湖云出水，白团团若车轮巨瓮状者，十余积，即此处也。"然则此下近山根，当有云孔穴耶？山后无居人，有棚于坳者数家，洲人避水来者也。数客舟泊之，皆无人声。

转南出沙嘴，穿水柳中，则老庙门⑭矣。志称山周七里有奇⑮，以余舟行缓，似不翅也。既泊，乃命酒肴，以子鸡苦瓜拌之。月高中天，风起浪作，剧饮当之，各逾本量。超上人守荤戒，裁少饮，啖梨数片。复入庙，具茶来。夜分登岸，别超及黎，余四人寻山以归。明日记。

作者简介

吴敏树（1805—1873），字本深，号南屏，巴陵柈湖（今湖南岳阳县鹿角镇）人。道光十二年（1832）中举。官浏阳县教谕，因厌倦官场，不久即称病告归，从此闭门谢客，不求仕进，潜心于诗、古文之学，终成大器，成为“柈湖文派”的创始人。曾国藩对他极其推崇，多次邀请他做官，吴皆推辞不就。其文接近桐城派，但不以桐城相标榜。政论文虽对时事表示忧虑，但见解大多陈腐。文笔则颇洗练。著有《柈湖文集》《柈湖诗录》等。

注　释

①本文选自《柈湖文集》，是月夜泛舟绕君山游览后所作游记。文章用简洁的笔触和语言，描写了月夜洞庭湖的湖光远景，叙述了有关的神话传说和奇异现象。

②丁卯：即1867年，清穆宗同治六年。

③龙口：水名。香炉：山名。

④金碧：形容月水相映，金光闪闪的湖面。

⑤次第：一个接着一个，表示迅速和众多。

⑥无虑：原意为不用计算，就可估计到，这里是大概的意思。

⑦郡城：即岳阳城，岳阳古为巴陵郡。

⑧苏子瞻：即北宋著名文学家苏轼。赤壁之游：苏轼因反对王安石的新法，以作诗“谤讪朝廷”罪贬黄州。宋神宗元丰四年（1081），他曾游赤壁，并作有《前赤壁赋》和《后赤壁赋》。

⑨斗牛：天上的两个星座，即二十八宿中的斗宿和牛宿。

⑩碕（qí）：弯曲的岸。

⑪论地道通吴中：相传洞庭湖有地道与太湖相通，故太湖也叫洞庭湖，湖中有两座山名叫洞庭山。吴中：今江苏苏州。

⑫湘灵：湘水之神。传说舜的妃子溺死在湘水，就做了湘水神。洞庭君：唐代李朝威传奇《柳毅传》载：洞庭君是洞庭湖的龙王，柳毅曾游龙宫，并与洞庭君的女儿结婚，后来成了仙。

⑬滃（wěng）滃然：云气腾涌貌。

⑭老庙门：湘妃庙的门。君山上古有湘妃庙，又叫作湘灵庙。

⑮志：当指岳阳县志。有奇：有多。

译文

秋天月夜泛舟湖上是最好的游览，而在这样的游览中，尤以在洞庭湖中环绕君山泛舟夜游为最好。不知道古代的人有没有过这样的经历，而我平生把泛舟洞庭湖环游君山当作美好的愿望，我曾经在诗歌中写下了这个愿望。现在是丁卯年农历七月十五夜，我终于获得了一次这样的机会。

开船启程，从龙口出发前往香炉峰。月儿从树顶上升起，船在月水相映的湖面上行进，同游的人是两位僧人和一位客人，以及我的外甥费某和我的孙子吴坡。南边高崖下有十几处闪烁的渔火向着西方前后相接，一个接一个地从我们身旁经过，仔细地看原来是渔民摇着小船在捕虾。开上人指着高崖上一棵树对我们说："这棵古老的樟树无疑有十几个人两臂合抱那么粗，树根被一块大石头围住，那石头一丈多见方。从岳阳城远远望着君山，见到的一个树影突现的事物就是这棵樟树。"但是现在在月光中从船中仰望它，觉得它并不是特别高大。我是初次知道这个情形。客人黎君说："当年苏轼泛舟游赤壁，是在七月十六，与我们今天只差一天的时间啊。"我回过头对孙子吴坡说："你看这月不也是在斗星和牛星之间吗？"于是我们一起朗诵了苏轼《赤壁赋》里的十几个句子。

后来再从香炉峡中出来，稍微偏北行进。刚开船时，风从东南方向吹来，到这时风从背后斜吹。水面愈加平静不起波浪，看到了水湾堤岸，想到这里可以暂时停泊。然而船并未停泊，还是继续航行，经过观音泉口，来到响山之前。一起谈起这个地道可以通往吴中（江苏太湖）的事。有人说："有神仙居住的黄金殿堂数百间，应当在这下面啊。"夜色降临，月光映照，山和水都静寂无声，那情形仿佛可以访问传说中湘灵和洞庭君。

后来又从北进入后湖，不久又转向东面行进，水面映照出岸上岳州城的灯火之光。云雾从船边升起，水上弥漫着迷蒙的云气。平视这些云气，变成了横长的形状，云气逐渐上腾，消散不见了。孙子吴坡说："有一天晚上，从沙嘴可以看见后湖的云气从水面升起，白色的雾团有的像车轮，有的像巨大的水瓮，大约有十多块，应该就是这个地方了。"然而这里往下接近山中洞穴，不是应当贮云的山洞吗？山后没有人居住，在山间低洼平整的地方搭建的草棚，是岛上的人来这里躲避水患时住的。有几只客船停泊在这里，没有喧闹的人声。

再转而向南行驶，出了沙嘴，穿过柳树林，便可看见老庙门。岳州地方志记载"君山周长七里有余"，根据我们乘坐的船缓缓地行进来测度，似乎不止七里长。

船只停好后，就命人拿出酒菜，用童子鸡拌着苦瓜吃。这时候，月儿高挂在空中，风起浪兴，对着明月和风浪痛饮，大家喝酒都超过了自己的酒量。超上人守荤戒，只稍微喝了一点点，吃了几片梨，又返回到庙里，拿来了准备好的茗茶。半夜时分，离船上岸，辞别了超上人和黎君，我们四人顺着山路回家了。第二天记下了月夜游君山的经历。

石君砚铭①

吴敏树

石君，余砚也。昔在辛卯②之岁，与亡弟半圃读书岳麓③，以钱三万，取之友人家。砚体甚巨，形制古异，无他文饰，惟池④旁有“停云馆”三字。验其刻未工，盖谬为文待诏⑤家物，以炫售者。然砚故良石也。半圃喜学书，余以砚属之，颇贵之，未肯轻用。及亡，余痛此砚遂废无事，命工稍镌治之，摩去旧刻，常供之案间。一日久雨始晴，日光照书室，砚在盖下，喷沸有声。怪而启之，清水盈溢，以此益知其尤⑥，愈宝爱之，以姓号之石君。余既无能遭遇⑦发扬于世，而文字日颇有名，恐遂抱砚为庸人役，故作为是铭，将求善工而刻之其背。铭曰：

年可寿若老彭⑧，吾不以墨之汁而佐彼之觥⑨；行可赠若班生⑩，吾不以毫之颖而贶彼之程⑪。匪墨之私⑫，匪毫之爱，恐污吾石君之生平。呜呼石君兮，吾与君铭。

注　释

①本文选自《柈湖文集》，是一篇器物铭。作者借砚在盖下喷沸不平，喻指自己的奇才不能发扬于世，同时以不用砚作庸俗文字的铭戒，表达自己不阿媚时俗的节操。处处以砚写人，石君风骨即是作者人品的写照。

②辛卯：指1831年，即道光十一年。

③岳麓：山名。在湖南长沙湘江西岸。

④池：砚池，砚凹处。

⑤文待诏：明代著名书画家文征明，曾任翰林院待诏，“停云馆”是他的室号。

⑥尤：特异。

⑦遭遇：遭逢时机、机遇，指仕途的腾达。

⑧老彭：即彭祖，传说中的人物，据说活了八百多岁，因此成为长寿的象征。

⑨觥（gōng）：古代酒器。此代指祝寿的宴席。

⑩班生：班景倩，唐代人。他由扬州采访使升任大理少卿，倪若水给他饯行，说："班公是行若登仙，吾恨不得为驺仆！"

⑪毫：毛笔。颖：指毛笔尖。赆（jìn）：用财物给人送行。

⑫匪：通"非"。私：舍不得，吝惜。下文"爱"亦同义。

译文

石君，是我的砚台。辛卯年的时候，我和亡弟半圃在岳麓山中读书，以三万钱从友人家里购得了这方砚。砚台非常大，形状构造古朴奇特，没有其他的装饰，只砚池旁有"停云馆"三个字。仔细检验此雕刻，发现并不是很细致精巧，只是谎称是文征明家用之物，使售卖者以此为卖点罢了。然而这砚本就是良石制成的。半圃喜好学习书法，我就把这方砚台送给了他。他非常爱惜，不轻易拿出来使用。等到他去世都没有用过一次，我痛惜这砚台从此会废弃无用处，就让工匠再稍加雕凿修理，磨去原先的刻字，日常摆在书案间。一日，久雨后天气放晴，阳光照进书房，砚台在砚盖下喷涌沸腾，发出声音。我感到奇怪，就打开了它，顿时清水盈满溢出，我自此才知道它的奇异，就更加珍爱它，给它取姓，称它为石君。我没有机遇发扬于世，而文字却日渐有名，恐怕从此抱着砚台成为庸人的仆役，专为人作文写字，所以作此铭文，将寻找一个好工匠刻在砚台的背面。铭文曰：

年岁可长寿如彭祖，我不以墨汁来为他人的酒席助兴；品行可若班生，我不以我的笔尖来为别人的前程助力。不是墨汁自私，也不是笔尖吝惜，我只是唯恐玷污了石君的生平。哎呀，石君哪，我为你作铭。

说钓[①]

吴敏树

余村居无事，喜钓游。钓之道未善也，亦知其趣焉。当初夏、中秋之月，蚤食后出门，而望见村中塘水，晴碧泛然。疾理竿丝，持篮而往。至乎塘岸，择水草空处投食其中，饵钩而下之。蹲而视其浮子，思其动而掣之，则得大鱼焉。无何[②]，浮子寂然，则徐牵引之，仍自寂然。已而手倦足疲，倚竿于岸，游目而观之，其寂然者如故。盖逾时始得一动，动而掣之则无有。余曰："是小鱼之窃食者也，鱼将至矣。"又逾时动者稍异，掣之得鲫，长可四五寸许。余曰："鱼至矣，大者可得矣！"起立而伺之，注意以取之。间乃一得，率如前之鱼，无有大者。日方午，腹饥思食甚，余忍而不归以钓。见村人之田者，皆毕食以出，乃收竿持鱼以归。归而妻子劳[3]问有鱼乎？余示以篮而一相笑也。乃饭后仍出，更诣别塘求钓处，逮暮乃归，其得鱼与午前比。或一日得鱼稍大者某所，必数数往焉，卒未尝多得，且或无一得者。余疑钓之不善，问之常钓家，率如是。

嘻！此可以观矣。吾尝试求科第官禄于时矣，与吾之此钓有以异乎哉？其始之就试有司[4]也，是望而往，蹲而视焉者也。其数试而不遇也，是久未得鱼者也；其幸而获于学官、乡举也[5]，是得鱼之小者也；若其进于礼部[6]，吏于天官[7]，是得鱼之大。吾方数数钓而又未能有之者也，然而大之上有大焉，得之后有得焉，劳神侥幸之门，忍苦风尘之路，终身无满意时，老死而不知休止，求如此之日暮归来而博妻孥之一笑，岂可得耶？

夫钓，适事也，隐者之所游也，其趣或类于求得。终焉少系于人之心者，不足可欲故也。吾将唯鱼之求，而无他钓焉，其可哉？

注　释

①本文选自《梓湖文集》。作者以亲身钓鱼之经历，写出了仕途求官之路的心情与得失，同时表明了自己淡泊无欲的生活意趣。

②无何：表示时间相隔不久。

③劳：慰问。

④有司：古代设官分职，各有专司，故官吏和相应的衙门称有司。

⑤学官：府学教授、州学学正、县学教谕合称“学官”。乡举：秀才（诸生）参加乡试，考中为举人。

⑥ 礼部：掌礼仪、祭祀、贡举、学校、宗俗教化、接待外宾之事的官署。举人进京会试，由礼部主持。

⑦天官：吏部列六部之首，后世因以“天官”为吏部的通称。吏部掌全国官吏之任免、考课、升降、调动等事。

译　文

我居住在乡村，平日无事，喜欢垂钓和游玩。我对钓鱼的门道并不精通，但也颇了解其中的乐趣。每逢初夏、中秋时节，吃过早饭后出门，望见村中池塘，天气晴朗，蓝天绿水，波光泛然。我赶紧理好钓竿鱼线，带着篮子就出发了。到水塘边，找个水草很少的地方，投点鱼食下去吸引鱼儿游来，随后放置挂好饵料的鱼钩等候。蹲在一旁细观浮子，等到浮子动起来，急提竿，就能得到大鱼了。过了一会儿，浮子没有一点儿动静，我慢慢牵引鱼线，仍旧没有动静。等到手脚都累了，把钓竿固定在岸边，我从旁四下观察，浮子一动不动仍和先前一样。过了好一会儿，那浮子才开始动了一动，提竿一看又没有鱼上钩。我说："这是想偷吃鱼食的小鱼，大鱼就要来了。"又过了一会儿，浮子又动了，跟前次浮子的动态不太一样，提竿钓到了一条鲫鱼，有四五寸长。我又想："既然有鱼来了，很快能钓到大鱼了吧！"我站起身等候着，聚精会神，希望可以得到大鱼。过了一会果然又钓上一条，但跟先前那条差不多，没有出现大鱼。已经到中午了，肚子都饿了，我很想回去吃饭，但还忍着不回去，只是继续钓鱼。直到有村里人吃完午饭到田里来，我才收竿，拎了鱼回家。到家后，妻儿都问："有没有钓到鱼？"我就拿篮子给他们看，一笑以对。午饭后，我又出去钓鱼，到别的池塘找钓鱼佳处，直到天黑了才回家，收获也就跟上午差不多。有时在某个地方钓到条稍大的鱼，必定几次都还去该处钓鱼，但未曾能再钓到更多的鱼了，有时甚至一条都没有。我常怀疑是我的钓鱼技巧不熟练，请教了经常钓鱼有经验的人，他们说也有类似的情况。

唉，由此可以看出些道理来。我也曾在合适的时候考试求取功名，那情形与我现在这样钓鱼有什么区别呢？刚开始去有司衙署考试，就像看到了别人垂钓，就前往蹲下注视一样。那些久试不中的，便如同钓了许久却无鱼上钩；那些有幸蒙学官赏识，乡试中举的人，就像钓了条小鱼；如果受吏部认可，朝廷点了天官，就是钓着了大鱼。我是那种学钓不久的人，还没有这般的境界，但是大的欲望之上还有更大的，得到之后还有想得到的呀。那些能钓到大鱼的人（做大官的人）必须要煞费精神心存侥幸，忍受忙碌劳累，终其一生也没有满意的时候，直到老死也不知罢休啊。想跟我现在那样到了日落而归，因一无所得而博取老婆孩子一笑，怎么可以呢？

钓鱼，是一件舒适的事情，是归隐的人喜欢做的事，它的情趣或许很像追求功名。但不必放那么多的得失心在上面，因为这不值得让人牵肠挂肚，患得患失。我只是求得鱼而已，别无他求，这应该可以吧？

书《归震川文集》后[①]

曾国藩

近世缀文[②]之士，颇称述熙甫[③]，以为可继曾南丰、王半山之为之[④]。自我观之，不同日而语矣。或又与方苞氏并举，抑非其伦也。

盖古之知道者，不妄加毁誉于人，非特好直也，内之无以立城，外之不足以信后世，君子耻焉。自周诗有《崧高》《烝民》诸篇[5]，汉有“河梁”之咏[6]，沿及六朝，饯别之诗，动累卷帙[7]。于是有为之序者，昌黎韩氏为此体特繁，至或无诗而徒有序，骈拇枝指[8]，于义为已侈矣。熙甫则未必饯别而赠人以序，有所谓贺序者、谢序者、寿序者，此何说也？又彼所为抑扬吞吐、情韵不匮者，苟裁之以义，或皆可以不陈。浮芥舟以纵送于蹄涔之水[9]，不复忆天下有曰海涛者也，神乎？味乎？徒词费耳。

然当时颇崇茁轧[10]之习，假齐梁[11]之雕琢、号为力追周秦[12]者，往往而有。熙甫一切弃去，不事涂饰，而选言有序，小刻画而足以昭物情，与古作者合符，而后来者取则[13]焉，不可谓不智已。“人能弘道，无如命何[14]！”——藉熙甫早置身高明之地，闻见广而情志阔，得师友以辅翼，所诣[15]固不竟此哉！

作者简介

曾国藩（1811—1872），初名子城，字涤生，湖南湘乡人。道光十八年（1838）进士。咸丰三年（1853）以吏部侍郎身份在家乡湖南办团练，后扩编为湘军，镇压太平军。后升任两江总督，节制苏、皖、赣、浙四省军务。太平天国被镇压后，又任直隶总督等职。为文继承桐城派方苞、姚鼐而自立风格，创立晚清古文的“湘乡派”，著有《曾文正公诗文集》，编有《经史百家杂钞》《十八家诗钞》等。

注　释

①本文选自《曾文正公全集》。文章评论明代学者归有光的序跋小品，表现了作者敏锐独到的批评眼光。《归震川文集》：归有光所著文集。

②缀文：连续辞句成为文章，即作文。

③熙甫：归有光，字熙甫。

④曾南丰：曾巩，字子固，江西南丰人。王半山：王安石，号半山。二人都是“唐宋八大家”中的人物。

⑤《崧高》：《诗经·大雅》篇名。朱熹《诗集传》认为是尹吉甫为申伯送行而作。《烝民》：《诗经·大雅》篇名。《诗集传》认为是尹吉甫为仲山甫送行而作。

⑥“河梁”之咏：即最早见于《昭明文选》的李陵与苏武诗，因其中有“携手上河梁”的句子，故称“河梁”之咏，内容写离别送行。

⑦帙（zhì）：包书的套子，用布帛制成。故谓一套书为一帙。

⑧骈拇枝（qí）指：喻多余无用的东西。骈拇：足拇指与第二指连为一体。枝指：手有六指。《庄子·骈拇》：“骈拇枝指，出乎性哉，而侈于德。”

⑨芥舟：以小草为舟。《庄子·逍遥游》："覆杯水于坳堂之上，则芥为之舟。"蹄涔：牛马蹄印中的积水。涔：雨水。喻范围极小，无以施展。《淮南子·氾论训》："夫牛蹄之涔，不能生鳣鲔。"

⑩茁轧：指盲目拟古，使用生硬晦涩的词汇。欧阳修知贡举，举子刘几喜欢写险怪之文，说："天地轧，万物茁，圣人发。"欧阳修很生气，斥去不取。

⑪齐梁：南朝齐梁间文风绮靡，重辞句雕琢。

⑫周秦：指汉以前的古文。归有光所处的明代嘉靖年间，以王世贞为首的"后七子"主盟文坛，倡言"文必秦汉，诗必盛唐"，形成拟古的风气，归有光正是与此相抗衡。

⑬取则：效法，学习，取为榜样。

⑭"人能弘道"二句：出自《史记·外戚世家》。

⑮诣：至，指学业、成就所达的程度。

译文

近代写作文章的读书人，对归有光颇为赞赏，认为他可以继承曾巩、王安石的为文之道。以我来看，不可以相提并论。又有人拿他和方苞并举，他也不是这一类的。

古代明白道理的人，不对他人妄加诋毁赞誉，并不是仅仅崇尚正直，因为如果不这样做，对内心而言没有用来确立自己真诚的办法，对外界而言不能够被后世信任，君子对这样的事情是感到羞耻的。周朝的诗歌当中有《崧高》《蒸氏》这些篇目，汉代有"河梁"之咏，延续到六朝，饯别的诗作动不动就积累了一套又一套。在这种情况下，就有了替他们写序的人，韩愈写序特别繁琐，甚至有时没有诗作却只有序，如同骈拇枝指是多余的东西，从意义上来说已经过于繁琐了。归有光则倒不一定与人饯别就用序送他人，但也有所谓的贺序、谢序、寿序，这些又在阐明什么呢？加上那些所写的表面看来情感抑扬顿挫、情韵不空乏的文字，如果从内容意义的角度去判断它，或许都可以不用叙写。让小草做的舟芥漂浮在牛马蹄印的积水中，却不再想一想有海涛的广阔之地，有神韵吗？有韵味吗？只是白白地浪费辞藻罢了。

然而当时的人们很推崇盲目拟古，借用齐梁文风中辞句雕琢，大张旗鼓，奋力追随周朝秦国文风的人到处都是。归有光一律放弃，不作刻意的装扮修饰，而重视语言有序，不重视刻意刻画却足以让人对事物的感情明晰，这种做法和古代写作的人相符，因而后来的人取作榜样，不可以不称为不明智了。司马迁说："人能够弘扬天道仁德，对天命却无可奈何。"——假使归有光早一点出生在更加明智的时代，见闻广阔且情志高远，并且能够有老师朋友来帮助他，那么所到达的境界固然不会停留于这种程度吧！

陈仲鸾同年之父母七十寿序[1]

曾国藩

天之生贤人也，大氐[2]以刚直葆其本真，其回枉[3]柔靡者，常滑其自然之性，而无以全其纯固之天。即幸而苟延，精理已销，恒干[4]仅存，君子谓之免[5]焉而已。国藩尝采辑国朝诸儒言行本末，若孙夏峰、顾亭林、黄梨洲、王而农、梅勿庵之徒[6]，皆硕德贞隐，年登耄耋[7]，而皆秉刚直之性，寸衷之所执，万夫非之而不可动，三光晦、五岳震而不可夺。故常全其至健之质，跻之大寿而神不衰。不似世俗孱懦竖子，依违濡忍[8]，偷[9]为一切，不可久长者也。

同年生陈君仲鸾与余交十余年，每相与议论平生，慷慨不桡[10]。或品第当世人伦，意所不可，睥睨[11]讥切，无所复忌。同人或谓仲鸾居吏部曹司，身处卑冗[12]，更事未深，宜其嚣嚣不绌[13]；若移置要地，稍稍练习文法，亦且破觚[14]而为圆矣。既而仲鸾果以考第入直军机，而戆直发愤，芒角森然，曾不减其曩者之旧。吾乃私怪生民刚直之性，其禀之有厚有薄，未可以一概度量也。

间辄与仲鸾语家世之详，及太公、太母之行。仲鸾为余言封翁[15]荫召先生，生而伉爽，屡经艰险，履之如夷。遇人有心所不许，虽豪贵人必唾弃之。即心之所许，虽孤嫠卑贱，必引而翼之，愈穷厄，愈礼敬与钧。自亲族州闾，皆服其诚信，远近纷难，就之决遣，凡所论断，久而辄应。封母高太恭人，祇[16]顺惇笃，尊尚节义，盖皆有刚直之风。然后知仲鸾之激烈不阿，虽受性独厚。亦其禀之庭闱者，岁渐月染，涵濡[17]之久而不自知也。人固视乎所习，朝有媕婀[18]之老，则群下相习于诡随[19]；家有骨鲠[20]之长，则子弟相习于矩矱[21]。倡而为风，效而成俗，匪一身之为利害也。

今年八月，为先生暨太宜人[22]七十生日，年家[23]之子，同官之良，咸称觞仲鸾之邸第，作为诗篇，以祝难老[24]。属国藩为之序，余乃略述平昔与仲鸾言论大指，以著先生之节概，因推国初诸儒以刚直而享大年者，为先生致善祷之谊[25]，亦使世之君子，闻之而有所警焉。

注 释

①本文选自《曾文正公全集》，是作者为朋友父母所作寿词。此文专从朋友的刚直品质下笔，最后归结到父母的家教上，虽是应酬文字，却也写出了特色。同年：同科考中的人。

②大氐：大抵，大都。

③回枉：柔曲不直。

④恒干：指人的躯体。

⑤免：免祸。《论语·雍也》载孔子语："人之生也直，罔之生也幸而免。"意谓：人能生存于世是由于正直，不正直的人能生存于世是由于他侥幸避免了祸害。

⑥孙夏峰：孙奇逢，字启泰，世称夏峰先生，明清之际学者。隐居不仕，自明至清，前后十一次拒绝征聘。与黄宗羲、李颙并称"清初三大儒"。享年九十一岁。顾亭林：即顾炎武，学者称其亭林先生。黄梨洲：黄宗羲。王而农：王夫之，字而农。享年七十三岁。梅勿庵：梅文鼎，字定九，号勿庵，清代天文学家、数学家。安徽宣城人。享年八十八岁。

⑦耄耋（mào dié）：七十曰耄，八十曰耋。年寿高的意思。

⑧依违：犹豫不决，模棱两可。濡忍：柔忍，含忍。

⑨偷：苟且。

⑩不桡：亦作"不挠"。

⑪睥睨：斜着眼睛看人，表示傲慢或厌恶。

⑫卑冗：地位低微，不重要。冗：多余的。

⑬嚣（áo）嚣：自得傲慢貌。绌（chù）：屈。

⑭觚（gū）：棱角。

⑮封翁：此指陈仲鸾的父亲。子孙显贵，父、祖因而受封典，称"封翁"或"封君"。

⑯祗（zhī）：恭敬。

⑰涵濡：涵润沾染，引申为滋润、教化。

⑱媕婀（ān ē）：曲意顺从。

⑲诡随：诡诈善变，见风使舵。

⑳骨鲠（gěng）：亦作"骨梗"，喻耿直、刚劲。

㉑矩矱（huò）：规矩，法度。矱：尺度。

㉒太宜人：明清时五品官之母或祖母的封号。

㉓年家：同榜登科者互称"年家"，晚辈称"年家子"。

㉔难老：不易老，长寿之意。

㉕善祷：美好的祝祷。谊：情意。

译文

天造就贤人，大多赋以刚直的性格来保持他们的纯真本质，那些柔曲软弱的人，往往乱了自己的天性，而无法保全纯真敦厚的本质。即使侥幸苟且地延长了生命，精神也已经消亡，只留下躯体，正是孔子所说的活在世上幸免于祸害罢了。我曾经搜集了本朝众多学者的言行事迹，像孙夏峰、顾亭林、黄梨洲、王而农、梅勿庵这样的人，都是道德高尚的忠贞隐士，年寿高达七八十岁，而且都具有刚直的性格，寸心所坚持的主张和意志，一万个人反对也不可动摇，日月星辰无光、五岳震撼也不可使他们改变。所以他们能长久地保全自己极强健的体质，跻身于长寿之列而精神不衰退。不像世俗中的怯弱小人，犹豫无主见，忍气吞声，苟且对待一切事物，不能长久于世。

同年陈仲鸾君和我相交十多年，每当交谈议论时，他总是意气激昂不肯屈服。有时品评当今人物的优劣，他如果对谁不满意，便鄙夷地讽刺责备，毫无顾忌。共事的人有的说，仲鸾在吏部营司一级任职，身份低微又职位次要，阅历不深，难怪他傲岸不屈。如果把他调到重要位置上，稍微学习舒缓的文辞方法，也就会削去棱角变得圆滑了。不久仲鸾果然凭考核的等级供职军机处，但他的耿直激愤、锋芒凛然，竟丝毫不比过去减少。我这才暗地里感到奇怪，人的刚直性格，天生禀受有强有弱，不可以用同一种标准衡量呀。

我闲暇时常和仲鸾谈到他的家世详情，以及他父母的品行。仲鸾向我说，封翁荫召先生生来刚强豪爽，多次经历人生艰难，他就像走过平地一样。碰上有自己看不惯的人，哪怕是豪门权贵也必然鄙弃。倘若是心中称许的人，即使是孤儿寡妇、地位卑贱的人，他也一定会援助和保护他们，越是穷困的人，先生越是恭敬有礼，一视同仁。从亲戚到乡邻，都佩服他的诚实讲信用，远近的人们有纠纷或疑难，都找他排解决断，凡是他预言判断的事，久了都会应验。封母高太恭人，性格恭顺淳厚，崇尚节操礼义，二位老人都有刚直的精神。我这才明白，仲鸾激昂刚烈、不屈从迎和的品格，虽然是得天独厚的禀性，也是从父母那里继承的。日积月累地受到影响，濡染久了，自己并不觉得。人的成长本来就决定于他所熟习的环境，朝廷有曲意顺从的老臣，那么众多下僚就会彼此习惯于见风使舵。家庭里有耿直刚正的长辈，那么子弟们就习惯于循规守法。有人倡导便形成风气，大家仿效便形成习俗，这不是哪个人能决定利弊的。

今年八月，是先生和太宜人的七十岁生日，同年家的晚辈、同事中的好友，全都在仲鸾的宅第举酒祝贺，写下诗篇，祝福长寿。大家嘱托我为二老写寿序，我便简略叙述平日与仲鸾谈论的内容大意，以彰显先生的节操气概，因此推许了本朝初年学者中因刚直而享有高寿的人，向先生致以美好的祝愿。也使世上君子，听了我的话而有所警悟。

病 说[1]

龙启瑞

客有患郁湮[2]之疾者，龙子过而问焉，见其兀然而坐，偃然而息，日饭三鬴[3]，食之尽器。龙子曰：“子病乎？”曰：“病矣。”“然则子何病？”曰：“吾苦腹疾而事圊[4]焉，医者治之，三月而不效，吾忧之不知所出，辍吾业以治之，则疾益以剧。”

龙子喟然叹曰：“吁！吾乃今知子之诚病也。夫子之所谓腹疾者，是特饮食寒热之为患也。而丰而食焉，而华而色焉，乃其根柢固，莫之能蠹[5]也，俟之而已。而遂废而事，而日稿[6]而形，荧[7]而心，终日忳忳[8]，若大难之将至者，是子之神先敝也。疾何与焉？夫万物生于神、养于神，故神聚则强，神王[9]则刚，神衰则病，神散则亡。是以啜糟[10]之夫，卧之颠崖之侧而不堕者，其神全也；嫛婗[11]之子，遇猛虎则折三尺之莛[12]以殴之，虎犹不害。何则？心忘乎物可畏，则物莫之能贼也。今子未甚病也，而日以病为忧。夫忧者，实病之所从集也。子盍朝作而于于夜瞑而蘧蘧[13]，无怀无惟[14]，以宁子居，疾其庶有瘳[15]乎！”

客曰：“善！将从子之言。”三日试之，其病良已。

作者简介

龙启瑞（1814—1858），字辑五，号翰臣，广西临桂（今桂林）人。道光二十一年（1841）状元，授翰林院修撰。后因在广西镇压太平天国有功，升侍读学士，累官至江西布政使。善诗文，通音韵，治古文辞宗桐城，工书能篆、籀，善画山水。著有《经德堂诗文集》等。

注 释

①本文选自《经德堂诗文集》。文章以具体事例强调了精神心理因素对于治病养生的作用。

②郁湮：即郁病，因心气郁结引起的病症。

③鬴（fǔ）：通“釜”，古代的一种锅。一说鬴是量器，一说鬴是六斗四升。此处言其食欲旺盛。

④圊（qīng）：厕所。

⑤蠹：损坏，侵蚀。
⑥槁：通“槁”，枯槁。
⑦荧：眩惑。
⑧怜（tuán）怜：忧苦不安貌。
⑨王：通“旺”。
⑩糟：酒糟。此指酒。
⑪婴婗（yī ní）：婴儿，小孩子。
⑫莛（tíng）：草茎。
⑬于于：行动缓慢自得貌。蘧（qú）蘧：自得貌。
⑭惟：思。
⑮瘳（chōu）：病愈。

译文

有一个因心气郁结而得病的客人，我去拜访慰问他，见到他昏昏沉沉地坐着，或仰卧休息，每天能吃三锅饭，吃饭时能把碗盘中的食物全都吃光。我说：“先生生病了？”客人回答说：“病了。”“那么您得的是什么病？”他回答说：“我苦于肠胃肚子有病而总是上厕所，大夫来治疗，三个月不见效，我担忧不知道治病的方法，停下了我的工作来治疗，病却越发厉害了。”

我长叹一声说：“唉！我现在才知道先生确实病了。先生之所谓肠胃有病，只是饮食冷热不当造成的。您把饭吃饱，保养您的气色，就能使体质根基牢固，这样就没有什么疾病能伤害您了，只要等待身体调养好就可以了。您却放弃您的工作，一天天使您的身体枯瘦，使您的心神惶惑，整日忧心忡忡，好像大难将至，这是您的精神先衰弱了，和疾病有什么关系呢？天地万物生成于精神，保养于精神，所以精神饱满身体就强壮，精神旺盛生命力就旺盛，精神衰弱则会生病，精神散失就会死亡。所以喝了酒的人，躺在悬崖旁边而不至于掉下去，这是因为他的精神健全；一个小孩子，遇到猛虎就折断三尺的草茎打老虎，老虎也不伤害他。为什么？他心里忘了外物并不感觉害怕，那么就没有什么外物能伤害他。现在您没有什么病，但每天以生病为忧。害怕忧虑，实在是疾病得以集于自身的原因。您何不早晨起床去轻松散步，夜间舒舒服服睡觉，不胡思乱想，来使您的生活安定呢？这样疾病大概就接近痊愈了！”

客人说：“好！我按你的建议办。”试了三天，他的病就好了。

习惯说[1]

刘　蓉

蓉少时，读书养晦堂之西偏一室。俯而读，仰而思，思有弗得，辄起绕室以旋。室有洼，径尺，浸淫日广[2]。每履之，足苦踬[3]焉。既久而遂安之。

一日，父来室中，顾而笑曰："一室之不治，何以天下家国为？"命童子取土平之。后蓉复履，蹶然[4]以惊，如土忽隆起者。俯视，地坦然，则既平矣。已而复然。又久而后安之。

噫！习之中人[5]甚矣哉！足之履平地，而不与洼适也，及其久，则洼者若平，至使久而即乎其故，则反窒[6]焉而不宁。故君子之学，贵乎慎始。

作者简介

刘蓉（1816—1873），字孟容，号霞仙，湖南湘乡人。咸丰四年（1854）以附生入曾国藩幕府，追随曾剿灭太平军。后官至陕西巡抚，因事罢职归乡。刘蓉为人勤奋好学，善诗词，文章属桐城派，著有《养晦堂诗文集》《思辨录疑义》等。

注　释

①本文选自《养晦堂诗文集》。文章采用了记叙和议论的表达方式，说明了生活习惯对人的重要性。

②浸（qīn）淫日广：日渐向外扩展。

③踬（zhì）：绊倒。

④蹶（jué）然：急起貌。

⑤中（zhòng）人：深入影响。

⑥窒：阻碍。

译　文

我年少时，在养晦堂西侧一间屋子里读书。我低头读书，遇到不懂的地方就仰头思索，想不出答案便在屋内踱来踱去。这屋有处洼坑，直径一尺，逐渐越来越大。每次经过，我总要被绊一下。起初我感到很别扭，时间一长也习惯了，再走那里就同走平地一样安稳。

一天，父亲来到屋子里，看到地上的洼坑，笑着对我说："你连一间屋子都不能治理，还能治理国家吗？”随后叫仆童将洼坑填平。父亲走后，我读书思索问题又在屋里踱起步来，走到原来洼坑处，感觉地面突然凸起一块，心里一惊。低头看，地面却是平平整整。我别扭地走了许多天才渐渐习惯起来。

唉！习惯对人的影响真的是非常大啊！脚踏在平地上，便不能适应坑洼；时间久了，洼地就仿佛平了，以至把长久以来的坑填平，恢复原来的状态，却认为是阻碍而不能适应。因此君子求学，贵在慎重地对待开始阶段的习惯养成。

延师教子者①

俞　樾

有延师教其子者。师至，主人曰：“家贫多失礼于先生，奈何？”先生曰：“何言之谦？仆固无不可者。”主人曰：“蔬食可乎？”曰：“可。”主人曰：“家无臧获②，凡洒扫庭除③，启闭门户，劳先生为之，可乎？”曰：“可。”主人曰：“或家人妇子欲买零星什物，屈④先生一行，可乎？”曰：“可。”主人曰：“如此幸甚！”先生曰：“仆亦有一言，愿主人勿讶焉。”主人问：“何言？”先生曰：“自愧幼时不学耳！”主人曰：“何言之谦？”先生曰：“不敢欺，仆实不识一字。”

作者简介

俞樾（1821—1907），字荫甫，自号曲园居士，浙江德清人。道光三十年（1850）进士，授翰林院编修。后提督河南学政，被御史曹登庸劾奏“试题割裂经义”，因而罢官。遂移居苏州，潜心学术达四十余载。治学以经学为主，旁及诸子学、史学、训诂学，乃至戏曲、诗词、小说、书法等，海内及日本、朝鲜等国向他求学者甚众，尊之为“朴学大师”。著有《春在堂全集》《诸子平议》《古书疑义举例》《茶香室经说》等。

注　释

①本文选自《春在堂全集·一笑》，是一篇讽刺小品。作者以对话的形式刻画了轻侮教师的吝啬鬼和嘲弄吝啬鬼的教师。

②臧获：古代对奴婢的贱称。

③庭除：庭前阶下。

④屈：委屈，有劳。

译　文

有个人聘请一位老师来教自己的孩子读书。老师到了他们家，主人说："我家很穷，对先生多有失礼之处，先生可否包涵？"老师说："何必如此谦虚？我本来就不在乎这些。"主人问："粗茶淡饭，可以吗？"老师说："可以。"主人又问："家里没有奴仆，凡是打扫庭院、台阶，开关门窗，都要有劳先生去做，可以吗？"老师说："可以。"主人又问："有时我的家人、妻子、孩子要上街买一些东西，委屈先生跑一趟，可以吗？"老师说："可以。"主人说："如果是这样，那就太好了。"老师说："我也有一句话要对主人说，希望主人不要对此感到惊讶。"主人问："什么话？"老师说："我对自己儿时从没有读过书而感到惭愧！"主人说："何必如此谦虚？"老师说："不敢欺骗您，我确实一个字也不认识。"

与杜小舫①

俞　樾

别后由苏寓②寄到手书，知台候胜常为慰③。仆于九月初携老妻至湖上小楼④，倚槛坐对全湖，晴好雨奇⑤，随时领略。至夜则月色波光，上下照耀。两三点渔火，明灭期间，光景尤清绝。

前日乘篮舆至天竺、灵隐礼佛⑥。时日为月尽日，香客稀少，游屐亦罕。与内子坐冷泉亭⑦上，仰观山色，俯听泉声，一乐也。亭中悬平斋所书"泉自几时冷起"一联⑧，内子谓问语甚隽⑨，请作对语。仆因云："泉自有时冷起，峰从无处飞来。"内子云："不若竟道'泉自冷时冷起，峰从飞处飞来。'"相与大笑。随笔及之，博故人拊掌⑩也。

注　释

①本文选自《春在堂全集》，是一封写给友人的简信。信中叙游西湖的快乐，有景有情，轻松活泼。杜小舫：杜文澜，字小舫，浙江秀水（今嘉兴）人。官两淮盐运使。著有《词律校勘记》《古谣谚》等。

②苏寓：即曲园，苏州俞樾故居。

③台候：对人起居的尊称。胜常：好于往常。

④湖上小楼：即俞楼，在杭州西湖。

⑤晴好雨奇：宋人苏轼《饮湖上初晴后雨二首》之一："水光潋滟晴方好，山色空蒙雨亦奇。"

⑥篮舆：竹轿。天竺、灵隐：西湖边寺庙。礼佛：烧香拜佛。

⑦冷泉亭：在灵隐寺旁，飞来峰下。

⑧平斋：即吴云，字少甫，号平斋，当时名士，著名书画篆刻家。泉自几时冷起：下联为"峰从何处飞来"。

⑨隽：意味深长。

⑩拊掌：拍手大笑。

译　文

分别后我在苏州寓所接到您的书信，知道您近日起居胜于往常，心中颇为欣慰。我于九月初携老妻到杭州西湖边的小楼上游览，倚着栏杆，坐对着全湖的风景，晴日的美景，雨天的奇妙，都随时可以领略。到了夜间，月光映照下，湖面波光粼粼，上下交相辉映。两三点渔火，时明时灭，其光景尤其清绝。

前日乘竹轿到天竺寺、灵隐寺礼佛。当时是月末，香客稀少，游客也很少见。我与内子坐在冷泉亭中，抬头仰望山色，俯首倾听泉声，此可谓人间一乐。亭中悬挂着吴平斋所书写的对联："泉自几时冷起，峰从何处飞来？"内子说这个问语颇为隽永，让我作联以对。我吟咏道："泉自有时冷起，峰从无处飞来。"内子说："不如说'泉自冷时冷起，峰从飞处飞来。'"说完我们相视大笑。随笔记下这些琐事，以博故人一笑。

北山独游记①

张裕钊

余读书马迹乡②之山寺，望其北，一峰岸③然高，尝心欲至焉，无与偕，弗果。遂一日奋然独往，攀藤葛而上，意锐甚。及山之半，足力倦止。复进，益上，则涧水纵横草间，微径如烟缕诘屈④交错出，惑不可辨识。又益前，闻虚响振动，顾视来者无一人，益荒凉怪栗。余心动，欲止者屡矣。然终不释，鼓勇益前，遂陟⑤其巅。至则空旷寥廓，目穷无际，自近及远，洼者隆者，布者抟者，迤者峙者，环者倚者，怪者妍者，去相背者，来相御者，吾身之所未历，左右望而万有皆贡其状，毕效于吾前。

吾于是慨乎其有念也。天下辽远殊绝之境，非先蔽志⑥而独决于一往，不以倦而惑、且惧而止者，有能诣其极者乎？是游也，余既得其意而快然以自愉，于是叹余向之倦而惑且惧者之几失之，而幸余之不以是而止也，乃泚⑦笔而记之。

作者简介

张裕钊（1823—1894），字廉卿，湖北鄂州人，道光二十六年（1846）举人，官至内阁中书，在南京、武昌、保定等地主持过书院。后入曾国藩幕府，与黎庶昌、薛福成、吴汝纶并称“曾门四弟子”。张裕钊书法艺术造诣极深，创造了影响晚清书坛百年之久的“张体”。文章承桐城一派，著有《张廉卿先生文集》。

注　释

①本文选自《张廉卿先生文集》。文章细致描写了独游北山的经历，对心理的刻画尤其细腻。作者把深刻的人生哲理寓于寻常的游山玩水之中，情感真实，催人奋进。

②马迹乡：在江苏太湖的马迹山。

③崒（zú）：山峰高耸险峻。

④诘（jié）屈：曲折。

⑤陟（zhì）：登高。

⑥蔽志：定志。蔽：断，定。《尚书·大禹谟》：“惟先蔽志，昆命于元龟。”注：“言志定然后卜。”

⑦泚（cǐ）：以笔蘸墨。

译　文

我在马迹山的山寺里读书的时候，远望山的北面，只见一座山峰险峻高耸，心中曾想去游览，但没有人同行，就没有实现。直到有一天，振作精神一人前往，攀着葛藤而上，精神振奋。到了半山腰，双脚没了力气，十分疲倦，就停步了。歇了一会儿继续前进，登上更高的地方，就看见溪水在草丛中纵横流淌，小路像青烟曲折交错，迷惑而不能辨别路的方向。继续向前，听到虚空中的声响振动，看看四周没有一个人，更觉荒凉怪诞。我心里害怕，几次想要停步。但终于还是没放在心上，鼓足勇气向上攀登，终于登上顶峰。到了山顶，空旷寂寥能看见无穷远的地方，由近到远，低洼之地、隆起之地，散布着的、聚集着的，倾斜的、直立的，环绕着的、倚靠着的，怪诞的、美丽的，远离我而去的、靠近我而相迎接的，这些都是我平生从未领略过的风光，左右望去所有的山峰都展示出各自奇美的形态，在我的眼前一一呈现。

我于是感慨起来，思绪万千。天下辽远与世隔绝的地方，如果没有独立解决问题的坚定决心，不因为疲倦而迷惑，不因害怕而停止，有能到达终点的吗？这次游玩，我满足了自己的愿望又十分愉悦，于是感叹自己先前因为疲倦、迷惑和惊惧，差点丧失独游北山的快意，庆幸自己没有因为这些原因而止步不前，于是动笔记下这些。

答刘生书①

张裕钊

晓堂足下：

早春承寄示文数首，入秋又得手书，勤拳恳至②，足下之用心，何其近古人也。足下诸文，所为《尊君事略》，最肫③挚可爱，《读老子》中一段词甚高，闯然④入古人之室矣。前幅微觉用力太重，少自然之趣。他文识议，并超出凡近，而亦时不免病此。

夫文章之道，莫要于雅健⑤。欲为健而厉⑥之已甚，则或近俗⑦。求免于俗而务为自然，又或弱而不能振。古之为文者，若左丘明、庄周、荀卿、司马迁、韩愈之徒，沛然⑧出之，言厉而气雄，然无有一言一字之强附而致之者也，措焉而皆得其所安。文惟此最为难。知其难也，而以意默参于二者之交，有机焉以寓其间，此固非朝暮所能企，而亦非口所能道。治之久，而一旦悠然自得于其心，是则其至焉耳。至之之道无他，广获而精捯⑨，熟讽而湛思。舍此则未有可以速化而袭取之者也。

吾告子，止于是矣。夫文之为事，至深博，而裕钊所及知者，止于是；其所不及知者，不敢以相告也。以足下之才，循而致之以不倦，他日必卓有所就。此乃称心而言⑩，非相誉之辞也，足下勿以疑而自沮⑪焉可也。足下文，知友中多求观者，故且欲留此，俟他日再奉还耳。惟亮察⑫。不宣⑬。

注　释

①本文选自《张廉卿先生文集》。这封书信表达了作者关于散文写作的一个基本观点，即雅健结合。所谓“雅”，主要是指自然不俗；“健”主要指语言的劲健和气势的雄浑。“雅”与“健”结合，即可做到雄劲有力而又不失自然之趣。作者还指出了追求雅健的方法，即“广获而精捯，熟讽而湛思”。刘生：作者的友人，生平事迹待考。

②勤拳：殷切。恳至：恳切诚挚。

③肫（zhūn）：诚挚。
④闯（chèn）然：出众。
⑤雅健：雄劲有力而又不失自然之趣。
⑥厉：猛壮。
⑦俗：俗气，趣味格调低下。
⑧沛然：充溢恣肆，气势浩大。
⑨捃：选择。
⑩称心而言：所言与所想相符，即讲真心话。
⑪沮：终止。
⑫亮察：明鉴。
⑬不宣：旧时书信末尾常用的套语，不一一细说，有言之不尽之意。

译 文

晓堂足下：

早春承蒙您寄来数篇文章给我看，入秋后又收到您的手书，您做事勤奋，用心恳切，与古人何其相似啊。您的文章中，《尊君事略》这篇最为诚挚可爱，《读老子》中有一段词句格调甚高，有古人之风。前一篇我稍微觉得用力过重，少了些自然之趣。其他文章的见识议论，都超出近时之文，而其中也有些同样有用力过重的瑕疵。

文章最重要的，莫过于雄劲有力而又不失自然之趣。想要文风雄劲有力本无错，但如果过分追求豪壮之语，就近乎俗套了。想要免于俗套，必须追求自然，但有时也会太过孱弱而不能振奋。古代写文章的人，像左丘明、庄周、荀卿、司马迁、韩愈之类，文章气势浩大，言语猛厉而气势雄壮，然而没有一言一字是生拼硬凑才达到这种程度的，其措辞皆恰到好处。文章要达到这种境界最为困难。知道困难，就要用心默默地思考“雅”与“健”的关系，摸索达到二者和谐的关键，这本来就不是一朝一夕所能做到的，也不是言语所能表达的。思考摸索的时间久了，突然一天悠悠然而心中有所得，这就是悟到其中的真谛了。想要成功而有所得，没有别的方法，只有广泛地获取知识而精准地选择知识，熟读而深思。舍弃此法，则没有其他速成的方法可以达到这样的成就。

我对您的忠告，就只有这些。文章之事，深渊广博，而我所知道的，就只有这些；我所不知道的，不敢向您乱说。以您的才华，孜孜以求，勤奋不倦，他日必有非凡的成就。这些都是我的真心话，并非夸奖的客套话，您千万不要自我怀疑而终止写文章。您的文章，至交好友中多有求阅的，所以暂且留在我这里，等他日有机会再奉还给您。望明鉴。不宣。

游狼山记[①]

张裕钊

光绪二年秋八月，黎莼斋管榷务通州[②]，余过焉。既望，与莼斋游于州南之狼山。

山多古松桂，桧柏数百株，倚山为寺，寺错树间。最上为支云塔，危踞山颠，万景毕内[③]。迤下若萃景楼及准提、福慧诸庵，亦绝幽敻[④]。所至僧舍，房廊屈曲，左右苍翠环合，远绝尘境。侧身回瞩，江海荡天，近在户牖。隔江昭文、常熟诸山青出林际蔚然[⑤]。时秋殷中[⑥]，海气正白，怒涛西上，皓若素霓，灭没隐见。余与莼斋顾而乐之。

狼山，淮扬以东雄特胜处也。江水自岷蜀径吴楚行万里，至是灏溔[⑦]渺渺，莽与海合会。山川控引，界绝华戎[⑧]，天地之所设险，王公以是慎固，古今豪杰志士之所睥睨[⑨]而筹也。

昔阮籍[⑩]遭晋室之乱，作《咏怀诗》以见志，登广武山[⑪]，叹悼时之无人。今余与莼斋幸值兹世，寇乱殄息[⑫]，区内亡事，蕃夷[⑬]绝域，约结坚明，中外以恬嬉相庆[⑭]，深忧长计，复奚以为！

余又益槁枯朽钝，为时屏弃，独思遗外身世[⑮]，捐去万事，徜徉于兹山之上。荫茂树而擷涧芳，临望山海，慨然凭吊千载之兴亡，左挟书册，右持酒杯，啸歌偃仰，以终其身。人世是非理乱，天地四时变移，眇[⑯]若坠叶与飘风，于先生乎何有哉？归书而为之记。

注　释

①本文选自《张廉卿先生文集》，是作者拜访老友同游狼山时作。作者借写景正话反说，痛恨国家无人“深忧长计”。作者想隐遁山中，正有无限感慨在言外。狼山：江苏南通市南山丘。在长江北岸，同常熟福山隔江对峙，古时为海防重镇。

②黎莼斋：黎庶昌，号莼斋，贵州遵义人，晚清著名外交家。榷（què）务：专卖税收事务。

③内：通“纳”。

④敻：远；辽阔。

⑤昭文：县名。清代与常熟同城而治，今并入常熟。常熟：江苏县名。在长江南岸。蔚然：草木茂盛貌。

⑥殷：正。中：通“仲”。

⑦灏溔（hào yǎo）：水无涯际貌。

⑧华戎：中华与外夷。戎：古时对西北少数民族的泛称。此暗指西方帝国主义侵略者。

⑨睥睨（pì nì）：侧目窥察。

⑩阮籍：字嗣宗，三国时魏文学家。所作《咏怀》80余首，辞语隐约，表现嗟生忧时，苦闷彷徨的心情。

⑪广武山：在旧时河南荥阳县东北。楚汉相争时，刘邦和项羽在广武城东西对峙。《晋书·阮籍传》：“尝登广武，观楚汉战处，叹曰：时无英雄，使竖子成名！”

⑫寇乱：指太平天国革命。殄息：灭绝，平息。

⑬蕃夷：古时对外族的通称。蕃：通“番”。

⑭中外：指朝廷内外。恬娭：安乐。娭：通“熙”。

⑮身世：此指所处的尘世。

⑯眇：通“秒”，微小。

译　文

光绪二年（1876）八月，黎莼斋专管通州税务，我经过他那里。十六日，我与黎莼斋到通州南边的狼山游玩。

山上多古树，松树、桂树、桧树、柏树好几百株。傍着山势建成寺庙，寺庙建筑在树间错落分布。最上面的是支云塔，高高地踞于山巅，万种景象尽收眼底。延伸下去就是萃景楼和准提、福慧等寺庵，也都极为幽深。所到的僧舍，房廊曲折，左右苍翠环绕，与尘世相隔绝。侧身回望，江海滔天，几乎就在窗户之下。江那岸，昭文、常熟各山，山色高出蔚然的林际。时令正值中秋，海潮怒涨，澎湃的波涛向西奔腾，好似素白的虹霓，时隐时现。我与莼斋看到这些非常兴奋。

狼山是淮扬以东最为雄险、特别、美丽的地方。长江水从岷蜀经吴楚行程万里，到这里江水宽阔无边，与海汇合。江水控制着山川，分开中国与外国，造物者设下这样一个险要的地方，王公贵族认为这非常牢固，古今豪杰之士都重视这里的海防。

过去阮籍遭遇晋国的祸乱，写作《咏怀诗》来表达志向，登上广武山，慨叹时代没有英雄。现在我与莼斋幸运地处在这个时代，太平天国之乱早已平息，国内没有战事，境内没有外国人，同外国也缔结了坚明的条约，中外都庆贺安乐太平，要作深忧远虑，又有何必要呢？

我现在又日益年老愚钝，被时代抛弃，只想处身世外，抛开许多烦心事，在这座山上徜徉。在树的浓荫下采摘山沟中的野花，在山上眺望大海，凭吊古代的兴亡之事，左手拿着书册，右手拿着酒杯，浅唱低吟，或躺或卧，来了却一生。人世间的是与非、太平与混乱，天地间四季的变迁，都如同随风飘落的万千树叶一般细小，对于隐居的我来说又有什么关系呢？回来就书写了这篇游记。

田水声[①]

李慈铭

七月二十六日，偕族伯镜人中书[②]，秋舫臬椽游柯山[③]。宿雨初歇，山光树色，绿逾初夏，一路惟闻放田水声而已。予尝谓天地间田水乃声之至清也。泉声太幽，溪声太急，松涛声太散，蕉雨声太脆，檐溜[④]声太滞，茶铛[⑤]声太嫩，钟磬声太迥，秋虫声太寒，落花声太萧飒，雪竹声太碎细，惟田水最得中和之音。此陶渊明所以有“过吾师丈人之叹[⑥]”也。

出青田湖[⑦]后，港溆[⑧]甚狭，秋菱太盛，择棹而行。水实已饶，口腹可辨。傍午至七星岩，泥滑石涩，不便屐齿，仍返舟小饮。复移就隔岸，诣萝庵。霁景乍呈，山沐始理，日下回舟，顾望诸峰，苍翠涔涔[⑨]，夕阳俱湿。

作者简介

李慈铭（1830—1894），初名模，字式侯，后改慈铭，字炁伯，号莼客，室名越缦堂，晚年自署越缦老人，会稽（今浙江绍兴）人。光绪六年进士（1880），官至山西道监察御史。数上封事，不避权要。光绪二十年（1894），甲午战争中国战败，他闻讯忧惧，咯血而卒。日记三十余年不断，读书心得无不收录。学识渊博，承乾嘉汉学之余绪，治经学、史学，蔚然可观，被称为“旧文学的殿军”。著有《越缦堂文集》《越缦堂日记》等。

注 释

①本文选自《萝庵游赏小志》。文中将田水声冠以天地间“声之至清”和“最得中和之音”的荣誉，可谓别出心裁。后半部分的描写，呈献出一种奇妙的意境，展现出作者独特的美学观念。

②镜人：当是作者族伯的字。中书：官职名，内阁中书。

③臬（niè）：装在船侧用以支架船橹的木桩。椽：此指船桨。

④檐溜：檐沟流下的水。

⑤茶铛：煎茶用的釜。

⑥过吾师丈人之叹：唐代冯贽《云仙杂记》："渊明尝闻田水声，倚杖久听，叹曰：'秋稻已秀，翠色染人，时剖胸襟，一洗荆棘，此水过吾师丈人矣。'"

⑦青田湖：青甸湖，位于今绍兴城西。

⑧溆：水边。

⑨涔涔：水流貌。

译 文

七月二十六这一天，我与族伯内阁中书镜人一道，坐着小舟，划着船橹，漫游柯山。下了一夜的雨刚停，山光树色，比初夏时节还要绿，一路只听到田间排放积水的声音。我曾说过，天地之间田间水声是最为清和的声音。泉声太冷，溪声太急，松涛太散，雨打蕉叶声太脆，屋檐水滴声太滞，茶水沸腾声太嫩，钟磬声太遥远，秋日虫鸣声太寒冷，花落声太萧瑟，雪打竹林声太细碎，只有田间水声最为中和。这就是陶渊明有"过吾师丈人之叹"的原因吧。

出了青田湖，水面非常狭窄，秋天的菱角长得尤其茂盛。用船桨拨开菱角，择路而行。菱角已完全熟了，我的口腹之欲可以辨明。临近正午时到达七星岩，这里泥滑石涩，不便着木屐行进，故而我们仍旧回到船上小饮。接着又把船移到对岸，到萝庵游览。雨过天晴，一道金色的阳光照耀着被雨水洗刷过的柯山。太阳下山时回到舟中，远眺诸峰，但见苍翠欲滴，仿佛夕阳也一起变得湿润了。

猫娘传[①]

李慈铭

猫娘者，居越城[②]偏门外，不知其姓氏，贩妇人珠翠衣襦[③]之属以为生，有年矣。貌皱黑，每出城市，喜涂粉黛其面，结发为十余髻[④]，以红棉缠之，杂插花草其上。修视龋笑[⑤]，娭游阛阓间[⑥]，往往多得钱文去。余见之，盖年四五十矣。时虚市人散，湖桥夕阳中，一老丑妇顾景[⑦]行，红紫摇摇满头，儿童数十喧绕之，争唱以为猫娘归也。

论曰：甚矣，天下之大也！盖变其术以游于世者，固穷亡复之[⑧]矣。若猫娘者，宜其称也。夫世之人莫不好妍以自形，果以是取笑于世，而世人不之觉，已群售其丑矣。然则世之好恶，真不可恃[⑨]哉！虽然，予初见猫娘，则怒以为妖也。继得其故，则为感叹而不能已。呜呼，其感也可思矣。

注 释

①本文选自《越缦堂文集》。猫娘是一位丑妇，是以浓妆艳抹来招引顾客、兜售货物的小贩，作者借此就美丑发议论，又揭示了更为复杂的世态人生。

②越城：绍兴城。绍兴是古越州的治所。

③襦（rú）：短衣，短袄。

④鬟（huán）：环形的发束。

⑤修视：修饰眼神，犹言眉目含情。龋（qǔ）笑：即龋齿笑，仿佛牙痛的假笑，指故作姿态。

⑥娭：通“嬉”。阛阓（huán huì）：市区，亦常指市区街道店铺。阛：市区的墙。阓：市区的门。

⑦顾景：顾望身影，形容自我欣赏。景：通“影”。

⑧之：产生。

⑨不可恃：不可依靠，指变化无常。

译 文

猫娘居住在绍兴城偏门外，不知道她的姓氏，靠贩卖妇人所用的饰物和衣襦等为生，已经有好些年头了。她脸上布满皱纹且肤色黝黑，每次出城做生意，喜欢在脸上涂上粉黛，扎起十几个环形的发束，以红棉绳缠起来，上面随意地插些花草作装饰。对人眉目含情，逢迎假笑，在街市间边游乐边做生意，往往能赚不少钱。我见到她时，她已经四五十岁了。当时街市空荡，人群散去，湖桥边，夕阳下，只见一个老丑妇望着自己的影子慢慢前行，各种颜色的花草插满头顶，摇摇晃晃，数十个儿童绕着她喧闹，为猫娘回家争相歌唱。

评论说：天下真是太大了，什么样的奇人奇事都有！以一种不同寻常的方式在世间生活，必定是迫于生活贫困无奈。像猫娘这样的，还算比较适宜的。世上之人无不想把自己打扮得美丽，猫娘以这样的方式博得世人一笑，而世人不觉得有何不可，那就是成功地遮蔽了自己的丑。这样看来，世人的好恶，真不是一成不变的啊！即便如此，当我第一次见到猫娘的时候，我非常生气，认为她打扮得太过妖艳。后来得知其中缘故，则情不自禁地感叹不已。唉，其中的感悟也实在值得深思啊。

别弟文[1]

施补华

光绪八年十月，施子之弟自喀什噶尔[2]还湖州，施子饮之以酒，告之曰：

吾家故寒敝也，今日之所有已为异数[3]矣。夫巨富中落，而余千金之产，湫然[4]不可为生；贫人得十金以为资本，则左宜右有[5]，所处之势异，所操之术殊也。此行归资之外，赢数百金，岂非贫人之雄乎？以此坐市上权量百货，贱入贵出，逐什一[6]之利，终岁之所获，足以赡妻子。营心与力，非所耻也，贤于为官者夺民以肥己。

吾忆道光二十又九年，吾父弃养[7]，吾年十五岁，尔年九岁。家无一笥衣、一贯泉，租屋而居，月偿其值。岁又大凶，米价十倍。吾母晨起坐络丝[8]，率至夜半，得泉一百，籴米作粥，杂以菜根豆屑，母子乃得半饱。一日不络丝，即忍饥清坐，人有问之，则曰："已食毕矣。"吾痛母氏之勤，涕泣自奋，读书不熟，至啮其指，血斑斑洒书本。尔亦拾薪担水，任炊爨，暇坐母侧，亦学络丝。姻连族党，恐其开口假贷，不敢至吾门，母氏亦戒勿往来，虑为所厌。甚者议先大夫好施与，勿为子孙计，至有今日。尤笑吾读书，谓渠谋食不暇，尚想作秀才，取饿之道也。当是时，视邻里之有父而温饱者，如天上人。尔年虽小，不应忘之。

其后门户稍立，咸丰十年，寇乱又作。吾随赵忠节公[9]守城，之同治元年，城中粮尽，全家啖马肉，并煮牛羊之革左之。五月城破，吾负母而逃，圣[10]野菜充饥，母子十月身亡寸棉。尔为贼掠几死，脱走至家，形色非人，疾病疮痏，相替而作。其饥寒视道光之末，而颠危忧困过之。管仲告齐桓公曰："愿君勿忘在莒[11]，臣亦念堂阜[12]之囚。"故尔与他人校，则诚不足；以一身先后自校，尔亦苦尽之甘，否极之泰矣。

老氏有言："知足不辱。"以今日为过望则乐，犹有奢望，则辱在其后。吾在军中，不无多费，然每对盛馔，念先人未及食也；每御[13]华服，念先人未及衣也。甘在口，适在体，而痛在心。禄养[14]既不逮，得立功名天壤间，使姓氏不朽，先人而有知，含笑地下矣。蹉跎中岁，此志不衰。至于富贵之乐，不能享，亦不忍享也。

人须自量其力，吾才识学问，实过于尔，欲有所成就为先人光；尔则自安愚分，积铢累寸，以足衣食，持门户，保子孙，抑其次也。彦治[15]长矣，持此篇归，使读其词而识其意，莒与堂皇，居之终身可也，告之后嗣可也。

作者简介

施补华（1835—1890），字均甫，浙江乌程（今属湖州）人。同治九年（1870）举人。初入左宗棠幕，性沉默，人疑其骄，多毁之。入曾国藩幕，当时桐城文兴，独施补华轻之，曾国藩视其为狂士。后出嘉峪关，循天山南下，至阿克苏，入张曜幕，深受重用。光绪三年（1877），随西征清军驱逐阿古柏。其文词简洁，而气象雄阔，诗亦深秀。著有《泽雅堂文集》。

注　释

①本文选自《泽雅堂文集》。是作者给弟弟的家训，通篇以“知足不辱”为中心意旨，告诫其弟不忘昔日艰难贫苦，珍惜今日家境稍好的来之不易。语言朴实而有真情。

②喀什噶尔：地名。清代属疏勒府，今新疆维吾尔族自治区喀什市。

③异数：特别，有差别。

④湫（qiū）然：忧愁悲伤貌。

⑤左宜右有：干什么都得心应手、顺利，犹言“左右逢源”。语出《诗经·小雅·裳裳者华》：“左之左之，君子宜之；右之右之，君子有之。”

⑥什一：十分之一。《史记·越王勾践世家》：“（范蠡）候时转物，逐什一之利。”

⑦弃养：父母去世的婉称。

⑧络丝：把丝线缠绕在络子上。络子是缠线的器具。

⑨赵忠节公：即赵景贤，字竹生，浙江归安（今属湖州）人。道光二十四年（1844）举人。在籍倡团练，历授福建督粮道，加布政使衔。守湖州，为湖州道员，团练总办。太平军忠王李秀成在咸丰十年以重兵围湖州城，赵景贤组织乡勇抵抗，打退太平军数度围城，至同治元年正月才城陷被俘就义。谥忠节。

⑩圣（kū）：古代方言字，掘土的意思。

⑪莒（jǔ）：春秋时诸侯国之一，其地在今山东莒县。齐桓公为国君前，曾逃亡莒国。

⑫堂阜：齐国地名，其地在今山东蒙阴县西北。管仲曾助公子纠与公子小白（齐桓公）争位，失败后被囚。后在鲍叔牙举荐下，齐桓公免管仲一死，用为齐相国。管仲即是在堂阜被解去囚犯的缚绳。

⑬御：用，此指穿。

⑭禄养：用出仕的俸禄赡养父母。

⑮彦治：作者弟弟的儿子。

译文

光绪八年（1882）十月，我的弟弟从喀什噶尔回湖州，我与他饮酒，对他说：

我们家原本寒微贫穷，今天所拥有的一切，已经是特别好了。巨富人家中道衰落，还剩下千两银子的产业，便忧愁得不能活下去；穷人得到十两银子作为资本，便处处得心应手。这是因为生活环境有异，生活方式不同。你这次远行，除了回家的盘缠，还剩余几百两银子，难道不是穷人的雄厚资本吗？用这些钱在市场上经营各种货物，贱买贵卖，追求经商的利润，一年的收获，足够养育妻子儿女。凭借个人的心力发财致富，不是丢人的事，胜过当官的人盘剥百姓养肥自己。

我记得道光二十九年（1849），我们父亲去世，我十五岁，你九岁。家中没有一箱衣、一贯钱，租房屋居住，按月交纳房租。那年又大闹粮荒，米价涨了十倍。我们母亲早晨起来就坐着缠丝，常常干到半夜，得到一百文钱，买米煮粥，掺些菜根、豆末子，母子才能吃个半饱。一天不缠丝，就只有忍受饥饿干坐着不动，有人问吃过了吗？就说："已经吃过了。"我心疼母亲的勤苦，流泪督促自己发愤学习，读书不熟练就责备自己，甚至咬破手指，血迹斑斑洒在书本上。你也拾柴挑水，烧火做饭，有空就坐在母亲身边，也学缠丝。亲戚宗族，害怕我们开口借钱，不敢来我们家，母亲也告诫我们不要与他们来往，担心惹他们讨厌。有的人甚至议论说我们的先辈好施舍财物，不为子孙考虑，以致有今天的穷困。他们尤其嘲笑我读书，说我糊口谋生都忙不过来，还想当秀才，真是自讨挨饿。在那个时候，我们看邻居家有父亲的小孩，每天得以温饱，觉得他们幸福得就像天上的神仙。你年纪虽小，但也不应忘了当年那些事。

后来家境渐渐变好，可咸丰十年（1860），贼寇又来作乱。我跟随赵忠节公守城，至同治元年（1862），城中粮尽，全家人吃马肉，煮牛羊之皮来充饥。五月，城被攻破，我背着母亲逃难，挖野菜充饥，母子二人到了十月身上仍没有一丝棉絮。你被贼寇抓去差点死掉，脱逃回家，身体和脸色被折磨得没有人样。各种疾病交替发作。这时的饥寒交迫可比道光末年，但颠沛危险、忧伤困苦又超过了那个时候。从前管仲曾告诉齐桓公说："希望您不要忘记在莒国的日子，我也想着在堂阜的囚徒生活。"所以，你与别人比较，当然是不够富足；比较自身的今昔生活，也算是苦尽甘来、否极泰来了。

老子说过：“知道满足就不会有耻辱。”把今天的生活视为超过了期望，就会快快乐乐；如果还有过分的欲望，那么耻辱随后就要来了。我在军队中，不是没有很多费用，但是每当面对丰盛的饭食，就想起先父未曾吃到；每当穿上华丽的衣服，就想到先父未曾穿过。美味甘甜在口中，衣服舒适在身上，却痛在心里。既然没来得及以俸禄来孝养父亲，若能在天地之间建立功名，使家族流传不朽，祖先有知，将会含笑九泉。我蹉跎岁月到了中年，但这种志向没有衰减。至于富贵的快乐，我不能享受，也不忍心享受。

人应当衡量自己的能力，我的才识学问，是胜过你的，我希望有所成就，为先人增光；而你应该安于本分，积累钱财，丰衣足食，操持门户，护佑子孙，则是其次。彦治已经年长，你拿着我这篇文章回去，让他边读边领会其中的意思。“莒国”和“堂阜”那样的困境，处之终身亦可，当年的艰难，告诉后人也是可以的。

观巴黎油画记[1]

薛福成

光绪十六年春闰二月甲子，余游巴黎蜡人馆。见所制蜡人，悉仿生人，形体态度，发肤颜色，长短丰瘠，无不毕肖。自王公卿相以至工艺杂流[2]，凡有名者，往往留像于馆。或立或卧，或坐或俯，或笑或哭，或饮或博，骤视之，无不惊为生人者。余亟叹其技之奇妙。译者称：“西人绝技，尤莫逾油画，盍驰往油画院，一观《普法交战图》[3]乎？”

其法为一大圜室[4]，以巨幅悬之四壁，由屋顶放光明入室。人在室中，极目四望，则见城堡、冈峦、溪涧、树林，森然布列。两军人马杂遝[5]：驰者、伏者、奔者、追者、开枪者、燃炮者、搴大旗者、挽炮车者，络绎相属。每一巨弹堕地，则火光迸裂，烟焰迷漫。其被轰击者，则断壁危楼，或黔[6]其庐，或赭[7]其垣，而军士之折臂断足、血流殷地、偃仰僵仆者，令人目不忍睹。仰视天，则明月斜挂，云霞掩映；俯视地，则绿草如茵，川原无际。几自疑身外即战场，而忘其在一室中者。迨以手扪[8]之，始知其为壁也、画也，皆幻也。

余闻法人好胜，何以自绘败状，令人丧气若此？译者曰：“所以昭炯戒[9]，激众愤，图报复也。”则其意深长矣。

夫普法之战，迄今虽为陈迹，而其事信而有征。然则此画果真邪、幻邪？幻者而同于真邪，真者而托于幻邪？斯二者盖皆有之。

作者简介

薛福成（1838—1894），字叔耘，号庸庵，江苏无锡人。自幼即受时代影响，广览博学，致力经世实学，不作诗赋，不习小楷，对八股尤为轻视。早年入曾国藩幕府，又随李鸿章办洋务，后官至湖南按察使，寻以三品京堂候补，出使英、法、意、比四国，归升左副都御使。著有《庸庵全集》。

注　释

①本文选自《庸庵全集》。文章介绍了名画《普法交战图》的生动画境，赞颂了“好胜”的法国人不忘国耻、奋发图强的精神，以寄寓作者的政治见解，谴责当时腐败的“大清帝国”屡战屡败、屈服于列强的软弱无能，暗示国人也迫切需要有这种自我反省、发愤图强的精神。

②杂流：指各行各业的人。

③《普法交战图》：巴黎油画院著名作品。普法战争指1870年发生的普鲁士和法国的战争。这次战争法国大败，法帝拿破仑三世被俘。次年，法临时政府投降，割地赔款。

④圜室：圆形的房屋。圜：通“圆”。

⑤杂遝：纷乱貌。

⑥黔：黑色。

⑦赭：红色。

⑧扪：触摸。

⑨昭：昭示。炯：明显。戒：警戒。

译　文

光绪十六年（1890）春闰二月甲子日，我游览巴黎蜡像馆。看到所制作的蜡像，全都仿照活人的样子，那形体神态、头发肤色、高矮胖瘦，没有不完全相像的。从王公卿相以至工艺家等各行各业的人，凡是有名气的，往往会在馆里留下蜡像。有的站着，有的躺着，有的坐着，有的弯着腰，有的笑，有的哭，有的在喝酒，有的在博戏，猛然一看，没有不惊叹像是活人的。我再三赞叹制作蜡像技术的奇妙。翻译人员说：“西方人绝妙的技艺，还没有超过油画的，您何不马上到油画院去看一下《普法交战图》呢？”

《普法交战图》的展出方法是在一间又大又圆的房屋里，把巨大的画幅悬挂在四面墙壁上，从屋顶上让光线进入室内。人在房屋里，放眼四望，就可以看见城堡、山冈、溪流、树林，密集地分布排列着。普法两军人马纷乱拥挤：驱马奔驰的，卧倒在地的，逃跑的，追击的，开枪的，点炮的，拔大旗的，拉炮车的，连续不断。每当一颗巨大的炮弹落地，就立刻火光迸射，烟火弥漫。那些遭到炮击的地方，就见断壁破楼，有的熏黑了房屋，有的烧红了围墙，而折臂断腿，血流成河染红了地面，仰着趴着的死伤士兵，实在叫人不忍心看。抬头看看天空，明亮的月亮斜挂，云彩衬托着；低头看看地面，绿草就像地毯，广阔的平野一望无际。几乎已经自疑心身外就是战场，而忘记自己是在一间屋子里。等到用手去触摸它，才知道那原是墙壁，是油画，都是画出来的。

我听说法国人好胜，为什么自己偏要画打败仗的情景，叫人看了这样丧气？翻译人员说："这是用来昭示明白的鉴戒，激发群众的义愤，图谋报复啊。"这样说来它的意义就很深远了。

普鲁士王国和法国的战争，虽然已成为过去，而那一事件是确凿而有根据的。然而这幅油画是真的呢，还是假的？是虚构的画符合于真实的事呢，还是真实的事与虚构的画相同呢？这两种情况大概都是存在的。

杂　记（一）①

薛福成

窗外有枣林，雏雀习飞其下。猫蔽身林间，突出噬②雀母。其雏四五，噪而逐猫，每进益怒。猫奋攫之，不胜，反奔入室。雀母死，其雏绕室啁啾③，飞入室者三。越数日，犹望室而噪也。

哀哉！猫一搏而夺四五雏之哺，人虽不及救之，未有不恻焉概于中者④。而猫且眈眈然⑤，惟恐不尽其类焉。呜呼，何其性之忍也！物与物相残，人且恶之；乃有凭权位，张爪牙，残民以自肥者，何也？

注　释

①本文选自《庸庵文编》卷四。文章通过凶残的恶猫捕杀雀母，令小麻雀悲哀不已的事件，抨击倚仗权势、残民自肥的贪官污吏。

②噬：咬。

③啁啾：乳雀叫声。

④恻：悲伤。中：内心。

⑤眈眈然：虎视眈眈。

译 文

窗外有一片枣林，幼鸟在枣树下练习飞翔。一只猫藏在林子里，突然蹿出来咬住了母雀。母雀的四五只幼鸟，愤怒鸣叫并驱逐猫，每前进一步就更加愤怒。猫奋力地想抓住它们，但没有成功，于是回身跑进房子。母雀死了，她的幼鸟围着房子悲鸣，还多次飞进房子里。过了几天，仍然向着房子愤怒鸣叫。

悲哀啊！猫一扑便夺去了四五只幼鸟的母亲，人们虽然来不及去救母雀，但是心中没有不感到悲痛的。而猫却还是虎视眈眈，唯恐不能把它们除尽。呜呼，它的本性是多么残忍啊！动物与动物相残，人尚且厌恶；而有些人凭着权力地位，纵容手下，残害百姓使自己获得利益，这又是什么呢？

杂 记（二）[1]

薛福成

余院中畜两鸡，其一赤羽高足，其一白羽朱冠。每晨起争食，鼓翼怒目，蹲相向着良久。俄闻肃然有声，方丈之内，风起扬尘，腾蹴奔啄，皆血淋漓染翮距[2]，犹不退。然白羽气少惫矣。余惧其两毙也，呼僮执之，分系于庭之槐。一日，邻鸡啄食其旁，赤羽余怒未泄[3]，乘间自断其系，与邻鸡斗疾力，负重伤，损一目，创半月不愈。余命并释白羽。自是赤羽遇敌即逃，而白羽竟称雄院中，食必餍[4]所欲乃已，寻哉！

赤羽一挫其威，至令弱敌增气，可为好斗者戒也。然使白羽不获邻鸡之力，则无以雄其侪[5]。吁！蕲[6]胜敌者，可无助乎哉！

注 释

①本文选自《庸庵文编》。两只“窝里斗”的鸡，影射了当时统治集团内部的激烈矛盾，讽刺了为压倒政敌而乞外力助外力的卑劣行径。语言精练而含义殊深。

②翮（hé）：羽毛。距：雄鸡足后面突出如趾的尖骨，争斗时用来刺击，亦指鸡爪。

③泄：止歇，消散。

④餍：饱，满足。

⑤侪（chái）：同辈，同类。
⑥蕲（qí）：求。

译 文

我的院子里养了两只鸡，其中一只赤红色羽毛，腿很长，另一只白色羽毛，朱红色冠子。每天早晨两只鸡都要争抢食物，它们张开翅膀，怒瞪着眼睛，蹲在地上相互对视很长时间。突然间就听到肃杀的声音传出，院子内乱风四起、尘土飞扬，它们腾身、怒踢、追奔、猛啄，鲜血淋漓浸染了羽毛和脚爪，仍互不退让。然而那只白羽鸡已气短疲惫了。我担心两只鸡都会死掉，就让童仆抓住它们，分开来绑在院中的槐树上。一天，邻家的鸡在它们旁边啄食，赤羽鸡怒火仍未平息，乘机自行断开系绑的绳子，与邻家的鸡奋力恶斗，身负重伤，一只眼睛被啄瞎了，伤口过了半个多月都没有愈合。我让童仆松开白羽鸡。从此之后赤羽鸡遇到敌人就逃走，而白羽鸡就在院子中称王称霸，进食总是吃到不想再吃为止。真奇怪啊！

赤羽鸡一败之后损伤了自己的威风，以至于使弱小的敌人增强了气势，这可以让那些好狠斗勇的人引以为戒。假使白羽鸡不借取邻家鸡的力量，那么就没有办法在同类中称雄。唉，那些求取胜利的人，岂能没有外界的帮助呢！

湖心泛月记[①]

林　纾

杭人佞佛，以六月十九日为佛诞。先一日，阖城士女皆夜出，进香于三竺[②]诸寺。有司不能禁，留涌金门[③]待之。

余食既，同陈氏二生、霞轩[④]、诒孙亦出城荡舟，为湖游。霞轩能洞箫，遂以箫从。月上吴山[⑤]，雾霭溟蒙，截然划湖之半。幽火明灭相间约丈许者六七处，画船也。洞箫于中流发声，声微细，受风若咽，而凄悄[⑥]哀怨。湖山触之，仿佛若中秋气[⑦]。雾消，月中湖水纯碧，舟沿白堤[⑧]止焉。余登锦带桥，霞轩乃吹箫背月而行，入柳阴中。堤柳蓊郁为黑影，柳断处乃见月。

霞轩着白袷[⑨]衫，立月中。凉蝉触箫，警而群噪。夜景澄澈，画船经堤下者，咸止而听。有歌而和者。诒孙顾余："此赤壁之续[⑩]也。"

余读东坡《夜泛西湖五绝句》[⑪]，景物凄黯。忆南宋以前，湖面尚萧寥，恨赤壁之箫，弗集于此。然则今夜之游，余固未袭东坡耳。夫以湖山遭幽人踪迹，往往而类。安知百余年后，不有袭我者？宁能责之袭东坡也？

天明入城，二生趣⑫余急为之记。

作者简介

林纾（1852—1924），原名群玉，字琴南，号畏庐，别署冷红生，晚称蠡叟、践卓翁、六桥补柳翁、春觉斋主人等，福建闽侯（今福州）人。光绪八年（1882）举人，官教谕，考进士不中。光绪二十六年（1900），在北京任五城中学国文教员。所作古文，为桐城派大师吴汝纶所推重，名益著，因任北京大学讲席。辛亥革命后，入北洋军人徐树铮所办正志学校教学，推重桐城派古文。后在北京，专以译书售稿与卖文卖画为生。林纾不解西文，以文言文翻译（与人合作）外国作品180多种，对中外文学交流作出重大贡献。著有《畏庐文集》《续集》《三集》《畏庐诗存》《畏庐论文》等。写有小说、笔记、传奇等。

注　释

①本文选自《畏庐文集》，写西湖月夜泛舟之美，其中景物和环境描写，渲染出一种独特的意境。

②三竺：杭州有三天竺寺，一在北高峰边称“上天竺寺”，一在稽留峰北称“中天竺寺”，一在飞来峰南称“下天竺寺”。

③涌金门：杭州正西城门。

④霞轩：与下文“诒孙”，是作者的两个女儿。

⑤吴山：又名胥山，俗称城隍山，在西湖东南，为杭州名胜之一。

⑥凄悄：伤感寂寞。

⑦中：感染。秋气：悲凉之气。

⑧白堤：西湖自新桥至孤山的长堤，误传为白居易任杭州刺史时筑。

⑨袷（jié）：旧时衣领交迭胸前的单衣。

⑩赤壁之续：苏轼曾与友人月夜泛舟于赤壁之下，并作《赤壁赋》。东坡之游，友人中也有一人吹箫，和作者这次游湖情景相似，故有此说。

⑪《夜泛西湖五绝句》：苏轼作于杭州任上，其中有“菰蒲无边水茫茫”等句，故下文说当年西湖“景物凄黯”，“湖面萧寥”。

⑫趣（cù）：通“促”，催促。

译　文

杭州人信佛，认为六月十九是佛祖的诞辰。六月十八，全城的青年男女都在晚上出城，到三竺寺等寺庙烧香。官府也不能禁止，只留下涌金门不关闭让他们出入。

我吃完饭，和陈家的两个书生、霞轩、诒孙也出城泛舟，到湖上游玩。霞轩会吹洞箫，于是拿着箫去。月亮升上吴山，薄雾朦胧，将西湖从中划开。幽暗的火光闪烁，和我们相距大约一丈远的有六七处，都是画船。洞箫在湖中心吹响，声音很小，被风一吹就像哽咽，传达出伤感哀怨的情绪。箫声在湖山间回响，仿佛感染了秋日悲凉之气。雾气消退，月光下湖水纯绿，小船沿着白堤停住。我登上锦带桥，霞轩于是吹着箫背对着月亮前行，走入柳树的阴影中。堤上的柳树郁郁葱葱形成黑影，成排的柳树，断掉的地方才能看到月亮。

霞轩穿着白裙衫，站在月光下。寒蝉听到箫声，受了惊吓，集体鸣叫起来。夜景澄澈，经过白堤的画船都停下来聆听，也有为萧声唱和的。诒孙回头对我说："这是东坡游赤壁的延。"

我诵读了苏东坡的《夜泛西湖五绝句》，意境凄凉黯淡。想起南宋以前，湖面还很萧条，惋惜苏东坡当年游西湖，没有像游赤壁一样有洞箫助兴。但是今晚的出游，我并不是要效仿苏东坡，只是湖山遭遇幽隐之士的游玩，往往相似罢了。怎么知道百年之后没有人效仿我呢？怎么能责怪我效仿苏东坡呢？

天明后回到城里，陈家的两个书生催促我赶紧记下这件事。

湖之鱼[①]

林　纾

林子啜茗于湖滨之肆，从柳蔽窗，湖水皆黯碧如染[②]，小鱼百数，来会其下。戏嚼豆脯唾之，群鱼争喋。然随喋随逝[③]，继而存者，三四鱼焉。再唾之，坠缀葑草[④]之上，不食矣。始谓鱼之逝者皆饱也，寻[⑤]丈之外，水纹攒动，争喋他物如故。余方悟：钓者之将下钩，必先投食以引之。鱼图食而并吞钩，久乃知凡下食者皆将有钩矣。然则名利之薮[⑥]，独无钩乎？不及其盛下食之时而去之，其能脱钩而逝者几何也？

注　释

①本文选自《畏庐文集》。作者由一生活小事感悟出处名利之世的方法，精警出奇，发人深省。

②黯：深黑色。碧：青绿色。

③喋：啄食。逝：离开，远去。

④葑草：一种水草。

⑤寻：八尺。

⑥薮：原指水少而草木茂盛的湖泽。后比喻人或东西聚集的地方。

译文

我坐在西湖边上的茶馆里喝茶，柳条遮蔽窗口，一汪湖水，深苍碧绿，犹如染过一般，百余条小鱼正汇聚在窗下的水面。我出于好玩儿将豆干嚼碎朝水面唾去，只见鱼儿纷纷争着抢食。然而鱼儿们争食完立即就游开了，一直觅食而不走的，只不过三四条而已。我便再嚼食唾下，碎沫沉入水底，附在水草上，鱼也不再去吃它了。我起先以为鱼的离去是因为都吃饱了，可离窗口一丈左右的地方，水面波纹晃动，那些小鱼如先前一样，又在争食其他东西。我顿时想到：钓鱼的人在垂下鱼钩之前，必定先以鱼饵引诱，鱼儿要想吃到饵食，便要同时吞下钓钩。时间久了，鱼儿便知道，凡是有饵食的地方多半有钓钩。然而，那名利汇聚之所，难道没有别一种“钓钩”吗？如果不趁着他人频频下食的时机及时逃走，能够脱钩而远逸他方的又有几个人呢？

记超山梅花[①]

林　纾

夏容伯同声，嗜古士也，隐于栖溪。余与陈吉士、高啸桐买舟访之。约寻梅于超山。由溪上易小舟，循浅濑[②]至超山之北，沿岸已见梅花。里许，遵[③]陆至香海楼，观宋梅[④]。梅身半枯，侧立水次。古干诘屈，苔蟠其身，齿齿作鳞甲。年久，苔色幻为铜青。旁列十余树，容伯言皆明产也。景物凄黯无可纪，余索然将返。容伯导余过唐玉潜祠下，花乃大盛：纵横交纠，玉雪一色，步武[⑤]高下。沿梅得径，远馥林麓[⑥]，近偃陂陀[⑦]；丛芬积缟，弥满山谷。几四里始出梅窝，阴松列队，下闻溪声，余来船已停濑上矣。余以步，船人以水，沿溪行，路尽适相值也。是晚仍归栖溪。

迟明[⑧]，复以小舟绕出山南，花益多于山北。野水古木，渺瀰滞翳[⑨]，小径歧出为八九道，抵梅而尽。至乾元观，观所谓水洞者。潭水清洌，怪石怒起水上，水附壁而止。石状谽呀[⑩]，阴绿惨淡。石脉直接旱洞。旱洞居观右偏。三十余级，及洞口，深窈沉黑中，有风水荡击之声。同游陈寄湖、涤寮兄弟，爇菅[⑪]入，不竟洞而出。潭之右偏，镌“海云洞”三大字，宋赵清献[⑫]

笔也。寻丁酉轩父子石像，已剥落，诗碣犹隐隐可读。容伯饭我观中，余举觞叹息，以生平所见梅花，咸不如此之多且盛也。容伯言：“冬雪霁后，花益奇丽，过于西溪。”然西溪余两至，均失梅候。今但作《超山梅花记》，一寄容伯，一寄余友陈寿慈于福州。寿慈亦嗜梅者也。

注释

①本文选自《畏庐文集》，是作者在杭州游超山、赏梅花后所作游记。超山：在今杭州市余杭区塘栖镇。

②濑：从沙石上流过的急水。

③遵：沿着。

④宋梅：中国五大古梅（楚梅、晋梅、隋梅、唐梅、宋梅）之一。

⑤步武：指距离很近。古以六尺为步，半步为武。

⑥馥：香气。林麓：山林。

⑦偃：倾斜。陂陀：倾斜不平的地段。

⑧迟明：天刚亮时。

⑨渺瀰：渺远浩淼。滞翳：浓密。

⑩豁閜（xià）：虚空。此指形状缺裂。

⑪爇（ruò）菅：点燃火把。

⑫赵清献：即赵抃，字阅道，号知非，浙江衢州人，北宋年间名臣，在朝弹劾不避权势，时称“铁面御史”。死谥“清献”。

译文

夏同声，字容伯，是个酷爱古代文物的人，隐居于栖溪。我和陈吉士、高啸桐雇船去拜访他，相约一起去超山探梅观花。我们在小溪上换乘小船，顺着浅浅的从沙石上流淌的溪水驶至超山北面，沿岸已能见到梅花。再过约一里地光景，沿着溪边小路行至香海楼，观赏了著名的宋梅。梅树已经半枯，斜立于水边。苍老古拙的枝干曲折多姿，树身密布青苔，排列齐整得有如鱼鳞一样。因为年代久远，青苔全变成了青铜色。宋梅旁边还有十几棵梅树，容伯告诉说都是明代之物。我见四周景物阴冷而无甚光彩，不由兴味索然而准备返回。容伯却领着我向前走过唐玉潜祠，方见梅花竞放之盛况：梅树纵横交错，一片雪白，高高低低的山坡上，遍植密布。大家漫步于梅林雪海，梅花香气馥郁，弥漫山林，犹如重重叠叠的素绢，堆积山谷。大约走了近四里地才出了梅窝，但见郁郁苍苍的松树排列成行，山下可闻小溪的水流声，原来我们乘坐的小船已经停在水流中了。我们在岸上走，船工泛舟水上，大家分别沿着小溪行走，待小路走到头正好遇到。当天晚上我们仍然返回栖溪。

第二天拂晓，我们仍旧乘小舟绕到超山南面，这里的梅花更多于山北。溪水辽阔微远，古树枝叶浓密，岸边的小路又开为八九道，延伸至梅树林边。我们来到乾元观，参观那个水洞。洞中潭水清澈寒冷，形状奇特的石头兀立水面，潭水浸润石根而止。那些奇石作破缺开裂状，上面长满了暗绿色的青苔。从石头的纹理脉络看，本与旱洞同为一体。旱洞靠近乾元观而偏右。爬过三十几级石阶，到达洞口，一片幽暗深沉之中，唯闻风与水荡击之声。一起游玩的陈寄湖、陈涤寮兄弟，点燃火把进入洞中，没有走到洞底便返回了。潭水偏右的地方，岩石上镌刻着“海云洞”三个大字，那是宋代书法家赵抃的手笔。再寻找丁酉轩父子的石像，却已斑驳脱落，只有石碑上的诗句还隐约可见。容伯在乾元观请我吃午饭，我不由举杯赞叹不已，因为我平生所见过的梅花，都比不上这里的茂密繁盛。但容伯却对我说：“若待冬雪过后，此间的梅花越发奇丽清绝，胜过观梅胜地西溪。”然而西溪我亦曾去过两次，可惜都未逢梅花盛开的时节。如今只有作一篇《超山梅花记》，一纸寄给容伯，一纸寄给我福州的朋友陈寿慈。寿慈也是一个酷爱梅花的人啊。

记九溪十八涧[①]

林　纾

过龙井山[②]数里，溪色澄然迎面，九溪之北流也。溪发源于杨梅坞[③]。余之溯溪，则自龙井始。溪流道万山中，山不峭而堑，踵趾错互，苍碧莫辨途径。沿溪取道，东瞥西匿，前若有阻而旋得路。水之未入溪皆号曰涧。涧以十八，数倍于九也。

余遇涧即止。过涧之水，必有大石亘[④]其流。水石冲激，蒲藻交舞。溪身广四五尺，浅者沮洳[⑤]，由草中行；其稍深者，虽渟蓄犹见沙石。

其山多茶树，多枫叶，多松。过小石桥，向理安寺[⑥]路，石犹诡异。春箨始解，攒动岩顶，如老人晞发[⑦]。怪石折叠，隐起山腹，若橱，若几，若函书状。即林表望之，滃然[⑧]带云气。杜鹃作花，点缀山路，岩日翳吐。出山已亭午矣。

时光绪己亥[⑨]三月六日。同游者达县吴小村、长乐高凤岐、钱塘邵伯炅。

注　释

①本文选自《畏庐文集》，是作者游览杭州著名景点九溪十八涧所作

游记。作者以生动的笔触描绘景色，展示了九溪十八涧的深邃秀丽，使人如身临其境。

②龙井山：在浙江杭州西湖西南，出产名茶龙井茶，其地有历史悠久的龙井寺，寺内有井，泉水出自山岩，甘洌清凉，四时不绝。

③杨梅坞：在今杭州市建德市。

④亘：横亘，阻隔。

⑤沮洳（jù rù）：浅滩，低湿之地。

⑥理安寺：杭州寺庙名，在九溪附近。

⑦晞（xī）发：晒发使干。常指隐士高洁脱俗的行为。一说“晞”通“稀”。

⑧滃然：云气四起貌。

⑨光绪己亥：光绪二十五年，即1899年。

译　文

过龙井山再走几里路，就有一股清凉澄澈的溪流映入眼帘，这是九溪北去的清流。溪水发源于杨梅坞。我沿这条溪流上行，是从龙井开始的。溪流是流经万山丛中而来的。这些山并不陡峭却有很多沟壑，山脚相互交叉，树木丛生，茂盛苍翠，看不清上山的路径。沿着溪流找山路，看见东边又看不见西边，前面像是路阻断了，走上去却发现有路。凡是水没有流进溪的都叫作涧，一共有十八条涧，是九溪的两倍。

我往上走，遇到涧就停下细看。流过山涧的溪水，一定有大石块横阻在中间。流水和石块撞激，使水面的水草来回舞动。溪流宽有四五尺，水浅的地方是浅滩，水从草丛中流过去；稍深一点的地方，虽然水积得深，但还看得清水下的石子和沙底。

山上茶树多，枫树多，松树多。走过了小石桥，在通向理安寺的路上，岩石更加怪异。春笋开始脱壳，在岩顶上随风摆动，像是隐者迎风晒发。怪石重重叠叠，在山腰隐现，像橱，像几案，又像一函书的形状。向树林顶上望去，淡淡地罩着云气。杜鹃花正盛开，点缀着山路。太阳一时被岩石遮住，一时又露面。我们走出山坳，已经是中午了。

这次游览是在光绪己亥年三月初六。与我同游的有达县人吴小村、长乐人高凤岐、钱塘人邵伯炅。

冷红生传①

林　纾

冷红生居闽之琼水，自言系出金陵某氏，顾不详其族望。

家贫而貌寝[②]，且木强[③]多怒。

少时见妇人，辄踧踖隅匿[④]。尝力拒奔女，严关自捍，嗣相见，奔者恒恨之。迨长，以文章名于时，读书苍霞洲上。洲左右皆妓寮[⑤]，有庄氏者，色技绝一时，夤缘[⑥]求见，生卒不许。邻妓谢氏笑之，侦生他出，潜投珍饵，馆童聚食之尽，生漠然不闻知。一日群饮江楼，座客皆谢旧昵，谢亦自以为生既受饵矣，或当有情，逼[⑦]而见之，生逡巡[⑧]遁去，客咸骇笑，以为诡僻不可近。生闻而叹曰："吾非反情为仇也，顾吾偏狭善妒，一有所狎，至死不易志，人又未必能谅之，故宁早自脱也。"

所居多枫树，因取"枫落吴江冷"诗意，自号曰"冷红生"，亦用志其癖也。生好著书，所译《巴黎茶花女遗事》[⑨]，尤凄惋有情致，尝自读而笑曰："吾能状物态至此，宁谓木强之人果与情为仇也耶？"

注　释

①本文选自《畏庐文集》，是作者自传。文章记述三事，前二事简明扼要，第三事详细而富有情致，其自叹自辩之言，婉转而有意趣。

②寝：丑。

③木强：质朴倔强。这里有木然寡情的意思。

④踧踖（cù jí）：恭敬不安貌。隅：角落。

⑤寮（liáo）：屋子。

⑥夤（yín）缘：本指攀附上升，此指求人引见。

⑦逼：挨近。

⑧逡巡：退避。

⑨《巴黎茶花女遗事》：即法国著名作家小仲马所著《茶花女》。

译　文

冷红生居住在闽地琼水，自称系出金陵某氏，却不清楚其族望。家贫而貌丑，木然寡情而易怒。

年少时看见妇人，就恭敬不安，立即躲到角落里。他曾经竭力拒绝一个想与他私奔的女子，把自己严密地关起来，来约束自己，等到后来再相见，此女还深深地记恨他。等到年长，冷红生以文章著名于世，读书于苍霞洲上。苍霞洲的左右都是妓馆，其中有一个妓女庄氏，容貌技艺在当时为一绝，她设法想与冷红生相见，冷红生没有答应。邻近的妓女谢氏嘲笑这件事，她趁冷红生外出的时候，偷偷地送了精美的食物到苍霞洲冷红生的住处去，食物被童仆们聚在一起吃光了，而冷红生对此却漠然一无所知。一日，众人在江边楼上饮酒，在座的客人都是谢氏的旧相好，谢氏自以为冷红生既已接受了食物，或许对她有情，于是挨近冷红生想要去见他，冷红生吓得立马逃走，客人们都惊讶得大笑，认为这个人乖张怪癖，不可亲近。冷红生听说后解释道："我并不是与情为仇，只是我这个人心胸狭隘，又好嫉妒，一旦有所喜爱亲近的人，至死都不改变，世人未必能理解我，所以我宁愿早早摆脱世情。"

所居住的地方多枫树，因取"枫落吴江冷"诗意，故自号曰"冷红生"，也用以表明自己的性格癖好。生平好著述，所翻译的《巴黎茶花女遗事》，格外凄婉而富有情致，他曾自己诵读而笑道："我能描摹世态人情到这种境界，怎么能说我是木然寡情之人而与情为仇呢？"

答刘仲鲁书[①]

马其昶

往吾与足下游，至乐也。无旬日不见，见未尝不善相旌[②]，过相敕[③]也，不见未尝不思也。别久矣，吾之情犹是也。前足下过此，甚喜，以为可谋永朝永夕之欢，竟不能然。譬之饿者嚵[④]焉求哺，终不得食。斯已矣，尝鼎一指[⑤]即持去，此人之情，能无怨望者哉？

辱书乞言于我，并承惠《中州名贤集》[⑥]，多荷！多荷！仲鲁虚受[⑦]之怀犹昔也。贤者进修之诣，岂一谈之顷所能测？又其昶方自愧德业无所就，虽欲效前时，有不知所为言者，顾盛指[⑧]不可不答记。尝与孙佩公语："境遇困人，贤者不免。"佩公深感动其言。盖非独贫约[⑨]为困也，脱蓬累[⑩]而之显，其困乃弥甚。《易》曰："困于金车，吝[⑪]。"孟子之称大丈夫者："富贵不能淫，贫贱不能移[⑫]。"足下不移之操，吾既见其然矣，继自今当更有以观足下之处富贵也。《诗》不云乎："靡不有初，鲜克有终[⑬]。"士未有不始终坚持一节而能有立于世者也。

其昶开春即南返，自此归隐故山，与公等盖日远矣。天寒，惟朝夕珍摄[⑭]。不宣。

作者简介

马其昶（1855—1930），字通伯，晚号抱润翁，安徽桐城人。出身翰墨世家，师事桐城作家方宗诚、吴汝纶。早年数应乡试不第，名声日起后他已淡于仕进，长期教习乡里。宣统二年（1910）不得已应学部诏，任学部主事，后任京师大学堂教席。马其昶是桐城派末期代表作家，其散文创作固守古文规范，著有《抱润轩文集》。

注　释

①本文选自《抱润轩文集》。此信叙述作者与刘仲鲁的友情，并勉以无论处贫处显，都要有“不移之操”。

②旌：表扬。

③敕：告诫。

④嚵（chán）：鸟喙。引申意为张口。

⑤尝鼎一指：满鼎的食物，却只能用手指头沾来尝一尝，不能吃饱。据《左传·宣公四年》，郑灵公请大夫们吃鼋肉，请了子公而又不给他吃，“子公怒，染指于鼎，尝之而出。”

⑥《中州名贤集》：即《中州集》，金代诗人元好问编，选录金代二百四十九人的诗作，因作者多集于中州（今河南省一带），故名。书成于金亡后。

⑦虚受：虚己之怀以受教于他人。语出《易经》：“君子以虚受人。”

⑧盛指：盛意。指：通“旨”。

⑨贫约：贫困。

⑩蓬累：漂泊流落。《史记·老子韩非列传》：“君子得其时则驾，不得其时则蓬累而行。”

⑪困于金车，吝：语出《易经》。金车：是古代诸侯亲迎时所乘的礼车。吝：意谓悔恨。

⑫“富贵不能淫”二句：语出《孟子·滕文公下》。

⑬“靡不有初”二句：语出《诗经·大雅·荡》。

⑭珍摄：保重。

译　文

过往我与您交往，十分开心。我们从没有超过十天不见面的，一见面就会对对方好的品质大加褒扬，不足之处则互相指正告诫，不见面一定会想念对方。到今天我们已经分别很长时间了啊，我对您的思念之情还是那样强烈。之前您到我这里来，我十分欣喜，本以为可以谋划从早至晚长久欢快地相处，最终却不能这样。这就好似饥饿的人张口求哺，最终得不到食物一样。过往就这样结束了啊，好像望着满鼎的食物，我却只能用手指头沾来尝尝，不得裹腹之饱，这样的人之常情，我能不抱怨且有所期望吗？

您屈尊写信向我寻求意见，并承蒙您馈赠《中州名贤集》一书，多谢！多谢！仲鲁您虚己之怀接受他人之言的胸襟还像以往一样啊。贤者学业上到达的境界，岂是短时间只言片语所能揣测的呢？而且我如今正惭愧自己德行和功业上没有成就，虽然想要效仿之前，有时却不知自己所言，只是盛情难却不可不回答。我曾经和孙佩公说：“境况和遭遇使个人困窘不堪，贤者也不能幸免。”佩公被我的话深深打动。大概不只生活上的贫穷是困顿，假如漂泊流落却处于显要之位，那种困顿才更为严重。《易经》里说：“处于显位，未必一定就好，也可能遭到困难而带来悔恨。”孟子称大丈夫道：“富贵不能使他的心志扰乱，贫贱不能使他的志向改变。”您处于贫贱时能坚持不移的操守，我已见到是那样的了，今后一定能看到您处于富贵时的好品行。《诗经》中不也说：“事情都有它的开头，但很少能坚持到底。”读书人中没有不自始至终坚持自己的原则进而立足于世的人。

我开春时节就向南返回故里，从此归隐故乡山下，以后和你们相见大概更是遥遥无期了啊。天气寒冷，望早晚添衣保重。就不一一细说了。

哭庵传[1]

易顺鼎

哭庵者，不知何许人也。其家世姓名，人人知之，故不述。

哭庵幼奇惠，五岁陷贼中。贼自陕、蜀趋郧、襄[2]，以黄衣绣褓[3]缚之马背，驰数千里。遇蒙古藩王[4]大军，为骑将所获，献俘于王。哭庵操南音，王不能辨，乃自以右手第二指濡口沫书王掌。王大喜曰：“奇儿也！”抱之坐膝上，趣召某县令使送归。十五岁为诸生，有名。十七岁举于乡。所为诗歌文词，天下见之，称曰“才子”。已而治经，为训诂考据家言；治史，为文献掌故[5]家言；穷而思反于身心，又为理学语录家[6]言。然性好声色，不得所欲，则移其好于山水方外[7]，所治皆不能竟其业。年未三十而仕，官不卑，不二年弃去。筑室万山中居之，又弃去。

综其生平二十余年内，初为神童，为才子，继为酒人，为游侠。少年为名士，为经生，为学人，为贵官，为隐士，忽东忽西，忽出忽处。其师与友谑之，称为“神龙”。其操行无定，若儒若墨[8]，若夷若惠[9]，莫能以一节称之。为文章亦然，或古或今，或朴或华，莫能以一诣绳之。要其轻天下、齐万物[10]，非[11]尧舜、薄汤武之心，则未尝一日易也。

哭庵平时谓天下无不可哭，然未尝哭，虽其妻与子死不哭。及母没而父在，不得渠[12]殉，则以为天下皆无可哭，而独不见其母可哭。于是无一日不哭，誓以哭终其身，死而后已。因自号曰“哭庵”。

作者简介

易顺鼎（1858—1920），字实甫，又字中硕，号忏绮斋、眉伽，晚号哭庵、一广居士等，龙阳（今湖南汉寿）人。光绪元年（1875）举人。中日甲午战争爆发，易顺鼎积极主战，加入刘坤一军幕。后又去台湾，帮助刘永福抗战。此后在广西、云南、广东等地任道台。辛亥革命后去北京，与袁世凯之子袁克文交游，袁世凯称帝后，任印铸局长。帝制失败后，纵情于歌楼妓馆。工诗，讲究属对工巧，用意新颖，与樊增祥并称“樊易”，亦为“寒庐七子”之一，著有《琴志楼编年诗集》《四魂集》等。

注 释

①本文选自《续古文观止》，是作者自传记。作者采用第三人称，备述一生简历，人奇文亦奇。语气表面上诙谐自谑，实际却十分自负，恃才傲物，睥睨一切。

②郧：郧阳府。治所在今湖北郧县。襄：襄阳府。治所在今湖北襄樊市。

③绣褓：亦作“绣葆”，覆裹婴儿的绣被。

④蒙古藩王：即僧格林沁，清末将领，蒙古族，封亲王。他的部队是满蒙八旗的劲旅，此时正与捻军作战。

⑤掌故：指历史人物、典章制度等故事和传说。

⑥语录家：宋代朱熹等理学家用语录的文字来阐述理论。

⑦方外：世外，指超然脱俗之外为隐士，为僧侣。

⑧墨：墨家。战国时著名学派，主兼爱之说，儒家学者孟子斥其为异端。

⑨夷：伯夷。惠：柳下惠。两人都是古代清高廉洁之士。《孟子·万章下》：“伯夷，圣之清者也……柳下惠，圣之和者也。”意思是伯夷是圣人中较清高的人，柳下惠是圣人中较随和的人。

⑩齐万物：即“齐物”，道家学者庄子的哲学观点，核心是任何事物本无确定不变的是非标准，要消除对天下万物所作的不同评论。

⑪非：与下文“薄”，意皆为轻视，瞧不起。

⑫渠：通“遽”，立即。

译 文

哭庵，不知道他是什么人，他的家世姓名人人都知晓，所以我不作介绍。

哭庵小时候极其聪慧，五岁时落入贼人手中。贼人从陕西、四川到湖北郧阳、襄阳，用黄色绣被把他绑在马背上，奔驰几千里。遇上了蒙古藩王的大军，被骑兵将领俘虏，献给了藩王。哭庵讲南方话，藩王听不懂，哭庵自己用右手食指濡口水在藩王手心上写字。藩王十分高兴地说："真是个奇儿！"抱他坐在自己膝上，立即叫县令派人送他回家。哭庵十五岁时在县学读书，有才名。十七岁乡试中举，所写诗词文章，天下人看后，称他为"才子"。接着研究经书，写出训诂考据的文章；研究历史，写出文献学、历史掌故的文章；穷究之后想回过头来研究身心的学问，又写了理学语录。然而他生性好声色，不能如愿，就转移兴趣爱好于游山玩水和僧道之学，对这方面的研究没有完成。年龄不到三十便做官，官位不低，不到两年弃官而去。在大山里建房居住，后又丢下离开。

综合他二十年里的生平事迹，开始是神童、才子，接着是酒徒、游侠。少年时是名士、研究经书的人、学者、大官、隐士，一会儿在东一会儿在西，一会儿出山一会儿隐居。他的老师与朋友开玩笑称他为"神龙"。他的品行说不清，像儒家又像墨家，像伯夷又像柳下惠，不能用一种气节来称赞他。写文章也是这样，有的古奥有的现代，有的朴素有的雕琢，不能用一种流派去衡量它。重要的是他轻视天下、齐一万物，轻视尧舜汤武的心，不曾一日改变。

哭庵平时说天下没有不值得哭的事，但他不曾哭过，即使他的妻子与儿子死了也不哭。等到母亲去世而父亲健在，他不能从母而死，就又认为天下的事都没有值得哭泣的，但只有见不到他的母亲可以哭，于是天天哭，发誓在哭泣中度过一生，死后方才停息。于是自号"哭庵"。

题吴温叟清溪泛月图[①]

李　详

缪艺风先生为人伦领袖[②]，海内谈士，依以扬声[③]。余与温叟、白石，同馆礼卿观察所[④]，获侍艺老，奉手[⑤]受教。

日招余三人及江宁程君一夔，赁一小艓子，沿缘青溪之间，垂柳蘸波，云景半翳[⑥]，窗纳远岫，风吹虚襟。已而月上半规，渐映四际，林鸟振毳[⑦]，游鱼跃空，置身虚明，皭然不滓[⑧]。还饮于金陵春[⑨]，越酝[⑩]引满，吴语朡怀[⑪]，肤寸俏脩[⑫]，味逾方丈。集后数日，白石即景为图，追模[⑬]未失，赠之温叟。

臧弆数年[⑭]，顷者装池，属为小记。时艺风雠校中书[⑮]，往来京辇[⑯]；礼翁、白石，先后凋丧；一夔久不相闻；余则栾栾衔恤[⑰]，老病慵疏；温叟辽落[⑱]寡欢，栖止未定。追念前尘，恻怆人世，不觉涕之横集[19]也。

作者简介

李详（1858—1931），字审言，江苏兴化人。贫而好学，尤好《文选》。先后受知于黄体芳、王先谦两学士。应聘为两江总督端方的江楚译书局分纂，与词人况周颐分撰《陶斋藏石记释文》。后受安徽布政史沈曾植聘，在安庆存古学堂教史学兼文选学。辛亥革命后，客居上海，一度为东南大学国学教授。著有《杜诗证选》《学制斋骈文》《愧生丛录》《拭觚脞语》等。

注 释

①本文选自《续古文观止》。作者为旧图作记，回忆往事，念老友凋零，不胜今昔之慨。清溪：一作青溪，发源于江苏南京钟山西南，穿过市区流入秦淮河，长十余里，因屈曲弯绕，世称“九曲青溪”。

②缪艺风：缪荃荪，字筱珊，号艺风，江苏江阴人，以进士入翰林。近代藏书家、校勘家。曾主钟山等书院讲席，创办江南图书馆、京师图书馆。人伦：各类人，人们。

③“海内谈士”二句：汉末孔融《与魏太祖论盛孝章书》：“天下谈士，依以扬声。”

④礼卿：即后文“礼翁”，姓蒯，名光典，字礼卿，安徽合肥人。观察：清代对道员的尊称。

⑤奉手：原意是恭敬地捧着长者的手，《礼记·曲礼》：“长者与之提携，则两手奉长者之手。”此处引申为恭敬。

⑥景：通“影”。繄（yì）：遮蔽。

⑦毳（cuì）：鸟兽的细毛。此指羽毛。

⑧皭（jiào）：洁白，干净。滓（zǐ）：污。

⑨金陵春：酒店名。

⑩越酝：绍兴酒。浙江绍兴古属越州。

⑪惬（xié）怀：即“惬怀”，称心，满意。

⑫扶寸：亦作“肤寸”。一指为寸，四指宽为肤，喻极小的面积、空间。脩脩（xiū）：肉脯，干肉。

⑬追模：回忆并描摹。

⑭臧：通“藏”。弆（jǔ）：收藏。

⑮雠（chóu）校：校对考正。中书：中书省，即古时的秘书省，掌图籍。缪艺风此时管理京师图书馆，故名“中书”。

⑯京辇（niǎn）：皇帝的车子叫辇，所以京城称“京辇”。

⑰栾栾：瘦瘠貌。衔恤：含忧。此时作者正遭家中丧事。

⑱辽落：辽远旷绝。此指相距很远。

⑲横集：纵横交集。

译 文

缪艺风先生为人中领袖，海内著名谈士，并以此扬名。我和温叟、白石以及同馆礼卿道员，有幸能够侍奉艺老左右，恭敬地接受他的教导。

一日，艺老招我们三人以及江宁程一夔君，一起租一艘小船，沿着青溪游览。当时之景，垂柳轻蘸水面，云影遮蔽半空，透过船上的窗子可以望见远处峰峦，微风吹来，满怀虚空。不久，半圆的月亮升上中天，渐渐照映四周，林中鸟儿振翅高飞，水中鱼儿跃起空中，置身如此虚明之境，心地纯澈，毫无杂质。回去后，我们又在金陵春饮酒，越地美酒斟满酒杯，吴语亲切令人称心，小小酒桌上的美味佳肴，香气竟飘到方丈之外。此次集会后数日，白石即景作画，回忆描摹当时情景，没有半点缺失，画赠给了温叟。

温叟将此画收藏数年，近日拿出来装裱，嘱咐我作一篇小记。当时艺风先生在京师图书馆校对考正，经常往来京城；礼翁、白石先后去世；至于一夔，我也好久没有听到他的消息了；而我则瘦瘠含忧，老来多病，日渐疏懒；温叟相距很远，行踪不定。追念前尘往事，令人悲痛，不觉已涕泪纵横了。

甲寅五月二十三日家书[①]

章炳麟

汤夫人[②]左右：

不通函件几四旬，以吾蕉萃，知君亦无生人之趣。幽居数月，隐忧少寐。饮食仆役之费，素皆自给，不欲受人喂养[③]，今遂不名一泉[④]，延之六月，则槁饿而死矣。亦不欲从人告贷及求家中寄资，盖如劳瘵[⑤]之人，不可饮以人参上药，使缠绵患苦，不速脱离也。呜呼！夫复何言！

知君存念，今寄故衣以为记志，观之亦如对我耳。斯衣制于日本，昔始与同人提倡大义[⑥]，召日本缝人为之。日本衣皆有员规[⑦]标章，遂标汉字。今十年矣，念其与我同更[⑧]患难，常藏之箧笥，以为纪念。吾虽陨毙，魂魄当在斯衣也。亡后尚有书籍遗稿，留在京师，君幸能北来一抚，庶不至与云烟俱散。自度平生，志愿未遂，惟薄宦[⑨]两年，未尝妄取非分，犹可无疚神明耳。

先公及太夫人墓，在泉唐[10]留下村九条沙。自更患难，东窜嵎夷[11]，违冢墓者八岁矣。辛亥旋归，半载中抵杭三次，皆以尘事迫促，又未及躬自展省[12]，违离茔兆[13]，遂十一年。今年八月四日，则先公九十生辰也，自去岁初春，已拟及时为营佛事[14]，以抒永怀，今果不得遂愿。君于是日，当为我谒祭墓前，感且不朽。

吾生二十三岁而孤，愤疾东胡[15]，绝意考试，故得研精学术，忝为人师。中间遭离祸乱，辛苦亦至矣。不死于清廷购捕之时，而死于民国告成之后，又何言哉！吾死已后，中夏文化亦亡矣。

家本寡资，谂[16]君孤苦，能勤修自业，观览佛经以自慰藉，此亦君之所能，而尊舅氏[17]谷臣先生之遗教也。长老如汤蛰仙[18]先生，至戚如龚未生[19]，皆宜引以自辅。此二君者，死生之际，必不负人，其余可信者鲜矣！

言尽于斯，临颖[20]悲愤。炳麟白。

作者简介

章炳麟（1869—1936），原名学乘，字枚叔，浙江杭州人。后易名为炳麟。因反清意识浓厚，慕顾绛（顾炎武）的为人行事而改名为绛，号太炎，世称“太炎先生”。他是近代著名民主革命家、史学家、朴学大师。研究范围涉及小学、历史、哲学、政治、佛学等，著述甚丰，有《章氏丛书》《国学论衡》《葑汉三言》等，今有《章太炎全集》。

注　释

①本文选自《章太炎书信集》。1913年，袁世凯在窃取了临时大总统的职位，建立北洋军阀政权后，凶残地镇压革命党人，章炳麟也被袁诱骗到北京，加以软禁。这封信是囚禁期间毅然决定绝食之前给妻子汤国梨的诀别信。信中嘱咐家事，抒写伉俪情深。通篇没有一句乞怜和丧气话，充分体现了这位民国革命元勋的铮铮铁骨和坦荡胸襟。甲寅：1914年。章炳麟于1913年8月被拘禁，直至1916年袁世凯死后才获释。

②汤夫人：字志莹，号影观，浙江乌镇人。性情刚强，有男子气概，且天资聪慧，能诗善书，胸怀政治抱负。曾任吴兴女学校长，辛亥革命后在上海任神州女学教师和《神州女报》编辑。1913年6月与章炳麟结婚。

③喂养：拘禁期间，袁世凯多次送钱赠物表示关心和拉拢，都被章太炎痛骂掷回，甚至烧毁。

④名：占有，有。泉：钱。

⑤劳瘵（zhài）：亦作“痨瘵”，即肺结核，肺痨。

⑥大义：指资产阶级革命理论。1906章太炎流亡日本时，参加同盟会，主编同盟会机关报《民报》，与改良派展开论战。

⑦员规：圆形。员：通“圆”。日本服装上往往有圆形标记，用以标写姓名等。

⑧更：经历。

⑨薄宦：官职卑微。1912年章太炎曾任东三省筹边使，驻长春。当时财力人力皆乏匮，他不辞辛苦地努力为国开创实业。

⑩泉唐：即钱塘，今杭州市。

⑪嵎夷：古书上的地名。《虞书·尧典》：“宅嵎夷，寅宾出日。”此指东方的日本。1903年章太炎因发表《驳康有为论革命书》和替邹容《革命军》作序，触怒朝廷，被捕入狱。1906年出狱后逃亡日本，直至辛亥革命上海光复后才回国。

⑫展省：展拜省视。

⑬茔兆：墓地，坟墓。

⑭佛事：指延请僧人为亡灵诵经之事。

⑮东胡：古族名。此指清朝。以与汉族区别。

⑯谂（shěn）：知悉，了解。

⑰舅氏：此指作者岳父。

⑱汤蛰仙：汤寿潜，字蛰人，浙江绍兴人。近代立宪派，辛亥革命时曾任浙江总督。与张謇组织统一党，后游南洋，归国病死。

⑲龚未生：作者的女婿，曾任职浙江图书馆。

⑳颖：笔。

译文

汤夫人左右：

不通书信已经近四十天了，我身形憔悴，料想你定也心神不宁。我被幽禁数月，心中忧愁，睡眠不足。饮食仆役的花费，我都是自己出资，不愿受他人供养，如今已身无分文，到了六月份，恐怕我就会饿死了。就算饿死，我也不愿向人借贷或向家里要钱，就好比肺痨病人，不可以给他吃人参等上等药，使他苟延残喘，长期受病痛折磨，不能早些解脱。唉，还有什么可说的！

知道你心中挂念，现在寄去旧衣作为留念，你看到这件衣服就如看见了我。这件衣服是在日本裁制的，当年我与同志们同倡大义，找了个日本裁缝做了这件衣服。日本服装上都有圆形标记，于是在上面写上汉字。如今已经十年了，我念在它与我同经患难，所以常把它放在箱中，作为纪念。如今我就算死去，我的魂魄应当还在这件衣服内。我死后尚有书籍遗稿留在京师，你若能北上安排，这些书稿当不至于烟消云散。我自度平生，志愿未能实现，只是做了两年小官，却从未妄取，从未有过非分之念，如此我当无愧于神明了。

亡父亡母的墓，在钱塘留下村九条沙。自从蒙难入狱后逃亡到日本，有八年没有去墓地拜祭。辛亥年归国，半年中回杭州三次，但都因为尘事紧迫，又没能亲自去扫墓，这样算起来已有十一年了。今年八月初四，是亡父九十诞辰，去年初春，我已计划到时安排佛事，以抒发心中的思念，而今这种情形，恐怕又不能如愿了。你在那一天当替我到墓前拜祭，我将万分感谢。

我二十三岁那年父母双亡，愤恨清政府，绝意考试，故能精研学术，勉强成为人师。期间遭遇祸乱，亦备尝艰辛困苦。当年清政府悬赏抓捕我时，我没有死亡，如今死于民国建立之后，又有什么可说的呢！我死之后，华夏文化也灭亡了。

我们家中本来就没什么钱财，我知道你生活孤独，希望能勤修自业，观览佛经以自我慰籍，这也是你所擅长的，也是岳父谷臣先生的遗教。长老如汤蛰仙先生，至亲如龚未生，皆可向他们寻求帮助。这两位先生，在生死之际必定不会辜负人，其他可以信任的人就太少了！

就说到这里了，临笔悲愤。炳麟白。

书黄侃《梦谒母坟图记》后[①]

章炳麟

蕲州黄侃少承父学，读书多神悟，尤喜音均[②]，文词澹雅，上法晋宋。虽以师礼事余，转相启发者多矣。颇好大乘[③]，而性少绳检[④]，故尤乐道庄周。昔阮籍[⑤]不循礼教，而居丧有至性[⑥]，一恸失血数升。侃之念母，若与阮公同符焉。录是以见士行不齐，取其近真者是。若其清通练要之学[⑦]，幼眇安雅之词[⑧]，并世固难得其比方，恐世人忘其闳[⑨]美而以绳墨格之，则斯人或无以自解也。老子云："常善救人，故无弃人[⑩]。"余每以是风[⑪]侃，亦愿世之君子，共喻斯言。章绛记。

注 释

①本文选自《章太炎全集》。文章意在说明性格无拘无束的人也有至孝的品德，对黄侃的品行和孝心给予了高度赞赏。黄侃：初名乔鼐，后更名乔馨，最后改为侃，字季刚，晚年自号量守居士，湖北蕲春人。1905年留学日本，在东京师事章太炎，受小学、经学，为章氏门下大弟子。

②均：古"韵"字。

③大乘：佛教派系之一。强调一切众生皆可成佛。

④绳检：拘束，制约。

⑤阮籍：字嗣宗，魏晋时文学家。蔑视礼教，崇尚老庄哲学。他虽然不拘于礼，但性至孝，母死时，正与人下棋，既而饮酒二斗，举声一号，吐血数升。

⑥至性：纯厚的性情，特指孝亲之情。

⑦清通：指文章层次清楚，文句通顺。练要：精练专一。

⑧幼眇（yào miǎo）：精微，微妙。安雅：此指文辞平顺闲雅。

⑨闳：通“宏”，大。

⑩常善救人，故无弃人：语出《老子》，原意是圣人能使贵贱各得其所，皆能发挥才用。此处有劝人不拘泥于小节，务必使人才尽其用之意。

⑪风：通“讽”，告诫。

译 文

蕲州人黄侃自年少时就承袭父学，读书时常有独特的领悟，尤其喜欢音韵，所作文词恬淡雅洁，效仿晋宋。他虽然对我执师礼，但他反过来对我的启发却很多。他颇好大乘佛法，性格疏狂，不受拘束，因而尤其喜欢谈论庄子之学。从前阮籍不循礼教，但在居丧时却有淳朴的孝亲之情，一悲恸竟吐血数升。黄侃对亡母的思念，与阮籍相合。由此看来，有些人或许行为不符合礼教标准，但只要不虚伪，有纯真的性情就非常可取。若要论清通练要的学问，精微安雅的文辞，举世都没有人能与黄侃相比。我恐怕世人忘记黄侃的美德而以世俗的标准去衡量要求他，就会想不通了。老子说：“（圣人）常善救人，故无弃人。”我经常用这句话来告诫黄侃，也希望世间君子，都能明白这句话的道理。章绛记。

养心语录①

梁启超

人之生也，与忧患俱来，苟不尔②，则从古圣哲，可以不出世矣。种种烦恼，皆为我练心之助；种种危险，皆为我练胆之助；随处皆我之学校也。我正患无就学之地，而时时有此天造地设之学堂以饷③之，不亦幸乎！我辈遇烦恼遇危险时，作如是观，未有不洒然自得者。

凡办事必有阻力。其事小者，其阻力亦小；其事愈大，其阻力亦愈大。阻力者乃由天然，非由人事也。故我辈惟当察阻力之来而排之，不可畏阻力之来而避之。譬之江河，千里入海，曲折奔赴，遇有沙石则挟之而下，遇有山陵则绕越而行，要之必以至海为究竟④。办事遇阻力者，当作如是观，至诚所感，金石为开，何阻力之有焉！苟畏而避之，则终无一事可办而已。何也？天下固无无阻力之事也。

作者简介

梁启超（1873—1929），字卓如，一字任甫，号任公，又号饮冰室主人、哀时客、中国之新民、自由斋主人，广东新会人。光绪十六年（1890）举人。光绪二十一年（1895）赴北京参加会试，与康有为发动“公车上书”，后以六品衔办京师大学堂、译书局。戊戌政变后逃亡日本，在海外推动君主立宪。辛亥革命后一度入袁世凯政府，担任司法总长；之后对袁世凯称帝、张勋复辟等严词抨击，并加入段祺瑞政府，出任财政总长。他倡导新文化运动，支持五四运动。曾倡导文体改良的“诗界革命”和“小说界革命”。著述颇丰，合编为《饮冰室全集》。

注　释

①本文选自《饮冰室全集》，作于1899年9月15日。这篇语录式小品谆谆告诫读者要坦然面对人生中的忧患，并敢于克服各种阻力，以达成功。

②尔：这样，如此。

③饷：赠送，馈赠。

④究竟：结果，目的。

译　文

人出生时，忧患也随之而来，如果不这样，那么从古至今的圣贤，就不用出世隐退了。种种烦恼，都可以帮助我们锻炼心性；种种危险，都可以帮助我们锻炼胆魄；随处都是我可以学习的学校啊。我正愁没有学习的地方，而时时有这天造地设的学堂来帮助我，这不是太幸运了吗！我辈遇到烦恼、危险时，如果能这样想，那么就没有不洒脱自得的。

但凡做事，必定会遇到阻力。事情小，遇到的阻力也会小；事情越大，遇到的阻力也会越大。阻力是自然存在的，并非人的愿望可以左右的。所以我辈只有当察觉阻力到来时努力克服它，不能因为畏惧阻力到来而躲避。就好比江河，奔腾千里流入大海，一路曲折往复，遇到沙石就携带它勇往直前，遇到山陵就绕路而行，一定要最终进入大海。做事遇到阻力，应该这样想，精诚所至，金石为开，哪里会有什么阻力呢！如果因为畏惧而躲避，就会最终一事无成。为什么呢？因为天下本来就没有不存在阻力的事情啊。

跋周印昆所藏左文襄书牍[1]

梁启超

左文襄公书牍三册，皆公上其外姑[2]周太君，及致其妻弟汝充、汝光两先生者也。公殁后三十余年，汝光先生之孙印昆，始搜缀装池[3]之，自宝袭焉，且以遗子孙。

启超谨按[4]：公微时，馆甥于周者[5]，且十岁。其间常计偕[6]如京师，授学陶文毅[7]家，抚其孤，理其产。后乃入骆文忠[8]幕，渐预闻家国事。而筠心夫人[9]犹依母而居，诸女公子亦育于外氏。故公与周氏昆弟分虽姻亚[10]，而爱厚过于骨肉，其事周母若母也。此三册者，则当时十余年间所与往复也。其间以学术相砥砺，以功名相期许者，固往往概见，而其太半乃家人语，谋所以治生产作业，计农畜出入至纤悉[11]。盖文襄自始贫无立锥地[12]，其俨然成家室，无恤饥寒，自此时也。

昔刘玄德论人物，以谓求田问舍，为陈元龙所羞[13]。而躬耕之孔明，则三顾之，抑何以称[14]焉？吾又尝读曾文正家书，其训厉子弟以治生产作业，计农畜出入至纤悉，殆更甚于左公书，又何以称焉？盖恒产[15]之义，岂惟民哉？士亦有然。士不至以家计撄[16]虑，乃可以养廉，可以壹志。持太仓之米[17]，以自赡畜者，其于进退之间，既鲜余裕矣。

印昆与启超同生乱世，不能为畸处岩穴之行，寒苦盗廪[18]，而以任天下事解嘲[19]，其视昔贤善保金玉[20]者何如哉！吾跋斯册而所感仅此，后之览者，亦可以知其世也。甲寅七月。

注　释

①本文选自《饮冰室全集》。作者品读左宗棠的书信，生出感想，认为以天下为己任的人没有家庭的后顾之忧，才能一心一意投入事业。对照自己所处的时世，不免慨叹，流露了他在辛亥革命后思想上的彷徨迷惘。

②外姑：岳母。

③装池：装潢，装裱。

④按：按语。对原文的评论、说明或考证的话。

⑤馆：留宿。甥：指女婿。古称女婿为“馆甥”。

⑥计偕：本指应征召的人偕同送计簿的人上京师去，后指举人上京赴会试。计：帐簿。

⑦陶文毅：陶澍，字子霖，湖南安化人。嘉庆年间进士，官至两江总督。谥文毅。其时陶已去世，故下文说“抚其孤”。

⑧骆文忠：骆秉章，道光年间进士，官湖南巡抚，镇压太平军颇得力。谥文忠。左宗棠早年入其幕府。

⑨筠心夫人：即左宗棠妻子，名筠心。

⑩姻亚：泛指有婚姻关系的亲戚。

⑪纤悉：细致，完备。

⑫立锥地：形容地方极小。《汉书·食货志》：“富者田连阡陌，贫者无立锥之地。”

⑬“昔刘玄德”三句：刘备曾与许汜议论天下人物，许汜说：“陈登（元龙）这个人太傲，我去看他，他对我不理不睬的，自己睡大床，让我睡下床。”刘备说：“你是名士，陈元龙希望你忧国忘家，你却求田问舍，所以他鄙视你。要我说应该让你睡地上，何止上下床之间呢！”事见《三国志·陈登传》。

⑭称：符合，相同。这里把许汜的求田问舍和孔明的亲自耕田相提并论，意思是说刘备分别对待二人，是因为二人的宗旨本不相同。

⑮恒产：固定的财产。“恒产论”是孟子的经济思想，认为人有了恒产才会有恒心，恒心即常有的善心。见《孟子·滕文公上》。

⑯撄：扰乱，纠缠。

⑰太仓之米：当为“太仓之稊米”。太仓：古代设在京师的大谷仓。稊（tí）米：一种形似稗的草，结实如小米。《庄子·秋水》：“计中国之在海内，不似稊米之在太仓乎？”

⑱盗廪：犹言“窃取俸禄”。廪：官府发给的粮米。

⑲解嘲：以言语或行动来掩饰受人嘲笑的事情。

⑳金玉：此指优秀的品质和才华。

译文

左文襄公的书牍三册，都是左公写给他的岳母周太君以及妻弟汝充、汝光两位先生的书信。左公去世后三十多年，汝光先生的孙子印昆，将这些书牍搜出整理装裱起来，视为宝贝，并且准备传袭给子孙。

启超作按语曰：左公微贱之时，曾居住在周家将近十年。期间曾上京赴会试，在陶文毅公家中教学，辅助陶氏子嗣，协理其产业。后来左公又入骆文忠公的幕府，渐渐参与国家大事。而筠心夫人仍和母亲住在一起，一众女儿公子也都由外公外婆抚育。故左公与周氏兄弟虽是姻亲，但感情胜过骨肉，他事奉周夫人如亲生母亲一般。这三册书信，当是那十多年间彼此往来的书信。信中以学术相互勉励，以功名相互期许，本来就是很常见的，而这些信中大半说的都是家常小事，商量如何管理生产作业，算计粮食牲畜的出入极为详细完备。左公曾贫穷得无立锥之地，俨然成家立业，不必再为温饱问题忧愁，大概也是从此时开始的。

从前刘备曾与许汜议论天下人物，许汜因为求田问舍而遭到陈登羞辱。而诸葛亮在南阳亲自耕作，刘备就三顾茅庐邀请他出山。许汜求田和诸葛亮耕作，哪里是一样的呢？我又曾读曾文正公的家书，他教训子弟管理生产作业，算计粮食牲畜的出入，其详细完备犹甚于左公，但他二人的情况又怎会是一样的呢？有了固定的财产才会有恒心，岂止百姓如此？士人也一样。士人不用为家庭生计烦恼，就能有廉洁的操守，有专一的意志。坐拥太谷仓的稊米来自我赡养，绰绰有余，那么他在进退之间也会有多种选择。

印昆与我同生于乱世，不能隐居避世，勉强为官，窃取俸禄，以任天下事来解嘲，这比起古代善于保持自己品性的贤人是怎样的呢！我为这三册书牍作跋，所得的感悟就是这些，后来阅览的人，也可以探知此间世事。甲寅年（1914）七月。

图书在版编目（CIP）数据

清代小品集萃 / 潘成刚选编 . — 南昌 : 二十一世纪出版社集团 , 2016.4

（线装中华国粹系列）

ISBN 978-7-5391-7466-2

Ⅰ . ①清… Ⅱ . ①潘… Ⅲ . ①小品文—作品集—中国—清代 Ⅳ . ① I264.9

中国版本图书馆 CIP 数据核字 (2016) 第 030351 号

清代小品集萃　　潘成刚　选编

策　　划　张秋林
责任编辑　周向潮　张波虹
出版发行　二十一世纪出版社集团（江西省南昌市子安路 75 号　330009）
　　　　　　www.21cccc.com　cc21@163.net
出 版 人　张秋林
经　　销　全国各地书店
印　　刷　南昌市印刷十二厂有限公司
版　　次　2016年4月第1版　2016年4月第1次印刷
印　　数　0001 ~ 15000册
开　　本　787mm × 1092mm　1/16
印　　张　21.5
字　　数　418 千字
书　　号　ISBN 978-7-5391-7466-2
定　　价　24.90 元

赣版权登字—04—2016—86